西游成事智慧

Ⅲ

胜局

渤海小吏 著

北京联合出版公司
Beijing United Publishing Co.,Ltd.

图书在版编目（CIP）数据

西游成事智慧 . 3，胜局 / 渤海小吏著 . -- 北京 ：北京联合出版公司，2025. 6. -- ISBN 978-7-5596-8554-4

Ⅰ . I207.414

中国国家版本馆 CIP 数据核字第 2025TA9636 号

西游成事智慧 3：胜局

作　　者：渤海小吏

出 品 人：赵红仕

责任编辑：周　杨

北京联合出版公司出版

（北京市西城区德外大街 83 号楼 9 层　100088）

河北鹏润印刷有限公司印刷　新华书店经销

字数 564 千字　700 毫米 × 1000 毫米　1/16　印张 35.25

2025 年 6 月第 1 版　2025 年 6 月第 1 次印刷

ISBN 978-7-5596-8554-4

定价：82.00 元

目 录

第十三章

欲网情牢，东天怒火的人种袋，
软弱多情的无道君，白银如雪的濯垢泉

第六十五回

妖邪假设小雷音，四众皆遭大厄难

这回因果，劝人为善，切休作恶。

一念生，神明照鉴，任他为作。

拙蠢乖能君怎学，两般还是无心药。

趁生前有道正该修，莫浪泊。

认根源，脱本壳。访长生，须把捉。

要时时明见，醍醐斟酌。

贯彻三关填黑海，管教善者乘鸾鹤。

那其间愍故更慈悲，登极乐。

话表唐三藏一念虔诚，且休言天神保护；似这草木之灵，尚来引送，雅会一宵，脱出荆棘针刺，再无萝蓏攀缠。四众西进，行勾多时，又值冬残，正是那三春之日：

物华交泰，斗柄回寅。草芽遍地绿，柳眼满堤青。一岭桃花红锦涴，半溪烟水碧罗明。几多风雨，无限心情。日晒花心艳，燕衔苔蕊轻。山色王维画浓淡，鸟声季子舌纵横。芳菲铺绣无人赏，蝶舞蜂歌却有情。

这篇开篇词，算是对荆棘岭那几个作死的伪君子做出的阶段性总结，总体说的是劝人善良。如果你走的是君子人设，那就请你继续走下去，一直做个真君子，别打着君子的幌子做个真小人。“一念生，神明照鉴，任他为作。拙蠢乖能君怎学”，一念恶起后，举头三尺有神明，神明们都已经给你记上了，那些损人利己的小聪明其实都是“拙”“蠢”“乖”“能”,真的没有什么意义！“两般还是无心药”中的“两般”一词常被用来形容事物的不同之处，或是表达对某一事物的细致观察与深刻理解，意思是：究极事物的本真，其实根本没有那么多的机关算尽和投机取巧，以无分辨、无所求的善良正直为做人的准则，才是真正的人生良药。“趁生前有道正该修，莫浪泊”,趁着难得做回人的宝贵机会正该好好做人，别浪荡，仔细思考人生智慧。“认根源，脱本壳”，想要长生得道，就要时时刻刻捉住自己的那颗心。“贯彻三关填黑海”,“三关”指的是突破精气神之关，“填黑海”意为克服极大困难、填平极大坎坷，到时候你就得道啦。

原著作者是在暗讽荆棘岭那几个伪君子——如果你们能一直伪装下去，等唐僧听到三个徒弟的声音时，你们其实可以不用跑路，直接原身相见，高调表示：这数百里荆棘，圣僧何时才能走完？我们荆棘岭高低要帮帮场子！也请四位圣僧去西方佛老处为我等美言几句。这才是这些树精几辈子都修不来的机缘！结果这群伪君子的所作所为被唐僧定性为“仙人跳”了，是“因见我相貌，欲求配偶。我方省悟，正不从时，又被他做媒的做媒，保亲的保亲，主婚的主婚”（第六十四回），最终荆棘岭也就被“取经项目组”捎带手地扫掉了。折腾出来的这番闹剧成了唐僧取经虔诚、自有福报的一个小注解，所谓“话表唐三藏一念虔诚，且休言天神保护；似这草木之灵，尚来引送，雅会一宵，脱出荆棘针刺，再无萝蓏攀缠”。什么叫看不起？这就叫看不起！你们机关算尽、命丧黄泉，却成了助力唐僧少走四五百里路的“荆棘岭顺风车”，也就这点效果了。

这几个井底之蛙的伪君子一度认为自己相当有能耐，连西天取经项目的合理性也敢质疑、品评，甚至认为唐僧一步步掉进了他们的圈套里。呵呵，你们要是在取经团队刚入西牛贺洲时来这么一出，也算占了出场早的便宜，可以在四圣试禅心前考验考验唐师父的意志。此时的唐师父在担责、胆量这些方面的修为可能还是不到家，但是在女色方面，已经是顶级阈值的钢铁战士了，连国家级“白富美”的诱惑和风月魔的顶级考验都扛过去了，你这杏树精又能算什么呢？

说来说去，还是见识问题。

你们以为只要出招便万试万灵，其实跟当初观音禅院那群杀人越货的贼和尚一样，都是惹错人了。人总会遇到自己惹不起的，并将自己的手段一眼看破的大人物。人家挥挥手就能将你连根拔起，谈笑间让你灰飞烟灭。

荆棘岭过后，师徒四人走了一年的平安路。进荆棘岭时，“正是时序易迁，又早冬残春至，不暖不寒，正好逍遥行路”（第六十四回），过了荆棘岭这关后“四众西进，行勾多时，又值冬残，正是那三春之日”。看了一堆妖精僭越的小把戏了，作者该让我们看看啥叫“硬核狠人”了。

老牛骑个傻冤家就要被全世界暴打，树精装个伪君子就要被“取经项目组”连根拔起，再看看真正牛的，cosplay（假扮）佛祖却能啥事没有！不仅啥事没有，而且大家都当没看见这茬，躲着走！

师徒们也自寻芳踏翠，缓随马步。正行之间，忽见一座高山，远望着与天相接。三藏扬鞭指道：“悟空，那座山也不知有多少高，可便似接着青天，透冲碧汉。”行者道：“古诗云：‘只有天在上，更无山与齐。’但言山之极高，无可与他并比，岂有接天之理！”八戒道：“若不接天，如何把昆仑山号为‘天柱’？”行者道：“你不知。自古‘天不满西北’，昆仑山在西北乾位上，故有顶天塞空之意，遂名天柱。”沙僧笑道：“大哥把这好话儿莫与他说。他听了去，又降别人。我每且走路，等上了那山，就知高下也。”

师徒四人走了一年，啥事没有，这也给了唐僧一种西天路近，佛境没有妖魔邪祟的心理预期。一年的平安喜乐后，四人看到了一座与天相接的高山，作者通过一段对话告诉了我们取经团队过去一年话语权的比重。唐僧以赞叹山高接天开场，悟空纠正：山与天无法相比。八戒侧面助攻师父：如果山不接天，那昆仑山为何号称天柱？话题进入拉锯模式。悟空用当年在灵台方寸山所学进行二次攻击：“自古‘天不满西北’，昆仑山在西北乾位上，故有顶天塞空之意，遂名天柱。”此话令他再度胜出。最终沙僧笑道：大哥，别跟猪讲知识点，回头他该在外面显摆了。这句收尾的话是捧猴子的。

综上，猴子依旧占主导地位，唐僧和八戒还是一拨的，沙僧此时已经成猴子这边的了。

那呆子赶着沙僧，厮耍厮斗。老师父马快如飞，须臾，到那山崖之边。一步步往上行来，只见那山：

林中风飒飒，涧底水潺潺。鸦雀飞不过，神仙也道难。千崖万壑，亿曲百湾。尘埃滚滚无人到，怪石森森不厌看。有处有云如水混，是方是树鸟声繁。鹿衔芝去，猿摘桃还。狐狢往来崖上跳，麖獐出入岭头顽。忽闻虎啸惊人胆，斑豹苍狼把路拦。

唐三藏一见心惊，孙行者神通广大。你看他一条金箍棒，哮吼一声，吓过了狼虫虎豹，剖开路，引师父直上高山。行过岭头，下西平处，忽见祥光蔼蔼，彩雾纷纷，有一所楼台殿阁，影影的钟磬悠扬。三藏道："徒弟每看，是个甚么去处。"行者抬头，用手搭凉篷，仔细观看。那壁厢好个所在！真个是：

珍楼宝座，上刹名方。谷虚繁地籁，境寂散天香。青松带雨遮高阁，翠竹留云护讲堂。霞光缥缈龙宫显，彩色飘飖沙界长。木栏玉户，画栋雕梁。谈经香满座，语箓月当窗。鸟啼丹树内，鹤饮石泉旁。四围花发琪园秀，三面门开舍卫光。楼台突兀门迎嶂，钟磬虚徐声韵长。窗开风细，帘卷烟茫。有僧情散淡，无俗意和昌。红尘不到真仙境，静士招提好道场。

行者看罢，回复道："师父，那去处是便是座寺院；却不知禅光瑞蔼之中，又有些凶气，何也？观此景象，也是雷音，却又路道差池。我每到那厢，决不可擅入，恐遭毒手。"唐僧道："既有雷音之景，莫不就是灵山？你休误了我诚心，担阁了我来意。"行者道："不是，不是！灵山之路我也走过几遍，那是这路途！"八戒道："纵然不是，也必有个好人居住。"沙僧道："不必多疑。此条路未免从那门首过，是不是，一见可知也。"行者道："悟净说得有理。"

师徒四人上了山，作者通过"尘埃滚滚无人到，怪石森森不厌看"和"狐狢往来崖上跳，麖獐出入岭头顽。忽闻虎啸惊人胆，斑豹苍狼把路拦"，告诉我们这山根本没有祥瑞之气。但"行过岭头，下西平处"，却突然看见了"祥光蔼蔼，彩雾纷纷"的楼台殿阁，反差就此出现了。

悟空"手搭凉篷，仔细观看"后，发现确实是个"禅光瑞蔼"的寺院。该说不说，猴哥这眼力是真准，他能从这禅光瑞蔼中看出凶气。

猴哥咋看出来的呢？火眼金睛真就那么准吗？

其实大佛、大菩萨见得多了，感觉也就有了，画虎画皮难画骨，底蕴是装不出来的。

猴哥说这寺的景象有些像雷音寺，但是路不对，所以决不能去！唐僧表示：既有雷音之景，那大概率就是灵山，你可别误了我！

他也不想想，可能吗？刚刚前面走过的那座山凶到需要猴哥一路用棍子开路，所谓“孙行者神通广大。你看他一条金箍棒，哮吼一声，吓过了狼虫虎豹，剖开路，引师父直上高山”。唐僧这是多看不起灵山啊，路过人间小国还得倒换通关文牒，那灵山是随随便便就能进去的吗？灵山的周围又怎么可能有虎豹豺狼！

猴哥重申，那绝对不是灵山，灵山他已经走过两遍了，根本不是这条路。这时八戒再次帮他师父，说就算不是灵山，那也是个好人居住的地方。沙僧再次和稀泥，说这条路也不一定通到那寺，是不是灵山咱到时候一看就知道了。猴子说悟净说得有理，谈话就此结束。

八戒是看不出来该站谁的队吗？县官永远不如现管，因为他的不服气，猴子找个碴儿就想收拾他一顿。但别怪八戒，猴子四圣试禅心的那一通嘴贱之后，就永远失去八戒的心了。有些耻辱，是永远忘不掉的。

那长老策马加鞭，至山门前，见“雷音寺”三个大字，慌得滚下马来，倒在地下，口里骂道：“泼猢狲！害杀我也！现是雷音寺，还哄我哩！”行者陪笑道：“师父莫恼，你再看看，山门上乃四个字，你怎么口念出三个来，倒还怪我？”长老战兢兢的爬起来再看，真个是四个字，乃“小雷音寺”。三藏道：“就是小雷音寺，必定也有个佛祖在内。经上言三千诸佛，想是不在一方，似观音在南海，普贤在峨眉，文殊在五台。这不知是那一位佛祖的道场。古人云：‘有佛有经，无方无宝。’我们可进去来。”行者道：“不可进去，此处少吉多凶。若有祸患，你莫怪我。”三藏道：“就是无佛，也必有个佛像。我弟子心愿，遇佛拜佛，如何怪你。”即命八戒取袈裟，换僧帽，结束了衣冠，举步前进。

只听得山门里有人叫道：“唐僧，你自东土来拜见我佛，怎么还这等怠慢？”三藏闻言，即便下拜，八戒也磕头，沙僧也跪倒；惟大圣牵马、收拾行李在后方入。到二层门内，就见如来大殿。殿门外宝台之下，摆列着五百罗汉、三千揭谛、四金刚、八菩萨、比丘尼、优婆塞，无数的圣僧、道者，真个也香花艳丽，瑞气缤纷。慌得那长老与八戒、沙僧一步一拜，拜上灵台之间。行者公然不拜。又闻得莲台座上厉

声高叫道："那孙悟空，见如来怎么不拜？"不知行者又仔细观看，见得是假，遂丢了马匹、行囊，掣棒在手，喝道："你这伙业畜，十分胆大！怎么假倚佛名，败坏如来清德！不要走！"双手抡棒，上前便打。只听得半空中叮当一声，撇下一付金铙，把行者连头带足，合在金铙之内。慌得个猪八戒、沙和尚连忙使起钯杖，就被些阿罗、揭谛、圣僧、道者一拥近前围绕。他两个措手不及，尽被拿了。将三藏捉住，一齐都绳穿索绑，紧缚牢拴。

原来那莲花座上妆佛祖者乃是个妖王，众阿罗等都是些小怪。遂收了佛祖体像，依然现出妖身，将三众抬入后边收藏。把行者合在金铙之中，永不开放；只阁在宝台之上，限三昼夜化为脓水。化后，才将铁笼蒸他三个受用。这正是：

碧眼胡儿识假真，禅机见像拜金身。

黄婆盲目同参礼，木母痴心共话论。

邪怪生强欺本性，魔头怀恶诈天人。

诚为道小魔为大，错入旁门枉费身。

那时群妖将唐僧之众收藏在后，把马拴在后边，把他的袈裟、僧帽安在行李担内，亦收藏了，一壁厢严紧不题。

唐僧自打看见"祥光蔼蔼，彩雾纷纷"，就已经一厢情愿地认为那就是灵山了，于是他"策马加鞭，至山门前"。估计也确实是走烦了，这个破班终于上到头儿了，他看见"雷音寺"的牌匾后直接滚下马来，第一件事是骂猴子，骂得很难听，"泼猢狲！害杀我也！现是雷音寺，还哄我哩"！

猴哥赔笑表示：师父别急眼，再看看，四个字你咋就念了仨？唐僧战兢兢地爬起来再看，发现是"小雷音寺"，随后说：就算是小的，此地也一定有个佛祖在内。

这就是唐僧不懂佛门规矩了。雷音寺是什么地方？那是佛祖所在！咋可能有个地方敢叫"小雷音寺"？敢叫这个名字的地方绝对不是什么正常地方！悟空的觉悟相当高，嗅觉相当敏锐，此时已经看出问题来了，再次免责示警道："不可进去，此处少吉多凶。若有祸患，你莫怪我。"

悟空尽职尽责，唐僧照例不听，表示就算无佛也一定有佛像，随后换正装进去了。入山门后有人说话了，问唐僧：你来拜佛为何这等怠慢？唐僧、八戒、沙僧此时都跪下了，但悟空在后面牵马收拾行李，没搭理这茬。唐僧进了大殿后，整个灵山的五百罗汉、三千揭谛、四金刚、八菩萨等这些配套都出现了。唐僧和八戒、沙僧此时被吓得已经是一步一拜了，但悟空胸有成竹，依旧公然不拜。直到莲台座上那妖怪厉声高叫“那孙悟空，见如来怎么不拜”，悟空终于凑齐了证据链。这是你自己说的你是如来，居然敢假扮佛爷爷！随后悟空拿出棒子喝道：“你这伙业畜，十分胆大！怎么假倚佛名，败坏如来清德！不要走！”

悟空双手抡棒杀上来，却被半空撇下的一副金铙扣在里面了。此时八戒和沙僧也看出有问题了，但他俩就算早早看出来也没用，“放屁添风”二人组被周围的小妖轻松捉拿，连着唐僧，三人都被绑了。

这时莲花座上假装佛祖的妖王现出了原身，众阿罗也现身为小怪。接下来作者介绍了金铙的功效，是个弱化版的紫金红葫芦，被扣三昼夜后才会化为脓水，随后作为总结的这首诗说了两件事：

1. “碧眼胡儿识假真，禅机见像拜金身。黄婆盲目同参礼，木母痴心共话论”，取经四人里，只有猴子一个人有眼力。

2. 这次的磨难级别很高，取经四人连猴子在内都差着维度，以他们的能力根本平不了事，作者已经给出定性了，是“诚为道小魔为大，错入旁门枉费身”。

却说行者合在金铙里，黑洞洞的，燥得满身流汗，左拱右撞，不能得出，急得他使铁棒乱打，莫想得动分毫。他心里没了算计，将身往外一挣，却要挣破那金铙，遂捻着一个诀，就长有千百丈高，那金铙也随他身长，全无一些瑕缝光明。却又捻诀，把身子往下一小，小如芥菜子儿，那铙也就随身小了，更没些些孔窍。他又把铁棒吹口仙气，叫“变！”即变做幡竿一样，撑住金铙。他却把脑后毫毛选长的拔下两根，叫“变！”即变做梅花头五瓣钻儿，挨着棒下钻有千百下，只钻得苍苍响喨，再不钻动一些。

行者急了，却捻个诀，念一声“唵蓝静法界，乾元亨利贞”的咒语，拘得那五方揭谛、六丁六甲、一十八位护教伽蓝，都在金铙之外，道：“大圣，我等俱保护着师父，不教妖魔伤害。你又拘唤我等做甚？”行者道：“我那师父不听我劝解，就弄死他也不亏！但只你等怎么快作法，将这铙钹掀开，放我出来，再作处治。这里面不通光亮，满身爆燥，却不闷杀我也？”众神真个掀铙，就如长就的一般，莫

想揭动分毫。金头揭谛道：“大圣，这铙钹不知是件甚么宝贝，连上带下，合成一块。小神力薄，不能掀动。”行者道：“我在里面不知使了多少神通，也不得动。”

揭谛闻言，即着六丁神保护着唐僧，六甲神看守着金铙，众伽蓝前后照察；他却纵起祥光，须臾间闯入南天门里。不待宣召，直上灵霄宝殿之下，见玉帝俯伏启奏道：“主公，臣乃五方揭谛使。今有齐天大圣保唐僧取经，路遇一山，名小雷音寺。唐僧错认灵山进拜，原来是妖魔假设，因陷他师徒，将大圣合在一付金铙之内，进退无门，看看至死，特来启奏。”即传旨：“差二十八宿星辰，快去释厄降妖。”

悟空此时被装在金铙里什么都看不见，无论怎么撞，怎么打，怎么长大个儿，怎么变金刚钻也折腾不出来。最后他急眼了，捻诀念咒把五方揭谛、六丁六甲、一十八位护教伽蓝都给拘来了。注意引出取经摄像组的这段话：“拘得那五方揭谛、六丁六甲、一十八位护教伽蓝，都在金铙之外，道：‘大圣，我等俱保护着师父，不教妖魔伤害。你又拘唤我等做甚？’”

平时他们都是轮流当值的，到了这关却是“我等俱保护着师父”，这句话也是在为这关难过进行背书。这是遇到狠茬了，取经摄像组都取消轮休了，而且取经摄像组根本不想管这事，这妖怪背后的领导不是他们敢惹的。猴子都被扣里面了，取经摄像组说的却是职能范围，提醒猴子：你越界了，我们是保护唐僧的，平妖怪的事是你的活儿，你拘唤我们做什么？

猴子表示：不听我的话，唐僧死了也活该，赶紧帮我把这铙钹掀开。众神使了使劲儿，发现根本没戏。随后金头揭谛安排六丁神保护唐僧，六甲神看守金铙，众伽蓝前后照察，自己去了南天门，规格极高地“不待宣召，直上灵霄宝殿之下”，跟玉帝说了一下情况：

1. 唐僧团队到了一个妖魔设局的叫“小雷音寺”的地方，唐僧错将这里认作灵山，现在被妖魔扣了。

2. 猴子被扣在金铙里，眼看就要死了，所以我赶紧跟您汇报来了。

玉帝多灵啊，一听就知道了问题所在。敢整出个“小雷音寺”的妖魔背景肯定小不了，困住猴子眼瞅致死的法宝等级也低不了，随后玉帝极显功底地派出二十八宿来帮着除妖。

玉帝这是什么意思呢？

1. 二十八宿级别很高，体现了天庭对此的重视，给了如来佛祖面子。

2. 二十八宿派系繁杂，玉帝就没奔着解决问题去。

这二十八宿里有犯错后被打回老君那里的奎木狼，有毗蓝婆菩萨之子昴日鸡……本来就是你中有我、我中有你的关系，还没给他们指派专项领导。这就跟大闹天宫时玉帝派出的那十万天兵的复杂派系一样，就没想让这仗打赢，没指望他们成事，而且这二十八宿都解决不了第二层级法宝，也就是让对手有劲儿使不出来这个级别的难题，这也给了小雷音寺背后的大佬一个面子。

派二十八个天庭高级神仙顶多能把这件事闹大，把影响扩大，但佛家自己的事，最终还要佛家内部去解决。

那星宿不敢少缓，随同揭谛出了天门。至山门之内，有二更时分。那些大小妖精，因获了唐僧，老妖俱犒赏了，各去睡觉。众星宿更不惊张，都到铙钹之外，报道："大圣，我等是玉帝差来二十八宿，到此救你。"行者听说大喜，便教："动兵器打破，老孙就出来了！"众星宿道："不敢打。此物乃浑金之宝，打着必响；响时惊动妖魔，却难救拔。等我们用兵器捎他，你那里但见有一些光处就走。"行者道："正是。"你看他们使枪的使枪，使剑的使剑，使刀的使刀，使斧的使斧；扛的扛，抬的抬，掀的掀，捎的捎，弄到有二更天气，漠然不动，就是铸成了囫囵的一般。那行者在里边，东张张，西望望，爬过来，滚过去，莫想看见一些光亮。

亢金龙道："大圣呵，且休焦躁。观此宝定是个如意之物，断然也能变化。你在那里面，于那合缝之处，用手摸看，等我使角尖儿拱进来，你可变化了，顺松处脱身。"行者依言，真个在里面乱摸。这星宿把身变小了，那角尖儿就似个针尖一样，顺着钹合缝口上，伸将进去。可怜用尽千斤之力，方能穿透里面。却将本身与角使法像，叫："长！长！长！"角就长有碗来粗细。那钹口倒也不像金铸的，好似皮肉长成的，顺着亢金龙的角，紧紧噙住，四下里更无一丝拔缝。行者摸着他的角叫道："不济事！上下没有一毫松处！没奈何，你忍着些儿疼，带我出去。"

好大圣，即将金箍棒变作一把钢钻儿，将他那角尖上钻了一个孔窍，把身子变得似个芥菜子儿，拱在那钻眼里蹲着，叫："扯出角去！扯出角去！"这星宿又不知费了多少力，方才拔出，使得力尽筋柔，倒在地下。

二十八宿半夜来到小雷音寺，猴哥让他们赶紧打破金铙。众星宿表示：不能打，一打这金铙就响了，容易惊动妖魔，但可以把它撬开，你看见光就往外跑。

其实惊动妖魔就是个借口，那可是二十八宿！一个奎木狼就能跟猴哥比画几十回合了，听见响就听见呗。估计众星宿进了这寺院后就明白怎么回事了，这背后的大佬不能惹，这宝贝更加不能砸，砸坏了人家追责咋办！

说帮着撬开，但各使神通后折腾了一个时辰死活撬不动，这法宝就不是二十八宿这个级别能破得了的，最后亢金龙使了大招——拿角拱。亢金龙先是变成针一样大小，用尽千斤之力才穿透进去，然后又变回法相，让角长大。此时我们仔细看一下这句话："那钹口倒也不像金铸的，好似皮肉长成的，顺着亢金龙的角，紧紧噙住，四下里更无一丝拔缝。"

亢金龙撬的这个金铙又称铙、金拔、金拔罩，是我国古代的一种乐器，形状是这个样子的。

这一关的性隐喻很重。

猴哥最终在亢金龙的角尖上钻了一个孔，把身子变得像个芥菜籽，拱在钻眼里蹲着，才跟着亢金龙的角被扯了出去。亢金龙拔出角后，"使得力尽筋柔，倒在地下"。

别以为你得了便宜，进出这一趟不是那么轻松的。

行者却从他角尖钻眼里钻出，现了原身，掣出铁棒，照铙钹当的一声打去，就如崩倒铜山，咋开金铙。可惜把个佛门之器，打做个千百块散碎之金！諕得那二十八宿惊张，五方揭谛发竖，大小群妖皆梦醒。

老妖王睡里慌张，急起来披衣擂鼓，聚点群妖，各执器械。此时天将黎明，一拥赶到宝台之下，只见孙行者与列宿围在碎破金铙之外，大惊失色。即令："小的们，紧关了前门，不要放出人去！"行者听说，即携星众驾云，跳在九霄空里。那妖王收了碎金，排开妖卒，列在山门外。妖王怀恨，没奈何，披挂了，使一根短软狼牙棒，出营高叫："孙行者，好男子不可远走高飞！快向前与我交战三合！"行者忍不住，即引星众按落云头，观看那妖精怎生模样。但见他：

蓬着头，勒一条扁薄金箍；光着眼，簇两道黄眉的竖。悬胆鼻，孔窍开查；四方口，牙齿尖利。穿一副叩结连环铠，勒一条生丝攒穗绦。脚踏乌喇鞋一对，手执狼牙棒一根。此形似兽不如兽，相貌非人却似人。

行者挺着铁棒喝道："你是个甚么怪物，擅敢假妆佛祖，侵占山头，虚设小雷音寺！"那妖王道："这猴儿，是也不知我的姓名，故来冒犯仙山！此处唤做小西天，因我修行得了正果，天赐与我的宝阁珍楼。我名乃是黄眉老佛，这里人不知，但称我为黄眉大王、黄眉爷爷。一向久知你往西去，有些手段，故此设像显能，诱你师父进来，要和你打个赌赛。如若斗得过我，饶你师徒，让汝等成个正果；如若不能，将汝等打死，等我去见如来取经，果正中华也。"行者笑道："妖精不必海口！既要赌，快上来领棒！"那妖王喜孜孜，使狼牙棒抵住。这一场好杀：

两条棒，不一样，说将起来有形状：一条短软佛家兵，一条坚硬藏海藏。都有随心变化功，今番相遇争强壮。短软狼牙杂锦妆，坚硬金箍蛟龙像。若粗若细实可夸，要短要长甚停当。猴与魔，齐打仗，这场真个无虚诳。驯猴秉教作心猿，泼怪欺天弄假像。嗔嗔恨恨各无情，恶恶凶凶都有样。那一个当头手起不放松，这一个架丢劈面难谦让。喷云照日昏，吐雾遮峰嶂。棒来棒去两相迎，忘生忘死因三藏。

看他两个斗经五十回合，不见输赢。那山门口鸣锣擂鼓，众妖精呐喊摇旗。这壁厢有二十八宿天兵共五方揭谛众圣，各掮器械，吆喝一声，把那魔头围在中间。吓得那山门外群妖难擂鼓，战兢兢手软不敲锣。老妖魔公然不惧，一只手使狼牙棒架着众兵，一只手去腰间解下一条旧白布搭包儿，往上一抛，滑的一声响喨，把孙

大圣、二十八宿与五方揭谛，一搭包儿通装将去，挎在肩上，拽步回身。众小妖个个欢然，得胜而回。老妖教小的们取了三五千条麻索，解开搭包，拿一个，捆一个，一个个都骨软筋麻，皮肤窊皱。捆了抬去后边，不分好歹，俱掷之于地。妖王又命排筵畅饮，自旦至暮方散，各归寝处不题。

悟空出来后一怒之下把金铙打碎了，随后“諕得那二十八宿惊张，五方揭谛发竖”。大家都没想到猴子居然这么勇猛，这种级别的法宝都敢毁。这其实也说明猴哥的认知到位，人家绝不这山望着那山高，头上只有一片云，那片云在灵山。不管小雷音寺背后的人物多么牛，猴哥都只认大雷音寺！必须通过跟你死磕来显示对我佛如来的绝对支持！

悟空与众星宿驾云跳在九霄空里开始与妖王开打，来看看这怪物的模样：

1. 跟悟空一样，也戴着个箍，所谓“蓬着头，勒一条扁薄金箍”。

呵呵，这是猴哥的“难兄难弟”啊！要不人家怎么能搞出个小雷音寺呢，连金箍这种让牛人为我所用的法宝人家背后的大佬都能研发出来。

2. 根本看不出来历，只能看出两道大黄眉毛，“此形似兽不如兽，相貌非人却似人”。

跟青牛精一样，这妖怪把相貌给隐了。这是让背后棋手装不知道的日常操作。

3. 手拿短软狼牙棒。

暂且搁置，作者马上会对这根狼牙棒有细致描写。

悟空问责妖王：你是何方妖物，敢假装佛祖？妖王回复：我这儿叫小西天。注意，这不是妖精胡吹的，一个月后，也就是在下两回中，当地老人还说自己这地方叫小西天呢，所谓“老者道：‘和尚，你要西行，却是去不得啊！此处乃小西天，若到大西天，路途甚远’”（第六十七回）。也就是说，这地方是三界公示的小西天。一个地方叫小西天这可以理解，但叫小雷音寺是绝对不能被允许的。

妖王说：我得了正果，所以天赐宝阁珍楼，我名叫黄眉老佛，专门找你孙悟空的碴儿，所谓“一向久知你往西去，有些手段，故此设像显能，诱你师父进来，要和你打个赌赛。如若斗得过我，饶你师徒，让汝等成个正果；如若不能，将汝等打死，等我去见如来取经，果正中华也”。

黄眉不是要代替悟空去取经，而是要“将汝等打死”后去取经，这句话也显露出了这一关背后大佬的意思：如来攒的这个局佛门内部有不同意的，唐僧和猴子都是如来的人，如来抢了南赡部洲最牛国家香火这事人家没有利益分红，所以人家要恶心恶心如来！

悟空和黄眉开打后，作者详细描写了那个“短软”狼牙棒，所谓“一条短软佛家兵，一条坚硬藏海藏。都有随心变化功，今番相遇争强壮。短软狼牙杂锦妆，坚硬金箍蛟龙像。若粗若细实可夸，要短要长甚停当”，虽然这狼牙棒短软，但是能变粗变长，随心变化。

狼牙棒是长这个样子的。

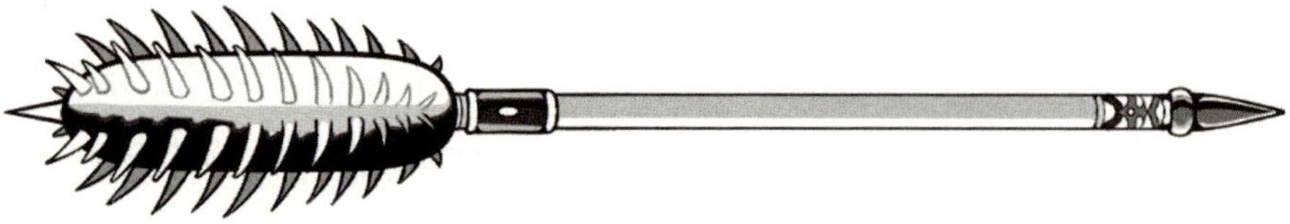

黄眉的这件兵器，不用时“短软”，等用时又可“随心变化”，不比金箍棒差，可以打得有来有回，加之狼牙棒的形状，作者以此隐喻与人间香火传承相关的器官。

黄眉和悟空两人的本事差不多，至少五十回合是不分输赢的。当二十八宿与五方揭谛众圣把黄眉围了之后，人家不慌不忙，一只手使狼牙棒就架住了众兵，另一只手去腰间解下一条旧白布搭包，往上一抛，就把悟空他们都给收了进去。

第二层级的法宝，人家不光有个金铙，还有个搭包。可以说是又把悟空他们给降维打击了。

后面我们会知道，这个法宝被弥勒佛祖称为“人种袋”。如果说金铙和狼牙棒还是隐喻，那作者写到这个人种袋就算“明牌”了。

却说孙大圣与众神捆至夜半，忽闻有悲泣之声。侧耳听时，却原来是三藏声音，

哭道："悟空呵，我：

自恨当时不听伊，致令今日受灾危。

金铙之内伤了你，麻绳捆我有谁知？

四人遭逢缘命苦，三千功行尽倾颓。

何由解得迍邅难，坦荡西方去复归！"

行者听言，暗自怜悯道："那师父虽是未听吾言，今遭此害；然于患难之中，还有忆念老孙之意。趁此夜静妖眠，无人防备，且去解脱众等逃生也。"

好大圣，使了个遁身法，将身一小，脱下绳来，走近唐僧身边，叫声："师父。"长老认得声音，叫道："你为何到此？"行者悄悄的把前项事告诉了一遍。长老甚喜道："徒弟，快救我一救！向后事但凭你处，再不强了！"行者才动手，先解了师父，放了八戒、沙僧，又将二十八宿、五方揭谛个个解了；又牵过马来，教快先走出去。方出门，却不知行李在何处，又来找寻。亢金龙道："你好重物轻人！既救了你师父就勾了，又还寻甚行李？"行者道："人固要紧，衣钵尤要紧。包袱中有通关文牒、锦襕袈裟、紫金钵盂，俱是佛门至宝，如何不要！"八戒道："哥哥，你去找寻，我等先去路上等你。"你看那星众簇拥着唐僧，使个设法，共弄神通，一阵风撮出垣围，奔大路，下了山坡，却屯于平处等候。

约有三更时分，孙大圣轻那慢步，走入里面。原来一层层门户甚紧。他就爬上高楼看时，窗牖皆关，欲要下去，又恐怕窗棂儿响，不敢推动。捻着诀，摇身一变，变做一个仙鼠，俗名蝙蝠。你道他怎生模样：

头尖还似鼠，眼亮亦如之。

有翅黄昏出，无光白昼居。

藏身穿瓦穴，觅食扑蚊儿。

偏喜晴明月，飞腾最识时。

他顺着不封瓦口椽子之下，钻将进去。越门过户，到了中间看时，只见那第三重楼窗之下，焖灼灼一道光毫，也不是灯烛之光，萤火之光，又不是飞霞之光，掣电之光。他半飞半跳，近于窗前看时，却是包袱放光。那妖精把唐僧的袈裟脱了，不曾折就，乱乱的揌在包袱之内。那袈裟本是佛宝，上边有如意珠、摩尼珠、红玛瑙、紫珊瑚、舍利子、夜明珠，所以透的光彩。他见了此衣钵，心中大喜，就现了本像，拿将过来，也不管担绳偏正，抬上肩往下就走。不期脱了一头，扑的落在楼板上，唿喇的一声响喨。有这般事！可可的老妖精在楼下睡觉，一声响把他惊醒，跳起来乱叫道："有人了！有人了！"那些大小妖都起来，点灯打火，一齐吆喝，前后去看。有的来报道："唐僧走了！"又有的来报道："行者众人俱走了！"老妖急传号令，教："各门上谨慎！"行者听言，恐又遭他罗网，挑不成包袱，纵筋斗，就跳出楼窗外走了。

那妖精前前后后寻不着唐僧等，又见天色将明，取了棒，帅众来赶。只见那二十八宿与五方揭谛等神，云雾腾腾，屯住山坡之下。妖王喝了一声："那里去！吾来也！"角木蛟急唤："兄弟们，怪物来了！"亢金龙、氐土貉、房日兔、心月狐、尾火虎、箕水豹、斗木獬、牛金牛、女土蝠、虚日鼠、危月燕、室火猪、壁水㺄、奎木狼、娄金狗、胃土彘、昴日鸡、毕月乌、觜火猴、参水猿、井木犴、鬼金羊、柳土獐、星日马、张月鹿、翼火蛇、轸水蚓，领着金头揭谛、银头揭谛、六甲六丁神、护教伽蓝，同八戒、沙僧，不领唐三藏，丢了白龙马，各执兵器，一拥而上。这妖王见了，呵呵冷笑，叫一声哨子，有四五千大小妖精，一个个威强力胜，浑战在西山坡上。好杀：

魔头泼恶欺真性，真性温柔怎奈魔。百计施为难脱苦，千方妙用不能和。诸天来拥护，众圣助干戈。留情亏木母，定志感黄婆。浑战惊天并振地，强争设网与张罗。那壁厢摇旗呐喊，这壁厢擂鼓筛锣。枪刀密密寒光荡，剑戟纷纷杀气多。妖卒凶还勇，神兵怎奈何？愁云遮日月，惨雾罩山河。苦掤苦拽来相战，皆因三藏拜弥陀。

见妖怪那么厉害，悟空一直等到半夜都没敢动手，然后唐僧十分常见的哭泣声又传来了。这也是唐师父在传达一个意思：悟空，我不听你的话，我真傻，求求你救救我吧。

唐僧此时已经被捆出经验了，被捆后就赶紧哭泣，作诗给猴子认错，因为猴子大概率会变成蚊子、苍蝇之类的在周围听着呢。猴哥听见后果然心软了，认为老和尚虽然可恨，但最起码还能想起咱老孙，算啦，救大伙儿逃生吧。

悟空使了个遁身法，将身变小，脱下绳来，先是去跟唐僧唠了唠来龙去脉，但悟空可没救他，直到唐僧又求道："徒弟，快救我一救！向后事但凭你处，再不强了！"之后，"行者才动手，先解了师父，放了八戒、沙僧，又将二十八宿、五方揭谛个个解了；又牵过马来，教快先走出去”。

悟空让众神先走，他自己变成了蝙蝠去找包袱。当看到袈裟放光后，猴哥一兴奋，抄起担子就要跑路，结果因为好多年没挑担子了，也没调整担绳，导致一头砸到了楼板上，把妖怪吵醒了。悟空一害怕就跑了，黄眉再次带队来抓唐僧。此役也展现了小西天集团的超大规模，面对二十八宿和八戒、沙僧，包括取经摄像组的反扑，黄眉呵呵冷笑后叫一声哨子，喊来了四五千个大小妖精迎上去开打。

这也是截至目前，西行路上最大规模的一伙妖魔——四五千个，而且人家“一个个威强力胜”。此前遇到的妖魔不过是几百小妖的规模，无论是金角、银角还是青牛精，团伙规模都不大，而且小妖能力也就那么回事。再看黄眉这小西天的妖魔质量，是能直接跟天庭大神们开打的，那是“妖卒凶还勇，神兵怎奈何？”

欢迎来到取经下半场！

论妖魔，道教的孽畜也就看个乐！

还得是佛门孽畜才能整出大规模！

那妖精倍加勇猛，帅众上前掩杀。正在那不分胜败之际，只闻得行者叱咤一声道：“老孙来了！”八戒迎着道：“行李如何？”行者道：“老孙的性命几乎难免，却便说甚么行李！”沙僧执着宝杖道：“且休叙话，快去打妖精也！”那星宿、揭谛、丁甲等神，被群妖围在垓心浑杀。老妖使棒来打他三个，这行者、八戒、沙僧丢开棍杖，抡着钉钯抵住。真个是地暗天昏，不能取胜。只杀得太阳星西没山根，太阴星东生海峤。

那妖见天晚，打个哨子，教群妖各各留心，他却取出宝贝。孙行者看得分明：那怪解下搭包，拿在手中。行者道声：“不好了！走呵！”他就顾不得八戒、沙僧、诸天等众，一路筋斗，跳上九霄宫里。众神、八戒、沙僧不解其意，被他抛起去，又都装在里面，只是行者走了。那妖王收兵回寺，又教取出绳索，照旧绑了。将唐僧、八戒、沙僧悬梁高吊，白马拴在后边，诸神亦俱绑缚，抬在地窖子内，封锁了盖。那众妖遵依一一收了不题。

却说孙行者跳在九霄，全了性命，见妖兵回转，不张旗号，已知众等遭擒。他却按下祥光，落在那东山顶上，咬牙恨怪物，滴泪想唐僧，仰面朝天望，悲嗟忽失声，

叫道："师父呵，你是那世里造下这迍邅难，今世里步步遇妖精！似这般苦楚难逃，怎生是好！"独自一个嗟叹多时，复又宁神思虑，以心问心道："这妖魔不知是个甚么搭包子，那般装得许多物件？如今将天神天将许多人又都装进去了，我待求救于天，奈恐玉帝见怪。我记得有个北方真武，号曰荡魔天尊，他如今现在南赡部洲武当山上，等我去请他来搭救师父一难。"正是：

仙道未成猿马散，心神无主五行枯。

毕竟不知此去端的如何，且听下回分解。

双方开打后猴哥也出现了。猴子比较灵，他担心黄眉再放搭包，所以第一时间没出现，见人家没用法宝才现了身。八戒问他行李在哪儿，猴哥一句"老孙的性命几乎难免，却便说甚么行李"岔开了话题，加入战斗之中。猴哥出现后黄眉再次奔他而来，所谓"那星宿、揭谛、丁甲等神，被群妖围在垓心浑杀。老妖使棒来打他三个"，人家黄眉直接来打他们哥儿仨了。随后作者用时长背书了黄眉战斗力的含金量。猴子逃跑时是半夜，之后这场混战整整打了一天，所谓"真个是地暗天昏，不能取胜。只杀得太阳星西没山根，太阴星东生海峤"。八戒和沙僧的战斗力咱就忽略不计了，多他们不多，少他们不少，至少黄眉是能跟悟空打上一整天的，这也是继二郎神之后悟空交手过的最强战斗力了。见天要黑了，黄眉不打了，开启搭包又把众神都装了。猴哥眼尖，这回没再被抓，成功逃跑了。

猴子此时无计可施，只有哭的份了，开始抱怨师父这是哪辈子缺了那么大的德，这辈子那么多妖怪轮番地伺候他。抱怨够了，猴哥开动脑筋想找救兵的事。佛门的救兵他不敢找，无论是观音还是佛祖他都不敢去找，因为人家黄眉明白说了，你有本事你就去取经，你要是打不过我就让我去取经，现在去找他们，就是承认自己技不如人了。好不容易前面刚要来了"功成归极乐，汝亦坐莲台"（第五十八回）的承诺，现在咋好意思跟佛祖说自己不如竞品呀！玉帝那里悟空也不好意思再去找了，二十八宿都折进去了，咋张这个嘴呢。人家玉帝已经完成了自己的面子任务，行不行的也就这意思了，接下来还是需要你自己想办法。悟空随后想起来一个牛人，他要去南赡部洲武当山找北方真武来帮这个忙。

第六十六回

诸神遭毒手，弥勒缚妖魔

话表孙大圣无计可施，纵一朵祥云，驾筋斗，竟转南赡部洲，去拜武当山，参请荡魔天尊，解释三藏、八戒、沙僧、天兵等众之灾。他在半空里无停止，不一日，早望见祖师仙境，轻轻按落云头，定睛观看，好去处：

巨镇东南，中天神岳。芙蓉峰竦杰，紫盖岭巍峨。九江水尽荆扬远，百越山连翼轸多。上有太虚之宝洞，朱陆之灵台。三十六宫金磬响，百千万客进香来。舜巡禹祷，玉简金书。楼阁飞青鸟，幢幡摆赤裾。地设名山雄宇宙，天开仙境透空虚。几树榔梅花正放，满山瑶草色皆舒。龙潜涧底，虎伏崖中。幽含如诉语，驯鹿近人行。白鹤伴云栖老桧，青鸾丹凤向阳鸣。玉虚师相真仙地，金阙仁慈治世门。

猴哥要去请八戒的老同事了。这个真武大帝是北极四圣之一的灵应佑圣帝君，道经中称为"镇天真武灵应佑圣帝君"，简称"真武帝君"，民间尊称荡魔天尊、报恩祖师、披发祖师，自明朝开始影响变得非常大。来看看这个著名神仙在西游宇宙中是怎样被作者润色的。

按理来说，真武大帝应该叫玄武大帝，之所以改名，是因为宋真宗赵恒为了掩盖他家没本事收回幽、凉二州这件事的一个连锁反应。

他们老赵家自赵匡胤开始，为了防止大臣中再出现他家这样篡位的，便一步步阉割武力，拆分权力。经过"高梁河车神"的两次北伐现眼，以及赵恒即位初年的辽宋大战，赵恒已经很清楚，幽、凉二州肯定从辽国手里收不回来了，不仅收不回来，签了“澶渊之盟”后，每年还得给人家岁币呢！这个德行，咋好意思说自己是天选之子呢？咋好意思说你家是受命于天呢？赵恒的后半辈子都在围绕这个签了“澶渊之盟”放弃收回幽云十六州的死结而去装神弄鬼。他设计了天书骗局，甚至还胡拉乱扯地创造出了一位宋圣祖赵玄朗来。赵恒说，这圣祖跟他念叨过自己是人皇九人之一，是赵家始祖，上次下凡时为轩辕黄帝，所以他赵家这天下简直太有正统性了。为了避讳赵恒造出来的这位圣祖，所有神仙都得跟着避讳，“玄”字就用不了了，玄武大帝也变成了真武大帝。

要说观世音菩萨为了避李世民的讳改成了观音菩萨，我觉得还算情有可原，神仙们唠嗑时也有的说，玄武大帝避他赵家装神弄鬼整出来的这个赝品，真的是有点替玄武大帝亏得慌。

来看看西游宇宙中对武当山的描写，堪称西游宇宙第一档仙山模样了。原著成书时代是明朝，明朝的武当山可了不得。当年朱棣在“靖难之役”后夺取了皇位，他跟前面那老赵家一样，也面临着合法性的危机。他说他是因为得到真武大帝的庇佑，所以当了天子，天意如此，随后官方大修了真武大帝的道场武当山。到了永乐中，朱棣封武当山为“太岳太和山”，使其地位在五岳之上。到了著名道士皇帝嘉靖的时代就更不得了了。万寿帝君先生在武当山的原有建筑基础上，增建了许多宫殿和庙宇等建筑，甚至经常派遣朝廷重臣前往武当山进行祭祀活动。他本人也多次在武当山的相关仪式中进行“遥拜”，并亲自撰写了多篇关于武当山的碑文。

《西游记》成书于嘉靖后期，作者在文中绝对把武当山的排面拉满了，这是“太虚之宝洞，朱陆之灵台”，这是“地设名山雄宇宙，天开仙境透空虚”，这是“玉虚师相真仙地，金阙仁慈治世门”，这里的祥瑞有青鸟、龙、虎、驯鹿、白鹤、青鸾、丹凤……总之，这地方了不得，灵山也不过如此。

上帝祖师，乃净乐国王与善胜皇后梦吞日光，觉而有孕，怀胎一十四个月，于开皇元年甲辰之岁三月初一日午时降诞于王宫。那爷爷：

幼而勇猛，长而神灵。不统王位，惟务修行。父母难禁，弃舍皇宫。参玄入定，在此山中。功完行满，白日飞升。玉皇敕号，真武之名。玄虚上应，龟蛇合形。周天六合，皆称万灵。无幽不察，无显不成。劫终劫始，剪伐魔精。

这位北极四圣之一的真武大帝上一次露面还是绕佛三匝地去请佛祖来降服妖猴，当时还不是特别牛的神仙，咋五百年不见，升级成了这个样子，整出这么牛的道场了呢？

上面作者的这番话能让我们把下巴惊掉地上，这位真武大帝堪称“道门隋三藏”！他的飞升可以说是天庭顶级大佬不顾影响地对他进行提拔了！细看这段话，作者说了三件事：

1. 佑圣真君跟唐僧一样，下界重新投了胎。

2. 祖师出生时间为“开皇元年甲辰之岁三月初一日午时”。

这里有个小争议，隋开皇元年应该是公元 581 年，农历辛丑年，而不是甲辰年，所以有人认为这个“开皇”是道家五劫“龙汉、赤明、上皇、开皇、延康”中的“开皇”。这五劫指的是道教所划分天地未分、既分及化生万物的五大劫号名，是宇宙万物生成演化的五个阶段，也称五祖劫，但文中的“开皇元年甲辰之岁三月初一日午时”明显是干支纪年，所以这不是道家五劫。至于农历错了也正常，取经开始的唐贞观十三年（639）也不是岁在己巳，而是岁在己亥。作者成书的年代距离隋开皇元年将近一千年，对于农历的记载是有可能出错的，所以这个能理解。作者想表达的就是这位真武大帝的出生时间是隋开皇元年。他比隋开皇十八年戊午年（599）十二月戊午日出生于武功的李世民仅仅大了十八岁！距此时的取经仅仅过去六十多年！

3. 真武大帝跟释迦牟尼佛一样，也是个王子出身，他出身的净乐国在哪儿咱就不深究了，因为这段“净乐国王与善胜皇后梦吞日光，觉而有孕，怀胎一十四个月”的设定是从《太上说玄天大圣真武本传神咒妙经》中摘过来的，就是作者加入西游宇宙的一个素材。总之，这孩子长大后就去武当山修仙了，功完行满后白日飞升，被玉皇大帝敕封为真武大帝。

综上，这真武大帝的进步速度堪称恐怖！再看唐僧，绕个圈才能成佛，多麻烦！总以为唐僧的背景就够厉害了吧，西游宇宙的作者这就给你安排个更厉害的让你长长见识。

这是为什么呢？

往后看，作者会给我们解释。

孙大圣玩着仙境景致，早来到一天门、二天门、三天门，却至太和宫外，忽见那祥光瑞气之间，簇拥着五百灵官。那灵官上前迎着道："那来的是谁？"大圣道："我乃齐天大圣孙悟空，要见师相。"众灵官听说，随报。祖师即下殿迎到太和宫。行者作礼道："我有一事奉劳。"问："何事？"行者道："保唐僧西天取经，路遭险难。至西牛贺洲，有座山唤小西天，小雷音寺有一妖魔。我师父进得山门，见有阿罗、揭谛、比丘、圣僧排列，以为真佛，倒身才拜，忽被他拿住绑了。我又失于防闲，被他抛一付金铙，将我罩在里面，无纤毫之缝，口合如钳。甚亏金头揭谛请奏玉帝，钦差二十八宿当夜下界，掀揭不起。幸得亢金龙将角透入铙内，将我度出。被我打碎金铙，惊醒怪物。赶战之间，又被撒一个白布搭包儿，将我与二十八宿并五方揭谛尽皆装去，复用绳捆了。是我当夜脱逃，救了星辰等众与我唐僧等。后为找寻衣钵，又惊醒那怪，与天兵赶战。那怪又拿出搭包儿，理弄之时，我却知到前音，遂走了，众等被他依然装去。我无计可施，特来拜求师相一助力也。"

祖师道："我当年威镇北方，统摄真武之位，剪伐天下妖邪，乃奉玉帝敕旨。后又披发跣足，踏腾蛇神龟，领五雷神将、巨虬狮子、猛兽毒龙，收降东北方黑气妖氛，乃奉元始天尊符召。今日静享武当山，安逸太和殿，一向海岳平宁，乾坤清泰。奈何我南赡部洲并北俱芦洲之地，妖魔剪伐，邪鬼潜踪。今蒙大圣下降，不得不行；只是上界无有旨意，不敢擅动干戈。假若法遣众神，又恐玉帝见罪；十分却了大圣，又是我逆了人情。我谅着那西路上纵有妖邪，也不为大害。我今着龟、蛇二将并五大神龙与你助力，管教擒妖精，救你师之难。"行者拜谢了祖师，即同龟、蛇、龙神各带精锐之兵，复转西方之界。不一日，到了小雷音寺，按下云头，径至山门外叫战。

真武大帝的道场相当有排场。悟空一天门、二天门、三天门一层层地进，随后在太和宫外又看到祥光瑞气之间簇拥着五百灵官！

看看，这是多么受重用！这不是花果山和狮驼岭的几万小妖，这是五百灵官！是神仙！

悟空上报灵官后，荡魔祖师下殿相迎。悟空比较详细地说了求救兵的缘由，把妖魔在小西天小雷音寺假扮佛祖的事说了，把玉帝派来的二十八宿被抓的事也说了。悟空想拿扬名立万的诱惑来怂恿祖师，但人家回复的一番话信息量大到了需要挨句翻译。

1.“我当年威镇北方，统摄真武之位，剪伐天下妖邪，乃奉玉帝敕旨。”

潜台词：我这个位子和职能是受封于玉帝的敕旨。

2.“后又披发跣足，踏腾蛇神龟，领五雷神将、巨虬狮子、猛兽毒龙，收降东北方黑气妖氛，乃奉元始天尊符召。”

潜台词：我这个“踏腾蛇神龟，领五雷神将、巨虬狮子、猛兽毒龙”的班子具体忙活东北方那摊子事，是受元始天尊的领导。这里真武背后的大佬——三清之首的元始天尊出现了，所以他的晋升速度才会那么快。

3.“今日静享武当山，安逸太和殿，一向海岳平宁，乾坤清泰。奈何我南赡部洲并北俱芦洲之地，妖魔剪伐，邪鬼潜踪。”

潜台词：欲扬先抑，先撇清关系，我的辖区是南赡部洲和北俱芦洲，你西牛贺州的破事跟我没关系。

4.“今蒙大圣下降，不得不行；只是上界无有旨意，不敢擅动干戈。假若法遣众神，又恐玉帝见罪。”

这句最有味道，发兵我得听上界旨意，这明显是句推辞，因为刚刚他说了“披发跣足，踏腾蛇神龟，领五雷神将、巨虬狮子、猛兽毒龙，收降东北方黑气妖氛，乃奉元始天尊符召”。

注意，他提到的不是玉帝的旨和敕，是元始天尊的符。

他这官虽然是玉帝敕封的，但武当山的兵权却在元始天尊手中。

5.“十分却了大圣，又是我逆了人情。我谅着那西路上纵有妖邪，也不为大害。我今着龟、蛇二将并五大神龙与你助力，管教擒妖精，救你师之难。”

但是，你这个当年玉帝口中官品已极的“齐天大圣”我也不能得罪，现在就派几个核心骨干跟你走一趟。注意，咱俩走的是私人的关系。

人家真武大帝作为一个“刺史级别”的地方领导说话极有分寸：我的神位是玉帝敕封的，我的老大是三清之首的元始天尊，我的辖区是南赡部洲、北俱芦洲，我之所以到此处帮你，卖的是玉帝敕封你为“齐天大圣”的面子。全程没提佛祖半个字。我这个道门的高级领导不跟别的单位处关系，刺史绝不结交诸侯王。

忠心表了，产权申了，悟空和背后佛门也没得罪。不仅如来没得罪，黄眉背后的大佬也没得罪，那句“我谅着那西路上纵有妖邪，也不为大害”就是个托词。真武大帝从悟空的介绍中就已经知道小西天这关明显不是他这个级别能掺和的事了，他这句托词不是狂妄，而是给自己不露面创造借口。猴哥两次说到自己和二十八宿被搭包降维打击了，真武派的这拨兵又没有相应的解题法宝，所以就是做做样子，表态自己无能为力，送人头给黄眉去抓的。

却说那黄眉大王聚众怪在宝阁下说：“孙行者这两日不来，又不知往何方去借兵也。”说不了，只见前门上小妖报道：“行者引几个龙蛇龟相在门外叫战。”妖魔道：“这猴儿怎么得个龙蛇龟相？此等之类，却是何方来者？”随即披挂走出山门，高叫：“汝等是那路龙神，敢来造我仙境？”五龙、二将相貌峥嵘，精神抖擞，喝道：“那泼怪！我乃武当山太和宫混元教主荡魔天尊之前五位龙神、龟蛇二将。今蒙齐天大圣相邀，我天尊符召，到此捕你。你这妖精，快送唐僧与天星等出来，免你一死！不然，将这一山之怪，碎劈其尸；几间之房，烧为灰烬！”那怪闻言，心中大怒道：“这畜生，有何法力，敢出大言！不要走，吃吾一棒！”这五条龙，翻云使雨；那两员将，播土扬沙。各执枪刀剑戟，一拥而攻。孙大圣又使铁棒随后。这一场好杀：

凶魔施武，行者求兵。凶魔施武，擅据珍楼施佛像；行者求兵，远参宝境借龙神。龟蛇生水火，妖怪动刀兵。五龙奉旨来西路，行者因师在后收。剑戟光明摇彩电，枪刀愰亮闪霓虹。这个狼牙棒，强能短软；那个金箍棒，随意如心。只听得扢扑响声如爆竹，叮当音韵似敲金。水火齐来征怪物，刀兵共簇绕精灵。喊杀惊狼虎，喧哗振鬼神。浑战正当无胜处，妖魔又取宝和珍。

行者帅五龙、二将，与妖魔战经半个时辰，那妖精即解下搭包在手。行者见了心惊，叫道：“列位仔细！”那龙神、蛇、龟不知甚么仔细，一个个都停住兵，近前抵挡。那妖精幌的一声，把搭包儿撇将起去。孙大圣顾不得五龙、二将，驾筋斗跳在九霄逃脱。他把个龙神、龟、蛇一搭包子又装将去了。妖精得胜回寺，也将绳捆了，抬在地窖子里盖住不题。

你看那大圣落下云头，斜欹在山巅之上，没精没采，懊恨道："这怪物十分利害！"不觉的合着眼，似睡一般。猛听得有人叫道："大圣，休推睡，快早上紧求救！你师父性命只在须臾间矣！"行者急睁睛跳起来看，原来是日值功曹。行者喝道："你这毛神，一向在那方贪图血食，不来点卯，今日却来惊我！伸过孤拐来，让老孙打两棒解闷！"功曹慌忙施礼道："大圣，你是人间之喜仙，何闷之有！我等早奉菩萨旨令，教我等暗中护祐唐僧，乃同土地等神，不敢暂离左右，是以不得常来参见，怎么反见责也？"行者道："你既是保护，如今那众星、揭谛、伽蓝并我师等，被妖精困在何方？受甚罪苦？"功曹道："你师父、师弟都吊在宝殿廊下，星辰等众都收在地窖之间受罪。这两日不闻大圣消息，却才见妖精拿了神龙、龟、蛇，又送在地窖里去了，方知是大圣请来的兵。小神特来寻大圣，大圣莫辞劳倦，千万再急急去求救援。"

行者闻言及此，不觉对功曹滴泪道："我如今愧上天宫，羞临海藏。怕问菩萨之原由，愁见如来之玉像！才拿去者，乃真武师相之龟、蛇、五龙圣众。教我再无方求救，奈何？"功曹笑道："大圣宽怀。小神想起一处精兵，请来断然可降。适才大圣至武当，是南赡部洲之地。这枝兵也在南赡部洲盱眙山蠙城，即今泗洲是也。那里有个大圣国师王菩萨，神通广大。他手下有一个徒弟，唤名小张太子，还有四大神将，昔年曾降伏水母娘娘。你今若去请他，他来施恩相助，准可捉怪救师也。"行者心喜道："你且去保护我师父，勿令伤他，待老孙去请也。"

黄眉再见悟空带来的这些神仙，上来先问你们是哪座庙的。得知是武当山荡魔天尊的手下后，黄眉根本就不在乎，直接开打。黄眉再次展现了顶级战斗力，跟悟空和武当山的七个猛将打了半个时辰，人家根本就没吃亏。注意，是打了半个时辰，证明就算硬碰硬你们也不是对手后才解下搭包，放出法宝。猴哥见情况不对赶紧跑了，武当山的救兵也被抓了。

这场仗打完，猴哥已经被打服了，所谓"没精没采，懊恨道：'这怪物十分利害！'不觉的合着眼，似睡一般"。这就是㞞了，精气神都被打没了，闭眼装鸵鸟了。随后被日值功曹给推了起来，猴哥在发了一通无名火后居然"怕问菩萨之原由，愁见如来之玉像"！言外之意，我眼下已经没地方求救了！

随后，日值功曹又给猴哥推荐了南赡部洲盱眙山蠙城的大圣国师王菩萨，说：

这菩萨厉害，之前降服过水母娘娘，你赶紧去找她帮忙。就这样，猴哥又去了盱眙山。

行者纵起筋斗云，躲离怪处，直奔盱眙山。不一日早到，细观，真好去处：

南近江津，北临淮水。东通海峤，西接封浮。山顶上有楼观峥嵘，山凹里有润泉浩涌。嵯峨怪石，槃秀乔松。百般果品应时新，千样花枝迎日放。人如蚁阵往来多，船似雁行归去广。上边有瑞岩观、东岳宫、五显祠、龟山寺，钟韵香烟冲碧汉；又有玻璃泉、五塔峪、八仙台、杏花园，山光树色映蠙城。白云横不度，幽鸟倦还鸣。说甚泰嵩衡华秀，此间仙景若蓬瀛。

大圣观玩不尽，径过了淮河，入蠙城之内。到大圣禅寺山门外，又见那殿宇轩昂，长廊彩丽，有一座宝塔峥嵘。真是：

插云倚汉高千丈，仰视金瓶透碧空。

上下有光凝宇宙，东西无影映帘栊。

风吹宝铎闻天乐，日映冰虬对梵宫。

飞宿灵禽时诉语，遥瞻淮水渺无穷。

行者且看且走，直至二层门下。那国师王菩萨早已知之，即与小张太子出门迎迓。相见叙礼毕，行者道："我保唐僧西天取经，路上有个小雷音寺，那里有个黄眉怪假充佛祖，我师父不辨真伪就下拜，被他拿了。又将金铙把我罩住，幸亏天降星辰救出。是我打碎金铙，与他赌斗。又将一个布搭包儿，把天神、揭谛、伽蓝与我师父、师弟尽皆装了进去。我前去武当山请玄天上帝救援，他差五龙、龟、蛇拿怪，又被他一搭包子装去。弟子无依无倚，故来拜请菩萨，大展威力，将那收水母之神通，拯生民之妙用，同弟子去救师父一难。取得经回，永传中国，扬我佛之智慧，兴般若之波罗也。"国师王道："你今日之事，诚我佛教之兴隆，礼当亲去；奈时值初夏，正淮水泛涨之时，新收了水猿大圣，那厮遇水即兴，恐我去后，他乘空生顽，无神可治。今着小徒领四将，和你去助力炼魔收伏罢。"

行者称谢，即同四将并小张太子，又驾云回小西天，直至小雷音寺。小张太子使一条楮白枪，四大将抡四把锟铻剑，和孙大圣上前骂战。小妖又去报知，那妖王复帅群妖鼓噪而出，道："猢狲！你今又请得何人来也？"说不了，小张太子指挥

四将上前喝道："泼妖精！你面上无肉，不认得我等在此！"妖王道："是那方小将，敢来与他助力？"太子道："吾乃泗洲大圣国师王菩萨弟子，帅领四大神将，奉令擒你！"妖王笑道："你这孩儿，有甚武艺，擅敢到此轻薄？"太子道："你要知我武艺，等我道来：

祖居西土流沙国，我父原为沙国王。自幼一身多疾苦，命于华盖恶星妨。因师远慕长生诀，有分相逢舍药方。半粒丹砂祛病退，愿从修行不为王。学成不老同天寿，容颜永似少年郎。也曾赶赴龙华会，也曾腾云到佛堂。捉雾拿风收水怪，擒龙伏虎镇山场。抚民高立浮屠塔，静海深明舍利光。楮白枪尖能缚怪，淡缁衣袖把妖降。如今静乐蠙城内，大地扬名说小张。"

妖王听说，微微冷笑道："那太子，你舍了国家，从那国师王菩萨，修的是甚么长生不老之术？只好收捕淮河水怪。却怎么听信孙行者诳谬之言，千山万水，来此纳命。看你可长生可不老也！"小张闻言，心中大怒，缠枪当面便刺，四大将一拥齐攻。孙大圣使铁棒上前又打。好妖精，公然不惧，抡着他那短软狼牙棒，左遮右架，直挺横冲。这场好杀：

小太子，楮白枪，四柄锟铻剑更强。悟空又使金箍棒，齐心围绕杀妖王。妖王其实神通大，不惧分毫左右搪。狼牙棒是佛中宝，剑砍枪抡莫可伤。只听狂风声吼吼，又观恶气混茫茫。那个有意思凡弄本事，这个专心拜佛取经章。几番驰骋，数次张狂。喷云雾，闭三光，奋怒怀嗔各不良。多时三乘无上法，致令百艺苦相将。

概众争战多时，不分胜负。那妖精又解搭包儿，行者又叫："列位仔细！"太子并众等不知"仔细"之意。那怪滑的一声，把四大将与太子一搭包又装将进去，只是行者预先知觉走了。那妖王得胜回寺，又教取绳捆了，送在地窖牢封固锁不题。

猴哥来到盱眙山，通过"南近江津，北临淮水。东通海峤，西接封浮"就能看出，这地方是个管水的部门。山景其实一般，就是个"此间仙景若蓬瀛"的水平，比荡魔天尊武当山的排场差得远。猴哥跟国师王菩萨说了下情况，跟前面一样，也说了小雷音寺有个假冒佛祖的妖怪，目前天宫和武当山都栽了。说求兵诉求时，猴哥面对本门派的领导嘴相当甜，那是"弟子无依无倚，故来拜请菩萨，大展威力，将那收水母之神通，拯生民之妙用，同弟子去救师父一难。取得经回，永传中国，扬我佛之智慧，兴般若之波罗也”！

猴哥对所有佛门大人物说的话都值得读者仔细阅读体会！

国师王菩萨听完猴哥的诉求也不想管，回复猴哥：这事该管，还该我亲自管，但是现在眼看要到初夏了，淮水泛涨，刚收的水猿大圣遇水即兴，我怕我走之后他没人摁得住，我就不去了，派徒弟去帮你。

怕水怪作妖其实也是借口，你收都收了，咋可能摁不住，再说帮忙去收个妖精能离开多久，就算水怪又折腾起来了，你再收一遍呗。关键是时间也不对，开篇说此时是“四众西进，行勾多时，又值冬残，正是那三春之日”，这关过去后到第六十七回时说的是“话说三藏四众，躲离了小西天，欣然上路。行经个月程途，正是春深花放之时，见了几处园林皆绿暗，一番风雨又黄昏”。走了一个月才走到春深，所以此时距离夏天涨水还早呢，说明人家就是不想掺和这事。当然，也能理解，哪个菩萨也不能掺和啊！这都不是神仙打架了，这是佛祖在打架！敢冒充雷音寺，那是菩萨级别能惹得起的吗？观音菩萨知道他们卡这里了也得说自己脚疼！

悟空都说了那搭包的威力对天庭和武当山都是降维打击，但国师王菩萨依旧只打发了小张太子带着四将去助力。菩萨没有给法宝，态度就很明确了，无论是大雷音寺还是小雷音寺，人家都给了面子。我去了，我也输了，都是佛爷爷，都是我的领导。

小张太子来到小西天，喊出了黄眉。从自我介绍的诗中可以知道，他是流沙国的太子。关于这“西土流沙国”，在整部《西游记》中就提了这一句，咱们就不细究了，不去臆想是不是沙和尚把流沙国的人吃了的脑补故事了。跟上一关的本钵国一个意思，西行路上不一定会路过所有国家。这回猴哥带着小张太子和四大将接着围殴黄眉，黄眉依旧是“左遮右架，直挺横冲”，跟你先硬碰硬地展示自己的硬战能力，直到“争战多时，不分胜负”，黄眉才再次取出搭包，把这伙援兵收走。

在后面这两次黄眉与援兵的战斗中，猴哥都是等黄眉拿出搭包后才示警的。按理来说他应该在战前就对援兵说明这法宝是什么样的，黄眉做出什么动作后就得赶紧跑路，但这两次猴哥都是等黄眉放出法宝后才扯一句“列位仔细”的淡，跟开战前半小时让使者去宣战一样，是给他自己跑路找借口——我反正是提醒你们了。猴子本心就是希望援兵被黄眉扣了。

因为黄眉扣的援兵越多，黄眉背后那位的压力也就越大。

只要黄眉扣不了他，他就不算输给了黄眉，黄眉也不算赢了赌赛，也无法代替猴子见如来取经“果证中华”。

换句话说，就是黄眉确实很强，但人家悟空也很强！黄眉有降维打击的法宝不假，但悟空却再没着他的道儿。他拿悟空也没办法！

局面至此，为了避免让猴子叫来更多的援兵，从而让自己欠下太多的人情债，背后大佬该出场了。

这行者纵筋斗云起在空中，见那怪回兵闭门，方才按下祥光，立于西山坡上，怅望悲啼道：“师父呵，我：

自从秉教入禅林，感荷菩萨脱难深。

保你西来求大道，相同辅助上雷音。

只言平坦羊肠路，岂料崔巍怪物侵。

百计千方难救你，东求西告枉劳心！”

大圣正当凄惨之时，忽见那西南上一朵彩云坠地，满山头大雨缤纷，有人叫道：“悟空，认得我么？”行者急走前看处，那个人：

大耳横颐方面相，肩查腹满身躯胖。

一腔春意喜盈盈，两眼秋波光荡荡。

散袖飘然福气多，芒鞋洒落精神壮。

极乐场中第一尊，南无弥勒笑和尚。

行者见了，连忙下拜道：“东来佛祖那里去？弟子失回避了。万罪！万罪！”佛祖道：“我此来专为这小雷音妖怪也。”行者道：“多蒙老爷盛德大恩。敢问那妖是那方怪物？何处精魔？不知他那搭包儿是件甚么宝贝？烦老爷指示指示。”佛祖道：“他是我面前司磬的一个黄眉童儿。三月三日，我因赴元始会去，留他在宫看守，他把我这几件宝贝拐来，假佛成精。那搭包儿是我的后天袋子，俗名唤做‘人种袋’。那条狼牙棒是个敲磬的槌儿。”

行者听说，高叫一声道：“好个笑和尚！你走了这童儿，教他诳称佛祖，陷害老孙，未免有个家法不谨之过！”弥勒道：“一则是我不谨，走失人口；二则是你

师徒们魔障未完，故此百灵下界，应该受难。我今来与你收他去也。”行者道：“这妖精神通广大，你又无些兵器，何以收之？”弥勒笑道：“我在这山坡下设一草庵，种一田瓜果在此。你去与他索战，交战之时，许败不许胜，引他到我这瓜田里。我别的瓜都是生的，你却变做一个大熟瓜。他来定要瓜吃，我却将你与他吃。吃下肚中，任你怎么在内摆布他，那时等我取了他的搭包儿，装他回去。”行者道：“此计虽妙，你却怎么认得变的熟瓜？他怎么就肯跟我来此？”弥勒笑道：“我为治世之尊，慧眼高明，岂不认得你！凭你变作甚物，我皆知之。但恐那怪不肯跟来耳。我却教你一个法术。”行者道：“他断然是以搭包儿装我，怎肯跟来。有何法术可来也？”弥勒笑道：“你伸手来。”行者即舒左手，递将过去。弥勒将右手食指蘸着口中神水，在行者掌上写了一个“禁”字，教他捏着拳头，见妖精当面放手，他就跟来。

在猴子一次次跑路兼找救兵把乱摊子闹得越来越大之后，背后的大佬终于出场了。猴子正搁那儿凄惨呢，顶级大佬下凡来了，那是“彩云坠地，满山头大雨缤纷”。大佬见猴子的第一句话是狠人专用话术：“悟空，认得我么？”

问你认得我吗？这是多么强的压迫感！

从诗句的介绍我们看出了西游宇宙中弥勒佛祖的咖位，极高！那是“极乐场中第一尊，南无弥勒笑和尚”！

在佛经体系中，弥勒应该叫弥勒菩萨，是释迦牟尼佛涅槃后下一次为众生表法的未来佛，但在西游宇宙中，作者将弥勒变成了弥勒尊佛。第一百回取经成功后，诸佛序列如下：“南无燃灯上古佛。南无药师琉璃光王佛。南无释迦牟尼佛。南无过去未来现在佛。南无清净喜佛。南无毗卢尸佛。南无宝幢王佛。南无弥勒尊佛。南无阿弥陀佛……”

释迦牟尼佛后面的第五个顺位是弥勒尊佛，弥勒的级别甚至高于大名鼎鼎的阿弥陀佛。

来看猴哥的反应，那是“连忙下拜道：‘东来佛祖那里去？弟子失回避了。万罪！万罪！’”

作者通过猴子的规矩证明了弥勒佛祖的咖位，也顺便透露出弥勒佛在西游宇宙的设定，人家是东来佛祖。

西游宇宙的作者淡化了弥勒佛祖未来要接释迦牟尼佛的班的未来佛设定，而是用一句“东来佛祖”告诉我们为啥人家这关要卡你——西天的佛祖要把影响力往东传，让人家这位东来的佛祖不高兴了。

这一关悟空的危险性其实是相当高的，因为他差点死在金铙里。理论上来讲，只要唐僧不死，如来佛祖和弥勒佛祖就不会撕破脸。因为只要唐僧在，取经项目就在，只要佛祖这二弟子没出事，一切还都有回旋的余地。如果猴哥死在金铙里了，弥勒佛祖可以对黄眉说：你这孽畜，犯下大错，罚你护送唐僧取经。你猜有人敢管这事吗？如来佛祖为了这项目不至于砸了，也得吃这哑巴亏！只不过唯一能弄死悟空的金铙被砸了，黄眉再也抓不到猴哥了，乱摊子还越弄越大，抓起来的援兵越来越多，弥勒佛祖不得不现身了。

当佛祖说自己此来专为小雷音妖怪后，悟空依旧很恭敬，问这是哪儿的怪物，这搭包是啥，弥勒佛祖随后说了三件事。

1. 黄眉是他面前司磬的一个黄眉童儿。

这句话证明黄眉是被派下来的，因为弥勒佛祖的原话就是“他是我面前司磬的一个黄眉童儿”。是“面前”，这应该是顶级心腹了，咋可能趁你不注意跑下来？

2. 弥勒佛祖的借口是三月三日他赴元始会，留黄眉在宫里看守时，这小子把宝贝拐来假佛成精了。

这就是个摆脱责任的借口，前面在国师王菩萨那里我们说过，这关过了，走一个月才到春深，也就是说此时距离三月三没两天。弥勒佛祖的意思是，我刚走这小子就跑路了，然后光速就遇到你们了！

就算真有那么巧，这黄眉手下“有四五千大小妖精，一个个威强力胜”也是光速凭空冒出来的吗？撒豆成兵吗？

3. 那搭包是弥勒佛的后天袋子，俗名唤作“人种袋”，这句话的性隐喻已经很明显了。

你可能会纳闷，“后天袋子”是什么意思？“后天”对应的是“先天”，也就是天生的，出生即存在的意思。什么东西小孩出生时“先天”没有，长大之后的“后天”才有呢？结合“明牌”的人种袋，其实作者已经写得很明白了（这是西游宇宙作者写的，咱们不要引申，更不要跟现实宗教扯上关系）。

当弥勒佛祖亲口确定这是他家的工作人员后，猴子开始大胆追责：“高叫一声道：‘好个笑和尚！你走了这童儿，教他诳称佛祖，陷害老孙，未免有个家法不谨之过！’”

弥勒佛祖对于猴哥追责的回应是，你们师徒魔障未完，所以“百灵下界，应该受难”。呵呵，顶级大佬的恐怖话术啊，他家下来假扮佛祖的童子是“灵”，而你们受灾受难是应该的。

这是比规则定义权还要高一个层级的权力——善恶定义权。

悟空问佛祖打算咋收妖怪，弥勒佛笑着说：弄个瓜摊，把那怪引来，你变瓜给他吃，收拾他给你出气。猴哥问：你咋知道哪个瓜是我？弥勒佛祖表示：“我为治世之尊，慧眼高明，岂不认得你！凭你变作甚物，我皆知之。”从这里也能看出，弥勒对如来是不服的，甚至对如来佛祖是不敬的，因为在西游宇宙的设定中，如来佛祖是治世之尊。在第八十六回《木母助威征怪物，金公施法灭妖邪》中，猴哥对南山大王说道：“这个大胆的毛团！你能有多少的作纪，敢称‘南山’二字？李老君乃开天辟地之祖，尚坐于太清之右；佛如来治世之尊，今还坐于大鹏之下。”

这位“东来佛祖”口称自己是“治世之尊”，他的童儿敢假扮如来，敢整出个小雷音寺，这一关的故事省流版总结就是——本门派大佬对于本门派话事人侵犯自己利益不满后的报复捣乱。

弥勒佛随后又教了悟空一个妖精必定跟着来的法术，也就是蘸着口水在悟空掌上写了一个“禁”字。见到妖精当面放手，他就会跟来。

黄眉手拿狼牙棒和人种袋，最终被什么给治了呢？

被“禁”给治了。

降服淫欲，要靠“禁”字！

行者揝拳，欣然领教，一只手抡着铁棒，直至山门外，高叫道：“妖魔，你孙爷爷又来了！可快出来，与你见个上下！”小妖又忙忙奔告，妖王问道：“他又领多少兵来叫战？”小妖道：“别无甚兵，止他一个。”妖王笑道：“那猴儿计穷力竭，无处求人，断然是送命来也。”随又结束整齐，带了宝贝，举着那轻软狼牙棒，走出门来，叫道：“孙悟空，今番挣挫不得了！”行者骂道：“泼怪物！我怎么挣挫不

得？”妖王道：“我见你计穷力竭，无处求人，独自个强来支持，如今拿住，再没个甚么神兵救拔，此所以说你挣挫不得也。”行者道：“这怪不知死活！莫说嘴，吃我一棒！”那妖王见他一只手抡棒，忍不住笑道：“这猴儿，你看他弄巧，怎么一只手使棒支吾？”行者道：“儿子！你禁不得我两只手打；若是不使搭包子，再着三五个，也打不过老孙这一只手！”妖王闻言道：“也罢，也罢！我如今不使宝贝，只与你实打，比个雌雄。”即举狼牙棒，上前来斗。

孙行者迎着面，把拳头一放，双手抡棒。那妖精着了禁，不思退步，果然不弄搭包，只顾使棒来赶。行者虚幌一下，败阵就走。那妖精直赶到西山坡下。行者见有瓜田，打个滚，钻入里面，即变做一个大熟瓜，又熟又甜。那妖精停身四望，不知行者那方去了。他却赶至庵边叫道：“瓜是谁人种的？”弥勒变作一个种瓜叟，出草庵答道：“大王，瓜是小人种的。”妖王道：“可有熟瓜么？”弥勒道：“有熟的。”妖王叫：“摘个熟的来我解渴。”弥勒即把行者变的那瓜，双手递与妖王。妖王更不察情到此，接过手，张口便啃。那行者乘此机会，一毂辘钻入咽喉之下，等不得好歹就弄手脚，抓肠蒯腹，翻跟头，竖蜻蜓，任他在里面摆布。那妖精疼得傞牙倈嘴，眼泪汪汪，把一块种瓜之地滚得似个打麦之场，口中只叫：“罢了，罢了！谁人救我一救！”弥勒却现了本像，嘻嘻笑，叫道：“孽畜！认得我么？”

那妖抬头看见，慌忙跪倒在地，双手揉着肚子，磕头撞脑，只叫：“主人公，饶我命罢，饶我命罢！再不敢了！”弥勒上前一把揪住，解了他的后天袋儿，夺了他的敲磬槌儿，叫：“孙悟空，看我面上，饶他命罢。”行者十分恨苦，却又左一拳，右一脚，在里面乱掏乱捣。那怪万分疼痛难忍，倒在地下。弥勒又道：“悟空，他也勾了，你饶他罢。”行者才叫：“你张开口，等老孙出来。”那怪虽是肚腹绞痛，还未伤心。俗语云：“人未伤心不得死，花残叶落是根枯。”他听见叫张口，即便忍着疼，把口大张。行者方才跳出，现了本像，急掣棒还要打时，早被佛祖把妖精装在袋里，斜跨在腰间，手执着磬槌，骂道：“孽畜，金铙偷了那里去了？”那怪却只要怜生，在后天袋内哼哼的道：“金铙是孙悟空打破了。”佛祖道：“铙破还我金来。”那怪道：“碎金堆在殿莲台上哩。”

那佛祖提着袋子，执着磬槌，嘻嘻笑叫道：“悟空，我和你去寻金还我。”行者见此法力，怎敢违误，只得引佛上山，回至寺内，收取碎金。只见那山门紧闭，佛祖使槌一指门开。入里看时，那些小妖已得知老妖被擒，各自收拾囊底，都要逃生四散。被行者见一个打一个，见两个打两个，把五七百个小妖尽皆打死。各现原身，都是些山精树怪，兽孽禽魔。佛祖将金收攒一处，吹口仙气，念声咒语，即时返本还原，复得金铙一付。别了行者，驾祥云，径转极乐世界。

这大圣却才解下唐僧、八戒、沙僧。那呆子吊了几日，饿得慌了，且不谢大圣，却就鰕着腰，跑到厨房寻饭吃。原来那怪正安排了午饭，因行者索战，还未得吃。这呆子看见，即吃了半锅，却拿出两钵头，叫师父、师弟们各吃了两碗，然后才谢了行者。问及妖怪原由，行者把先请祖师龟、蛇，后请大圣借太子，并弥勒收降之事，纳陈了一遍。三藏闻言，谢之不尽，顶礼了诸天道："徒弟，这些神圣困于何所？"行者道："昨日日值功曹对老孙说，都在地窖之内。"叫："八戒，我与你去解脱他等。"那呆子得食力壮，抖擞精神，寻着他的钉钯，即同大圣到后面，打开地窖，将众等解了绳，请出珍楼之下。三藏披了袈裟，朝上一一拜谢。这大圣才送五龙、二将回武当，送小张太子与四将回蠙城，后送二十八宿归天府；发放揭谛、伽蓝各回境。

师徒们却宽住了半日，喂饱了白马，收拾行囊，至次早登程。临行时，放上一把火，将那些珍楼、宝座、高阁、讲堂，俱尽烧为灰烬。这里才：

无挂无牵逃难去，消灾消瘴脱身行。

毕竟不知几时才到大雷音，且听下回分解。

悟空再叫出黄眉后，把拳头一放，对面就着了禁，不思退步，不弄搭包，跟着就来了。

悟空变成大熟瓜，被弥勒佛变的种瓜叟递给了黄眉解渴，趁黄眉张嘴的机会就钻进了他的肚子，随后开始折腾。这时候弥勒佛祖现了本相，嘻嘻笑道："孽畜！认得我么？"

笑着说"孽畜！认得我么"，这就是顶级狠人的语术，虽然是笑着对你说，却让你汗毛根根竖起！第五十二回，三清级别的老君对自家孽畜的态度也是没有情绪的"那牛儿还不归家，更待何日"？

作为对比，菩萨们对孽畜是骂，比如乌鸡国时文殊菩萨喝道："畜生，还不皈正，更待何时！"（第三十九回）朱紫国时观音菩萨喝了一声："业畜！还不还原，

待何时也！”（第七十一回）狮驼岭时文殊、普贤喝道：“这孽畜！还不皈正，更待怎生？”（第七十七回）

级别越高，越喜怒不形于色。

因为影响力会通过你的喜怒哀乐进行层层放大！

佛祖和三清如果怒了，效果到了人间，那就是排山倒海！

黄眉看见主公了，慌忙跪倒求饶，弥勒佛祖解了后天袋，夺了敲磬槌，随后让悟空看他面子饶了黄眉。悟空跳出来还要不依不饶地打，想再让弥勒佛祖求自己一次，但弥勒佛祖根本不跟猴子废话，直接把黄眉装进了袋里，让悟空想打都没机会。

至此，这黄眉假佛成精的事就此掀篇了。

知道啥级别能僭越了吧？

你是弥勒佛祖面前的童儿，那你哪怕僭越到了连如来佛都敢 cosplay 也没事，因为那是“百灵下界”，是帮三界最牛项目组消灾来的！

弥勒佛祖问金铙在哪儿，黄眉说金铙被猴子打破了，碎金堆在“殿莲台”上，弥勒佛祖又嘻嘻笑着喊悟空跟他去寻金了。

猴哥领弥勒佛祖上了山，把所有能看见的小妖都打死了，所谓“被行者见一个打一个，见两个打两个，把五七百个小妖尽皆打死”。实际上，小雷音寺的妖精跑了好几千。因为前面刚入山门时说了，“殿门外宝台之下，摆列着五百罗汉、三千揭谛、四金刚、八菩萨、比丘尼、优婆塞，无数的圣僧、道者”，这些冒充的就有好几千。后面对战时作者又证实了确实有好几千妖魔，所谓“叫一声哨子，有四五千大小妖精，一个个威强力胜，浑战在西山坡上”。也就是说，四五千妖怪最后悟空仅仅打死了“五七百”。悟空不希望这件事死无对证。他希望假佛成精的事闹大，因为只有闹得凶，弥勒才会处理黄眉，才能给他出这口恶气。

佛祖将碎金收攒一处，吹口仙气，念声咒语，就返本还原了。

所以你说西游宇宙中的“法宝”究竟代表什么呢？

代表的是创造者的权力维度。

以金铙碎而复原为例，朝廷派个钦差带队去地方执行专项任务，哪怕钦差出了问题，没能完成任务，朝廷再派一个就是了。如果法宝的创造者没有重造、修复法宝的法力，那他离退下权力的牌桌仅仅是时间的问题了。

弥勒佛祖走后，猴哥解下了已经被吊了几日的师徒三人，大概说了下情况，又去地窖把被抓的神圣们都放了出来，并挨拨送回。临行前，悟空相当有眼力见地放了一把火，将弥勒佛祖的小西天道场全部烧为灰烬。

猴哥绝不骑墙，给别的佛祖什么所谓的面子，人家站的是如来佛祖这边。

悟空知道自己头上到底有几块云，也知道自己的前途由谁决定。

第六十七回

拯救驼罗禅性稳，脱离秽污道心清

话说三藏四众，躲离了小西天，欣然上路。行经个月程途，正是春深花放之时，见了几处园林皆绿暗，一番风雨又黄昏。三藏勒马道："徒弟呵，天色晚矣，往那条路上求宿去？"行者笑道："师父放心。若是没有借宿处，我三人都有些本事，叫八戒砍草，沙和尚扳松，老孙会做木匠，就在那路上搭个篷庵，好道也住得年把，你忙怎的！"八戒道："哥呀，这个所在，岂是住场！满山多虎豹狼虫，遍地有魍魅魍魉。白日里尚且难行，黑夜里怎生敢宿？"行者道："呆子，越发不长进了！不是老孙海口，只这条棒子揝在手里，就是塌下天来也撑得住！"

师徒们正然讲论，忽见一座山庄不远。行者道："好了，有宿处了。"长老问："在何处？"行者指道："那树丛里不是个人家？我每去借宿一宵，明早走路。"长老欣然促马，至庄门外下马。只见那柴扉紧闭，长老敲门道："开门，开门。"里面有一老者，手拖藜杖，足踏蒲鞋，头顶乌巾，身穿素服，开了门，便问："是甚人在此大呼小叫？"三藏合掌当胸，躬身施礼道："老施主，贫僧乃东土差往西天取经者。适当贵地天晚，特造尊府借宿一宵，万望方便方便。"老者道："和尚，你要西行，却是去不得啊！此处乃小西天，若到大西天，路途甚远。且休道前去艰难，只这个地方，已是难过。"三藏问："怎么难过？"老者用手指道："我这庄村西去三十余里，有一条稀柿衕，山名'七绝'。"三藏道："何为'七绝'？"老者道："这山径过有八百里，满山尽

是柿果。古云：'柿树有七绝：一益寿；二多阴，三无鸟巢，四无虫，五霜叶可玩，六嘉实，七落叶肥大。'故名七绝山。我这敝处，地阔人稀，那深山亘古无人走到。每年家熟烂柿子落在路上，将一条夹石衚衕尽皆填满；又被雨露雪霜，经霉过夏，作成一路污秽。这方人家俗呼为稀屎衕。但刮西风，有一股秽气，就是淘东圊也不是这般恶臭。如今正值春深，东南风大作，所以还不闻见也。"

离开小雷音寺，师徒们又走了一个月，正值春深。这天天晚了，唐僧勒马问：今儿住哪儿？猴哥笑道：放心，就是没借宿的地方，我们也能临时给你搭个篷庵，咱就住到过年，忙什么！

呵呵，唐僧在后半程也不敢还嘴了，因为紧箍咒也没用了嘛，活活让猴子拿话挤对死了。好在那头猪依旧在做唐师父的贴身小棉袄，说道："哥呀，这个所在，岂是住场！满山多虎豹狼虫，遍地有魍魅魍魉。白日里尚且难行，黑夜里怎生敢宿？"意思是：哥，你这话有瑕疵。悟空骂道："呆子，越发不长进了！不是老孙海口，只这条棒子揝在手里，就是塌下天来也撑得住！"

猴哥正大发嘴威，前方出现一个山庄。唐僧去叫门，开门的是位老者。老者告诉他们，此处是小西天，离大西天还很远，但他们走到这儿就算到头儿了，不说别的，光前面那条路他们就过不去。这村子西去三十余里，有一条稀柿衕（tòng，通街），由于附近的七绝山遍山八百里都是柿子，亘古无人走，所以每年的柿子都烂落在路上，把一条夹石衚衕（意同"胡同"）尽皆填满，跟几百里屎一样，所以又俗称稀屎衕。

作者将这"小西天"描写的啊！上来就是金铙，然后是短软狼牙棒上场，狼牙棒打够了再放人种袋，如今又来一条稀屎衕，整个"小西天"简直俗不可耐。

三藏心中烦闷不言。行者忍不住高叫道："你这老儿甚不通！我等远来投宿，你就说出这许多话来唬人！十分你家窄逼没处睡，我等在此树下蹲一蹲，也就过了此宵，何故这般絮聒？"那老者见了他相貌丑陋，便也拧住口，惊嘬嘬的，硬着胆，喝了一声，用藜杖指定道："你这厮，骨挝脸，磕额头，塌鼻子，凹颉腮，毛眼毛睛，痨病鬼，不知高低，尖着个嘴，敢来冲撞我老人家！"行者陪笑道："老官儿，你原来有眼无珠，不识我这痨病鬼哩！相法云：'形容古怪，石中有美玉之藏。'你若以言貌取人，便就差了。我虽丑便丑，却倒有些手段。"老者道："你是那方人氏？

姓甚名谁？有何手段？”行者笑道：“我：

祖居东胜大神洲，花果山前自幼修。
身拜灵台方寸祖，学成武艺甚全周。
也能搅海降龙母，善会担山赶日头。
缚怪擒魔称第一，移星换斗鬼神愁。
偷天转地英名大，我是变化无穷美石猴！”

老者闻言，回嗔作喜，躬着身便教：“请！请入寒舍安置。”遂此四众牵马挑担，一齐进去。只见那荆针棘刺，铺设两边；二层门是砖石垒的，墙壁又是荆棘苫盖；入里才是三间瓦房。老者便扯椅安坐待茶，又叫办饭。少顷，移过桌子，摆着许多面筋、豆腐、芋苗、萝卜、辣芥、蔓菁、香稻米饭、醋烧葵汤。师徒们尽饱一餐。吃毕，八戒扯过行者背云：“师兄，这老儿始初不肯留宿，今返设此盛斋，何也？”行者道：“这个能值多少钱。到明日，还要他十果十菜送我们哩。”八戒道：“不羞！凭你那几句大话，哄他一顿饭吃了，明日却要跑路，他又管待送你怎的？”行者道：“不要忙，我自有个处治。”

听到老人说西路难行，悟空急了，说人家是不想让他们住，所以故意吓唬他们。老者看到他这副尊容害怕，随后猴子再次显摆上了，作了一首吹牛的诗，并又一次吃饱了撑的，把自己的师承露了出来。

就在猴哥阶段性膨胀，说出“我是变化无穷美石猴”后，老者乐了，让四人进了屋，还准备了相当丰盛的斋饭，请他们饱餐了一顿。注意，人家是花了大价钱的，是“师徒们尽饱一餐”。能让八戒吃饱，普通人家估计会接近破产，而且这接待水平连八戒都纳闷了，咋反差那么大呢？

咋可能有白吃的大餐，吃完了是得给人家平事的！

不多时，渐渐黄昏，老者又叫掌灯。行者躬身问道：“公公高姓？”老者道：“姓李。”行者道：“贵地想就是李家庄了？”老者道：“不是，这里唤做驼罗庄，共有五百多人家居住。别姓俱多，惟我姓李。”行者道：“李施主，府上有何善意，赐我等盛斋？”那老者起身道：“才闻得你说会拿妖怪，我这里却有个妖怪，累你替我每拿拿，自有重谢。”行者就朝上唱个喏道：“承照顾了！”八戒道：“你看他惹祸！

听见说拿妖怪，就是他外公也不这般亲热，预先就唱个喏。”行者道：“贤弟，你不知。我唱个喏就是下了个定钱，他再不去请别人了。”

三藏闻言道：“这猴儿，凡事便要自专。倘或那妖精神通广大，你拿他不住，可不是我出家人打诳语么？”行者笑道：“师父莫怪，等我再问了看。”那老者道：“还问甚？”行者道：“你这贵处，地势清平，又许多人家居住，更不是偏僻之方，有甚么妖精敢上你这高大门户？”老者道：“实不瞒你说，我这里久矣康宁。只这三年六月间，忽然一阵风起，那时人家甚忙，打麦的在场上，插秧的在田里，俱着了忙，只说是天变了。谁知风过处，有个妖精，将人家牧放的牛马吃了，猪羊吃了，见鸡鹅囫囵咽，遇男女夹活吞。自从那次，这二年常来伤害。长老呵，你若果有手段拿了妖怪，扫净此土，我等决然重谢，不敢轻慢。”行者道：“这个却是难拿。”八戒道：“真是难拿！我每乃行脚僧，借宿一宵，明日走路，拿甚么妖精！”老者道：“你原来是骗饭吃的和尚！初见时夸口弄舌，说会换斗移星，降妖缚怪；及说起此事，就推却难拿。”

行者道：“老儿，妖精好拿；只是你这方人家不齐心，所以难拿。”老者道：“怎见得人心不齐？”行者道：“妖精搅扰了三年，也不知伤害了多少生灵。我想着，每家只出银一两，五百家可凑五百两银子，不拘到那里，也寻一个法官把妖拿了，却怎么就甘受他三年磨折？”老者道：“若论说使钱，好道也羞杀人。我每那家不花费三五两银子！前年曾访着山南里有个和尚，请他到此拿妖，未曾得胜。”行者道：“那和尚怎的拿来？”老者道：

那个僧伽，披领袈裟。先谈《孔雀》，后念《法华》。香焚炉内，手把铃拿。正然念处，惊动妖邪。风生云起，径至庄家。僧和怪斗，其实堪夸。一递一拳倒，一递一把抓。和尚还相应，相应没头发。须臾妖怪胜，径直返烟霞。原来晒干疤。我等近前看，光头打的似个烂西瓜！

行者笑道：“这等说，吃了亏也。”老者道：“他只拼得一命，还是我们吃亏，与他买棺木殡葬，又把些银子与他徒弟。那徒弟心还不歇，至今还要告状，不得干净。”行者道：“再可曾请甚么人拿他？”老者道：“旧年又请了一个道士。”行者道：“那道士怎么拿他？”老者道：“那道士——

头戴金冠，身穿法衣。令牌敲响，符水施为。驱神使将，拘到妖魑。狂风滚滚，黑雾迷迷。即与道士，两个相持。斗到天晚，怪返云霓。乾坤清朗朗，我等众人齐。出来寻道士，渰死在山溪。捞得上来大家看，却如一个落汤鸡！”

行者笑道：“这等说，也吃亏了。”老者道：“他也只舍得一命，我们也又使勾闷数钱粮。”行者道：“不打紧，不打紧，等我替你拿他来。”老者道：“你若果有手段拿得他，我请几个本庄长者与你写个文书。若得胜，凭你要多少银子相谢，半分不少；如若有亏，切莫和我等放赖，各听天命。”行者笑道：“这老儿被人赖怕了。我等不是那样人，快请长者去。”

那老者满心欢喜，即命家僮请几个左邻右舍、表弟姨兄、亲家朋友，共有八九位老者，都来相见。会了唐僧，言及妖怪一事，无不欣然。众老问：“是那一位高徒去拿？”行者叉手道：“是我小和尚。”众老悚然道：“不济！不济！那妖精神通广大，身体狼犺。你这个长老瘦瘦小小，还不勾他填牙齿缝哩！”行者笑道：“老官儿，你估不出人来。我小自小，结实，都是‘吃了磨刀水的，秀气在内里’。”众老见说，只得依从道：“长老，拿住妖精，你要多少谢礼？”行者道：“何必说要甚么谢礼！俗语云：‘说金子幌眼，说银子傻白，说铜钱腥气。’我等乃积德的和尚，决不要钱。”众老道：“既如此说，都是受戒的高僧。既不要钱，岂有空劳之理！我等各家俱以鱼田为活，若果降了妖孽，净了地方，我等每家送你两亩良田，共凑一千亩，坐落一处。你师徒们在上起盖寺院，打坐参禅，强似方上云游。”行者又笑道：“越不停当！但说要了田，就要养马当差，纳粮办草，黄昏不得睡，五鼓不得眠。好倒弄杀人也！”众老道：“诸般不要，却将何谢？”行者道：“我出家人，但只是一茶一饭，便是谢了。”众老喜道：“这个容易，但不知你怎么拿他？”行者道：“他但来，我就拿住他。”众老道：“那怪大着哩！上拄天，下拄地；来时风，去时雾。你却怎生近得他？”行者笑道：“若论呼风唤雾的妖精，我把他当孙子罢了；若说身体长大，有那手段打他！”

到了晚上，猴哥问老者：你有啥活儿？说吧。老者说：听你刚才说，你会拿妖怪，你受累给来来吧，事成后有重谢。猴哥乐的哟，给老者唱个喏，表示谢谢你照顾。猴哥唱个喏就类似给出承诺——这个妖怪要完了。

忍了半天的唐僧听完这话终于忍不住了，说道：“这猴儿，凡事便要自专。倘或那妖精神通广大，你拿他不住，可不是我出家人打诳语么？”

表面上唐师父的重点是后半句，实际上是前半句，是“这猴儿，凡事便要自专”。你问我了吗，就乱接活儿，拿我当空气呗？

猴哥赔笑，表示别急。当唐僧把定夺权这事“明牌”后，他是不能争的，涉及领导权，这事只能暗斗，不能掀桌子。通过猴哥详细问老者情况时说的话，其实能看出来猴哥并不是瞎管闲事，所谓“你这贵处，地势清平，又许多人家居住，更不是偏僻之方，有甚么妖精敢上你这高大门户”。也就是说，猴哥已经通过这庄子判断出来了，这妖怪是个小把戏，要是很牛的妖怪他才不嘚瑟。上一关时他还专门嘱咐唐僧：你别多事哈，这寺不能入！

老者说了下妖怪的情况：

1. 三年前的六月，这妖怪来的。

2. 每次来都是一阵风，所过之处遇到啥吞啥，这两年动不动就来。

猴哥听完决定拿捏一下老者，说妖怪不好拿。老者说猴子是骗饭吃的。猴哥却说：你们庄子的人心不齐，这三年你们庄子这几百户人家一家凑一两银子，也给妖怪拿了，咋还轮得到今天！

猴哥的言外之意是什么呢？

只有你求我可不够，这妖怪可不能白给你灭！需要你们驼罗庄全体都承我的情！

猴哥已经有香火和道场的思维了。

老者说：我们请过，和尚、道士都请过，和尚来了以后先是念经惊动了妖邪，随后迅速被妖精弄死了；道士比和尚强点，跟妖怪斗到了天黑才被弄死。猴哥一听全庄子都有这个痛点并攒过这事后乐了，表示：这就好说了，这妖怪我帮你们拿。老者要跟猴哥立字据，意思是你死了可别赖我们，猴哥则让他赶紧找庄子里的长者做见证。驼罗庄的八九个长者来了之后，涉及谈价环节时这个庄子的人相当规矩，听说猴哥不要钱，决定每家凑两亩良田，共凑一千亩给他们师徒盖寺院，他们也不用去取经了。猴哥推辞了，表示出家人一茶一饭就是谢了。

猴哥要的不是钱和地，要的是香火。

替你们降妖除魔，你们得从此供奉救苦救难的猴爷爷，让这小西天慢慢成为猴爷爷的道场。

正讲处，只听得呼呼风响，慌得那八九个老者战战兢兢道：“这和尚盐酱口！说妖精，妖精就来了。”那老李开了腰门，把几个亲戚连唐僧，都叫：“进来！进来！妖怪来了！”唬得那八戒也要进去，沙僧也要进去。行者两只手扯住两个道：“你们忒不循理。出家人怎么不分内外！站住，不要走！跟我去天井里看看，是个甚么妖精。”八戒道：“哥呵，他们都是经过帐的，风响便是妖来。他都去躲，我们又不与他有亲，又不相识，又不是交契故人，看他做甚？”原来行者力量大，不容说，一把拉在天井里站下。那阵风越发大了。好风：

倒树摧林狼虎忧，播江搅海鬼神愁。

掀翻华岳三峰石，提起乾坤四部洲。

村舍人家皆闭户，满庄儿女尽藏头。

黑云漠漠遮星汉，灯火无光遍地幽。

慌得那八戒战战兢兢，伏之于地，把嘴拱开土，埋在地下，却如钉了钉一般。沙僧蒙着头脸，眼也难睁。

行者闻风认怪，一霎时，风头过处，只见那半空中隐隐的两盏灯来，即低头叫道：“兄弟们，风过了，起来看！”那呆子扯出嘴来，抖抖灰土，仰着脸朝天一望，见有两盏灯光，忽失声笑道：“好耍子，好耍子！原来是个有行止的妖精，该和他做朋友！”沙僧道：“这般黑夜，又不曾觌面相逢，怎么就知他好歹？”八戒道：“古云：‘夜行以烛，无烛则止。’你看他打一对灯笼引路，必定是个好的。”沙僧道：“你错看了，那不是一对灯笼，是妖精的两只眼亮。”这呆子就唬矮了三寸，道：“爷爷呀，眼有这般大呵，不知口有多少大哩！”行者道：“贤弟莫怕。你两个护持着师父，待老孙上去，讨他个口气，看他是甚妖精。”八戒道：“哥哥，不要供出我们来。”

好行者！纵身打个唿哨，跳到空中，执铁棒，厉声高叫道：“慢来，慢来！有吾在此！”那怪见了，挺住身躯，将一根长枪乱舞。行者执了棍势，问道：“你是那方妖怪，何处精灵？”那怪更不答应，只是舞枪。行者又问，又不答，只是舞枪。行者暗笑道：“好是耳聋口哑！不要走，看棍！”那怪更不怕，乱舞枪遮拦。在那半空中，一来一往，一上一下，斗到三更时分，未见胜败。八戒、沙僧在李家天井里看得明白。原来那怪只是舞枪遮架，更无半分儿攻杀。行者一条棒不离那怪的头上。八戒笑道：“沙僧，你在这里护持，让老猪去帮打帮打，莫教那猴子独干这功，领头一钟酒。”

好呆子，就便跳起云头，赶上就筑。那怪物又使一条枪抵住。两条枪就如飞蛇掣电。八戒夸奖道：“这妖精好枪法！不是‘山后枪’，乃是‘缠丝枪’；也不是‘马家枪’，却叫做个‘软柄枪’！”行者道：“呆子莫胡说！那里有个甚么‘软柄枪’！”八戒道：“你看他使出枪尖来架住我们，不见枪柄，不知收在何处。”行者道：“或者是个‘软柄枪’。但这怪物还不会说话，想是还未归人道，阴气还重。只怕天明时阳气胜，他必要走。但走时，一定赶上，不可放他。”八戒道：“正是，正是。”

又斗多时，不觉东方发白，那怪不敢恋战，回头就走。这行者与八戒一齐赶来，忽闻得那污秽之气旭人，乃是七绝山稀柿衕也。八戒道：“是那家淘毛厕哩！哏，臭气难闻！”行者侮着鼻子，只叫：“快赶妖精，快赶妖精！”那怪物撺过山去，现了本像，乃是一条红鳞大蟒。你看他：

眼射晓星，鼻喷朝露。密密牙排钢剑，弯弯爪曲金钩。头戴一条肉角，好便似千千块玛瑙攒成；身披一派红鳞，却就如万万片胭脂砌就。盘地只疑为锦被，飞空错认作虹霓。歇卧处有腥气冲天，行动时有赤云罩体。大不大，两边人不见东西；长不长，一座山跨占南北。

八戒道：“原来是这般一个长蛇！若要吃人呵，一顿也得五百个，还不饱足。”行者道：“那软柄枪，乃是两条信搽。我们赶他软了，从后打出去！”这八戒纵身赶上，将钯便筑。那怪物一头钻进窟里，还有七八尺长尾巴露在外边。八戒放下钯，一把挝住道：“着手，着手！”尽力气往外乱扯，莫想扯得动一毫。行者笑道：“呆子，放他进去，自有处置，不要这等倒扯蛇。”八戒真个撒了手，那怪缩进去了。八戒怨道：“才不放手时，半截子已是我们的了。是这般缩了，却怎么得他出来？这不是叫做没蛇弄了？”行者道：“这厮身体狼犺，窟穴窄小，断然转身不得，一定是个照直撺的，定有个后门出头。你快去后门外拦住，等我在前门外打。”那呆子真个一溜烟跑过山去。果见有个孔窟，他就扎住脚。还不曾站稳，不期行者在前门外使棍子往里一捣，那怪物护疼，径往后门撺出。八戒未曾防备，被他一尾巴打了一跌，莫能挣扎得起，睡在地下忍疼。行者见窟中无物，搴着棒跑过来，叫赶妖怪。那八戒听得吆喝，自己害羞，忍着疼爬起来，使钯乱扑。行者见了笑道：“妖怪走了，你还扑甚的了？”八戒道：“老猪在此‘打草惊蛇’哩！”行者道：“活呆子，快赶上！”

二人赶过涧去，见那怪盘做一团，竖起头来，张开巨口，要吞八戒。八戒慌得往后便走，这行者反迎上前，被他一口吞之。八戒捶胸跌脚，大叫道：“哥耶，倾了你也！”行者在妖精肚里，支着铁棒道：“八戒莫愁，我叫他搭个桥儿你看！”那怪物躬起腰来，就似一条路东虹。八戒道：“虽是像桥，只是没人敢走。”行者道：“我再叫他变做个船儿你看！”在肚里将铁棒撑着肚皮。那怪物肚皮贴地，翘起头来，就是一只赣保船。八戒道：“虽是像船，只是没有桅篷，不好使风。”行者道：“你让开路，等我叫他使个风你看！”又在里面尽着力，把铁棒从脊背上搠将出去，约有五七丈长，就似一根桅杆。那厮忍疼挣命，往前一撺，比使风更快，撺回旧路，下了山，有二十余里，却才倒在尘埃，动荡不得，呜呼丧矣。八戒随后赶上来，又举钯乱筑。行者把那物穿了一个大洞，钻将出来道：“呆子，他死也死了，你还筑他怎地？”八戒道：“哥呵，你不知我老猪一生好打死蛇。”遂此收了兵器，抓着尾巴，倒拉将来。

正唠着呢，只听呼呼风响，妖精来了，猴哥拉着八戒不许他进屋。他们来到天井看风，这风其实跟八戒在高老庄出场时的风没啥区别，但八戒已经战战兢兢伏在地上，拿嘴拱开土，把脑袋埋了当鸵鸟。

取经一路走来，八戒的见识越来越多，胆子却越来越小，彻底明白了自己是几斤几两。这就是个挑担子的长工工作，别的多一点对他来说都是超纲，随便来一个妖怪都能把他捆了。在天上当官时没觉得，被开除后才发现自己的真实水平。世道很残酷啊，自己当年因作风问题被开除是这辈子最大的痛。

八戒装了一会儿死，发现草率了，这妖怪连人形都没修出来，也不会说话，只有招架之功，没有还手之力。猴哥一直在用金箍棒耍那妖怪玩。这时八戒的勇气来了，他要跳出来抢功了。

此时猴哥已经判断出这妖怪是什么段位了，不会说话，未归人道，天亮阳气重时就得跑，于是他嘱咐八戒到时候一定赶上。

其实猴哥早就能弄死这妖怪了，为啥还要逗着玩呢？

一是想看看妖怪的老窝在哪儿，有没有余孽；二是不能这么快就回去交差，这么容易就除了妖，还怎么显示自己救世主的分量呢？

容易得到的，咋可能会珍惜！猴哥越取这貌似怎么也取不到的经，这个领悟就越发深刻！

天将亮时妖怪跑了，哥儿俩追到了七绝山稀柿衕，妖怪现了红鳞大蟒的本相。这个妖怪的外貌就不细写了，话还不会说，级别太低。妖怪吞了猴哥后被猴哥从肚子里拿金箍棒给玩死了。

妖怪死了以后，八戒开始举钯乱筑，显他能了。猴哥问八戒：妖怪都死了，你还打啥？八戒以“哥呵，你不知我老猪一生好打死蛇”为借口，掩盖了自己的抢功心思。

虽然西游宇宙中八戒这回又是个“放屁添风”的，但现实生活中的猪的的确确是灭蛇能手，堪称天克。猪是杂食动物，拥有极强的嗅觉，可以嗅出深埋在土壤里的各种食物，然后猪嘴一通拱，拱出来啥都能给吃了。猪的皮还厚，哪怕毒蛇咬透了猪皮，皮下还有厚厚的脂肪组织，能阻断蛇毒进入血液。所以猪碰见毒蛇，尤其是野猪，就跟吃高蛋白辣条一样。哪个地方要是蛇多，可以散养两头猪，过段时间就成“净土”了。

理论上来讲，这蛇是整个取经路上唯一一个作者给八戒安排的能打死的地头蛇级别的妖怪，因为占着天克的属性，而且妖怪的修为那么低，但八戒的表现还是很差。

举头三尺有神明，每一次的“八戒慌得往后便走，这行者反迎上前”，都给你记着呢！

猴哥封斗战胜佛时真别不平衡，给你机会了，你真的不中用。

却说那驼罗庄上李老儿与众等，对唐僧道：“你那两个徒弟，一夜不回，断然倾了命也。”三藏道：“决不妨事。我们出去看看。”须臾间，只见行者与八戒拖着一条大蟒，吆吆喝喝前来，众人却才欢喜。满庄上老幼男女都来跪拜道：“爷爷，正是这个妖精在此伤人。今幸老爷施法，斩怪除邪，我辈庶各得安生也。”众家都是感激，东请西邀，各各酬谢。师徒们被留住五七日，苦辞无奈，方肯放行。又各家见他不要钱物，都办些干粮果品，骑骡压马，花红彩旗，尽来饯行。此处五百人家，倒有七八百个人相送。

一路上喜喜欢欢，不时，到了七绝山稀柿衕口。三藏闻得那般秽气，又有路道填塞，道：“悟空，似此怎生过得？”行者侮着鼻子道：“这个却难也。”三藏见行

者说难，便就眼中垂泪。李老儿与众上前道："老爷勿得心焦。我等送到此处，都已约定意思了。令高徒与我们降了妖精，除了一庄祸害，我们各办虔心，另开一条好路，送老爷过去。"行者笑道："你这老儿，俱言之欠当。你初然说这山径过有八百里，你等又不是大禹的神兵，那里会开山凿路！若要我师父过去，还得我们着力，你们都成不得。"三藏下马道："悟空，怎生着力么？"行者笑道："眼下就要过山，却也是难。若说再开条路，却又难也。须是还从旧衚衕过去，只恐无人管饭。"李老儿道："长老说那里话！凭你四位担阁多少时，我等俱养得起，怎么说无人管饭？"行者道："既如此，你们去办得两石米的干饭，再做些蒸饼、馍馍来。等我那长嘴和尚吃饱了，变了大猪，拱开旧路，我师父骑在马上，我等扶持着，管情过去了。"

八戒闻言道："哥哥，你们都要图个干净，怎么独教老猪受臭？"三藏道："悟能，你果有本事拱开衚衕领我过山，注你这场头功。"八戒笑道："师父在上，列位施主们都在此，休笑话。我老猪本来有三十六般变化。若说变轻巧华丽飞腾之物，委实不能；若说变山，变树，变石块，变土墩，变赖象、科猪、水牛、骆驼，真个全会。只是身体变得大，肚肠越发大，须是吃得饱了，才好干事。"众人道："有东西，有东西！我们都带得有干粮、果品，烧饼、馉饳在此。原要开山相送的，且都拿出来，凭你受用。待变化了，行动之时，我们再着人回去做饭送来。"八戒满心欢喜，脱了皂直裰，丢了九齿钯，对众道："休笑话，看老猪干这场臭功。"好呆子，捻着诀，摇身一变，果然变做一个大猪。真个是：

嘴长毛短半脂膘，自幼山中食药苗。
黑面环睛如日月，圆头大耳似芭蕉。
修成坚骨同天寿，炼就粗皮比铁牢。
齆齆鼻音呱诂叫，喳喳喉响喷喁哮。
白蹄四只高千丈，剑鬣长身百丈饶。
从见人间肥豕彘，未观今日老猪魈。
唐僧等众齐称赞，羡美天蓬法力高。

孙行者见八戒变得如此，即命那些相送人等，快将干粮等物堆攒一处，叫八戒受用。那呆子不分生熟，一涝食之，却上前拱路。行者叫沙僧脱了脚，好生挑担，请师父稳坐雕鞍。他也脱了鞘鞋，分付众人回去："若有情，快早送些饭来，

与我师弟接力。”那些人有七八百相送随行，多一半有骡马的，飞星回庄做饭；还有三百人步行的，立于山下遥望他行。原来此庄至山有三十余里，待回取饭来，又三十余里；往回担阁，约有百里之遥，他师徒们已此去得远了。众人不舍，催趱骡马进衚衕，连夜赶至，次日方才赶上，叫道：“取经的老爷，慢行，慢行！我等送饭来也！”长老闻言，谢之不尽道：“真是善信之人。”叫八戒住了，再吃些饭食壮神。那呆子拱了两日，正在饥饿之际，那许多人何止有七八石饭食，他也不论米饭面饭，收积来一涝用之，饱餐一顿，却又上前拱路。三藏与行者、沙僧谢了众人，分手两别。正是：

驼罗庄客回家去，八戒开山过衕来。

三藏心诚神力拥，悟空法显怪魔衰。

千年稀柿今朝净，七绝衚衕此日开。

六欲尘情皆剪绝，平安无阻拜莲台。

这一去，不知还有多少路程，还遇甚么妖怪，且听下回分解。

驼罗庄众人见猴哥和八戒一夜未回，已经给唐僧致哀了。唐僧表示：不可能，能和你们凡人共处三年的妖怪能有多大道行。出门后就发现猴哥和八戒拖着大蟒回来了，随后整个驼罗庄进入长老的恩情还不完阶段。来到七绝山稀柿衕口时，随着臭味飘来，唐僧又哭了。驼罗庄乡亲们宽慰他：别着急，我们给你开条新路。猴哥乐了，八百里呢，咋开啊？随后猴哥拍板，驼罗庄管饭，让八戒吃饱后把路拱开。

最终在驼罗庄百姓的干粮接力下，八戒把这八百里稀柿的衚衕给拱开了。

在小西天环节中，唐僧团队被金铙闷在里面燥热过，被短软狼牙棒拷打过，被人种袋放出来后骨软筋麻过，如今又从这八百里的“稀屎”中走了出来。作者对于小西天的态度已经很明显了。再延伸下，作者对于小乘和大乘的态度也令人充满联想。随着小西天到大西天的“便秘”被通开，取经团队即将来到下一个国家。但是类似小西天的故事还没说完。从小雷音的金铙、狼牙棒和人种袋，到白银如雪的濯垢泉，作者对此的讨论还远没有结束。

第六十八回

朱紫国唐僧论前世，孙行者施为三折肱

善正万缘收，名誉传扬四部洲。

智慧光明登彼岸，飕飕，叆叆云生天际头。

诸物共相酬，永住瑶台万万秋。

打破人间蝴蝶梦，休休，涤净尘氛不惹愁。

话表三藏师徒，洗污秽之衚衕，上逍遥之道路。光阴迅速，又值炎天。正是：

海榴舒锦弹，奇叶绽青盘。两路绿杨藏乳燕，行人避暑扇摇纨。

进前行处，忽见有一城池相近。三藏勒马叫："徒弟们，你看那是甚么去处？"行者道："师父原来不识字，亏你怎么领唐王旨意离朝也。"三藏道："我自幼为僧，千经万典皆通，怎么说我不识字？"行者道："就识字，怎么那城头上杏黄旗明书三个大字，就不认得，却问是甚去处，何也？"三藏喝道："这泼猴胡说！那旗被风吹得乱摆，总有字也看不明白。"行者道："老孙偏怎看见？"八戒、沙僧道："师父，莫听师兄捣鬼。这般遥望，城池尚不明白，如何就见是甚字号？"行者道："却不是'朱紫国'三字？"三藏道："朱紫国必是西邦王位，却要倒换关文。"行者道："不消讲了。"

不多时，至城门，下马过桥，入进三层门里。真个好个皇州！但见：

门楼高耸，垛叠齐排。周围活水通流，南北高山相对。六街三市货资多，万户千家生意盛。果然是个帝王都会处，天府大京城。绝域梯航至，遐方玉帛盈。形胜连山远，宫垣接汉清。三关严锁钥，万古乐升平。

师徒们在那大街市上行时，但见人物轩昂，衣冠齐整，言语清朗，真不亚大唐世界。那两边做买做卖的，忽见猪八戒相貌丑陋，沙和尚面黑身长，孙行者脸毛额郭，丢了货卖，都来争看。三藏只叫："不要撞祸，低着头走！"八戒遵依，把个莲蓬嘴揣在怀里，沙僧不敢仰视，惟行者东张西望，紧随唐僧左右。那些人有知事的，看看儿就回去了；有那游嬉好闲的，并那顽僮们，烘烘笑笑，都上前抛瓦丢砖，与八戒作戏。唐僧捏着一把脉，只教："莫要生事！"那呆子不敢抬头。

打通了小西天到大西天的"便秘"后，取经团队在夏天来到了下一关。遥望一座城池出现，唐僧问那里是什么去处。猴哥再次拿他找乐，嘲笑唐师父不识字。唐僧说：你胡说，没有人比我还认识字。猴子说：城头上写得那么清楚，你认识你咋还问呢。唐僧反击，说猴子胡说八道，那旗被风吹得乱摆，肯定看不清楚。猴子回撑：我咋就能看清楚呢？

还记得这番猴子说唐僧不认字的对话在哪里出现过吗？

在乌鸡国，猴子当时摆平了奎木狼和金角、银角，又牛起来了，所谓"行者道：'你老人家自幼为僧，须曾讲过儒书，方才去演经法；文理皆通，然后受唐王的恩宥。门上有那般大字，如何不认得？'"（第三十六回）随后唐僧找碴儿开始念咒，让猴子知道了谁是大小王。此后，从火云洞一直到女儿国，猴子都不再找麻烦，堪称进步之星。但此时面对猴子的阴阳，唐僧已经没有制约办法了。自从唐僧跟猴哥掀了桌子，悟空由观音送回来后，猴哥这嘴就再没饶过唐僧。火焰山时他埋汰唐僧朝三暮二，三辈子也走不到灵山，这次又是找邪碴儿埋汰唐僧，过分得连沙僧都看不下去了。他跟八戒一起宽慰唐僧：别听师兄捣鬼，我们也看不见。

猴哥说那是"朱紫国"三字，随后看这句话："三藏道：'朱紫国必是西邦王位，却要倒换关文。'行者道：'不消讲了。'"

这个"不消讲了"有三个解释：一是说到一半听者已经明白了，于是打断说者；二是表示不想听，不耐烦；三是表示事情显而易见，那还用说。无论是上述哪个意思，猴子都没拿唐僧当回事儿。

人都需要成长，不是吗？

取经的这趟路，前半程是修悟空的心，让悟空明白想干、能干、干成事是个什么逻辑；后半程是还唐僧的债，情债、病债、自私债，桩桩件件都要了却。

猴子嘴不好，但没办法，听着吧，庸人管牛人本就艰难。你还把你师父给你的“金手指”撅了，忍着吧，好好在取经后半程体会体会有实力不能任性的真谛。

师徒们进入城池，从作者的描写透露出这是一个大国模样。是“六街三市货资多，万户千家生意盛”，是“帝王都会处，天府大京城”。师徒们在大街市上，“但见人物轩昂，衣冠齐整，言语清朗，真不亚大唐世界”，再结合那个直白的朱紫国国名（朱家子孙之国，恶紫夺朱之国），能感觉出来，作者又要在文中骂闲街了。

朱紫国这关和前面乌鸡国那关分别是西游前后半程各自的隐喻巅峰，这两回的开篇也都是从猴哥质疑唐僧不认字开始的，作者啥用意？

提醒读者，这关要细抠字眼，打破我盘中之谜！

这三个徒弟的模样惊动了街两边做买做卖的，但不愧是“真不亚大唐世界”，他们居然都不害怕，反而都来争着看。唐僧下令，让徒弟们不要闯祸，都低头走，八戒和沙僧很听话，但猴子根本不搭理，继续东张西望。

唐僧已经领导不了悟空了，越往后走就越是个将就，悟空的导师戏份也越来越重。悟空此时已经开悟了，行事逻辑开始清晰。当你比对手的实力高一个维度后，其实是需要拥抱冲突的，不把水搅浑了，怎么把鱼摸上来？

这朱紫国，猴哥看上了。

不多时，转过隅头，忽见一座门墙，上有“会同馆”三字。唐僧道：“徒弟，我们进这衙门去也。”行者道：“进去怎的？”唐僧道：“会同馆乃天下通会通同之所，我们也打搅得。且到里面歇下，待我见驾，倒换了关文，再赶出城走路。”八戒闻言，掣出嘴来，把那些随看的人諕倒了数十个，他上前道：“师父说的是。我们且到里边藏下，免得这伙鸟人吵嚷。”遂进馆去，那些人方渐渐而退。

却说那馆中有两个大使，乃是一正一副，都在厅上查点人夫，要往那里接官。忽见唐僧来到，个个心惊，齐道：“是甚么人？是甚么人？往那里走？”三藏合掌道：“贫僧乃东土大唐驾下差往西天取经者。今到宝方，不敢私过，有关文欲倒验放行，权借高衙暂歇。”那两个馆使听言，屏退左右，一个个整冠束带，下厅迎上

相见，即命打扫客房安歇，教办清素支应。三藏谢了。二官带领人夫出厅而去。手下人请老爷客房安歇，三藏便走，行者狠道："这厮惫懒！怎么不让老孙在正厅？"三藏道："他这里不服我大唐管属，又不与我国相连，况不时又有上司过客来往，所以不好留此相待。"行者道："这等说，我偏要他相待！"

正说处，有管事的送支应来，乃是一盘白米、一盘白面、两把青菜、四块豆腐、两个面筋、一盘干笋、一盘木耳。三藏教徒弟收了，谢了管事的。管事的道："西房里有干净锅灶，柴火方便，请自去做饭。"三藏道："我问你一声，国王可在殿上么？"管事的道："我万岁爷爷久不坐朝，今日乃黄道良辰，正与文武多官议出黄榜。你若要倒换关文，赶此急去还赶上。到明日，就不能勾了，不知还有多少时伺候哩。"三藏道："悟空，你们在此安排斋饭，等我急急去验了关文，回来吃了走路。"八戒急取出袈裟、关文。三藏整束了进朝，只是分付徒弟，不可出外去生事。

师徒四人走了一会儿，来到了一个叫"会同馆"的地方。这个地名再次暗示，作者要讽刺的是他所处的那个朝代。会同馆是元、明、清三朝接待藩属贡使的机构，是专门接待外地或外邦来京公干人员居住的馆舍，而且这馆中管事的官员还是两个大使。相当巧，明朝的会同馆领导也叫大使，据《明史·职官志一》载："会同馆大使一人，正九品，副使二人，从九品。"

朱紫国的朱就是隐喻大明的那个"朱"，而且这国名不仅仅在隐喻此处说的是他们朱家的事，后面还有深意。

两个馆使听了唐僧的诉求后整冠束带，下厅迎上相见。随后命人打扫客房，让师徒安歇，并准备饭。按理来说这已经很有里有面了，但猴哥依然愤怒，所谓"行者狠道：'这厮惫懒！怎么不让老孙在正厅？'"唐僧一看，哪儿跟哪儿啊，你就发怒，人家凭啥把正厅让给你啊？这国家跟咱大唐又没有外交关系！但猴子依旧很生气，不依不饶。唐僧正给悟空做心理辅导呢，管事的送食材来了。唐僧看出来了，猴子心野憋不住了，赶紧问管事的：你们国王现在可在殿上？唐僧希望倒换关文后赶紧走。管事的说：你们很幸运，我们万岁久不上朝（哈哈哈，这是内涵领导呢），赶巧今天是黄道良辰，所以在朝上，过了今天往后你们再见不知要什么时候了。于是唐僧赶忙要去入朝倒换关文，安排猴子迅速做饭，吃完就赶路，连住都不住了，走之前还专门嘱咐三个徒弟，切不可出去生事。

唐僧能看出猴子心野，但他管得住吗？

从在街上就满世界乱瞅到此时不满接待待遇，想硬找碴儿，猴哥一直不满唐僧多一事不如少一事的态度。他是想惹事的，不惹事怎么能显示自己的能力呢？不让人知道自己的能力，怎么能给这个国家解决问题呢？不解决人家的痛点，咋拿捏这个国家的香火呢？

经过真假美猴王的洗礼后，悟空已经慢慢明白了一个道理：冲突其实是解决问题的起手式。唐僧这趟取经钓了一路的鱼，创造了那么多的冲突。也是在解决这些冲突的过程中，野妖怪被打死了，领导的利益分配被满足了。如果你的能力远高于你想套路的对象，你就要创造出可控的冲突去进行破题，然后通过解决冲突提高自己的影响力。

猴子如果去天宫创造冲突，那属于吃饱了撑的，又欠拍了，因为他的能力距离天上大佬随手创造出来的降维打击的法宝差得太远；但如果在人间世界创造冲突，那就纯属神仙下凡逗凡人玩了。简要来说就是三步走：第一步，创造冲突，创造需求；第二步，显示能力，让人敬畏；第三步，解决问题，从而留下自己的影响。

取经取到这个时候，悟空对于“强者为尊该让我”这句话已经领悟透了，也就是把谁能惹、谁不能惹的问题想通了。更准确地说，就是知道自己的能力边界了。第六十五回在小雷音寺时，悟空多低调，看出有问题了，劝唐僧不能进去，所谓“观此景象，也是雷音，却又路道差池。我每到那厢，决不可擅入，恐遭毒手”。这是在跟唐僧说，你别惹事！他那是看出来了这小雷音寺背后的人他惹不起！连雷音寺都敢 cosplay，这题对于他超纲了！等到了“地势清平，又许多人家居住，更不是偏僻之方”的驼罗庄和眼前“六街三市货资多，万户千家生意盛”的朱紫国，他又变得狂妄无边，生怕别人不知道他的能耐。因为凡人既然能够在此安居乐业，就不会有啥超纲的活儿，无论惹出什么冲突，对于他来说都不叫事，都能平。

唐僧的嘱咐对悟空有用吗？

不可能有用！佛祖已经对悟空“明牌”了，只要你带着唐僧“功成归极乐”，那就“汝亦坐莲台”，猴哥只要再不打死人，唐僧就对他一点办法都没有。猴哥要出去溜达了。

不一时，已到五凤楼前，说不尽那殿阁峥嵘，楼台壮丽。直至端门外，烦奏事官转达天廷，欲倒验关文。那黄门官果至玉阶前，启奏道："朝门外有东土大唐钦差一员僧，前往西天雷音寺拜佛求经，欲倒换通关文牒，听宣。"国王闻言喜道："寡人久病，不曾登基。今上殿出榜招医，就有高僧来国！"即传旨宣至阶下，三藏即礼拜俯伏。国王又宣上金殿赐坐，命光禄寺办斋。三藏谢了恩，将关文献上。国王看毕，十分欢喜道："法师，你那大唐，几朝君正？几辈臣贤？至于唐王，因甚作疾回生，着你远涉山川求经？"这长老因问，即欠身合掌道："贫僧那里：

三皇治世，五帝分伦。尧舜正位，禹汤安民。成周子众，各立乾坤。倚强欺弱，分国称君。邦君十八，分野边尘。后成十二，宇宙安淳。因无万马，却又相吞。七雄争胜，六国归秦。天生鲁沛，各怀不仁。江山属汉，约法钦遵。汉归司马，晋又纷纭。南北十二，宋齐梁陈。列祖相继，大隋绍真。赏花无道，涂炭多民。我王李氏，国号唐君。高祖晏驾，当今世民。河清海晏，大德宽仁。兹因长安城北，有个怪水龙神，刻减甘雨，应该损身。夜间托梦，告王救迍。王言准赦，早召贤臣。款留殿内，慢把棋轮。时当日午，那贤臣梦斩龙身。"

国王闻言，忽作呻吟之声，问道："法师，那贤臣是那邦来者？"三藏道："就是我王驾前丞相，姓魏名征。他识天文，知地理，辨阴阳，乃安邦立国之大宰辅也。因他梦斩了泾河龙王，那龙王告到阴司，说我王许救又杀之故。我王遂得促病，渐觉身危。魏徵又写书一封，与我王带至阴司，寄与酆都城判官崔珏。少时，唐王身死，至三日复得回生。亏了魏徵，感崔判官改了文书，加王二十年寿。今要做水陆大会，故遣贫僧远涉道途，询求诸国，拜佛祖，取大乘经三藏，超度孽苦升天也。"那国王又呻吟叹道："诚乃是天朝大国，君正臣贤！似我寡人，久病多时，并无一臣拯救。"长老听说，偷睛观看，见那皇帝面黄肌瘦，形脱神衰。长老正欲启问，有光禄寺官奏请唐僧奉斋。王传旨，教："在披香殿，连朕之膳摆下，与法师同享。"三藏谢了恩，与王同进膳、进斋不题。

唐僧来到朝堂，见到了皇帝。从皇帝说的第一句话就能知道这老小子久不上朝的原因，病了，今天之所以上朝也是为了出榜招医。

作者成书的时代，当时的皇帝也久不上朝。

不仅仅是皇帝病了，所谓的朱紫国，除朱家子孙之国的意思外，还有一层用意：“朱紫”二字典出于“恶紫夺朱”，见《论语·阳货》，原指厌恶以邪代正，后常比喻以邪胜正，以异端充正理。

也就是说，作者在隐喻这个国家也病了，目前邪把正给压了，道士皇帝的异端把真理给压了。

国王随后召见唐僧，看关文了解取经的来龙去脉后欢喜了，然后问了一个问题：“法师，你那大唐，几朝君正？几辈臣贤？至于唐王，因甚作疾回生，着你远涉山川求经？”

随后唐僧从三皇五帝开始，给这位皇帝做了介绍。当国王听到贤臣梦斩龙身时，专门问了问贤臣是哪邦来者，随后进入魏徵专场。唐僧讲了魏徵在太宗地府还魂过程中的MVP（最优秀）表现，最后国王呻吟道：“诚乃是天朝大国，君正臣贤！似我寡人，久病多时，并无一臣拯救。”

久不上朝的朱紫国皇帝亲口赞叹大唐是天朝大国，并专门赞叹大唐有魏徵，自己这儿没有。作者讽刺的味道已经很浓了，其实就是在说大明不如大唐，大明的君臣也比不上贞观时代的君臣。

却说行者在会同馆中，着沙僧安排茶饭，并整治素菜。沙僧道：“茶饭易煮，蔬菜不好安排。”行者问道：“如何？”沙僧道：“油盐酱醋俱无也。”行者道：“我这里有几文衬钱，教八戒上街买去。”那呆子躲懒道：“我不敢去。嘴脸欠俊，恐惹下祸来，师父怪我。”行者道：“公平交易，又不化他，又不抢他，何祸之有？”八戒道：“你才不曾看见獐智？在这门前扯出嘴来，把人諕倒了十来个。若到闹市丛中，也不知諕杀多少人哩！”行者道：“你只知闹市丛中，你可曾看见那市上卖的是甚么东西？”八戒道：“师父只教我低着头，莫撞祸，实是不曾看见。”行者道：“酒店、米铺、磨坊，并绫罗杂货不消说；着实有好茶房、面店，大烧饼、大馍馍，饭店又有好汤饭、好椒料、好蔬菜，与那异品的糖糕、蒸酥、点心、卷子、油食、蜜食……无数好东西，我去买些儿请你如何？”那呆子闻说，口内流涎，喉咙里啯啯的咽唾，跳起来道：“哥哥，这遭我扰你，待下次攒钱，我也请你回席。”行者暗笑道：“沙僧，好生煮饭，等我去买调和来。”沙僧也知是耍呆子，只得顺口应承道：“你们去，须是多买些，吃饱了来。”那呆子捞个碗盏拿来，就跟行者出门。有两个在官人问道：

“长老那里去？”行者道：“买调和。”那人道：“这条街往西去，转过拐角鼓楼，那郑家杂货店，凭你买多少，油盐酱醋、姜椒茶叶俱全。”

他二人携手相搀，径上街西而去。行者过了几处茶房，几家饭店，当买的不买，当吃的不吃。八戒叫道：“师兄，这里将就买些用罢。”那行者原是耍他，那里肯买，道：“贤弟，你好不经纪！再走走，拣大的买吃。”两个人说说话话，又领了许多人跟随争看。不时到了鼓楼边，只见那楼下无数人喧嚷，济济挨挨，填街塞路。八戒见了道：“哥哥，我不去了。那里人嚷得紧，只怕是拿和尚的。又况是面生可疑之人，拿了去，怎的了！”行者道：“胡谈！和尚又不犯法，拿我怎的？我们走过去，到郑家店买些调和来。”八戒道：“罢，罢，罢！我不撞祸！这一挤到人丛里，把耳朵摔了两摔，諕得他跌跌爬爬，跌死几个，我倒偿命是。”行者道：“既然如此，你在这壁根下站定，等我过去买了回来，与你买素面、烧饼吃罢。”那呆子将碗盏递与行者，把嘴拄着墙根，背着脸，死也不动。

这行者走至楼边，果然挤塞。直挨入人丛里听说，原来是那皇榜张挂楼下，故多人争看。行者挤到近处，闪开火眼金睛，仔细看时，那榜上却云：

朕西牛贺洲朱紫国王，自立业以来，四方平服，百姓清安。近因国事不祥，沉疴伏枕，淹延日久难痊。本国太医院屡选良方，未能调治。今出此榜文，普招天下贤士。不拘北往东来，中华外国，若有精医药者，请登宝殿，疗理朕躬。稍得病愈，愿将社稷平分，决不虚示。为此出给张挂。须至榜者。

览毕，满心欢喜道：“古人云：‘行动有三分财气。’早是不在馆中呆坐。即此不必买甚调和，且把取经事宁耐一日，等老孙做个医生耍耍。”好大圣，弯倒腰丢了碗盏，拈一撮土，往上洒去，念声咒语，使个隐身法，轻轻的上前揭了榜。又朝着巽地上吸口仙气吹来。那阵旋风起处，他却回身，径到八戒站处。只见那呆子嘴拄着墙根，却是睡着了一般。行者更不惊他，将榜文折了，轻轻揣在他怀里，拽转步，先往会同馆去了。不题。

唐僧进宫这工夫，猴哥以上街买调料为由，拉着八戒逛街来了，这一逛，就逛出了买卖。他们看见鼓楼边有一群看热闹的，八戒相当听唐僧的话，说不凑热闹，担心百姓被吓死，要他偿命，猴哥则必须凑这个热闹，让八戒站墙根等着。猴哥自己来看了皇榜，得知目前这个国家的最大难题：皇帝得了严重的慢性病。

注意榜文中的这句话："今出此榜文，普招天下贤士。不拘北往东来，中华外国，若有精医药者，请登宝殿，疗理朕躬。稍得病愈，愿将社稷平分，决不虚示。"

作者隐喻了两件事：

1．"不拘北往东来，中华外国"，榜文说朱紫国是中华，作者在告诉读者，这里说的就是大明的事。

2．治好他的病，甘愿把祖宗传下来的社稷平分，作者再次隐喻了这朱紫国皇帝的无道之处。

猴哥看见这个开心了，使隐身法弄了阵风，揭了皇榜，然后揣到八戒怀里，自己回会同馆去等着了。

却说那楼下众人，见风起时，各各蒙头闭眼。不觉风过时，没了皇榜，众皆悚惧。那榜原有十二个太监、十二个校尉早朝领出。才挂不尚三个时辰，被风吹去，战兢兢左右追寻。忽见猪八戒怀中露出个纸边儿来，众人近前道："你揭了榜来耶？"那呆子猛抬头，把嘴一播，唬得那几个校尉踉踉跄跄，跌倒在地。他却转身要走，又被面前几个胆大的扯住道："你揭了招医的皇榜，还不进朝医治我万岁去，却待何往？"那呆子慌慌张张道："你儿子便揭了皇榜！你孙子便会医治！"校尉道："你怀中揣的是甚？"呆子却才低头看时，真个有张字纸，展开来一看，咬着牙骂道："那猢狲害杀我也！"恨一声，便要扯破，早被众人架住道："你是死了！此乃当今国王出的榜文，谁敢扯坏？你既揭在怀中，必有医国之手，快同我去！"八戒喝道："汝等不知，这榜不是我揭的，是我师兄孙悟空揭的。他暗暗揣在我怀中，他却丢下我去了。若得此事明白，我与你寻他去。"众人道："说甚么乱话！'现钟不打去铸钟？'你现揭了榜文，教我们寻谁？不管你，扯了去见主上！"那伙人不分清白，将呆子推推扯扯。这呆子立定脚，就如生了根一般，十来个人也弄他不动。八戒道："汝等不知高低。再扯一会，扯得我呆性子发了，你却休怪！"

不多时，闹动了街坊，将他围绕，内有两个年老的太监道："你这相貌稀奇，声音不对，是那里来的，这般村强？"八戒道："我们是东土差往西天取经的。我师父乃唐王御弟法师，却才入朝倒换关文去了。我与师兄来此买办调和，我见楼下人多，未曾敢去，是我师兄教我在此等候。他原来见了榜文，弄阵旋风揭了，暗揣

我怀内，先去了。”那太监道：“我先前见个白面胖和尚，径奔朝门而去，想就是你师父。”八戒道：“正是，正是。”太监道：“你师兄往那里去了？”八戒道：“我们一行四众，师父去倒换关文，我三众并行囊马匹，俱歇在会同馆。师兄弄了我，他先回馆中去了。”太监道：“校尉，不要扯他。我等同到馆中，便知端的。”八戒道：“你这两个奶奶知事。”众校尉道：“这和尚委不识货！怎么赶着公公叫起奶奶来耶？”八戒笑道：“不羞，你这反了阴阳的！他二位老妈妈儿，不叫他做婆婆、奶奶，倒叫他做公公！”众人道：“莫弄嘴！快寻你师兄去。”

那街上人吵吵闹闹，何止三五百，共扛到馆门首。八戒道：“列位住了。我师兄却不比我们，任你作戏；他却是个猛烈认真之士。汝等见他，须要行个大礼，叫他声‘孙老爷’，他就招架了。不然呵，他就变了嘴脸，这事却弄不成也。”众太监、校尉俱道：“你师兄果有手段，医好国王，他也该有一半江山，我等合当下拜。”

那些闲杂人都在门外喧哗，八戒领着一行太监、校尉径入馆中。只听得行者与沙僧在客房里，正说那揭榜之事耍笑哩。八戒上前扯住，乱嚷道：“你可成个人！哄我去买素面、烧饼、馍馍我吃，原来都是空头！又弄旋风，揭了甚么皇榜，暗暗的揣在我怀里，拿我装胖。这可成个弟兄！”行者笑道：“你这呆子，想是错了路，走向别处去。我过鼓楼，买了调和，急回来寻你：不是我先来了？在那里揭甚皇榜？”八戒道：“见有看榜的官员在此。”

说不了，只见那几个太监、校尉朝上礼拜道：“孙老爷，今日我王有缘，天遣老爷下降，是必大展经纶手，微施三折肱。治得我王病愈，江山有分，社稷平分也。”行者闻言，正了声色，接了八戒的榜文，对众道：“你们想是看榜的官么？”太监叩头道：“奴婢乃司礼监内臣。这几个是锦衣校尉。”行者道：“这招医榜，委是我揭的，故遣我师弟引见。既然你主有病，常言道：‘药不跟卖，病不讨医。’你去教那国王亲来请我，我有手到病除之功。”太监闻言，无不惊骇。校尉道：“口出大言，必有度量。我等着一半在此哑请，着一半入朝启奏。”

当分了四个太监，六个校尉，更不待宣召，径入朝当阶奏道：“主公万千之喜！”那国王正与三藏膳毕清谈，忽闻此奏，问道：“喜自何来？”太监奏道：“奴婢等早领出招医皇榜，鼓楼下张挂。有东土大唐远来取经的一个圣僧孙长老揭了，现在会同馆内，要王亲自去请他，他有手到病除之功。故此特来启奏。”国王闻言，满心欢喜，就问唐僧道："法师有几位高徒？"三藏合掌答曰："贫僧有三个顽徒。"国王问："那一位高徒善医？"三藏道："实不瞒陛下说，我那顽徒俱是山野庸才，只会挑包背马，转涧寻波，带领贫僧登山踄岭，或者到峻险之处，可以伏魔擒怪、捉虎降龙而已，更无一个能知药性者。"国王道："法师何必太谦。朕当今日登殿，幸遇法师来朝，诚天缘也。高徒既不知医，他怎肯揭我榜文，教寡人亲迎？断然有医国之能也。"叫："文武众卿，寡人身虚力怯，不敢乘辇；汝等可替寡人，俱到朝外，敦请孙长老看朕之病。汝等见他，切不可轻慢，称他做'神僧孙长老'，皆以君臣之礼相见。"

看守皇榜的太监和校尉被风刮得蒙头闭眼，等风停了，发现皇榜没了。他们担心被追责，开始战战兢兢、左右追寻。后来他们发现八戒怀里露出个纸边，于是扯着八戒要进宫给皇帝治病。八戒看到怀里的皇榜立即反应过来，大骂猴子不是东西，并要带着众人去找猴子，但太监和校尉们根本不听他的，非得拉他走。八戒被扯烦了，开始先礼后兵地威胁了，表示：再不撒手别怪我。大家见十多个人都扯不动八戒，欺软怕硬的齿轮开始转动。两个年老的太监给了台阶，先问八戒是哪儿来的，然后表示愿意跟八戒去会同馆找他猴哥。

几个太监、校尉朝上礼拜，请猴哥治病后，猴哥正了声色，接了八戒的榜文。问他们：你们是看榜的官吗？太监叩头道："奴婢乃司礼监内臣。这几个是锦衣校尉。"这里作者再次给出了自己隐喻大明的证据，连司礼监和锦衣校尉的官职都出来了。

猴哥承认招医榜是他揭的，但"药不跟卖，病不讨医"，必须国王亲自来请。这口气太大，太监和校尉赶紧回去汇报情况。国王随后派文武众卿去请猴哥，要大家喊猴哥"神僧孙长老"，还要以君臣之礼相见。

虽说猴哥是有本事的，但无论是那平分社稷的皇榜，还是让满朝文武对一个行脚僧以君臣之礼相见，都在说明一件事：这个皇帝昏庸至极（让百官来拜请和尚这事作者也是在讽刺，嘉靖皇帝曾多次率领百官在宫廷内的道观中，向邵元节、陶仲文这些他信任的道士行拜礼）。

那众臣领旨，与看榜的太监、校尉径至会同馆，排班参拜。諕得那八戒躲在厢房，沙僧闪于壁下。那大圣，看他坐在当中，端然不动。八戒暗地里怨恶道："这猢狲，活活的蜇杀也！怎么这许多官员礼拜，更不还礼，也不站将起来！”不多时，礼拜毕，分班启奏道：“上告神僧孙长老，我等俱朱紫国王之臣，今蒙王旨，敬以洁礼参请神僧入朝看病。”行者方才立起身来，对众道：“你王如何不来？”众臣道：“我王身虚力怯，不敢乘辇，特令臣等代见君之礼，拜请神僧也。”行者道：“既如此说，列位请前行，我当随至。”众臣各依品从，作队而走。行者整衣而起。八戒道：“哥哥，切莫攀出我们来。”行者道：“我不攀你，只要你两个与我收药。”沙僧道：“收甚么药？”行者道：“凡有人送药来，与我点数收了，待我回来取用。”二人领诺不题。

这行者即同多官，顷刻便到。众臣先走奏知。那国王高卷珠帘，闪龙睛凤眼，开金口御言，便问：“那一位是神僧孙长老？”行者进前一步，厉声道：“老孙便是。”那国王听得声音凶狠，又见相貌刁钻，唬得战兢兢，跌在龙床之上。慌得那女官内官，急扶入宫中，道：“唬杀寡人也！”众官都嗔怨行者道：“这和尚怎么这等粗鲁村疏！怎敢就擅揭榜！”行者闻言笑道：“列位错怪了我也。若像这等慢人，你国王之病，就是一千年也不得好。”众臣道：“人生能有几多阳寿？就一千年也还不好？”行者道：“他如今是个病君，死了是个病鬼，再转世也还是个病人，却不是一千年也还不好？”众臣怒曰：“你这和尚，甚不知礼！怎么敢这等满口胡柴！”行者笑道：“不是胡柴，你都听我道来：

医门理法至微玄，大要心中有转旋。
望闻问切四般事，缺一之时不备全。
第一望他神气色，润枯肥瘦起和眠；
第二闻声清与浊，听他真语及狂言；
三问病原经几日，如何饮食怎生便；
四才切脉明经络，浮沉表里是何般。
我不望闻并问切，今生莫想得安然。”

那两班文武丛中有太医院官，一闻此言，对众称扬道：“这和尚也说得有理。就是神仙看病，也须望、闻、问、切，谨合方神圣功巧也。”众官依此言，着近侍传奏道：“长老要用望、闻、问、切之理，方可认病用药。”那国王睡在龙床上，声声唤道：“叫他去罢，寡人见不得生人面了。”近侍的出宫来道：“那和尚，我王旨意，教你去罢，见不得生人面哩。”行者道：“若见不得生人面呵，我会‘悬丝诊脉’。”

众官暗喜道："悬丝诊脉，我等耳闻，不曾眼见。再奏去来。"那近侍的又入宫奏道："主公，那孙长老不见主公之面，他会悬丝诊脉。"国王心中暗想道："寡人病了三年，未曾试此，宣他进来。"近侍的即忙传出道："主公已许他悬丝诊脉，快宣孙长老进宫诊视。"

行者却就上了宝殿，唐僧迎着骂道："你这泼猴，害了我也！"行者笑道："好师父，我倒与你壮观，你返说我害你！"三藏喝道："你跟我这几年，那曾见你医好谁来？你连药性也不知，医书也未读，怎么大胆撞这个大祸！"行者笑道："师父，你原来不晓得。我有几个草头方儿，能治大病，管情医得他好便了。就是医死了，也只问得个庸医杀人罪名，也不该死，你怕怎的！不打紧，不打紧！你且坐下，看我的脉理如何。"长老又道："你那曾见《素问》《难经》《本草》《脉诀》，是甚般章句，怎生注解，就这等胡说乱道，会甚么悬丝诊脉！"行者笑道："我有金线在身，你不曾见哩。"即伸手下去尾上拔了三根毫毛，捻一把，叫声"变！"即变作三条丝线，每条各长二丈四尺，按二十四气，托于手内，对唐僧道："这不是我的金线？"近侍宦官在旁道："长老且休讲口，请入宫中诊视去来。"行者别了唐僧，随着近侍入宫看病。正是那：

心有秘方能治国，内藏妙诀注长生。

毕竟这去不知看出甚么病来，用甚么药品。欲知端的，且听下回分解。

众臣领旨后就来到会同馆排班参拜了。猴哥此时已经有佛祖的味道了，坐在当中端然不动。众臣礼拜完毕，分班启奏，请求神僧入朝看病，猴哥方才起身，而且问的第一句话是：你王为何不来？听说国王确实走不动道后，才跟大家去了皇宫。

猴哥进了宫，差点把国王吓死。百官都埋怨猴哥粗鲁，没规矩。猴哥则笑道：如果都像你们这样傲慢待人，那你们国王这病就是一千年也好不了。

随后这段话要上原文："众臣道：'人生能有几多阳寿？就一千年也还不好？'行者道：'他如今是个病君，死了是个病鬼，再转世也还是个病人，却不是一千年也还不好？'"

众臣这话算是直接否定了皇帝万岁之说。别胡扯什么修仙长生了，三花聚顶本是幻，脚下腾云亦非真！

猴哥这句千年也好不了的话则是在说，此时不仅皇帝病了，大明也病了，从皇帝到朝廷都病了，这病君就算死了，下一个接班人还是个病君！

猴哥要望闻问切时，这国王㞞到不敢再见猴子一面。这里作者是在说，这昏君宁愿死，也不愿意面对对治病的恐惧。

直到猴哥说自己会悬丝诊脉，才终于给这昏君看上了病。这已经是作者在讽刺皇帝了！古代女子看病才需要隔着帘子呢！

猴哥上了宝殿，第一时间接受了唐师父铺天盖地的辱骂洗礼。唐师父说：你这死猴子会看什么病！其实骂来骂去，就说了一件事："你这泼猴，害了我也！"

我们如果第一次看《西游记》，也可能会以为猴哥不会看病，这又是在搞怪呢，但当猴哥拔了三根毫毛，变作三条丝线，每条各长二丈四尺，按二十四节气托于手内时，我们该慨叹，猴哥当年在灵台方寸山的进修真是相当全面了。

第六十九回

心主夜间修药物，君王筵上论妖邪

话表孙大圣同近侍宦官，到于皇宫内院，直至寝宫门外立定。将三条金线与宦官拿入里面，分付："教内宫妃后，或近侍太监，先系在圣躬左手腕下，按寸、关、尺三部上，却将线头从窗棂儿穿出与我。"真个那宦官依此言，请国王坐在龙床，按寸、关、尺，以金线一头系了，一头理出窗外。

行者接了线头，以自己右手大指先托着食指，看了寸脉；次将中指按大指，看了关脉；又将大指托定无名指，看了尺脉；调停自家呼吸，分定四气、五郁、七表、八里、九候、浮中沉、沉中浮，辨明了虚实之端；又教解下左手，依前系在右手腕下部位。行者即以左手指，一一从头诊视毕，却将身抖了一抖，把金线收上身来，厉声高呼道："陛下左手寸脉强而紧，关脉涩而缓，尺脉芤且沉；右手寸脉浮而滑，关脉迟而结，尺脉数而牢。夫左寸强而紧者，中虚心痛也；关涩而缓者，汗出肌麻也；尺芤而沉者，小便赤而大便带血也。右手寸脉浮而滑者，内结经闭也；关迟而结者，宿食饮留也；尺数而牢者，烦满虚寒相持也。诊此，贵恙是一个惊恐忧思，号为'双鸟失群'之症。"那国王在内闻言，满心欢喜，打起精神，高声应道："指下明白！指下明白！果是此疾！请出外而用药来也。"

大圣却才缓步出宫。早有在旁听见的太监，已先对众报知。须臾，行者出来，唐僧即问如何。行者道："诊了脉，如今对症制药哩。"众官上前道："神僧长老，适才说‘双鸟失群’之症，何也？”行者笑道：“有雌雄二鸟，原在一处同飞，忽被暴风骤雨惊散，雌不能见雄，雄不能见雌，雌乃想雄，雄亦想雌。这不是‘双鸟失群’也？”众官闻说，齐声喝采道：“真是神僧！真是神医！”称赞不已。当有太医官问道：“病势已看出矣，但不知用何药治之？”行者道：“不必执方，见药就医。”医官道：“经云：‘药有八百八味，人有四百四病。’病不在一人之身，药岂有全用之理！如何见药就要？”行者道：“古人云：‘药不执方，合宜而用。’故此全征药品而随便加减也。”那医官不复再言。即出朝门之外，差本衙当值之人，遍晓满城生熟药铺，即将药品，每味各办三斤，送与行者。行者道：“此间不是制药处，可将诸药之数，并制药一应器皿，却送入会同馆，交与我师弟二人收下。”医官听命，即将八百八味每味三斤及药碾、药磨、药罗、药乳及乳钵、乳槌之类，都送至馆中，一一交付收讫。

这一回第一段的内容，无论是猴哥的金线系在国王左手腕下的寸、关、尺三部上，还是猴哥的一整套诊脉流程，都证明猴哥确确实实是懂医理的。当诊断出“惊恐忧思”，为“双鸟失群”之症后，作者再次对这国王骂了闲街。不仅㞞，还是个离了女人活不了的皇帝。

讲到这里，其实我们也能看出作者不仅讽刺了嘉靖帝朱厚熜，还讽刺了成化帝朱见深，后面我们会专门分析。其实作者对于大明的想象还是太局限了，《西游记》成书之后的明代晚期，还有几个重量级的牛人应该进入这本书的篇幅，像不上朝也不干活儿，因为立太子的事折腾了几十年的万历，登基一个月就忙活那点事，吃药吃死了的光宗朱常洛，木匠皇帝熹宗朱由校，还有那位著名的九千岁，其实都因为封笔过早而未能被加入西游宇宙，真是遗憾。

进入配药环节时，作者向我们证明了猴哥此时已经悟明白了怎样创造信仰、创造香火、创造供奉了。猴哥不再像刚取经时那样，知道啥就说啥了，开始学会故弄玄虚地创造敬畏了。八百零八味药，每味三斤，都给我送会同馆去，别问，问就是我自有道理。

真经一句话，假经万卷书。你把真经直接告诉他，他会嗤之以鼻，他会因为达不到境界或悟不明白而轻贱你，甚至看不起你。

“难！难！难！道最玄，莫把金丹作等闲。”永远不要主动提供你的建议，永远不要免费公布你的秘诀，永远不要在对方还没渴的时候就把水递过去。

“上医治未病”的智慧仅限于治疗自己，这俗世不适用“上医”，不要挑战人性，尊重这个世界的规则。

行者往殿上，请师父同至馆中制药。那长老正自起身，忽见内宫传旨，教阁下留住法师，同宿文华殿。待明朝服药之后，病痊酬谢，倒换关文送行。三藏大惊道：“徒弟呵，此意是留我做当头哩。若医得好，欢喜起送；若医不好，我命休矣。你须仔细上心，精虔制度也！”行者笑道：“师父放心在此受用。老孙自有医国之手。”

好大圣，别了三藏，辞了众臣，径至馆中。八戒迎着笑道：“师兄，我知道你了。”行者道：“你知甚么？”八戒道：“知你取经之事不果，欲作生涯无本。今日见此处富庶，设法要开药铺哩。”行者喝道：“莫胡说！医好国王，得意处辞朝走路，开甚么药铺！”八戒道：“终不然，这八百八味药，每味三斤，共计二千四百二十四斤，只医一人，能用多少？不知多少年代方吃得了哩！”行者道：“那里用得多少！他那太医院官都是些愚盲之辈，所以取这许多药品，教他没处捉摸，不知我用的是那几味，难识我神妙之方也。”

正说处，只见两个馆使当面跪下道：“请神僧老爷进晚斋。”行者道：“早间那般待我，如今却跪而请之，何也？”馆使叩头道：“老爷来时，下官有眼无珠，不识尊颜。今闻老爷大展三折之肱，治我一国之主；若主上病愈，老爷江山有分，我辈皆臣子也，礼当拜请。”行者见说，欣然登堂上坐，八戒、沙僧分坐左右。摆上斋来，沙僧便问道：“师兄，师父在那里哩？”行者笑道：“师父被国王留住作当头哩，只待医好了病，方才酬谢送行。”沙僧又问：“可有些受用么？”行者道：“国王岂无受用！我来时，他已有三个阁老陪侍左右，请入文华殿去也。”八戒道：“这等说，还是师父大哩。他倒有阁老陪侍，我们只得两个馆使奉承。且休管他，让老猪吃顿饱饭也。”兄弟们遂自在受用一番。

悟空来到殿上，请唐僧跟他同回馆中制药，但唐僧被国王扣了。说要等病好之后酬谢，倒换关文送行。唐僧大惊，表示：我成人质了，徒弟你可得好好治啊！

刚见面时唐僧骂道：“你这泼猴，害了我也！”等做了人质后唐僧的口风也变回了“徒弟”。

啥叫人性？这就叫人性！

悟空回馆后，两个馆使当面跪下，请神僧老爷进晚斋。猴哥问：为啥之前没这待遇，如今却跪而请之了？馆使叩头表示：之前有眼无珠，眼下“若主上病愈，老爷江山有分，我辈皆臣子也，礼当拜请”。

啥叫人性？这就叫人性！

小人畏威不畏德，君子畏德不畏威。呵呵，哪有那么多君子呀！

八戒说猴哥整了这么多药是想开药铺，猴哥是这么回答他的：“那里用得多少！他那太医院官都是些愚盲之辈，所以取这许多药品，教他没处捉摸，不知我用的是那几味，难识我神妙之方也。”

翻译一下：作者套了个神话故事的壳骂了闲街，还会骂成畅销书。宫里那帮傻子就算想找碴儿也不知从哪里下手，“难识我神妙之方也”！

天色已晚，行者叫馆使：“收了家火，多办些油蜡，我等到夜静时，方好制药。”馆使果送若干油蜡，各命散讫。至半夜，天街人静，万籁无声。八戒道：“哥哥，制何药？赶早干事，我瞌睡了。”行者道：“你将大黄取一两来，碾为细末。”沙僧乃道：“大黄味苦，性寒无毒。其性沉而不浮，其用走而不守；夺诸郁而无壅滞，定祸乱而致太平，名之曰‘将军’。此行药耳，但恐久病虚弱，不可用此。”行者笑道：“贤弟不知。此药利痰顺气，荡肚中凝滞之寒热。你莫管我。你去取一两巴豆，去壳去膜，捶去油毒，碾为细末来。”八戒道：“巴豆味辛，性热有毒。削坚积，荡肺腑之沉寒；通闭塞，利水谷之道路。乃斩关夺门之将，不可轻用。”行者道：“贤弟，你也不知。此药破结宣肠，能理心膨水胀。快制来，我还有佐使之味辅之也。”

他二人即时将二药碾细，道：“师兄，还用那几十味？”行者道：“不用了。”八戒道：“八百八味，每味三斤，只用此二两，诚为起夺人了。”行者将一个花磁盏子道：“贤弟莫讲。你拿这个盏儿，将锅脐灰刮半盏过来。”八戒道：“要怎的？”行者道：“药内要用。”沙僧道：“小弟不曾见药内用锅灰。”行者道：“锅灰名为‘百草霜’，能调百病，你不知道。”那呆子真个刮了半盏，又碾细了。行者又将盏子递与他道：“你再去把我们的马尿等半盏来。”八戒道：“要他怎的？”行者道：“要丸药。”沙僧又笑道：“哥哥，这事不是耍子。马尿腥臊，如何入得药品？我只见醋糊

为丸，陈米糊为丸，炼蜜为丸，或是清水为丸，那曾见马尿为丸？那东西腥腥臊臊，脾虚的人一闻就吐；再服巴豆、大黄，弄得人上吐下泻，可是耍子？”行者道：“你不知就里。我那马，不是凡马。他本是西海龙身。若得他肯去便溺，凭你何疾，服之即愈，但急不可得耳。”八戒闻言，真个去到马边。那马斜伏地下睡哩。呆子一顿脚踢起，衬在肚下，等了半会，全不见撒尿。他跑将来对行者说：“哥啊，且莫去医皇帝，且快去医医马来。那亡人干结了，莫想尿得出一点儿！”行者笑道：“我和你去。”沙僧道：“我也去看看。”

等到半夜，天街人静，万籁无声时，猴哥才开始制药。

事以密成，言以泄败，当你看到后面这两味药时就知道为啥要万籁俱寂时才能谋划了。

悟空说取大黄和巴豆来的时候，沙僧和八戒都讲了医理，进行了质疑，认为这两味药太凶，容易把国王整死。仔细看沙僧和八戒说的大黄和巴豆的药理：大黄是“夺诸郁而无壅滞，定祸乱而致太平”，巴豆是“削坚积，荡肺腑之沉寒；通闭塞，利水谷之道路”，结合前面悟空说的，这病君千年也好不了，这两味药说的是啥？

是变法。

这两味药都是在说要扫除体内的垃圾之意，但沙僧的质疑点在于“但恐久病虚弱”，也就是担心变法把虚弱的国家给折腾死了。猴哥表示：你别管，病就得这么治。

在作者眼中，大明不变法，那就是个死。

再回看本段开篇猴哥的第一句话“收了家火，多办些油蜡，我等到夜静时，方好制药”是啥意思？

研究变法的事要大事开小会，要少数核心人员悄悄研究。

沙僧和八戒说的都没错，猛药用多人就死了，但在“三家配合本如然”的三教合一思想教育出来的方寸山传人孙悟空先生看来，这就局限了，谁说要玩命吃了呢！虎狼之药只各用一两，没说一下子往死里变法呀！而且各一两的大黄和巴豆之后，猴哥这药就已经配完主要成分了，下一步他要配“佐使之味辅之也”，也就是说这药的“君臣”搭配已经完成了。

中药讲究“君臣佐使”，主病的对症关键药被称为“君”，佐君之药被称为“臣”，味数稍多，分量稍轻，再之后谓之使，分量更轻，通常就是通行向导之用。

猴哥最后的这点疏通向导，是能调百病的锅灰和龙马的尿。

三人都到马边，那马跳将起来，口吐人言，厉声高叫道："师兄，你岂不知？我本是西海飞龙，因为犯了天条，观音菩萨救了我，将我锯了角，退了鳞，变作马，驮师父往西天取经，将功折罪。我若过水撒尿，水中游鱼食了成龙；过山撒尿，山中草头得味，变作灵芝，仙僮采去长寿。我怎肯在此尘俗之处轻抛却也？"行者道："兄弟谨言。此间乃西方国王，非尘俗也，亦非轻抛弃也。常言道：'众毛攒裘。'要与本国之王治病哩。医得好时，大家光辉；不然，恐俱不得善离此地也。"那马才叫声："等着。"你看他往前扑了一扑，往后存了一存，咬得那满口牙龁支支的响喨，仅努出几点儿，将身立起。八戒道："这个亡人！就是金汁子，再撒些儿也罢！"那行者见有小半盏，道："勾了！勾了！拿去罢。"沙僧方才欢喜。

三人回至厅上，把前项药饵搅和一处，搓了三个大丸子。行者道："兄弟，忒大了。"八戒道："只有核桃大。若论我吃，还不勾一口哩！"遂此收在一个小盒儿里。兄弟们连衣睡下，一夜无词。

早是天晓。却说那国王耽病设朝，请唐僧见了，即命众官快往会同馆，参拜神僧孙长老取药去。多官随至馆中，对行者拜伏于地道："我王特命臣等拜领妙剂。"行者叫八戒取盒儿，揭开盖子，递与多官。多官启问："此药何名？好见王回话。"行者道："此名'乌金丹'。"八戒二人暗中作笑道："锅灰拌的，怎么不是乌金！"多官又问道："用何引子？"行者道："药引儿两般都下得。有一般易取者，乃六物煎汤送下。"多官问："是何六物？"行者道：

半空飞的老鸦屁，紧水负的鲤鱼尿，王母娘娘搽脸粉，老君炉里炼丹灰，玉皇戴破的头巾要三块，还要五根困龙须。六物煎汤送此药，你王忧病等时除。

多官闻言道："此物乃世间所无者。请问那一般引子是何？"行者道："用无根水送下。"众官笑道："这个易取。"行者道："怎见得易取？"多官道："我这里人家俗论：若用无根水，将一个碗盏，到井边或河下，舀了水，急转步，更不落地，亦不回头，到家与病人吃药，便是。"行者道："井中河内之水，俱是有根的。我这无根水，非此之论，乃是天上落下的，不沾地就吃，才叫做'无根水'。"多官又道："这也容易。等到天阴下雨时，再吃药便罢了。"遂拜谢了行者，将药持回献上。

国王大喜，即命近侍接上来，看了道："此是甚么丸子？"多官道："神僧说是'乌金丸'，用无根水送下。"国王便叫宫人取无根水。众臣道："神僧说，无根水不是井河中者，乃是天上落下不沾地的才是。"国王即唤当驾官传旨，教请法官求雨。众官遵依出榜不题。

却说行者在会同馆厅上，叫猪八戒道："适间允他天落之水，才可用药。此时急忙怎么得个雨水？我看这王倒也是个大贤大德之君，我与你助他些儿雨下药如何？"八戒道："怎么样助？"行者道："你在我左边立下，做个辅星。"又叫沙僧，"你在我右边立下，做个弼宿。等老孙助他些无根水儿。"好大圣，步了罡诀，念声咒语，早见那正东上一朵乌云，渐近于头顶上，叫道："大圣，东海龙王敖广来见。"行者道："无事不敢相烦，请你来助些无根水，与国王下药。"龙王道："大圣呼唤时，不曾说用水，小龙只身来了，不曾带得雨器，亦未有风云雷电，怎生降雨？"行者道："如今用不着风云雷电，亦不须多雨，只要须些引药之水便了。"龙王道："既如此，待我打两个喷嚏，吐些涎津液，与他吃药罢。"行者大喜道："最好，最好！不必迟疑，趁早行事。"

那老龙在空中，渐渐低下乌云，直至皇宫之上，隐身潜像，噀一口津唾，遂化作甘霖。那满朝官齐声喝采道："我主万千之喜！天公降下甘雨来也！"国王即传旨，教："取器皿盛着。不拘宫内外及官大小，都要等贮仙水，拯救寡人。"

你看那文武多官，并三宫六院妃嫔与三千彩女、八百烟娇，一个个擎杯把盏，举碗持盘，等接甘雨。那老龙在半空运化津涎，不离了王宫前后。将有一个时辰，龙王辞了大圣回海。众臣将杯盂碗盏收来，也有等着一点两点者，也有等着三点五点者，也有一点不曾等着者，共合一处，约有三盏之多，总献至御案。真个是异香满袭金銮殿，佳味熏飘天子庭！

通过这段对龙马尿的描写，可见龙这个一身是宝的种族在西游宇宙中是多么可怜。龙尿的功效是脱胎换骨、升级，所谓"过水撒尿，水中游鱼食了成龙；过山撒尿，山中草头得味，变作灵芝，仙僮采去长寿。我怎肯在此尘俗之处轻抛却也"，珍贵到了"怎肯在此尘俗之处轻抛却也"的地步，而且是看在猴哥的面子上才"仅努出几点儿"，但这个种族在整个西游宇宙中并没有得到什么尊重，最牛的四海龙王是悟空一个咒就能拘来的级别。

转天早晨，众官继续以君臣之礼来会同馆拜求灵药，猴哥将此药取名为乌金丹。

乌金，倒过来是金乌，古代神鸟，寓意太阳与光明，寓意变法。这药是能让大明依旧如日中天地走向光明之路的。

猴哥开出的药引子是"半空飞的老鸦屁，紧水负的鲤鱼尿，王母娘娘搽脸粉，老君炉里炼丹灰，玉皇戴破的头巾要三块，还要五根困龙须"，这明显是在故弄玄虚抬高自己的身价。众官问有没有平替，猴哥说无根水也成。众官说这个容易，猴哥表示：我说的无根水跟你们说的无根水不一样。猴哥定义的无根水是"天上落下的，不沾地就吃，才叫做'无根水'"。这个无根水是什么意思呢？

变法的"药引"最终都会"无根"的。

自古变法都会触及大量的旧有利益集团，想让国家通过大黄、巴豆上吐下泻地治了病，那你这药引子也别指望有好下场。

西游宇宙的作者都不能说是人瑞了，是神人啊！要知道《西游记》成书的时候张居正还没开始改革呢，但他已经准确地预言了张居正改革之后的结局。无根还有另一种解释，就是变法这味药引需要没有根系的、没有利益纠缠的势力去破局，才能将后面的"变法"之药送达病灶。

通过无根水，作者也给龙族抬高了地位。悟空调龙王来下雨时，龙王开始还是推托的，但听说这雨不是农业生产用的，也不是用于灭妖行动的，当即就表示帮忙了，随后吐了一个时辰的口水，效果是"异香满袭金銮殿，佳味熏飘天子庭"！

龙族牛到了口水和尿都是宝，却被满天神佛狠狠压制着。呵呵，放在这个隐喻之最的朱紫国中，你猜作者想表达啥呢？

那国王辞了法师，将着乌金丹并甘雨至宫中，先吞了一丸，吃了一盏甘雨；再吃了一丸，又饮了一盏甘雨；三次三丸俱吞了，三盏甘雨俱送下。不多时，腹中作响，如辘轳之声不绝。即取净桶，连行了三五次，服了些米饮，欹倒在龙床之上。有两个妃子将净桶捡看，说不尽那秽污痰涎，内有糯米饭块一团。妃子近龙床来报："那病根都行下来也！"国王闻此言甚喜，又进一次米饮。少顷，渐觉心胸宽泰，气血调和，就精神抖擞，脚力强健。下了龙床，穿了朝服，即登宝殿。见了唐僧，辄倒身下拜。那长老忙忙还礼。拜毕，以御手搀着，便教阁下："快具简帖，帖上写朕'再

拜顿首'字样，差官奉请法师高徒三位。一壁厢大开东阁，光禄寺排宴酬谢。"多官领旨，具简的具简，排宴的排宴。正是国家有倒山之力，霎时俱完。

朱紫国这国王吃着龙尿做出来的药，就着龙涎化成的雨，药到病除了。当"说不尽那秽污痰涎"出来之后，这国王"渐觉心胸宽泰，气血调和，就精神抖擞，脚力强健"。翻译一下，就是变法成功后，那堆垃圾被清除了，国家自然而然就蒸蒸日上了。

非常神奇的是，咱也不知道为啥拉出个糯米饭块团，不过很快就该知道了，作者该进入正题了。

却说八戒见官投简，喜不自胜，道："哥啊，果是好妙药！今来酬谢，乃兄之功。"沙僧道："二哥说那里话！常言道：'一人有福，带挈一屋。'我们在此合药，俱是有功之人。只管受用去，再休多话。"咦！你看他弟兄们俱欢欢喜喜，径入朝来。

众官接引上了东阁，早见唐僧、国王、阁老已都在那里安排筵宴哩。这行者与八戒、沙僧对师父唱了个喏，随后众官都至。只见那上面有四张素桌面，都是吃一看十的筵席。前面有一张荤桌面，也是吃一看十的珍羞。左右有四五百张单桌面，真个排得整齐：

古云：珍羞百味，美禄千钟。琼膏酥酪，锦缕肥红。宝妆花彩艳，果品味香浓。斗糖龙缠列狮仙，饼锭拖炉摆凤侣。荤有猪羊鸡鹅鱼鸭般般肉，素有蔬肴笋芽木耳并蘑菇。几样香汤饼，数次透酥糖。滑软黄粱饭，清新菰米糊。色色粉汤香又辣，般般添换美还甜。君臣举盏方安席，名分品级慢传壶。

那国王御手擎杯，先与唐僧安坐。三藏道："贫僧不会饮酒。"国王道："素酒。法师饮此一杯何如？"三藏道："酒乃僧家第一戒。"国王甚不过意，道："法师戒饮，却以何物为敬？"三藏道："顽徒三众代饮罢。"国王却才欢喜，转金卮，递与行者。行者接了酒，对众礼毕，吃了一杯。国王见他吃得爽利，又奉一杯。行者不辞，又吃了。国王笑道："吃个三宝钟儿。"行者不辞，又吃了。国王又命斟上："吃个四季杯儿。"

八戒在旁见酒不到他，忍得他咽咽咽唾。又见那国王苦劝行者，他就叫将起来道："陛下吃的药也亏了我，那药里有马——"这行者听说，恐怕呆子走了消息，却将手中酒递与。八戒接着就吃，却不言语。国王问道："神僧说药里有马，是甚么马？"行者接过口来道："我这兄弟，是这般口敞。但有个经验的好方儿，他就要说与人。陛下早间吃药内有马兜铃。"国王问众官道："马兜铃是何品味？能医何症？"时有太医院官在旁道："主公，

兜铃味苦寒无毒，定喘消痰大有功。

通气最能除血蛊，补虚宁嗽又宽中。"

国王笑道："用得当！用得当！猪长老再饮一杯。"呆子亦不言语，却也吃了个三宝钟。国王又递了沙僧酒，也吃了三杯，却俱叙坐。

饮宴多时，国王又擎大爵奉与行者。行者道："陛下请坐，老孙依巡痛饮，决不敢推辞。"国王道："神僧恩重如山，寡人酬谢不尽。好歹进此一巨觥，朕有话说。"行者道："有甚话说了，老孙好饮。"国王道："寡人有数载忧疑病，被神僧一贴灵丹打通，所以就好了。"行者笑道："昨日老孙看了陛下，已知是忧疑之疾，但不知忧疑何事？"国王道："古人云：'家丑不可外谈。'奈神僧是朕恩主，惟不笑，方可告之。"行者道："怎敢笑语，请说无妨。"

国王道："神僧东来，不知经过几个邦国？"行者道："经有五六处。"又问："他国之后，不知是何称呼？"行者道："国王之后，都称为正宫、东宫、西宫。"国王道："寡人不是这等称。将正宫称为金圣宫，东宫称为玉圣宫，西宫称为银圣宫。现今只有银、玉二后在宫。"行者道："金圣宫因何不在宫中？"国王滴泪道："不在已三年矣。"行者道："向那厢去了？"国王道："三年前，正值端阳之节，朕与嫔后都在御花园海榴亭下解粽插艾，饮菖蒲雄黄酒，看斗龙舟。忽然一阵风至，半空中现出一个妖精，自称赛太岁。说他在麒麟山獬豸洞居住，洞中少个夫人，访得我金圣宫生得美貌娇姿，要做个夫人，教朕快早送出。如若三声不献出来，就要先吃寡人，循吃众臣，将满城黎民尽皆吃绝。那时节，朕却忧国忧民，无奈，将金圣宫推出海榴亭外，被那妖响一声，摄将去了。寡人为此着了惊恐，把那粽子凝滞在内；况又昼夜忧思不息，所以成此苦疾三年。今得神僧灵丹，服后行了数次，尽是那三年前积滞之物，所以这会体健神轻，精神如旧。今日之命，皆是神僧所赐，岂但如泰山之重而已乎！"

行者闻得此言，满心喜悦，将那巨觥之酒两口吞之，笑问国王曰："陛下原来

是这般惊忧。今遇老孙，幸而获愈。但不知可要金圣宫回国？”那国王滴泪道：“朕切切思思，无昼无夜；但只是没一个能获得妖精的。岂有不要他回国之理？”行者道：“我老孙与你去伏妖邪，何如？”国王跪下道：“若救得朕后，朕愿领三宫九嫔出城为民，将一国江山尽付神僧，让你为帝。”八戒在旁，见出此言，行此礼，忍不住呵呵大笑道：“这皇帝失了体统！怎么为老婆就不要江山，跪着和尚？”

行者急上前，将国王搀起道：“陛下，那妖精自得金圣宫去后，这一向可曾再来？”国王道：“他前年五月节摄了金圣宫，至十月间来，要取两个宫娥去伏侍娘娘，朕即献出两个。至旧年三月间，又来要两个宫娥；七月间，又要去两个；今年二月里，又要去两个。不知到几时又要来也。”行者道：“似他这等频来，你们可怕他么？”国王道：“寡人见他来得多次，一则惧怕，二来又恐有伤害之意，旧年四月内，是朕命工起了一座避妖楼，但闻风响，知是他来，即与二后、九嫔，入楼躲避。”行者道：“陛下不弃，可携老孙去看那避妖楼一番何如？”那国王即将左手携着行者出席，众官亦皆起身。猪八戒道：“哥哥，你不达理！这般御酒不吃，摇席破坐的，且去看甚么哩？”国王闻说，情知八戒是为嘴，即命当驾官抬两张素桌面，看酒在避妖楼外侯候。呆子却才不嚷，同师父、沙僧笑道：“翻席去也。”

一行文武官引导，那国王并行者相搀，穿过皇宫，到了御花园后，更不见楼台殿阁。行者道：“避妖楼何在？”说不了，只见两个太监，拿两根红漆扛子，往那空地上掬起一块四方石板。国王道：“此间便是。这底下有三丈多深，挖成的九间朝殿。内有四个大缸，缸内满注清油，点着灯火，昼夜不息。寡人听得风响，就入里边躲避，外面着人盖上石板。”行者笑道：“那妖精还是不害你；若要害你，这里如何躲得？”

正说间，只见那正南上呼呼的吹得风响，播土扬尘。諕得那多官齐声报怨道：“这和尚盐酱口，讲甚么妖精，妖精就来了！”慌得那国王丢了行者，即钻入地穴。唐僧也就跟入，众官一躲个越净。

国王好了以后对唐僧下拜，并以超高规格去请了猴哥，中间这些酒席排面的描写主要是突出大明，不对，是突出朱紫国的大国排面。国王开席后玩了命地给猴哥三兄弟灌酒，目的是“神僧恩重如山，寡人酬谢不尽。好歹进此一巨觥，朕有话说”。神僧救命后平分社稷的事他不提了，又有新题目了。这国王本着好用就往死里用的原则对猴哥说出了他忧疑之疾的病根：三年前的端阳节，我正吃粽子呢，来了个妖怪，叫赛太岁，说少个压寨夫人，点名要我的金圣宫，喊三声不交出来妖怪就要吃了我，然后吃了朱紫国全体。他为了江山和黎民把金圣宫推出去了，就此被吓得吃进去的粽子拉不出来了。

也就是说，他这位朝思暮想的娘娘其实是他亲手送人的。

猴哥说可以帮他消灭妖邪，那国王直接跪了，表示只要能把娘娘领回来，他带着三宫九嫔出城为民。这是要把一国江山都送给猴哥。

作者随后借着八戒的话再次蔑视了皇帝一把："八戒在旁，见出此言，行此礼，忍不住呵呵大笑道：'这皇帝失了体统！怎么为老婆就不要江山，跪着和尚？'"

恶紫夺朱的那位大明皇帝，你失体统了，知道不？

猴哥问妖怪要走金圣宫之后还来过吗，国王说来过，每隔几个月就来要俩宫娥。他因为害怕那妖怪，还弄了一座避妖楼。猴哥去看了看，差点没乐死，所谓的避妖楼，就是挖的一个地洞，猴哥笑道：那妖精还是不想害你，若要害你，这里如何躲得？

正说着呢，妖怪来了，百官抱怨，说猴子嘴不好，说啥来啥，所谓"諕得那多官齐声报怨道：'这和尚盐酱口，讲甚么妖精，妖精就来了！'"这是在讽刺朝堂上的百官习惯性地逃避问题，不担责任，问题来了第一反应就是攻击提出问题的人。西游宇宙的作者应该没少见过这种场面。

那国王在风起之后迅速跑路，钻入了地穴，唐师父也身手敏捷地跟上，众官亦躲了个干净。

这份"尊荣"，作者应该是在讽刺嘉靖二十九年（1550）蒙古土默特部首领俺答汗因对明朝拒绝"贡市"而发动的战争，史称庚戌之变。俺答汗率兵一口气杀到了北京城下，面对这个情况，严嵩表示"所此抢食贼耳，不足患"，意思是他们抢完了就走了。徐阶则对严阁老开炮，表示："今虏在城下杀人放火，岂可言是抢食？正须议所以御之之策！"嘉靖问众臣怎么给俺答汗回信。徐阶说："今虏驻兵近郊，而我战守之备一无所有，此事宜权许以款虏，第恐将来要求无厌耳。"意思是眼下咱啥武备都没有，确实应该答应这些蛮夷，只是怕将来他们贪得无厌，然后一辈子不粘锅的嘉靖难得地说了句表态的话："苟利社稷，皮币珠玉非所爱。"不用翻译了，嘉靖烦了，表示快答应人家吧！明朝政府最终答应了俺答汗开放马市的要求，允许其与明朝在一定范围内进行马匹等物资的交易。整个庚戌之变期间，“诸州县报所残掠人畜二百万”。

八戒、沙僧也都要躲，被行者左右手扯住他两个道：“兄弟们，不要怕得。我和你认他一认，看是个甚么妖精。”八戒道：“可是扯淡！认他怎的？众官躲了，师父藏了，国王避了，我们不去了罢，炫的是那家世？”那呆子左挣右挣，挣不得脱手，被行者拿定多时，只见那半空里闪出一个妖精。你看他怎生模样：

九尺身长多恶狞，一双环眼闪金灯。
两轮查耳如撑扇，四个钢牙似插钉。
鬓绕红毛眉竖焰，鼻垂糟准孔开明。
髭髯几缕朱砂线，颧骨崚嶒满面青。
两臂红筋蓝靛手，十条尖爪把枪擎。
豹皮裙子腰间系，赤脚蓬头若鬼形。

行者见了道：“沙僧，你可认得他？”沙僧道：“我又不曾与他相识，那里认得！”又问：“八戒，你可认得他？”八戒道：“我又不曾与他会茶会酒，又不是宾朋邻里，我怎么认得他！”行者道：“他却像东岳天齐手下把门的那个醮面金睛鬼。”八戒道：“不是，不是。”行者道：“你怎知他不是？”八戒道：“我岂不知，鬼乃阴灵也，一日至晚，交申酉戌亥时方出。今日还在巳时，那里有鬼敢出来？就是鬼，也不会驾云；纵会弄风，也只是一阵旋风耳，有这等狂风？或者他就是赛太岁也。”行者笑道：“好呆子，倒也有些论头！既如此说，你两个护持在此，等老孙去问他个名号，好与国王收取金圣宫来朝。”八戒道：“你去自去，切莫供出我们来。”行者昂然不答，急纵祥光，跳将上去。咦！正是：

安邦先却君王病，守道须除爱恶心。

毕竟不知此去到于空中，胜败如何，怎么擒得妖怪，救得金圣宫，且听下回分解。

八戒和沙僧也都要躲，被猴哥一手一个扯住，要去看是什么妖精。八戒很害怕，但被猴哥抓得死死的，跑不了。随后半空里闪出一个妖精，猴哥问八戒和沙僧：你俩见过这妖精吗？两人都说没见过。猴哥说这妖精像东岳天齐手下把门的醮面金睛鬼。八戒说不是，理由是鬼是阴灵，只有晚上出来，现在是上午，况且就算是鬼也不会驾云，就算会弄风也只是一阵旋风。这就是八戒的见识问题了，玉帝身边的那个大力鬼王可没少白天出没，给刘全和李翠莲那两口子还魂的鬼使也是白天去的。猴哥见他俩不认识便撒了手，要去问这妖精的来历，八戒赶紧补上一句：要去你自己去，别供出我们来。

八戒这个经啊，越取胆子越小，主要也是有见识了，知道他这水平实在掺和不起。这一回最后总结的诗中说“安邦先却君王病，守道须除爱恶心”，也算是对前文进行了总结。

安邦的前提是要先给国家的君王治病，君王病了想治，要先除掉他的那些好恶弱点，那位道士皇帝的好恶可太可恨了。

第七十回

妖魔宝放烟沙火，悟空计盗紫金铃

却说那孙行者抖擞神威，持着铁棒，踏祥光起在空中，迎面喝道："你是那里来的邪魔？待往何方猖獗！"那怪物厉声高叫道："吾党不是别人，乃麒麟山獬豸洞赛太岁大王爷爷部下先锋。今奉大王令，到此取宫女二名，伏侍金圣娘娘。你是何人，敢来问我！"行者道："我乃齐天大圣孙悟空。因保东土唐僧西天拜佛，路过此国，知你这伙邪魔欺主，特展雄才，治国祛邪。正没处寻你，却来此送命！"那怪闻言，不知好歹，展长枪就刺行者。行者举铁棒劈面相迎。在半空里，这一场好杀：

棍是龙宫镇海珍，枪乃人间转炼铁。凡兵怎敢比仙兵，擦着些儿神气泄。大圣原来太乙仙，妖精本是邪魔孽。鬼祟焉能近正人，一正之时邪就灭。那个弄风播土諕皇王，这个踏雾腾云遮日月。丢开架手赌输赢，无能谁敢夸豪杰。还是齐天大圣能，乒乓一棍枪先折。

那妖精被行者一铁棒把根枪打做两截，慌得顾性命，拨转风头，径往西方败走。行者且不赶他，按下云头，来至避妖楼地穴之外，叫道："师父，请同陛下出来，怪物已赶去矣。"那唐僧才扶着君王，同出穴来，见满天清朗，更无妖邪之气。那皇帝即至酒席前，自己拿壶把盏，满斟金杯，奉与行者道："神僧，权谢！权谢！"这行者接杯在手，还未回言，只听得朝门外有官来报："西门上火起了！"

行者闻说，将金杯连酒望空一撇，当的一声响喨，那个金杯落地。君王着了忙，躬身施礼道："神僧，恕罪！恕罪！是寡人不是了。礼当请上殿拜谢，只因有这方便酒在此，故就奉耳。神僧却把杯子撇了，却不是有见怪之意？"行者笑道："不是这话，不是这话。"少顷间，又有官来报："好雨哑！才西门上起火，被一场大雨把火灭了，满街上流水，尽都是酒气。"行者又笑道："陛下，你见我撇杯，疑有见怪之意，非也。那妖败走西方，我不曾赶他，他就放起火来。这一杯酒，却是我灭了妖火，救了西城里外人家，岂有他意！"

国王更十分欢喜加敬。即请三藏四众同上宝殿，就有推位让国之意。行者笑道："陛下，才那妖精，他称是赛太岁部下先锋，来此取宫女的。他如今战败而回，定然报与那厮，那厮定要来与我相争。我恐他一时兴师帅众，未免又惊伤百姓，恐谎陛下。欲去迎他一迎，就在那半空中擒了他，取回圣后。但不知向那方去？这里到他那山洞，有多少远近？"国王道："寡人曾差'夜不收'军马到那里探听消息，往来到行五十余日。坐落南方，约有三千余里。"行者闻言，叫："八戒、沙僧，护持在此，老孙去来。"国王扯住道："神僧且从容一日，待安排些干粮烘炒，与你些盘缠银两，选一匹快马，方才可去。"行者笑道："陛下说得是巴山转岭步行之话。我老孙不瞒你说，似这三千里路，斟酒在钟，不冷就打个往回。"国王道："神僧，你不要怪我说。你这尊貌，却像个猿猴一般，怎生有这般法力会走路也？"行者道：

"我身虽是猿猴数，自幼打开生死路。
遍访明师把道传，山前修炼无朝暮。
倚天为鼎地为炉，两般药物团乌兔。
采取阴阳水火交，时间顿把玄关悟。
全仗天罡搬运功，也凭斗柄迁移步。
退炉进火最依时，抽铅添汞相交顾。
攒簇五行造化生，合和四象分时度。
二气归于黄道间，三家会在金丹路。
悟通法律归四肢，本来筋斗如神助。
一纵纵过太行山，一打打过灵云渡。
何愁峻岭几千重，不怕长江百千数。

只行变化没遮拦，一打十万八千路！”

那国王见说，又惊又喜，笑吟吟捧着一杯御酒，递与行者道：“神僧远劳，进此一杯引意。”这大圣一心要去降妖，那里有心吃酒，只叫：“且放下，等我去了回来再饮。”好行者，说声去，唿哨一声，寂然不见。那一国君臣皆惊讶不题。

猴哥问话后，知道来的这个妖怪是赛太岁的先锋，又是来要宫女的，两人一言不合就开打。枪被猴哥打折后妖怪跑路了，猴哥也没追，小把戏没意义，他要让那赛太岁亲自来。猴哥来到地洞前喊出了灰皇帝和灰师父，皇帝赶紧接着给猴哥敬酒，猴哥刚接杯就听朝门外有官来报，说西门上火起了。猴哥再显神通，将金杯连酒望空一撇，把国王吓得够呛，过了会儿有官来报，说西门刚来了场雨，把火灭了，而且那边都是酒气。猴哥说是我灭的火，救了西城里外人家。

见猴哥这么牛，这国王已经有退位让国之意了。猴哥没理这茬，问赛太岁在哪里。国王说在南方三千里外，猴哥说这就去捉他。国王要给准备干粮，猴哥说：我在这酒尚有余温时便能打来回。国王问他咋这么牛。猴哥再次作了首诗，表示了自己有多牛。这国王大喜，又要敬酒。

注意，这国王自打好了之后，已经提了太多次酒的事了。

却说行者将身一纵，早见一座高山阻住雾角。即按云头，立在那巅峰之上，仔细观看。好山：

冲天占地，碍日生云。冲天处，尖峰矗矗；占地处，远脉迢迢。碍日的，乃岭头松郁郁；生云的，乃崖下石磷磷。松郁郁，四时八节常青；石磷磷，万载千年不改。林中每听夜猿啼，涧内常闻妖蟒过。山禽声咽咽，山兽吼呼呼。山獐山鹿，成双作对纷纷走；山鸦山鹊，打阵攒群密密飞。山草山花看不尽，山桃山果映时新。虽然倚险不堪行，却是妖仙隐逸处。

这大圣看之不厌，正欲寻洞口，只见那山凹里烘烘火光飞出，霎时间扑天红焰，红焰之中冒出一股恶烟，比火更毒。好烟！但见那：

火光迸万点金灯，火焰飞千条红虹。那烟不是灶筒烟，不是草木烟，烟却有五色：青红白黑黄。熏着南天门外柱，燎着灵霄殿上梁。烧得那窝中走兽连皮烂，林中飞禽羽尽光。但看这烟如此恶，怎入深山伏怪王？

孙大圣正自恐惧，又见那山中迸出一道沙来。好沙！真个是遮天蔽日：

纷纷绒绒遍天涯，邓邓浑浑大地遮。

细尘到处迷人目，粗灰满谷滚芝麻。

采药仙僮迷失伴，打柴樵子没寻家。

手中就有明珠现，时间刮得眼生花。

这行者只顾看玩，不觉流灰飞入鼻内，痒斯斯的，打了两个喷涕，即回头伸手，在岩下摸了两个鹅卵石，塞住鼻子，摇身一变，变做一个攒火的鹞子，飞入烟火中间，蓦了几蓦，却就没了沙灰，烟火也息了。急现本像下来，又看得，只听得丁丁东东的一个铜锣声响，却道："我走错了路也！这里不是妖精住处。锣声是铺兵之锣，想是通国的大路，有铺兵去下文书。且等老孙去问他一问。"

正走处，忽见似个小妖儿，担着黄旗，背着文书，敲着锣儿，急走如飞而来。行者笑道："原来是这厮打锣。他不知送的是甚么书信，等我听他一听。"好大圣，摇身一变，变做个蜢虫儿，轻轻的飞在他书包之上。只听得那妖精敲着锣，绪绪聒聒的，自念自诵道："我家大王忒也心毒，三年前到朱紫国强夺了金圣皇后，一向无缘，未得沾身，只苦了要来的宫女顶缸。两个来弄杀了，四个来也弄杀了。前年要了，去年又要，今年又要；如今还要，却撞个对头来了。那个要宫女的先锋，被个甚么孙行者打败了，不发宫女。我大王因此发怒，要与他国争持，教我去下甚么战书。这一去，那国王不战则可，战必不利。我大王使烟火飞沙，那国王君臣百姓等莫想一个得活。那时，我等占了他的城池，大王称帝，我等称臣，虽然也有个大小官爵，只是天理难容也！"

行者听了暗喜道："妖精也有存心好的。似他后边这两句话，说'天理难容'，却不是个好的？但只说金圣皇后，一向无缘，未得沾身，此话却不解其意。等我问他一问。"嘤的一声，一翅飞离了妖精，转向前路，有十数里地，摇身一变，变做了一个道僮：

头挽双抓髻，身穿百衲衣。

手敲鱼鼓简，口唱道情词。

转山坡，迎着小妖，打个起手道："长官那里去？送的是甚么公文？"那妖物就像认得他的一般，住了锣槌，笑嘻嘻的还礼道："我大王差我到朱紫国下战书的。"

行者借口问道："朱紫国那话儿，可曾与大王配合哩？"小妖道："自前年摄得来，当时就有一个神仙，送一件五彩仙衣与金圣宫妆新。他自穿了那衣，就浑身上下都生了针刺，我大王摸也不敢摸他一摸。但挽着些儿，手心就痛，不知是甚缘故。自始至今，尚未沾身。早间差先锋去要宫女伏侍，被一个甚么孙行者战败了。大王奋怒，所以教我去下战书，明日与他交战也。"行者道："怎的大王却着恼？"小妖道："正在那里着恼哩。你去与他唱个道情词儿解解闷也好。"

行者拱手抽身就走，那妖依旧敲锣前行。行者就行起凶来，掣出棒，复转身，望小妖脑后一下，可怜就打得头烂血流浆迸出，皮开颈折命倾之。收了棍子，却又自悔道："急了些儿，不曾问他叫做个甚么名字。罢了！"却去取下他的战书藏于袖内，将他黄旗、铜锣，藏在路旁草里。因扯着脚要往涧下摔时，只听当的一声，腰间露出一个镶金的牙牌，牌上有字，写道：

心腹小校一名，有来有去。五短身材，疙挞脸，无须。长川悬挂，无牌即假。

猴哥来到赛太岁的麒麟山，正看山呢，发现"山凹里烘烘火光飞出，霎时间扑天红焰，红焰之中冒出一股恶烟"。这烟是目前西游宇宙中最恐怖的烟，是"熏着南天门外柱，燎着灵霄殿上梁"的级别。猴哥这辈子最怕的就是烟，看到烟都有点恐惧了，有了烟还不算完，马上又迸出遮天蔽日的狂沙，不过看到狂沙猴哥不怕了，开始玩上了。不小心沙灰飞入鼻内，猴哥打了两个喷嚏，这也就是他，换作别人早已经死了，后面我们会细说这沙的威力。

猴哥变作一个攒火的鹞子想躲烟火，但很快沙灰和烟火都没了。猴哥现本相下来又看，听到叮叮咚咚的铜锣声响，见是个小妖，担着黄旗，背着文书，敲着锣，急走如飞，嘴里不断念叨着。

猴哥变成虫跟上，听到了如下信息：

1. 金圣宫娘娘目前没被糟蹋。

2. 之所以不断要宫女，是因为要替金圣宫娘娘"顶缸"。不过这妖怪把那些宫女都给弄死了，所以总得要新人。

3. 派的先锋被打败后赛太岁发怒了，下战书要灭了朱紫国，自己称帝。

看过《西游记》的都知道这赛太岁是谁的坐骑，该说不说，有佛门背景的妖怪都是大手笔，动不动就要把人家的国灭了。

猴哥纳闷“强夺了金圣皇后，一向无缘，未得沾身”是什么意思，随后又变成一个道童探听情况。得知原来金圣宫被摄来后，有个神仙送了一件五彩仙衣与金圣宫穿。随后金圣宫浑身上下就生了针刺，连摸都摸不了一把。

猴哥问明白后把妖怪打死，取战书藏于袖内，将黄旗、铜锣藏在路旁草里。如今的猴哥确实成长了，都知道毁尸灭迹了，再也不像当年黑风洞、平顶山时那样轻易就被人家发现端倪了，就在他扯着妖尸要往涧下摔时发现了一个镶金牙牌，牌上有字：“心腹小校一名，有来有去。五短身材，扢挞脸，无须。长川悬挂，无牌即假。”

名字、身高、长相，这赛太岁很有管理意识，不光赛太岁这里如此，后面狮驼岭的小妖也都有防伪牌照，这些佛门的孽畜都挺有管理技巧的。

这里侧面说明了什么问题呢？

是佛门的妖魔折腾的这摊儿太大了，所以才倒逼管理升级，不然狮驼岭那几万小妖咋管得过来！

行者笑道：“这厮名字叫做有来有去，这一棍子打得‘有去无来’也！”将牙牌解下，带在腰间。欲要摔下尸骸，却又思量起烟火之毒，且不敢寻他洞府。即将棍子举起，着小妖胸前捣了一下，挑在空中，径回本国，且当报一个头功。你看他自思自念，唿哨一声，到了国界。

那八戒在金銮殿前正护持着王、师，忽回头，看见行者半空中将个妖精挑来，他却倒怨：“嗳！不打紧的买卖！早知老猪去拿来，却不算我一功？”说未毕，行者按下云头，将妖精摔在阶下。八戒跑上去就筑了一钯道：“此是老猪之功！”行者道：“是你甚功？”八戒道：“莫赖我！我有证见！你不看一钯筑了九个眼子哩！”行者道：“你看看，可有头没头？”八戒笑道：“原来是没头的！我道如何筑他，也不动动儿。”行者道：“师父在那里？”八戒道：“在殿里与王叙话哩。”行者道：“你且去请他出来。”八戒急上殿点点头，三藏即便起身下殿，迎着行者。行者将一封战书揣在三藏袖里道：“师父收下，且莫与国王看见。”

说不了，那国王也下殿迎着行者道：“神僧孙长老来了，拿妖之事如何？”行者用手指道：“那阶下不是妖精？被老孙打杀了也。”国王见了道：“是便是个妖尸，

却不是赛太岁。赛太岁寡人亲见他两次，身长丈八，膊阔五停，面似金光，声如霹雳，那里是这般鄙矮！”行者笑道：“陛下认得，果然不是。这是一个报事的小妖撞见老孙，却先打死，挑回来报功。”国王大喜道：“好！好！好！该算头功！寡人这里常差人去打探，更不曾得个的实。似神僧一出，就捉了一个回来，真神通也！”叫：“看暖酒来，与长老贺功！”行者道：“吃酒还是小事。我问陛下，金圣宫别时，可曾留下个甚么表记，你与我些儿。”那国王听说“表记”二字，却似刀剑剜心，忍不住失声泪下，说道：

“当年佳节庆朱明，太岁凶妖发喊声。

强夺御妻为压寨，寡人献出为苍生。

更无会话并离话，那有长亭共短亭。

表记香囊全没影，至今撇我苦伶仃。”

行者道：“陛下在迩，何以为恼？那娘娘既无表记，他在宫时可有甚么心爱之物，与我一件也罢。”国王道：“你要怎的？”行者道：“那妖王实有神通。我见他放烟、放火、放沙，果是难收；纵收了，又恐娘娘见我面生，不肯同我回国。须是得他平日心爱之物一件，他方信我，我好带他回来。为此故要带去。”国王道：“昭阳宫里梳妆阁上，有一双黄金宝串，原是金圣宫手上带的。只因那日端午要缚五色彩线，故此褪下，不曾戴上。此乃是他心爱之物，如今现收在减妆盒里。寡人见他遭此离别，更不忍见；一见即如见他玉容，病又重几分也。”行者道：“且休题这话，且将金串取来。如舍得，都与我拿去；如不舍，只拿一只去也。”国王遂命玉圣宫取出，取出即递与国王。国王见了，叫了几声“知疼着热的娘娘”，遂递与行者。行者接了，套在胳膊上。

猴哥回想起烟火之毒也犯起嘀咕了，不敢直接去寻人家洞府，只好先回朱紫国报功。得知金圣宫娘娘的好消息后，猴哥要回去利用这娘娘作为突破点了。

八戒见猴哥半空中将个妖精挑来，老毛病又犯了，要去打死妖抢功。他上去对着妖精就是一钯子，表示筑的这九个眼就是见证。猴哥乐了：你看看我给他留没留脑袋？猴哥将那封战书给了他师父，并嘱咐千万别让那厌国王看见，然后跟国王说，刚打死了个小妖，先来报个功。

一听这个，国王又喊左右暖酒来与长老贺功了。

国王病刚好的时候就拉着猴哥喝酒，前面打走先锋后也是喝酒，眼下又拉着猴哥要喝了。作者大量描写了国王对于喝酒的喜好程度，对老朱家那些皇帝算是讽刺透了。刚刚写完国王跟酒玩命，马上又要说他对一个女人失体统能失到什么地步了！

猴哥找昏君要金圣宫娘娘的信物。一听说这个，这昏君哭了一通，边哭边说和他这娘娘分别时太仓促了，连信物都没有。猴哥说拿个娘娘的心爱之物也成，昏君随后命人拿出了金圣宫平时心爱的一双黄金宝串。取出这信物时国王的德行如下："国王见了，叫了几声'知疼着热的娘娘'，遂递与行者。"

这里大概率是作者在影射明宪宗朱见深，这位皇帝他爹就是大明诸帝之中人生履历最传奇的土木堡战神、夺门太上皇朱祁镇。由于朱祁镇北狩的传奇经历，所以曾经被叔叔朱祁钰废掉过太子之位的朱见深从小精神压力极大，甚至落下个口吃的毛病。在那样的高压环境下，朱见深爱上了自三岁起就照顾自己的，大自己十七岁的万贞儿，也就是有明一代大名鼎鼎的万贵妃。这份深情陪伴了朱见深的一生，当成化二十三年（1487），五十八岁的万贵妃病逝后，朱见深号啕大哭道："贞儿不在人世，我亦命不久矣。"随后一语成谶，半年后，四十一岁的朱见深驾崩。

主要是朱家这些皇帝实在"品类众多"，作者可借鉴的素材取之不尽，所以在朱紫国里炒起群英荟萃了。

好大圣，不吃得功酒，且驾筋斗云，唿哨一声，又至麒麟山上。无心玩景，径寻洞府而去。正行时，只听得人语喧嚷，即伫立凝睛观看，原来那獬豸洞口，把门的大小头目，约摸有五百名在那里：

森森罗列，密密挨排。森森罗列，执干戈映日光明；密密挨排，展旌旗迎风飘闪。虎将雄师能变化，豹头彪帅弄精神。苍狼多猛烈，赖象更骁雄。狡兔乖獐抡剑戟，长蛇大蟒挎刀弓。猩猩能解人言语，引阵安营识汛风。

行者见了，不敢前进，抽身径转旧路。你道他抽身怎么？不是怕他。他却至那打死小妖之处，寻出黄旗、铜锣，迎风捏诀，想象腾那，即摇身一变，变做那有来有去的模样，乒乓敲着锣，大踏步一直前来，径撞至獬豸洞。

正欲看看洞景，只闻得猩猩出语道："有来有去，你回来了？"行者只得答应道：

“来了。”猩猩道：“快走！大王爷爷正在剥皮亭上等你回话哩。”行者闻言，拽开步，敲着锣，径入前门里看处，原来是悬崖削壁，石屋虚堂，左右有琪花瑶草，前后多古柏乔松。不觉又至二门之内，忽抬头见一座八窗明亮的亭子，亭子中间有一张戗金的交椅，椅子上端坐着一个魔王。真个生得恶像。但见他：

幌幌霞光生顶上，威威杀气迸胸前。
口外獠牙排利刃，鬓边焦发放火烟。
嘴上髭须如插箭，遍体昂毛似叠毡。
眼突铜铃欺太岁，手持铁杵若摩天。

猴哥拿了信物，驾筋斗云回到麒麟山去找妖精洞府。正找着呢，听到人言喧嚷，发现赛太岁的五百大小头目正在那儿操练呢，而且森森罗列，密密挨排，相当有纪律。再看小妖的水平，那是“虎将雄师能变化，豹头彪帅弄精神。苍狼多猛烈，赖象更骁雄。狡兔乖獐抡剑戟，长蛇大蟒挎刀弓。猩猩能解人言语，引阵安营识汛风”，这种小妖能力的描写在前面可是不多见的。

发现没有，离西天越来越近，连小妖都越来越凶悍了。

其实细品这些有佛门背景的妖怪，有一个共性，就是组织搭建团队的能力特别强。比如乌鸡国的狮子精都能把国家管理好，黄眉手下的数千小妖个个雄壮，以及赛太岁的高质量妖兵和后面狮驼岭的最大规模妖精军团，都充分说明了这些佛门孽畜在发展和管理方面特别有办法。

相反，道教的孽畜们就不见手下小妖们能力突出的描写。

作者为什么这样写？

这其实也是跟佛教和道教在民间的传播能力相匹配的，佛教开枝散叶的能力是道教远远比不上的。

猴哥去打死小妖之处寻出黄旗、铜锣，然后变成有来有去进洞诈骗了。那妖怪的模样，总结起来就是文中的那句“椅子上端坐着一个魔王。真个生得恶像”。

看过原著的都知道，这妖怪是观音菩萨的坐骑，说到这里我们也阶段性地总结一下原著中的这些孽畜。第三十九回文殊菩萨的孽畜是“那魔王生得好不凶恶”，第五十回太上老君的孽畜是“魔王生得好不凶丑”，这货又是“真个生得恶像”。包括后面要出场的狮驼岭的那两个，哪怕白象这种怎样都跟凶恶扯不上关系的动物都是“玉面似牛头恶鬼”的“十分狞恶”（第七十五回）的级别，至于寿星的白鹿和太乙救苦天尊的九灵元圣就不在讨论之列了。寿星的级别本就不高，太乙救苦天尊那坐骑则属于超纲了，那九头狮子明明是大佬级别的，却不知为啥成了坐骑。文中都没描写这位喊一嗓子上通三圣，并且名字里就带圣的坐骑长啥样。

为什么这些慈眉善目的神仙一个个品位都那么一致？骑的坐骑都是要吓死人的级别？

其实归根结底就是填补自己权力的短板。

我们今天做人要光明磊落、一身正气，走正道，但是古代的官僚系统并不像今天这么条理清晰、职能明确。老君和菩萨，他们属于任何事都要体面的级别，但那世道不可能存在什么都让人体面的情况。很多事老君和菩萨没法亲自下场，比如报复的活儿，又如威胁的事，明面上只能大度，只能宽恕，没办法，因为级别在那儿。但如果不报复的话，老君和菩萨就没人敬畏了，相当于得罪他们的成本太低了，他们的权力网络也就该崩塌了。那个世道永远是畏威不畏德的。

老君和菩萨永远要高高在上，不染一丝尘埃，只有这样，他们才能将品牌的价值做到最大化，才会有芸芸众生的信仰与香火。

老君和菩萨的坐骑则必须要多凶恶有多凶恶，让所有想占便宜甚至挑战老君和菩萨的势力三思而后行，人家的坐骑一定会报复的。这相当于让领导的善后成本大大降低，并且补齐了自己这个品牌的最关键反制手段。别以为人家善就好欺负，领导善但坐骑不一定善。哪怕孽畜做得过分了，你能跟孽畜较真吗？

而孽畜们需要在意的只有两件事：

1. 听领导的话，不随便去为非作歹，要做到令行禁止地听话。

2. 听得懂领导的话，听话听音，能听明白领导的言外之意，下界执行任务做到哪种程度一定要心中有数。

所以，每一个生态位都有一种生存的智慧，永远不要指望领导的孽畜不恶，当孽畜们慈眉善目了，反而失去了他们存在的意义。

行者见了，公然傲慢那妖精，更不循一些儿礼法，调转脸朝着外，只管敲锣。妖王问道：“你来了？”行者不答。又问：“有来有去，你来了？”也不答应。妖王

上前扯住道："你怎么到了家还打锣？问之又不答，何也？"行者把锣往地下一掼，道："甚么'何也，何也'！我说我不去，你却教我去。行到那厢，只见无数的人马列成阵势，见了我就都叫：'拿妖精！拿妖精！'把我推推扯扯，拽拽扛扛，拿进城去。见了那国王，国王便教'斩了'，幸亏那两班谋士道'两家相争，不斩来使'，把我饶了。收了战书，又押出城外，对军前打了三十顺腿，放我来回话：他那里不久就要来此与你交战哩。"妖王道："这等说，是你吃亏了。怪不道问你更不言语。"行者道："却不是怎的！只为护疼，所以不曾答应。"妖王道："那里有多少人马？"行者道："我也諕昏了，又吃他打怕了，那里曾查他人马数目！只见那里森森兵器，摆列着：

弓箭刀枪甲与衣，干戈剑戟并缨旗。剽枪月铲兜鍪铠，大斧团牌铁蒺藜。长闷棍，短窝槌，钢叉铳铯及头盔。打扮得鞝鞋护顶并胖袄，简鞭袖弹与铜锤。"

那王听了笑道："不打紧，不打紧。似这般兵器，一火皆空。你且去报与金圣娘娘得知，教他莫恼。今早他听见我发狠要去战斗，他就眼泪汪汪的不干。你如今去说那里人马骁勇，必然胜我，且宽他一时之心。"

行者闻言，十分欢喜道："正中老孙之意。"你看他偏是路熟，转过脚门，穿过厅堂。那里边尽都是高堂大厦，更不是前边的模样。直到后面宫里，远见彩门壮丽，乃是金圣娘娘住处。且入里面看时，有两班妖狐、妖鹿，一个个都妆成美女之形，侍立左右。正中间坐着那个娘娘，手托着香腮，双眸滴泪。果然是：

玉容娇嫩，美貌妖娆。懒梳妆，散鬓堆鸦；怕打扮，钗环不戴。面无粉，冷淡了胭脂；发无油，蓬松了云鬓。努樱唇，紧咬银牙；皱蛾眉，泪淹星眼。一片心，只忆着朱紫君王；一时间，恨不离天罗地网。诚然是：自古红颜多薄命，恹恹无语对东风！

行者上前打了个问讯道："接喏。"那娘娘道："这泼村怪！十分无状！想我在那朱紫国中，与王同享荣华之时，那太师宰相见了，就俯伏尘埃，不敢仰视。这野怪怎么叫声'接喏'？是那里来的这般村怪？"众侍婢上前道："太太息怒。他是大王爷爷心腹的小校，唤名有来有去。今早差下战书的是他。"娘娘听说，忍怒问曰："你下战书，可曾到朱紫国界？"行者道："我持书直至城里，到于金銮殿，面见君王，已讨回音来也。"娘娘道："你面君，君有何言？"行者道："那君王敌战之言，与排兵布阵之事，才与大王说了。只是那君王有思想娘娘之意，有一句合心的话儿，特来上禀。奈何左右人众，不是说处。”

娘娘闻言，喝退两班狐鹿。行者掩上宫门，把脸一抹，现了本像，对娘娘道：“你休怕我。我是东土大唐差往大西天天竺国雷音寺见佛求经的和尚。我师父是唐王御弟唐三藏。我是他大徒弟孙悟空。因过你国倒换关文，见你君臣出榜招医，是我大施三折之肱，将他相思之病治好了。排宴谢我，饮酒之间，说出你被妖摄来。我会降龙伏虎，特请我来捉怪，救你回国。那战败先锋是我，打死小妖也是我。我见他门外凶狂，是我变作有来有去模样，舍身到此，与你通信。”那娘娘听说，沉吟不语。行者取出宝串，双手奉上道：“你若不信，看此物何来。”娘娘一见，垂泪下座拜谢道：“长老，你果是救得我回朝，没齿不忘大恩！”

行者道：“我且问你，他那放火、放烟、放沙的，是件甚么宝贝？”娘娘道：“那里是甚宝贝！乃是三个金铃。他将头一个幌一幌，有三百丈火光烧人；第二个幌一幌，有三百丈烟光熏人；第三个幌一幌，有三百丈黄沙迷人。烟火还不打紧，只是黄沙最毒。若钻入人鼻孔，就伤了性命。”行者道：“利害！利害！我曾经着，打了两个喷涕，却不知他的铃儿放在何处？”娘娘道：“他那肯放下，只是带在腰间，行住坐卧，再不离身。”行者道：“你若有意于朱紫国，还要相会国王，把那烦恼忧愁都且权解，使出个风流喜悦之容，与他叙个夫妻之情，教他把铃儿与你收贮。待我取便偷了，降了这妖怪，那时节，好带你回去，重谐鸾凤，共享安宁也。”那娘娘依言。

猴哥见了妖王，居然傲慢起来，转脸朝外，只管敲锣，根本不搭理妖王。直到妖王扯住他问了第三遍，猴哥才相当出人意料地把锣往地下一掼，开始对妖王抱怨，说自己被打了，还差点被朱紫国国王斩了，又说国王让他带话，要跟妖王交战。这是让妖王放松对他的怀疑。妖王听完，安慰了猴哥一下，随后问了问朱紫国有多少人马。当听说只有人类兵团后妖王笑了，表示“似这般兵器，一火皆空”。差着维度呢，不用担心，随后又嘱咐猴哥去跟金圣宫娘娘汇报，让猴哥说朱紫国人马骁勇，必然胜过妖王，好让她宽心。

从这句话就能看出金圣宫娘娘的魅力，不光让朱紫国那昏君朝思暮想，这妖怪也被拿捏得死死的。别看三年都没近得了身，但妖怪对金圣宫爱着呢！猴哥正愁不知以什么名义去见金圣宫呢，这下正对心意。

猴哥穿过厅堂后看到了高堂大厦、彩门壮丽的装修，甚至连服侍的两班妖狐、妖鹿一个个也都妆成美女，这更能说明妖王对金圣宫相当疼爱。

此时的金圣宫娘娘哭得很凄惨，猴哥上前打了个问讯，道声“接喏”后，娘娘直接开骂。这也更加说明这位娘娘虽然被掳走了，但不过就是换了个地方“上班”，人家现在依旧是说一不二的后宫娘娘。

当猴哥说朱紫国国王有思念娘娘之意，带来句合心的话，想要悄悄说后，娘娘直接喝退了两班狐鹿。猴哥关门现了本相，说自己是朱紫国国王请来救她的。随后你看这金圣宫的反应：“那娘娘听说，沉吟不语。”警惕性多高、多聪明，直到猴哥取出黄金宝串奉上后，才通过了金圣宫的测试。

猴哥随后开始跟金圣宫娘娘定计。问这妖魔的宝贝是个啥，娘娘说是三个金铃，头一个晃一晃，有三百丈火光烧人；第二个晃一晃，有三百丈烟光熏人；第三个晃一晃，有三百丈黄沙迷人。烟火倒是不打紧，但黄沙最毒，只要钻入人鼻孔就伤了性命。

猴哥倒是不怕火和沙子，之前沙子钻入鼻孔，猴哥只是打了两个喷嚏。他主要是怕烟。猴哥问那铃儿平时放在何处，娘娘说被妖魔放在腰间，行住坐卧都不离身。猴哥说：你要是还想回朱紫国见国王，就赶紧虚情假意地哄那妖魔把铃儿放在你这儿收着，我得偷了这宝贝才能救你。

这行者变作心腹小校，开了宫门，唤进左右侍婢。娘娘叫：“有来有去，快往前亭请你大王来，与他说话。”好行者，应了一声，即至剥皮亭，对妖精道：“大王，圣宫娘娘有请。”妖王欢喜道：“娘娘常时只骂，怎么今日有请？”行者道：“那娘娘问朱紫国王之事，是我说：‘他不要你了，他国中另扶了皇后。’娘娘听说，故此没了想头，方才命我来奉请。”妖王大喜道：“你却中用。待我剿除了他国，封你为个随朝的太宰。”行者顺口谢恩，疾与妖王来至后宫门首。

那娘娘欢容迎接，就去用手相搀。那妖王喏喏而退道：“不敢，不敢！多承娘娘下爱，我怕手疼，不敢相傍。”娘娘道：“大王请坐，我与你说。”妖王道：“有话但说不妨。”娘娘道：“我蒙大王辱爱，今已三年，未得共枕同衾。也是前世之缘，做了这场夫妻；谁知大王有外我之意，不以夫妻相待。我想着当时在朱紫国为后，外邦凡有进贡之宝，君看毕，一定与后收之。你这里更无甚么宝贝，左右穿的是貂裘，吃的是血食，那曾见绫锦金珠！只一味铺皮盖毯，或者就有些宝贝，你因外我，也不教我看见，也不与我收着。且如闻得你有三个铃铛，想就是件宝贝。你怎么走也带着，坐也带着，你就拿与我收着，待你用时取出，未为不可。此也是做夫妻一场，也有个心腹相托之意。如此不相托付，非外我如何？”

妖王大笑，陪礼道：“娘娘怪得是，怪得是。宝贝在此，今日就当付你收之。”便即揭衣取宝。行者在旁，眼不转睛看着。那怪揭起两三层衣服，贴身带着三个铃儿。他解下来，将些木绵塞了口儿，把一块豹皮作一个包袱儿包了，递与娘娘道：“物虽微贱，却要用心收藏，切不可摇幌着他。”娘娘接过手道：“我晓得。安在这妆台之上，无人摇得。”叫：“小的们，安排酒来，我与大王交欢会喜，饮几杯儿。”众侍婢闻言，即铺排果菜，摆上些獐犯鹿兔之物，将椰子酒斟来奉上。那娘娘做出妖娆之态，哄着精灵。

孙行者在旁取事，但挨挨摸摸，行近妆台，把三个金铃轻轻拿过，慢慢移步，溜出宫门，径离洞府。到了剥皮亭前无人处，展开豹皮幅子看时，中间一个有茶钟大，两头两个有拳头大。他不知利害，就把绵花扯了，只闻得当的一声响喨，骨都都的迸出烟火黄沙，急收不住，满亭中烘烘火起。謊得那把门精怪，一拥撞入后宫。惊动了妖王，慌忙教：“去救火！救火！”出来看时，原来是有来有去拿了金铃儿哩。妖王上前喝道：“好贱奴！怎么偷了我的金铃宝贝，在此胡弄！”叫：“拿来！拿来！”那门前虎将、熊师、豹头、彪帅、獭象、苍狼、乖獐、狡兔、长蛇、大蟒、猩猩，帅众妖一齐攒簇。那行者慌了手脚，丢了金铃，现出本像，掣了金箍如意棒，撒开解数，往前乱打。那妖王收了宝贝，传号令，教：“关了前门！”众妖听了，关门的关门，打仗的打仗。

那行者难得掣肘，收了棒，摇身一变，变作个痴苍蝇儿，钉在那无火石壁上。众妖寻不见，报道：“大王，走了贼也！走了贼也！”妖王问：“可曾自门里走出去？”众妖都说：“前门紧锁牢拴在此，不曾走出。”妖王只说：“仔细搜寻！”有的取水泼火，有的仔细搜寻，更无踪迹。妖王怒道：“是个甚么贼子，好大胆，变作有来有去的模样，进来见我回话；又跟在身边，乘机盗我宝贝！早是不曾拿将出去；若

拿出山头，见了天风，怎生是好？”虎将上前道：“大王的洪福齐天，我等的气数不尽，故此知觉了。”熊师上前道：“大王，这贼不是别人，定是那败先锋的那个孙悟空。想必路上遇着有来有去，伤了性命，夺了黄旗、铜锣、牙牌，变作他个模样，到此欺骗了大王也。”妖王道：“正是，正是！见得有理！”叫：“小的们，仔细搜寻防避，切莫开门放出走了！”这才是个有分教：

弄巧番成拙，作耍却为真。

毕竟不知孙行者怎么脱得妖门，且听下回分解。

猴哥跟金圣宫商量好之后又变回了有来有去，去请了赛太岁。妖王欢喜道：“娘娘常时只骂，怎么今日有请？”

这也说明金圣宫娘娘是真的有水平，如果是别的女子，妖怪三年近不得身，估计早就被干掉了，但人家有本事在妖怪洞里做女王，甚至骂了妖王三年，还越骂越被惦记！

金圣宫见了妖王，埋怨他不拿自己当妻子，说：人家朱紫国国王把宝贝都搁我这儿，你这里啥也没有，就三个铃铛，还不给我，夫妇一场也没个心腹相托之意。

仅仅一番话，妖王就大笑赔礼，乖乖拿出了宝贝。

西游宇宙中，听女人话的，满脑子女人的，无论是人是妖，都被作者安排倒了霉，包括八戒，一路被捆被捉弄。而且你别觉得最后封他的净坛使者是啥好差事，这是取经团队四人中唯一的“汝职”！最不听女人话的结果最好，比如唐僧。

在这里我们不褒贬作者的价值观。作者有点大男子主义，在他所处的年代还没有男女平等、平权的思想，作者全书表达的都是女人是男人的弱点，最牛的人都是没有弱点的，都是不会被要挟、不会被拿捏、不会被分神的。

西游宇宙的法宝离身易主定律也就此启动。金圣宫娘娘安排酒宴，拉住妖王吃席，猴哥趁机偷了宝贝。

猴哥离开洞府，到了剥皮亭前无人处，开始试宝贝。此时西游宇宙不熟悉法宝用法会被反杀的定律也启动了。猴哥刚把那“绵花”扯了，就在一声响后迸出烟火黄沙。猴哥根本控制不住，妖王出来发现是猴哥变的有来有去拿了宝贝，便指挥群妖抓猴哥。猴哥慌了手脚，丢了金铃现出本相，掣出金箍棒乱打。妖王收了宝贝，喊声关门，然后你看獬豸洞的这支队伍，“众妖听了，关门的关门，打仗的打仗”。

看到这执行力和战斗力了吗？人家是会带兵、有管理能力的孽畜！比那小妖敢做主换葫芦的金角、银角可强太多了！

猴哥见难以脱身，变成一只苍蝇叮在无火的石壁上。众妖寻不见，妖王先是问有没有从门里跑出去，听说没有，又下令仔细搜寻，但最终没有找到。熊军师分析说：这肯定是打败咱先锋的那个孙悟空半路遇到了有来有去，打死了他，变作他来骗咱了。妖王大呼有理，随后要求众妖继续搜，不能开门把孙悟空放走！

第七十一回

行者假名降怪犼，观音现像伏妖王

色即空兮自古，空言是色如然。

人能悟彻色空禅，何用丹砂炮炼。

德行全修休懈，工夫苦用熬煎。

有时行满去朝天，永驻仙颜不变。

话说那赛太岁，紧关了前后门户，搜寻行者。直嚷到黄昏时分，不见踪迹。坐在那剥皮亭上，点聚群妖，发号施令，都教各门上提铃喝号，击鼓敲梆，一个个弓上弦，刀出鞘，支更坐夜。原来孙大圣变做个痴苍蝇，钉在门旁，见前面防备甚紧，他即抖开翅，飞入后宫门首看处，见金圣娘娘伏在御案上，清清滴泪，隐隐声悲。行者飞进门去，轻轻的落在他那乌云散髻之上，听他哭的甚么。少顷间，那娘娘忽失声道："主公呵，我和你：

前生烧了断头香，今世遭逢泼怪王。

折凤三年何日会，分鸳两处致悲伤。

差来长老才通信，惊散佳姻一命亡。

只为金铃难解识，相思又比旧时狂。"

行者闻言，即移身到他耳根后，悄悄的叫道："圣宫娘娘，你休恐惧。我还是你国差来的神僧孙长老，未曾伤命。只因自家性急，近妆台偷了金铃，你与妖王吃酒之时，我却脱身出了前亭，忍不住打开看看；不期扯动塞口的绵花，那铃响一声，进出烟火。我就慌了手脚，把金铃丢了，现出原身，使铁棒，苦战不出，恐遭毒手，故变作一个苍蝇儿，钉在门枢上，躲到如今。那妖王愈加严紧，不肯开门。你可再以夫妻之礼，哄他进来安寝，我好脱身行事，别作区处救你也。”

娘娘一闻此言，战兢兢发似神揪，虚怯怯心如杵筑，泪汪汪的道：“你如今是人是鬼？”行者道：“我也不是人，我也不是鬼，如今变作个苍蝇儿在此。你休怕，快去请那妖王也。”娘娘不信，泪滴滴悄语低声道：“你莫魇寐我。”行者道：“我岂敢魇寐你？你若不信，张开手，等我跳下来你看。”那娘娘真个把左手开张，行者轻轻飞下，落在他玉掌之间。好便似：

菡萏蕊头钉黑豆，牡丹花上歇游蜂。

绣球心里葡萄落，百合枝边黑点浓。

金圣宫高擎玉掌，叫声“神僧”。行者嘤嘤的应道：“我是神僧变的。”那娘娘方才信了，悄悄的道：“我去请那妖王来时，你却怎生行事？”行者道：“古人云：‘断送一生惟有酒。’又云：‘破除万事无过酒。’酒之为用多端，你只以饮酒为上。你将那贴身的侍婢，唤一个进来，指与我看，我就变作他的模样，在旁边伏侍，却好下手。”

那娘娘真个依言，即叫：“春娇何在？”那屏风后转出一个玉面狐狸来，跪下道：“娘娘唤春娇有何使令？”娘娘道：“你去叫他们来点纱灯，焚脑麝，扶我上前庭，请大王安寝也。”那春娇即转前面，叫了七八个怪鹿妖狐，打着两对灯笼，一对提炉，摆列左右。娘娘欠身叉手，那大圣早已飞去。好行者，展开翅，径飞到那玉面狐狸头上，拔下一根毫毛，吹口仙气，叫“变！”变作一个瞌睡虫，轻轻的放在他脸上。原来瞌睡虫到了人脸上，往鼻孔里爬，爬进孔中，即瞌睡了。那春娇果然渐觉困倦，立不住脚，摇桩打盹，即忙寻着原睡处，丢倒头，只管呼呼的睡去。行者跳下来，摇身一变，变做那春娇一般模样，转屏风，与众同立不题。

赛太岁紧关前后门户，进行了洞内大搜查，一直嚷到黄昏也没抓到孙悟空，随后点聚群妖发号施令，让各门上提铃喝号，击鼓敲梆。小妖们一个个弓上弦，刀出鞘，准备随时进入战斗。这番洞内大搜索还真让猴哥没机会跑了，只得又回了后宫。猴哥见金圣宫娘娘正在那儿哭呢，来到娘娘耳根后，悄悄对她说：你别害怕，我还是那神僧，我没死，只是不小心把那宝贝给启动了，现在被关在洞里了。你还是得努努劲儿，把他哄睡着了，我好脱身想办法再救你。

娘娘还是很警觉，问：你是人是鬼？她担心是赛太岁搞仙人跳。猴哥飞到金圣宫的手掌上，与她对了话，那娘娘方才信了。这娘娘多有脑子。随后她问猴哥：我把妖王请来，你怎样行事？猴哥相当深刻地说出了一番话。“古人云：‘断送一生惟有酒。’又云：‘破除万事无过酒。’酒之为用多端。”你想办法灌他酒，然后喊一个贴身侍婢进来给我看看，我变作她的模样，在旁边好下手。在朱紫国这关，作者也算对酒表了态——饮酒误事啊！

金圣宫喊来个玉面狐狸，猴哥拔毫毛变了个瞌睡虫，把狐狸放倒，自己变成狐狸跟着金圣宫向前走去。

却说那金圣宫娘娘往前正走，有小妖看见，即报赛太岁道：“大王，娘娘来了。”那妖王急出剥皮亭外迎迓。娘娘道：“大王，今烟火既息，贼已无踪，深夜之际，特请大王安置。”那怪满心欢喜道：“娘娘珍重。却才那贼乃是孙悟空。他败了我先锋，打杀我小校，变化进来，哄了我们。我们这般搜简，他却渺无踪迹，故此心上不安。”娘娘道：“那厮想是走脱了。大王放心勿虑，且自安寝去也。”妖精见娘娘侍立敬请，不敢坚辞，只得分付群妖：“各要小心火烛，谨防盗贼。”遂与娘娘径往后宫。

行者假变春娇，从两班侍婢引入。娘娘叫：“安排酒来，与大王解劳。”妖王笑道：“正是，正是。快将酒来，我与娘娘压惊。”假春娇即同众怪铺排了果品，整顿些腥肉，调开桌椅。那娘娘擎杯，这妖王也以一杯奉上，二人穿换了酒杯。假春娇在旁，执着酒壶道：“大王与娘娘今夜才递交杯盏，请各饮干，穿个双喜杯儿。”真个又各斟上，又饮干了。假春娇又道：“大王娘娘喜会，众侍婢会唱的供唱，善舞的起舞来耶。”说未毕，只听得一派歌声，齐调音律，唱的唱，舞的舞。他两个又饮了许多，娘娘叫住了歌舞。众侍婢分班出屏风外摆列，惟有假春娇执壶，上下奉酒。娘娘与那妖王专说得是夫妻之话。你看那娘娘一片云情雨意，哄得那妖王骨软筋麻，只是没福，不得沾身。可怜！真是“猫咬尿胞——空欢喜”。

叙了一会，笑了一会，娘娘问道：“大王，宝贝不曾伤损么？”妖王道：“这宝贝乃先天抟铸之物，如何得损！只是被那贼扯开塞口之绵，烧了豹皮包袱也。”娘娘说："怎生收拾？"妖王道："不用收拾，我带在腰间哩。"假春娇闻得此言，即拔下毫毛一把，嚼得粉碎，轻轻挨近妖王，将那毫毛放在他身上，吹了三口仙气，暗暗的叫"变！"那些毫毛即变做三样恶物，乃虱子、蛇蚤、臭虫，攻入妖王身内，挨着皮肤乱咬。那妖王燥痒难禁，伸手入怀，揣摸揉痒，用指头捏出几个虱子来，拿近灯前观看。娘娘见了，含忖道："大王，想是衬衣穰了，久不曾浆洗，故生此物耳。"妖王惭愧道："我从来不生此物，可可的今宵出丑。"娘娘笑道："大王，何为出丑？常言道：'皇帝身上也有三个御虱哩。'且脱下衣服来，等我替你捉捉。"妖王真个解带脱衣。假春娇在旁，着意观看。那妖王身上衣服，层层皆有蛇蚤跳，件件皆排大臭虫；子母虱密密浓浓，就如蝼蚁出窝中。不觉的揭到第三层见肉之处，那金铃上纷纷垓垓的，也不胜其数。假春娇道："大王，拿铃子来，等我也与你捉捉虱子。"那妖王一则羞，二则慌，却也不认得真假，将三个铃儿递与假春娇。

假春娇接在手中，理弄多时，见那妖王低着头抖这衣服，他即将金铃藏了，拔下一根毫毛，变作三个铃儿，一般无二，拿向灯前翻检。却又把身子扭扭捏捏的抖了一抖，将那虱子、臭虫、蛇蚤，收了归在身上，把假金铃儿递与那怪。那怪接在手中，一发朦胧无措，那里认得甚么真假，双手托着那铃儿，递与娘娘道："今番你却收好了，却要仔细！仔细！不要像前一番。"那娘娘接过来，轻轻的揭开衣箱，把那假铃收了，用黄金锁锁了。却又与妖王饮了几杯酒，教侍婢："净拂牙床，展开锦被，我与大王同寝。"那妖王喏喏连声道："没福，没福！不敢奉陪。我还带个宫女往西宫里睡去，娘娘请自安置。"遂此各归寝处不题。

妖怪听说金圣宫来了，赶紧出来迎接，还跟金圣宫汇报：刚才那贼是孙悟空，他打败了我的先锋，打杀了我的小校，变化进来哄了我们，所以才这般搜检，但始终拿不住他，所以无法心安。然后金圣宫就说了一句："那厮想是走脱了。大王放心勿虑，且自安寝去也。"随后妖怪就跟着她回后宫了。

知道为啥张紫阳要专门给金圣宫穿上宝衣护住她的清白了吧？

这个女人的段位实在太高，无论君王还是妖王都能轻松拿捏，张紫阳保护这个女人，未来就能通过这个支点撬动朱紫国。

回到后宫，妖王和金圣宫喝上了。他们上来就喝了个交杯酒，猴哥变的狐狸赶紧捧场，鼓励他们接着喝，紧接着又安排歌舞表演助兴。喝了许多酒之后，金圣宫叫停了歌舞，退了众侍婢，只剩下猴哥变的假春娇执壶伺候。这金圣宫在拿捏男人方面真是职业选手，所谓“娘娘与那妖王专说得是夫妻之话。你看那娘娘一片云情雨意，哄得那妖王骨软筋麻”。见妖王已经被迷得不行了，金圣宫觉得时机差不多了，将话题引到宝贝上，问宝贝有没有损伤。妖王说：这宝贝乃先天抟铸之物，坏不了，就在腰间挎着呢。猴哥拔了毫毛，变成虱子、蛇蚤、臭虫去咬妖王。

妖王燥痒难禁，金圣宫赶紧说：我帮你捉虱子。猴哥下手是真够狠的，所谓“那妖王身上衣服，层层皆有蛇蚤跳，件件皆排大臭虫；子母虱密密浓浓，就如蝼蚁出窝中”。其实这时就已经极其可疑了，因为妖王亲口说的，“我从来不生此物，可可的今宵出丑”。要不为啥前面猴哥说“断送一生惟有酒”呢！喝多了，就发现不了可疑之处了。

这些虱子捉到妖王贴身见肉，连那金铃上也有一大堆虫子，猴哥变的狐狸赶紧说：“大王，拿铃子来，等我也与你捉捉虱子。”在心爱的女人面前出了丑的妖王一则羞，二则慌，再次把宝贝脱了手。

西游宇宙的法宝离身易主定律再次启动，离身没多久就被猴哥拔了根毫毛给调包了。

赛太岁拿回假铃之后，这货还记吃不记打，双手托着铃儿递给了金圣宫，嘱咐千万收好。

你之前咋丢的？难道不往深里想想吗？

酒色误人啊！

却说假春娇得了手，将他宝贝带在腰间，现了本相，把身子抖一抖，收了那瞌睡虫儿，径往前走去。只听得梆铃齐响，紧打三更。好行者，捏着诀，念动真言，使个隐身法，直至门边。又见那门上拴锁甚密，却就取出金箍棒，望门一指，使出那解锁之法，那门就轻轻开了。急拽步出门站下，应声高叫道：“赛太岁，还我金圣娘娘来！”连叫两三遍，惊动大小群妖，急急看处，前门开了，即忙掌灯寻锁，把门儿依然锁上，着几个跑入里边去报道：“大王，有人在大门外呼唤大王尊号，要金圣娘娘哩！”那里边侍婢即出宫门，悄悄的传言道：“莫吆喝，大王才睡着哩。”行者又在门前高叫，那小妖又不敢去惊动。如此者三四遍，俱不敢去通报。

那大圣在外嚷嚷闹闹的，直弄到天晓，忍不住，手抡着铁棒上前打门。慌得那大小群妖，顶门的顶门，报信的报信。那妖王一觉方醒，只闻得乱撺撺的喧哗，起身穿了衣服，即出罗帐之外，问道："嚷甚么？"众侍婢才跪下道："爷爷，不知是甚人在洞外叫骂了半夜，如今却又打门。"妖王走出宫门，只见那几个传报的小妖慌张张的磕头道："外面有人叫骂，要金圣宫娘娘哩！若说半个'不'字，他就说出无数的歪话，甚不中听。见天晓大王不出，逼得打门也。"那妖道："且休开门。你去问他是那里来的，姓甚名谁。快来回报。"小妖急出去，隔门问道："打门的是谁？"行者道："我是朱紫国拜请来的外公，来取圣宫娘娘回国哩！"那小妖听得，即以此言回报。那妖随往后宫查问来历。

原来那娘娘才起来，还未梳洗。早见侍婢来报："爷爷来了。"那娘娘急整衣，散挽黑云，出宫迎迓。才坐下，还未及问，又听得小妖来报："那来的外公已将门打破矣！"那妖笑道："娘娘，你朝中有多少将帅？"娘娘道："在朝有四十八卫人马，良将千员；各边上元帅总兵不计其数。"妖王道："可有个姓外的么？"娘娘道："我在宫，只知内里辅助君王，早晚教诲妃嫔；外事无边，我怎记得名姓？"妖王道："这来者称为'外公'，我想着《百家姓》上更无个姓'外'的。娘娘赋性聪明，出身高贵，居皇宫之中，必多览书籍，记得那本书上有此姓也？"娘娘道："止《千字文》上有句'外受傅训'，想必就是此矣。"

妖王喜道："定是，定是！"即起身辞了娘娘，到剥皮亭上，结束整齐，点出妖兵；开了门，直至外面，手持一柄宣花钺斧，厉声高叫道："那个是朱紫国来的外公？"行者把金箍棒揝在右手，将左手指定道："贤甥，叫我怎的？"那妖王见了，心中大怒，道："你这厮，

相貌若猴子，嘴脸似猢狲。

七分真是鬼，大胆敢欺人！"

行者笑道："你这个诳上欺君的泼怪，原来没眼！想我五百年前大闹天宫时，九天神将见了我，无一个'老'字，不敢称呼。你叫我声'外公'，那里亏了你！"妖王喝道："快早说出姓甚名谁，有些甚么武艺，敢到我这里猖獗！"行者道："你若不问姓名犹可；若要我说出姓名，只怕你立身无地！你上来，站稳着，听我道：

生身父母是天地，日月精华结圣胎。

仙石怀抱无岁数，灵根孕育甚奇哉。
当年产我三阳泰，今日归真万会谐。
曾聚众妖称帅首，能降众怪拜丹崖。
玉皇大帝传宣旨，太白金星捧诏来。
请我上天承职裔，官封弼马不开怀。
初心造反谋山洞，大胆兴兵闹御阶。
托塔天王并太子，交锋一阵尽猥衰。
金星复奏玄穹帝，再降招安敕旨来。
封做齐天真大圣，那时方称栋梁材。
又因搅乱蟠桃会，仗酒偷丹惹下灾。
太上老君亲奏驾，西池王母拜瑶台。
情知是我欺王法，即点天兵发火牌。
十万凶星并恶曜，干戈剑戟密排排。
天罗地网漫山布，齐举刀兵大会垓。
恶斗一场无胜败，观音推荐二郎来。
两家对敌分高下，他有梅山兄弟侪。
各逞英雄施变化，天门三圣拨云开。
老君丢了金刚套，众神擒我到金阶。
不须详允书供状，罪犯凌迟杀斩灾。
斧剁锤敲难损命，刀抡剑砍怎伤怀。
火烧雷打只如此，无计摧残长寿胎。
押赴太清兜率院，炉中煅炼尽安排。
日期满足才开鼎，我向当中跳出来。
手挺这条如意棒，翻身打上玉龙台。
各星各象皆潜躲，大闹天宫任我歪。
巡视灵官忙请佛，释伽与我逞英才。
手心之内翻筋斗，游遍周天去复来。
佛使先知赚哄法，被他压住在天崖。

到今五百余年矣，解脱微躯又弄乖。

特保唐僧西域去，悟空行者甚明白。

西方路上降妖怪，那个妖邪不惧哉！”

那妖王听他说出“悟空行者”，遂道：“你原来是大闹天宫的那厮。你既脱身保唐僧西去，你走你的路去便罢了，怎么罗织管事，替那朱紫国为奴，却到我这里寻死！”行者喝道：“贼泼怪，说话无知！我受朱紫国拜请之礼，又蒙他称呼管待之恩，我老孙比那王位还高千倍，他敬之如父母，事之如神明，你怎么说出‘为奴’二字！我把你这诳上欺君之怪，不要走，吃外公一棒！”那妖慌了手脚，即闪身躲过，使宣花斧劈面相迎。这一场好杀，你看：

金箍如意棒，风刃宣花斧。一个咬牙发狠凶，一个切齿施威武。这个是齐天大圣降临凡，那个是作怪妖王来下土。两个喷云嗳雾照天宫，真是走石扬沙遮斗府。往往来来解数多，翻翻复复金光吐。齐将本事施，各把神通赌。这个要取娘娘转帝都，那个喜同皇后居山坞。这场都是没来由，舍死忘生因国主。

他两个战经五十回合，不分胜负。那妖王见行者手段高强，料不能取胜，将斧架住他的铁棒道：“孙行者，你且住手。我今日还未早膳，待我进了膳，再来与你定雌雄。”行者情知是要取铃铛，收了铁棒道：“‘好汉子不赶乏兔儿。’你去，你去！吃饱些，好来领死！”

这次猴哥得了宝贝后长记性了，不摆弄了，趁三更时分看守不紧时使隐身法拿金箍棒朝门一指，解开锁逃出洞去。猴哥厉声叫阵，里面的小妖却因为赛太岁刚睡着不敢通报。这妖王真是挺会带队伍的，规矩真大。猴哥就这么一直嚷到了天亮，实在坚持不住了，只好上前去打门。这工夫赛太岁也醒了，听说外面有叫阵的，不让开门，让先问来将姓名。猴哥说自己是朱紫国拜请来的外公，来接金圣宫娘娘回国。赛太岁纳闷，问金圣宫：你们朱紫国有多少将帅？注意金圣宫的回话：“在朝有四十八卫人马，良将千员；各边上元帅总兵不计其数。”

这么牛的国防实力，国王却让一个妖怪吓成那个德行，还弄了个避妖楼，作者这是在埋汰嘉靖方面下了狠手。

妖王相当搞笑地问金圣宫：你们国有个姓外的将领吗？这是作者对庚戌之变的俺答汗骂了闲街，说来犯之敌是一群北境脑残。

赛太岁手持宣花钺斧，出来找朱紫国的外公了。猴哥又给人家介绍了一下自己的能力，来了一段长篇单口。这次的自吹自擂中，我们能看到猴哥内心的又一次进步，因为他说了“请我上天承职裔，官封弼马不开怀。初心造反谋山洞，大胆兴兵闹御阶”，他之前是不会提这段在他看来很不堪的经历的，现在他能直面自己当初的痛处了。

听了猴哥的来历，妖王说：你原来是大闹天宫的那厮，你为啥不取你的经，反而给朱紫国做奴才？猴哥说：我这是受了朱紫国拜请之礼，那国王敬我如父母，事我如神明，出师正义，除妖合法，不要走！吃外公一棒！

双方随后打了五十个回合不分胜负，这妖怪见猴哥手段高强，估计不能取胜，以吃早饭为由要进洞。猴哥知道他要去拿铃铛，于是收棒等他取铃。

那妖急转身闯入里边，对娘娘道：“快将宝贝拿来！”娘娘道：“要宝贝何干？”妖王道：“今早叫战者，乃是取经的和尚之徒，叫做孙悟空行者，假称‘外公’。我与他战到此时，不分胜负。等我拿宝贝出去，放些烟火，烧这猴头。”娘娘见说，心中怛突。欲不取出铃儿，恐他见疑；欲取出铃儿，又恐伤了孙行者性命。正自踌躇未定，那妖王又催逼道：“快拿出来！”这娘娘无奈，只得将锁钥开了，把三个铃儿递与妖王。妖王拿了，就走出洞。娘娘坐在宫中，泪如雨下，思量行者不知可能逃得性命。两人却俱不知是假铃也。

那妖出了门，就占起上风叫道：“孙行者，休走！看我摇摇铃儿！”行者笑道：“你有铃，我就没铃？你会摇，我就不会摇？”妖王道：“你有甚么铃儿？拿出来我看。”行者将铁棒捏做个绣花针儿，藏在耳内，却去腰间解下三个真宝贝来，对妖王说：“这不是我的紫金铃儿？”妖王见了，心惊道：“跷蹊！跷蹊！他的铃儿怎么与我的铃儿就一般无二？纵然是一个模子铸的，好道打磨不到，也有多个瘢儿，少个蒂儿，却怎么这等一毫不差？”又问：“你那铃儿是那里来的？”行者道：“贤甥，你那铃儿却是那里来的？”妖王老实，便就说道：“我这铃儿，是：

太清仙境道源深，八卦炉中久炼金。

结就铃儿称至宝，老君留下到如今。”

行者笑道：“老孙的铃儿也是那时来的。”妖王道：“怎生出处？”行者道：“我这铃儿，是：

道祖烧丹兜率宫，金铃抟炼在炉中。

二三如六循环宝，我的雌来你的雄。”

妖王道：“铃儿乃金丹之宝，又不是飞禽走兽，如何辨得雌雄？但只是摇出宝来，就是好的。”行者道：“口说无凭，做出便见，且说你先摇。”

那妖王真个将头一个铃儿幌了三幌，不见火出；第二个幌了三幌，不见烟出；第三个幌了三幌，也不见沙出。妖王慌了手脚道：“怪哉！怪哉！世情变了！这铃儿想是惧内，雄见了雌，所以不出来了。”行者道：“贤甥，住了手，等我也摇摇你看。”好猴子，一把撘住三个铃儿，一齐摇起。你看那红火、青烟、黄沙，一齐滚出，骨都都燎树烧山。大圣口里又念个咒语，望巽地上叫：“风来！”真个是风催火势，火仗风威，红焰焰，黑沉沉，满天烟火，遍地黄沙。把那赛太岁唬得魄散魂飞，走头无路，在那火当中，怎逃性命。

只闻得半空中厉声高叫：“孙悟空，我来了也！”行者急回头上望，原来是观音菩萨，左手托着净瓶，右手拿着杨柳，洒下甘露救火哩。慌得行者把铃儿藏在腰间，即合掌倒身下拜。那菩萨将柳枝连拂几点甘露，霎时间，烟火俱无，黄沙绝迹。行者叩头道：“不知大慈临凡，有失回避。敢问菩萨何往？”菩萨道：“我特来收寻这个妖怪。”

妖王从金圣宫处要来假铃出了门，占到上风处要对猴哥摇铃。猴哥拿出了平顶山的剧本，表示自己也有铃，并问妖怪：你这铃是哪里来的？这妖王交代了宝贝的底细，是太上老君出品的。跟平顶山副本唯一的不同是，这回雌雄颠倒了。猴哥对惧内妖怪说：我这铃是雌的，你的是雄的，你那个看见我这个就不好使了！

赛太岁摇起了铃铛，摇了半天没有动静。猴哥随后开始摇铃，一时间“红火、青烟、黄沙，一齐滚出，骨都都燎树烧山”。猴哥又念咒语起了一阵风去助火势，赛太岁在“烧烤套餐”的攻势下眼看就要毙命了。此时闻得半空中有人厉声高叫：“孙悟空，我来了也！”

猴哥回头上望，发现是观音菩萨，正左手托着净瓶，右手拿着杨柳，洒下甘露救火呢。

这只能说明一件事：菩萨计算取经团队快到朱紫国后就开始高度关注了，随时盯着这里呢，不然咋能来得这么及时！

这铃堪称是西游宇宙入门级法宝中的顶级了，可以无限放大输出能量，但在菩萨的几点甘露下就霎时烟火俱无、黄沙绝迹了。

三四品对五六品，永远是维度级别的碾压！

行者道："这怪是何来历，敢劳金身下降收之？"菩萨道："他是我跨的个金毛犼。因牧童盹睡，失于防守，这孽畜咬断铁索走来，却与朱紫国王消灾也。"行者闻言，急欠身道："菩萨反说了。他在这里欺君骗后，败俗伤风，与那国王生灾，却说是消灾，何也？"菩萨道："你不知之。当时朱紫国先王在位之时，这个王还做东宫太子，未曾登基。他年幼间，极好射猎，率领了人马，纵放鹰犬，正来到落凤坡前，有西方佛母孔雀大明王菩萨所生二子，乃雌雄两个雀雏，停翅在山坡之下，被此王弓开处射伤了雄孔雀，那雌孔雀也带箭归西。佛母忏悔以后，分付教他拆凤三年，身耽啾疾。那时节，我跨着这犼，同听此言。不期这业畜留心，故来骗了皇后，与王消灾。至今三年，冤愆满足，幸你来救治王患。我特来收妖邪也。"

行者道："菩萨，虽是这般故事，奈何他玷污了皇后，败俗伤风，坏伦乱法，却是该他死罪。今蒙菩萨亲临，饶得他死罪，却饶不得他活罪。让我打他二十棒，与你带去罢。"菩萨道："悟空，你既知我临凡，就当看我分上，一发都饶了罢，也算你一番降妖之功。若是动了棍子，他也就是死了。"行者不敢违言，只得拜道："菩萨既收他回海，再不可令他私降人间，贻害不浅。"

那菩萨才喝了一声："业畜！还不还原，待何时也！"只见那怪打个滚，现了原身，将毛衣抖抖，菩萨骑上。菩萨又望项下一看，不见了三个金铃。菩萨道："悟空，还我铃来。"行者道："老孙不知。"菩萨喝道："你这贼猴！若不是你偷了这铃，莫说一个悟空，就是十个也不敢近身。快拿出来！"行者笑道："实不曾见。"菩萨道："既不曾见，等我念念'紧箍儿咒'。"那行者慌了，只教："莫念！莫念！铃儿在这里哩！"这正是：犼项金铃何人解？解铃人还问系铃人。菩萨将铃儿套在犼项下，飞身高坐。你看他四足莲花生焰焰，满身金缕迸森森。大慈悲回南海不题。

猴哥见到菩萨，先是藏起宝贝，然后相当规矩地叩头请安。菩萨说自己是专门来此寻这个怪物的，随后猴哥问了问此怪来历。菩萨说这是她的坐骑金毛犼，因牧童睡着了，他才咬断铁索来到这里给朱紫国国王消灾。

跟弥勒佛祖的语式一样，菩萨一下子就掌握了正义制高点。是消灾，国王还得谢谢他呢！

猴哥有点纳闷，为啥是消灾。菩萨随后讲了这么个故事：朱紫国国王还是太子的时候喜欢射猎，在落凤坡射了西方佛母孔雀大明王菩萨的雌雄两只雀雏，雌孔雀被射死，雄孔雀受了伤，佛母决定惩罚国王，要他“拆凤三年，身耽啾疾”，也就是患丧偶之疾。当时我正骑着这孽畜经过，他有心，所以就来到这里给国王消灾了！如今三年过去了，灾消完了，你成了功绩，我也来收了妖邪。

这个故事的真实程度我给它打 9 分，满分不是 10 分，是 100 分。

原因有二：

1. 如果这个故事是真的，实在太不符合佛母孔雀大明王菩萨的性格了。我们先来看看后面第七十七回如来佛祖是怎么评价这位菩萨的：“万物有走兽飞禽，走兽以麒麟为之长，飞禽以凤凰为之长。那凤凰又得交合之气，育生孔雀、大鹏。孔雀出世之时最恶，能吃人，四十五里路，把人一口吸之，我在雪山顶上，修成丈六金身，早被他也把我吸下肚去。我欲从他便门而出，恐污真身，是我剖开他脊背，跨上灵山，欲伤他命，当被诸佛劝解，伤孔雀如伤我母，故此留他在灵山会上，封他做佛母孔雀大明王菩萨。”

这位佛母孔雀大明王菩萨不是真的生了佛，而是把佛祖给吸到肚子里了。佛祖亲口说的：“孔雀出世之时最恶，能吃人，四十五里路，把人一口吸之。”她兄弟就是后面那位吃了一国人，占了狮驼国江山的大鹏，朱紫国国王如果射死了孔雀的孩子，这孔雀会隔了那么久才报仇？会报得那么轻？

2. 处理结果驴唇不对马嘴。也就是这段“有西方佛母孔雀大明王菩萨所生二子，乃雌雄两个雀雏，停翅在山坡之下，被此王弓开处射伤了雄孔雀，那雌孔雀也带箭归西。佛母忏悔以后，分付教他拆凤三年，身耽啾疾”。所谓“拆凤”就是“抛鸾拆凤”，比喻夫妻或情侣被拆散。被伤害的是佛母生的这两个小雀雏，也就是两只发育不全的幼鸟，还是亲兄妹，不存在乱伦的影射，哪儿跟哪儿就以“拆凤”作为报复。

所以这个故事就当看个乐。

真实的原因是什么呢？

大概率是与金圣宫娘娘有关。

菩萨说完因果后，猴哥说：这妖怪玷污了皇后，败俗伤风，坏伦乱法，应该死罪。既然菩萨亲临，可以饶他死罪，却饶不得他活罪。让我打他二十棒。

猴哥知道这妖怪没玷污皇后，他是搁这儿找菩萨要人情呢，随后你听菩萨说这话："悟空，你既知我临凡，就当看我分上，一发都饶了罢，也算你一番降妖之功。若是动了棍子，他也就是死了。"

这段话说了两件事：

1. 菩萨不知道金圣宫没被玷污这事，这金毛犼下界的任务大概率就是为了祸祸金圣宫来的！为啥呢？

大概率这个金圣宫未来会成为朱紫国的"女皇"，这个国家会有车迟国的趋势，否则张紫阳为啥要出手保这位娘娘呢？关于这点后面还会分析。

2. 菩萨这句话翻译一下就是：我的孽畜就连活罪都不该有！

就这样，这妖魔犯下的所有罪孽就此全部掀篇平账，猴哥还得拜菩萨呢。

菩萨走之前看了看金毛犼的项下，少了那铃，随后找悟空要。悟空说不知道，菩萨喝道："你这贼猴！若不是你偷了这铃，莫说一个悟空，就是十个也不敢近身。快拿出来！"

这么牛的宝贝，菩萨拿紧箍咒吓唬回来之后咋处理的呢？

是"菩萨将铃儿套在犼项下，飞身高坐"！

人家对自己这孽畜一丁点都不防着，这宝贝就是专门给这孽畜配的！观音菩萨的孽畜，那能力就必须得大到十个猴子也不敢近身，可以随便灭了某个国家的级别！

这孽畜够凶够恶，法力无边，方显菩萨甘露救火的大慈大悲。

却说孙大圣整束了衣裙，抡铁棒，打进獬豸洞去，把群妖众怪尽情打死，剿除干净。直至宫中，请圣宫娘娘回国。那娘娘顶礼不尽。行者将菩萨降妖并拆凤原由备说了一遍，寻些软草，扎了一条草龙，教："娘娘跨上，合着眼，莫怕，我带你回朝见主也。"那娘娘谨遵分付，行者使起神通，只听得耳内风响。半个时辰，带进城，按落云头，叫："娘娘开眼。"那皇后睁开眼看，认得是凤阁龙楼，心中欢喜，撇了草龙，与行者同登宝殿。那国王见了，急下龙床，就来扯娘娘玉手，欲诉离情，猛然跌倒在地，只叫："手疼！手疼！"八戒哈哈大笑道："嘴脸，没福消受！一见

面就蜇杀了也！”行者道：“呆子，你敢扯他扯儿么？”八戒道：“就扯他扯儿，便怎的？”行者道：“娘娘身上生了毒刺，手上有蜇阳之毒。自到麒麟山，与那赛太岁三年，那妖更不曾沾身。但沾身就害身疼，但沾手就害手疼。”众官听说道：“似此怎生奈何？”此时，外面众官忧疑，内里嫔妃悚惧。旁有玉圣、银圣二宫，将君王扶起。

俱正在怆惶之际，忽听得那半空中有人叫“大圣”，道：“我来也。”行者抬头观看，只见那：

肃肃冲天鹤唳，飘飘径至朝前。缭绕祥光道道，氤氲瑞气翩翩。棕衣苫体放云烟，足踏芒鞋罕见。手执龙须蝇帚，丝绦腰下围缠。乾坤处处结人缘，大地逍遥游遍。此乃是大罗天上紫云仙，今日临凡解魇。

行者上前迎住道：“张紫阳何往？”紫阳真人直至殿前，躬身施礼道：“大圣，小仙张伯端起手。”行者答礼道：“你从何来？”真人道：“小仙三年前曾赴佛会，因打这里经过，见朱紫国王有拆凤之忧，我恐那妖将皇后玷辱，有坏人伦，后日难与国王复合。是我将一件旧棕衣变作一领新霞裳，光生五彩，进与妖王，教皇后穿了妆新。那皇后穿上身，即生一身毒刺。毒刺者，乃棕毛也。今知大圣成功，特来解魇。”行者道：“既如此，累你远来，且快解脱。”真人走向前，对娘娘用手一指，即脱下那件棕衣，那娘娘遍体如旧。真人将衣抖一抖，披在身上，对行者道：“大圣勿罪，小仙告辞。”行者道：“且住，待君王谢谢。”真人笑道：“不劳，不劳。”遂长揖一声，腾空而去。慌得那皇帝、皇后及大小众臣，一个个望空礼拜。

拜毕，即命大开东阁，酬谢四僧。那君王领众跪拜，夫妻才得重谐。正当欢宴时，行者叫：“师父，拿那战书来。”长老袖中取出，递与行者。行者递与国王道：“此书乃那怪差小校送来者。那小校已先被我打死，送来报功。后复至山中，变作小校进洞回复，因得见娘娘，盗出金铃，几乎被他拿住。又变化，复偷出，与他对敌。幸遇观音菩萨将他收去，又与我说拆凤之故……”从头至尾，细说了一遍。那举国君臣内外，无一人不感谢称赞。唐僧道：“一则是贤王之福，二来是小徒之功。今蒙盛宴，至矣，至矣！就此拜别，不要误贫僧向西去也。”那国王恳留不得，遂换了关文，大排銮驾，请唐僧稳坐龙车，那君王、妃后俱捧毂推轮，相送而别。正是：

有缘洗尽忧疑病，绝念无思心自宁。

毕竟这去，后面再有甚么吉凶之事，且听下回分解。

赛太岁啥罪过没有地被领导接走后，他的那帮精明强干的小的们就该承担所有罪责了。

猴哥进洞剿灭了所有妖精后扎了一条草龙，带着金圣宫回了朱紫国。

昏君见到他朝思暮想的金圣宫，急下龙床就来扯娘娘玉手，欲诉离情，结果猛然跌倒在地。

他被扎了。

猴哥解释说：娘娘身上生了毒刺，手上有蜇阳之毒。自从到了麒麟山，这三年那妖怪都没碰过她。

就在这个时候，送衣服的张紫阳来了。

作者给了《西游记》大量诗句贡献者的张紫阳很高的待遇：“此乃是大罗天上紫云仙，今日临凡解魇”，也就是安排张紫阳成了上三天的领导。

张紫阳寒暄后讲了讲来龙去脉，说了两件事：

1. 他这位大罗仙三年前赴佛会时从这里路过，看到了朱紫国国王有拆凤之忧。

大罗仙赴佛会，这你中有我，我中有你的关系网啊，不愧是三教合一的代表人物！

2. 他担心妖怪将娘娘玷辱，将来难与国王复合。注意这句话：“是我将一件旧棕衣变作一领新霞裳，光生五彩，进与妖王，教皇后穿了妆新。那皇后穿上身，即生一身毒刺。毒刺者，乃棕毛也。”

张紫阳是明摆着砸赛太岁的场子。

这是什么意思？

其实这也是在对妖怪背后的观音菩萨表态，对于这位金圣宫娘娘，人家大罗天方面还就非得保了！

当然，这不是张紫阳在跟观音菩萨叫板。张紫阳跟赛太岁一个级别，都是棋盘上的棋子，是张紫阳背后的那个人在传递给观音菩萨这个信息，金毛犼回南海汇报情况时，一定会跟菩萨汇报这件事的。

张紫阳也是时刻关注朱紫国棋局走向的，当国王被扎手后，他第一时间就现身了。耳听为虚，眼见为实，国王必须被扎了手，才会相信金圣宫没被糟蹋，也才能够解除施法。

佛道双方角力的核心点，是这位金圣宫娘娘。

之所以金圣宫如此重要，是因为此女手腕儿确实太高，能够控制皇帝，否则张紫阳那么大的领导咋可能专门给她送“防狼外套”来呢！他要是真那么善良，这几年被赛太岁弄死的宫女每人也都该有一件嘛！

你能得到的待遇级别，永远取决于你能提供的价值的级别。

昏君拜完张紫阳，命大开东阁酬谢四僧。君王领众跪拜，猴哥这时候还不忘给自己的造神运动再加一把力，让唐师父拿出了之前赛太岁下的战书。这时候再给你讲一遍我是怎么帮你的，不仅是帮你讨回媳妇这么简单，而是帮你避免了灭国之灾！我孙神僧对你们朱紫国从上到下的全体臣民都有救命之恩！

至此，猴哥达到了在朱紫国封神的咖位，所谓“从头至尾，细说了一遍。那举国君臣内外，无一人不感谢称赞”。

虽说国王没再提当初说的让位江山，自己领着三宫出去为民的事，但朱紫国这香火此后猴哥估计是少收不了了。

虽然连唐师父自己都说没他什么事，所谓“一则是贤王之福，二来是小徒之功。今蒙盛宴，至矣，至矣！就此拜别，不要误贫僧向西去也”，但他毕竟是孙神僧的师父，唐师父作为取经代表享受了“稳坐龙车，那君王、妃后俱捧毂推轮，相送而别”的待遇。

此后途经的每个国家，除了狮驼国，唐师父出城时都会有这待遇。

因为猴哥“创造冲突，寻找痛点”“显示能力，营造敬畏”“解决问题，留下影响”的“香火三步走”已经体系化、流程化了。

在猴哥日渐成长为完全体的同时，作者对他讽刺了好大一顿的大明朝还是充满期待和爱意的。

首先这昏君甭管再怎么昏，作者依然安排悟空给他治好了病，或者说变法成功了，而且找他碴儿的赛太岁你看作者是怎么起名的：

“麒麟山獬豸洞”，麒麟是中国古代的瑞兽，在西游宇宙中更是走兽之长，獬豸是古代神话传说中的神兽，体形大者如牛，小者如羊，类似麒麟，全身长着浓密黝黑的毛，双目明亮有神，额上通常长一角，拥有超高智慧，懂人言，知人性，怒目圆睁，能辨是非曲直，能识善恶忠奸。发现奸邪的官员，就用角把他触倒，然后吃下肚子，是勇猛、公正的象征，甚至今天有些司法机关的门口也有獬豸的雕像。

再看赛太岁的原身金毛犼，这更是专门规劝君王的神兽。古代皇宫内外的华表上分别有两个金毛犼，犼头向着宫内的，是希望帝王不要成天待在宫内吃喝玩乐，要经常出去看看黎民苍生都过得怎么样，这叫“望帝出”；犼头朝向宫外的，则是希望帝王不要迷恋游山玩水，快回朝廷来处理朝政，这叫“望帝归”。

甭管怎么影射，怎么讽刺，作者其实深深爱着他的大明。

第七十二回
盘丝洞七情迷本，濯垢泉八戒忘形

话表三藏别了朱紫国王，整顿鞍马西进。行勾多少山原，历尽无穷水道。不觉的秋去冬残，又值春光明媚。师徒们正在路踏青玩景，忽见一座庵林。三藏滚鞍下马，站立大道之旁。行者问道："师父，这条路平坦无邪，因何不走？"八戒道："师兄好不通情！师父在马上坐得困了，也让他下来关关风是。"三藏道："不是关风。我看那里是个人家，意欲自去化些斋吃。"行者笑道："你看师父说的是那里话。你要吃斋，我自去化。俗语云：'一日为师，终身为父。'岂有为弟子者高坐，教师父去化斋之理？"三藏道："不是这等说。平日间，一望无边无际，你们没远没近的去化斋；今日人家逼近，可以叫应，也让我去化一个来。"八戒道："师父没主张。常言道：'三人出外，小的儿苦。'你况是个父辈，我等俱是弟子。古书云：'有事弟子服其劳。'等我老猪去。"三藏道："徒弟呵，今日天气晴明，与那风雨之时不同。那时节，汝等必定远去；此个人家，等我去。有斋无斋，可以就回走路。"沙僧在旁笑道："师兄，不必多讲。师父的心性如此，不必违拗。若恼了他，就化将斋来，他也不吃。"

离开朱紫国，师徒四人从秋去冬残走到了春光明媚。这日师徒四人正踏青呢，忽见一座庵林，唐僧滚鞍下马站立在了大道之旁。

所谓庵林，是说树林中有好几座茅屋的意思，后面作者也说了"桥那边有数椽茅屋”和“只见那茅屋里面有一座木香亭子”，不是前面荆棘岭那“木仙庵”的书斋之意，更不是尼姑庵的意思。

猴哥问师父为啥不走了，唐僧说他看到前面有人家，想亲自化些斋吃。悟空乐了，说：要是您去化斋那就是我们的不孝。唐僧说：平时都是你们去，今天好不容易看见个人家，让我去。八戒也说：这回离得近了，不用驾云了，那也得是我去，不能让师父去啊！唐僧再次表示：今天天气好，我去吧。最后沙僧打了圆场，说：咱就听师父的，让师父生气了就算化来了斋他也不吃。

在这里有一点需要注意，猴哥问他师父的那句话是：“师父，这条路平坦无邪，因何不走？”

也就是说，猴哥根本没看出来前方有妖气！

八戒依言，即取出钵盂与他，换了衣帽，拽开步，直至那庄前观看，却也好座住场。但见：

石桥高耸，古树森齐。石桥高耸，潺潺流水接长溪；古树森齐，聒聒幽禽鸣远岱。桥那边有数椽茅屋，清清雅雅若仙庵；又有那一座蓬窗，白白明明欺道院。窗前忽见四佳人，都在那里刺凤描鸾做针线。

长老见那人家没个男儿，只有四个女子，不敢进去，将身立定，闪在乔林之下。只见那女子：

一个个，闺心坚似石，兰性喜如春。娇脸红霞衬，朱唇绛脂匀。蛾眉横月小，蝉鬓叠云新。若到花间立，游蜂错认真。

少停有半个时辰，一发静悄悄，鸡犬无声。自家思虑道：“我若没本事化顿斋饭，也惹那徒弟笑我：敢道为师的化不出斋来，为徒的怎能去拜佛？”长老没计奈何，也带了几分不是，趋步上桥。又走了几步，只见那茅屋里面有一座木香亭子，亭子下又有三个女子，在那里踢气球哩。你看那三个女子，比那四个又生得不同。但见那：

飘扬翠袖，摇拽缃裙。飘扬翠袖，低笼着玉笋纤纤；摇拽缃裙，半露出金莲窄窄。形容体势十分全，动静脚跟千样踊。拿头过论有高低，张泛送来真又楷。转身踢个出墙花，退步翻成大过海。轻接一团泥，单枪急对拐。明珠上佛头，实捏来尖撑。窄砖偏会拿，卧鱼将脚搲。平腰折膝蹲，扭顶翘跟踊。扳凳能喧泛，披肩甚脱洒。

绞裆任往来，锁项随摇摆。踢的是黄河水倒流，金鱼滩上买。那个错认是头儿，这个转身就打拐。端然捧上臁，周正尖来湨。提跟湨草鞋，倒插回头采。退步泛肩妆，钩儿只一歹。版篓下来长，便把夺门揣。踢到美心时，佳人齐喝采。一个个汗流粉腻透罗裳，兴懒情疏方叫海。

言不尽，又有诗为证：

蹴踘当场三月天，仙风吹下素婵娟。

汗沾粉面花含露，尘染蛾眉柳带烟。

翠袖低垂笼玉笋，缃裙斜拽露金莲。

几回踢罢娇无力，云鬓蓬松宝髻偏。

三藏看得时辰久了，只得走上桥头，应声高叫道："女菩萨，贫僧这里随缘，布施些儿斋吃。"那些女子听见，一个个喜喜欢欢，抛了针线，撇了气球，都笑笑吟吟的接出门来道："长老，失迎了。今到荒庄，决不敢拦路斋僧，请里面坐。"三藏闻言，心中暗道："善哉！善哉！西方正是佛地。女流尚且注意斋僧，男子岂不虔心向佛？"长老向前问讯了，相随众女入茅屋。过木香亭看处，呀！原来那里边没甚房廊，只见那：

峦头高耸，地脉遥长。峦头高耸接云烟，地脉遥长通海岳。门近石桥，九曲九湾流水顾；园栽桃李，千棵千树斗浓华。藤薜挂悬三五树，芝兰香散万千花。远观洞府欺蓬岛，近睹山林压太华。正是妖仙寻隐处，更无邻舍独成家。

唐师父换了衣帽，前来化斋。行至庄前观看，发现里面没有男人，只看见四个漂亮女人在做针线活儿，随后不敢进去了。他将身立定，闪在桥林下等了半个时辰。这里倒不是说唐师父找个地方偷窥了姑娘半个时辰，唐师父这是在等女施主出来，他才好上前搭话。这个规矩唐僧前面已经说过了，比如早在四圣试禅心时，唐僧仅仅是看人家是个富贵人家就下令等人家出来，所谓"长老连忙下马。见一座门楼，乃是垂莲象鼻，画栋雕梁。沙僧歇了担子，八戒牵了马匹，道：'这个人家是过当的富实之家。'行者就要进去，三藏道：'不可，你我出家人，各自避些嫌疑，切莫擅入。且自等他有人出来，以礼求宿方可。'"（第二十三回）漂亮归漂亮，但咱唐师父不至于看姑娘一看一个钟头，而且这四个女子也并非那种浪女，书中这么写道："只见那女子：一个个，闺心坚似石，兰性喜如春。""闺心"是指女子的内心世界，人家坚如石；“兰性”是用高洁典雅的兰花特性来类比女子的性情，人家喜如春。这都是形容大家闺秀的词。

越等越没人出来，唐师父担心自己如果连个斋都化不来会被徒弟笑话，主要是怕被猴子笑话，随后“长老没计奈何，也带了几分不是，趋步上桥”。刚走了几步，发现茅屋里有一座木香亭子，旁边还有三个漂亮女子在踢气球，也就是说这地方一共是七个漂亮女子。但这三个女子跟那四个大家闺秀不一样，给咱唐师父好好上了上强度，这球踢得确实是有点意思，又是“摇拽缃裙，半露出金莲窄窄”，又是“平腰折膝蹲，扭顶翘跟蹁”，又是“绞裆（腰间或胯下的装饰品）任往来，锁项随摇摆”，“一个个汗流粉腻透罗裳，兴懒情疏方叫海”。这球踢得反正是够好看了，绝对属于攒劲儿项目，因为像“金莲”，也就是脚，在古代都是隐私部位，更别说女子“汗流粉腻透罗裳”了，作者“言不尽，又有诗为证”，还写了一段进行总结，确实踢得太攒劲儿了。当然，这也不是说这三个姑娘就浪，人家在自己家踢球，又没去大街上踢，这里是咱唐师父不如法了，被这段节目吸引了。应该是没受过这种文艺体育项目的考验，搁那儿偷窥起来，还没完没了，最后“三藏看得时辰久了，只得走上桥头，应声高叫道：‘女菩萨，贫僧这里随缘，布施些儿斋吃。’”

前面面对那四个做针线活儿的咱唐师父确实表现不错，但这句“三藏看得时辰久了”则说明唐师父这回做得确实不合适了。这段描写是作者在不断给唐僧加码，也是全书中唯一的一次，唐僧在没有任何胁迫的情况下，在没有别人在场时遇到女色考验。作者要给唐师父补上这一关，看看他自己在无人时，能否做到佛心坚忍！

结果唐僧没通过！金头揭谛，给记着哈，回头告诉领导，将来唐僧回灵山后身边不能离人，离人他会开小差。

七个女子听到唐僧的声音，相当欢喜地把他迎进去了。按理来说，唐僧目前没看见人家有男眷，哪怕这些女子说了“长老，失迎了。今到荒庄，决不敢拦路斋僧，请里面坐”的话，也不应该进人家屋的，因为确实说不清。让人家给你把饭盛了送出来就得了，一群女子的屋子你也敢进，活该你又要被吊起来了。

这回的标题是“盘丝洞七情迷本，濯垢泉八戒忘形”，八戒后面破戒的地方是濯垢泉，八戒并没在盘丝洞坏规矩。也就是说，在盘丝洞出了瑕疵的是唐僧，他在身边无人监督时确实是被人家给“迷”了本了。

作者这是在告诉我们什么呢?

观人于临财，观人于临难，观人于忽略，观人于酒后。这四种观人方法其实考察得还不算精准，最准的是观人于独处。

莫见乎隐，莫显乎微，故君子慎其独也!

唐僧进了茅屋，这段景色描写很有意思，“峦头高耸接云烟，地脉遥长通海岳”，是个“远观洞府欺蓬岛，近睹山林压太华”的仙洞模样，但最终的盖棺论定却是“正是妖仙寻隐处，更无邻舍独成家”的妖仙修炼之地。

作者在告诉我们，这七个女子的来历不一般，不是普通妖孽。

有一女子上前，把石头门推开两扇，请唐僧里面坐。那长老只得进去。忽抬头看时，铺设的都是石桌石凳，冷气阴阴。长老心惊，暗自思忖道：“这去处少吉多凶，断然不善。”众女子喜笑吟吟，都道：“长老请坐。”长老没奈何，只得坐了。少时间，打个冷禁。众女子问道：“长老是何宝山？化甚么缘？还是修桥补路，建寺礼塔，还是造佛印经？请缘簿出来看看。”长老道：“我不是化缘的和尚。”女子道：“既不化缘，到此何干？”长老道：“我是东土大唐差去西天大雷音求经者。适过宝方，腹间饥馁，特造檀府，募化一斋，贫僧就行也。”众女子道：“好，好，好！常言道：‘远来的和尚好看经。’妹妹们！不可怠慢，快办斋来。”

此时有三个女子陪着，言来语去，论说些因缘。那四个到厨中撩衣敛袖，炊火刷锅。你道他安排的是些甚么东西？原来是人油炒炼，人肉煎熬，熬得黑胡充作面筋样子，剜的人脑煎作豆腐块片。两盘儿捧到石桌上放下，对长老道：“请了。仓卒间，不曾备得好斋，且将就吃些充腹，后面还有添换来也。”那长老闻了一闻，见那腥膻，不敢开口，欠身合掌道：“女菩萨，贫僧是胎里素。”众女子笑道：“长老，此是素的。”长老道：“阿弥陀佛！若是这等素的呵，我和尚吃了，莫想见得世尊，取得经卷。”众女子道：“长老，你出家人，切莫拣人布施。”长老道：“怎敢，怎敢。我和尚奉大唐旨意，一路西来，微生不损，见苦就救。遇谷粒手拈入口，逢丝缕联缀遮身。怎敢拣主布施？”众女子笑道：“长老虽不拣人布施，却只有些上门怪人。莫嫌粗淡，吃些儿罢。”长老道：“实是不敢吃，恐破了戒。望菩萨养生不若放生，放我和尚出去罢。”

那长老挣着要走，那女子拦住门，怎么肯放，俱道："上门的买卖，倒不好做！'放了屁儿，却使手掩。'你往那里去？"他一个个都会些武艺，手脚又活，把长老扯住，顺手牵羊，扑的掼倒在地。众人按住，将绳子捆了，悬梁高吊。这吊有个名色，叫做"仙人指路"。原来是一只手向前，牵丝吊起；一只手拦腰捆住，将绳吊起；两只脚向后，一条绳吊起。三条绳把长老吊在梁上，却是脊背朝上，肚皮朝下。那长老忍着疼，噙着泪，心中暗恨道："我和尚这等命苦！只说是好人家化顿斋吃，岂知道落了火坑！徒弟呵，速来救我，还得见面；倘迟两个时辰，我命休矣！"那长老虽然苦恼，却还留心看着那些女子。那些女子把他吊得停当，便去脱剥衣服。长老心惊，暗自忖道："这一脱了衣服，是要打我的情了，或者夹生儿吃我的情也有哩。"原来那女子们只解了上身衣裳，露出肚腹，各显神通：一个个腰眼中冒出丝绳，有鸭蛋粗细，骨都都的，迸玉飞银，时下把庄门瞒了不题。

唐僧进了人家的洞后就发现冷气森森的，看来自己这把又悬了。随后他说出了自己取经的来头，给人家乐的哟。三个女子作陪，四个女子做饭，那饭都是人油、人肉、人脑的"全人"套餐。看出来不对的唐僧想走，然后被捆了，造型是"一只手向前，牵丝吊起；一只手拦腰捆住，将绳吊起；两只脚向后，一条绳吊起。三条绳把长老吊在梁上，却是脊背朝上，肚皮朝下"的"仙人指路"。

标题"盘丝洞七情迷本"中的七情是指"喜、怒、忧、思、悲、恐、惊"，唐师父由最开始的"喜"，引出了后面的"怒、忧、思、悲、恐、惊"六情。给他绑的这个"仙人指路"也是作者在暗示：唐僧还得修，还是得有仙人给他指明道路。唐僧都被吊起来了，还有心情看人家呢，所谓"那长老虽然苦恼，却还留心看着那些女子"。等人家女子开始脱衣服时唐僧还搁那儿暗自思量道："这一脱了衣服，是要打我的情了，或者夹生儿吃我的情也有哩。""打我的情"和"夹生儿吃我的情"是地方俗语，意思是这些蜘蛛脱了衣服是要挑逗我，要么就是要直接跟我亲密互动一下！

唐僧看到人家脱衣服估计心里反而稍微轻松些了。看来人家不是想吃他，是想睡他，命可以保住了。但他猜错了，人家脱衣服是为了从腰眼中冒出丝绳玩隐蔽。

这些妖精根本没想那么多，是他想多了！这是作者在提前铺垫蜘蛛精的技战术特点，蜘蛛是靠网捕食的，所以抓到他后会习惯性吐丝。而且一个宿舍的七个女生通常恨不得建八个群，光一个唐僧，不管如何安排，估计都不能让所有人满意，还是吃了他最划算，最不影响团结。

却说那行者、八戒、沙僧，都在大道之旁。他二人都放马看担，惟行者是个顽皮，他且跳树攀枝，摘叶寻果。忽回头，只见一片光亮，慌得跳下树来，吆喝道："不好，不好！师父造化低了！"行者用手指道："你看那庄院如何？"八戒、沙僧共目视之，那一片如雪又亮如雪，似银又光似银。八戒道："罢了，罢了！师父遇着妖精了！我们快去救他也！"行者道："贤弟莫嚷。你都不见怎的，等老孙去来。"沙僧道："哥哥仔细。"行者道："我自有处。"好大圣，束一束虎皮裙，掣了金箍棒，拽开脚，两三步跑到前边，看见那丝绳缠了有千百层厚，穿穿道道，却是经纬之势，用手按了一按，有些粘软沾人。行者更不知是甚么东西，他即举棒道："这一棒，莫说是几千层，就有几万层，也打断了！"正欲打，又停住手道："若是硬的便可打断，这个软的，只好打匾罢了。假如惊了他，缠住老孙，反为不美。等我且问他一问再打。"

你道他问谁？即捻一个诀，念一个咒，拘得个土地老儿在庙里似推磨的一般乱转。土地婆儿道："老儿，你转怎的？好道是羊儿风发了！"土地道："你不知，你不知。有一个齐天大圣来了，我不曾接他，他那里拘我哩！"婆儿道："你去见他便了，却如何在这里打转？"土地道："若去见他，他那棍子好不重！他管你好歹就打哩！"婆儿道："他见你这等老了，那里就打你？"土地道："他一生好吃没钱酒，偏打老年人。"

两口讲一会，没奈何只得走出去，战兢兢的跪在路旁，叫道："大圣，当境土地叩头。"行者道："你且起来，不要假忙。我且不打你，寄下在那里。我问你，此间是甚地方？"土地道："大圣从那厢来？"行者道："我自东土往西来的。"土地道："大圣东来，可曾在那山岭上？"行者道："正在那山岭上。我们行李、马匹还歇在那岭上不是？"土地道："那岭叫做盘丝岭，岭下有洞，叫做盘丝洞，洞里有七个妖精。"行者道："是男怪，是女怪？"土地道："是女怪。"行者道："他有多大神通？"土地道："小神力薄威短，不知他有多大手段；只知那正南上，离此有三里之遥，有一座濯垢泉，乃天生的热水，原是上方七仙姑的浴池。自妖精到此居住，

占了他的濯垢泉，仙姑更不曾与他争竞，平白地就让与他了。我见天仙不惹妖魔怪，必定精灵有大能。”行者道：“占了此泉何干？”土地道：“这怪占了浴池，一日三遭，出来洗澡。如今巳时已过，午时将来哑。”行者听言，道：“土地，你且回去，等我自家拿他罢。”那土地老儿磕了一个头，战兢兢的回本庙去了。

哥儿仨等唐师父的工夫，猴哥突然看到那庄园一片光亮，他瞬间明白了，师父又被扣了。随后猴哥前来打探情况，发现此时这丝绳已经缠了千百层厚了。猴哥想直接开打，又担心底细不明，于是决定问问情况再说。还是老流程，先进行土地调研，捻诀念咒开始拘唤土地。这时相当逗的一个场面出现了，土地老儿快被猴哥吓死了。土地婆纳闷，问他为啥打转。土地老儿说，害怕齐天大圣打他。土地婆说：人家不可能打你这个老头儿。随后土地老儿说出了猴哥此时在三界小神仙当中的名声：“他一生好吃没钱酒，偏打老年人。”

瞅瞅猴哥这名声，你说前面他那些不拿土地当回事的嘚瑟真的没有成本吗？他每次拘完土地从来没拿人家当人过，时常先骂一通，甚至还要先打几棍才展开问话，最后还都是“喝走”他们。看看他在小神仙中的名声，还有比这句“他一生好吃没钱酒，偏打老年人”更难听的吗？

尊重每一个人吧，对任何人的羞辱都是有成本的。

猴哥见土地战兢兢地跪在路旁，依旧还是那副德行，根本没有一点对底层小神仙的春风拂面，上来就说“你且起来，不要假忙。我且不打你，寄下在那里”。还是不打你就是对你恩典的态度，你赶紧给我做汇报。

土地说：这地方叫盘丝岭，岭下有个盘丝洞，洞里有七个女妖怪。猴哥问有多大神通。土地表示这题对于我这点微末道行超纲了，不过我给你举个侧面例子，正南上三里有一眼濯垢泉，天然的热水，原是上方七仙姑的浴池，自妖精到此居住后就把这濯垢泉占了，仙姑也不曾与她们争竞，平白就让与她们了。“我见天仙不惹妖魔怪，必定精灵有大能。”

从这里我们再次得出推论：这七个蜘蛛精背后有人，敢抢天上仙女的产业。

猴哥问妖精们为什么要占濯垢泉，土地说一天洗三回澡用，现在眼瞅到点儿了。她们又要洗了。

慎独的考验该轮到悟空了。

这大圣独显神通，摇身一变，变作个麻苍蝇儿，钉在路旁草梢上等待。须臾间，只听得呼呼吸吸之声，犹如蚕食叶，却似海生潮。只好有半盏茶时，丝绳皆尽，依然现出村庄，还像当初模样。又听得呀的一声，柴扉响处，里边笑语喧哗，走出七个女子。行者在暗中细看，见他一个个携手相搀，挨肩执袂，有说有笑的走过桥来，果是标致！但见：

比玉香尤胜，如花语更真。柳眉横远岫，檀口破樱唇。钗头翘翡翠，金莲闪绛裙。却似嫦娥临下界，仙子落凡尘。

行者笑道："怪不得我师父要来化斋，原来是这一般好处。这七个美人儿假若留住我师父，要吃也不勾一顿吃，要用也不勾两日用，要动手轮流一摆布，就是死了。且等我去听他一听，看他怎的算计。"

好大圣，嘤的一声，飞在那前面走的女子云髻上钉住。才过桥来，后边的走向前来呼道："姐姐，我们洗了澡，来蒸那胖和尚吃去。"行者暗笑道："这怪物好没算计，煮还省些柴，怎么转要蒸了吃？"那些女子采花斗草向南来。不多时到了浴池，但见一座门墙十分壮丽，遍地野花香艳艳，满傍兰蕙密森森。后面一个女子走上前，唿哨的一声，把两扇门儿推开，那中间果有一塘热水。这水：

自开辟以来，太阳星原贞有十，后被羿善开弓，射落九乌坠地，止存金乌一星，乃太阳之真火也。天地有九处汤泉，俱是众乌所化。那九阳泉，乃香冷泉、伴山泉、温泉、东合泉、潢山泉、孝安泉、广汾泉、汤泉，此泉乃濯垢泉。

有诗为证：

一气无冬夏，三秋永注春。
炎波如鼎沸，热浪似汤新。
分溜滋禾稼，停流洁不尘。
涓涓珠泪泛，滚滚玉团津。
润滑原非酿，清平还自温。
瑞祥本地秀，造化乃天真。
佳人洗处冰肌滑，涤荡尘烦玉体新。

那浴池约有五丈余阔，十丈多长，内有四尺深浅。但见水清彻底，底下水一似滚珠泛玉，骨都都冒将上来。四面有六七个孔窍通流，流去二三里之遥，淌到田里，还是温水。池上又有三间亭子，亭子中近后壁，放着一张八只脚的板凳。两山头放两个描金彩漆的衣架。行者暗中喜嘤嘤的一翅飞在那衣架上叮住。你看那些女子见水清又热，便要洗浴。即脱了衣服，搭在衣架上，一齐下去。被行者看见：

褪放纽扣儿，解开罗带结。

酥胸白似银，玉体浑如雪。

肘膊赛冰铺，香肩欺粉贴。

肚皮软又绵，脊背光还洁。

膝腕半围团，金莲三寸窄。

中间一段情，露出风流穴。

那女子都跳下水去，一个个濯浪翻波，负水顽耍。行者道："我若打他呵，只消把这棒子往池中一搅，就叫做'滚汤泼老鼠，一窝儿都是死'。可怜，可怜！打便打死他，只是低了老孙的名头。常言道：'男不与女斗。'我这般一个汉子，打杀几个丫头，着实不济。不要打他，只送他一个绝后计，教他动不得身，出不得水，多少是好。"好大圣，捻着诀，念个咒，摇身一变，变作个饿老鹰。但见：

毛如霜雪，眼若明星。妖狐见处魂皆丧，狡兔逢时胆尽惊。钢爪锋芒快，雄姿猛气横。会使老拳供口腹，不辞亲手逐飞腾。万里寒空随上下，穿云检物任他行。

呼的一翅，飞向前，抡开利爪，把他那衣架上搭的七套衣服尽情叼去。径转岭头，现出本相，来见八戒、沙僧道："你看。"那八戒呆子迎着，对沙僧笑道："师父原来是典当铺里拿了去的。"沙僧道："怎见得？"八戒道："你不见师兄把他些衣服都抢将来也。"行者放下道："此是妖精穿的衣服。"八戒道："怎么就有这许多？"行者道："七套。"八戒道："如何这般剥得容易，又剥得干净？"行者道："那曾用剥。原来此处唤做盘丝岭，那庄村唤做盘丝洞。洞中有七个女怪，把我师父拿住，吊在洞里，都向濯垢泉去洗浴。那泉却是天地产成的一塘子热水。他都算计着，洗了澡要把师父蒸吃。是我跟到那里，见他脱了衣服下来，我要打他，恐怕污了棍子，又怕低了名头，是以不曾动棍，只变做一个饿老鹰，叼了他的衣服。他都忍辱含羞，不敢出头，蹲在水中哩。我等快去解下师父走路罢。"八戒笑道："师兄，你凡干事，只要留根。既见妖精，如何不打杀他，却要去解师父！他如今纵然藏羞不出，到晚间必定出来。他家里还有旧衣服，穿上一套，来赶我们。纵然不赶，他久

住在此，我们取了经，还从那条路回去。常言道：‘宁少路边钱，莫少路边拳。’那时节，他拦住了吵闹，却不是个仇人也。”行者道：“凭你如何主张？”八戒道：“依我先打杀了妖精，再去解放师父。此乃斩草除根之计。”行者道：“我是不打他。你要打，你去打他。”

猴哥随后变成苍蝇在路旁草梢上等待，没多久丝绳皆尽，依然现出庄村。猴哥看见七个漂亮姑娘携手相搀地走出来了，模样是真好看，那是“却似嫦娥临下界，仙子落凡尘”。猴哥笑了，要不说师父为啥非得来化斋呢，这七个美人轮着番地伺候，福分真不小，看看她们要去干啥吧！

猴哥就这样飞到了女子云髻上，跟她们到了濯垢泉。这泉水可了不得，是当年后羿射日射掉的九个太阳之一所化。也就是说，人间这样级别的温泉只有九个，居然被她们从七仙姑那儿抢来了。猴哥之前没看出妖气的原因也就此有了解答，这太阳所化之泉，是“瑞祥本地秀，造化乃天真。佳人洗处冰肌滑，涤荡尘烦玉体新”，一天三遍地洗，把妖气都给洗没了。

这浴池约有五丈余宽（17 米左右），十丈多长（33 米左右），内有四尺深浅（一个猴哥的高度，一米三左右），儿童游泳池的大小，水质清澈见底。

接着我们来看猴哥的表现：“行者暗中喜嘤嘤的一翅飞在那衣架上叮住”，他是很高兴地趴衣架上了，这是要 VIP 视角观看啊。再看下面作者的描写：“你看那些女子见水清又热，便要洗浴。即脱了衣服，搭在衣架上，一齐下去。被行者看见：褪放纽扣儿，解开罗带结。酥胸白似银（胸），玉体浑如雪（皮肤颜色）。肘膊赛冰铺（臂），香肩欺粉贴（肩）。肚皮软又绵（腹），脊背光还洁（背）。膝腕半围团（膝），金莲三寸窄（脚）。中间一段情，露出风流穴。”

翻译一下，就是猴哥从上到下，仔仔细细，扫描般地看遍了七个妖精。

不光换衣服时都看通透了，下了水以后猴哥还在看呢，所谓“那女子都跳下水去，一个个濯浪翻波，负水顽耍”，要知道这泉水可是“水清彻底”的。

唉，君子要慎独啊！

别看猴子在那三人面前表现得多断情绝爱，其实对女色也不是完全无感。在知道女妖精要洗澡的情况下，按理来说就该避嫌，但猴哥相当欢喜地选择了旁观。

看开心了以后，猴哥心里盘算，要是就这么打死这群妖精，属于低了老孙的名头，毕竟在人家洗澡时把人家弄死，这事好说不好听。随后猴哥变成一只老鹰，把人家衣服都抓走了，然后又来见八戒和沙僧，他要拿这事考验考验八戒。

八戒抖擞精神，欢天喜地，举着钉钯，拽开步，径直跑到那里。忽的推开门看时，只见那七个女子蹲在水里，口中乱骂那鹰哩，道："这个匾毛畜生！猫嚼头的亡人！把我们衣服都叼去了，教我们怎的动手！"八戒忍不住笑道："女菩萨，在这里洗澡哩，也携带我和尚洗洗何如？"那怪见了作怒道："你这和尚，十分无礼！我们是在家的女流，你是个出家的男子。古书云：'七年男女不同席。'你好和我们同塘洗浴？"八戒道："天气炎热，没奈何，将就容我洗洗儿罢。那里调甚么书担儿，同席不同席！"呆子不容说，丢下铁钯，脱了皂锦直裰，扑的跳下水来。那怪心中烦恼，一齐上前要打。不知八戒水势极熟，到水里摇身一变，变做一个鲇鱼精。那怪就都摸鱼，赶上拿他不住。东边摸，忽的又渍了西去；西边摸，忽的又渍了东去，滑扢虀的，只在那腿裆里乱钻。原来那水有搀肚之深，水上盘了一会，又盘在水底，都盘倒了，喘嘘嘘的，精神倦怠。

八戒却才跳将上来，现了本相，穿了直裰，执着钉钯喝道："我是那个？你把我当鲇鱼精哩！"那怪见了，心惊胆战，对八戒道："你先来是个和尚，到水里变作鲇鱼，及拿你不住，却又这般打扮。你端的是从何到此？是必留名。"八戒道："这伙泼怪，当真的不认得我！我是东土大唐取经的唐长老之徒弟，乃天蓬元帅悟能八戒是也。你把我师父吊在洞里，算计要蒸他受用！我的师父，又好蒸吃？快早伸过头来，各筑一钯，教你断根！"那些妖闻此言，魂飞魄散，就在水中跪拜道："望老爷方便方便！我等有眼无珠，误捉了你师父，虽然吊在那里，不曾敢加刑受苦。望慈悲饶了我的性命，情愿贴些盘费，送你师父往西天去也。"八戒摇手道："莫说这话！俗语说得好：'曾着卖糖君子哄，到今不信口甜人。'是便筑一钯，各人走路！"呆子一味粗夯，显手段，那有怜香惜玉之心，举着钯，不分好歹，赶上前乱筑。

那怪慌了手脚，那里顾甚么羞耻，只是性命要紧，随用手侮着羞处，跳出水来，都跑在亭子里站立，作出法来：脐孔中骨都都冒出丝绳，瞒天搭了个大丝篷，把八戒罩在当中。那呆子忽抬头，不见天日，即抽身往外便走，那里举得脚步！原来放了绊脚索，满地都是丝绳。动动脚，跌个跋踵；左边去，一个面磕地；右边去，一

个倒栽葱；急将身，又跌了个嘴揾地；忙爬起，又跌了个竖蜻蜓。也不知跌了多少跟头，把个呆子跌得身麻脚软，头晕眼花，爬也爬不动，只睡在地下呻吟。

那怪物却将他困住，也不打他，也不伤他，一个个跳出门来，将丝篷遮住天光，各回本洞。

八戒听说有七个女妖怪在洗澡，露出本性，主动要求去除妖，然后“抖擞精神，欢天喜地，举着钉钯，拽开步，径直跑到那里”，可以说是分秒必争。

八戒见到妖怪后，非要跟人家洗澡。女妖们怒道：“你这和尚，十分无礼！我们是在家的女流，你是个出家的男子。古书云：‘七年男女不同席。’你好和我们同塘洗浴？”还是开篇的那个人设，人家这七个女妖虽然吃人，但并非淫女，是尊礼教操守的。

面对礼教申斥，八戒表示哪儿那么多废话，一块儿洗吧！妖怪们要打八戒，但哪里是水库浪子八戒的对手！随后“不知八戒水势极熟，到水里摇身一变，变做一个鲇鱼精。那怪就都摸鱼，赶上拿他不住。东边摸，忽的又渍了西去；西边摸，忽的又渍了东去，滑扢虀的，只在那腿裆里乱钻。原来那水有搀肚之深，水上盘了一会，又盘在水底，都盘倒了，喘嘘嘘的，精神倦怠”。

还是那句老话，这是咱中国古代的名著，作者不想写明了，俗的事还是我来干吧。我来翻译一下：安排八戒变成鱼在水里一通钻，说的是鱼水之欢。

这一关考验的是君子慎独，唐僧有小瑕疵；悟空有大瑕疵；八戒就不是瑕疵的事了，他是完完全全没通过考验。

八戒变身回来就翻脸了，穿上衣服，拿钉钯喝骂女妖，说自己是取经人的二徒弟，随后注意他说的这句话“快早伸过头来，各筑一钯，教你断根”！

八戒没说交出我师父，饶你们一命的话，而是说快让我弄死你们。这群妖怪猜测八戒不是她们能打得过的，开始在水中跪拜求饶了。所谓“望老爷方便方便！我等有眼无珠，误捉了你师父，虽然吊在那里，不曾敢加刑受苦。望慈悲饶了我的性命，情愿贴些盘费，送你师父往西天去也”。

还有比这态度更好的妖怪吗？但你看八戒说的啥，他摇手道：“莫说这话！俗语说得好：‘曾着卖糖君子哄，到今不信口甜人。’是便筑一钯，各人走路！”

八戒此刻已经决定了，一个也不能活！随后，八戒开始对七个女妖乱筑。女妖们没办法，捂着要紧地方跑到亭子里开始吐丝作法。她们搭了个大丝篷，把八戒罩在当中，这猪头就跑不出来了，在里面被摔得很惨，所谓“也不知跌了多少跟头，把个呆子跌得身麻脚软，头晕眼花，爬也爬不动，只睡在地下呻吟”。八戒被困住后，妖怪也不打他伤他，回洞而来。

从这七个女妖最开始打算吃掉唐僧，到见八戒要流氓时怒斥他“七年男女不同席”，再到后面相当有羞耻感地知道捂着跑路，我们能看出这群女妖不是烟花网和风月魔。

这群女妖背后的人物规矩很大，肯定不一般。

到了石桥上站下，念动真言，霎时间把丝篷收了，赤条条的，跑入洞里，侮着那话，从唐僧面前笑嘻嘻的跑过去。走入石房，取几件旧衣穿了，径至后门口立定，叫：“孩儿们何在？”原来那妖精，一个有一个儿子，却不是他养的，都是他结拜的干儿子。有名唤做蜜、蚂、蠦、班、蜢、蜡、蜻。蜜是蜜蜂，蚂是蚂蜂，蠦是蠦蜂，班是班毛，蜢是牛蜢，蜡是抹蜡，蜻是蜻蜓。原来那妖精幔天结网，掳住这七般虫蛭，却要吃他。古云：“禽有禽言，兽有兽语。”当时这些虫哀告饶命，愿拜为母。遂此，春采百花供怪物，夏寻诸卉孝妖精。忽闻一声呼唤，都到面前，问：“母亲有何使令？”众怪道：“儿呵，早间我们错惹了唐朝来的和尚，才然被他徒弟拦在池里，出了多少丑，几乎丧了性命！汝等努力，快出门前去退他一退。如得胜后，可到你舅舅家来会我。”那些怪既得逃生，往他师兄处，孳嘴生灾不题。你看这些虫蛭，一个个摩拳擦掌，出来迎敌。

这群女妖跑到石桥上念动真言，把困八戒的丝篷收了。虽然是赤条条地跑入洞里，但依旧是捂着从唐僧面前跑过去的。进里屋换了衣服后，女妖们来到后门口，立定喊道：“孩儿们何在？”

随后这段太关键了，这七个妖精有七个儿子，不仅不是她们生的，甚至不是她们养的，都是半路认的，是她们结网抓住后没吃掉的。这是改为长期剥削了，只不过形式上叫作孝敬。

注意这个“被天克的物种给自己克星上供，托名孝敬”的设定，后面解读蜘蛛和蜈蚣与他们后台的关系时还会提到，作者没有闲笔的。

七个女怪喊来了孩儿们，随后安排这些虫子帮她们应付外面的强敌，叮嘱他们如果得胜后去舅舅家接头。

却说八戒跌得昏头昏脑，猛抬头见丝篷丝索俱无，他才一步一探爬将起来，忍着疼找回原路。见了行者，用手扯住道："哥哥，我的头可肿，脸可青么？"行者道："你怎的来？"八戒道："我被那厮将丝绳罩住，放了绊脚索，不知跌了多少跟头，跌得我腰拖背折，寸步难移。却才丝篷索子俱空，方得了性命回来也。"沙僧见了，道："罢了，罢了！你闯下祸来也！那怪一定往洞里去伤害师父，我等快去救他！"

行者闻言，急拽步便走。八戒牵着马，急急来到庄前。但见那石桥上有七个小妖儿挡住，道："慢来，慢来！我等在此！"行者见了道："好笑！干净都是些小人儿！长的也只有二尺五六寸，不满三尺；重的也只有八九斤，不满十斤。"喝道："你是谁？"那怪道："我乃七仙姑的儿子。你把我母亲欺辱了，还敢无知，打上我门！不要走，仔细！"好怪物，一个个手之舞之，足之蹈之，乱打将来。八戒见了生嗔，本是跌恼了的性子，又见那伙虫蛭小巧，就发狠举钯来筑。那些怪见呆子凶猛，一个个现了本像，飞将起去，叫声"变！"须臾间，一个变十个，十个变百个，百个变千个，千个变万个，个个都变成无穷之数。只见：

满天飞抹蜡，遍地舞蜻蜓。

蜜蚂追头额，蚼蜂扎眼睛。

班毛前后咬，牛蜢上下叮。

扑面漫漫黑，翛翛鬼神惊。

八戒慌了道："哥啊，只说经好取，西方路上，虫儿也欺负人哩！"行者道："兄弟不要怕，快上前打！"八戒道："扑头扑脸，浑身上下，都叮有十数层厚，却怎么打？"行者道："没事，没事！我自有手段！"八戒道："哥呵，有甚手段，快使出来罢！一会子光头上都叮肿了！"

好大圣，拔了一把毫毛，嚼得粉碎，喷将出去，即变做些黄、麻、鵚、白、雕、鱼、鹞。八戒道："师兄，又打甚么市语——黄啊、麻啊的哩？"行者道："你不知之。黄是黄鹰，麻是麻鹰，鵚是鵚鹰，白是白鹰，雕是雕鹰，鱼是鱼鹰，鹞是鹞鹰。那妖精儿子是七样虫，我的毫毛是七样鹰。"鹰最能嗛虫，一嘴一个，爪打翅敲。须臾，打得罄尽，满空无迹，地积尺余。三兄弟方才闯过桥去，径入洞里。只见老师父吊在那里哼哼的哭哩。八戒近前道："师父，你是要来这里吊了耍子，不知作成我跌了多少跟头哩！"沙僧道："且解下师父再说。"行者即将绳索挑断，放下唐僧，都问道："师父，妖精那里去了？"唐僧道："那七个俱赤条条的，往后边叫儿子去了。"行者道："兄弟们，跟我来寻去。"

三人各持兵器，往后园里寻处，不见踪迹。都到那桃李树上寻遍不见。八戒道："去了，去了！"沙僧道："不必寻他。等我扶师父去也。"弟兄们复来前面，请唐僧上马，道："师父，下次化斋，还让我们去。"唐僧道："徒弟呵，以后就是饿死，也再不自专了。"八戒道："你们扶师父走着。等老猪一顿钯，筑倒他这房子，教他来时没处安身。"行者笑道："筑还费力，不若寻些柴来，与他个断根罢。"好呆子，寻了些朽松破竹，干柳枯藤，点上一把火，烘烘的都烧得干净。师徒却才放心前来。咦！毕竟这去，不知那怪的吉凶如何，且听下回分解。

说回八戒这里，这猪被跌得昏头昏脑后，猛抬头发现困他的丝篷丝索都没了，他才一步一探，爬起来忍疼找回原路。回去后他也不提女妖怪的事，只说自己被欺负了。

八戒这一通操作剥夺了考验沙师弟的机会。三人急忙赶到庄前，见有七个小妖挡路，猴哥问他们的来历。注意人家的回答："我乃七仙姑的儿子。你把我母亲欺辱了，还敢无知，打上我门！不要走，仔细！"

别看作者的第三人称说这是七个女妖，但人家内部称呼的可是"七仙姑"，方方面面都在透露，这七个女妖是有背景的。

这七只虫子迎来了跌恼了的八戒。八戒本来就一肚子气，再看这些虫蛭小巧，随后猪又不㞞了，发狠举钯来筑，结果人家看他挺凶，一个个现了本相后展开了变身大法，每只虫子都变出了成千上万只虫子。八戒随后又㞞了，赶紧找他猴哥求救，猴哥拔了一把毫毛嚼得粉碎，变成黄鹰、麻鹰等七种最擅长捉虫子的鹰，专业的事还得专业的人干，虫子很快就被弄干净了。

天克的巨大加成啊！这一关就是在讲天克的事！

哥儿仨闯过桥，入了洞，看到了哭泣的老和尚。把唐僧放下来后，猴哥问妖精去哪儿了。唐僧说后面喊儿子去了。哥儿仨追出来，发现啥都没有。随后请唐僧上马，唐僧就此表示：我以后就是饿死也不显能耐了。八戒的贤者模式还没结束，要一顿钯筑倒人家的房子，让妖孽从此没处安身。猴哥说用钯筑太费力，直接烧吧。随后八戒寻了些朽松、破竹、干柳、枯藤，点了火，把茅屋都给烧了。

这一回内容的省流版总结就是：唐僧、悟空和八戒三人都没能做到君子慎独，女妖们造孽吃人惹到了硬茬，反而连房子都被烧了，盘丝岭这一关双方其实算是扯平了。

第七十三回

情因旧恨生灾毒，心主遭魔幸破光

话说孙大圣扶持着唐僧，与八戒、沙僧奔上大路，一直西来。不半晌，忽见一处楼阁重重，宫殿巍巍。唐僧勒马道："徒弟，你看那是个甚么去处？"行者举头观看，但见：

山环楼阁，溪绕亭台。门前杂树密森森，宅外野花香艳艳。柳间栖白鹭，浑如烟里玉无瑕；桃内啭黄莺，却是火中金有色。双双野鹿，忘情闲踏绿莎茵；对对山禽，飞语高枝红树杪。真如刘阮天台洞，不亚神仙阆苑家。

行者报道："师父，那所在也不是王侯第宅，也不是豪富人家，却像一个庵观寺院，到那里方知端的。"三藏闻言，加鞭促马。师徒们来至门前观看，门上嵌着一块石板，上有"黄花观"三字。三藏下马，八戒道："黄花观乃道士之家，我们进去会他一会也好，他与我们衣冠虽别，修行一般。"沙僧道："说得是。一则进去看看景致，二来也当撒货头口。看方便处，安排些斋饭与师父吃。"长老依言，四众共入。但见二门上有一对春联："黄芽白雪神仙府，瑶草琪花羽士家。"行者笑道："这个是烧茅炼药，弄炉火，提罐子的道士。"三藏捻他一把道："谨言，谨言。我们不与他相识，又不认亲，左右暂时一会，管他怎的？"说不了，进了二门，只见那正殿谨闭，东廊下坐着一个道士，在那里丸药。你看他怎生打扮：

戴一顶红艳艳戗金冠，穿一领黑淄淄乌皂服，踏一双绿阵阵云头履，系一条黄拂拂吕公绦。面如瓜铁，目若朗星。准头高大类回回，唇口翻张如鞑靼。道心一片隐轰雷，伏虎降龙真羽士。

三藏见了，厉声高叫道："老神仙，贫僧问讯了。"那道士猛抬头，一见心惊，丢了手中之药，按簪儿，整衣服，降阶迎接道："老师父，失迎了，请里面坐。"长老欢喜，上殿推开门，见有三清圣像，供桌有炉有香，即拈香注炉，礼拜三匝，方与道士行礼。遂至客位中，同徒弟们坐下。急唤仙童看茶。当有两个小童，即入里边寻茶盘，洗茶盏，擦茶匙，办茶果。忙忙的乱走，早惊动那几个冤家。

原来那盘丝洞七个女怪，与这道士同堂学艺。自从穿了旧衣，唤出儿子，径来此处。正在后面裁剪衣服，忽见那童子看茶，便问道："童儿，有甚客来了，这般忙冗？"仙童道："适间有四个和尚进来，师父教来看茶。"女怪道："可有个白胖和尚？"道："有。"又问："可有个长嘴大耳朵的？"道："有。"女怪道："你快去递了茶，对你师父丢个眼色，着他进来，我有要紧的话说。"果然那仙童将五杯茶拿出去。道士敛衣，双手拿一杯递与三藏，然后与八戒、沙僧、行者。茶罢收钟，小童丢个眼色，那道士就欠身道："列位请坐。"教："童儿，放了茶盘陪侍，等我去去就来。"此时长老与徒弟们并一个小童出殿上观玩不题。

却说道士走进方丈中，只见七个女子齐齐跪倒，叫："师兄，师兄，听小妹子一言！"道士用手搀起道："你们早间来时，要与我说甚么话，可可的今日丸药，这枝药忌见阴人，所以不曾答你。如今又有客在外面，有话且慢慢说罢。"众怪道："告禀师兄，这桩事，专为客来，方敢告诉；若客去了，纵说也没用了。"道士笑道："你看贤妹说话，怎么专为客来才说？却不疯了？且莫说我是个清净修仙之辈，就是个俗人家，有妻子老小家务事，也等客去了再处。怎么这等不贤，替我装幌子哩！且让我出去。"众怪一齐扯住道："师兄且息怒。我问你，前边那客是那方来的？"道士唾着脸不答应。众怪道："方才小童进来取茶，我闻得他说是四个和尚。"道士作怒道："和尚便怎么？"众怪道："四个和尚，内有一个白面胖的，有一个长嘴大耳的，师兄可曾问他是那里来的？"道士道："内中有这两个，你却怎么知道？想是在那里见他来？"女子道："师兄原不知这个委曲。那和尚乃唐朝差往西天取经去的。今早到我洞里化斋，委是妹子们闻得唐僧之名，将他拿了。"道士道："你拿他怎的？"女子道："我们久闻人说，唐僧乃十世修行的真体，有人吃他一块肉，延寿长生，故此拿了他。后被那个长嘴大耳朵的和尚把我们拦在濯垢泉里，先抢了衣服，后弄本事，强要同我等洗浴，也止他不住。他就跳下水，变作一个鲇鱼，在我们腿裆里钻来钻去，欲行奸骗之事。果有十分惫懒！他又跳出水去，现了本相。见我们不肯相从，他就使一柄九齿钉钯，要伤我们性命。若不是我们有些见识，几乎遭他毒手。故此战兢兢逃生，又着你愚外甥与他敌斗，不知存亡如何。我们特来投兄长，望兄长念昔日同窗之雅，与我今日做个报冤之人！”

那道士闻此言，却就恼恨，遂变了声色道：“这和尚原来这等无礼！这等惫懒！你们都放心，等我摆布他！”众女子谢道：“师兄如若动手，等我们都来相帮打他。”道士道：“不用打，不用打！常言道：‘一打三分低。’你们都跟我来。”

取经四人离开盘丝洞，走了不到半天时间，忽然见到一处楼阁重重，宫殿巍巍。经过孙老中医的望气观察，依旧没看出有妖气。最终猴哥给的结论是“师父，那所在也不是王侯第宅，也不是豪富人家，却像一个庵观寺院，到那里方知端的”。由此说明，这个地方理论上来讲不是个伤天害理的地方，毕竟连小雷音寺猴哥都能看出有凶气。

四人行至门前，发现人家门上嵌着一块石板，写着“黄花观”，也就是说，这是个道门之地。四人入内后见二门上有一副春联，写着：“黄芽白雪神仙府，瑶草琪花羽士家。”“黄芽”代表肾水，“白雪”代表心火，说的是道家内丹修炼的两个术语。猴哥说这道观的主营业务应该是炼丹，所谓“这个是烧茅炼药，弄炉火，提罐子的道士”。等进了二门，见正殿紧闭，东廊下坐着一个道士，正在揉制药丸。通过打扮的描写，我们看出这个道士是“道心一片隐轰雷，伏虎降龙真羽士”。注意这句话，翻译一下就是，平静的道心下隐藏着如轰雷般强大的能量，拥有降龙伏虎能力的真正道士。这里作者已经在铺垫这个道士是个重量级人物了。唐僧打招呼后，道士丢下手中的药，按簪整衣降阶来迎，让他们屋里坐，还允许唐僧上香礼拜殿供三清，又急唤仙童看茶。通过上述这些描写，都是在说取经四人貌似难得来到了一个正经地方。

两个小童一通待客的忙活后，惊动了来这里投奔的盘丝洞七女怪。通过“原来那盘丝洞七个女怪，与这道士同堂学艺”这句话，我们知道了双方是同门师兄妹关系。蜘蛛精问童子们在忙啥，当听说白胖和尚和长嘴大耳和尚来了之后，让童子马上把她们的师兄喊出来。

奉茶之后，小童丢个眼色，把那道士喊了出来。见面后七个女妖跪倒，让师兄听小妹子一言。道士用手搀起，说：你们早间来时要与我说什么事，我不是不搭理你们，只是今日做的这个药忌讳见女人，所以没理你们，现在外面有客，等送客后咱再有话慢慢说。

众怪表示，等这几个客人走了再说就没用了。道士笑道："你看贤妹说话，怎么专为客来才说？却不疯了？且莫说我是个清净修仙之辈，就是个俗人家，有妻子老小家务事，也等客去了再处。怎么这等不贤，替我装幌子哩！且让我出去。"

这道士有里有面、遵守礼教规矩，包括他这七个师妹其实也是如此，这都说明他们师承之处的规矩很大。

道士要走，被众怪又一齐扯住问：这客人是哪儿来的？道士此时已经不高兴了，没搭理，众怪说：听小童讲是四个和尚。道士作怒道："和尚便怎么？"

从这里能看出，这道士不仅礼数周全，还没有门户之见。后面的回答依旧是爱搭不理的状态。直到众怪说了这两件事，道士怒了。

1. 蜘蛛精说了唐僧的功效，那是十世修行的真体，吃他一块肉能延寿长生。

2. 长嘴大耳朵的和尚在濯垢泉想行奸骗之事。

综上，请师兄看在同窗之情，帮我们报仇。

听说了这个，道士恼恨，变了声色，表示和尚无礼，必须报仇！

貌似让道士愤怒的是八戒，但很快这七个傻妹妹就该明白了，这个对她们爱搭不理的师兄为啥要帮她们这个忙。

众女子相随左右。他入房内，取了梯子，转过床后，爬上屋梁，拿下一个小皮箱儿。那箱儿有八寸高下，一尺长短，四寸宽窄，上有一把小铜锁儿锁住。即于袖中拿出一方鹅黄绫汗巾儿来，汗巾须上系着一把小钥匙儿。开了锁，取出一包儿药来。此药乃是：

山中百鸟粪，扫精上千斤。

是用铜锅煮，煎熬火候匀。

千斤熬一勺，一勺炼三分。

三分还要炒，再煅再重熏。

制成此毒药，贵似宝和珍。

如若尝他味，入口见阎君。

道士对七个女子道："妹妹，我这宝贝，若与凡人吃，只消一厘，入腹就死；若与神仙吃，也只消三厘就绝。这些和尚只怕也有些道行，须得三厘。快取等子来。"

内一女子急拿了一把等子道："称出一分二厘，分作四分。"却拿了十二个红枣儿，将枣掐破些儿，揌上一厘，分在四只茶钟内；又将两个黑枣儿做一只茶钟，着一个托盘安了，对众女说："等我去问他。不是唐朝的便罢；若是唐朝来的，就教换茶，你却将此茶令童儿拿出。但吃了，个个亡身，就与你报了此仇，解了烦恼也。"七女感激不尽。

那道士换了一件衣服，虚礼谦恭，走将出去，请唐僧等又至客位坐下，道："老师父莫怪，适间去后面分付小徒，教他们挑些青菜、萝卜，安排一顿素斋供养，所以失陪。"三藏道："贫僧素手进拜，怎么敢劳赐斋？"道士笑云："你我都是出家人，见山门就有三升俸粮，何言素手。敢问老师父，是何宝山？到此何干？"三藏道："贫僧乃东土大唐驾下差往西天大雷音寺取经者。却才路过仙宫，竭诚进拜。"道士闻言，满面生春道："老师乃忠诚大德之佛，小道不知，失于远候，恕罪！恕罪！"叫："童儿，快去换茶来，一厢作速办斋。"

那小童走将进去，众女子招呼他来道："这里有现成好茶，拿出去。"那童子果然将五钟茶拿出。道士连忙双手拿一个红枣儿茶钟奉与唐僧。他见八戒身躯大，就认做大徒弟，沙僧认做二徒弟，见行者身量小，认做三徒弟，所以第四钟才奉与行者。行者眼乖，接了茶钟，早已见盘子里那茶钟是两个黑枣儿，他道："先生，我与你穿换一杯。"道士笑道："不瞒长老说，山野中贫道士，茶果一时不备。才然在后面亲自寻果子，止有这十二个红枣，做四钟茶奉敬。小道又不可空陪，所以将两个下色枣儿，作一杯奉陪。此乃贫道恭敬之意也。"行者笑道："说那里话？古人云：'在家不是贫，路贫贫杀人。'你是住家儿的，何以言贫！像我们这行脚僧，才是真贫哩。我和你换换！我和你换换！"三藏闻言，道："悟空，这仙长实乃爱客之意，你吃了罢，换怎的？"行者无奈，将左手接了，右手盖住，看着他们。

却说那八戒，一则饥，二则渴，原来是食肠大大的，见那钟子里有三个红枣儿，

拿起来咽的都咽在肚里。师父也吃了，沙僧也吃了。一霎时，只见八戒脸上变色，沙僧满眼流泪，唐僧口中吐沫。他们都坐不住，晕倒在地。

道士带着盘丝七怪来到房内，从屋梁隐秘之处拿下一个小皮箱，又从袖中拿出一方鹅黄绫汗巾来，用汗巾须上系着的一把小钥匙开了锁，取出一包药。

通过这层层叠叠的规格就知道这药不简单。通过作者的诗句介绍，我们得知这是精心炼制的毒药，上千斤的百鸟之粪才出这三分重的毒药。

这是什么概念呢，按照成书时期的明代换算，1 斤 =16 两 =160 钱 =1600 分 =16000 厘。

反正就是足够精华了，道士对七怪说了这毒药的功效：凡人吃一厘死，神仙吃三厘死。

也就是说，这毒药能毒死神仙，而且不是因为能毒死神仙这毒药才很珍贵，后面还会有详解。

道士做了毒枣茶，换了衣服，虚礼谦恭地走出来，跟唐僧四人公关。他说刚才是吩咐小徒们去做斋饭了。弄清楚唐僧的确是唐朝取经的和尚后，命小童快去换茶办斋。过了一会儿，童子将五钟茶端出来了，道士将四钟标记好的红枣茶给了四人，但这时被猴哥看出有问题了。

首先，刚刚已经喝过一次茶了，茶是没有枣的，这次为啥特殊了？再说为啥他们四个是红枣，道士自己的是黑枣？

猴哥说咱俩换一杯，道士笑道：我是山野贫道，平时不备茶果，刚才亲自摘的果子，只有这十二个红枣，我自己只能找两个黑枣作陪。

猴哥反复表示要跟他换，唐僧说：人家仙长实乃爱客之意，你快吃，换啥啊！猴哥无奈，不再换，但也不吃，看着唐僧、八戒、沙僧的服用效果。果然，他们三个吃完之后就被毒倒了。

这一关是极险的！如果不是猴哥的警惕性高，取经团队就全军覆没了！要知道猴哥此前可连妖气都没看出来！

这关的考验在提醒我们什么呢？

君子慎独，有人没人要一个样，顺境逆境要一个样，无论外缘境界怎么变化，自己的算法永远不要因境而转。永远！永远！永远保持谨慎！

这大圣情知是毒，将茶钟手举起来，望道士劈脸一掼。道士将袍袖隔起，当的一声，把个钟子跌得粉碎。道士怒道："你这和尚，十分村鲁！怎么把我钟子碎了？"行者骂道："你这畜生！你看我那三个人是怎么说！我与你有甚相干，你却将毒药茶药倒我的人？"道士道："你这个村畜生！撞下祸来，你岂不知？"行者道："我们才进你门，方叙了坐次，道及乡贯，又不曾有个高言，那里撞下甚祸？"道士道："你可曾在盘丝洞化斋么？你可曾在濯垢泉洗澡么？"行者道："濯垢泉乃七个女怪。你既说出这话，必定与他苟合，必定也是妖精！不要走，吃我一棒！"

好大圣，去耳朵里摸出金箍棒，幌一幌，碗来粗细，望道士劈脸打来。那道士急转身躲过，取一口宝剑来迎。他两个厮骂厮打，早惊动那里边的女怪。他七个一拥出来，叫道："师兄且莫劳心，待小妹子拿他。"行者见了，越生嗔怒，双手抡铁棒，丢开解数，滚将进去乱打。只见那七个敞开怀，腆着雪白肚子，脐孔中作出法来：骨都都丝绳乱冒，搭起一个天篷，把行者盖在底下。行者见事不谐，即变身，念声咒语，打个筋斗，扑的撞破天篷走了。忍着性，气淤淤的立在空中看处，见那怪丝绳幌亮，穿穿道道，却是穿梭的经纬，顷刻间，把黄花观的楼台殿阁都遮得无影无形。行者道："利害，利害！早是不曾着他手！怪道猪八戒跌了若干！似这般怎生是好？我师父与师弟却又中了毒药。这伙怪合意同心，却不知是个甚来历，待我还去问那土地神也。"

猴哥看到三人被毒倒后急眼了，举起茶钟向道士劈脸砸来，双方愤怒开骂。当道士说出盘丝洞化斋和濯垢泉洗澡的事后，猴哥才明白是怎么回事，随后正式开打。两人厮打之时，七个女怪出来助战，敞开怀从脐孔中开始吐丝，用收拾八戒的方法搭起一个天篷，把猴哥给盖住了。

猴哥一看情况不妙，召唤筋斗云，撞破天篷逃跑了，然后立在空中观看，发现这七怪的吐丝水平真厉害，顷刻间就把黄花观的楼台殿阁都遮得无影无踪。

猴哥赞叹之后依旧是老套路："这伙怪合意同心，却不知是个甚来历，待我还去问那土地神也。"

这就对啦，问清楚底细才好对症下药！调查就像"十月怀胎"，解决问题就像"一朝分娩"！调查也是在解决问题！

好大圣，按落云头，捻着诀，念声“唵”字真言，把个土地老儿又拘来了，战兢兢跪下路旁，叩头道：“大圣，你去救你师父的，为何又转来也？”行者道：“早间救了师父，前去不远，遇一座黄花观。我与师父等进去看看，那观主迎接。才叙话间，被他把毒药茶药倒我师父等。我幸不曾吃茶，使棒就打，他却说出盘丝洞化斋、濯垢泉洗澡之事，我就知那厮是怪。才举手相敌，只见那七个女子跑出，吐放丝绳，老孙亏有见识走了。我想你在此间为神，定知他的来历。是个甚么妖精？老实说来，免打！”土地叩头道：“那妖精到此住不上十年。小神自三年前检点之后，方见他的本相，乃是七个蜘蛛精。他吐那些丝绳，乃是蛛丝。”行者闻言，十分欢喜道：“据你说，却是小可。既这般，你回去，等我作法降他也。”那土地叩头而去。

行者却到黄花观外，将尾巴上毛拔下七十根，吹口仙气，叫“变！”即变做七十个小行者。又将金箍棒吹口仙气，叫“变！”即变做七十个双角叉儿棒。每一个小行者，与他一根。他自家使一根，站在外边，将叉儿搅那丝绳，一齐着力，打个号子，把那丝绳都搅断，各搅了有十余斤。里面拖出七个蜘蛛，足有巴斗大的身躯，一个个攒着手脚，索着头，只叫：“饶命！饶命！”此时七十个小行者，按住七个蜘蛛，那里肯放。行者道：“且不要打他，只教还我师父、师弟来。”那怪厉声高叫道：“师兄，还他唐僧，救我命也！”那道士从里边跑出道：“妹妹，我要吃唐僧哩，救不得你了。”行者闻言大怒道：“你既不还我师父，且看你妹妹的样子！”

好大圣，把叉儿棒幌一幌，复了一根铁棒，双手举起，把七个蜘蛛精尽情打烂，却似七个劖肉布袋儿，脓血淋淋。却又将尾巴摇了两摇，收了毫毛，单身抡棒，赶入里边来打道士。

猴哥继续捻诀，把土地又给拘来了，老头儿又被吓得跪在路旁叩头。猴哥说了说刚才的情况，然后恐吓道：“我想你在此间为神，定知他的来历。是个甚么妖精？老实说来，免打！”

你就吓唬人家吧！人家土地也会力所能及地报复你的！

猴哥问这七个吐放丝绳的妖精是什么来历，土地也只回复了这七个妖精的来历，说：这七个妖精到这里不到十年，三年前我检验后，见她们本相是七个蜘蛛精，吐的那些丝绳是蛛丝。

猴哥听完很高兴，知道是蜘蛛就好办了，不是啥有毒的妖怪，随后就欢喜地把土地放走了。

猴哥大意了，调查做得不全面，他没问那道士是什么妖怪。

明明那道士才是狠角色，但土地就是不说。

让你“一生好吃没钱酒，偏打老年人”，从来不尊重人家！该！

悟空到黄花观外拔下七十根毫毛，吹口仙气变出七十个小悟空，又把金箍棒变出七十个双角叉儿棒，一人一根搅丝绳，一会儿就把七个蜘蛛拖出来了。

几个没受过气的女妖怪这次算是踢铁板上了，之前七仙女的澡堂子都能抢到手，让她们错误地估计了自己的能力边界。本来她们能成为罕见的从猴子手中逃出生天的妖精，但很遗憾，她们气性太大，非要报仇争个高低！如今死到临头又尿了，求她们的师兄归还唐僧，救她们的命。那道士却表示很遗憾，你们死吧。人家要吃唐僧。猴哥怒了，把七个蜘蛛精全部打烂，又杀入里面来打道士，猴哥可能以为这道士也是个蜘蛛精，很快他就该为吓唬老年人付出代价了。

那道士见他打死了师妹，心甚不忍，即发狠举剑来迎。这一场，各怀忿怒，一个个大展神通。这一场好杀：

妖精抡宝剑，大圣举金箍。都为唐朝三藏，先教七女呜呼。如今大展经纶手，施威弄法逞金吾。大圣神光壮，妖仙胆气粗。浑身解数如花锦，双手腾那似辘轳。乒乓剑棒响，惨淡野云浮。劖言语，使机谋，一来一往如画图。杀得风响沙飞狼虎怕，天昏地暗斗星无。

那道士与大圣战经五六十合，渐觉手软，一时间松了筋节，便解开衣带，忽辣的响一声，脱了皂袍。行者笑道：“我儿子，打不过人，就脱剥了也是不能勾的！”原来这道士剥了衣裳，把手一齐抬起，只见那两胁下有一千只眼，眼中迸放金光，十分利害：

森森黄雾，艳艳金光。森森黄雾，两边胁下似喷云；艳艳金光，千只眼中如放火。左右却如金桶，东西犹似铜钟。此乃妖仙施法力，道士显神通。幌眼迷天遮日月，罩人爆燥气朦胧。把个齐天孙大圣，困在金光黄雾中。

行者慌了手脚，只在那金光影里乱转，向前不能举步，退后不能动脚，却便似在个桶里转的一般。无奈又爆燥不过，他急了，往上着实一跳，却撞破金光，扑的

跌了一个倒栽葱，觉道撞的头疼，急伸头摸摸，把顶梁皮都撞软了，自家心焦道："晦气！晦气！这颗头今日也不济了！常时刀砍斧剁，莫能伤损，却怎么被这金光撞软了皮肉？久以后定要贡脓，纵然好了，也是个破伤风。"一会家爆燥难禁，却又自家计较道："前去不得，后退不得，左行不得，右行不得，往上又撞不得，却怎么好？往下走他娘罢！"

好大圣，念个咒语，摇身一变，变做个穿山甲，又名鲮鲤鳞。真个是：

四只铁爪，钻山碎石如挝粉；满身鳞甲，破岭穿岩似切葱。两眼光明，好便似双星晃亮；一嘴尖利，胜强似钢钻金锥。药中有性穿山甲，俗语呼为鲮鲤鳞。

你看他硬着头，往地下一钻，就钻了有二十余里，方才出头。原来那金光只罩得十余里。出来现了本相，力软筋麻，浑身痛疼，止不住眼中流泪。忽失声叫道："师父呵！

当年秉教出山中，共往西来苦用工。

大海洪波无恐惧，阳沟之内却遭风！"

这道士的水平还是非常高的，跟猴哥打了五六十回合后才渐觉手软，随后开始脱衣服。猴哥没有追杀，而是给他机会脱衣服。结果人家脱干净后抬起双手，只见那两胁下有一千只眼，眼中迸放金光，放出黄雾，把猴哥罩在里面了。猴哥在金光影里乱转，向前不能举步，退后不能动脚，好像在桶里转，越转越热越焦躁，急了后往上一跳，想如之前撞破蜘蛛精罩他的天篷一样逃走，但这次却撞跌了，来了一个倒栽葱。他那颗刀砍斧剁也没事的脑袋这次连顶梁皮都撞软了，最终猴哥变成一只穿山甲钻地钻了二十余里才逃出人家笼罩了十余里的金光大阵。

猴哥逃出来后，罕见地出现了"力软筋麻，浑身痛疼"的情况。

猴哥杀不出去的这个金光大阵是什么？

下一回的开篇写道："话表三藏师徒们打开欲网，跳出情牢，放马西行。"作者其实是在隐喻蜘蛛精吐丝织出的网是欲网，道士放出的"左右却如金桶，东西犹似铜钟"是情牢。

什么是欲网，就是人的六欲，也是之前我们说过的六贼、六尘：眼（见欲，贪美色奇物）、耳（听欲，贪美音赞言）、鼻（香欲，贪香味）、舌（味欲，贪美食口快）、身（触欲，贪舒适享受）、意（意欲，贪声色、名利、恩爱）六种欲望。去除六贼是个“时时勤拂拭”的活儿。猴哥虽然六贼汹涌,但人家是可以自己除掉六贼的，所以猴哥也撞破了蜘蛛精的那张网，这比八戒就高太多了。猴哥看了一通，便及时斩断了身欲，跳出了欲网，但八戒没斩断，所以他摔了一堆跟头，自己走不出来。

什么是情牢，是说人的喜、怒、忧、思、悲、恐、惊这七情编织的牢笼。

猴哥硬闯没能闯过情牢，弄了一身情伤。

心猿的这颗心还得修啊，比如眼下，他又进入了吃瘪后的常规流泪环节。他此刻就被打了败仗的“怒”、不知未来如何的“忧”、担心唐僧安危的“思”、绝境下彷徨的“悲”、打不过人家的“恐”，还有出乎意料的“惊”所笼罩了。

美猴王正当悲切，忽听得山背后有人啼哭，即欠身揩了眼泪，回头观看。但见一个妇人，身穿重孝，左手托一盏凉浆水饭，右手执几张烧纸黄钱，从那厢一步一声哭着走来。行者点头嗟叹道：“正是‘流泪眼逢流泪眼，断肠人遇断肠人’！这一个妇人，不知所哭何事，待我问他一问。”那妇人不一时走上前来，迎着行者。行者躬身问道：“女菩萨，你哭的是甚人？”妇人噙泪道：“我丈夫因与黄花观观主买竹竿争讲，被他将毒药茶药死。我将陌纸钱烧化，以此报夫妇之情。”行者听言，眼中流泪。那女子见了作怒道：“你甚无知！我为丈夫烦恼生悲，你怎么泪眼愁眉，欺心戏我？”

行者躬身道：“女菩萨息怒。我本是东土大唐钦差御弟唐三藏大徒弟孙悟空行者。因往西天，行过黄花观歇马。那观中道士，不知是个甚么妖精，他与七个蜘蛛精结为兄妹。蜘蛛精在盘丝洞要害我师父，是我与师弟八戒、沙僧救解得脱。那蜘蛛精走到他这里，背了是非，说我等有欺骗之意。道士将毒药茶药倒我师父、师弟共三人，连马四口，陷在他观里。惟我不曾吃他茶，将茶钟掼碎，他就与我相打。正嚷处，那七个蜘蛛精跑出来吐放丝绳，将我捆住，是我使法力走脱。问及土地，说他本像，我却又使分身法搅绝丝绳，拖出妖来，一顿棒打死。这道士即与他报仇，举宝剑与我相斗。斗经六十回合，他败了阵，随脱了衣裳，两胁下放出千只眼，有万道金光，把我罩定。所以进退两难，才变做一个鲮鲤鳞，从地下钻出来。正自悲切，忽听得你哭，故此相问。因见你为丈夫，有此纸钱报答，我师父丧身，更无一物相酬，所以自怨自悲，岂敢相戏。”

那妇女放下水饭纸钱，对行者陪礼道：“莫怪，莫怪，我不知你是被难者。才据你说将起来，你不认得那道士。他本是个百眼魔君，又唤做多目怪。你既然有此变化，脱得金光，战得许久，必定有大神通，却只是还近不得那厮。我教你去请一位圣贤，他能破得金光，降得道士。”行者闻言，连忙唱喏道：“女菩萨知此来历，烦为指教指教。果是那位圣贤，我去请求，救我师父之难，就报你丈夫之仇。”妇人道：“我就说出来，你去请他，降了道士，只可报仇而已，恐不能救你师父。”行者道：“怎不能救？”妇人道：“那厮毒药最狠，药倒人，三日之间，骨髓俱烂。你此往回恐迟了，故不能救。”行者道：“我会走路，凭他多远，千里只消半日。”女子道：“你既会走路，听我说：此处到那里有千里之遥。那厢有一座山，名唤紫云山。山中有个千花洞。洞中有位圣贤，唤做毗蓝婆。他能降得此怪。”行者道：“那山坐落何方？却从何方去？”女子用手指定道：“那直南上便是。”

行者回头看时，那女子早不见了。行者慌忙礼拜道：“是那位菩萨？我弟子钻昏了，不能相识，千乞留名，好谢！”只见那半空中叫道：“大圣，是我。”行者急抬头看处，原是骊山老母，赶至空中谢道：“老母从何来指教我也？”老母道：“我才自龙华会上回来，见你师父有难，假做孝妇，借夫丧之名，免他一死。你快去请他，但不可说出是我指教，那圣贤有些多怪人。”

猴哥正哭呢，忽然听见山背后也有人啼哭，原来是一个穿重孝的妇人正在烧纸。不用说，肯定又是来人点化了。这位妇人说那道士是百眼魔君，又唤作多目怪，有个圣贤能破他的金光，但悟空只能报仇，救人是别想了。

随后通过猴哥的疑问，作者说出了道士那毒药的效果：“那厮毒药最狠，药倒人，三日之间，骨髓俱烂。”

听到这里你的第一反应是不是，这是什么破毒药啊？吹得这么厉害，好像很珍贵，结果三天才能把人毒死！

那么立刻就能把人毒死的毒药是最厉害的吗？

如果毒药分等级，立刻把人毒死的毒药顶多算二流，因为它只能起到消灭对手的作用，谈不上让人为我所用！

这毒药牛在了两个地方：

1. 神仙吃了也得死，效果有保证。

2. 当时不会死，还有三天机会。给出活命机会的毒药才叫好毒药，才能要出价来！中毒的该找人找人，该求饶求饶。总之，毒死人不是目的，具体问题具体分析地掌控对方的生与死才是关键！像太上老君的葫芦一样的法宝才叫顶级法宝，那童子哪怕都化了，老君也有办法让他复原！

猴哥表示路远不是问题，妇人说正南千里外有个紫云山千花洞，洞里有位圣贤，唤作毗蓝婆，能降得此怪，说完人就不见了。

悟空慌忙礼拜，问是哪位菩萨，半空中骊山老母四圣试禅心后二次返场。这位上次我们说是道教大佬的骊山老母再次展现出自己跟佛门走得有多近，说自己刚从龙华会上回来。

说点题外话：这龙华会是佛门重要节日，据《弥勒下生经》等佛教经典记载，弥勒菩萨将于未来自兜率天下生人间，在翅头城华林园中龙华树下证悟成佛，前后分三次说法，度化众生。这三次说法被称为"龙华三会"，在西游宇宙中对这个龙华会做了改编，变成了灵山的某个庆祝大会。第六十一回打牛魔王时，猴哥曾说"趁清凉，息火焰，打破顽空参佛面。行满超升极乐天，大家同赴龙华宴"。当时八戒回复的是"昼夜休离苦尽功，功完赶赴盂兰会"。可见龙华会与盂兰会是对仗的。第七十六回在狮驼岭猴哥说八戒："怎的好么？他也是龙华会上的一个人。但只恨他动不动分行李散伙，又要撺掇师父念'紧箍儿咒'咒我。"咱们可以简单把龙华会理解为灵山大佬们才能参加的重要宴会。

跟灵山关系非常深的道门大咖骊山老母来挽救取经项目了，这关系听着真挺绕的。呵呵，一会儿会更绕。

骊山老母走之前最后嘱咐了一句："你快去请他，但不可说出是我指教，那圣贤有些多怪人。"

啥意思？

说明毗蓝婆跟这多目怪的关系非同一般，毗蓝婆不想让人知道自己能管多目怪的事！

再延伸一下，毗蓝婆不想管多目怪的事！

再再延伸一下，骊山老母不想因为这事得罪毗蓝婆，这个圣贤不好惹！

行者谢了，辞别，把筋斗云一纵，随到紫云山上。按定云头，就见那千花洞。那洞外：

青松遮胜境，翠柏绕仙居。绿柳盈山道，奇花满涧渠。香兰围石屋，芳草映岩嵎。流水连溪碧，云封古树虚。野禽声聒聒，幽鹿步徐徐。修竹枝枝秀，红梅叶叶舒。寒鸦栖古树，春鸟噪高樗。夏麦盈田广，秋禾遍地余。四时无叶落，八节有花如。每生瑞霭连霄汉，常放祥云接太虚。

这大圣喜喜欢欢走将进去，一程一节，看不尽无边的景致。直入里面，更没个人见，静静悄悄的，鸡犬之声也无。心中暗道："这圣贤想是不在家了。"又进数里看时，见一个女道姑坐在榻上。你看他怎生模样：

头戴五花纳锦帽，身穿一领织金袍。

脚踏云尖凤头履，腰系攒丝双穗绦。

面似秋容霜后老，声如春燕社前娇。

腹中久谙三乘法，心上常修四谛饶。

悟出空空真正果，炼成了了自逍遥。

正是千花洞里佛，毗蓝菩萨姓名高。

行者止不住脚，近前叫道："毗蓝婆菩萨，问讯了。"那菩萨即下榻，合掌回礼道："大圣，失迎了。你从那里来的？"行者道："你怎么就认得我是大圣？"毗蓝婆道："你当年大闹天宫时，普地里传了你的名头，谁人不知，那个不识！"行者道："正是'好事不出门，恶事传千里'。像我如今皈正佛门，你就不晓得了。"毗蓝道："几时皈正？恭喜，恭喜！"行者道："近能脱命，保师父唐僧上西天取经。师父遇黄花观道士，将毒药茶药倒。我与那厮赌斗，他就放金光罩住我，是我使神通走脱了。闻菩萨能灭他的金光，特来拜请。"菩萨道："是谁与你说的？我自赴了鱼蓝会，到今三百余年，不曾出门。我隐姓埋名，更无一人得知，你却怎么知道？"行者道："我是个地里鬼，不管那里，自家都会访着。"毗蓝道："也罢，也罢。我本当不去，奈蒙大圣下临，不可灭了求经之善，我和你去来。"

行者称谢了，道："我忒无知，擅自催促；但不知曾带甚么兵器？"菩萨道："我有个绣花针儿，能破那厮。"行者忍不住道："老母误了我。早知是绣花针，不须劳你，就问老孙要一担也是有的。"毗蓝道："你那绣花针，无非是钢铁金针，用不得。

我这宝贝，非钢非铁非金，乃我小儿日眼里炼成的。”行者道：“令郎是谁？”毗蓝道：“小儿乃昴日星官。”行者惊骇不已。早望见金光艳艳，即回向毗蓝道：“金光处便是黄花观也。”毗蓝随于衣领里取出一个绣花针，似眉毛粗细，有五六分长短，拈在手，望空抛去。少时间，响一声，破了金光。行者喜道：“菩萨，妙哉，妙哉！寻针，寻针！”毗蓝托在手掌内，道：“这不是？”行者却同按下云头，走入观里。只见那道士合了眼，不能举步。行者骂道：“你这泼怪，妆瞎子哩！”耳朵里取出棒来就打。毗蓝扯住道：“大圣莫打，且看你师父去。”

猴哥来到紫云山千花洞，这里景致很棒，但相当怪异的是，此地静悄悄的，连鸡犬之声也没有。猴哥又进数里看时，发现一位女道姑正坐在榻上。

至此我们可能认为这个毗蓝婆是位道门圣贤，但随后的诗句又这么介绍道：“腹中久谙三乘法，心上常修四谛饶。悟出空空真正果，炼成了了自逍遥。正是千花洞里佛，毗蓝菩萨姓名高。”

“三乘”“四谛”“空空”“了了”，这些都是佛门常用词语，而且作者还怕你没注意这些词，最后又点明这就是佛门毗蓝婆菩萨！注意这句“正是千花洞里佛，毗蓝菩萨姓名高”，这位菩萨大概率跟观音菩萨一样，法力极大，人家是千花洞里佛！

这么牛的一位菩萨，却是个道姑模样……

西游宇宙这你中有我，我中有你的派系跟关系啊！

猴哥跟毗蓝婆菩萨打过招呼后，人家亲切地喊出了大圣的名号。猴哥纳闷：咱也没见过面啊！毗蓝婆说：“你当年大闹天宫时，普地里传了你的名头，谁人不知，那个不识！”

这里也是作者在填补西游宇宙的漏洞，解释了为啥猴哥到哪个地方当地的土地都认得他。

随后注意猴哥说的这句话：“正是‘好事不出门，恶事传千里’。像我如今皈正佛门，你就不晓得了。”

在猴哥本心里，他已经将大闹天宫定义为恶事了。

猴哥说：听说菩萨能灭黄花观道士的金光，特来拜请。菩萨问道：“是谁与你说的？我自赴了鱼蓝会，到今三百余年，不曾出门。我隐姓埋名，更无一人得知，你却怎么知道？”

毗蓝婆菩萨很在乎是谁告诉猴子的。

其实像什么“不曾出门”，“隐姓埋名，更无一人得知”的话不用当回事，都是神仙，谁能瞒得了谁呢！人家骊山老母连你这洞叫啥都知道，而且再提前说一句，那七仙姑不追究蜘蛛精抢澡堂子你以为是为啥呢，还不是给毗蓝婆面子嘛！

毗蓝婆主要想知道谁那么大的胆子，敢点破自己跟多目怪的关系！

猴哥说我是个地里鬼，无论什么事都能访着。见猴子不说实话，毗蓝婆也没再问，说：我跟你去吧。猴哥问菩萨有啥兵器，菩萨说她有个绣花针，能破那厮。

注意，猴子前面仅仅说了一句“师父遇黄花观道士，将毒药茶药倒。我与那厮赌斗，他就放金光罩住我，是我使神通走脱了。闻菩萨能灭他的金光，特来拜请”，菩萨一听就胸有成竹了，也就是说，她对这黄花观道士很熟悉，熟到了直接就能对症下药！

菩萨说完绣花针后，猴子这张臭嘴又忍不住道：“老母误了我。早知是绣花针，不须劳你，就问老孙要一担也是有的。”

从今往后，别指望哪个好心神仙再帮他了！臭嘴啊！这句“老母误了我”直接把人卖了！

毗蓝婆说：我这绣花针不是你那针，这是在小儿昴日星官眼里炼出来的。

猴子听完的反应是“惊骇不已”，这个隐居了三百多年的道姑菩萨，儿子居然是二十八宿的星官……

这你中有我，我中有你的关系网啊！

二人来到黄花观，发现多目怪还在那儿放金光呢。毗蓝婆拿出绣花针向空中抛去，过了会儿就破了妖怪的金光。猴哥还不知道怎么回事呢，要去寻针，那绣花针此时已经回到毗蓝婆手掌里了。

这派头和实力也证明毗蓝婆菩萨和观音菩萨的咖位和实力相近，底蕴深不可测。

猴哥入观后，发现那道士合了眼，不能举步。猴哥说妖怪在装瞎子，正要打，被毗蓝婆扯住，让他去看师父了。

行者径至后面客位里看时，他三人都睡在地上，吐痰吐沫哩。行者垂泪道：“却怎么好？却怎么好？”毗蓝道：“大圣休悲，也是我今日出门一场，索性积个阴德。

我这里有解毒丹，送你三丸。”行者转身拜求。那菩萨袖中取出一个破纸包儿，内将三粒红丸子递与行者，教放入口里。行者把药扳开他每牙关，每人揌了一丸。须臾，药味入腹，便就一齐呕哕，遂吐出毒味，得了性命。那八戒先爬起道：“闷杀我也！”三藏、沙僧俱醒了，道：“好晕也！”行者道：“你们那茶里中了毒了，亏这毗蓝菩萨搭救，快都来拜谢。”三藏欠身整衣谢了。

八戒道：“师兄，那道士在那里？等我问他一问，为何这般害我！”行者把蜘蛛精上项事说了一遍。八戒发狠道：“这厮既与蜘蛛为姊妹，定是妖精！”行者指道：“他在那殿外立定装瞎子哩。”八戒拿钯就筑，又被毗蓝止住道：“天蓬息怒。大圣知我洞里无人，待我收他去看守门户也。”行者道：“敢蒙大德，岂不奉承！但只是教他现本像，我们看看。”毗蓝道：“容易。”即上前用手一指，那道士扑的倒在尘埃，现了原身，乃是一条七尺长短的大蜈蚣精。毗蓝使小指头挑起，驾祥云，径转千花洞去。

八戒打仰道：“这姆姆儿却也利害，怎么就降这般恶物？”行者笑道：“我问他有甚兵器破他金光，他道有个绣花针儿，是他儿子在日眼里炼的。及问他令郎是谁，他道是昴日星官。我想昴日星是只公鸡，这老姆姆必定是个母鸡。鸡最能降蜈蚣，所以能收伏也。”

三藏闻言，顶礼不尽，教：“徒弟们，收拾去罢。”那沙僧即在里面寻了些米粮，安排了些斋，俱饱餐一顿。牵马挑担，请师父出门。行者从他厨中放了一把火，把一座观霎时烧得煨烬，却拽步长行。正是：

唐僧得命感毗蓝，了性消除多目怪。

毕竟向前去还有甚么事体，且听下回分解。

猴哥见三人正睡在地上吐痰吐沫，毗蓝婆说她有解毒丹，捎带脚救了师徒三人的性命。八戒好转之后要打死道士，又被毗蓝婆菩萨止住，说要让这道士去她那里看守门户。

猴哥最后请求看看妖怪的本相，毗蓝婆仅仅上前用手一指，那道士就扑地倒在尘埃，现了原身，原来是一条七尺长短的大蜈蚣精。毗蓝婆菩萨使小指头挑起妖怪，随后就走了。

八戒问猴哥这道士怎么这么厉害，猴哥说了句呼应前后文的话：“及问他令郎是谁，他道是昴日星官。我想昴日星是只公鸡，这老姆姆必定是个母鸡。鸡最能降蜈蚣，所以能收伏也。”

至此，我们来理理线索：

1. 毗蓝婆明明是菩萨，却是道姑装扮，而蜈蚣精也是道士。

2. 毗蓝婆不希望别人知道自己能降伏蜈蚣精，不希望有人点破自己跟蜈蚣精的关系。

3. 毗蓝婆对这蜈蚣精极其熟悉，一上来就知道降伏之法，甚至还随身带着解药。

4. 毗蓝婆两次救下蜈蚣精的命，不让杀。

5. 毗蓝婆母子是鸡，是蜈蚣、蜘蛛的天克，最后她把蜈蚣精带走，回去给她看门了。

6. 前面跟蜈蚣精是同门的七个蜘蛛精将天克的虫子认作干儿子，还让人家上供尽孝。

这些线索并没有严密的逻辑链条，却可以拼凑出这样一条故事线：蜈蚣精和蜘蛛精与毗蓝婆菩萨的关系，应该类似于那七只虫子与七个蜘蛛精的关系，都是天克后不杀的上供尽孝关系。这蜈蚣精和蜘蛛精的靠山就是毗蓝婆菩萨，所以这些妖精平时才有那么多的礼数，所以七个妖精敢抢七仙姑的澡堂子。

毗蓝婆菩萨不想承认跟蜈蚣精的关系还因为她自己是佛门大菩萨，而这蜈蚣精却是个道士。他在黄花观估计也是在帮毗蓝婆做药。再来看骊山老母这句话：“那厮毒药最狠，药倒人，三日之间，骨髓俱烂。”

蜈蚣精最牛的技能是做毒药，但毗蓝婆是佛门菩萨，手下做毒药这事毕竟不体面，所以不想被点破。

用句著名台词总结一下吧：有些事不上秤没有四两重，上了秤一千斤也打不住！

第十四章

尸山血海，青狮白象结拜之谜，大鹏的账本究竟写的是什么？

第七十四回

长庚传报魔头狠，行者施为变化能

情欲原因总一般，有情有欲自如然。
沙门修炼纷纷士，断欲忘情即是禅。
须着意，要心坚，一尘不染月当天。
行功进步休教错，行满功完大觉仙。

话表三藏师徒们打开欲网，跳出情牢，放马西行。走不多时，又是夏尽秋初，新凉透体。但见那：

急雨收残暑，梧桐一叶惊。
萤飞莎径晚，蛩语月华明。
黄葵开映露，红蓼遍沙汀。
蒲柳先零落，寒蝉应律鸣。

三藏正然行处，忽见一座高山，峰插碧空，真个是摩星碍日。长老心中害怕，叫悟空道："你看前面这山，十分高耸，但不知有路通行否？"行者笑道："师父说那里话。自古道：'山高自有客行路，水深自有渡船人。'岂无通达之理？可放心前去。"长老闻言，喜笑花生，扬鞭策马而进，径上高岩。

行不数里，见一老者，鬓蓬松，白发飘搔；须稀朗，银丝摆动；项挂一串数珠子，手持拐杖现龙头，远远的立在那山坡上，高呼："西进的长老，且暂住骅骝，紧兜玉勒。

这山上有一伙妖魔，吃尽了阎浮世上人，不可前进！”三藏闻言，大惊失色。一是马的足下不平，二是坐个雕鞍不稳，扑的跌下马来，挣挫不动，睡在草里哼哩。行者近前搀起道：“莫怕，莫怕。有我哩。”长老道：“你听那高岩上老者报道，这山上有伙妖魔，吃尽阎浮世上人，谁敢去问他一个真实端的？”行者道：“你且坐地，等我去问他。”三藏道：“你的相貌丑陋，言语粗俗，怕冲撞了他，问不出个实信。”行者笑道：“我变个俊些儿的去问他。”三藏道：“你是变了我看。”

好大圣，捻着诀，摇身一变，变做个干干净净的小和尚儿，真个是目秀眉清，头圆脸正；行动有斯文之气象，开口无俗类之言辞。抖一抖锦衣直裰，拽步上前，向唐僧道：“师父，我可变得好么？”三藏见了大喜道：“变得好！”八戒道：“怎么不好！只是把我们都比下去了。老猪就滚上二三年，也变不得这等俊俏。”

好大圣，躲离了他们，径直近前，对那老者躬身道：“老公公，贫僧问讯了。”那老儿见他生得俊雅，年少身轻，待答不答的，还了他个礼，用手摸着他头儿，笑嘻嘻问道：“小和尚，你是那里来的？”行者道：“我们是东土大唐来的，特上西天拜佛求经。适到此，闻得公公报道有妖怪，我师父胆小怕惧，着我来问一声，端的是甚妖精，他敢这般短路。烦公公细说与我知之，我好把他贬解起身。”那老儿笑道：“你这小和尚，年幼不知好歹，言不帮衬。那妖魔神通广大得紧，怎敢就说贬解他起身？”行者笑道：“据你之言，似有护他之意，必定与他有亲，或是紧邻契友。不然，怎么长他的威智，兴他的节概，不肯倾心吐胆说他个来历？”公公点头笑道：“这和尚倒会弄嘴！想是跟你师父游方，到处儿学些法术，或者会驱缚魍魉，与人家镇宅降邪，你不曾撞见十分狠怪哩！”行者道：“怎的狠？”公公道：“那妖精，一封书到灵山，五百阿罗都来迎接；一纸简上天宫，十一大曜个个相钦。四海龙曾与他为友，八洞仙常与他作会。十地阎君以兄弟相称，社令城隍以宾朋相爱。”

大圣闻言，忍不住呵呵大笑，用手扯着老者道：“不要说，不要说！那妖精与我后生小厮为兄弟、朋友，也不见十分高作。若知是我小和尚来呵，他连夜就搬起身去了。”公公道：“你这小和尚胡说！不当人子！那个神圣是你的后生小厮？”行者笑道：“实不瞒你说，我小和尚祖居傲来国花果山水帘洞，姓孙，名悟空。当年也曾做过妖精，干过大事。曾因会众魔，多饮了几杯酒睡着，梦中见二人将批勾我去到阴司。一时怒发，将金箍棒打伤鬼判，唬倒阎王，几乎掀翻了森罗殿。吓得那掌案的判官拿纸，十阎王佥名画字，教我饶他打，情愿与我做后生小厮。”那公公闻说道：“阿弥陀佛！这和尚说了这过头话，莫想再长得大了。”行者道：“官儿，似我这般大也勾了。”公公道：“你年几岁了？”行者道：“你猜猜看。”老者道：“有七八岁罢了。”行者笑道：“有一万个七八岁！我把旧嘴脸拿出来你看看，你即莫怪。”公公道：“怎么又有个嘴脸？”行者道：“不瞒你说，我小和尚有七十二副嘴脸哩。”

那公公不识窍，只管问他，他就把脸抹一抹，即见出本像，咨牙俫嘴，两股通红，腰间系一条虎皮裙，手里执一根金箍棒，立在石崖之下，就像个活雷公。那老者见了，吓得面容失色，腿脚酸麻，站不稳，扑的一跌；爬起来，又一个踉踵。大圣上前道：“老官儿，不要虚惊。我等面恶人善，莫怕，莫怕！适间蒙你好意，报有妖魔。委的有多少怪，一发累你说说，我好谢你。”那老儿战战兢兢，口不能言，又推耳聋，一句不应。

开篇这首诗是对前面一个阶段的总结，说每个人产生情和欲的原因都是差不多的。人有情感、有欲望是自然而然的事情，但修行之人修的就是断欲忘情，还是需要处处着意，意志坚定地往前走的。

随着唐僧师徒打开欲网，跳出情牢，情和欲的阶段过去了，该来点血刺呼啦的了。这回的标题是“长庚传报魔头狠，行者施为变化能”，开宗明义，作者直接告诉我们因为魔头实在太狠，连太白金星都来报信了。看来这关要遇到超级狠角了。

四人正走着路，唐僧看到一座峰插碧空的高山，又哆嗦上了，被猴哥安慰后才宽心前行。走了没多久，一位老者又破坏了唐师父的好心情，他远远立在山坡上，让他们不要再往前走了，说这山上有一伙“吃尽阎浮世上人”的妖魔。唐僧一听，直接被吓得跌下马来。

取经都取到第七十四回了，真看不出唐师父有啥长进。

唐僧让悟空变成一个目秀眉清的小和尚，来找老者问情况。猴哥相当有礼貌地说出了牛烘烘的狠话：“端的是甚妖精，他敢这般短路。烦公公细说与我知之，我好把他贬解起身。”给老者都听笑了：你咋那么狂呢。猴哥也笑了，说：你肯定是他的亲戚朋友，不然咋那么护着他，长他威风。随后老者说了一下前方妖魔的咖位：“那妖精，一封书到灵山，五百阿罗都来迎接；一纸简上天宫，十一大曜个个相钦。四海龙曾与他为友，八洞仙常与他作会。十地阎君以兄弟相称，社令城隍以宾朋相爱。”

这是目前整个西行取经途中遇到的最大咖位的妖魔了，“明牌”告诉你了，人家相当有背景，佛道两家都得给面子！

猴哥听完乐了。西游宇宙里就不能有比猴子还牛的妖怪，猴哥开始嘚瑟说：那妖精与我的后生小厮为兄弟、朋友，没多牛。他又跟老者讲起自己当年强销生死簿的光辉岁月，以此背书地府那些都是他的后生小厮。

人都有弱点，比如猴子的虚荣心，只要听见妖怪有来头，第一反应就是把人家比下去。他光听到阎君跟人家以兄弟相称，却没听见最可怕的第一句话：“那妖精，一封书到灵山，五百阿罗都来迎接。”

猴子，你去灵山有这面子吗？

这关讲的是狮驼岭集团的事。这个集团太有名了，稍微了解《西游记》故事的都知道这关的三个妖怪是谁。老大是文殊菩萨的狮子，老二是普贤菩萨的白象，老三是如来佛祖的舅舅金翅大鹏雕。从这段介绍也能看出，在天庭高层看来，狮驼岭集团的重点人物是谁。肯定不是青狮、白象，因为这两个坐骑是不可能一封信让五百阿罗来迎接的，能有这排面的只可能是那位佛舅。

标题已经说了，这老公公是太白金星，给他们示警来了。上一次凶险的平顶山仅仅是取经摄像组的日值功曹来报的信，这回可是玉帝和佛祖的双重小棉袄太白金星来给他们示警了，不是闹着玩的！金星见猴子还在那儿吹牛，并没拿他的话当回事，随后激了猴子一下，问猴子你才多大。然后猴哥现出本相，让老公公详细说说情况，但金星开始假装跌倒，不搭理猴子了。

猴子明显没把这里的妖怪当回事！换个人来！这吊儿郎当的去了就是送死！

行者见他不言，即抽身回坡。长老道：“悟空，你来了。所问如何？”行者笑道：“不打紧，不打紧！西天有便有个把妖精儿，只是这里人胆小，把他放在心上。没事，没事，有我哩！”长老道：“你可曾问他此处是甚么山，甚么洞，有多少妖怪？那条路通得雷音？”八戒道：“师父，莫怪我说。若论赌变化，使促掐，捉弄人，我们三五个也不如师兄；若论老实相，师兄就摆一队伍，也不如我。”唐僧道：“正是，正是。你还老实。”八戒道：“他不知怎么钻过头不顾尾的，问了两声，不尴不

尬的就跑回来了。等老猪去问他个实信来。”唐僧道：“悟能，你仔细着。”

猴哥见老公公不说话便回去了，跟唐僧笑道：“不打紧，不打紧！西天有便有个把妖精儿，只是这里人胆小，把他放在心上。没事，没事，有我哩！”

猴子是真没拿人家老公公说的话当回事啊！发现猴子这性格了吗？要是没人跟他示警，他现在已经能相当冷静地三步走了，一变苍蝇观察，二找土地问话，三进妖洞调查，但是当有人跟他示警时，他那臭毛病就又犯了！不能有人比他牛！你越说前面可怕，他就越跟你嘚瑟！他才是天下驰名第一妖！他都皈依正果了，这天下哪儿还有牛的妖啊！

见猴子啥也没问出来，唐僧不高兴了。随后八戒见缝插针说了段“办公室斗争”中的名句：“师父，莫怪我说。若论赌变化，使促掐，捉弄人，我们三五个也不如师兄；若论老实相，师兄就摆一队伍，也不如我。”

八戒夸了猴子一件事，“赌变化”方面确实牛，也就是刚才变小和尚的事，根本不提他猴哥一次次救他们时有多厉害。随后都是埋汰，“使促掐，捉弄人，我们三五个也不如师兄”。“促掐”就是尖酸刻薄的意思，说要是论尖酸刻薄捉弄人，我们三五个绑一块儿都不如猴哥，但是要论老实，一队的师兄绑一块儿也不如他。平时总被猴子阴阳的唐僧赶紧说：“正是，正是。你还老实。”随后派了八戒再探。

八戒跟猴子一样，不能有人跟他嘚瑟，办公室斗争的基因都刻进骨子里了，找个碴儿就得攻击一下。他其实也忽略了一件事，人家老者已经示警了，前面有狠角色，你咋能在这关口阴阳猴子呢，猴子一会儿就该报复你了。

好呆子，把钉钯撒在腰里，整一整皂直裰，扭扭捏捏，奔上山坡，对老者叫道：“公公，唱喏了。”那老儿见行者回去，方拄着杖挣得起来，战战兢兢的要走，忽见八戒，愈觉惊怕道：“爷爷呀，今夜做的甚么恶梦，遇着这伙恶人！为先的那和尚丑便丑，还有三分人相；这个和尚怎么这等个碓挺嘴，蒲扇耳朵，铁片脸，鬃毛颈项，一分人气儿也没有了！”八戒笑道：“你这老公公，不高兴，有些儿好褒贬人，你是怎的看我哩？丑便丑，耐看，再停一时就俊了。”那老者见他说出人话来，只得开言问他：“你是那里来的？”八戒道：“我是唐僧第二个徒弟，法名叫做悟能八戒。才自先问的，叫做悟空行者，是我师兄。师父怪他冲撞了公公，不曾问得实信，

所以特着我来拜问。此处果是甚山甚洞？洞里果是甚妖精？那里是西去大路？烦尊一指示指示。”老者道：“可老实么？”八戒道：“我生平不敢有一毫虚的。”老者道：“你莫相才来的那个和尚，走花弄水的胡缠。”八戒道：“我不像他。”

公公拄着杖，对八戒说：“此山叫做八百里狮驼岭，中间有座狮驼洞，洞里有三个魔头。”八戒啐了一声：“你这老儿却也多心！三个妖魔也费心劳力的来报遭信。”公公道：“你不怕么？”八戒道：“不瞒你说，这三个妖么，我师兄一棍就打死一个，我一钯就筑死一个，我还有个师弟，他一降妖杖又打死一个。三个都打死，我师父就过去了，有何难哉！”那老者笑道：“这和尚不知深浅。那三个魔头神通广大得紧哩！他手下小妖，南岭上有五千，北岭上有五千，东路口有一万，西路口有一万，巡哨的有四五千，把门的也有一万，烧火的无数，打柴的也无数，共计算有四万七八千。这都是有名字带牌儿的，专在此吃人。”

那呆子闻得此言，战兢兢跑将转来，相近唐僧，且不回话，放下钯，在那里出恭。行者见了，喝道：“你不回话，却蹲在那里怎的？”八戒道：“諕出屎来了。如今也不消说，赶早儿各自顾命去罢。”行者道：“这个呆根！我问信偏不惊恐，你去问就这等慌张失智。”长老道：“端的何如？”八戒道：“这老儿说，此山叫做八百里狮驼山，中间有座狮驼洞，洞里有三个老妖，有四万八千小妖，专在那里吃人。我们若蹦着他些山边儿，就是他口里食了，莫想去得。”

三藏闻言，战兢兢，毛骨悚然道：“悟空，如何是好？”行者笑道：“师父放心，没大事。想是这里有便有几个妖精，只是这里人胆小，把他就说出许多人，许多大，所以自惊自怪。有我哩。”八戒道：“哥哥说的是那里话？我比你不同，我问的是实，决无虚谬之言。满山满谷都是妖魔，怎生前进？”行者笑道：“呆子嘴脸，不要虚惊！若论满山满谷之魔，只消老孙一路棒，半夜打个罄尽！”八戒道：“不羞！不羞！莫说大话。那些妖精点卯也得七八日，怎么就打得罄尽？”行者道：“你说怎样打？”八戒道：“凭你抓倒，捆倒，使定身法定倒，也没有这等快的。”行者笑道：“不用甚么抓拿捆缚。我把这棍子两头一扯叫‘长！’就有四十丈长短；幌一幌叫‘粗！’就有八丈围圆粗细。往山南一滚，滚杀五千；山北一滚，滚杀五千；从东往西一滚，只怕四五万砑做肉泥烂酱！”八戒道：“哥哥，若是这等赶面打，或者二更时也都了了。”沙僧在旁笑道：“师父，有大师兄恁样神通，怕他怎的？请上马走啊。”唐僧见他们讲论手段，没奈何，只得宽心上马而走。

正行间，不见了那报信的老者。沙僧道："他就是妖怪，故意狐假虎威的来传报，恐谎我们哩。"行者道："不要忙，等我去看看。"好大圣，跳上高峰，四顾无迹，急转面，见半空中有彩霞幌亮，即纵云赶上看时，乃是太白金星。走到身边，用手扯住，口口声声只叫他的小名，道："李长庚，李长庚，你好惫懒！有甚话，当面来讲便好，怎么妆做个山林之老模样混我！"金星慌忙施礼道："大圣，报信来迟，乞勿罪，乞勿罪。这魔头果是神通广大，势要峥嵘。只看你挪移变化，乖巧机谋，可便过去；如若怠慢些儿，其实难去。"行者谢道："感激！感激！果然此处难行，望老星上界与玉帝说声，借些天兵，帮助老孙帮助。"金星道："有！有！有！你只口信带去，就是十万天兵也是有的。"

八戒去找老者问此处是什么山，什么洞，什么妖。老者问了一句话："可老实么？"

八戒说自己最老实，然后老者再次嘱咐道："你莫相才来的那个和尚，走花弄水的胡缠。"

反复强调，后面说的话你得往心里去！

老者随后说了以下关键点：

1. 此山叫作八百里狮驼岭，中间有个狮驼洞，洞里有三个魔头，神通广大。

2. 狮驼岭的小妖规模大到了难以想象，南岭上有五千，北岭上有五千；东路口有一万，西路口有一万；巡哨的有四五千，把门的也有一万；烧火的无数，打柴的也无数：共计有四万七八千。这些都是有名字带牌的，专门在此吃人。

黄眉的四五千小妖已经不得了，此时狮驼岭的规模比小西天扩大了十倍！

八戒听完直接吓拉了，是真拉了，"战兢兢跑将转来，相近唐僧，且不回话，放下钯，在那里出恭"，然后还没被抓就喊分行李散伙了。八戒跟唐僧说了下狮驼岭妖怪的规模后唐师父也快吓死了，问猴子咋办。猴哥说这里的人胆小，夸大其词了。八戒说自己问来的肯定是实话，前面满山满谷都是妖魔！

猴哥随后说满山满谷之魔不叫事，老孙一路棒半夜就能打个罄尽。这倒也确实不是说大话，以猴哥这个级别，对于小妖小魔那就是降维打击。他当年也有四万七千猴子猴孙，他被抓后那几千灌江口雇佣兵就把花果山给烧了。是灌江口雇佣兵军团厉害吗？其实关键要看核心输出的梅山兄弟。猴哥说自己把金箍棒变大，去各山头滚一遍，小妖们都会被滚成肉泥，这也确实不是诳语。事实上后来猴哥在狮驼城吃了瘪后，一怒之下回狮驼洞屠了上万小妖。但眼下的核心问题在于，不是小妖们有多难对付，而是你咋就不想想，为啥会有这么多的小妖聚拢在狮驼岭？

这四万七八千小妖不是说他们的战斗力有多强，而是在给前面老者说的“那妖精，一封书到灵山，五百阿罗都来迎接；一纸简上天宫，十一大曜个个相钦”的妖魔咖位进行背书！

这个背后细思极恐的问题才是核心所在！

八戒和沙僧听猴哥分析打妖怪的手段后觉得有戏，随后决定跟着走了。刚一动身，发现之前报信的老者不见了，猴哥跳到高峰观察，发现了半空彩霞幌亮，追上去一看，是太白金星。太白金星最后再次嘱咐道：“这魔头果是神通广大，势要峥嵘。只看你挪移变化，乖巧机谋，可便过去；如若怠慢些儿，其实难去。”

这回猴子终于听进去了，道谢后跟金星说，如果打不过妖怪的话还要麻烦他跟玉帝说说借兵的事。面对猴子的请求，太白金星几乎是半“明牌”地跟猴子透底了：“有！有！有！你只口信带去，就是十万天兵也是有的。”

啥意思？

玉帝已经表态了，同意剿灭狮驼岭集团！而且很重视，十万天兵的级别！

为啥玉帝如此愤怒呢？

往后看吧，哪怕是有背景的妖，也得有作恶的边界，那雕儿越界太多了！

大圣别了金星，按落云头，见了三藏道：“适才那个老儿，原是太白星，来与我们报信的。”长老合掌道：“徒弟，快赶上他，问他那里另有个路，我们转了去罢。”行者道：“转不得。此山径过有八百里，四周围不知更有多少路哩，怎么转得？”三藏闻言，止不住眼中流泪，道：“徒弟，似此艰难，怎生拜佛！”行者道：“莫哭！莫哭！一哭便脓包行了。他这报信，必有几分虚话，只是要我们着意留心，诚所谓‘以告者，过也’。你且下马来坐着。”八戒道：“又有甚商议？”行者道：“没甚商议，你且在这里，用心保守师父；沙僧好生看守行李马匹。等老孙先上岭打听打听，看

前后共有多少妖怪，拿住一个，问他个详细，教他写个执结，开个花名，把他老老小小一一查明，分付他关了洞门，不许隘路。却请师父静静悄悄的过去，方显得老孙手段。”沙僧只教：“仔细！仔细！”行者笑道：“不消嘱付。我这一去，就是东洋大海也汤开路，就是铁裹银山也撞透门。”

猴哥回去跟唐僧说：原来是太白金星来报信。唐僧说：你赶紧去问问，还有没有别的路。当听猴哥说此山径过八百里，根本没法绕之后，唐僧又开始哭了。

取经都到这时候了，唐僧还没琢磨明白规则，他那绕路的话问得都荒诞，这一路哪一关能绕？火焰山都得过！遇到难关有人给你报信了，这是啥意思不明白吗？让你多加注意，这一关实在过不去了，领导可以给你降难度嘛！但你不能躲！因为只有你作为灵山和天庭特别项目的核心率先入了局，方方面面的支援和入局才能顺理成章！

你自己能过关最好，过不了总会有领导帮忙的嘛，但绝对不能绕路！绕路的话让你取经的意义就没了！早在乌巢禅师那关就已经给你重点介绍过狮驼岭项目了！这是重点关卡！

猴哥再次起到顶梁柱作用，跟唐僧说：别哭！哭就脓包了！他这报信肯定有些是虚话，只是要我们着意留心！随后猴哥开始安排工作，唐师父下马坐着，那俩“放屁添风”的在这儿守着，他自己去岭上打听打听情况。咱这一去必须让妖怪关了洞门，请师父静悄悄地过去，方显老孙手段！

好大圣，唿哨一声，纵筋斗云，跳上高峰，拔藤负葛，平山观看，那山里静悄无人。忽失声道：“错了！错了！不该放这金星老儿去了。他原来恐諕我，这里那有个甚么妖精？他就出来跳风顽耍，必定拈枪弄棒，操演武艺，如何没有一个？”正自家揣度，只听得山背后，叮叮当当、辟辟剥剥梆铃之声。急回头看处，原来是个小妖儿，掮着一杆“令”字旗，腰间悬着铃子，手里敲着梆子，从北向南而走。仔细看他，有一丈二尺的身子。行者暗笑道：“他必是个铺兵，想是送公文下报帖的。且等我去听他一听，看他说些甚话。”

好大圣，捻着诀，念个咒，摇身一变，变做的苍蝇儿，轻轻飞在他帽子上，侧耳听之。只见那小妖走上大路，敲着梆，摇着铃，口里作念道：“我等巡山的各人，要谨慎提防孙行者，他会变苍蝇。”行者闻言，暗自惊疑道：“这厮看见我了；若未看见，怎么就知我的名字？又知我会变苍蝇？”原来那小妖也不曾见他，只是那魔头不知怎么就分付他这话，却是个谣言，着他这等胡念。行者不知，反疑他看见，就要取出棒来打他。却又停住，暗想道：“曾记得八戒问金星时，他说老妖三个，小妖有四万七八千名。似这小妖，再多几万，也不打紧；却不知这三个老魔有多大手段。等我问他一问，动手不迟。”

好大圣！你道他怎么去问？跳下他的帽子来，钉在树头上，让那小妖先行几步，急转身腾那，也变做个小妖儿，照依他敲着梆，摇着铃，掮着旗，一般衣服，只是比他略长了三五寸，口里也那般念着，赶上前叫道：“走路的，等我一等。”那小妖回头道：“你是那里来的？”行者笑道：“好人呀，一家人也不认得！”小妖道：“我家没你呀。”行者道：“怎的没我？你认认看。”小妖道：“面生，认不得，认不得。”行者道：“可知道面生，我是烧火的，你会得我少。”小妖摇头道：“没有！没有！我洞里就是烧火的那些兄弟，也没有这个嘴尖的。”行者暗想道：“这个嘴好的变尖了些了。”即低头把手侮着嘴揉一揉道：“我的嘴不尖啊。”真个就不尖了。那小妖道：“你刚才是个尖嘴，怎么揉一揉就不尖了？疑惑人子，大不好认！不是我一家的，少会，少会！可疑，可疑！我那大王家法甚严，烧火的只管烧火，巡山的只管巡山，终不然教你烧火，又教你来巡山？”行者口乖，就趁过来道：“你不知道。大王见我烧得火好，就升我来巡山。”

小妖道：“也罢。我们这巡山的，一班有四十名，十班共四百名，各自年貌，各自名色。大王怕我们乱了班次，不好点卯，一家与我们一个牌儿为号。你可有牌儿？”行者只见他那般打扮，那般报事，遂照他的模样变了；因不曾看见他的牌儿，所以身上没有。好大圣，更不说没有，就满口应承道：“我怎么没牌位？只是刚才领的新牌。拿你的出来我看。”那小妖那里知这个机括，即揭起衣服，贴身带着个金漆牌儿，穿条绒线绳儿，扯与行者看看。行者见那牌背是个“威镇诸魔”的金牌，正面有三个真字，是“小钻风”，他却心中暗想道：“不消说了，但是巡山的，必有个‘风’字坠脚。”便道：“你且放下衣走过，等我拿牌儿你看。”即转身插下手，将尾巴梢儿的小毫毛拔下一根，捻他把，叫“变！”即变做个金漆牌儿，也穿上个绿绒绳儿，上书三个真字，乃“总钻风”，拿出来，递与他看了。小妖大惊道：

“我们都叫做个小钻风，偏你又叫做个甚么‘总钻风’！”行者干事找绝，说话合宜，就道：“你实不知，大王见我烧得火好，把我升个巡风；又与我个新牌，叫做总巡风，教我管你这一班四十名兄弟也。”那妖闻言，即忙唱喏道：“长官，长官，新点出来的，实是面生，言语冲撞，莫怪！”行者还着礼笑道：“怪便不怪你，只是一件：见面钱却要哩，每人拿出五两来罢。”小妖道：“长官不要忙，待我向南岭头会了我这一班的人，一总打发罢。”行者道：“既如此，我和你同去。”

那小妖真个前走，大圣随后相跟。

猴哥跳上高峰观看时，发现山里静悄无人，于是认为太白金星在糊弄人，有妖怪的话肯定得有拈枪弄棒、操演武艺的呀。他以为狮驼岭跟花果山一样没章法呢，人家这四万七八千都是“有名字带牌儿的”，已经有点正规军的意思了！猴哥正琢磨，忽听见山背后叮叮当当的，来了个巡山的小妖。猴哥变成苍蝇去探听消息，飞到小妖帽子上，听到的第一句话就是：“我等巡山的各人，要谨慎提防孙行者，他会变苍蝇。”

这句话充分说明了一件事：狮驼岭集团就是冲着唐僧来的，连猴哥的技战术特点都一清二楚！

猴哥随后又变成一个小妖来跟巡山小妖套话。一照面，他说自己是烧火的，但这话差点被人家拆穿。小妖说：“可疑，可疑！我那大王家法甚严，烧火的只管烧火，巡山的只管巡山，终不然教你烧火，又教你来巡山？”

这说明人家狮驼岭集团的管理水平相当高，各司其职、分工明确。猴哥赶紧说自己火烧得好，所以升为巡山的了。然后小妖再次介绍狮驼岭集团的管理水平：“我们这巡山的，一班有四十名，十班共四百名，各自年貌，各自名色。大王怕我们乱了班次，不好点卯，一家与我们一个牌儿为号。你可有牌儿？”

管理相当精细化，这已经有个政权模样了。

猴哥说我咋可能没有牌，你先拿你的出来。小妖很自信，揭起衣服露出了贴身戴的金漆牌，牌背写的是“威镇诸魔”。瞅瞅这气派，狮驼岭根本没拿自己当反面人物，人家巡山的那都得是“威镇诸魔”！

金漆牌正面是“小钻风”三个字，猴哥随后变了个“总钻风”的金漆牌出来。小妖纳闷：我们都是小钻风，你为啥叫这个名字？猴哥说：我是新提拔的领导，管你们这一班四十名兄弟。小妖马上唱喏，说好听的，并且对猴哥找他要“见面钱”这事也很上道，表示先不急，等南岭会了一班的兄弟，大伙一块儿孝敬。

作者通过一段话的描写就功力极高地写出了这关狮驼岭集团的正规军气质——班味儿十足啊！

不数里，忽见一座笔峰。何以谓之笔峰？那山头上长出一条峰来，约有四五丈高，如笔插在架上一般，故以为名。行者到边前，把尾巴掬一掬，跳上去坐在峰尖儿上，叫道：“钻风，都过来！”那这小钻风在下面躬身，道：“长官，伺候。”行者道：“你可知大王点我出来之故？”小妖道：“不知。”行者道：“大王要吃唐僧，只怕孙行者神通广大，说他会变化，只恐他变作小钻风，来这里蹦着路径，打探消息，把我升作总钻风，来查勘你们这一班可有假的。”小钻风连声应道：“长官，我们俱是真的。”行者道：“你既是真的，大王有甚本事，你可晓得？”小钻风道：“我晓得。”行者道：“你晓得，快说来我听。如若说得合着我，便是真的；若说差了一些儿，便是假的，我定拿去见大王处治。”

那小钻风见他坐在高处，弄獐弄智，呼呼喝喝的，没奈何，只得实说道：“我大王神通广大，本事高强，一口曾吞了十万天兵。”行者闻说，吐出一声道：“你是假的！”小钻风慌了道：“长官老爷，我是真的，怎么说是假的？”行者道：“你既是真的，如何胡说！大王身子能有多大，一口就吞了十万天兵？”小钻风道：“长官原来不知。我大王会变化，要大能撑天堂，要小就如菜子。因那年王母娘娘设蟠桃大会，邀请诸仙，他不曾具柬来请，我大王意欲争天，被玉皇差十万天兵来降我大王，是我大王变化法身，张开大口，似城门一般，用力吞将去，唬得众天兵不敢交锋，关了南天门，故此是一口曾吞十万兵。”

行者闻言，暗笑道：“若是讲手头之话，老孙也曾干过。”又应声道：“二大王有何本事？”小钻风道：“二大王身高三丈，卧蚕眉，丹凤眼，美人声，匾担牙，鼻似蛟龙。若与人争斗，只消一鼻子卷去，就是铁背铜身，也就魂亡魄丧！”行者道：“鼻子卷人的妖精也好拿。”又应声道：“三大王也有许多手段？”小钻风道：“我三大王不是凡间之怪物，名号云程万里鹏。行动时，抟风运海，振北图南。随身有一件儿宝贝，唤做‘阴阳二气瓶’。假若是把人装在瓶中，一时三刻化为浆水。”

行者听说，心中暗惊道："妖魔倒也不怕，只是仔细防他瓶儿。"又应声道："三个大王的本事，你倒也说得不差，与我知道的一般。但只是那个大王要吃唐僧哩？"小钻风道："长官，你不知道？"行者喝道："我比你不知些儿！因恐汝等不知底细，分付我来着实盘问你哩！"小钻风道："我大大王与二大王久住在狮驼岭狮驼洞。三大王不在这里住，他原住处离此西下有四百里远近。那厢有座城，唤做狮驼国。他五百年前吃了这城国王及文武官僚，满城大小男女也尽被他吃了干净。因此上夺了他的江山，如今尽是些妖怪。不知那一年打听得东土唐朝差一个僧人去西天取经，说那唐僧乃十世修行的好人，有人吃他一块肉，就延寿长生不老。只因怕他一个徒弟孙行者十分利害，自家一个难为，径来此处与我这两个大王结为兄弟，合意同心，打伙儿捉那个唐僧也。"

走了没几里，来到一座四五丈高，如笔插在架上一般的山峰时，猴哥坐到峰尖开始拿捏这小钻风。说自己被提拔为总钻风，就是因为大王要吃唐僧，怕孙行者神通广大变化为小钻风，所以派他来查内奸的。

作者的隐喻也算是无处不在了，笔是官员用以书写政令、判词等的工具，代表着权力；山峰形状的笔架通常是风水摆件，寓意着官员的仕途能够如山峰般高耸，步步高升。这是作者写猴哥自诩长官后，开始要翻手为云，覆手为雨地检阅下属了，而且后面作者也写了小钻风视角的猴哥是什么德行，所谓"那小钻风见他坐在高处，弄獐弄智（装模作样的意思），呼呼喝喝的，没奈何，只得实说道……"

这小钻风为了证明自己，开始详细回答猴哥的问题，就此悟空得到了三个大王的各自能力情报：

1. 大魔会法天象地，所谓"要大能撑天堂，要小就如菜子"。著名事迹是当年王母娘娘设蟠桃大会邀请诸仙，因不曾具柬来请，所以怒了，意欲争天，被玉皇差十万天兵来降。随后大魔变化法身，张开大口，似城门一般，用力吞将去，吓得众天兵不敢交锋，关了南天门。

对于这大魔，猴哥并不当回事，觉得这事当年自己也干过。

不过他忽略了一件事，当年对战他的十万天兵可没关了南天门避而不战！

这个故事透露出的背后深意极大概率是佛道两家当年曾经闹过矛盾。蟠桃会没请佛祖们，至少没请文殊菩萨，随后菩萨派自己的坐骑去挑事，玉帝面对正面冲突，选择挂免战牌，关于这个分析后面我们还会有佐证。

2. 二魔身高三丈，鼻似蛟龙，撒手锏就是鼻子，只要被鼻子卷去就是铁背铜身也得魂亡魄丧!

在悟空看来，这用鼻子卷人的也好收拾。

3. 三魔不是凡间怪物，名号云程万里鹏，随身有一件宝贝，唤作阴阳二气瓶。假如把人装在瓶中，一时三刻便化为浆水。

堪比老君葫芦级别的法宝出现了。猴哥暗惊，提醒自己主要注意这个降维打击的法宝，对于三个妖魔的本事则不以为然。

猴哥知道了狮驼岭三魔的本事后，问小妖是哪个大王想吃唐僧，这个问题得到了信息量极大的一段回答，需要挨句翻译：

1. “我大大王与二大王久住在狮驼岭狮驼洞。”

青狮和白象攒局的这狮驼岭集团是个长期团伙，是久住在狮驼岭狮驼洞的。有多久呢，注意第七十七回如来佛祖论定时的那句话：“山中方七日，世上几千年。不知在那厢伤了多少生灵，快随我收他去。”

两位菩萨说这两个孽畜跑了七天，实际上纯属说瞎话，佛祖给他们留了面子，进行了敲打，说“世上几千年”！这俩妖怪祸害人间已经千年了!

2. “三大王不在这里住，他原住处离此西下有四百里远近。那厢有座城，唤做狮驼国。他五百年前吃了这城国王及文武官僚，满城大小男女也尽被他吃了干净。因此上夺了他的江山，如今尽是些妖怪。”

这个三大王之前不在狮驼岭集团，五百年前吃了西边四百里外的狮驼国全国人。这也是西游宇宙妖怪作恶的最大排面，灭了一个国家，夺了人王的江山。

看一下时间，五百年前大鹏鸟启动屠灭狮驼国行动时，有什么大事发生?

佛祖刚收拾了妖猴，将灵山的咖位抬了抬，用猴哥的话说就是：“诸神闭户无遮挡，众圣商量把佛央。其实如来多法力，果然智慧广无量。手中赌赛翻筋斗，将山压我不能强。玉皇才设安天会，西域方称极乐场。”（第五十二回）

这位佛舅仗着如来的咖位进步，“鹏仗佛势”地灭了狮驼国，自己做了国王。

从这里也就能理解为啥玉帝会有那派十万天兵支援猴哥的态度了。大鹏的背景太复杂，玉帝想借着猴子的请求把他剿了，至少把水搅浑，把局面弄大，逼着如来把他办了，因为大鹏做得太过分了！这狮驼国并不是个小国，后文说这个国家“先年原是天朝国，如今翻作虎狼城”。这是天朝级别的国家，大概率国教还是道教，等于你动人家的香火了！

再往深里说一句，就算这狮驼国信佛，玉帝也得收拾！因为灭了狮驼国就相当于天庭失去了对这个地区控制的手段，后面介绍狮驼国户口时作者是这么说的：“攒攒簇簇妖魔怪，四门都是狠精灵。斑斓老虎为都管，白面雄彪作总兵。丫叉角鹿传文引，伶俐狐狸当道行。千尺大蟒围城走，万丈长蛇占路程。楼下苍狼呼食伴，亭前花豹作人声。摇旗擂鼓皆妖怪，巡更坐铺尽山精。狡兔开门弄买卖，野猪挑担赶营生。先年原是天朝国，如今翻作虎狼城。”

也就是说，这个国家是没有从事农业生产的“妖口”的！

那天庭还咋通过降雨来卡你呢？

明白了吗？大鹏要只是吃了国王，哪怕换了国教，玉帝也不至于生这么大的气！因为这个国家想运作的话还是需要下雨的。你那里有我能攥着的短儿，是关键中的关键！

玉帝必须灭掉这个妖精国！因为那只鸟破坏潜规则了！圈里的孽畜可以作恶，但不能砸锅！

3.“不知那一年打听得东土唐朝差一个僧人去西天取经，说那唐僧乃十世修行的好人，有人吃他一块肉，就延寿长生不老。只因怕他一个徒弟孙行者十分利害，自家一个难为，径来此处与我这两个大王结为兄弟，合意同心，打伙儿捉那个唐僧也。”

狮驼岭和狮驼国之前不是一个公司，是在唐僧出发后的几年前，为了吃唐僧才专门立项进行的合并。这三个妖怪不是几百年的兄弟，仅仅是几年的兄弟。

是大鹏为了吃唐僧搞出的这个狮驼岭联盟，理由是孙行者十分厉害，于是来找青狮和白象这两个佛门大佬的坐骑结拜，攒了个新公司。

行文至此，我们的第一感觉应该是大鹏鸟的能力比不上青狮、白象，至少哥儿仨差不多。

往后看吧，等动起手来我们见到大鹏鸟的能力时会相当诧异的。顶级文豪的故事都是到最后一刻才揭开面纱。到时就会明白，这一关的缘起缘灭究竟是为什么了。

行者闻言，心中大怒道："这泼魔十分无礼！我保唐僧成正果，他怎么算计要吃我的人！"恨一声，咬响钢牙，掣出铁棒，跳下高峰，把棍子望小妖头上砑了一砑。可怜，就砑得像一个肉陀！自家见了，又不忍道："咦，他倒是个好意，把些家常话儿都与我说了，我怎么却这一下子就结果了他？也罢，也罢！左右是左右！"好大圣，只为师父阻路，没奈何干出这件事来。就把他牌儿解下，带在自家腰里，将"令"字旗掮在背上，腰间挂了铃，手里敲着梆子，迎风捻个诀，口里念个咒语，摇身一变，变的就像小钻风模样。拽回步，径转旧路，找寻洞府，去打探那三个老妖魔的虚实。这正是：千般变化美猴王，万样腾那真本事！闯入深山，依着旧路正是走处，忽听得人喊马嘶之声，即举目观之，原来是狮驼洞口有万数小妖排列着枪刀剑戟，旗帜旌旄。这大圣心中暗喜道："李长庚之言，真是不妄，真是不妄！"原来这摆列的有些路数：二百五十名作一大队伍。他只见有四十名杂彩长旗，盈风乱舞，就知有万名人马，却又自揣自度道："老孙变作小钻风，这一进去，那老魔若问我巡山的话，我必随机答应。倘或一时言语差讹，认得我呵，怎生脱体？就要往外跑时，那伙把门的挡住，如何出得门去？要拿洞里妖王，必先除了门前众怪！"你道他怎么除得众怪？好大圣，想着："那老魔不曾与我会面，就知我老孙的名头。我且倚着我的这个名头，仗着威风，说些大话，吓他一吓。看果然中土众僧有缘有分，取得经回，这一去，只消我几句英雄之言，就吓退那门前若干之怪；假若众僧无缘无分，取不得真经呵，就是纵然说得莲花现，也除不得西方洞外精。"

心问口，口问心，思量此计，敲着梆，摇着铃，径直闯到狮驼洞口。早被前营上小妖挡住道："小钻风来了？"行者不应，低着头就走。走至二层营里，又被小妖扯住道："小钻风来了？"行者道："来了。"众妖道："你今早巡风去，可曾撞见甚么孙行者么？"行者道："撞见的。正在那里磨扛子哩。"众妖害怕道："他怎么个模样？磨甚么扛子？"行者道："他蹲在那涧边，还似个开路神；若站起来，好道有十数丈长！手里拿着一条铁棒，就似碗来粗细的一根大扛子，在那石崖上抄一把水磨一磨，口里又念着：'扛子啊！这一向不曾拿你出来显显神通，这一去就有十万妖精，也都替我打死！等我杀了那三个魔头祭你。'他要磨得明了，先打死你门前一万精哩！"

那些小妖闻得此言，一个个心惊胆战，魂散魄飞。行者又道："列位，那唐僧

的肉也不多几斤，也分不到我处，我们替他顶这个缸怎的！不如我们各自散一散罢。”众妖都道：“说得是，我们各自顾命去罢。”假若是些军民人等，服了圣化，就死也不敢走。原来此辈都是些狼虫虎豹，走兽飞禽，呜的一声，都哄然而去了。这个倒不像孙大圣几句铺头话，却就如楚歌声吹散了八千兵。行者暗自喜道：“好了，老妖是死了！闻名就走，怎敢觌面相逢？这进去还似此言方好；若说差了，才这伙小妖有一两个倒走进去听见，却不走了风汛？”你看他：

存心来古洞，仗胆入深门。

毕竟不知见那个老魔头有甚吉凶，且听下回分解。

猴哥听说这狮驼岭联盟是奔着唐僧和他来的，一怒之下把小钻风打死了，随后拿了人家的腰牌，变作小钻风的模样奔狮驼洞，打探消息来了。猴哥走到狮驼洞口，发现太白金星并没有骗他，果然有万名小妖排列着枪刀剑戟，旗帜旌旄，而且队形排列相当有章法。每二百五十名为一个大队，四十个杂彩长旗迎风乱舞，一看就知道有万名人马！

猴哥看到这一万小妖的队伍后，猿生第一次担心自己的退路问题了，所谓“就要往外跑时，那伙把门的挡住，如何出得门去”。于是他开动脑筋展开了分析，认为那老魔不曾与自己会面就知道自己的名头，不如先倚着这个名头说些大话，吓一吓他们，有枣没枣先打三竿子。

定计后猴哥走至二层营里，众妖扯住问：有没有撞见孙行者？猴哥说：撞见了，模样像个开路神，站起来有十数丈长，手里拿着一条铁棒，正搁那儿磨呢，等他磨得好了，先打杀门前这一万妖精！

众妖心惊胆战、魂散魄飞之时，猴哥说：唐僧的肉也没几斤，也分不到我们，我们顶这个缸干吗？不如各自散了。随后拜大鹏鸟为了攒这个项目把猴哥吹得无所不能所赐，洞口的一万小妖被猴哥这个鬼故事吓散摊子了！

第七十五回

心猿钻透阴阳窍，魔王还归大道真

却说孙大圣进于洞口，两边观看。只见：

骷髅若岭，骸骨如林。人头发蹁成毡片，人皮肤烂作泥尘。人筋缠在树上，干焦幌亮如银。真个是尸山血海，果然腥臭难闻。东边小妖，将活人拿了剐肉；西下泼魔，把人肉鲜煮鲜烹。若不美猴王如此英雄胆，第二个凡夫也进不得他门。

猴哥吓跑洞前小妖，进入狮驼洞，随后见到了整个西游宇宙中最恐怖的人间地狱，简直就是一个人肉加工厂，那是“骷髅若岭，骸骨如林”。这堆人头发、人皮肤、人筋，让人很难想象这是一伙佛门背景的妖魔。在这里咱们重申一下，西游宇宙中的佛与道不要与现实世界中的佛道混淆，要当古代政权的权力派系来看。前面在赛太岁那里我们说过，领导的坐骑之所以都是要吓死人的级别，其实归根结底就是填补自己的权力短板。他们手下必须得有干不体面的事的。虽然如此，狮驼岭让三个魔头弄成了尸山血海，也属于过分了。

如果坐骑手上的血债太多了，对正果来说，就成了大问题。青狮、白象是整个西游宇宙中最特殊的两个坐骑，为啥他俩能祸害人间千年呢？为啥他俩能打造出整个西游宇宙最大规模的军队呢？如果将来有可能的话，是悟空的坐骑能再造一个狮驼岭，还是唐僧的坐骑能再造一个狮驼岭呢？

带着问题，我们接着往后看。

不多时，行入二层门里看时，呀！这里却比外面不同：清奇幽雅，秀丽宽平。左右有瑶草仙花，前后有乔松翠竹。一行七八里远近，才到三层门。闪着身，偷着眼看处，那上面高坐三个老妖，十分狞恶。中间的那个生得：

凿牙锯齿，圆头方面。声吼若雷，眼光如电。仰鼻朝天，赤眉飘焰。但行处，百兽心慌；若坐下，群魔胆战。这一个是兽中王，青毛狮子怪。

左手下那个生得：

凤目金睛，黄牙粗腿。长鼻银毛，看头似尾。圆额皱眉，身躯磊磊。细声如窈窕佳人，玉面似牛头恶鬼。这一人是藏齿修身多年的黄牙老象。

右手下那一个生得：

金翅鲲头，星睛豹眼。振北图南，刚强勇敢。变生翱翔，鷃笑龙惨。抟风翮百鸟藏头，舒利爪诸禽丧胆。这个是云程九万的大鹏雕。

那两下列着有百十大小头目，一个个全装披挂，介胄整齐，威风凛凛，杀气腾腾。行者见了，心中欢喜，一些儿不怕，大踏步径直进门，把梆铃卸下，朝上叫声："大王！"三个老魔笑呵呵问道："小钻风，你来了？"行者应声道："来了。""你去巡山，打听孙行者的下落何如？"行者道："大王在上，我也不敢说起。"老魔道："怎么不敢说？"行者道："我奉大王命，敲着梆铃，正然走处，猛抬头，只看见一个人蹲在那里磨扛子，还像个开路神，若站将起来，足有十数丈长短。他就着那涧崖石上，抄一把水，磨一磨，口里又念一声，说他那扛子到此还不曾显个神通，他要磨明，就来打大王。我因此知他是孙行者，特来报知。"那老魔闻此言，浑身是汗，唬得战呵呵的道："兄弟，我说莫惹唐僧。他徒弟神通广大，预先作了准备，磨棍打我们，却怎生是好？"教："小的们，把洞外大小俱叫进来，关倒门，让他过去罢。"那头目中有知道的，报："大王，门外小妖已都散了。"老魔道："怎么都散了？想是闻得风声不好也。快早关门！快早关门！"众妖乒乓把前后门尽皆牢拴紧闭。

行者自心惊道："这一关了门，他再问我家里长短的事，我对不来，却不弄走了风，被他拿住？且再唬他一唬，教他开着门好跑。"又上前道："大王，他还说得不好。"老妖道："他又说甚么？"行者道："他说拿大大王剥皮，二大王剐骨，三大王抽筋。你们若关了门不出去呵，他会变化，一时变了个苍蝇儿，自门缝里飞进，把我们都拿出去，却怎生是好？"老魔道："兄弟每仔细，我这洞里，递年家没个苍蝇，但是有苍蝇进来，就是孙行者。”行者暗笑道：“就变个苍蝇唬他一唬，好开门。”

大圣闪在旁边，伸手去脑后拔了一根毫毛，吹一口仙气，叫“变！”即变做一个金苍蝇飞去，望老魔劈脸撞了一头。那老怪慌了道：“兄弟，不停当！旧话儿进门来了。”惊得那大小群妖，一个个丫钯扫帚，都上前乱扑苍蝇。

这大圣忍不住，款款的笑出声来。干净他不宜笑，这一笑，笑出原嘴脸来了，却被那第三个老妖魔，跳上前一把扯住道：“哥哥，险些儿被他瞒了。”老魔道：“贤弟，谁瞒谁？”三怪道：“刚才这个回话的小妖，不是小钻风，他就是孙行者。必定撞见钻风，不知是他怎么打杀了，却变化来哄我们哩。”行者慌了道：“他认得我了！”即把手摸摸，对老怪道：“我怎么是孙行者？我是小钻风。大王错认了。”老魔笑道：“兄弟，他是小钻风。他一日三次在面前点卯，我认得他。”又问：“你有牌儿么？”行者道：“有。”掳着衣服，就拿出牌子。老怪一发认实道：“兄弟，莫屈了他。”三怪道：“哥哥，你不曾看见他。他才子闪着身，笑了一声，我见他就露出个雷公嘴来。见我扯住时，他又变作个这等模样。”叫：“小的们，拿绳来！”

众头目即取绳索。三怪把行者扳翻倒，四马攒蹄捆住，揭起衣裳看时，足足是个弼马温。原来行者有七十二般变化，若是变飞禽走兽、花木器皿、昆虫之类，却就连身子滚去了；但变人物，却只是头脸变了，身子变不过来。果然一身黄毛，两块红股，一条尾巴。老妖看着道：“是孙行者的身子，小钻风的脸皮，是他了。”教：“小的们，先安排酒来，与你三大王递个得功之杯。既拿倒了孙行者，唐僧坐定是我们口里食也。”三怪道：“且不要吃酒。孙行者溜撒，他会逃遁之法，只怕走了。教小的们抬出瓶来，把孙行者装在瓶里，我们才好吃酒。”

悟空进入二层门里看时，发现格调起来了，变成了“清奇幽雅，秀丽宽平。左右有瑶草仙花，前后有乔松翠竹”的模样。这里干净到了后面老妖说这洞府一年也不见个苍蝇的地步。不愧是正果的妖孽啊，跟领导的干净劲儿一样一样的。悟空又行七八里，进到第三层门时，看到了三个十分狞恶的老妖。这三个妖魔都以本来面目示人，一个是青毛狮子，一个是黄牙老象，一个是大鹏雕，两边站着百十个大小头目，一个个全装披挂，介胄整齐，威风凛凛，杀气腾腾。这狮驼岭集团真的有个政权样子了，而且前面出场的所有坐骑，包括宠物，下界干坏事时全都藏着自己的本相，无论是文殊的另一头狮子还是老君的青牛，以及观音的金毛犼和金鱼，第一眼看上去都是看不出他们本来面目的，但这青狮和白象却根本不藏着。

换句话说，这俩对他们的领导，其实是没有敬畏的，有关这个的论证后面我们会详细展开。

猴哥进去后把洞前吓跑小妖们的那通鬼故事又给三个魔王讲了一遍，然后有意思的事出现了。所谓“那老魔闻此言，浑身是汗，唬得战呵呵的道：‘兄弟，我说莫惹唐僧。他徒弟神通广大，预先作了准备，磨棍打我们，却怎生是好？’教：‘小的们，把洞外大小俱叫进来，关倒门，让他过去罢。’那头目中有知道的，报：‘大王，门外小妖已都散了。’老魔道：‘怎么都散了？想是闻得风声不好也。快早关门！快早关门！’众妖乒乓把前后门尽皆牢拴紧闭”。

从这句话能看出老魔的性格：他是知道自己的作死边界的，如果猴子太厉害，那这唐僧是可以不吃的。准确地说甚至是有点㞞的，注意狮子这性格特点，作者是有用意的。

狮驼洞关门之后，猴哥惊了，担心一会儿妖怪问些家长里短的事自己对不上来。他想再说点啥吓人的，好让妖怪把洞门打开，于是便说那孙行者嚷嚷要弄死三个大王，如果咱关门，他会变成苍蝇飞进来，到时候咱更不好防备了。狮子听说这话后，嘱咐大伙都仔细，咱洞里环境常年五星级，没有苍蝇，如果看到苍蝇一定是孙行者变的。猴哥听到这话，动了玩的心思，拔毫毛变了只金苍蝇，往狮子精脸上一撞。随后狮驼洞进入了手忙脚乱的打苍蝇环节，给猴哥逗乐了。

猴子这一乐，笑出了原嘴脸，被大鹏跳上前一把扯住，然后跟大家说这就是孙行者！

大家都没看出来，但大鹏看出来了。人家不光观察力超群，注意这句话：“众头目即取绳索。三怪把行者扳翻倒，四马攒蹄捆住，揭起衣裳看时，足足是个弼马温。”猴哥被他扯住后是直接被大鹏扳倒，四马攒蹄捆住的！

这是目前整个取经过程中猴哥在没被法宝控制时第一次无还手之力地被捆起来。前面也被捆过，分别是被镇元大仙的乾坤袖、金角和银角的幌金绳、黄眉的人种袋，但那都是在法宝加持下把猴哥捆起来的，这次却是被大鹏一个人扯住后扳倒捆起来的。

不仅洞察力超群，还力大无穷，这大鹏鸟比青狮、白象的高端之处开始一点点显露出来了。

猴哥这七十二变还是炼得有瑕疵，变人物时身子变不过来，被验明正身后狮子要吃席庆功，但消息灵通的大鹏表示："且不要吃酒。孙行者溜撒，他会逃遁之法，只怕走了。教小的们抬出瓶来，把孙行者装在瓶里，我们才好吃酒。"

这里再次透露出两个细节：这大鹏情报渠道畅通，且性格谨慎！

大魔和二魔也就那么回事，巨星在这里！

老魔大笑道："正是，正是。"即点三十六个小妖，入里面开了库房门，抬出瓶来。你说那瓶有多大？只得二尺四寸高。怎么用得三十六个人抬？那瓶乃阴阳二气之宝，内有七宝八卦、二十四气，要三十六人，按天罡之数，才抬得动。不一时，将宝瓶抬出，放在三层门外，展得干净，揭开盖，把行者解了绳索，剥了衣服，就着那瓶中仙气，搜的一声，吸入里面，将盖子盖上，贴了封皮。却去吃酒道："猴儿今番入我宝瓶之中，再莫想那西方之路！若还能勾拜佛求经，除是转背摇车，再去投胎夺舍是。"你看那大小群妖，一个个笑呵呵，都去贺功不题。

却说大圣到了瓶中，被那宝贝将身束得小了，索性变化，蹲在当中。半晌，倒还阴凉，忽失声笑道："这妖精外有虚名，内无实事。怎么告诵人说这瓶装了人，一时三刻化为脓血？若是这般凉快，就住上七八年也无事！"咦，大圣原来不知那宝贝根由：假若装了人，一年不语，一年阴凉；但闻得人言，就有火来烧了。大圣未曾说话，只见满瓶都是火焰。幸得他有本事，坐在中间，捻着避火诀，全然不惧。耐到半个时辰，四周围钻出四十条蛇来咬。行者抡开手，抓将过来，尽力气一揝，揝做八十段。少时间，又有三条火龙出来，把行者上下盘绕，着实难禁，自觉慌张无措道："别事好处，这三条火龙难为。再过一会不出，弄得火气攻心怎了？"他想道："我把身子长一长，券破罢。"

好大圣，捻着诀，念声咒，叫"长！"即长了丈数高下，那瓶紧靠着身，也就长起去。他把身子往下一小，那瓶儿也就小下来了。行者心惊道："难，难，难！怎么我长他也长，我小他也小？如之奈何！"说不了，孤拐上有些疼痛，急伸手摸摸，却被火烧软了，自己心焦道："怎么好？孤拐烧软了，弄做个残疾之人了！"忍不

住吊下泪来。这正是：遭魔遇苦怀三藏，着难临危虑圣僧。道："师父啊！当年归正，蒙观音菩萨劝善，脱离天灾。我与你苦历诸山，收殄多怪，降八戒，得沙僧，千辛万苦，指望同证西方，共果正道。何期今日遭此毒魔，老孙误入于此，倾了性命，撇你在半山之中，不能前进！想是我昔日名高，故有今朝之难。"

正在凄怆，忽想起："菩萨当年在蛇盘山，曾赐我三根救命毫毛，不知有无，且等我寻一寻看。"即伸手浑身摸了一把，只见脑后有三根毫毛，十分挺硬，忽喜道："身上毛都皆软熟，只此三根如此硬枪，必然是救我命的。"即便咬着牙，忍着疼，拔下毛，吹口仙气，叫"变！"一根即变作金钢钻，一根变作竹片，一根变作绵绳。扳张篾片弓儿，牵着那钻，照瓶底下搜搜的一顿钻，钻成一个眼孔，透进光亮。喜道："造化！造化！却好出去也！"才变化出身，那瓶复阴凉了。怎么就凉？原来被他钻破，把阴阳之气泄了，故此便凉。

大魔点了三十六个小妖，开了库房，搬出了阴阳二气瓶。

这瓶子相当牛，从效果上来说，比弥勒佛的金铙强太多了，根本不用三昼夜才化人，一时三刻就能搞定，但方便程度还是有差距的。因为瓶里装了七宝八卦、二十四气，所以要三十六人按天罡之数才抬得动。而在装人的控场能力方面，也比老君那葫芦差得远，所谓"揭开盖，把行者解了绳索，剥了衣服，就着那瓶中仙气，搜的一声，吸入里面，将盖子盖上，贴了封皮"。

老君的葫芦是只要出声就能给你装进去，这个瓶子却貌似没有那个功能，得对准了才能吸进去。

猴哥被装进去后，大鹏相当自信地提前开了香槟：来来来，大家喝起来，猴子这回肯定投胎去了。但猴哥在瓶子里蹲了会儿，却越待越凉快，啥事没有。不过当他说了一句话之后，这瓶子便启动了，开始冒火烧他了。

作者这心思多巧妙。瓶子里装有阴阳二气，只要不说话，阴阳二气是平衡的，就什么事没有；一旦说了话，口开神气散，破坏了这个平衡，随后阴阳二气就来反噬了。

借由紫金红葫芦和阴阳二气瓶，作者也隐喻了一个被法宝降维打击后的处事规则：闭紧嘴。闭嘴就没事，哪怕像金角和银角那样都被化了也能救回来。

如果张了嘴，只能盼着自己跟猴子一样本事大，能自救吧！

猴哥捻着避火诀扛了半个时辰，四周又钻出四十条蛇来咬，被猴哥都抓过来弄死了，随后又钻出三条火龙，这下猴哥有些慌张无措了。猴哥开始想法打破瓶子。他长大个儿想把瓶子弄破，发现这瓶子是如意大小的。这时候让他惊恐的情况出现了，他觉得孤拐上有些疼，伸手摸摸，发现已经被火烧软了。遇到解决不了的问题，猴哥又哭上了。

其实猴哥并不比唐僧强到哪儿去，唐僧遇到解决不了的问题就哭，他其实也这样。只不过唐僧解决不了的问题多罢了，每次猴哥遇到自己打不过的妖魔或者遇到危及生命的时刻，他的第一反应也是哭。他被三座大山快压死的时候哭，被红孩儿烧背过气的时候哭，棍子丢了的时候哭，被多目怪的金光撞软了皮肉以后还是哭，眼下在这瓶子里他同样还是个哭。此时的伤感猴已经进入临终回忆阶段了，最终给自己盖棺论定,认为是死在自己的虚名上了,所谓“想是我昔日名高,故有今朝之难”。就在猴子临终闪现各种回忆片段的时候，突然一个画面出现，菩萨当年赐过他三根救命毫毛！

猴哥这一摸就摸到救星了！此时全身的毛都已经跟他一样软了，只有菩萨赐的这三根依旧挺硬。猴哥将这三根毫毛“一根即变作金钢钻，一根变作竹片，一根变作绵绳”，搁那儿一通钻，终于钻破瓶子，泄了阴阳之气，救了自己性命。

高他一个维度的法宝，以他本身的能力当然解决不了！为啥菩萨给的毫毛就比他自己的硬？那是因为菩萨的神通就是高出他维度的存在！

担山的力量就是解决不了驾海的难题，差着维度。

也就是说，当你被降维打击了，第一反应应该是往上看，往上寻，别自己死磕，不要白白浪费时间和资源，磕不动的。

好大圣，收了毫毛，将身一小，就变做个蟭蟟虫儿，十分轻巧，细如须发，长似眉毛，自孔中钻出；且还不走，径飞在老魔头上钉着。那老魔正饮酒，猛然放下杯儿道：“三弟，孙行者这回化了么？”三魔笑道：“还到此时哩？”老魔教传令抬上瓶来。那下面三十六个小妖即便抬瓶，瓶就轻了许多。慌得众小妖报道：“大王，瓶轻了！”老魔喝道：“胡说！宝贝乃阴阳二气之全功，如何轻了！”内中有一个勉强的小妖，把瓶提上来，道：“你看，这不轻了？”老魔揭盖看时，只见里面透

亮，忍不住失声叫道："这瓶里空者，控也。"大圣在他头上，也忍不住道一声："我的儿啊，蹉者，走也。"众怪听见道："走了！走了！"即传令："关门！关门！"

那行者将身一抖，收了剥去的衣服，现本相，跳出洞外。回头骂道："妖精不要无礼！瓶子钻破，装不得人了，只好拿来出恭。"喜喜欢欢，嚷嚷闹闹，踏着云头，径转唐僧处。那长老正在那里撮土为香，望空祷祝。行者且停云头，听他祷祝甚的。那长老合掌朝天，道：

祈请云霞众位仙，六丁六甲与诸天。

愿保贤徒孙行者，神通广大法无边。

大圣听得这般言语，更加努力，收敛云光，近前叫道："师父，我来了！"长老搀住道："悟空，劳碌。你远探高山，许久不回，我甚忧虑。端的这山中有何吉凶？"行者笑道："师父，才这一去，一则是东土众生有缘有分，二来是师父功德无量无边，三也亏弟子法力。"将前项妆钻风、陷瓶里及脱身之事，细陈了一遍："今得见尊师之面，实为两世之人也！"长老感谢不尽道："你这番不曾与妖精赌斗么？"行者道："不曾。"长老道："这等保不得我过山了？"行者是个好胜的人，叫喊道："我怎么保你过山不得？"长老道："不曾与他见个胜负，只这般含糊，我怎敢前进？"大圣笑道："师父，你也忒不通变。常言道：'单丝不线，孤掌难鸣。'那魔三个，小妖千万，教老孙一人怎生与他赌斗？"长老道："寡不敌众，是你一人也难处。八戒、沙僧他也都有本事，教他们都去，与你协力同心，扫净山路，保我过去罢。"行者沉吟道："师言最当。着沙僧保护你，着八戒跟我去罢。"那呆子慌了道："哥哥没眼色。我又粗夯，无甚本事，走路扛风，跟你何益？"行者道："兄弟，你虽无甚本事，好道也是个人。俗云：'放屁添风。'你也可壮我些胆气。"八戒道："也罢，也罢，望你带挈带挈。但只急溜处，莫捉弄我。"长老道："八戒在意，我与沙僧在此。"

猴哥变成一只蟭蟟虫，逃出来没有第一时间跑。三个魔王发现阴阳二气瓶已经被破功后，猴哥喊了一嗓子"我的儿啊"，便逃出了狮驼洞。走之前他又回头骂了一句：你那瓶子如今只配装尿了。然后"喜喜欢欢，嚷嚷闹闹"地跑了。

江山易改，本性难移。猴子刚刚经历生死关时还搁那儿哭呢，如今出来了，嘴上这便宜就必须得占回来！

等他回来后，发现他师父正在给他上香祷祝，求满天神仙保佑他的贤徒孙行者神通广大，法力无边。

呵呵，看过《西游记》后，你还相信这种祈祷吗？

哪个神佛保佑了唐僧呢？每次走到绝路时都得是你去请，人家才会来！

除了你自己，没有任何人值得信赖！

猴哥听见他师父给他祈祷后很感动，跟他师父说了取经入组以来最得体的一句话："师父，才这一去，一则是东土众生有缘有分，二来是师父功德无量无边，三也亏弟子法力。"

他终于把师父排在他前面去了。

悟空这次回来也算是相当心有余悸的，他最后总结时是这么说的："今得见尊师之面，实为两世之人也！"

按理来说，唐僧如果真的疼悟空，见妖怪这么厉害，就该说咱找菩萨吧，然后看猴子自己的主观能动性，毕竟刚才都差点死瓶子里了，但你看唐僧是咋说的："你这番不曾与妖精赌斗么？"行者道："不曾。"长老道："这等保不得我过山了？"行者是个好胜的人，叫喊道："我怎么保你过山不得？"长老道："不曾与他见个胜负，只这般含糊，我怎敢前进？"

唐僧在抱怨悟空没跟妖怪打，想让刚刚从生死关闯回来的悟空去二次送死。

他前面的那些祈祷，其实是祈祷猴子能把事平了，不耽误他取经，猴子的生死他其实并不是很在意。这一点从后面悟空被狮子吞到肚子里后唐僧的反应也能看出来。唉，唐师父这个人啊，作者对这个角色真是下了狠手。

猴哥听完他师父的激将笑了，表示："单丝不线，孤掌难鸣。"我就一个人，斗不过对面好几万妖怪。唐僧说：八戒、沙僧你都带走，好好干，一定扫净山路，保我过去。面对取经大业，唐师父向来谁都能舍出去，猴哥说：那我就带你的爱徒去吧。八戒说：我没本事，不去。猴哥说："放屁添风。"你就当给我壮些胆气。八戒一听不是真打，自己就是当个啦啦队的，终于挪屁股了。

那呆子抖擞神威，与行者纵着狂风，驾着云雾，跳上高山，即至洞口。早见那洞门紧闭，四顾无人。行者上前，执铁棒，厉声高叫道："妖怪开门，快出来与老孙打耶！"那洞里小妖报入，老魔心惊胆战道："几年都说猴儿狠，话不虚传果

是真！”二老怪衬在旁边问道：“哥哥，怎么说？”老魔道：“那行者早间变小钻风混进来，我等不能相识。幸三贤弟认得，把他装在瓶里。又弄本事，钻破瓶儿，却又摄去衣服走了。如今在外叫战，谁敢与他打个头仗？”更无一人答应，又问，又无人答，都是那妆聋推哑。老魔发怒道：“我等在西方大路上，忝着个丑名。今日孙行者这般眇视，若不出去与他见阵，也低了名头。等我舍了这老性命，去与他战上三合。三合战得过，唐僧还是我们口里食；战不过，那时关了门，让他过去罢。”遂取披挂结束了，开门前走。

行者与八戒在门旁观看。真是好一个怪物：

铁额铜头戴宝盔，盔缨飘舞甚光辉。

辉辉掣电双睛亮，亮亮铺霞两鬓飞。

勾爪如银尖且利，锯牙似凿密还齐。

身披金甲无丝缝，腰束龙绦有见机。

手执钢刀明幌幌，英雄威武世间稀。

一声吆喝如雷震，问道：“敲门者是谁？”

大圣转身道：“是你孙老爷齐天大圣也。”老魔笑道：“你是孙行者？大胆泼猴！我不惹你，你却为何在此叫战？”行者道：“‘有风方起浪，无潮水自平。’你不惹我，我好寻你？只因你狐群狗党，结为一伙，算计吃我师父，所以来此施为。”老魔道：“你这等雄纠纠的嚷上我门，莫不是要打么？”行者道：“正是。”老魔道：“你休猖獗！我若调出妖兵，摆开阵势，摇旗擂鼓，与你交战，显得我是坐家虎，欺负你了；我只与你一个对一个，不许帮丁！”行者闻言，叫：“八戒走过，看他把老孙怎的！”那呆子真个闪在一边。老魔道：“你过来，先与我做个桩儿，让我尽力气着光头砍上三刀，就让你唐僧过去。假若禁不得，快送你唐僧来，与我做一顿下饭！”行者闻言笑道：“妖怪，你洞里若有纸笔，取出来，与你立个合同。自今日起，就砍到明年，我也不与你当真！”

那老魔抖擞威风，丁字步站定，双手举刀，望大圣劈顶就砍。这大圣把头往上一迎，只闻扢扠一声响，头皮儿红也不红。那老魔大惊道：“这猴子好个硬头儿！”大圣笑道：“你不知老孙是：

生就铜头铁脑盖，天地乾坤世上无。

斧砍锤敲不得碎，幼年曾入老君炉。

四斗星官监临造，二十八宿用工夫。

水浸几番不得坏，周围扢搭板筋铺。

唐僧还恐不坚固，预先又上紫金箍。”

老魔道：“猴儿不要说嘴！看我这二刀来，决不容你性命！”行者道：“不见怎的，左右也只这般砍罢了。”老魔道：“猴儿，你不知这刀：

金火炉中造，神功百炼熬。锋刃依三略，刚强按六韬。却似苍蝇尾，犹如白蟒腰。入山云荡荡，下海浪滔滔。琢磨无遍数，煎熬几百遭。深山古洞放，上阵有功劳。搀着你这和尚天灵盖，一削就是两个瓢。”

大圣笑道：“这妖精没眼色，把老孙认做个瓢头哩。也罢，误砍误让，教你再砍一刀，看怎么。”那老魔举刀又砍，大圣把头迎一迎，乒乓的劈做两半个。大圣就地打个滚，变做两个身子。那魔一见，慌了手，按下钢刀。猪八戒远远望见，笑道：“老魔好砍两刀的，却不是四个人？”老魔指定行者道：“闻你能使分身法，怎么把这法儿拿出在我面前使？”大圣道：“何为分身法？”老魔道：“为甚么先砍你一刀不动，如今砍你一刀就是两个人？”大圣笑道：“妖怪，你切莫害怕。砍上一万刀，还你二万个人。”老魔道：“你这猴儿，你只会分身，不会收身。你若有本事收做一个，打我一棍去罢。”大圣道：“不许说谎，你要砍三刀，只砍了我两刀；教我打两棍，若打了棍半，就不姓孙！”老魔道：“正是，正是。”

好大圣，就把身搂上来，打个滚，依然一个身子，掣棒劈头就打。那老魔举刀架住道：“泼猴无礼！甚么样个哭丧棒，敢上门打人？”大圣喝道：“你若问我这条棍，天上地下，都有名声！”老魔道：“怎见名声？”他道：

“棒是九转镔铁炼，老君亲手炉中煅。

禹王求得号神珍，四海八河为定验。

中间星斗暗铺陈，两头箝裹黄金片。

花纹密布鬼神惊，上造龙纹与凤篆。

名号灵阳棒一根，深藏海藏人难见。

成形变化要飞腾，飘飖正色霞光现。

老孙得道取归山，无穷变化多经验。

时间要大瓮来粗，或小些微如铁线。
粗如南岳细如针，长短随吾心意变。
轻轻举动彩云生，亮亮飞腾如闪电。
攸攸冷气逼人寒，条条杀雾空中现。
降龙伏虎谨随身，天涯海角都游遍。
曾将此棍闹天宫，威风打散蟠桃宴。
天王赌斗未曾赢，哪吒对敌难交战。
棍打诸神没躲藏，天兵十万都逃窜。
雷霆众将护灵霄，飞身打上通明殿。
掌朝天使尽皆惊，护驾仙卿俱搅乱。
举棒掀翻北斗宫，回首振开南极殿。
金阙天皇见棍凶，特请如来与我见。
兵家胜负自如然，困苦灾危无可辨。
整整挨排五百年，亏了南海菩萨劝。
大唐有个出家僧，对天发下洪誓愿。
枉死城中度鬼魂，灵山会上求经卷。
西方一路有妖魔，行动甚是不方便。
已知铁棒世无双，央我途中为侣伴。
邪魔汤着赴幽冥，肉化红尘骨化面。
处处妖精棒下亡，论万成千无打算。
上方击坏斗牛宫，下方压损森罗殿。
天将曾将九曜追，地府打伤催命判。
半空丢下振山川，胜如太岁新华剑。
全凭此棍保唐僧，天下妖魔都打遍。”

那魔闻言，战兢兢舍着性命，举刀就砍。猴王笑吟吟使铁棒前迎。他两个先时在洞前撑持，然后跳起去，都在半空里厮杀。这一场好杀：

天河定底神珍棒，棒名如意世间高。夸称手段魔头恼，大杆刀擎法力豪。门外争持还可近，空中赌斗怎相饶？一个随心更面目，一个立地长身腰。杀得满天云气重，遍野雾飘飖。那一个几番立意擒三藏，这一个广施法力保唐朝。都因佛祖传经典，邪正分明恨苦交。

那老魔与大圣斗经二十余合，不分输赢。原来八戒在底下见他两个战到好处，忍不住掣钯架风，跳将起去，望妖魔劈脸就筑。那魔慌了，不知八戒是个呼头性子，冒冒失失的人，他只道嘴长耳大，手硬钯凶，败了阵，丢了刀，回头就走。大圣喝道："赶上！赶上！"这呆子仗着威风，举着钉钯，即忙赶下怪去。老魔见他赶得相近，在坡前立定，迎着风头幌一幌，现了原身，张开大口，就要来吞八戒。八戒害怕，急抽身往草里一钻，也管不得荆针棘刺，也顾不得刮破头疼，战兢兢的在草里听着梆声。随后行者赶到，那怪也张口来吞，却中了他的机关，收了铁棒，迎将上去，被老魔一口吞之。諕得个呆子在草里囔囔咄咄的埋怨道："这个弼马温，不识进退！那怪来吃你，你如何不走，反去迎他！这一口吞在肚中，今日还是个和尚，明日就是个大恭也！"那魔得胜而去。这呆子才钻出草来，溜回旧路。

悟空和八戒来到狮驼洞前。面对猴哥单枪匹马的叫阵，西游宇宙中的最狠妖魔三巨头却不像个样子。先是老魔心惊胆战，问：猴子确实够狠，谁敢打个头阵？结果无一人应答。老魔再问，又无人答，都在那儿装聋作哑。随后青狮发怒，表示：咱在西方大路上也算是有一号的，今日孙行者这般藐视，若不出去与他见阵，恐怕低了名头，等我舍了这老命去与他战上三合！三合战不过，吃唐僧这事就拉倒！

可见，老魔还是惧怕猴子的。虽然最开始吃唐僧这事是大鹏攒起来的，但人家认了他当大哥，他现在必须去表示一下。不过狮子相当有脑子，说三合就三合，真能算计。让自己完全没有风险地打上三回合拢共分两步：

1. 假装厚道，把握话语主动权：狮子先是对猴子表示，我要是调出妖兵打你，显得我是坐家虎欺负你，现在咱一个对一个。

2. 自己设立规则激将：我都那么厚道了，明显不是欺负人的小人。现在我定个规则，你若能让我用力着头砍上三刀，我就让你们过去；假若禁不得，快送唐僧来，与我做一顿下饭！

这妖怪多灵啊！

猴哥一听比砍头，算是到他的舒适区了。妖怪第一刀砍完，猴哥头皮红也不红，砍第二刀时猴哥逗了逗他，变成了两个孙悟空。狮子精说：你这是分身法，有本事收身打我。呵呵，知道作者这句话是为了说明什么吗？前情回顾哪！还记得所谓的“假悟空”吗？猴哥收身开打，刚打一棍便被狮子举刀架住，问：你这哭丧棒是个什么来历？狮子这是在调研。猴哥给他讲了讲金箍棒的来历，说了很长的一段，核心是阐述自己当年闹天宫时曾手拿金箍棒追着满天神将打，像九曜、天王、哪吒、雷将，这些天庭神仙，包括十万天兵都不是自己的对手。加入取经项目是因为观音菩萨劝善，这一路上，他已经打死了成千上万的妖魔，如今可以再加一个！

狮子听完猴子的这通白话，表现是相当虚的，所谓“那魔闻言，战兢兢舍着性命，举刀就砍”。作者笔下的老魔从头到尾都是很㞞的人设，其实目的是在告诉我们一件事：他一口吞了十万天兵的时候肯定是狗仗人势，他的背后肯定有大神，才会那么猖狂，否则就他这德行是根本不可能的。

狮子和悟空斗了二十余合之后，虽然不见输赢，但极大概率狮子的水平只能扛猴子二十回合，因为八戒都“忍不住掣钯架风，跳将起去，望妖魔劈脸就筑”了。这货从来都是顺风才会出手抢功劳的！狮子慌了，败阵丢刀，回头就走。猴哥喝道：“赶上！赶上！”随后八戒仗着威风，举着钉钯，急忙追去。从这里也能看出，狮子的本事也就那么回事，八戒都不怕。

狮子见八戒扑得这么凶，随后现原身，张大口想吞八戒，被八戒草遁了，猴哥则迎着狮子口进了肚里。

狮子也算是吞人吞惯了的路径依赖了。也不想想，连阴阳二气瓶都化不了猴子，你这肚子比瓶子还厉害吗？

却说三藏在那山坡下，正与沙僧盼望。只见八戒喘呵呵的跑来，三藏大惊道：“八戒，你怎么这等狼狈？悟空如何不见？”呆子哭哭啼啼道：“师兄被妖精一口吞下肚去了！”三藏听言，諕倒在地，半晌间，跌脚拳胸道：“徒弟呀！只说你善会降妖，领我西天见佛，怎知今日死于此怪之手！苦哉，苦哉！我弟子同众的功劳，如今都化作尘土矣！”那师父十分苦痛。你看那呆子，他也不来劝解师父，却叫：“沙和尚，你拿将行李来，我两个分了罢。”沙僧道：“二哥，分怎的？”八戒道：“分开了，各人散伙。你往流沙河，还去吃人；我往高老庄，看看我浑家。将白马卖了，与师父买个寿器送终。”长老气呼呼的，闻得此言，叫皇天，放声大哭，且不题。

八戒哭哭啼啼地回去给唐僧报了信，说猴哥被吃了。唐僧的反应是这样的："三藏听言，諕倒在地，半晌间，跌脚拳胸道：'徒弟呀！只说你善会降妖，领我西天见佛，怎知今日死于此怪之手！苦哉，苦哉！我弟子同众的功劳，如今都化作尘土矣！'"

唐僧哭的核心点在于："苦哉，苦哉！我弟子同众的功劳，如今都化作尘土矣！"

他的功劳没了，他这趟白跑了，他捶胸顿足的是这个！

此时八戒也进入日常分行李散伙的流程，让沙僧还回流沙河吃人，自己回高老庄，把白马卖了给师父买棺材送终。

面对爱徒的这番安排，"长老气呼呼的，闻得此言，叫皇天，放声大哭，且不题"。

情绪价值有用吗？肯定有。但永远是个锦上添花的！有人捧哏，让自己心情舒畅很好，但没有也不耽误过日子。

一个组织、一个团队最关键的永远是安身立命的核心技能！

说到这里，我们来讨论一个深刻点的问题。为啥青狮、白象结拜后要在狮驼岭当妖王？为啥他俩作为菩萨的坐骑居然能折腾得这么大？为啥文殊和普贤会纵容他们久在狮驼岭为恶呢？

按照如来讲的"山中方七日，世上几千年"，他们俩都浑蛋出圈儿了！这狮驼岭的作孽水平可跟猴哥当初的水帘洞完全不同，猴哥那四万七千小妖只是在花果山自娱自乐，人家也没满世界吃人去！狮驼岭完全不是这样，他们的作孽水平已经属于"明牌"般地给佛门抹黑了。

说到底，还是文殊和普贤的能力问题（这里说的是西游宇宙中的小说人设，请不要和现实中的宗教挂钩）。

普贤的能力咱不知道，西游宇宙中没亮过相，但文殊菩萨的硬实力咱是知道的，被凡人扔河里的水平。将来唐僧出去办事也跟他差不多。文殊菩萨能控制坐骑，本质上是因为用了类似于紧箍咒的法宝。最后亮相时这俩菩萨是念动咒语后收的妖魔，所谓"这魔头不识起倒，真个举刀上前乱砍，却被文殊、普贤念动真言喝道：'这孽畜！还不皈正，更待怎生？'諕得老怪、二怪不敢撑持，丢了兵器，打个滚，现了本相"。

而且从这句"这魔头不识起倒，真个举刀上前乱砍"也能看出，青狮和白象对他们的主人是没有敬畏的，文殊和普贤远没有观音菩萨面对金毛犼时的潇洒和从容。

青狮和白象之所以能够“山中方七日，世上几千年，不知在那厢伤了多少生灵”，本质上就是因为文殊、普贤没有硬解难题的能力。

文殊确实有拿捏青狮的咒语，但他敢来狮驼岭吗？

他不敢，因为他没有拿捏白象的咒语！

白象要是带着几万小妖给他扔河里了，后面他就彻底没法混了，这属于让坐骑给骑了！

所以他知道青狮下界了，越干越出圈，也只能选择看不见。

同理，普贤估计也跟文殊一样，要不为啥这俩佛门大佬的坐骑要凑一块儿结拜，立一摊呢。西游宇宙中之前就没有这种俩妖怪结拜搭伙过日子的配置，其实本质就是俩坐骑都知道自己的领导是啥水平。要是自己占山为王，随时可以被领导收回去，但如果哥儿俩结拜，那这爷想当多久就能当多久，因为领导是不敢轻易撕破脸的。除非文殊和普贤一块儿来，但这俩领导谁去找谁呢？谁又知道对方是怎么想的呢？所以一拖二拖，他们就在狮驼岭扎下了这么深的根。

其实青狮和白象从头到尾都被大鹏骗了，他们只知道吃唐僧能延寿，并不知道这唐僧是金蝉子转世。大鹏最开始介绍唐僧功效时说的是“不知那一年打听得东土唐朝差一个僧人去西天取经，说那唐僧乃十世修行的好人，有人吃他一块肉，就延寿长生不老。只因怕他一个徒弟孙行者十分利害，自家一个难为，径来此处与我这两个大王结为兄弟，合意同心，打伙儿捉那个唐僧也”。后面大鹏说要吃唐僧时说的是“此物比不得那愚夫俗子，拿了可以当饭。此是上邦稀奇之物，必须待天阴闲暇之时，拿他出来，整制精洁，猜枚行令，细吹细打的吃方可”。

青狮和白象只知道唐僧是十世修行的好人，已经有人吃了他一块肉，就长生不老。注意，是已经有人吃过啦。后面又说唐僧是“上邦稀奇之物”，是上邦，是人间的背景。他们并不知道唐僧的身份，否则吓死他们也不敢吃！因为他们俩只要不惹惹不起的人，始终是安全的，天庭能直接找他们碴儿吗？打狗还得看主人呢，这狮驼岭背后是文殊和普贤，谁知道这俩菩萨咋想的呢？佛门同级别的菩萨敢跟文殊和普贤提这事吗？还是那句话，谁知道这俩菩萨咋想的呢？

只要不上秤，就没有四两重，就能继续你好我好地平衡下去，只要上了秤，那就一千斤也打不住了！

等于三界对狮驼岭“不看僧面看佛面”地视若无睹，以致狮驼岭造出这么大的罪业的本质，就是文殊和普贤没有武力解题能力导致的！

所以回到我们前面问的那个问题，你猜将来是悟空的坐骑能惹出更大的事，还是唐僧的坐骑能惹出更大的事呢？

却说那老魔吞了行者，以为得计，径回本洞。众妖迎问出战之功，老魔道：“拿了一个来了。”二魔喜道：“哥哥拿的是谁？”老魔道：“是孙行者。”二魔道：“拿在何处？”老魔道：“被我一口吞在腹中哩。”第三个魔头大惊道：“大哥啊，我就不曾分付你，孙行者不中吃！”那大圣肚里道：“忒中吃！又坚饥，再不得饿！”慌得那小妖道：“大王，不好了！孙行者在你肚里说话哩！”老魔道：“怕他说话！有本事吃了他，没本事摆布他不成？你们快去烧些盐白汤，等我灌下肚去，把他哕出来，慢慢的煎了吃酒。”

小妖真个冲了半盆盐汤。老怪一饮而干，洼着口，着实一呕，那大圣在肚里生了根，动也不动。却又拦着喉咙，往外又吐，吐得头晕眼花，黄胆都破了，行者越发不动。老魔喘息了，叫声：“孙行者，你不出来？”行者道：“早哩，正好不出来哩！”老魔道：“你怎么不出？”行者道：“你这妖精，甚不通变！我自做和尚，十分淡薄。如今秋凉，我还穿个单直裰。这肚里倒暖，又不透风，等我住过冬才好出来。”众妖听说，都道：“大王，孙行者要在你肚里过冬哩！”老魔道：“他要过冬，我就打起禅来，使个搬运法，一冬不吃饭，就饿杀那弼马温！”大圣道：“我儿子，你不知事！老孙保唐僧取经，从广里过，带了个折叠锅儿，进来煮杂碎吃。将你这里边的肝、肠、肚、肺细细儿受用，还勾盘缠到清明哩！”那二魔大惊道：“哥啊，这猴子他干得出来！”三魔道：“哥啊，吃了杂碎也罢，不知在那里支锅？”行者道：“三叉骨上好支锅。”三魔道：“不好了！假若支起锅，烧动火，烟煼到鼻孔里，打喷嚏么？”行者笑道：“没事！等老孙把金箍棒往顶门里一搠，搠个窟窿，一则当天窗，二来当烟洞。”

老魔听说，虽说不怕，却也心惊，只得硬着胆，叫：“兄弟们莫怕！把我那药酒拿来，等我吃几钟下去，把猴儿药杀了罢！”行者暗笑道：“老孙五百年前大闹

天宫时，吃老君丹，玉皇酒，王母桃及凤髓龙肝，那样东西我不曾吃过？是甚么药酒，敢来药我？”那妖精真个将药酒筛了两壶，满满斟了一钟，递与老魔。老魔接在手中，大圣在肚里就闻得酒香，道：“不要与他吃！”好大圣，把头一扭，变做个喇叭口子，张在他喉咙之下。那怪啯的咽下，被行者啯的接吃了。第二钟咽下，被行者啯的又接吃了；一连吃了七八钟，都是他接吃了。老魔放下钟道：“不吃了。这酒常时吃两钟，腹中如火；却才吃了七八钟，脸上红也不红。”原来这大圣吃不多酒，接了他七八钟，吃了在肚里撒起酒风来，不住的支架子，跌四平，踢飞脚，抓住肝花打秋千，竖蜻蜓，翻跟头乱舞。那怪物疼痛难禁，倒在地下。不知死活如何，且听下回分解。

青狮回洞后说自己吃了猴子，大鹏再次显现出远超俩哥哥的见识和情报水平，大惊道：我忘了跟你说了，那猴子可不能吃！

猴哥也开始在狮子肚子里说话。狮子想灌盐白汤，把猴子哕出来，但猴哥是能被汤冲出来的吗？狮子吐得头晕眼花，黄胆都破了也不好使。狮子说要拾起自己的佛门功夫——打禅，一个冬天不吃饭，饿死猴子。猴哥说：太好了，正好吃你的杂碎。狮子又要拿药酒，想药死猴子。太逗了，这药酒连你都药不死，能药得死这进了瓶子都不化的猴子？

猴哥闻得酒香后，把狮子的酒都喝了，随后在肚子里撒开了酒疯，老魔也就此喜提了罗刹黄眉大礼包。

第七十六回

心神居舍魔归性，木母同降怪体真

话表孙大圣在老魔肚里支吾一会，那魔头倒在尘埃，无声无气，若不言语，想是死了，却又把手放放。魔头回过气来，叫一声："大慈大悲齐天大圣菩萨！"行者听见道："儿子，莫废工夫，省几个字儿，只叫孙外公罢。"那妖魔惜命，真个叫："外公！外公！是我的不是了！一差二误吞了你，你却如今反害我。万望大圣慈悲，可怜蝼蚁贪生之意，饶了我命，愿送你师父过山也。"大圣虽英雄，甚为唐僧进步。他见妖魔哀告，好奉承的人，他就回了善念，叫道："妖怪，我饶你，你怎么送我师父？"老魔道："我这里也没甚么金银珠翠、玛瑙珊瑚、琉璃琥珀、玳瑁珍奇之宝相送，我兄弟三个，抬一乘香藤轿儿，把你师父送过此山。"行者笑道："既是抬轿相送，强如要宝。你张开口，我出来。"

那魔头真个就张开口。那三魔走近前，悄悄的对老魔道："大哥，等他出来时，把口往下一咬，将猴儿嚼碎，咽下肚，却不得磨害你了。"原来行者在里面听得，便不先出去，却把金箍棒伸出，试他一试。那怪果往下一口，圪喳的一声，把个门牙都迸碎了。行者抽回棒道："好妖怪！我倒饶你性命出来，你反咬我，要害我命！我不出来，活活的只弄杀你。不出来！不出来！"老魔报怨三魔道："兄弟，你是自家人弄自家人了。且是请他出来好了，你却教我咬他。他倒不曾咬着，却迸得我牙龈疼痛，这是怎么起的！"

三魔见老魔怪他，他又作个激将法，厉声高叫道："孙行者，闻你名如轰雷贯耳，说你在南天门外施威，灵霄殿下逞势，如今在西天路上降妖缚怪，原来是个小辈的猴头。"行者道："我何为小辈？"三怪道："'好看千里客，万里去传名。'你出来，我与你赌斗，才是好汉，怎么在人肚里做勾当，非小辈而何？"行者闻言，心中暗想道："是，是，是。我若如今扯断他肠，揌破他肝，弄杀这怪，有何难哉？但真是坏了我的名头。""也罢！也罢！你张口，我出来与你比并。但只是你这洞口窄逼，不好使家火，须往宽处去。"三魔闻说，即点大小怪，前前后后有三万多精，都执着精锐器械出洞，摆开一个三才阵势，专等行者出口，一齐上阵。那二怪搀着老魔，径至门外叫道："孙行者！好汉出来，此间有战场好斗！"

猴哥在狮子肚子里玩了一通，狮子一度都被玩休克了。猴哥以为把狮子玩死了，于是消停了会儿。狮子回过气来，尽显正果型妖魔的能屈能伸属性，直接封猴哥为"大慈大悲齐天大圣菩萨"。猴哥说：喊外公就行。狮子果然给猴哥长了两辈儿，喊了外公，并表示要抬轿子送唐僧过山。

猴哥答应了，让魔头张开口。但这时候，十处敲锣九处有他的大鹏悄悄对狮子说：等他出来时你咬死他！

连刀都砍不动这猴子，牙能咬得动吗？而且你跟狮子说话，就算是悄悄的，肚里的猴子可能听不见吗？

这大鹏对狮子跟唐师父对悟空的感情一样，都是只在乎自己的事成没成。他并不在乎狮子的死活，不想让吃唐僧这件事就这么完了！

猴哥听见后，先伸出金箍棒，把狮子门牙都迸碎了，随后大怒，决定弄死他。狮子开始抱怨大鹏，然后你看大鹏是咋破局的，直接用激将法，说猴子不是好汉。这一下子就点中了猴哥的死穴，猴哥把自己的名头看得比什么都重，当即决定出洞去比拼。

一方面，我们要感慨人设的维护永远是昂贵的；另一方面，也能看出这大鹏有多坏，激将法他不早点使出来，却一直在激化矛盾。

听说猴哥要出洞比拼，大鹏第一反应是点出整个狮驼岭集团的所有兵马，三万多大小怪都执着精锐器械出洞，摆开一个三才阵势，悟空只要一出来就展开厮杀。

大圣在他肚里，闻得外面鸦鸣鹊噪，鹤唳风声，知道是宽阔之处，却想着："我不出去，是失信与他；若出去，这妖精人面兽心，先时说送我师父，哄我出来咬我，今又调兵在此。也罢！也罢！与他个两全其美，出去便出去，还与他肚里生下一个根儿。"即转手，将尾上毫毛拔了一根，吹口仙气，叫："变！"即变一条绳儿，只有头发粗细，倒有四十丈长短。那绳儿理出去，见风就长粗了。把一头拴着妖怪的肝系上，打做个活扣儿。那扣儿不扯不紧，扯紧就痛。却拿着一头，笑道："这一出去，他送我师父便罢；如若不送，乱动刀兵，我也没工夫与他打，只消扯此绳儿，就如我在肚里一般。"又将身子变得小小的，往外爬。爬到咽喉之下，见妖精大张着方口，上下钢牙，排如利刃，忽思量道："不好，不好！若从口里出去，扯这绳儿，他怕疼，往下一嚼，却不咬断了？我打他没牙齿的所在出去。"

好大圣，理着绳儿，从他那上腭子往前爬，爬到他鼻孔里。那老魔鼻子发痒，"阿嚏"的一声，打了个喷嚏，直迸出行者。行者见了风，把腰躬一躬，就长了有三丈长短，一只手扯着绳儿，一只手拿着铁棒。那魔头不知好歹，见他出来了，就举钢刀，劈脸来砍。这大圣一只手使铁棒相迎。只见那二怪使枪，三怪使戟，没头没脸的乱上。大圣放松了绳，收了铁棒，急纵身驾云走了。原来怕那伙小妖围绕，不好干事。他却跳出营外，去那空阔山头上，落下云，双手把绳尽力一扯，老魔心里才疼。他害疼，往上一挣，大圣复往下一扯。众小妖远远看见，齐声高叫道："大王，莫惹他，让他去罢！这猴儿不按时景，清明还未到，他却那里放风筝也。"大圣闻言，着力气邓了一邓，那老魔从空中拍剌剌似纺车儿一般跌落尘埃，就把那山坡下死硬的黄土，跌做个二尺浅深之坑。

慌得那二怪、三怪一齐按下云头，上前扯住绳儿，跪在坡下哀告道："大圣呵，只说你是个宽洪海量之仙，谁知是个鼠腹蜗肠之辈。实实的哄你出来，与你见阵，不期你在我家兄心上拴了一根绳子！"行者笑道："你这伙泼魔十分无礼！为前哄我出，便就咬我；这番哄我出，却又摆阵敌我。似这几万妖兵，战我一个，理上也不通。扯了去，扯了去见我师父！"那怪一齐叩头道："大圣慈悲，饶我性命，愿送老师父过山！"行者笑道："你要性命，只消拿刀把绳子割断罢了。"老魔道："爷爷哑，割断外边的，这里边的拴在心上，喉咙里又捺捺的恶心，怎生是好？"行者道："既如此，张开口，等我再进去解出绳来。"老魔慌了道："这一进去，又不肯出来，

却难也！却难也！”行者道：“我有本事，外边就可以解得里面绳头也。解了，可实实的送我师父么？”老魔道：“但解就送，决不敢打诳语。”大圣审得是实，即便将身一抖，收了毫毛，那怪的心就不疼了。这是孙大圣掩样的法儿，使毫毛拴着他的心，收了毫毛，所以就不害疼也。三个妖纵身而起，谢道：“大圣请回，上覆唐僧，收拾下行李，我们就抬轿来送。”众怪偃干戈，尽皆归洞。

猴哥等狮子出洞后拔了根毫毛，变成一条绳，把狮子的心肝系上，从鼻子处出来了。他刚一出来，三个妖魔就扑上来了。猴哥跳上云头，双手把绳尽力一扯，差点把狮子扯死。

眼看狮子要被弄死了，二魔、三魔一齐按下云头，跪在坡下是这么哀告的：“大圣呵，只说你是个宽洪海量之仙，谁知是个鼠腹蜗肠之辈。实实的哄你出来，与你见阵，不期你在我家兄心上拴了一根绳子！”

正果型妖魔行事都有路径依赖，他们通常拿道德作为武器去要求别人，自己却忽视那些束缚他们无所不用其极的条条框框，而且他们相当善于根据自己的优势制定规则。本来是你要吃人家，你没本事被人家拿捏了，求人家出来，人家饶了你的命，按理来说你还有脸跟人家打吗？但这并不耽误正果型妖孽先拿牙咬人，又在阵外摆起三万妖兵，全集团上阵，弄死有饶命之恩的人，还有比这更不要脸的吗？更让人无语的是，再度被悟空拿捏后，这些妖怪还觍着大脸说饶命恩人是“鼠腹蜗肠”之辈。这话猴哥可听不下去了，说：你这是几万妖兵战我一个！说得通吗？要脸吗？我要扯你们去见我师父！

这回是三个怪一齐叩头求饶，并表示愿送唐僧过山，脸变得那是相当快。悟空还是天真了，他以为这三个妖魔会像他那么光明磊落，当得到“但解就送，决不敢打诳语”的保证后，猴哥收了毫毛。

永远不要相信没有追责手段、没有反制威慑的保证，那就没有任何意义。猴哥应该牵着狮子一直走，等唐僧过境后再收毫毛。

大圣收绳子，径转山东，远远的看见唐僧睡在地下打滚痛哭，猪八戒与沙僧解了包袱，将行李搭包儿在那里分哩。行者暗暗嗟叹道：“不消讲了，这定是八戒对师父说我被妖精吃了，师父舍不得我，痛哭，那呆子却分东西散伙哩。咦！不知可

是此意？且等我叫他一声看。”落下云头，叫道：“师父！”沙僧听见，报怨八戒道：“你是个‘棺材座子，专一害人’！师兄不曾死，你却说他死了，在这里干这个勾当，那里不叫将来了？”八戒道：“我分明看见他被妖精一口吞了。想是日辰不好，那猴子来显魂哩。”行者到跟前，一把挝住八戒脸，一个巴掌打了个踉跄，道：“夯货！我显甚么魂？”呆子侮着脸道：“哥哥，你实是那怪吃了，你、你怎么又活了？”行者道：“像你这个不济事的脓包！他吃了我，我就抓他肠，捏他肺，又把这条绳儿穿住他的心，扯得疼痛难禁，一个个叩头哀告，我才饶了他性命。如今抬轿来送我师父过山也。”那三藏闻言，一骨鲁爬起来，对行者躬身道：“徒弟呵，累杀你了！若信悟能之言，我已绝矣。”行者抡拳打着八戒骂道：“这个馕糠的呆子！十分懈怠，甚不成人！师父，你切莫恼，那怪就来送你也。”沙僧甚生惭愧，连忙遮掩，收拾行李，扣背马匹，都在途中等候不题。

猴哥收拾完青狮，回去找唐僧三人，发现此时唐僧正在地上打滚痛哭，八戒与沙僧正在分行李，猴哥暗暗嗟叹道：“不消讲了，这定是八戒对师父说我被妖精吃了，师父舍不得我，痛哭，那呆子却分东西散伙哩。”

唉，猴哥还以为他师父舍不得他，真是不忍心让猴哥知道唐僧听见噩耗后说的啥啊！

猴哥害怕冤枉了八戒，先是喊了声师父，沙僧听见后相当机灵，赶紧表明立场，责任都往八戒身上推，抱怨八戒道：“你是个‘棺材座子，专一害人’！师兄不曾死，你却说他死了，在这里干这个勾当……”

八戒还没反应过来，还说他眼见猴子被吃了！这是猴子来显魂呢！给猴哥气得，走过去一把抓住猪头，一个巴掌抡圆了，给八戒打了个踉跄！八戒捂着脸纳闷：哥哥，你被吃了，咋又活了？猴哥说：我又不是你这“放屁添风”的脓包！现在这些妖怪要抬轿送师父过山！

唐僧一骨碌爬起来，对猴哥躬身说了这么句话：“徒弟呵，累杀你了！若信悟能之言，我已绝矣。”

唐僧没说，徒弟啊，我还以为你死了呢！吓死我了！唐僧依旧没拿猴子的生死当回事，说的还是辛苦了，要是听猪的，这项目已经绝了。

唉！其实唐僧也不是没拿悟空当回事过，当年车迟国下油锅时，唐师父是这么说的："三藏对锅祝曰：'徒弟孙悟空！自从受戒拜禅林，护我西来恩爱深。'"（第四十六回）注意，是恩爱深；等猴哥没死又蹦了出来，是"唐僧见了道：'徒弟，谎杀我也！'"疙瘩结下了也就永远解不开了，唐僧认定猴子要抢他功劳后，就再也回不去当初的感觉了。猴子在四圣试禅心时深深羞辱八戒后，八戒也不会再拿他真当哥了，一直给他捣乱到结尾。大粗钉子砸进了木板，就算拔了钉子，洞依旧还在。所以，永远不要以为感情这东西可以修补，可以缝合，珍惜眼前人，珍惜眼前缘吧。有些伤害发生了，这辈子也就别指望修复了！

比如取经团队，不用谈什么父慈子孝、兄友弟恭了，就是搭伙上个班，取完经，大家估计八百年都不会来往的。

沙僧看到猴哥回来，此时也相当惭愧，连忙遮掩，收拾行李。这里大家注意一下，沙僧这回也放弃取经了，他之前正和八戒分行李呢。举头三尺有神明，记住这个细节，最后到灵山时我们会再提到。

却说三个魔头帅群精回洞。二怪道："哥哥，我只道是个九头八尾的孙行者，原来是恁的个小小猴儿。你不该吞他，只与他斗时，他那里斗得过你我？洞里这几万妖精，吐唾沫也可淹杀他。你却将他吞在肚里，他便弄起法来，教你受苦，怎么敢与他比较！才是说送唐僧，都是假意，实为兄长性命要紧，所以哄他出来。决不送他！"老魔道："贤弟不送之故，何也？"二怪道："你与我三千小妖摆开阵势，我有本事拿住这个猴头。"老魔道："莫说三千，凭你起老营去，只是拿住他，便大家有功。"

那二魔即点三千小妖，径到大路旁摆开，着一个蓝旗手往来传报，教："孙行者！赶早出来与我二大王爷交战。"八戒听见，笑道："哥啊，常言道：'说谎不瞒当乡人。'就来弄虚头捣鬼！怎么就降了妖精，就抬轿来送师父，却又来叫战，何也？"行者道："老怪已被我降了，不敢出头，闻着个'孙'字儿也害头疼。这定是二妖魔不伏气送我们，故此叫战。我道兄弟，这妖精有弟兄三个，这般义气；我弟兄也是三个，就没些义气？我已降了大魔，二魔出来，你就与他战战，未为不可。"八戒道："怕他怎的！等我去打他一仗来。"行者道："要去便去罢。"八戒笑道："哥啊，去便去，你把那绳儿借与我使使。"行者道："你要怎的？你又没本事钻在肚里，又没本事拴

在他心上，要他何用？”八戒道：“我要扣在这腰间，做个救命索。你与沙僧扯住后手，放我出去，与他交战。估着赢了他，你便放绳，我把他拿住；若是输与他，你把我扯回来，莫教他拉了去。”行者暗笑道：“我且捉弄呆子一番。”真个就把绳儿扣在他腰里，撮弄他出战。

那呆子举钉钯跑上山崖，叫道：“妖精出来！与你猪祖宗打来！”那蓝旗手急报道：“大王，有一个长嘴大耳朵的和尚来了。”二怪即出营，见了八戒，更不打话，挺枪劈面刺来，这呆子举钯上前迎住。他两个在山坡前搭上手，斗不上七八回合，呆子手软，架不得妖魔，急回头叫：“师兄，不好了！扯扯救命索！扯扯救命索！”这壁厢大圣闻言，转把绳子放松了抛将去。那呆子败了阵，往后就跑。原来那绳子拖着走，还不觉；转回来，因松了，倒有些绊脚，自家绊上了一跌，爬起来又一跌，始初还跌个踉踵，后面就跌了个嘴揭地。被妖精赶上，捽开鼻子，就如蛟龙一般，把八戒一鼻子卷住，得胜回洞，众妖凯歌齐唱，一拥而归。

猴哥正天真地等妖怪们抬轿子呢，却不知三个魔头回了洞后就变主意了。白象以貌取人地认为：那小小的猴子能有多厉害，真打起来怎么可能打得过你我？就是赶巧了，你吞了他，让他占了便宜！我们刚才说送唐僧都是假意，实为兄长性命要紧，所以才哄他出来，我反正是决不送他！

白象说自己带三千小妖去，肯定能拿住猴头，随后刚刚被猴子饶命的狮子是这么说的：“莫说三千，凭你起老营去，只是拿住他，便大家有功。”

他这承诺和放屁有啥区别呢？对不起，我侮辱放屁了。

白象点了三千小妖来叫战，不知死活的猪头还在挑衅猴子呢。他笑猴子说谎，道：你说妖精抬轿来送师父，现在咋又来叫战了呢？

猴哥回道：老怪已被我降了，不敢出头，肯定是二魔不服。你看看人家妖精弟兄三个这般义气；我们弟兄也是三个，就没些义气！我已经降了大魔，二魔出来，你去和他打吧！

八戒要为他的嘴贱付出代价了，被挤对后只好出战。走之前八戒求猴哥给他也来根绳子，扣在腰间做个救命索，输了的话扯他回来。

你嘴那么贱，猴子可能救你吗？八戒与白象战了七八回合就手软了，急忙回头叫猴哥扯扯救命索。猴哥把绳子一松，八戒被白象用鼻子轻松卷回了狮驼洞。

这坡下三藏看见，又恼行者道："悟空，怪不得悟能咒你死哩！原来你兄弟全无相亲相爱之意，专怀相嫉相妒之心！他这般说，教你扯扯救命索，你怎么不扯，反将索子丢去？如今教他被害，却如之何？"行者笑道："师父也忒护短，忒偏心！罢了，象老孙拿去时，你略不挂念，左右是舍命之材，这呆子才自遭擒，你就怪我。也教他受些苦恼，方见取经之难。"三藏道："徒弟啊，你去我岂不挂念？想着你会变化，断然不至伤身。那呆子生得狼犺，又不会腾那，这一去少吉多凶，你还去救他一救。"行者道："师父不得报怨，等我去救他一救。"急纵身赶上山，暗中恨道："这呆子咒我死，且莫与他个快活，且跟去看那妖精怎么摆布他，等他受些罪，再去救他。"即捻诀，念起真言，摇身一变，即变做个蟭蟟虫，飞将去，钉在八戒耳朵根上，同那妖精到了洞里。

二魔帅三千小妖，大吹大打的，至洞口屯下，自将八戒拿入里面，道："哥哥，我拿了一个来也。"老怪道："拿来我看。"他把鼻子放松，捽下八戒，道："这不是？"老怪道："这厮没用。"八戒闻言道："大王，没用的放出去，寻那有用的捉来罢。"三怪道："虽是没用，也是唐僧的徒弟猪八戒。且捆了，送在后边池塘里浸着，待浸退了毛，破开肚子，使盐腌了晒干，等天阴下酒。"八戒大惊道："罢了！罢了！撞见那贩腌的妖怪也。"众妖一齐下手，把呆子四马攒蹄捆住，扛扛抬抬，送至池塘边，往中间一推，尽皆转去。

大圣却飞起来看处，那呆子四肢朝上，掘着嘴，半浮半沉，嘴里呼呼的，着实好笑，倒像八九月经霜落了子儿的一个大黑莲蓬。大圣见他那嘴脸，又恨他，又怜他，说道："怎的好么？他也是龙华会上的一个人，但只恨他动不动分行李散伙，又要撺掇师父念'紧箍咒'咒我。我前日曾闻得沙僧说他攒了些私房，不知可有否？等我且吓他一吓看。"好大圣，飞近他耳边，假捏声音，叫声："猪悟能！猪悟能！"八戒慌了道："晦气呀！我这悟能，是观世音菩萨起的，自跟了唐僧，又呼做八戒，此间怎么有人知道我叫做悟能？"呆子忍不住问道："是那个叫我的法名？"行者道："是我。"呆子道："你是那个？"行者道："我是勾司人。"那呆子慌了道："长官，你是那里来的？"行者道："我是五阎王差来勾你的。"那呆子道："长官，你且回去，上覆五阎王，他与我师兄孙悟空交得甚好，教他让我一日儿，明日来勾罢。"行者道："胡说！阎王注定三更死，谁敢留人到四更！趁早跟我去，免得套上绳子扯拉！"

呆子道："长官，那里不是方便，看我这般嘴脸，还想活哩？死是一定死，只等一日，这妖精连我师父们都拿来，会一会，就都了帐也。"行者暗笑道："也罢，我这批上有三十个人，都在这中前后，等我拘将来就你，便有一日耽阁。你可有盘缠？把些儿我去。"八戒道："可怜啊！出家人那里有甚么盘缠？"行者道："若无盘缠，索了去！跟着我走！"呆子慌了道："长官，不要索。我晓得你这绳儿叫做'追命绳'，索上就要断气。有！有！有！有便有些儿，只是不多。"行者道："在那里？快拿出来！"八戒道："可怜！可怜！我自做了和尚到如今，有些善信的人家斋僧，见我食肠大，衬钱比他们略多些儿，我拿了攒凑这里，零零碎碎有五钱银子，因不好收拾，前者到城中，央了个银匠，煎成一处，他又没天理，偷了我几分，只得四钱六分一块儿，你拿去罢。"行者暗笑道："这呆子裤子也没得穿，却藏在何处？""咄！你银子在那里？"八戒道："在我左耳朵眼儿里揌着哩。我捆了拿不得，你自家拿了去罢。"

行者闻言，即伸手在耳朵窍中摸出，真个是块马鞍儿银子，足有四钱五六分重，拿在手里，忍不住哈哈的大笑一声。那呆子认是行者声音，在水里乱骂道："天杀的弼马温！到这们苦处，还来打诈财物哩！"行者又笑道："我把你这馕糟的！老孙保师父，不知受了多少苦难，你倒攒下私房！"八戒道："嘴脸！这是甚么私房？都是牙齿上刮下来的，我不舍得买来嘴吃，留下买匹布儿做件衣服，你却吓了我的，还分些儿与我。"行者道："半分也没得与你。"八戒骂道："买命钱，让与你罢，好道也救我出去么。"行者道："莫发急，等我救你。"将银子藏了，即现原身，掣铁棒，把呆子划拢，用手提着脚，扯上来，解了绳。八戒跳起来，脱下衣裳，整干了水，抖一抖，潮漉漉的披在身上，道："哥哥，开后门走了罢。"行者道："后门里走，可是个长进的？还打前门上去。"八戒道："我的脚捆麻了，跑不动。"行者道："快跟我来。"

唐僧看到了全程画面，埋怨道："悟空，怪不得悟能咒你死哩！原来你兄弟全无相亲相爱之意，专怀相嫉相妒之心！他这般说，教你扯扯救命索，你怎么不扯，反将索子丢去？如今教他被害，却如之何？"

听话听音，唐僧这句重点在哪儿？

在"专怀相嫉相妒之心"！

刚刚悟空和八戒的矛盾跟嫉妒有关系吗？明明是八戒咒悟空死，破坏队伍团结，又阴阳悟空说谎，所以人家悟空要给他这光会分行李说便宜话的猪头点颜色看看，这跟嫉妒没有关系。

唐僧这句话恰恰说明了自己的此地无银三百两！他知道自己偏心护着猪头，所以埋怨猴子时的第一反应就是：你嫉妒八戒。

真是没心肝！猪都分行李了，你不该教育教育吗？

悟空笑道："师父也忒护短，忒偏心！罢了，象老孙拿去时，你略不挂念，左右是舍命之材，这呆子才自遭擒，你就怪我。也教他受些苦恼，方见取经之难。"

猴子把话也挑明了，你就是护短偏心！我现在是要让他知道知道取经之难！

唐僧赶紧打圆场，说：我对你是一样的挂念，这不是你本事大嘛！那头猪又没你这本事，你快去救救他吧！

悟空被唐僧派出来了，但心里的气根本没消。他决定先看看情况，猴哥变成蟭蟟虫飞到八戒耳朵根上，跟着一块儿进了洞。看到八戒被四马攒蹄捆着，四肢朝上，噘着嘴，半浮半沉，嘴里呼呼的，悟空是一边恨他一边怜他，然后无可奈何地说道："怎的好么？他也是龙华会上的一个人。但只恨他动不动分行李散伙，又要撺掇师父念'紧箍咒'咒我。我前日曾闻得沙僧说他攒了些私房，不知可有否？等我且吓他一吓看。"

这句话一出，猴哥已经有了高级神佛的觉悟！八戒再可恨，他将来也是要出席龙华会的人物，他既然已经进了这个取经项目，那此时无论怎样都要不看僧面看佛面！这趟取经不仅仅是要保护唐僧一人，这四人一马少一个都不行！少一个都会让佛祖的面子不光彩，走到灵山，如果最终就只剩唐僧和猴子，相当于取经团队的能力和人才选拔乃至灵山的威慑力都有重大问题！咋的？佛祖和玉帝攒个"三界通知，十方拥护"的局，结果缺胳膊少腿地来了？那唐僧和猴子最后都不会有他们预期的提拔，至少都要降一个档次！

因为给佛祖抹黑了！甚至大大影响了灵山的"市值"！

这趟取经不是一锤子买卖，未来肯定还是要搞的！是要做成品牌项目的！如果这佛祖立项、玉帝批准、观音攒局的三界头等项目做成了缺胳膊少腿的九死一生，下一次还怎么搞？佛祖最开始为啥要给三个箍，点明了要三个神通广大的妖魔做徒弟？

不仅仅是要保护唐僧，要把取经的威风抖得三界都知道，也是希望进这项目的四个人一个都不能少！

自从猴子悟到了“他也是龙华会上的一个人”后，也就从最开始给他安排的大力王菩萨变成了斗战胜佛，因为猴子不仅仅保护了唐僧，还捎带脚拉着两个根本不够资格进组“放屁添风”的一块儿到了灵山，几乎是以一己之力将佛祖的这个项目最终体面地完成了！

救肯定是得救，死罪可免，但活罪难饶，其实猴哥给八戒的活罪也不是啥罪。接下来是喜闻乐见的猴哥捉弄八戒环节，主要用于调节一下恐怖的狮驼岭剧情。猴哥变成地府勾魂的，从八戒那儿诈出了不到五钱银子，随后解了绳子，放了八戒，从前门打了出去。

好大圣，把铁棒一路丢开解数，打将出去。那呆子忍着麻，只得跟定他，只看见二门下靠着的是他的钉钯，走上前，推开小妖，捞过来往前乱筑。与行者打出三四层门，不知打杀了多少小妖。那老魔听见，对二魔道：“拿得好人！拿得好人！你看孙行者劫了猪八戒，门上打伤小妖也！”那二魔急纵身，绰枪在手，赶出门来，应声骂道：“泼猢狲！这般无礼！怎敢眇视我等？”大圣听得，即应声站下。那怪物不容讲，使枪便刺。行者正是会家不忙，掣铁棒劈面相迎。他两个在洞门外，这一场好杀：

黄牙老象变人形，义结狮王为弟兄。因为三魔来说合，同心计算吃唐僧。齐天大圣神通广，辅正除邪要灭精。八戒无能遭毒手，悟空拯救出门行。妖王赶上施英猛，枪棒交加各显能。那一个枪来好似穿林蟒，这一个棒起犹如出海龙。龙出海门云霭霭，蟒穿林树雾腾腾。算来都为唐和尚，恨苦相持太没情。

那八戒见大圣与妖精交战，他在山嘴上竖着钉钯，不来帮打，只管呆呆的看着。那妖精见行者棒重，满身解数，全无破绽，就把枪架住，捽开鼻子，要来卷他。行者知道他的勾当，双手把金箍棒横起来，往上一举，被妖精一鼻子卷住腰胯，不曾卷手，你看他两只手，在妖精鼻子上丢花棒儿耍子。八戒见了，捶胸道：“咦！那妖怪晦气呀！卷我这夯的，连手都卷住了，不能得动，卷那们滑的，倒不卷手。他

那两只手拿着棒，只消往鼻里一搠，那孔子里害疼流涕，怎能卷得他住？”行者原无此意，倒是八戒教了他。他就把棒幌一幌，细如鸡子，长有丈余，真个往他鼻孔里一搠。那妖精害怕，沙的一声，把鼻子捽放，被行者转手过来，一把挝住，用气力往前一拉，那妖精护疼，徐着手举步跟来。八戒方才敢近，拿钉钯望妖精胯子上乱筑。行者道：“不好！不好！那钯齿儿尖，恐筑破皮，淌出血来，师父看见，又说我们伤生，只调柄儿来打罢。”

真个呆子拿钯柄，走一步，打一下，行者牵着鼻子，就似两个象奴。牵至坡下，只见三藏凝睛盼望，见他两个嚷嚷闹闹而来，即唤：“悟净，你看悟空牵的是甚么？”沙僧见了笑道：“师父，大师兄把妖精揪着鼻子拉来，真爱杀人也！”三藏道：“善哉！善哉！那般大个妖精，那般长个鼻子。你且问他，他若欢欢喜喜送我等过山，可饶了他，莫伤他性命。”沙僧急纵前迎着，高声叫道：“师父说，那怪果送师父过山，教不要伤他命哩。”那怪闻说，连忙跪下，口里呜呜的答应。原来被行者揪着鼻子，捏囔了，就如重伤风一般，叫道：“唐老爷，若肯饶命，即便抬轿相送。”行者道：“我师徒俱是善胜之人，依你言，且饶你命，快抬轿来。如再变卦，拿住决不再饶！”那怪得脱手，磕头而去。行者同八戒见唐僧，备言前事。八戒惭愧不胜，在坡前晾晒衣服等候，不题。

猴哥此时对狮驼岭集团并不害怕，认为底细已经清楚了，那个瓶子已经破了，没有降维打击的法宝了，青狮和白象的本事也都见了，也就那么回事。目前唯一没露面的是那个鸟人，但在猴哥眼中，它既然排行老三，肯定比不过老大、老二，而且有个瓶子才排行老三，估计不算个事，所以直接打了出去。他带着八戒完全就是咔咔乱杀，所谓“打出三四层门，不知打杀了多少小妖”。

注意此时悟空的这个信心状态，后面会有对比，凸显大鹏真人露相后对他灵魂的降维打击。

老魔听说猴子从里到外杀出去后，挤对二魔去解题。二魔拿着兵器出来，跟猴哥开战。打了会儿，因为猴哥棒重，满身解数全无破绽，于是妖怪把枪架住，开始拿鼻子卷人。悟空之前观察了他和八戒的战斗，知道他有这招，于是双手把金箍棒横起来往上一举，没有被卷住手，而是被那鼻子卷住了腰胯。

八戒这时候说：这货卷我时连手都卷住了，现在只要拿棒子往他鼻子里一搠，他就卷不住了！

猴哥被提醒后把金箍棒变细，往妖怪鼻子里一捅，直接就破了招。猴哥一把捏住妖怪的鼻子，用力一拉，妖怪当时就疼得跟着走了。闹了半天白象的必杀技也是他的命门，普贤这坐骑的水平也就那么回事！

猴哥制住白象后，八戒才敢靠近，随后展开报复，拿钉钯往妖精胯上乱筑。悟空说：别拿钯齿尖打，筑破皮淌出了血，让师父看见又得说我们伤生，只用柄子来打解气吧。

八戒随后举钯柄，走一步打一下，行者牵着鼻子，就像两个象奴把白象牵到了坡下。悟空是了解没智慧瞎慈悲的唐僧的，唐僧果然派沙僧来传话说：如果能欢欢喜喜送我等过山，就饶了他，莫伤他性命。

听到还有这好事，白象马上就跪下了，表示若肯饶命，立刻抬轿相送！

面对妖怪又一次的"放屁"，悟空又一次发了善心，把白象放了。

当然，从此时悟空的角度来看，他对于整个狮驼岭集团已经手拿把掐了，大有你就算再变卦又能怎样的底气！

猴子即将迎来他人生中最大的一次看走眼！

他家这兄弟三个是老二、老三"放屁添风"，人家那兄弟三个其实是老大、老二"放屁添风"。

"强者为尊该让我"的悟空很快就要知道啥叫所谋者大的妖魔了。

那二魔战战兢兢回洞，未到时，已有小妖报知老魔、三魔，说二魔被行者揪着鼻子拉去。老魔悚惧，与三魔帅众方出，见二魔独回，又皆接入，问及放回之故。二魔把三藏慈悯善胜之言，对众说了一遍，一个个面面相睹，更不敢言。二魔道："哥哥，可送唐僧么？"老魔道："兄弟，你说那里话。孙行者是个广施仁义的猴头，他先在我肚里，若肯害我性命，一千个也被他弄杀了；却才揪住你鼻子，若是扯了去不放回，只捏破你的鼻子头儿，却也惶恐。快早安排送他去。"三魔笑道："送！送！送！"老魔道："贤弟这话，却又相尚气的了。你不送，我两个送去罢。"三魔又笑道："二位兄长在上，那和尚倘不要我们送，只这等瞒过去，还是他的造化；若要送，不知正中了我的'调虎离山'之计哩。"老怪道："何为'调虎离山'？"三妖道："如

今把满洞群妖点将起来，万中选千，千中选百，百中选十六个，又选三十个。”老怪道：“怎么既要十六，又要三十？”三怪道：“要三十个会烹煮的，与他些精米、细面、竹笋、芽茶、香蕈、蘑菇、豆腐、面筋，着他二十里，或三十里，搭下窝铺，安排茶饭，管待唐僧。”老怪道：“又要十六个何用？”三怪道：“着八个抬，八个喝路，我弟兄相随左右，送他一程。此去向西四百余里，就是我的城池，我那里自有接应的人马。若至城边，如此如此，着他师徒首尾不能相顾。要捉唐僧，全在此十六个鬼成功。”

老怪闻言，欢欣不已，真是如醉方醒，似梦方觉，道：“好！好！好！”即点众怪，先选三十，与他物件；又选十六，抬一顶香藤轿子，同出门来，又分付众妖：“俱不许上山闲走。孙行者是个多心的猴子，若见汝等往来，他必生疑，识破此计。”

老怪遂帅众至大路旁高叫道：“唐老爷，今日不犯红沙，请老爷早早过山。”三藏闻言道：“悟空，是甚人叫我？”行者指定道：“那厢是老孙降伏的妖精抬轿来送你哩。”三藏合掌朝天道：“善哉！善哉！若不是贤徒如此之能，我怎生得去？”径直向前，对众妖作礼道：“多承列位之爱，我弟子取经东回，向长安当传扬善果也。”众妖叩首道：“请老爷上轿。”那三藏肉眼凡胎，不知是计；孙大圣又是太乙金仙，忠正之性，只以为擒纵之功，降了妖怪，亦岂期他都有异谋，却也不曾详察。尽着师父之意，即命八戒将行李捎在马上，与沙僧紧随，他使铁棒向前开路，顾盼吉凶。八个抬起轿子，八个一递一声喝道；三个妖扶着轿杠。师父喜喜欢欢的端坐轿上，上了高山，依大路而行。此一去，岂知欢喜之间愁又至。经云：“泰极否还生。”时运相逢真太岁，又值丧门吊客星。那伙妖魔，同心合意的侍卫左右，早晚殷勤。行经三十里献斋，五十里又斋，未晚请歇，沿路齐齐整整，一日三餐，遂心满意，良宵一宿，好处安身。

西进有四百里余程，忽见城池相近。大圣举铁棒，离轿仅有一里之遥，见城池，把他吓了一跌，挣挫不起。你道他只这般大胆，如何见此着惊？原来望见那城中有许多恶气，乃是：

攒攒簇簇妖魔怪，四门都是狠精灵。

斑斓老虎为都管，白面雄彪作总兵。

丫叉角鹿传文引，伶俐狐狸当道行。

千尺大蟒围城走，万丈长蛇占路程。

楼下苍狼呼食伴，亭前花豹作人声。

摇旗擂鼓皆妖怪，巡更坐铺尽山精。

狡兔开门弄买卖，野猪挑担赶营生。

先年原是天朝国，如今翻作虎狼城。

那大圣正当悚惧，只听得耳后风响，急回头观看，原来是三魔双手举一柄画杆方天戟，往大圣头上打来。大圣急翻身爬起，使金箍棒劈面相迎。他两个各怀恼怒，气呼呼，更不打话，咬着牙，各要相争。又见那老魔头传声号令，令钢刀便砍八戒。八戒慌得丢了马，抡着钯，向前乱筑。那二魔缠长枪望沙僧刺来，沙僧使降妖杖，支开架子敌住。三个魔头与三个和尚，一个敌一个，在那山头舍死忘生苦战。

那十六个小妖却遵号令，各各效能，抢了白马、行囊，把三藏一拥，抬着轿子，径至城边，高叫道："大王爷爷定计，已拿得唐僧来了！"那城上大小妖精，一个个跑下，将城门大开，分付各营卷旗息鼓，不许呐喊筛锣，说大王原有令在前，不许吓了唐僧。唐僧禁不得恐吓，一吓就肉酸，不中吃了。众妖都：

欢天喜地邀三藏，控背躬身接主僧。

把唐僧一轿子抬上金銮殿，请他坐在当中，一壁厢献茶献饭，左右旋绕。那长老昏昏沉沉，举眼无亲。毕竟不知性命何如，且听下回分解。

二魔战战兢兢回洞后，对一众说了下唐僧慈悯善胜之言，随后一个个面面相觑，更不敢言，老二问老大：咱送唐僧吗？老大此时已经服了，表示：必须送，孙行者是个广施仁义的猴头，对咱俩都有饶命之恩，赶紧送。

这个时候，三魔笑道：送！送！送！

狮子道：贤弟这话是在赌气了，你不送我俩去送吧。

见青狮、白象都被猴子拿捏，也确确实实没有本事把猴子控制住，大鹏出来兜底了。他表示优中选优，从数万妖精中选十六个抬轿的，再选三十个厨子一路伺候，把他们送到四百里外的狮驼城，到了狮驼城我收拾他们！

随后没有丁点礼义廉耻的老怪闻言，那是"欢欣不已，真是如醉方醒，似梦方觉，道：'好！好！好！'"

奸计安排好之后，老怪率众至大路旁来迎唐僧。唐僧上了轿子，行了自打取经以来最拉风的四百里。轿子走到狮驼国一里外的时候，猴哥也见到了自打取经以来最恐怖的恶气弥天，被吓得一跌，挣挫不起！

这座狮驼国不是个普通的妖魔占山为王之地，是一个完完整整的政权。无论是统治阶级的都管老虎、总兵雄彪，还是被统治阶级的“狡兔开门弄买卖，野猪挑担赶营生”，都说明这座曾经的天朝之国如今彻彻底底变成了妖魔之城。

猴哥正悚惧着呢，只听得耳后风响，急回头发现三魔双手举一柄画杆方天戟往他头上打来了。三魔对上了悟空后，大魔来打八戒，二魔来战沙僧，把三兄弟都引开后，十六个小妖抢了白马、行囊，抬着唐僧就进了狮驼国。而且大鹏嘱咐得相当细致，命各营卷旗息鼓，不许呐喊筛锣，不许吓唐僧，原因是唐僧禁不得恐吓，“一吓就肉酸，不中吃了”。

这句话貌似是大鹏曾经吃过唐僧的一个间接证据，其实并非如此。之前我们说过，在西游宇宙中，唐僧这个十世修行的好人的第九世是金蝉子，唐僧肉有长生功效也是过了五庄观吃了人参果之后才开始江湖盛传的。这“一吓就肉酸，不中吃了”其实真的很好解释，不仅唐僧受到惊吓后会酸，基本上所有动物受到惊吓后的肉质都有问题，都会发酸发硬。现代科学有了专业解释，是因为动物受到惊吓时肾上腺素分泌增多，体内新陈代谢加快，细胞组织供氧不足，导致肌肉进行过多的无氧呼吸，分泌出大量的乳酸，从而使肉质发酸紧绷，影响口感。

大鹏说“一吓就肉酸，不中吃了”不是说他吃过唐僧肉，他对唐僧的态度其实是吃不吃两可，更倾向不吃，他要利用唐僧达成自己的目的，如果吃的话也行，但他不做罪魁祸首。

唐僧被抓入狮驼国后的待遇是这样的，“众妖都：欢天喜地邀三藏，控背躬身接主僧。把唐僧一轿子抬上金銮殿，请他坐在当中，一壁厢献茶献饭，左右旋绕”。

无论是怕把唐僧吓死还管茶管饭，还是后面二次抓住唐僧后的拖时间，大鹏都是个有脑子的，比那俩的段位高太多了。

第七十七回
群魔欺本性，一体拜真如

且不言唐长老困苦。却说那三个魔头齐心竭力，与大圣兄弟三人，在城东半山内努力争持。这一场，正是那“铁刷帚刷铜锅——家家挺硬”。好杀：

六般体相六般兵，六样形骸六样情。六恶六根缘六欲，六门六道赌输赢。三十六宫春自在，六六形伤恨有名。这一个金箍棒，千般解数；那一个方天戟，百样峥嵘。八戒钉钯凶更猛，二怪长枪俊又能。小沙僧宝杖非凡，有心打死；老魔头钢刀快利，举手无情。这三个是护卫真僧无敌将，那三个是乱法欺君泼野精。起初犹可，向后弥凶。六枚都使升空法，云端里面各翻腾。一时间，吐雾喷云天地暗，哮哮吼吼只闻声。

他六个斗罢多时，渐渐天晚，却又是风雾漫漫，霎时间，就黑暗了。原来八戒耳大，盖着眼皮，越发昏濛，手脚慢，又遮架不住，拖着钯，败阵就走，被老魔举刀砍去，几乎伤命。幸躲过头脑，被刀口削断几根鬃毛，赶上张开口咬着领头，拿入城中，丢与小怪，捆在金銮殿。老妖又驾云，起在半空助力。沙和尚见事不谐，虚幌着宝杖，顾本身回头便走，被二怪捽开鼻子，响一声连手卷住，拿到城里，也叫小妖捆在殿下，却又腾空去叫拿行者。行者见两个兄弟遭擒，他自家独难撑架，正是“好手不敌双拳，双拳难敌四手”。他喊一声，把棍子隔开三个妖魔的兵器，纵筋斗驾云走了。

三怪见行者驾筋斗时，即抖抖身现了本像，扇开两翅，赶上大圣。你道他怎

能赶上？当时如行者闹天宫，十万天兵也拿他不住者，以他会驾筋斗云，一去有十万八千里路，所以诸神不能赶上。这妖精扇一翅就有九万里，两扇就赶过了，所以被他一把挝住，拿在手中，左右挣挫不得。欲思要走，莫能逃脱。即使变化法、遁法，又往来难行：变大些儿，他就放松了挝住；变小些儿，他又揝紧了挝住。复拿了，径回城内，放了手，捽下尘埃。分付群妖，也照八戒、沙僧捆在一处。那老魔、二魔俱下来迎接。三个魔头同上宝殿。噫！这一番倒不是捆住行者，分明是与他送行。

三三对打后，八戒第一个不行了，开始跑路，却被狮子追上，咬着领子拿入城中。八戒被抓后狮子又来支援白象，沙僧也就此被白象卷住拿入城中。青狮、白象随后来支援大鹏，猴哥见情况不妙，马上驾筋斗云跑了。也就在这个时候，大鹏终于显示了自己的真正实力。大翅膀一扇就是九万里，两扇就赶上了悟空，还一把就将悟空抓了。悟空想尽办法也没跑得了，所谓“这妖精扇一翅就有九万里，两扇就赶过了，所以被他一把挝住，拿在手中，左右挣挫不得。欲思要走，莫能逃脱。即使变化法、遁法，又往来难行：变大些儿，他就放松了挝住；变小些儿，他又揝紧了挝住”。

也就是说，不仅在速度方面悟空输了，连力量方面悟空也输了。悟空这担山的力量在人家手中是“左右挣挫不得”，想以变化方式逃走，人家那爪子跟如意法宝一样，对他是降维打击，他无论变大还是变小都脱不开！

可能会有猴哥的拥趸说，这是大鹏偷袭了悟空，并不能代表两人的真实实力。别着急，看当事人的反应，在这次过招后，悟空对大鹏产生了巨大的恐惧，恐惧到后来得知唐僧被吃了的虚假消息后根本不敢来报仇，而是去如来那儿哭去了。要知道后面还有一次猴哥也是得知了唐僧被吃的虚假消息，那次他可是一点没犹豫地去找那豹子精报仇去了。

这大鹏是什么级别，其实作者已经给出结论了，是整个西游宇宙中独一档的：“如来道：‘那怪须是我去，方可收得。’”

即便讲到这儿了，可能拥趸们还有话，说猴哥也是佛祖亲自去收的，那我们再来看看收他俩的区别：

第七回降悟空：“好大圣，急纵身又要跳出，被佛祖翻掌一扑，把这猴王推出西天门外，将五指化作金、木、水、火、土五座联山，唤名‘五行山’，轻轻的把他压住。”

这一回降大鹏："佛祖不敢松放了大鹏，也只教他在光焰上做个护法，引众回云，径归宝刹。"

一个是"轻轻的"，一个是"不敢松放"。

收悟空，佛祖只带了两个随从。收大鹏，佛祖带了整个灵山团队。

方方面面对比下来，差距太大了。

这大鹏超级厉害，无论是硬实力还是法宝，都堪称对悟空的降维打击，但他却对能被悟空轻松拿捏的两个傻哥哥藏着奸。前面他们双方对打时——大鹏对悟空，八戒对狮子，沙僧对白象，几个人打了很久，所谓"他六个斗罢多时，渐渐天晚"。直到悟空跑路后，大鹏在追他的时候才显示真实实力。其实大鹏想吃唐僧凭自己根本就没难度。他拿悟空是真真正正的手拿把掐，而且人家还拿了两次，不光这次，第一次装瓶子里时也是一个人就把悟空给扳翻捆起来了，那他为啥要拉青狮、白象入伙呢？为啥还要认他们为哥哥呢？

我们带着疑问接着往后看。

此时有二更时候，众怪一齐相见毕，把唐僧推下殿来。那长老在灯光前，忽见三个徒弟都捆在地下，老师父伏于行者身边，哭道："徒弟呵！常时逢难，你却在外运用神通，到那里请救降魔，今番你亦遭擒，我贫僧怎么得命！"八戒、沙僧听见师父这般苦楚，便也一齐放声痛哭。行者微微笑道："师父放心，兄弟莫哭。凭他怎的，决然无伤。等那老魔安静了，我们走路。"八戒道："哥呵，又来捣鬼了！麻绳捆住，松些儿还着水喷，想你这瘦人儿不觉，我这胖的遭瘟哩！不信你看，两膊上入肉已有二寸，如何脱身？"行者笑道："莫说是麻绳捆的，就是碗粗的棕缆，只也当秋风过耳，何足罕哉！"

师徒们正说处，只闻得那老魔道："三贤弟有力量，有智谋，果成妙计，拿将唐僧来了。"叫："小的们，着五个打水，七个刷锅，十个烧火，二十个抬出铁笼来，把那四个和尚蒸熟，我兄弟们受用，各散一块儿与小的们吃，也教他个个长生。"八戒听见，战兢兢的道："哥哥，你听那妖精计较，要蒸我们吃哩。"行者道："不要怕，等我看他是雏儿妖精，是把势妖精。"沙和尚哭道："哥呀！且不要说宽话，如今已与阎王隔壁哩，且讲甚么'雏儿''把势'。"说不了，又听得二怪说："猪八

戒不好蒸。”八戒欢喜道：“阿弥陀佛，是那个积阴骘的，说我不好蒸？”三怪道：“不好蒸，剥了皮蒸。”八戒慌了，厉声喊道：“不要剥皮！粗自粗，汤响就烂了！”老怪道：“不好蒸的，安在底下一隔。”行者笑道：“八戒莫怕，是‘雏儿’，不是‘把势’。”沙僧道：“怎么认得？”行者道：“大凡蒸东西，都从上边起。不好蒸的，安在上头一隔，多烧把火，圆了气，就好了；若安在底下，一住了气，就烧半年也是不得气上的。他说八戒不好蒸，安在底下，不是雏儿是甚的！”八戒道：“哥啊，依你说，就活活的弄杀人了！他打紧见不上气，抬开了，把我翻转过来，再烧起火，弄得我两边俱熟，中间不夹生了？”

正讲时，又见小妖来报：“汤滚了。”老怪传令叫抬。众妖一齐上手，将八戒抬在底下一隔，沙僧抬在二隔。行者估着来抬他，他就脱身道：“此灯光前好做手脚。”拔下一根毫毛，吹口仙气，叫：“变！”即变做一个行者，捆了麻绳，将真身出神，跳在半空里，低头看着。那群妖那知真假，见人就抬，把个假行者抬在上三隔，才将唐僧揪翻倒捆住，抬在第四隔。干柴架起，烈火气焰腾腾。大圣在云端里嗟叹道：“我那八戒、沙僧，还捱得两滚，我那师父，只消一滚就烂。若不用法救他，顷刻丧矣！”

好行者，在空中捻着诀，念一声“唵蓝净法界，乾元亨利贞”的咒语，拘唤得北海龙王早至。只见那云端里一朵乌云，应声高叫道：“北海小龙敖顺叩头。”行者道：“请起，请起！无事不敢相烦，今与唐师父到此，被毒魔拿住，上铁笼蒸哩。你去与我护持护持，莫教蒸坏了。”龙王随即将身变作一阵冷风，吹入锅下，盘旋围护，更没火气烧锅，他三人方不损命。

将有三更尽时，只闻得老魔发放道：“手下的，我等用计劳形，拿了唐僧四众，又因相送辛苦，四昼夜未曾得睡。今已捆在笼里，料应难脱，汝等用心看守，着十个小妖轮流烧火，让我们退宫，略略安寝。到五更天色将明，必然烂了，可安排下蒜泥盐醋，请我们起来，空心受用。”众妖各各遵命，三个魔头却各转寝宫而去。

行者在云端里明明听着这等分付，却低下云头，不听见笼里人声。他想着：“火气上腾，必然也热，他们怎么不怕？又无言语哼喷，莫敢是蒸死了？等我近前再听。”好大圣，踏着云，摇身一变，变作一个黑苍蝇儿，钉在铁笼隔外听时，只闻得八戒在里面道：“晦气！晦气！不知是闷气蒸，又不知是出气蒸哩！”沙僧道：“二哥，怎么叫做闷气、出气？”八戒道：“闷气蒸是盖了笼头，出气蒸不盖。”三藏在浮上一层应声道：“徒弟，不曾盖。”八戒道：“造化！今夜还不得死，这是出气蒸了。”行者听得他三人都说话，未曾伤命，便就飞了去，把个铁笼盖轻轻儿盖上。三藏慌了道：“徒弟，盖上了！”八戒道：“罢了！这个是闷气蒸，今夜必是死了。”沙僧与长老嘤嘤的啼哭。八戒道：“且不要哭，这一会烧火的换了班了。”沙僧道：“你怎么知道？”八戒道：“早先抬上来时，正合我意，我有些儿寒湿气的病，要他腾腾；这会子反冷气上来了。咦！烧火的长官，添上些柴便怎的？要了你的哩！”

行者听见，忍不住暗笑道：“这个夯货！冷还好捱，若热就要伤命。再说两遭，一定走了风了，快早去救他。且住！要救他须是要现本相，假如现了，一十个烧火的看见，一齐乱喊，惊动老怪，却不又费事？等我先送他个法儿。”忽想起：“我当初做大圣时，曾在北天门与护国天王猜枚耍子，赢得他瞌睡虫儿，还有几个，送了他罢。”即往腰间顺带里摸摸，还有十二个。“送他十个，还留两个做种。”即将虫儿抛了去，散在十个小妖脸上，钻入鼻孔，渐渐打盹，都睡倒了。只有一个拿火叉的睡不稳，揉头搓脸，把鼻子左捏右捏，不住的打喷嚏。行者道：“这厮晓得勾当了，我再与他个‘双搽灯’。”又将一个虫儿抛在他脸上，两个虫儿，左进右出，右出左进，谅有一个安住。那小妖两三个大呵掀，把腰伸一伸，丢了火叉，也扑的睡倒，再不翻身。

行者道：“这法儿真是妙而且灵！”即现原身，走近前叫声：“师父。”唐僧听见道：“悟空，救我呵！”沙僧道：“哥哥，你在外面叫哩？”行者道：“我不在外面，好和你们在里边受罪？”八戒道：“哥呵，溜撒的溜了，我们都是顶缺的，在此受闷气哩。”行者笑道：“呆子莫嚷，我来救你。”八戒道：“哥呵，救便要脱根救，莫又要复蒸笼。”行者却揭开笼头，解了师父，将假变的毫毛，抖了一抖，收上身来，又一层层，放了沙僧，放了八戒。那呆子才解了，巴不得就要跑。行者道：“莫忙，莫忙。”却又念声咒语，发放了龙神，才对八戒道：“我们这去到西天，还有高山峻岭，师父没脚力难行，等我还将马来。”

你看他轻手轻脚，走到金銮殿下，见那些大小群妖俱睡着了，却解了缰绳，更不惊动。那马原是龙马，若是生人飞踢两脚，便嘶几声。行者曾养过马，授弼马温之官，又是自家一伙，所以不跳不叫。悄悄的牵来，束紧了肚带，扣备停当，请师父上马。长老战兢兢的骑上，也就要走。行者道：“也且莫忙。我们西去，还有国王，须要关文，方才去得，不然，将甚执照？等我还去寻行李来。”唐僧道：“我记得进门时，众怪将行李放在金殿左手下，担儿也在那一边。”行者道：“我晓得了。”即抽身跳在宝殿寻时，忽见光彩飘飖，行者知是行李。怎么就知？以唐僧的锦襕袈裟上有夜明珠，故此放光。急到前，见担儿原封未动，连忙拿下去，付与沙僧挑着。八戒牵着马，他引了路，径奔正阳门。只听得梆铃乱响，门上有锁，锁上贴了封皮。行者道：“这等防守，如何去得？”八戒道：“后门里去罢。”行者引路，径奔后门。后宰门外，也有梆铃之声，门上也有封锁。“却怎生是好？我这一番，若不为唐僧是个凡体，我三人不管怎的，也驾云弄风走了。只为唐僧未超三界外，见在五行中，一身都是父母浊骨，所以不得升驾，难逃。”八戒道：“哥哥，不消商量，我们到那没梆铃，不防卫处，撮着师父爬过墙去罢。”行者笑道：“这个不好。此时无奈，撮他过去，到取经回来，你这呆子口敞，蓦地里就对人说我们是爬墙头的和尚了。”八戒道：“此时也顾不得行检，且逃命去罢。”行者也没奈何，只得依他，到那净墙边，算计爬出。

二更时候，被捆着的师徒四人团聚了，唐僧看见悟空也被捆进来的时候，觉得这回完蛋了，哭道：每回我们被吊起来你还在外面，这回算是没指望了。八戒和沙僧也开始跟着哭泣大合唱。猴哥这时候还笑呢，安慰说：这不就是五庄观的复制剧本嘛！等他们睡着了咱就走！

猴哥正安慰着呢，大魔做了指示，让小妖们现在就蒸了唐僧四人，注意，是大魔下的命令，此时在狮驼国，人家国王大鹏可没出这个头。

悟空趁着小妖们抬他的时候拿毫毛变了个假人进锅，然后捻诀拘来了北海龙王，让他变出冷风护持。三更将尽时，老魔发话：我们四天没睡了，你们好好看守，我们睡会儿去，等五更天色将明时，必然蒸得烂了，到时候安排下蒜泥盐醋，请我们起来受用。

三个魔头睡觉去了，悟空拿当年在北天门与护国天王赌博赢来的瞌睡虫迷了小妖，然后把唐僧三人从蒸锅里放了出来。

八戒脱身后第一时间就要跑，悟空表示不行，马和包袱一个也不能少。东西都找回来后，逃出狮驼城时犯了大难，无论是正阳门还是后宰门都有梆铃巡城，都有大锁封门，但即便面对这样的紧急情况，猴哥依旧不敢违背游戏规则，不敢腾云驾雾带唐僧走。像猴哥说的“只为唐僧未超三界外，见在五行中，一身都是父母浊骨，所以不得升驾，难逃”都是借口，不久之前他还把那金圣宫从千里之外的麒麟山给拎回去了呢。荆棘岭的那几个，八戒随意乱筑就给断了根，连手都不敢还的树精都能摄着唐僧走上几百里呢，所以都是借口。

被妖怪摄走不算作弊，但当你有自主性时，要么马走，要么唐僧走，通往灵山的每一寸土地都得脚踏实地地走过去！

最后在八戒的建议下，四人找了个没梆铃的不设防处带着唐僧爬起了墙。

噫！有这般事，也是三藏灾星未脱。那三个魔头在宫中正睡，忽然惊觉，说走了唐僧，一个个披衣忙起，急登宝殿。问曰："唐僧烧了几滚了？"那些烧火的小妖，已是有睡魔虫，都睡着了，就是打也莫想打得一个醒来。其余没执事的，惊醒几个，冒冒失失的答应道："七——七——七——七滚了。"急跑近锅边，只见笼隔子乱丢在地下，烧火的还都睡着，慌得又来报道："大王，走——走——走——走了！"三个魔头都下殿，近锅前仔细看时，果见那笼隔子乱丢在地下，汤锅尽冷，火脚俱无。那烧火的俱呼呼鼾睡如泥。慌得众怪一齐呐喊，都叫："快拿唐僧！快拿唐僧！"这一片喊声振起，把些前前后后、大大小小妖精都惊起来。刀枪簇拥，至正阳门下，见那封锁不动，梆铃不绝，问外边巡夜的道："唐僧从那里走了？"俱道："不曾走出人来。"急赶至后宰门，封锁、梆铃亦如前门。复乱抢抢的灯笼火把，熯天通红，就如白日，却明明的照见他四众爬墙哩。老魔赶近，喝声："那里走！"那长老唬得脚软筋麻，跌下墙来，被老魔拿住。二魔捉了沙僧，三魔擒倒八戒，众妖抢了行李、白马，只是走了行者。那八戒口里啯啯哝哝的报怨行者道："天杀的！我说要救便脱根救，如今却又复笼蒸了。"

众魔把唐僧擒至殿上，却不蒸了。二怪分付把八戒绑在殿前檐柱上，三怪分付把沙僧绑在殿后檐柱上，惟老魔把唐僧抱住不放。三怪道："大哥，你抱住他怎的？终不然就活吃？却也没些趣味。此物比不得那愚夫俗子，拿了可以当饭。此是上邦稀奇之物，必须待天阴闲暇之时，拿他出来，整制精洁，猜枚行令，细吹细打的吃方可。"老魔笑道："贤弟之言虽当，但恐孙行者又要来偷哩。"三魔道："我这皇宫里面有一座锦香亭，那亭子内有一个铁柜。依着我，把唐僧藏在柜内，关了亭子，却传出谣言，说唐僧已被我们夹生吃了。令小妖满城讲说，那行者必然来探听消息，

若听见这话，他必死心塌地而去。待三五日不来搅扰，却拿出来，慢慢受用，如何？”老怪、二怪俱大喜道：“是，是，是！兄弟说得有理。”可怜把个唐僧，连夜拿将进去，锁在柜中，闭了亭子。传出谣言，满城里都乱讲不题。

这四个正琢磨爬墙的事呢，三个魔头没有任何打扰，自己就醒了。由于发现及时，狮驼国举国之力找四个逃犯还是很轻松的。在灯笼火把，熯天通红，如同白日的顶级照明下，唐僧四人现场直播了爬墙头的越狱场面。这回除了猴子跑了，那仨又都被抓回来了。

再次抓回唐僧三人后，狮子抱着唐僧不放，随后大鹏说了这么段话：“大哥，你抱住他怎的？终不然就活吃？却也没些趣味。此物比不得那愚夫俗子，拿了可以当饭。此是上邦稀奇之物，必须待天阴闲暇之时，拿他出来，整制精洁，猜枚行令，细吹细打的吃方可。”

这也不是说大鹏他曾经吃过唐僧肉，这就类似于咱弄到个顶级牛排，咱也得找个有心情的日子，弄瓶好红酒，细细品尝！大鹏这是在说米其林的仪式感！而且更关键的是，他说唐僧是“上邦稀奇之物”，是上邦，是人间稀奇之物，他依旧没给狮子交唐僧的底！

听完大鹏的米其林吃法，狮子担心猴子偷。大鹏说：我给他藏起来，然后传出谣言，令小妖满城去说唐僧已经被我们夹生吃了，待三五日猴子不来搅扰时咱再慢慢受用。

大鹏给唐僧缓刑了三五天，这其实更像是在拖时间，他不想再跟猴子斗了，猴子，你快去喊那个人吧。

却说行者，自夜半顾不得唐僧，驾云走脱。径至狮驼洞里，一路棍，把那万数小妖，尽情剿绝。急回来，东方日出。到城边，不敢叫战，正是“单丝不线，孤掌难鸣”。他落下云头，摇身一变，变作个小妖儿，演入门里，大街小巷，缉访消息。满城里俱道：“唐僧被大王夹生儿连夜吃了。”前前后后，却是这等说。行者着实心焦，行至金銮殿前观看。那里边有许多精灵，都戴着皮金帽子，穿着黄布直身，手拿着红漆棍，腰挂象牙牌，一往一来，不住的乱走。行者暗想道：“此必是穿宫的妖怪。就变做这个模样，进去打听打听。”

好大圣，果然变得一般无二，混入金门。正走处，只见八戒绑在亭前柱上哼哩，行者近前叫声："悟能。"那呆子认得声音，道："师兄，你来了？救我一救！"行者道："我救你，你可知师父在那里？"八戒道："师父没了，昨夜被妖精夹生儿吃了。"行者闻言，忽失声泪似泉涌。八戒道："哥哥莫哭。我也是听得小妖乱讲，未曾眼见。你休误了，再去寻问寻问。"这行者却才收泪，又往里面找寻。忽见沙僧绑在后檐柱上，即近前摸着他胸脯子叫道："悟净。"沙僧也识得声音，道："师兄，你变化进来了？救我！救我！"行者道："救你容易，你可知师父在那里？"沙僧滴泪道："哥啊！师父被妖精等不得蒸，就夹生儿吃了。"

大圣听得两个言语相同，心如刀搅，泪似水流。急纵身望空跳起，且不救八戒、沙僧，回至城东山上，按落云头，放声大哭，叫道："师父呵！

恨我欺天困网罗，师来救我脱沉疴。

潜心笃志同参佛，努力修身共炼魔。

岂料今朝遭蜇害，不能保你上婆婆。

西方胜境无缘到，气散魂消怎奈何！"

行者凄凄惨惨的，自思自忖，以心问心道："这都是我佛如来，坐在那极乐之境，没得事干，弄了那三藏之经。若果有心劝善，礼当送上东土，却不是个万古流传？只是舍不得送去，却教我等来取。怎知道苦历千山，今朝到此丧命。罢，罢，罢！且驾个筋斗云，去见如来，备言前事。若肯把经与我，送上东土，一则传扬善果，二则了我等心愿；若不肯与我，教他把'松箍咒'念念，褪下这个箍子，交还与他，老孙还归本洞，称王道寡，耍子儿去罢。"

三个魔王又抢走了唐僧，猴哥一肚子气没地方出，于是回到狮驼洞去大开杀戒了。这也是猴子西行路上的最大杀戮，所谓"一路棍，把那万数小妖，尽情剿绝"，数以万计的小妖被猴哥在非常短的时间里全杀了。要知道三个魔头刚睡觉时是"将有三更尽时"，也就是马上四更了，屠了狮驼洞的群妖，回到狮驼城时刚刚"东方日出"，也就是五更后天亮了，瞅瞅这降维打击的恐怖效果。愤怒的猴子战斗力就是这么恐怖，但是，猴哥杀空了狮驼洞后却根本不敢去狮驼城叫战，而是变成小妖进城探听消息。他本想接着偷，听到满城小妖都在说唐僧被吃了，猴哥不相信，混入金銮殿中，找到了八戒、沙僧确认消息。当听到他俩也说唐僧被吃了之后"心如刀搅，泪似水流。急纵身望空跳起”，也不救八戒和沙僧了，跑到了城东山上放声大哭。来看猴哥的这段哭词，这师徒四人中最重感情、最知感恩的其实是悟空，他并没有像唐师父听见他死了以后痛哭自己的功劳化作尘土了，你看猴哥是咋哭的：“恨我欺天困网罗，师来救我脱沉疴。潜心笃志同参佛，努力修身共炼魔。岂料今朝遭蜇害，不能保你上婆娑。西方胜境无缘到，气散魂消怎奈何！”

悟空记挂的是救他脱离五行山的恩和老和尚丢了的这条命！

这么重感情的猴哥得知他师父死后却根本不敢进城去报仇，那就只有一个原因：确实打不过！

猴哥哭完之后想了想目前这情况，还是去找出题的佛祖吧。他要是愿意传经我就再走一趟，不愿意就给我念个“松箍咒”，然后我就回花果山当王去。

猴哥有一个巨大的优点：愿赌服输！

佛祖说的是“功成归极乐，汝亦坐莲台”。如今人我没保住，我就绝对不跟你提什么苦劳的事，我还回花果山。别人心心念念的正果人家却拿得起，放得下！

好大圣，急翻身驾起筋斗云，径投天竺，那里消一个时辰，早望见灵山不远。须臾间，按落云头，直至鹫峰之下。忽抬头，见四大金刚挡住道：“那里走？”行者施礼道：“有事要见如来。”当头又有昆仑山金霞岭不坏尊王永住金刚喝道：“这猢狲，甚是粗狂！前者大困牛魔，我等为汝努力，今日面见，全不为礼！有事且待先奏，奉召方行。这里比南天门不同，教你进去出来，两边乱走。咄！还不靠开！”那大圣正是烦恼处，又遭此抢白，气得哮吼如雷，忍不住大呼小叫，早惊动如来。

如来佛祖正端坐在九品宝莲台上，与十八尊轮世的阿罗汉讲经，即开口道：“孙悟空来了，汝等出去接待接待。”大众阿罗遵佛旨，两路幢幡宝盖，即出山门，应声道：“孙大圣，如来有旨相唤哩。”那山门口四大金刚却才闪开路，让行者前进。众阿罗引至宝莲台下，见如来倒身下拜，两泪悲啼。如来道：“悟空，有何事，这等悲啼？”行者道：“弟子屡蒙教训之恩，托庇在佛爷爷之门下，自归正果，保护唐僧，拜为师范，一路上苦不可言。今至狮驼山狮驼洞狮驼城，有三个毒魔，乃狮王、象王、大鹏，把我师父捉将去，连弟子一概遭迍，都捆在蒸笼里，受汤火之灾。幸弟子脱逃，唤龙王救免。是夜偷出师等，不料灾星难脱，复又擒回。及至天明，入城打听，

叵耐那魔十分狠毒，万样骁勇，把师父连夜夹生吃了，如今骨肉无存。又况师弟悟能、悟净见绑在那厢，不久性命亦皆倾矣。弟子没及奈何，特地到此参拜如来，望大慈悲，将‘松箍咒儿’念念，褪下我这头上箍儿，交还如来，放我弟子回花果山宽闲耍子去罢！”说未了，泪如泉涌，悲声不绝。

如来笑道：“悟空少得烦恼。那妖精神通广大，你胜不得他，所以这等心痛。”行者跪在下面，捶着胸膛道：“不瞒如来说，弟子当年闹天宫，称大圣，自为人以来，不曾吃亏，今番却遭这毒魔之手！”如来闻言道：“你且休恨，那妖精我认得他。”行者猛然失声道：“如来！我听见人说，讲那妖精与你有亲哩。”如来道：“这个刁猢狲！怎么个妖精与我有亲？”行者笑道：“不与你有亲，如何认得？”如来道：“我慧眼观之，故此认得。那老怪与二怪有主。”叫阿难、迦叶来：“你两个分头驾云去五台山、峨眉山，宣文殊、普贤来见。”二尊者即奉旨而去。

如来道：“这是老魔、二怪之主。但那三怪，说将起来，也是与我有些亲处。”行者道：“亲是父党？母党？”如来道：“自那混沌分时，天开于子，地辟于丑，人生于寅，天地再皆合，万物尽皆生。万物有走兽飞禽，走兽以麒麟为之长，飞禽以凤凰为之长。那凤凰又得交合之气，育生孔雀、大鹏。孔雀出世之时最恶，能吃人，四十五里路，把人一口吸之，我在雪山顶上，修成丈六金身，早被他也把我吸下肚去。我欲从他便门而出，恐污真身，是我剖开他脊背，跨上灵山，欲伤他命，当被诸佛劝解，伤孔雀如伤我母，故此留他在灵山会上，封他做佛母孔雀大明王菩萨。大鹏与他是一母所生，故此有些亲处。”行者闻言笑道：“如来，若这般比论，你还是妖精的外甥哩。”如来道：“那怪须是我去，方可收得。”行者叩头，启上如来：“千万望玉趾一降。”

猴哥来到了灵山，一上来就被四大金刚挡住了去路。最开始猴哥还施礼呢，相当客气地说“有事要见如来”，这情绪管理已经相当棒了，结果被昆仑山金霞岭不坏尊王永住金刚喝道：“这猢狲，甚是粗狂！前者大困牛魔，我等为汝努力，今日面见，全不为礼！有事且待先奏，奉召方行。这里比南天门不同，教你进去出来，两边乱走。咄！还不靠开！”

这金刚简直是狗仗人势！来看看原文中猴哥的表现，那是“忽抬头，见四大金刚挡住道：‘那里走？’行者施礼道：‘有事要见如来。’”人家怎么“粗狂”了？怎么“全不为礼”了？还想怎么跟你客气？又扯什么南天门的事，凸显你这里比天庭牛呗？

还是那句话，不要将西游宇宙中的灵山跟现实中的佛教产生关联，这是部披着神话外衣的政治小说，要将灵山当成个诸侯国来看，这四个金刚就是四个看门的罢了，仗着他们老大压猴子跟玩似的，所以搁这儿嘚瑟呢。

猴哥正痛苦着呢，一听这话也不忍了，气得哮吼如雷，然后我们来看看此时在如来眼中悟空的地位，所谓“如来佛祖正端坐在九品宝莲台上，与十八尊轮世的阿罗汉讲经，即开口道：‘孙悟空来了，汝等出去接待接待。’”

佛祖正跟十八罗汉讲经呢，见猴子来了，让十八罗汉都出去迎接！是全体出迎，随后悟空是被大众阿罗遵佛旨，两路幢幡宝盖，出山门给迎进来的！

佛祖这不仅是认可猴子工作的表现了，也是在暗示要给悟空一个更高的位子了。这么大排面的迎接是提拔重要岗位前的征兆，有工作经验的朋友估计对此都不会陌生。悟空来到宝莲台下，见如来倒身下拜，两泪悲啼，等如来问话后，猴子才敢回答。随后又是一段金牌工作汇报：

1.“弟子屡蒙教训之恩，托庇在佛爷爷之门下，自归正果，保护唐僧，拜为师范，一路上苦不可言。”

潜台词：提纲挈领，表达支持与决心，陈述努力。

2.“今至狮驼山狮驼洞狮驼城，有三个毒魔，乃狮王、象王、大鹏，把我师父捉将去，连弟子一概遭迍，都捆在蒸笼里，受汤火之灾。幸弟子脱逃，唤龙王救免。是夜偷出师等，不料灾星难脱，复又擒回。”

潜台词：我已经救过你二徒弟一次了，我太努力了。

3.“及至天明，入城打听，叵耐那魔十分狠毒，万样骁勇，把师父连夜夹生吃了，如今骨肉无存。又况师弟悟能、悟净见绑在那厢，不久性命亦皆倾矣。弟子没及奈何，特地到此参拜如来，望大慈悲，将‘松箍咒儿’念念，褪下我这头上箍儿，交还如来，放我弟子回花果山宽闲耍子去罢！”

潜台词：我从头努力到尾，从没有放弃，但还没来得及再救，唐僧就已经被吃了，我实在是没办法了，所以来找佛祖您了。

汇报完，悟空泪如泉涌，悲声不绝。

见悟空哭，如来笑道："悟空少得烦恼。那妖精神通广大，你胜不得他，所以这等心痛。"

悟空从头到尾哭的都是唐僧这人没了，但佛祖却不提唐僧的事，而是给妖怪的能力做背书。猴哥听到后也给大鹏背书道："不瞒如来说，弟子当年闹天宫，称大圣，自为人以来，不曾吃亏，今番却遭这毒魔之手！"

随后我们来看这句话："如来闻言道：'你且休恨，那妖精我认得他。'行者猛然失声道：'如来！我听见人说，讲那妖精与你有亲哩。'"

注意，关于大鹏鸟的来历之前一直没人说过！这是佛祖第一次说，但你看悟空的反应，他开始通过猜测反咬佛祖了！

跟当年追责观音纵白龙为凶一样，悟空开始钻空子，找佛祖要溢价了。随后这句话也能证明悟空在诈佛祖，所谓"如来道：'这个刁猢狲！怎么个妖精与我有亲？'行者笑道：'不与你有亲，如何认得？'"

佛祖派了阿难和迦叶分别去五台山和峨眉山宣文殊、普贤来见，说这是老魔、二怪之主，然后说这三怪论起来倒确实跟他有些亲处。

我们来看看佛祖是怎么讲故事的。

1. "自那混沌分时，天开于子，地辟于丑，人生于寅，天地再皆合，万物尽皆生。万物有走兽飞禽，走兽以麒麟为之长，飞禽以凤凰为之长。那凤凰又得交合之气，育生孔雀、大鹏。"

从混沌初开开始交代大鹏的背景，人家的娘是飞禽之长的凤凰！

2. "孔雀出世之时最恶，能吃人，四十五里路，把人一口吸之，我在雪山顶上，修成丈六金身，早被他也把我吸下肚去。我欲从他便门而出，恐污真身，是我剖开他脊背，跨上灵山。"

孔雀出世的时候就是"最恶"，跟吸尘器一样吃人，连已经修成丈六金身的佛祖都被吸到肚子里去了。佛祖比猴子狠得多，根本不废话，还谈什么条件，直接剖开孔雀的脊背就出来了。

3. "欲伤他命，当被诸佛劝解，伤孔雀如伤我母，故此留他在灵山会上，封他做佛母孔雀大明王菩萨。"

佛祖也不是想干啥就能干啥的，他也有要妥协的时候，比如诸佛给了刚修成金身的佛祖一个吃了苍蝇般的建议，说伤了这吃人的孔雀居然等同于伤了他母亲！这还有好人走的道吗？自己被吃了已经很倒霉了，诸佛居然这么定义，这就好比让猴子认罗刹女当妈，你觉得猴子忍得了吗？

人家佛祖能忍！

所以说最牛的人都是能约束自己的人呢！行人所不能行，忍人所不能忍！

虽说不干掉狠人，让狠人为我所用一直是灵山的智慧，但那么多“缘”，随便挑一个呗，咋就非得说“伤孔雀如伤我母”呢？

面对诸佛的施压，如来佛祖该低头也得低头。

你觉得佛祖对孔雀是什么心态？那是吃了苍蝇般的有苦说不出啊！对外你还得让这孔雀顶着个佛母的名号，所以说佛祖也有吃哑巴亏的时候！

伟大的作者啊！还觉得这是神话小说吗？他写的就是这个世界的生生幻化之道啊！

4.“大鹏与他是一母所生，故此有些亲处。”

这句话是佛祖在告诉悟空，大鹏跟他迄今为止还没有缘，因为孔雀，所以有点所谓的亲戚关系，这大鹏目前还没有任何“编制”！

介绍完大鹏的来历之后，佛祖再次给大鹏的能力进行了顶级背书：“那怪须是我去，方可收得。”

如来即下莲台，同诸佛众，径出山门，又见阿难、迦叶引文殊、普贤来见。二菩萨对佛礼拜。如来道：“菩萨之兽，下山多少时了？”文殊道：“七日了。”如来道：“山中方七日，世上几千年。不知在那厢伤了多少生灵，快随我收他去。”二菩萨相随左右，同众飞空。只见那：

满天缥缈瑞云分，我佛慈悲降法门。

明示开天生物理，细言辟地化身文。

面前五百阿罗汉，脑后三千揭谛神。

迦叶阿难随左右，普文菩萨殄妖氛。

大圣有此人情，请得佛祖与众前来。不多时，早望见城池。行者报道：“如来，那放黑气的乃是狮驼国也。”如来道：“你先下去，到那城中与妖精交战，许败不许

胜。败上来，我自收他。”

大圣即按云头，径至城上，脚踏着垛儿骂道：“泼业畜！快出来与老孙交战！”慌得那城楼上小妖，急跳下城中报大王道：“孙行者在城上叫战哩！”老妖道：“这猴儿两三日不来，今朝却又叫战，莫不是请了些救兵来耶？”三怪道：“怕他怎的！我们都去看来。”三个魔头各持兵器赶上城来，见了行者，更不打话，举兵器一齐乱刺。行者抡铁棒掣手相迎。斗经七八回合，行者佯输而走。那妖王喊声大振，叫道：“那里走！”大圣筋斗一纵，跳上半空，三个怪即驾云来赶。行者将身一闪，藏在佛爷爷金光影里，全然不见。只见那过去、未来、见在的三尊佛像与五百阿罗汉、三千揭谛神，布散左右，把那三个妖王围住，水泄不通。老魔慌了手脚，叫道：“兄弟，不好了！那猴子真是个地里鬼，那里请得个主人公来也！”三魔道：“大哥休得悚惧，我们一齐上前，使枪刀搠倒如来，夺他那雷音宝刹！”

这魔头不识起倒，真个举刀上前乱砍，却被文殊、普贤念动真言喝道：“这孽畜！还不皈正，更待怎生？”諕得老怪、二怪不敢撑持，丢了兵器，打个滚，现了本相。二菩萨将莲花台抛在那怪的脊背上，飞身跨坐，二怪遂泯耳皈依。

二菩萨既收了青狮、白象，只有那第三个妖魔不伏，腾开翅，丢了方天戟，扶摇直上，抡利爪，要爪捉猴王。原来大圣藏在光中，他怎敢近？如来情知此意，即闪金光，把那鹊巢贯顶之头迎风一幌，变做鲜红的一块血肉。妖精抡利爪刁他一下，被佛爷把手往上一指，那妖翅膊上就了筋，飞不去，只在佛顶上，不能远遁，现了本相，乃是一个大鹏金翅雕。即开口对佛应声叫道：“如来，你怎么使大法力困住我也？”如来道：“你在此处，多生业障。跟我去，有进益之功。”妖精道：“你那里持斋把素，极贫极苦；我这里吃人肉，受用无穷。你若饿坏了我，你有罪愆。”如来道：“我管四大部洲，无数众生瞻仰，凡做好事，我教他先祭汝口。”那大鹏欲脱难脱，要走怎走？是以没奈何，只得皈依。

行者方才转出，向如来叩头道：“佛爷，你今收了妖精，除了大害，只是没了我师父也。”大鹏咬着牙恨道：“泼猴头！寻这等狠人困我！你那老和尚几曾吃他？如今在那锦香亭铁柜里不是？”行者闻言，忙叩头谢了佛祖。佛祖不敢松放了大鹏，也只教他在光焰上做个护法，引众回云，径归宝刹。

行者却按落云头，直入城里。那城里一个小妖儿也没有了。正是“蛇无头而不行，鸟无翅而不飞”。他见佛祖收了妖王，各自逃生而去。行者才解救了八戒、沙僧，寻着行李马匹，与他二人说：“师父不曾吃，都跟我来。”引他两个径入内院，找着锦香亭，打开门看，内有一个铁柜，只听得三藏有啼哭之声。沙僧使降妖杖打开铁锁，拽开柜盖，叫声：“师父！”三藏见了，放声大哭道：“徒弟呵！怎生降得妖魔？如何得到此寻着我也？”行者把上项事从头至尾，细说了一遍，三藏感谢不尽。师徒们在那宫殿里寻了些米粮，安排些茶饭，饱吃一餐，收拾出城，找大路投西而去。正是：

真经必得真人取，意嚷心劳总是虚。

毕竟这一去，不知几时得面如来，且听下回分解。

如来下莲台同诸佛众出山门，这时阿难和迦叶引文殊、普贤来了，两位菩萨先是对佛礼拜，随后如来问：“菩萨之兽，下山多少时了？”

面对灵山那么多领导，文殊哪里敢说实话，说：“七日了。”

随后如来一边敲打一边给面子地说了一句：“山中方七日，世上几千年。不知在那厢伤了多少生灵，快随我收他去。”

已造孽千年啦！

这段当众敲打，其实也算是佛祖给文殊、普贤乃至整个灵山一个秀实力的警醒：你们的所有事，我都知道！

大家来到狮驼国，佛祖又给了悟空面子，说：你去叫战，许败不许胜。败上来，我自收他。

他要是能胜可能哭成那德行找你来吗？指定报完仇再来跟你汇报了！这是佛祖当着灵山全体的面开始给悟空培养威望了。

悟空叫阵后，将三个魔王引到了半空中，自己藏在了佛祖的金光影里，随后整个西游宇宙中最大的捉妖排场出现：“只见那过去、未来、见在的三尊佛像与五百阿罗汉、三千揭谛神，布散左右，把那三个妖王围住，水泄不通。”

佛祖去收大鹏的时候带了几乎整个灵山的队伍，是因为大鹏本领高强吗？

佛祖后面抓他也没费多大的劲儿。

那是为什么呢？

只是因为大鹏跑得太快，佛祖担心他扇几下翅膀就不见了，满天兵将就是为了

“把那三个妖王围住，水泄不通”。

这是基石级的人生智慧，大佬只要出手了就一定得必胜。要是让他跑了可就栽大了，大佬的权力结构会迅速崩塌，所以各方面准备必须万全。

让三界听见佛祖的名字就放弃抵抗和让三界听见佛祖的名字觉得自己还有机会试试，这是两种战略威慑，随之而来的则是天差地别的统治成本。

只要亲征，不仅要胜，还必须大胜！哪怕险胜都是堕了名头！

青狮见自己的主人来了，已经慌了手脚。这时大鹏依旧在拿他当二傻子，所谓“三魔道：‘大哥休得悚惧，我们一齐上前，使枪刀搠倒如来，夺他那雷音宝刹！’这魔头不识起倒，真个举刀上前乱砍”。这就是千年没被收拾了，分不清大小王了，冲这个举动这青狮回了五台山后很难有继续当孽畜的资格了！

之前我们说过孽畜的生态位，孽畜们需要在意的只有两件事：一个是听领导的话，一个是听懂领导的话。

青狮已经触碰死穴了！

当文殊和普贤念动真言后，两个妖怪丢了兵器，打个滚现出本相，变回了乖宝宝状态。这时候，刚才那位牛烘烘的要夺如来尊位的大鹏是这么做的：“二菩萨既收了青狮、白象，只有那第三个妖魔不伏，腾开翅，丢了方天戟，扶摇直上，抡利爪，要爪捉猴王。”

最后一刻大鹏还在忽悠两个傻哥哥：两位大哥，咱们“使枪刀搠倒如来，夺他那雷音宝刹”。让这俩炮灰顶雷，他自己却瞄准了猴子。

啥意思？

佛祖，坏人是那俩傻子，咱俩这关系还没走死。

看到这里，大鹏攒局的狮驼岭黑恶势力阻碍天庭灵山取经项目的特大案件背后的动机和证据链完整了。

1. 佛祖封了孔雀为佛母孔雀大明王菩萨，却没加封过大鹏。孔雀被加封导致大鹏这个生态位很尴尬，除了如来佛祖，没有大佬愿意接触他，毕竟辈分上他已经间接是佛舅了。如果收他为徒就是在埋汰佛祖，拉他入伙那跟他的股份又该怎么分，咋安排，咋拉拢，这分寸方面都让人脑袋疼，所以没有一个大佬会跟大鹏扯上关系。大鹏的未来只有佛祖能安排，对大鹏，佛祖也是很给面子的，毕竟孔雀已经封为佛母了嘛，开篇也说了：“一封书到灵山，五百阿罗都来迎接。”但佛祖始终不提让大鹏加入灵山这事。当然，这也能理解，是我我也吊着他，让他入了灵山就要为他负责、背书了，现在大鹏能干很多入正果之后不能干的事！他可以作为佛祖的顶级孳畜，干很多能力要求极高的，类似于悟空大闹天宫的破局之事。

但是，大鹏不想始终没名没分地在暗处，所以他就只能攒这个吃唐僧的局来跟佛祖打交道，将自己的能力充分展现，从而拿到一个高溢价。最终他也得到了顶级的出场咖位，他是过去、现在、未来三尊佛一起来围剿的，这种出场阵容那是闹着玩的吗？狮子狐假虎威冲南天门喊一嗓子都能被吹成一口吞了十万兵，这大鹏将来跟别人说自己排场的时候都得把下巴撅天上去。

2. 之所以认青狮和白象为兄长，是为了风险控制。吃唐僧这事自己不是第一负责人，需要拿这两位当个挡箭牌。他们俩毕竟是正果孳畜，文殊和普贤又能将他们处理得多狠呢？既然这俩都重判不了，那他这老三又能有多大罪过呢？如果他自己单干，万一被佛祖大义灭亲，也给他压个几百年呢？大鹏做了小，其实是把文殊、普贤也给装进去了。

整个西游宇宙中，无论实力还是脑子，大鹏堪称天下第一妖！

大鹏正抓猴子呢，被佛祖亲自下场，使出大法力控制了，然后他现了本相，和佛祖谈起条件。佛祖给了他贡品优先权，大鹏貌似抱怨，实际上这件事之后他成了佛祖的身边人，这是多大进步，“凡做好事，我教他先祭汝口”。

最后再看这句话，来品品大鹏的咖位：“佛祖不敢松放了大鹏，也只教他在光焰上做个护法，引众回云，径归宝刹。”

“佛祖不敢松放”，猴子很厉害，但大鹏更厉害。

大鹏攒局吃唐僧的狮驼岭剧本，其实跟悟空的真假美猴王的剧本一样，目的是要待遇。

悟空恭喜佛祖除妖成功后，说自己没了师父，不知如何是好，其实他也想借机跟佛祖要待遇。这时大鹏咬着牙恨道：“泼猴头！寻这等狠人困我！你那老和尚几曾吃他？如今在那锦香亭铁柜里不是？”

猴哥的成佛之路又开启了，磕头谢了佛祖后来到狮驼城，发现此时城里一个小妖都没有了。

都是千年的狐狸，谁也别跟谁玩聊斋，大魔一被收走，小的就都跑了。

猴哥救了八戒和沙僧，又入内院从锦香亭铁柜里找到啼哭的唐僧，这一关终于算是过去了。

至此，西游宇宙中，佛祖亲自出手过的最难三关也全部过了，此后再也没有需要佛祖下场干预的大魔了，取经团队到灵山仅仅是时间问题了。

佛祖出手的西游最难三关分别是金刚琢套万物、假悟空打师父、顶级魔吃唐僧。佛祖帮他们过这三关用的也都是世俗招数，分别是：给面子“买路”，照顾骨干情绪，以最强武力降妖。

佛祖有没有坐那儿念经把青牛精和大鹏念死？有没有把孙悟空和六耳猕猴这笔烂账念没？有没有对青牛精、孙悟空和大鹏鸟说什么劝善的话？

对有的人劝善有用，对有的人劝善就是对牛弹琴，具体问题要具体分析。

我们再来复盘下这三关。

1．让同等能量的对手放行靠什么？

面子和金子。

利益的事就要用利益解决，这个时候不要谈情怀。

2．让心怀怨念的下属好好干靠什么？

尊重和前途。

下面小团队的那些鸡零狗碎都不重要，让闹腾天宫的主儿去懂文明讲礼貌也不现实，一句“我懂你，不白干”，一句“功成归极乐，汝亦坐莲台”比啥都强。

3．让最强妖怪伏法靠的是什么？

是万无一失准备后的御驾亲征。

甭管多狠的人，佛祖亲征后都得变成乖宝宝，哪怕暂时性子野也没关系。孔雀和大鹏都是如此，别看他们破坏力那么大，但从此给他困住了，磨他个几千年性子就不野了。那猴之前还狂得没边呢，判了五百多年后现在也知道磕头鞠躬了。

注意！这三关是《西游记》中最高能量的三个关卡。

佛祖对待“高能量关卡”并没有拿世俗中的吃斋念佛、诵经打坐、因果报应等手段去应对，而是见招拆招地给予了相应的最强能量回应。

“佛”，本意是觉悟者的意思，所谓自觉、觉他、觉行圆满，乃佛教修行之最高果位。

成佛有八万四千法门，这都是帮你获得福与慧的手段。

慈悲和力量，世俗和净土，都是合而为一的。

见三岁孩童抱金砖于闹市，世人皆魔鬼；遇笑脸弥勒旁立护法韦陀，群魔皆圣贤。

第十五章

宿世因果，比丘国的长寿实验，无底洞的再续前缘

第七十八回

比丘怜子遣阴神，金殿识魔谈道德

一念才生动百魔，修持最苦奈他何。
但凭洗涤无尘垢，也用收拴有琢磨。
扫退万缘归寂灭，荡除千怪莫蹉跎。
管教跳出樊笼套，行满飞升上大罗。

话说孙大圣，用尽心机，请如来收了众妖，解脱三藏师徒之难，离狮驼城西行。又经数月，早值冬天，但见那：

岭梅将破玉，池水渐成冰。
红叶俱飘落，青松色更新。
淡云飞欲雪，枯草伏山平。
满目寒光迥，阴阴透骨冷。

师徒们冲寒冒冷，宿雨餐风。正行间，又见一座城池。三藏问道："悟空，那厢又是甚么所在？"行者道："到跟前自知。若是西邸王位，须要倒换关文，若是府州县，径过。"师徒言语未毕，早至城门之外。三藏下马，一行四众，进了月城，见一个老军，在向阳墙下，偎风而睡。行者近前，摇他一下，叫声："长官。"那老军猛然惊觉，麻麻糊糊的睁开眼，看见行者，连忙跪下磕头，叫："爷爷！"行者道："你休胡惊作怪。我又不是甚么恶神，你叫'爷爷'怎的？"老军磕头道："你

是雷公爷爷？”行者道：“胡说！吾乃东土去西天取经的僧人。适才到此，不知地名，问你一声的。”那老军闻言，却才正了心，打个呵欠，爬起来，伸伸腰道：“长老，长老，恕小人之罪。此处地方，原唤比丘国，今改作小子城。”行者道：“国中有帝王否？”老军道：“有，有，有。”行者却转身对唐僧道：“师父，此处原是比丘国，今改小子城。但不知改名之意何故也。”唐僧疑惑道：“既云比丘，又何云小子？”八戒道：“想是比丘王崩了，新立王位的是个小子，故名小子城。”唐僧道：“无此理，无此理。我们且进去，到街坊上再问。”沙僧道：“正是。那老军一则不知，二则被大哥諕得胡说，且入城去询问。”

唐僧师徒过了狮驼岭，自秋走到了冬，又看到一座城池。这也意味着又有了新的故事。师徒四人进入月城（月城又称瓮城，是古代城池中依附于城门，与城墙连为一体的附属建筑，多呈月状半圆形，当敌人攻入瓮城时，如将主城门和瓮城门关闭，守军即可对敌形成“瓮中捉鳖”之势）时，猴哥摇醒了一个在向阳墙下睡觉的老军人，问了问地名，得知此地原叫比丘国，如今改作小子城了。

这个改名让人很疑惑，从字面意义上唯一能猜到的就是这个国家之前大概率是信佛的，毕竟连国名都叫比丘国，比丘指的是受过具足戒的男性出家人。如今莫名其妙改成了小子城，而且由国变成了城，还降了级。

开篇仅仅一段话，就将悬念拉满了。

又入三层门里，到通衢大市观看，倒也衣冠济楚，人物清秀。但见那：

酒楼歌馆语声喧，彩铺茶房高挂帘。

万户千门生意好，六街三市广财源。

买金贩锦人如蚁，夺利争名只为钱。

礼貌庄严风景盛，河清海晏太平年。

师徒四众，牵着马，挑着担，在街市上行勾多时，看不尽繁华气概，但只见家家门口一个鹅笼。三藏道：“徒弟啊，此处人家都将鹅笼放在门首，何也？”八戒听说，左右观之，果是鹅笼排列，五色彩缎遮幔。呆子笑道：“师父，今日想是黄道良辰，宜结婚姻会友，都行礼哩。”行者道：“胡谈！那里就家家都行礼？其间必有缘故，等我上前看看。”三藏扯住道：“你莫去，你嘴脸丑陋，怕人怪你。”行者道：“我变

化个儿去来。”

好大圣，捏着诀，念声咒语，摇身一变，变作一个蜜蜂儿，展开翅，飞近前边，钻进幔里观看，原来里面坐的是个小孩儿。再去第二家笼里看，也是个小孩儿。连看八九家，都是个小孩儿，却是男身，更无女子。有的坐在笼中顽耍，有的坐在里边啼哭，有的吃果子，有的或睡坐。行者看罢，现原身，回报唐僧道："那笼里是些小孩子，大者不满七岁，小者只有五岁，不知何故。"三藏见说，疑思不定。忽转街，见一衙门，乃金亭馆驿。长老喜道："徒弟，我们且进这驿里去，一则问他地方，二则撒和马匹，三则天晚投宿。"沙僧道："正是，快进去耶。"四众欣然而入。只见那在官人果报与驿丞，接入门，各各相见。叙坐定，驿丞问："长老自何方来？"三藏言："贫僧东土大唐差往西天取经者，今到贵处，有关文，理当照验，权借高衙一歇。"驿丞即命看茶。茶毕，即办支应，命当值的安排管待。三藏称谢，又问："今日可得入朝见驾，照验关文？"驿丞道："今晚不能，须待明日早朝。今晚且于敝衙门宽住一宵。"少顷，安排停当，驿丞即请四众同吃了斋供，又教手下人打扫客房安歇。三藏感谢不尽。

既坐下，长老道："贫僧有一件不明之事请教，烦为指示。贵处养孩儿，不知怎生看待？"驿丞道："'天无二日，人无二理。'养育孩童，父精母血，怀胎十月，待时而生，生下乳哺三年，渐成体相。岂有不知之理？"三藏道："据尊言，与敝邦无异。但贫僧进城时，见街坊人家，各设一鹅笼，都藏小儿在内。此事不明，故敢动问。"驿丞附耳低言道："长老莫管他，莫问他，也莫理他、说他。请安置，明早走路。"长老闻言，一把扯住不放，定要问个明白。驿丞摇头摇指，只叫谨言。三藏一发不放，执死的要问个详细。驿丞无奈，只得屏去一应在官人等，独在烛光之下，悄悄而言道："适所问鹅笼之事，乃是当今国主无道之事。你只管问他怎的！"三藏道："何为无道？必见教明白，我方得放心。"驿丞道："此国原是比丘国，近有民谣，改作小子城。三年前，有一老人，打扮做道人模样，携一小女子，年方一十六岁，其女形容娇俊，貌若观音，进贡与当今。陛下爱其色美，宠幸在宫，号为美后，近来把三宫娘娘、六院妃子，全无正眼相觑，不分昼夜，贪欢不已。如今弄得精神瘦倦，身体尪羸，饮食少进，命在须臾。太医院检尽良方，不能疗治。那进女子的道人，受我主诰封，称为国丈。国丈有海外秘方，甚能延寿，前者去十洲、

三岛，采将药来，俱已完备。但只是药引子利害，单用着一千一百一十一个小儿的心肝，煎汤服药，服后有千年不老之功。这些鹅笼里的小儿，俱是选就的，养在里面。人家父母惧怕王法，俱不敢啼哭，遂传播谣言，叫做小儿城。此非无道而何？长老明早到朝，只去倒换关文，不得言及此事。”言毕，抽身而退。

取经团队带着疑问进城后，通过观察发现此城比较富庶，经济水平较高，买卖做得相当大，一派歌舞升平，而且是“礼貌庄严风景盛，河清海晏太平年”。当唐僧师徒“在街市上行勾多时，看不尽繁华气概”的同时却发现了一个反常现象，家家门口莫名其妙摆着一个五色彩缎遮幔的鹅笼。师徒四人又纳闷了，随后猴哥变成蜜蜂去观察情况，发现每家笼子里都有一个五六岁的小男孩。

如果第一次看，读者也许会往人贩子交易市场的方向去想。总之，这个国家越来越诡异了。

师徒四人走到了馆驿，通过和驿丞沟通交流后发现这个国家的君王倒还算正常，转天人家就早朝，并不像朱紫国那个病秧子国王一样。驿丞请四众吃了斋供，并安排了客房安歇。随后唐僧问出了入城以来绕在心头的疑问。他问的还不是很直接，担心用笼子养孩子是这里的风俗，所以先是问：贵处怎么养孩子？驿丞表示：全天下的人养孩子都是一样的规矩。随后唐僧问：那咱这儿为啥把孩子都藏在鹅笼里了呢？

驿丞附耳低言，告诫唐师父不要乱问，赶紧睡觉，明天好赶路。但唐僧不答应了，罕见地勇敢了一把，拉住人家非得问个明白。驿丞无奈，屏去身边杂人，悄悄说道：都是因为国王无道，此国原是比丘国，如今改作小子城。三年前有一道人模样的老人把一个貌美女子进贡给国王，自此独得恩宠，号为美后。国王不分昼夜地贪欢，现在身子垮了，眼瞅要死，太医也束手无策。道人国丈说有个海外秘方能延寿，他已经去十洲三岛将药采来了（你听他采药这地方，是五方五老之一东华帝君下辖的十洲三岛）。药虽然齐了，但是这药引子厉害，需要用一千一百一十一个小儿的心肝煎药，服后有千年不老之功。这些被选孩子的父母因为惧怕王法，都不敢啼哭，所以满城传播谣言，把这里叫作小儿城。

通过这段描写能推断出两件事：

1. 这个国家的行政力量比较强大，能直接对外宣称吃孩子的理由，而不担心造反，并且探子遍布，受害家庭连哭都不敢哭，驿丞也是屏退左右，悄悄跟唐师父说的这个情况。

作者又影射上了，给修道炼丹的那位编排了一个故事。

2. 虽然满城百姓敢怒不敢言，但已经开始给这个国王降级了，注意这句“人家父母惧怕王法，俱不敢啼哭，遂传播谣言，叫做小儿城”。这个国家是民间自己改的名，而且不叫国了，直接称了城。要知道第一百回唐僧给太宗看通关文牒时是这么记载的：“牒文上有宝象国印、乌鸡国印、车迟国印、西梁女国印、祭赛国印，朱紫国印、比丘国印、灭法国印，又有凤仙郡印、玉华州印、金平府印”。这个印是转过天来唐僧入朝去盖的，所谓“长老将文牒献上，那国王眼目昏朦，看了又看，方才取宝印，用了花押，递与长老。长老收讫”。也就是从政权角度来说这个国家还是叫比丘国的，但此时满城百姓已经离心离德，不用这个国号了，而且小儿城也一语双关地进行了讽刺，毕竟大人谁能干出这种事来！

谎得个长老骨软筋麻，止不住腮边泪堕，忽失声叫道：“昏君！昏君！为你贪欢爱美，弄出病来，怎么屈伤这许多小儿性命。苦哉！苦哉！痛杀我也！”有诗为证：

邪主无知失正真，贪欢不省暗伤身。

因求永寿戕童命，为解天灾杀小民。

僧发慈悲难割舍，官言利害不堪闻。

灯前洒泪长吁叹，痛倒参禅向佛人。

八戒近前道：“师父，你是怎的起？专把别人棺材抬在自家家里哭。不要烦恼，常言道：‘君教臣死，臣不死不忠；父教子亡，子不亡不孝。’他伤的是他的子民，与你何干？且来宽衣服睡觉，莫替古人耽忧。”三藏滴泪道：“徒弟呵，你是一个不慈悯的。我出家人，积功累行，第一要行方便。怎么这昏君一味胡行！从来也不见吃人心肝可以延寿。这都是无道之事，教我怎不伤悲。”沙僧道：“师父，且莫伤悲，等明早倒换关文，觌面与国王讲过。如若不从，看他是怎么模样的一个国丈。或恐那国丈是个妖精，欲吃人的心肝，故设此法，未可知也。”

行者道：“悟净说得有理。师父，你且睡觉，明日等老孙同你进朝，看国丈的好歹。如若是人，只恐他走了旁门，不知正道，徒以采药为真，待老孙将先天之要旨，化

他皈正；若是妖邪，我把他拿住，与这国王看看，教他宽欲养身，断不教他伤了那些孩童性命。”三藏闻言，急躬身反对行者施礼道：“徒弟呵，此论极妙！极妙！但只是见了昏君，不可便问此事，恐那昏君不分远近，并作谣言见罪，却怎生区处？”行者笑道：“老孙自有法力。如今先将鹅笼小儿摄离此城，教他明日无物取心，地方官自然奏表。那昏君必有旨意，或与国丈商量，或者另行选报。那时节，借此举奏，决不致罪坐于我也。”三藏甚喜，又道：“如今怎得小儿离城？若果能脱得，真贤弟天大之德！可速为之，若迟缓些，恐无及也。”行者抖擞神威，即起身分付八戒、沙僧：“同师父坐着，等我施为。你看但有阴风刮动，就是小儿出城了。”他三人一齐俱念：“南无救生药师佛！南无救生药师佛！”

这大圣出得门外，打个唿哨，起在半空，捻了诀，念动真言，叫一声“唵净法界”，拘得那城隍、土地、社令、真官，并五方揭谛、四值功曹、六丁六甲与护教伽蓝等众，都到空中，对他施礼道：“大圣，夜唤吾等，有何急事？”行者道：“今因路过比丘国，国王无道，听信妖邪，要取小儿心肝做药引子，指望长生。我师父十分不忍，欲要救生灭怪。故老孙特请列位，各使神通，与我把这城中各街坊人家鹅笼内的小儿，连笼都摄出城外，山凹中或树林深处，收藏一二日，与他些果子食用，不得饿损，再暗的护持，不得使他惊恐啼哭。待我除了邪，治了国，劝正君王，归行时，送来还我。”众神听令，即便各使神通，按下云头，满城中阴风滚滚，惨雾漫漫：

阴风刮暗一天星，惨雾遮昏千里月。起初时，还荡荡悠悠；次后来，就轰轰烈烈。悠悠荡荡，各寻门户救孩童；烈烈轰轰，都看鹅笼援骨血。冷气侵人怎出头，寒威透体衣如铁。父母徒张皇，兄嫂皆悲切。满地卷阴风，笼儿被神摄。此夜纵孤凄，天明尽欢悦。

有诗为证：

释门慈悯古来多，正善成功说摩诃。

万圣千真皆积德，三皈五戒要从和。

比丘一国非君乱，小子千名是命讹。

行者因师同教护，这场阴骘胜波罗。

当夜有三更时分，众神祇把鹅笼摄去，各处安藏。行者按下祥光，径至驿庭上，只听得他三人还念“南无救生药师佛”哩。他也心中暗喜，近前叫：“师父，我来也。

阴风之起何如？”八戒道：“好阴风！”三藏道：“救儿之事，却怎么说？”行者道：“已一一救他出去，待我们起身时送还。”长老谢了又谢，方才就寝。

唐僧听完开始哭骂昏君：你贪欢爱美把自己玩死了，为啥要屈伤这许多小儿性命？苦哉！苦哉！痛杀我也！八戒劝道：师父别烦恼，“君教臣死，臣不死不忠；父教子亡，子不亡不孝”。他伤的是他的子民，与你何干？赶紧睡觉。

唐僧说八戒是个不慈悯的，沙僧建议明天倒换关文时看看国丈是何许人也，也许是个妖精，想吃人心肝也说不定呢。这个建议得到了悟空的支持，猴哥安慰唐僧：转天我跟你一起入朝看看情况，甭管是国王不走正道还是国丈是妖，咱都把这些小孩子救了。

从“长老闻言，一把扯住不放，定要问个明白”开始，唐师父终于在这一路的量变下渐渐质变了。他终于不再光在乎自己那点事了，终于有些真慈悲了，听说悟空肯救这些孩子，唐师父“急躬身反对行者施礼道：‘徒弟呵，此论极妙！极妙！但只是见了昏君，不可便问此事，恐那昏君不分远近，并作谣言见罪，却怎生区处？’”

唐师父为了孩子们给猴子施礼了，别看他低头了，但他终于有个师父的样子了。

对于唐师父担心国王是昏君的顾忌，猴哥定计：先把鹅笼小儿摄离此城，之后咱再给出规劝建议，到时候肯定不会牵连我们。唐僧赶紧夸悟空是“若果能脱得，真贤弟天大之德！可速为之，若迟缓些，恐无及也”。猴哥也赶紧捻诀念真言，把城隍、土地、社令、真官，并取经摄像组的五方揭谛、四值功曹、六丁六甲与护教伽蓝等众全部拘了过来，安排众神把孩子们连笼都摄出城外山坳中收藏一二日，暗中护持，不得饿损，不得令孩子惊恐啼哭，等除妖完毕再把孩子还他。

在满城的阴风滚滚、惨雾漫漫之后，孩子们被救走了。

至天晓，三藏醒来，遂结束齐备，道：“悟空，我趁早朝，倒换关文去也。”行者道：“师父，你自家去恐不济事，待老孙和你同去，看那国丈邪正如何。”三藏道：“你去却不肯行礼，恐国王见怪。”行者道：“我不现身，暗中跟随你，就当保护。”三藏甚喜，分付八戒、沙僧看守行李马匹。却才举步，只驿丞又来相见，看这长老打扮起来，比昨日又甚不同，但见他身上穿一领：

锦襕异宝佛袈裟，头戴金顶毗卢帽。

九环锡杖手中拿，胸藏一点神光妙。

通关文牒紧随身，包裹袋中缠锦套。

行似阿罗降世间，诚如活佛真容貌。

那驿丞相见礼毕，附耳低言，只教莫管闲事。三藏点头应声。大圣闪在门旁，念个咒语，摇身一变，变做个蟭蟟虫儿，嘤的一声，飞在三藏帽儿上。出了馆驿，径奔朝中。

及到朝门外，见有黄门官，即施礼道："贫僧乃东土大唐差往西天取经者，今到贵地，理当倒换关文。意欲见驾，伏乞转奏转奏。"那黄门官果为传奏。国王喜道："远来之僧，必有道行。"教请进来。黄门官复奉旨，将长老请入。长老阶下朝见毕，复请上殿赐坐。长老又谢恩坐了，只见那国王相貌尪羸，精神倦怠，举手处，揖让差池；开言时，声音断续。长老将文牒献上，那国王眼目昏濛，看了又看，方才取宝印，用了花押，递与长老。长老收讫。

那国王正要问取经原因，只听得当驾官奏道："国丈爷爷来矣。"那国王即扶着近侍小宦，挣下龙床，躬身迎接。慌得那长老急起身，侧立于旁。回头观看，原来是一个老道者，自玉阶前摇摇摆摆而进，但见他：

头上戴一顶淡鹅黄九锡云锦纱巾，身上穿一领箸顶梅沉香绵丝鹤氅。腰间系一条纫蓝三股攒绒带，足下踏一对麻经葛纬云头履。手中拄一根九节枯藤盘龙拐杖，胸前挂一个描龙刺凤团花锦囊。玉面多光辉，须髯领下飘。金睛飞火焰，长目过眉梢。行动云随步，逍遥香雾饶。阶下众官都拱接，齐呼国丈进王朝。

那国丈到宝殿前，更不行礼，昂昂烈烈，径到殿上。国王欠身道："国丈行踪，今喜早降。"就请左手绣墩上坐。三藏起一步，躬身施礼道："国丈大人，贫僧问讯了。"那国丈端然高坐，亦不回礼，转面向国王道："僧家何来？"国王道："东土唐朝，差上西天取经者，今来倒验关文。"国丈笑道："西方之路黑漫漫，有甚好处？"三藏道："自古西方乃极乐之胜境，如何不好？"那国王问道："朕闻上古有云：'僧是佛家弟子。'端的不知为僧可能不死，向佛可能长生？"三藏闻言，急合掌应道：

为僧者，万缘都罢；了性者，诸法皆空。大智闲闲，澹泊在不生之内；真机默默，逍遥于寂灭之中。三界空而百端治，六根净而千种穷。若乃坚诚知觉，须当识心。心净则孤明独照，心存则万境皆清。真容无欠亦无余，生前可见；幻相有形终有坏，分外何求！行躬打坐，乃为入定之原；布惠施恩，诚是修行之本。大巧若拙，还知事事无为；善计非筹，必须头头放下。但使一心不动，万行自全。若云采阴补阳，诚为谬语；服饵长寿，实乃虚词。只要尘尘缘总弃，物物色皆空。素素纯纯寡爱欲，自然享寿永无穷。

那国丈闻言，付之一笑，用手指定唐僧道："呵，呵，呵！你这和尚满口胡柴！寂灭门中，须云认性，你不知那性从何如灭！枯坐参禅，尽是些盲修瞎炼。俗语云：'坐，坐，坐！你的屁股破。火熬煎，反成祸。'更不知我这：

修仙者，骨之坚秀；达道者，神之最灵。携箪瓢而入山访友，采百药而临世济人。摘仙花以砌笠，折香蕙以铺裀。歌之鼓掌，舞罢眠云。阐道法，扬太上之正教；施符水，除人世之妖氛。夺天地之秀气，采日月之华精。运阴阳而丹结，按水火而胎凝。二八阴消兮，若恍若惚；三九阳长兮，如杳如冥。应四时而采取药物，养九转而修炼丹成。跨青鸾，升紫府；骑白鹤，上瑶京。参满天之华采，表妙道之殷勤。比你那静禅释教，寂灭阴神，涅槃遗臭壳，又不脱凡尘。三教之中无上品，古来惟道独称尊。"

那国王听说，十分欢喜，满朝官都喝采道："好个'惟道独称尊'！'惟道独称尊'！"长老见人都赞他，不胜羞愧。国王又叫光禄寺安排素斋，待那远来之僧出城西去。三藏谢恩而退，才下殿，往外正走，行者飞下帽顶儿来，在耳边叫道："师父，这国丈是个妖邪，国王受了妖气。你先去驿中等斋，待老孙在这里听他消息。"三藏知会了，独出朝门不题。

转过天来，唐僧身穿锦襕袈裟，头戴金顶毗卢帽，手持九环锡杖要去入朝了。驿丞估计是怕被牵连，再次附耳低言，叫他不要多管闲事。唐僧点头答应后，猴哥变成蟭蟟虫，飞到唐僧帽子上，跟着入了朝。

唐僧见到国王，通过观察发现，他的状态是"相貌尫羸，精神倦怠，举手处，揖让差池；开言时，声音断续"。眼瞅就要死了，即便这个身体状况，当听说国丈来了，"那国王即扶着近侍小宦，挣下龙床，躬身迎接"。通过一个对比描写，作者就交代明白了，此时这国王已经被国丈给拿捏了。

唐僧回头看了国丈的模样，也明白了为啥国王被拿捏得那么死，那身相当考究的道家装备就不说了，主要是人家那气色，"玉面多光辉，须髯颔下飘。金睛飞火焰，长目过眉梢。行动云随步，逍遥香雾饶”。人家这个卖相确实是好，这仙风道骨的长寿模样说能搞来延寿的药方确实是有说服力的，这就好比猴哥能耐再大，让他带货洗面奶他也卖不过唐僧，卖相很重要。

国丈上殿后已经不行礼了，是国王需要欠身跟国丈说话。唐僧也赶紧躬身对国丈施礼,但人家端然高坐,根本不回礼。国丈问国王,这和尚是干啥的。当听说是“东土唐朝，差上西天取经者”之后，这国丈开启褒贬模式，说西方之路黑漫漫，有甚好处！唐僧估计也是看这吃人的国丈来气，难得勇敢了一把，当即在朝堂上展开大辩论。以国王问的“和尚能不能长生”这个问题为切入点，开始讲了一大段佛理，核心思想就是劝国王“素素纯纯寡爱欲，自然享寿永无穷”。国王肯定就当听个乐了，因为人家追求的是爽的长寿，不是你说的这不爽的长寿。随后那国丈指着唐僧展开了批驳，把佛门修炼说得一文不值，标榜自己“夺天地之秀气，采日月之华精”，从天地吸取能量羽化成仙，“古来惟道独称尊”，然后注意这句：“那国王听说，十分欢喜，满朝官都喝采道：‘好个“惟道独称尊”！“惟道独称尊”！’”

民间此时已经给国家换名了，但朝堂上却因为国王对美后的贪欢和对国丈的需求而狂捧道家臭脚。呵呵，这又是在影射。嘉靖嘉靖，家家皆净啊！

唐师父的理论自信还是不够，所谓“长老见人都赞他，不胜羞愧”，国王让光禄寺安排素斋接待唐僧，唐僧谢恩而退后，悟空跟他师父说：那国丈是个妖邪，你先回吧，我留在这儿看看情况。

看那行者，一翅飞在金銮殿翡翠屏中钉下，只见那班部中闪出五城兵马官，奏道：“我主，今夜一阵冷风，将各坊各家鹅笼里小儿，连笼都刮去了，更无踪迹。”国王闻奏，又惊又恼，对国丈道：“此事乃天灭朕也。连月病重，御医无效。幸国丈赐仙方，专待今日午时开刀，取此小儿心肝作引，何期被冷风刮去。非天欲灭朕而何？”国丈笑道：“陛下且休烦恼。此儿刮去，正是天送长生与陛下也。”国王道：“见把笼中之儿刮去，何以返说天送长生？”国丈道：“我才入朝来，见了一个绝妙的药引，强似那一千一百一十一个小儿之心。那小儿之心，只延得陛下千年之寿，此引子，吃了我的仙药，就可延万万年也。”国王漠然不知是何药引，请问再三，国丈才说：“那东土差去取经的和尚，我看他器宇清净，容颜齐整，乃是个十世修

行的真体，自幼为僧，元阳未泄，比那小儿更强万倍。若得他的心肝煎汤，服我的仙药，足保万年之寿。”那昏君闻言，十分听信，对国丈道：“何不早说？若果如此有效，适才留住，不放他去了。”国丈道：“此何难哉！适才分付光禄寺办斋待他，他必吃了斋，方才出城。如今急传旨，将各门紧闭，点兵围了金亭馆驿，将那和尚拿来，必以礼求其心。如果相从，即时剖而取出，遂御葬其尸，还与他立庙享祭；如若不从，就与他个武不善作，即时捆住，剖开取之。有何难事！”那昏君如其言，即传旨，把各门闭了，又差羽林卫大小官军，围住馆驿。

行者听得这个消息，一翅飞奔馆驿，现了本相，对唐僧道：“师父，祸事了！祸事了！”那三藏才与八戒、沙僧领御斋，忽闻此言，諕得三尸神散，七窍烟生，倒在尘埃，浑身是汗，眼不定睛，口不能言。慌得沙僧上前搀住，只教：“师父苏醒！师父苏醒！”八戒道：“有甚祸事？有甚祸事？你慢些儿说便也罢，却諕得师父如此！”行者道：“自师父出朝，老孙回视那国丈是个妖精。少顷，有五城兵马来奏，冷风刮去小儿之事。国王方恼，他却转教喜欢，道：‘这是天送长生与你。’要取师父的心肝做药引，可延万年之寿。那昏君听信诬言，所以点精兵来围馆驿，差锦衣官来请师父求心也。”八戒笑道：“行的好慈悯！救的好小儿！刮的好阴风！今番却撞出祸来了！”三藏战兢兢的爬起来，扯着行者哀告道：“贤徒啊！此事如何是好？”行者道：“若要好，大做小。”沙僧道：“怎么叫做大做小？”行者道：“若要全命，师作徒，徒作师，方可保全。”三藏道：“你若救得我命，情愿与你做徒子徒孙也。”行者道：“既如此，不必迟疑。”教：“八戒，快和些泥来。”那呆子即使钉钯筑了些土，又不敢外面去，在地下掳起衣服撒溺，和了一团臊泥递与行者。行者没奈何，将泥扑作一片，往自家脸上一安，做下个猴像的脸子，叫唐僧站起休动，再莫言语，贴在唐僧脸上，念动真言，吹口仙气，叫“变！”那长老即变做个行者模样，脱了他的衣服，以行者的衣服穿上。行者却将师父的衣服穿了，捻着诀，念个咒语，摇身变作唐僧的嘴脸，八戒、沙僧也难识认。

正当合心妆扮停当，只听得锣鼓齐鸣，又见那枪刀簇拥，原来是羽林卫官，领三千兵把馆驿围了。又见一个锦衣官走进驿庭，问道：“东土唐朝长老在那里？”慌得那驿丞战兢兢的跪下，指道：“在下面客房里。”锦衣官即至客房里道：“唐长老，我王有请。”八戒、沙僧左右护持假行者，只见假唐僧出门施礼道：“锦衣大人，陛下召贫僧有何话说？”锦衣官上前一把扯住道：“我与你进朝去，想必有取用也。”咦！这正是：

妖诬胜慈善，慈善反招凶。

毕竟不知此去端的性命何如，且听下回分解。

猴哥回殿。班部中闪出五城兵马官，跟国王汇报笼子都被风刮没了。国王听说后又惊又恼，对国丈道：“此事乃天灭朕也。”国丈笑了，表示：这是天送长生，咱不坐火车坐飞机，顶级药引子来了。那千余小儿不如这和尚的十分之一，这和尚是个自幼为僧、元阳未泄、十世修行的真体，这老童子吃完能活万年。国王听完问：刚才你咋不说，早说我直接就扣下他了！

这昏君已经丝毫不考虑国家体面了，这可是当着满朝文武的面啊！你这哪里还是什么国家啊，已经成土匪窝子了！准确地说，连土匪都不如，土匪还得说黑话遮着呢，一国之君居然当众如此下作！

国丈表示：他跑不了，把城门关了，点兵围了馆驿，咱跟那和尚好好商量，同意给心就御葬立庙享祭，不同意直接活剥其心。随后这么残暴的命令就这样当着满朝文武的面迅速下达了。

悟空听说这事后，赶紧回去给他师父报信。唐师父仅仅听了“师父，祸事了！祸事了！”这一句就差点被吓死了，所谓“三尸神散，七窍烟生，倒在尘埃，浑身是汗，眼不定睛，口不能言”，中风了都没这效果，呵呵，咱唐师父骨子里的这股对皇权的恐惧啊！

当猴哥说出要取唐师父心肝后，唐僧战兢兢地爬起来，扯着行者哀告道：“贤徒啊！此事如何是好？”猴哥说：若要好，大做小，徒弟变成师父，师父变成徒弟。唐僧表示：“你若救得我命，情愿与你做徒子徒孙也。”

这国丈是怎么拿捏国王的，悟空现在就怎么拿捏他师父。凡人嘛，最宝贝的就是那条命。实际上猴哥有太多办法能保他师父的命了，但这个办法能要来最高的话语权。

猴哥让八戒去外面和些泥来，八戒以不敢去外面取水的借口撒尿给他师父和了泥。猴哥没办法，将这团臊泥往自己脸上一按，做了个猴脸的模具，随后贴到了唐僧脸上，将唐僧变成了自己的模样，自己则变成唐僧的样子。

师父的便宜是那么好占的吗？让你拿猪尿洗把脸。

小孩的性命是那么好救的吗？你需要受俩徒弟的捉弄。

说句题外话： 改变他人命运轨迹的行善是有成本的，尤其像唐僧这种从死神手里抢下一千一百一十一个小孩子的善举，当然你的功德无可匹敌，冲这个，你唐僧成佛就是应该的！但是，你还是要受些捉弄和痛苦，否则因果不是那么好更改的！不要觉得自己做错了，不要觉得自己有问题，大福大报在后面，咱们永远力所能及地善良下去，错不了。

“上天有好生之德”，这句话你是不是以为是佛家说的？其实是出自儒家的《论语》，是咱们老祖宗传下来几千年的普世价值观。

猴哥刚变化完，枪刀簇拥的三千兵就把馆驿围了，一个锦衣官走进驿庭问：东土唐朝长老在哪里？

呵呵，“锦衣官”，作者越来越“明”了。

当猴哥变的假唐僧出门施礼，问陛下召贫僧何事时，锦衣官上前一把扯住道：“我与你进朝去，想必有取用也。”

作者通过这段话也告诉我们，他写作的那个时代见到的锦衣官都是什么德行。

第七十九回

寻洞求妖逢老寿，当朝正主救婴儿

却说那锦衣官，把假唐僧扯出馆驿，与羽林军围围绕绕，直至朝门外，对黄门官言："我等已请唐僧到此，烦为转奏。"黄门官急进朝，依言奏上昏君，遂请进去。众官都在阶下跪拜，惟假唐僧挺立阶心，口中高叫："比丘王，请我贫僧何说？"君王笑道："朕得一疾，缠绵日久不愈。幸国丈赐得一方，药饵俱已完备，只少一味引子，特请长老求些药引。若得病愈，与长老修建祠堂，四时奉祭，永为传国之香火。"假唐僧道："我乃出家人，只身至此，不知陛下问国丈要甚东西作引？"昏君道："特求长老的心肝。"假唐僧道："不瞒陛下说，心便有几个儿，不知要的甚么色样？"那国丈在旁指定道："那和尚，要你的黑心。"假唐僧道："既如此，快取刀来剖开腹胸，若有黑心，谨当奉命。"

那昏君欢喜相谢，即着当驾官取一把牛耳短刀，递与假僧。假僧接刀在手，解开衣服，忝起胸膛，将左手抹腹，右手持刀，唿喇的响一声，把腹皮剖开，那里头就骨都都的滚出一堆心来。諕得文官失色，武将身麻。国丈在殿上见了道："这是个多心的和尚！"假僧将那些心，血淋淋的一个个捡开，与众观看，却都是些红心、白心、黄心、悭贪心、利名心、嫉妒心、计较心、好胜心、望高心、我慢心、杀害心、狠毒心、恐怖心、谨慎心、邪妄心、无名隐暗之心，种种不善之心，更无一个黑心。那昏君諕得呆呆挣挣，口不能言，战兢兢的教："收了去！收了去！"那假唐僧忍耐不住，收了去，现出本相，对昏君道：“陛下全无眼力。我和尚家都是一片好心，惟你这国丈是个黑心，好做药引。你不信，等我替你取他的出来看看。”

那国丈听见，急睁睛仔细观看，见那和尚变了面皮，不是那般模样。咦！

认得当年孙大圣，五百年前旧有名。

却抽身腾云就起，被行者翻筋斗，跳在空中，喝道：“那里走！吃吾一棒！”那国丈即使蟠龙拐杖来迎。他两个在半空中这场好杀：

如意棒，蟠龙拐，虚空一片云叆叇。原来国丈是妖精，故将怪女称娇色。国主贪欢病染身，妖邪要把儿童宰。相逢大圣显神通，捉怪救人将难解。铁棒当头着实凶，拐棍迎来堪喝采。杀得那满天雾气暗城池，城里人家都失色。文武多官魂魄飞，嫔妃绣女容颜改。諕得那比丘昏主乱身藏，战战兢兢没摆布。棒起犹如虎出山，拐轮却似龙离海。今番大闹比丘国，致令邪正分明白。

那妖精与行者苦禁二十余合，蟠龙拐抵不住金箍棒，虚幌了一拐，将身化作一道寒光，落入皇宫内院，把进贡的妖后带出宫门，并化寒光，不知去向。

开篇这句话，“却说那锦衣官，把假唐僧扯出馆驿，与羽林军围围绕绕，直至朝门外”，看看锦衣官抓人的德行！

昏君对猴哥笑道：想求你心肝当药引子。猴哥表示：心有好几个呢，你要哪个？这时国丈把话抢了过来，说：要你那黑心。猴哥表示容易，现场拿刀剖腹取心，随后也算是对自己进行了深刻剖析，所谓“假僧将那些心，血淋淋的一个个捡开，与众观看，却都是些红心、白心、黄心、悭贪心、利名心、嫉妒心、计较心、好胜心、望高心、我慢心、杀害心、狠毒心、恐怖心、谨慎心、邪妄心、无名隐暗之心，种种不善之心，更无一个黑心”。这些嫉妒、好胜、杀害的分别心都是猴哥目前还没攻克的弱点，后面也说了“那假唐僧忍耐不住，收了去，现出本相”，作者这是在告诉我们什么呢？

只要是人，就有善心、有恶心，猴哥剖开自己审视内心时，你看看这些不善之心，但是猴哥干的是什么事呢？是救苦救难的大善事！

也就是说，我们有恶念其实是很正常的，只要善念能压住恶念，只要我们能够降服恶念，不做恶事，就是好孩子！

论迹不论心，论心无完人。不要因为那些黑暗的念头苛责自己，也没必要纠结为什么还会有不善的念头，当我们善的心念越来越大，善的力量越来越大，这就可以了。

猴哥现本相后说：我和尚家都是一片好心，只有你这国丈是个黑心！我来帮你取出来看看！这国丈见猴哥变脸后，认出了他是齐天大圣，赶紧腾云跑路，但被猴哥在空中拦住了，双方开打。国丈扛了猴哥二十余回合便扛不住了，身化寒光落入皇宫内院，把进贡的妖后带走，一起跑了。

大圣按落云头，到了宫殿下，对多官道："你们的好国丈啊！"多官一齐礼拜，感谢神僧。行者道："且休拜，且去看你那昏主何在。"多官道："我主见争战时，惊恐潜藏，不知向那座宫中去也。"行者即命："快寻！莫被美后拐去！"多官听言，不分内外，同行者先奔美后宫，漠然无踪，连美后也通不见了。正宫、东西宫、六院，概众后妃都来拜谢大圣。大圣道："且请起，不到谢处哩，且去寻你主公。"少时，见四五个太监，搀着那昏君自谨身殿后面而来。众臣俯伏在地，齐声启奏道："主公，主公。感得神僧到此，辨明真假。那国丈乃是个妖邪，连美后亦不见矣。"国王闻言，即请行者出皇宫，到宝殿，拜谢了，道："长老，你早间来的模样，那般俊伟，这时如何就改了形容？"行者笑道："不瞒陛下说，早间来者，是我师父，乃唐朝御弟三藏。我是他徒弟孙悟空。还有二个师弟，猪悟能、沙悟净，见在金亭馆驿。因知你信了妖言，要取我师父心肝做药引，是老孙变作师父模样，特来此降妖也。"那国王闻言，即传旨着阁下太宰，快去驿中请师众来朝。

那三藏听见行者见了相，在空中降妖，吓得魂飞魄散，幸有八戒、沙僧护持，他又脸上戴着一片子臊泥，正闷闷不快，只听得人叫道："法师，我等乃比丘国王差来的阁下太宰，特请入朝谢恩也。"八戒笑道："师父，莫怕，莫怕。这不是又请你取心，想是师兄得胜，请你酬谢哩。"三藏道："虽是得胜来请，但我这个臊脸怎么见人？"八戒道："没奈何，我们且去见了师兄，自有解释。"真个那长老无计，只得扶着八戒、沙僧，挑着担，牵着马，同去驿庭之上。那太宰见了，害怕道："爷爷呀！这都相似妖头怪脑之类。"沙僧道："朝士休怪丑陋，我等乃是生成的遗体，若我师兄来见朝，见了我师兄，他就俊了。"与众来朝，不待宣召，直至殿下。

行者看见，即转身下殿，迎着面把师父的泥脸子抓下，吹口仙气，叫："正！"

那唐僧即时复了原身，精神愈觉爽利。国王下殿亲迎，口称“法师老佛”。师徒们将马拴住，都上殿来相见。行者道：“陛下可知那怪来自何方？等老孙去与你一并擒来，剪除后患。”三宫六院，诸嫔群妃，都在那翡翠屏后，听见行者说剪除后患，也不避内外男女之嫌，一齐出来拜告道：“万望神僧老佛大施法力，斩草除根，把他剪除尽绝，诚为莫大之恩，自当重报。”行者忙忙答礼，只教国王说他住居。国王含羞告道：“三年前，他到时，朕曾问他。他说离城不远，只在向南去七十里路，有一座柳林坡清华庄上。国丈年老无儿，止后妻生一女，年方十六，不曾配人，愿进与朕。朕因那女貌娉婷，遂纳了，宠幸在宫。不期得疾，太医屡药无功。他说：‘我有仙方，止用小儿心煎汤为引。’是朕不才，轻信其言，遂选民间小儿，择定今日午时开刀取心。不料神僧下降，恰恰又遇笼儿都不见了，他就说神僧十世修真，元阳未泄，得其心，比小儿心更加万倍。一时误犯，不知神僧识透妖魔。敢望广施大法，剪其后患，朕以倾国之资酬谢。”

行者笑道：“实不相瞒，笼中小儿，是我师慈悲，着我藏了。你且休题甚么资财相谢，待我捉了妖怪，是我的功行。”叫：“八戒，跟我去来。”八戒道：“谨依兄命。但只是腹中空虚，不好着力。”国王即传旨，教：“光禄寺快办斋供。”不一时斋到。八戒尽饱一餐，抖擞精神，随行者驾云而起，唬得那国王、妃后，并文武多官，一个个朝空礼拜，都道：“是真仙真佛降临凡也！”那大圣携着八戒，径到南方七十里之地，住下风云，找寻妖处。但只见一股清溪，两边夹岸，岸上有千千万万的杨柳，更不知清华庄在于何处。正是那：

万顷野田观不尽，千堤烟柳隐无踪。

孙大圣寻觅不着，即捻诀，念一声“唵”字真言，拘出一个当方土地，战兢兢近前跪下叫道：“大圣，柳林坡土地叩头。”行者道：“你休怕我，不打你。我问你：柳林坡有个清华庄，在于何方？”土地道：“此间有个清华洞，不曾有个清华庄。小神知道了，大圣想是自比丘国来的？”行者道：“正是，正是。比丘国王被一个妖精哄了，是老孙到那厢，识得是妖怪，当时战退。那怪化一道寒光，不知去向。及问比丘王，他说三年前进美女时，曾问其由，怪言居住城南七十里柳林坡清华庄。适寻到此，只见林坡，不见清华庄，是以问你。”土地叩头道：“望大圣恕罪。比丘王亦我地之主也，小神理当鉴察，奈何妖精神威法大，知我泄漏他事，就来欺

凌，故此未获。大圣今来，只去那南岸九叉头一棵杨树根下，左转三转，右转三转，用两手齐扑树上，连叫三声‘开门’，即现清华洞府。”

猴哥落下云头，对百官奚落道：“你们的好国丈啊！”

百官一齐礼拜，猴哥道：“且休拜，且去看你那昏主何在。”

注意，猴哥一点脸没给国王留，直接当着百官骂“昏主”，但百官没有丝毫不悦，表示我主刚才已经吓跑了。可见，百官已经放弃维护国家体面了。

猴哥让他们赶紧去找，别被妖精拐走！随后“多官听言，不分内外，同行者先奔美后宫，漠然无踪，连美后也通不见了。正宫、东西宫、六院，概众后妃都来拜谢大圣”。这是啥意思？

这个国家算是没有伦常纲纪了，不仅外官敢进后宫，而且后宫嫔妃都出来抛头露面了。

又过了会儿，昏君被四五个太监搀着自谨身殿（今保和殿，明朝称作谨身殿，这里还是作者在隐喻这是大明的事）回来了，国王拜谢猴哥后听了来龙去脉，便传旨派阁下太宰去驿中请剩下三师徒来朝。

三人来朝后，猴哥帮唐僧恢复了原身。猴哥问国王知不知道那怪出自何方。超级逗的剧情出现了，所谓“三宫六院，诸嫔群妃，都在那翡翠屏后，听见行者说剪除后患，也不避内外男女之嫌，一齐出来拜告道：‘万望神僧老佛大施法力，斩草除根，把他剪除尽绝，诚为莫大之恩，自当重报。’”

一方面说明了整个后宫是多么痛恨这妖怪夺了君王之宠；另一方面也说明，国王被妖孽国丈和美后蛊惑后，尤其是被满朝文武知道他被妖邪蛊惑后，整个比丘国对他已经上下失敬畏，内外失体统了。

你是皇帝，是天子，是统御万民的，刨掉那些冠冕堂皇的遮挡，说白了皇权就是吃剥削饭的，你那千条万绪的工作归根结底就是一句话：以最小的成本去完成统治与剥削。

改编一段经典台词：一个国家，有的人成了面子，有的人成了里子。皇帝就是一个国家的面子，面子上绝对不能沾一点灰尘，若流了血，里子得收着，要是收不住，漏到面子上，那就是灭国毁社稷的大事！

皇权让里子干的那些脏事必须干得成，还得藏得住。你一个皇帝，为了自己的命居然要牺牲一千一百一十一个子民的命，还在大庭广众下操作这件事，那你这皇权本身就已经岌岌可危了。接下来那些笼子被吹走，算是又给你这皇权踹了一脚。天意如此啊，随后你还听国丈的，还要吃和尚，结果没吃成，国丈变成了妖精。这也就意味着皇权就此失去所有合理合法性了！之前吃孩子这事理论上还有一丝丝可做文章的空间，百姓为救君父，为救天子，这是义不容辞的责任，现在彻底瞎了，你就是昏君！这个国王的皇位理论上来说坐不久了。

国王含羞对猴哥说：这国丈说过，他来自城南七十里的柳林坡清华庄。猴哥带着八戒来到柳林坡，把土地拘出来后，才知道这里只有一个清华洞，根本没有什么清华庄，而且这个洞还是藏在南岸九叉头的一棵杨树根下，是个左转三转，右转三转，用两手齐扑树上，连叫三声“开门”才会出现的隐藏洞府。

也就是说，三年了，国丈就住在距离都城仅仅七十里的地方，国王居然没做过背景调查。

纯纯的昏君啊！要不妖怪为什么挑你这里来收一千多个小孩子呢！

大圣闻言，即令土地回去，与八戒跳过溪来，寻那棵杨树。果然有九条叉枝总在一棵根上。行者分付八戒：“你且远远的站定，待我叫开门，寻着那怪，赶将出来，你却接应。”八戒闻命，即离树有半里远近立下。这大圣依土地之言，近树根左转三转，右转三转，双手齐扑其树，叫：“开门！开门！”霎时间，一声响喨，唿喇喇的门开两扇，更不见树的踪迹。那边光明霞采，亦无人烟。行者趁神威，撞将进去，但见那里好个去处：

烟霞幌亮，日月偷明。白云常出洞，翠藓乱漫庭。一径奇花争艳丽，遍阶瑶草斗芳荣。温暖气，景常春，浑如阆苑，不亚蓬瀛。滑凳攀长蔓，平桥挂乱藤。蜂衔红蕊来岩窟，蝶戏幽兰过石屏。

行者急拽步，行近前边细看，见石屏上有四个大字：“清华仙府。”他忍不住跳过石屏看处，只见那老怪怀中搂着个美女，喘嘘嘘的正讲比丘国事，齐声叫道：“好机会来！三年事，今日得完，被那猴头破了。”行者跑近身，掣棒高叫道：“我把你这伙毛团！甚么‘好机会’。吃我一棒！”那老怪丢了美人，轮起蟠龙拐，急架相迎。他两个在洞前这场好杀，比前又甚不同：

棒举迸金光，拐轮凶气发。那怪道："你无知敢进我门来。"行者道："我有意降妖怪。"那怪道："我恋国主你无干，怎的欺心来展抹？"行者道："僧修政教本慈悲，不忍儿童活见杀。"语去言来各恨仇，棒迎拐架当心扎。促损琪花为顾生，踢破翠苔因把滑。只杀得那洞中霞采欠光明，崖上芳菲俱掩压。乒乓惊得鸟难飞，吆喝諕得美人散。只存老怪与猴王，呼呼卷地狂风刮。看看杀出洞门来，又撞悟能呆性发。

原来八戒在外边，听见他们里面嚷闹，激得他心痒难挠，掣钉钯，把一棵九叉杨树刨倒，使钯筑了几下，筑得那鲜血直冒，嘤嘤的似乎有声。他道："这棵树成了精也！这棵树成了精也！"按在地下，又正筑处，只见行者引怪出来，那呆子不打话，赶上前，举钯就筑。那老怪战行者已是难敌，见八戒钯来，愈觉心慌。败了阵，将身一幌，化道寒光，径投东走。他两个决不放松，向东赶来。

正当喊杀之际，又闻得鸾鹤声鸣，祥光缥缈，举目视之，乃南极老人星也。那老人把寒光罩住，叫道："大圣慢来！天蓬休赶！老道在此施礼哩。"行者即答礼道："寿星兄弟，那里来？"八戒笑道："肉头老儿，罩住寒光，必定捉住妖怪了。"寿星陪笑道："在这里，在这里。望二公饶他命罢。"行者道："老怪不与老弟相干，为何来说人情？"寿星笑道："他是我的一副脚力，不意走将来，成此妖怪。"行者道："既是老弟之物，只教他现出本像来看看。"寿星闻言，即把寒光放出，喝道："业畜！快现本相，饶你死罪！"那怪打个转身，原来是只白鹿。寿星拿起拐杖道："这业畜！连我的拐棒也偷来也。"那只鹿俯伏在地，口不能言，只管叩头滴泪。但见他：

一身如玉简斑斑，两角参差七汊湾。
几度饥时寻药圃，有朝渴处饮云潺。
年深学得飞腾法，日久修成变化颜。
今见主人呼唤处，现身珉耳伏尘寰。

猴哥让八戒守在外面，自己开门进了洞。这洞府景致相当棒，根本就不像妖魔居住的地方。猴哥跳过写有"清华仙府"的石屏，发现老怪怀中搂着个美女，喘嘘嘘地正讲比丘国发生的事，两人都在抱怨三年努力被猴子给毁了！

也就是说，这昏君宠幸了半天的美人根本不是妖怪的女儿，而是妖怪的相好。

猴哥跑上前去进行了铁棒执法，把老怪赶出来后，八戒一钯子就抡过去了，老怪将身一晃，化道寒光径投东去。

所有妖怪跑路的地方都是他的保护伞所在，但哪个妖怪能逃得出悟空的追杀呢！悟空追着追着就发现熟人来了，寿星把寒光罩住，给猴哥、八戒施礼了。

寿星寒暄了两句后赔笑表示："望二公饶他命罢。"猴哥问：你为啥帮着说情？寿星说：这是我的坐骑。猴哥此时已经相当好说话了，表示：这不叫事，现本相给我看看。寿星一听悟空结案了，把寒光放出，喝道："业畜！快现本相，饶你死罪！"

老怪转个身，变成一只白鹿，随后注意这句话："寿星拿起拐杖道：'这业畜！连我的拐棒也偷来也。'那只鹿俯伏在地，口不能言，只管叩头滴泪。"

啥意思？

寿星三年没有拐棍用了，你信他刚发现鹿丢了吗？

怎么可能！

而且这鹿回去得被收拾，为啥？

因为他"只管叩头滴泪"。你哭啥？显得委屈你了？

你得什么表情都没有地把罪过都担起来！你哭什么啊！你一哭不是把领导给装进来了吗？

寿星谢了行者，就跨鹿而行。被行者一把扯住道："老弟且慢走，还有两件事未完哩。"寿星道："还有甚么未完之事？"行者道："还有美人未获，不知是个甚么怪物；还又要同到比丘城见那昏君，现相回旨也。"寿星道："既这等说，我且宁耐。你与天蓬下洞，擒捉那美人来，同去现相可也。"行者道："老弟略等等儿，我们去了就来。"

那八戒抖擞精神，随行者径入清华仙府，呐声喊叫："拿妖精！拿妖精！"那美人战战兢兢，正自难逃，又听得喊声大振，即转石屏之内，又没个后门，可以出头。被八戒喝声："那里走！我把你这个哄汉子的臊精！看钯！"那美人手中又无兵器，不能迎敌，将身一闪，化道寒光，往外就走，被大圣抵住寒光，乒乓一棒，那怪立不住脚，倒在尘埃，现了本相，原来是一个白面狐狸。呆子忍不住手，举钯照头一筑，可怜把那个——

倾城倾国千般笑，化作毛团狐狢形。

行者叫道："莫打烂他，且留他此身去见昏君。"那呆子不嫌秽污，一把揪住尾子，拖拖扯扯，跟随行者出得门来。只见那寿星老儿手摸着鹿头骂道："好业畜啊！你怎么背主逃去，在此成精。若不是我来，孙大圣定打死你了。"行者跳出来道："老弟说甚么？"寿星道："我嘱鹿哩！我嘱鹿哩！"八戒将个死狐狸掼在鹿的面前道："这可是你的女儿么？"那鹿点头幌脑，伸着嘴，闻他几闻，呦呦发声，似有眷恋不舍之意。被寿星劈头扑了一掌道："业畜！你得命足矣，又闻他怎的？"即解下勒袍腰带，把鹿扣住颈项，牵将起来道："大圣，我和你比丘国相见去也。"行者道："且住！索性把这边都扫个干净，庶免他年复生妖孽。"八戒闻言，举钯将柳树乱筑。行者又念声"唵"字真言，依然拘出当方土地，叫："寻些枯柴，点起烈火，与你这方消除妖患，以免欺凌。"那土地即转身，阴风飒飒，帅起阴兵，搬取了些迎霜草、秋青草、蓼节草、山蕊草、蒌蒿草、龙骨柴、芦荻柴，都是隔年干透的枯焦之物，见火如同油腻一般。行者叫："八戒，不必筑树。但得此物，填塞洞里，放起火来，烧得个干净。"

寿星谢了猴哥后想走，但猴哥扯住不放行。流程还没走完，这个国家的香火归咱猴哥了，猴哥说：你得跟我回去见那昏君去。

那个美人是个白面狐狸，被八戒一钯子打死了。八戒出门来时，见寿星老儿手摸着鹿头骂道："好业畜啊！你怎么背主逃去，在此成精。若不是我来，孙大圣定打死你了。"这寿星真是做戏做全套。

八戒将死狐狸掼在鹿的面前，问：这是你女儿吗？"那鹿点头幌脑，伸着嘴，闻他几闻，呦呦发声，似有眷恋不舍之意"。

这鹿回去必须被教育了。你哪来的那么多自己的表情和声音！你是"孽畜"知道吗？你还有点职业素养吗？

气得寿星劈头扑了一掌道："业畜！你得命足矣，又闻他怎的？"随后解下勒袍腰带，把鹿扣住颈项牵起来，要跟猴哥去比丘国，然后又被猴哥拦住了。流程还是没走完，这洞府还没烧呢。最终是八戒把柳树乱筑，猴哥拘来土地，把这洞府给烧了之后才同寿星牵着鹿，拖着狐狸，一齐回到比丘国殿前。

火一起，果然把一座清华妖怪宅，烧作火池坑。这里才喝起土地，同寿星牵着鹿，拖着狐狸，一起回到殿前，对国王道：“这是你的美后，与他耍子儿么？”那国王胆战心惊，又只见孙大圣引着寿星，牵着白鹿，都到殿前，唬得那国里君臣妃后，一齐下拜。行者近前，搀住国王，笑道：“且休拜我。这鹿儿即是国丈，你只拜他便是。”那国王羞愧无地，只道：“感谢神僧救我一国小儿，真天恩也。”即传旨，教光禄寺安排素宴，大开东阁，请南极老人与唐僧四众共坐谢恩。三藏拜见了寿星，沙僧亦以礼见，都问道：“白鹿既是老寿星之物，如何得到此间为害？”寿星笑道：“前者，东华帝君过我荒山，我留坐着棋，一局未终，这业畜走了。及客去，寻他不见，我因屈指询算，知他走在此处，特来寻他，正遇着孙大圣施威。若果来迟，此畜休矣。”叙不了，只见报道：“宴已完备。”好素宴：

五彩盈门，异香满座。桌挂绣纬生锦艳，地铺红毯幌霞光。宝鸭内，沉檀香袅；御筵前，蔬品香馨。看盘高果砌楼台，龙缠斗糖摆走兽。鸳鸯锭，狮仙糖，似模似样；鹦鹉杯，鹭鹚杓，如相如形。席前果品般般盛，案上斋肴件件精。魁圆茧栗，鲜果子桃。枣儿柿饼味甘甜，松子葡萄香腻酒。几般蜜食，数品蒸酥。油札糖浇，花团锦砌。金盘高垒大馍馍，银碗满盛香稻饭。辣熘熘，汤水粉条长；香喷喷，相连添换美。说不尽蘑菇木香，嫩笋黄精，十香素菜，百味珍羞。往来绰模不曾停，进退诸般皆盛设。

当时叙了坐次，寿星首席，长老次席，国王前席，行者、八戒、沙僧侧席，旁又有两三个太师相陪左右。即命教坊司动乐，国王擎着紫霞杯，一一奉酒，惟唐僧不饮。八戒向行者道：“师兄，果子让你，汤饭等须请让我受用受用。”那呆子不分好歹，一齐乱上，但来的吃个精空。

一席筵宴已毕，寿星告辞。那国王又近前跪拜寿星，求祛病延年之法。寿星笑道：“我因寻鹿，未带丹药。欲传你修养之方，你又筋衰神败，不能还丹。我这衣袖中，只有三个枣儿，是与东华帝君献茶的。我未曾吃，今送你罢。”国王吞之，渐觉身轻病退，后得长生者，皆原于此。八戒看见，就叫道：“老寿，有火枣，送我几个吃吃。”寿星道：“未曾带得。待改日我送你几斤。”遂出了东阁，道了谢意，将白鹿一声喝起，飞跨背上，踏云而去。这朝中君王妃后，城中黎庶居民，各各焚香礼拜不题。

猴哥和寿星回到比丘国后，君臣妃后一齐下拜。国王赶紧传旨让光禄寺安排素宴，随后唐僧和沙僧问寿星：这白鹿是咋来这里为害的？我们也来看看寿星这个拙劣的理由：“前者，东华帝君过我荒山，我留坐着棋，一局未终，这业畜走了。及客去，寻他不见，我因屈指询算，知他走在此处，特来寻他，正遇着孙大圣施威。若果来迟，此畜休矣。”

他说东华帝君去他那儿下棋的工夫这鹿跑了……

帝君去你那儿下了三年棋？

行啊，只要你不尴尬，尴尬的就是别人。

继拐棍去三年之后，这个荒诞的理由再次透露出一件事：这鹿是被寿星派来执行特殊任务的。

那么疑问来了，这个国家叫比丘国，明摆着是个佛国，你个小小的寿星佬哪来那么大的胆子，上这西方离佛祖已经没多远的佛国地盘来收小孩子呢？

不要质疑草蛇灰线、伏脉千里的大才作者，还记得五百年前的大闹天宫吗？

在佛祖“明牌”了安天大会自己要扬名立万之后，寿星在王母娘娘刚刚献完蟠桃时就来献礼了，而且是极其给佛祖面子的献礼。所谓“寿星又到。见玉帝礼毕，又见如来申谢曰：‘始闻那妖猴被老君引至兜率宫煅炼，以为必致平安，不期他又反出。幸如来善伏此怪，设宴奉谢，故此闻风而来。更无他物可献，特具紫芝瑶草、碧藕金丹奉上。’”（第七回）

寿星这话的意思是，老君不行佛祖行，他在安天大会上说了这句话，这就属于站队的问题了。当然，寿星肯定不仅是代表自己出现的，他没那个咖位，寿星的背后是东华帝君。东华帝君在西游宇宙中又是王母的兄弟、玉帝的舅子。这是五方五老中的东方帝君在拥护玉帝的决定，抬举西方佛老呢。

有这层关系在，知道为啥寿星能在西牛贺洲腹地的比丘国收小孩了吧？

这鹿是以道家的身份现身的，而且直接点明了，昏君去收小孩子，致使民怨沸腾，把国名都改了，“道”在这个国家从此算是彻底臭大街了。寿星很有分寸，后面比丘国该是佛家信仰还是佛家信仰！

领导们在乎的是局面，只要猴子灭了道妖，国教还是佛门的。领导们其实不是很在意中间走错了三年的路。

身体被祸害惨了、江山被祸害残了的比丘国国王此时还得大排筵宴，请寿星佬坐首席。这顿“五彩盈门，异香满座……看盘高果砌楼台，龙缠斗糖摆走兽……席前果品般般盛，案上斋肴件件精”的国宴一如既往展现的是大明，不对，展现比丘国的天朝排面，国是好国，百姓是好百姓，就是君王无道。

一席筵宴已毕，寿星告辞要走之时，国王近前跪拜寿星，求祛病延年之法。寿星笑了，说了这么段话：“我因寻鹿，未带丹药。欲传你修养之方，你又筋衰神败，不能还丹。我这衣袖中，只有三个枣儿，是与东华帝君献茶的。我未曾吃，今送你罢。”

言外之意，你就值这三颗枣。

别看后面来了一句“国王吞之，渐觉身轻病退，后得长生者，皆原于此”，但这枣是什么价值呢？来看这句话：“八戒看见，就叫道：‘老寿，有火枣，送我几个吃吃。’寿星道：‘未曾带得。待改日我送你几斤。’”

随口答应八戒送几斤的级别，能有多金贵。

把你的江山祸害完了，你就值这三颗枣。

三藏叫：“徒弟，收拾辞王。”那国王又苦留求教。行者道：“陛下，从此色欲少贪，阴功多积，凡百事将长补短，自足以祛病延年，就是教也。”遂拿出两盘散金碎银，奉为路费。唐僧坚辞，分文不受。国王无已，命摆銮驾，请唐僧端坐凤辇龙车，王与嫔后，俱推轮转毂，方送出朝。六街三市，百姓群黎，亦皆盏添净水，炉降真香，又送出城。忽听得半空中一声风响，路两边落下一千一百一十一个鹅笼，内有小儿啼哭，暗中有原护的城隍土地、社令真官、五方揭谛、四值功曹、六丁六甲、护教伽蓝等众，应声高叫道：“大圣，我等前蒙分付，摄去小儿鹅笼。今知大圣功成起行，一一送来也。”那国王妃后与一应臣民，又俱下拜。行者望空道：“有劳列位，请各归祠，我着民间祭祀谢你。”呼呼淅淅，阴风又起而退。行者叫城里人家来认领小儿。当时传播，俱来各认出笼中之儿，欢欢喜喜抱出，叫哥哥，叫肉儿，跳的跳，笑的笑，都叫：“扯住唐朝爷爷，到我家奉谢救儿之恩。”无大无小，若男若女，都不怕他相貌之丑，抬着猪八戒，扛着沙和尚，顶着孙大圣，撮着唐三藏，牵着马，挑着担，一拥回城，那国王也不能禁止。这家也开宴，那家也设席。请不及的，或做僧帽、僧鞋、褊衫、布袜，里里外外，大小衣裳，都来相送。如此盘桓，将有个月，才得

离城。又有传下形神，立起牌位，顶礼焚香供养。这才是：

阴功高叠恩山重，救活千千万万人。

毕竟不知向后又有甚么事体，且听下回分解。

寿星走后，唐师父也下令开路，国王苦留求教，说来说去就是想多活几年。猴哥告诫道："陛下，从此色欲少贪，阴功多积，凡百事将长补短，自足以祛病延年，就是教也。"

大道至简，南无斗战胜佛！

最终唐僧端坐凤辇龙车，"王与嫔后，俱推轮转毂，方送出朝"。此时"六街三市，百姓群黎，亦皆盏添净水，炉降真香，又送出城"。

排面拉满之后，一千一百一十一个鹅笼被送回来了，众神高叫："大圣，我等前蒙分付，摄去小儿鹅笼。今知大圣功成起行，一一送来也。"他们再次给猴哥的神通和面子加了一把火，随后整个比丘国跪拜，猴哥望空道："有劳列位，请各归祠，我着民间祭祀谢你。"

猴哥这回不想白帮忙了，把话挑明了。

香火！

而且咱猴哥受得起比丘国的香火！因为这一千一百一十一个家庭抱起自己孩子回家后那是欢欢喜喜，叫哥哥，叫肉儿，跳的跳，笑的笑，这是人世间最纯粹的幸福啊！

此时整个比丘国无大无小，若男若女，都不再怕猴哥三兄弟相貌丑陋了，抬着猪八戒，扛着沙和尚，顶着孙大圣，撮着唐三藏，牵着马，挑着担，一拥回城，这就是活佛降世，金刚临凡！

最后注意这句话："那国王也不能禁止。"

比丘国的未来已经可以预测了，法王该大于人王了。

唐僧师徒被比丘国百姓请了个把月的席才离去，最终四人被"传下形神，立起牌位，顶礼焚香供养"。

无论是当初"看他叮在枝头，手脚乱动，点头幌脑，风过处似乎有声"（第二十四回）的明明有生命的人参果，还是唐僧这元阳未泄的老童子，抑或是这比丘国的一千一百一十一个童男，作者将西游宇宙中的人间长生途径写得无比露骨。用鲁迅先生的那句名言结尾吧：我翻开历史一查，这历史没有年代，歪歪斜斜的每页上都写着“仁义道德”几个字。我横竖睡不着，仔细看了半夜，才从字缝里看出字来，满本都写着两个字是“吃人”。

第八十回

姹女育阳求配偶，心猿护主识妖邪

却说比丘国君臣黎庶，送唐僧四众出城，有二十里之远，还不肯舍。三藏勉强下辇乘马，辞别而行。目送者直望至不见踪影方回。

四众行勾多时，又过了冬残春尽，看不了野花山树，景物芳菲。前面又见一座高山峻岭。三藏心惊，问道："徒弟，前面高山有路无路？是必小心！"行者笑道："师父这话也不像走长路的，却似个公子王孙坐井观天之类。自古道：'山不碍路，路自通山。'何必问有路无路？"三藏道："虽然是山不碍路，但恐崄峻之间生怪物，密查深处出妖精。"八戒道："放心，放心。这里来相近极乐不远，管取太平无事。"

师徒正说，不觉的到了山脚下。行者取出金箍棒，走上石崖，叫道："师父，此间乃转山的路儿，忒好步。快来！快来！"长老只得放怀策马。沙僧教："二哥，你把担子挑一肩儿。"真个八戒接了担子挑上。沙僧拢着缰绳，老师父稳坐雕鞍，随行者都奔山崖上大路。但见那山：

云雾笼峰顶，潺湲涌涧中。百花香满路，万树密丛丛。梅青李白，柳绿桃红。杜鹃啼处春将暮，紫燕呢喃社已终。嵯峨石，翠盖松。崎岖岭道，突兀玲珑。削壁悬崖峻，薜萝草木秾。千岩竞秀如排戟，万壑争流远浪洪。

老师父缓观山景，忽闻啼鸟之声，又起思乡之念。兜马叫道："徒弟！

我自天牌传旨意，锦屏风下领关文。

观灯十五离乡井，才与唐王天地分。

甫能龙虎风云会，却又师徒拗马军。

行尽巫山峰十二，何时对子见当今？”

行者道：“师父，你常以思乡为念，全不似个出家人。放心且走，莫要多忧。古人云：‘欲求生富贵，须下死工夫。’”三藏道：“徒弟，虽然说得有理，但不知西天路还在那里哩。”八戒道：“师父，我佛如来舍不得那三藏经，知我们要取去，想是搬了，不然，如何只管不到？”沙僧道：“莫胡说，只管跟着大哥走。只把工夫捱他，终须有个到之之日。”

唐僧师徒在比丘国被留了一个多月后，必须辞行了，走的时候依旧是全国上下齐送。唐僧这次都坐龙辇出城了，群众一口气送了二十里后还要再送。唐僧勉强下辇才乘马辞别，百姓们实在看不见唐僧师徒了才回去。

这就是救人性命的力量！“救人一命，胜造七级浮屠”的价值观是普世的！无论是南赡部洲还是西牛贺洲，此善无远弗届！

四众走过了冬残春尽，来到一处高山峻岭。唐僧又心惊了，问出了前面高山有路无路的可笑问题，取经都取到第八十回了，你这一趟就数过的山多！哪座山没有路了？不过也不用疑惑，唐僧一路就这德行，第七十四回狮驼岭时唐师父也是这么问的，所谓“三藏正然行处，忽见一座高山，峰插碧空，真个是摩星碍日。长老心中害怕，叫悟空道：‘你看前面这山，十分高耸，但不知有路通行否？’”猴哥也笑了，后面埋汰的话咱就不说了。唐僧最终指示了一句：小心妖精。

注意，这是他自己提醒大家小心妖精的，所谓“虽然是山不碍路，但恐崄峻之间生怪物，密查深处出妖精”，一会儿他就把这话给忘了。

进山之后，唐师父看着山景又思上乡了，唉，他的戏是真多啊！真的很无厘头，就算思乡通常也得是秋日萧索时，眼下也不是中秋，也不是重阳，大夏天的，思什么乡……

猴哥再次批评唐僧不像个出家人。你就走呗，哪那么多感叹号啊！此时的猴哥都不给唐僧讲佛理了，相当直白地说了这么句话：“古人云：‘欲求生富贵，须下死工夫。’”

师父啊，你就当个求富贵的念想吧，就当创业吧，别那么多感受了。

唐僧回复道：“徒弟，虽然说得有理，但不知西天路还在那里哩。”

这句话其实透露出唐师父此时走烦了，已经有抱怨的意思了，这个破班上够了，咋没完没了了呢！

八戒多灵，他听出了师父的意思。随后情绪价值天使是这么说的：“师父，我佛如来舍不得那三藏经，知我们要取去，想是搬了，不然，如何只管不到？”

八戒在告诉他师父，我也是这感觉，你不是独行，佛祖确实过分了，这趟经取起来没完没了了！

最后沙僧做了总结，明确取经核心：“莫胡说，只管跟着大哥走。只把工夫捱他，终须有个到之之日。”

沙僧啥意思？

人和猪都别再说了，你们啥也不懂，啥忙也帮不上！整个取经过程就练我大师兄一个人！听我师兄的行不行？猴哥都累瘦了！

师徒正自闲叙，又见一派黑松大林。唐僧害怕，又叫道：“悟空，我们才过了那崎岖山路，怎么又遇这个深黑松林？是必在意！”行者道：“怕他怎的？”三藏道：“说那里话！‘不信直中直，须防仁不仁。’我也与你走过好几处松林，不似这林深远。你看：

东西密摆，南北成行。东西密摆彻云霄，南北成行侵碧汉。密查荆棘周围结，蓼却缠枝上下盘。藤来缠葛，葛去缠藤。藤来缠葛，东西客旅难行；葛去缠藤，南北经商怎过。这林中，住半年，那分日月；行数里，不见斗星。你看那背阴之处千般景，向阳之所万丛花。又有那千年槐、万载桧、耐寒松、山桃果、野芍药、旱芙蓉，一攒攒密砌重堆，乱纷纷神仙难画。又听得百鸟声：鹦鹉哨，杜鹃啼；喜鹊穿枝，乌鸦反哺；黄鹂飞舞，百舌调音；鹧鸪鸣，紫燕语；八哥儿学人说话，画眉郎也会看经。又见那大虫摆尾，老虎磕牙；多年狐狢妆娘子，日久苍狼吼振林。就是托塔天王来到此，纵会降妖也失魂！”

孙大圣公然不惧，使铁棒上前，劈开大路，引唐僧径入深林，逍逍遥遥，行经半日，未见出林之路。唐僧叫道：“徒弟，一向西来，无数的山林崎崄，幸得此间清雅，一路太平。这林中奇花异卉，其实可人情意。我要在此坐坐，一则歇马，二

则腹中饥了，你去那里化些斋来我吃。”行者道：“师父请下马，老孙化斋去来。”那长老果然下了马，八戒将马拴在树上，沙僧歇下行李，取了钵盂，递与行者。行者道：“师父稳坐，莫要惊怕，我去了就来。”三藏端坐松阴之下，八戒、沙僧都去寻花觅果闲耍。

正唠着呢，眼前只见一片黑松林。唐僧又害怕了，猴哥说：你别怕。唐僧表示：“‘不信直中直，须防仁不仁。’我也与你走过好几处松林，不似这林深远。”

“不信直中直，须防仁不仁”，这句话出自《增广贤文》，意思是不能只相信那些表面上看起来正直的人，还必须防备他们可能存在的不良居心和恶意行为。这是提醒人们，在人际交往中要保持警惕，不要被他人表面的行为或表象所迷惑，要透过现象看本质，以防被心怀不轨、不怀好意的人所欺骗或伤害。

这一关是唐僧的打脸专场，他说的这些话都会成为回旋镖打回来的。

在唐僧对黑松林的视角描述中，有两句话非常关键：

1.“藤来缠葛，葛去缠藤。藤来缠葛，东西客旅难行；葛去缠藤，南北经商怎过。”

唐僧自己已经看出来了，这林子类似于东西隔绝的天然屏障，不太可能会有人出现。

2.“八哥儿学人说话，画眉郎也会看经。又见那大虫摆尾，老虎磕牙；多年狐狢妆娘子，日久苍狼吼振林。就是托塔天王来到此，纵会降妖也失魂！”

这也是唐僧自己看出来的，这松林里面有妖精，然后这段的结尾还相当突兀地来了一句“就是托塔天王来到此，纵会降妖也失魂”。

说了一堆妖怪后莫名其妙又提到托塔天王，作者从这关一开始就早早地提醒了我们：这回的故事跟老李有关系。

进入黑松林后走了半日，唐僧又发话了：“徒弟，一向西来，无数的山林崎岖，幸得此间清雅，一路太平。这林中奇花异卉，其实可人情意。我要在此坐坐，一则歇马，二则腹中饥了，你去那里化些斋来我吃。”

这一关唐僧就是个反反复复的垃圾话大师，前面他自己说了这林子多么险，半天还没过，就“幸得此间清雅，一路太平。这林中奇花异卉，其实可人情意”了。

这一关，涉及唐师父上辈子的一段感情因果，作者老早就开始铺垫上了，感情和激素上头时说的话通常是很容易反复的。

却说大圣纵筋斗，到了半空，伫定云光，回头观看，只见松林中祥云缥缈，瑞霭氤氲。他忽失声叫道："好啊！好啊！"你道他叫好做甚？原来夸奖唐僧，说他是金蝉长老转世，十世修行的好人，所以有此祥瑞罩头。"若我老孙，那五百年前大闹天宫之时，云游海角，放荡天涯，聚群精，自称齐天大圣，降龙伏虎，消了死籍。头戴着三额金冠，身穿着黄金铠甲，手执着金箍棒，足踏着步云履，手下有四万七千群怪，都称我做大圣爷爷，着实为人。如今脱却天灾，做小伏低，与你做了徒弟，想师父头顶上有祥云瑞霭罩定，径回东土，必定有些好处，老孙也必定得个正果。"正自家这等夸念中间，忽然见林南下有一股子黑气，骨都都的冒将上来。行者大惊道："那黑气里必定有邪了！我那八戒、沙僧却不会放甚黑气。"那大圣在半空中详察不定。

猴哥去化斋了，跳到半空中，觉得他师父虽然烦人，但确确实实身份是极其尊贵的，人家前面的十世确实没白修！只见松林中祥云缥缈，瑞霭氤氲！猴哥开始找心理平衡了，虽然自己当年那么牛，但如今做小伏低却也不亏，理由是"想师父头顶上有祥云瑞霭罩定，径回东土，必定有些好处，老孙也必定得个正果"。

猴哥这话啥意思？

跟他教育唐僧的那句"古人云：'欲求生富贵，须下死工夫'"一样，天下熙熙皆为利来，天下攘攘皆为利往，甘愿做小伏低就是因为必定有些好处。猴哥在看到唐僧祥瑞罩头后进行了自我安慰，给自己的情绪价值充了电。

看到这里，真替猴哥感觉不容易，整个团队一直是他在往里面充电。唐僧和八戒都是顶级漏电宝，在营造丧气和失望方面这俩堪称西游宇宙黑洞。这一路一直都是猴哥在哄着、吓唬着往前走。猴哥正在给自己做心理建设，发现"林南下有一股子黑气，骨都都的冒将上来"。注意，这股黑气是从下往上冒的，是从地里涌上来的。作者没有闲笔，每个妖魔都有自己的人设、手段，从头到尾都会对上的。

猴哥此时已经知道这黑气是妖邪了，随后斋也不化了，在半空中开始仔细观察动静。

却说三藏坐在林中，明心见性，讽念那《摩诃般若波罗密多心经》，忽听得嘤嘤的叫声"救人"。三藏大惊道："善哉！善哉！这等深林里，有甚么人叫？想是狼

虫虎豹諕倒的，待我看看。”那长老起身那步，穿过千年柏，隔起万年松，附葛搴藤，近前视之。只见那大树上绑着一个女子，上半截使葛藤绑在树上，下半截埋在土里。长老立定脚，问他一句道：“女菩萨，你有甚事，绑在此间？”

咦！分明这厮是个妖怪，长老肉眼凡胎，却不能认得。那妖见他来问，泪如泉涌。你看他桃腮垂泪，有沉鱼落雁之容；星眼含悲，有闭月羞花之貌。长老实不敢近前，又开口问道：“女菩萨，你端的有何罪过？说与贫僧，却好救你。”那妖精巧语花言，虚情假意，忙忙的答应道：“师父，我家住在贫婆国，离此有二百余里。父母在堂，十分好善，一生的和亲爱友。时遇清明，邀请诸亲及本家老小，拜扫先茔，一行轿马，都到了荒郊野外。至茔前，摆开祭祀。刚烧化纸马，只闻得锣鸣鼓响，跑出一伙强人，持刀弄杖，喊杀前来，慌得我们魂飞魄散。父母诸亲，得马得轿的，各自逃了性命，奴奴年幼跑不动，諕倒在地，被众强人拐来山内。大大王要做夫人，二大王要做妻室，第三第四个都爱我美色。七八十家一齐争吵，大家都不忿气，所以把奴奴绑在林间，众强人散盘而去。今已五日五夜，看看命尽，不久身亡。不知是那世里祖宗积德，今日遇着老师父到此。千万发大慈悲，救我一命，九泉之下，决不忘恩。”说罢，泪下如雨。

三藏真个慈心，也就忍不住吊下泪来，声音哽咽，叫道：“徒弟。”那八戒、沙僧正在林中寻花觅果，猛听得师父叫得凄怆，呆子道：“沙和尚，师父在此认了亲耶。”沙僧笑道：“二哥胡缠，我们走了这些时，好人也不曾撞见一个，亲从何来？”八戒道：“不是亲，师父那里与人哭么？我和你去看来。”沙僧真个回转旧处，牵了马，挑了担，至跟前叫：“师父，怎么说？”唐僧用手指定那树上，叫：“八戒，解下那女菩萨来，救他一命。”呆子不分好歹，就去动手。

却说那大圣在半空中，又见那黑气浓厚，把祥光尽情盖了，道声：“不好！不好！黑气罩暗祥光，怕不是妖邪害俺师父。化斋还是小事，且去看我师父去。”即返云头，按落林里，只见八戒乱解绳儿。行者上前，一把揪住耳朵，扑的捽了一跌。呆子抬头看见，爬起来说道：“师父教我救人，你怎么恃自有力，将我掼这一跌？”行者笑道：“兄弟，莫解他。他是个妖精，弄喧儿骗我们哩。”三藏喝道：“你这泼猴，又来胡说了！怎么这等一个女子，就认得他是个妖怪？”行者道：“师父原来不知。这都是老孙干过的买卖，想人肉吃的法儿。你那里认得！”八戒喷着嘴道：“师

父，莫信这弼马温哄你。这女子乃是此间人家，我们东土远来，不与相较，又不是亲眷，如何说他是妖精？他打发我们丢了前去，他却翻筋斗弄神法，转来和他干巧事儿——倒踏门也。”行者喝道：“夯货，莫乱谈！我老孙一向西来，那里有甚惫懒处？似你这个重色轻生、见利忘义的馕糟，不识好歹，替人家哄了招女婿，绑在树上哩。”三藏道：“也罢，也罢。八戒呵，你师兄常时也看得不差。既这等说，不要管他，我们去罢。”行者大喜道：“好了，师父是有命的了。请上马，出松林外，有人家化斋你吃。”四人果一路前进，把那怪撇了。

唐师父此时正坐林子里念《心经》呢，忽然听见有人嘤嘤地叫“救人”，按理来说他得觉得诧异吧？咋突然有人叫了呢？得警戒起来啊！但唐师父嘴里说着“善哉”就过去看了。他发现大树上绑着一个女子，造型极其奇特，上半截使葛藤绑在树上，下半截埋在土里，这妖精也算是致敬自己当年的诨名了。

唐师父问：女菩萨，你怎么被绑在这儿啦？妖怪开始了泪如泉涌的表演，模样相当过硬，所谓“你看他桃腮垂泪，有沉鱼落雁之容；星眼含悲，有闭月羞花之貌”。唐师父不敢过去，再次问人家演的是哪一出，妖精随后给出的故事是这样的：她家住二百里外的贫婆国，清明扫墓时被强盗打劫了，她家里人都跑了，她被拐山里来了。因为长得太漂亮了，引起了强盗们的内讧，随后把她绑在林间，强盗们直接散伙了。此时她已经被绑五日五夜了，求师父大慈悲救命。

唐僧听完一如既往地开始哭，让八戒救下女子。这个时候，猴哥在空中发现黑云浓厚，已经把唐僧的祥光全都盖住了。看来是妖怪要发力了，猴哥赶紧按落云头，揪住八戒耳朵把他拽一边去了。

八戒埋怨猴哥说：是师父让解的。猴哥笑道：兄弟，别管，这是个妖怪。唐僧听见不高兴了，喝道：“你这泼猴，又来胡说了！怎么这等一个女子，就认得他是个妖怪？”这个记吃不记打的啊！你又不是没被绑树上的妖怪骗过！再说连小雷音寺人家悟空都能看出有问题来，真假你还倔强个啥啊！

猴哥解释说：这都是我曾经玩剩下的技巧，她就是妖怪！刚才被悟空揪着摔跟头的八戒赶紧顺着唐僧的意思拱火，说：师父，你别信弼马温的话，这女子就是人！猴子的目的就是打发我们赶紧走，他好回来与这女孩成就好事。

这句话应该是八戒的心声，八戒要是有这本事估计肯定这么干。他这话把猴哥惹怒了，开始展开清算，骂道：我这一路西来从没犯过作风错误，哪像你这个重色轻生、见利忘义的馕糟，不识好歹，被人家哄了招女婿，绑在树上哩！

听到猴子摆资历，唐僧这时也回忆起悟空的本事了，难得地认了错，对八戒说：你师兄眼力没出过问题，咱们走吧。

给猴哥乐的哟！大喜啊！太难得了！赶紧走！

却说那怪绑在树上，咬牙恨齿道："几年家闻人说孙悟空神通广大，今日见他，果然话不虚传。那唐僧乃童身修行，一点元阳未泄，正欲拿他去配合，成太乙金仙，不知被此猴识破吾法，将他救去了。若是解了绳，放我下来，随手捉将去，却不是我的人儿也？今被他一篇散言碎语带去，却又不是劳而无功？等我再叫他两声，看是如何。"妖精不动绳索，把几声善言善语，用一阵顺风，嘤嘤的吹在唐僧耳内。你道叫的甚么？他叫道："师父呵，你放着活人的性命还不救，昧心拜佛取何经？"唐僧在马上听得又这般叫唤，即勒马叫："悟空，去救那女子下来罢。"行者道："师父走路，怎么又想起他来了？"唐僧道："他又在那里叫哩。"行者问："八戒，你听见么？"八戒道："耳大遮住了，不曾听见。"又问："沙僧，你听见么？"沙僧道："我挑担前走，不曾在心，也不曾听见。"行者道："老孙也不曾听见。师父，他叫甚么？偏你听见。"唐僧道："他叫得有理。说道：'活人性命还不救，昧心拜佛取何经？'救人一命，胜造七级浮屠。快去救他下来，强似取经拜佛。"行者笑道："师父要善将起来，就没药医。你想，你离了东土，一路西来，却也过了许多山场，遇着许多妖怪，常把你拿将进洞，老孙来救你，使铁棒，常打死千千万万。今日一个妖精的性命舍不得，要去救他？"唐僧道："徒弟呀，古人云：'勿以善小而不为，勿以恶小而为之。'还去救他救罢。"行者道："师父，既然如此，只是这个担儿，老孙却担不起。你要救他，我也不敢苦劝；我劝一会，你又恼了。任你去救。"唐僧道："猴头莫多话！你坐着，等我和八戒救他去。"

唐僧回至林里，教八戒解了上半截绳子，用钯筑出下半截身子。那怪跌跌脚，束束裙，喜孜孜跟着唐僧出松林。见了行者，行者只是冷笑不止。唐僧骂道："泼猴头！你笑怎的？"行者道："我笑你'时来逢好友，运去遇佳人'。"三藏又骂道："泼猢狲！胡说！我自出娘肚皮就做和尚，如今奉旨西来，虔心礼佛求经，又不是利禄之辈，有甚运退时！”行者笑道：“师父，你虽是自幼为僧，却只会看经念佛，不曾见王法条律。这女子生得年少标致，我和你乃出家人，同他一路行走，倘或遇着歹人，把我们拿送官司，不论甚么取经拜佛，且都打做奸情；纵无此事，也要问个拐带人口。师父追了度牒，打个小死，八戒该问充军，沙僧也问摆站，我老孙也不得干净，饶我口能，怎么折辩，也要问个不应。”三藏喝道：“莫胡说！终不然我救他性命，有甚贻累不成！带了他去，凡有事，都在我身上。”行者道：“师父虽说有事在你，却不知你不是救他，反是害他。”三藏道：“我救他出林，得其活命，怎么反是害他？”行者道：“他当时绑在林间，或三五日，十日半月，没饭吃，饿死了，还得个完全身子归阴。如今带他出来，你坐的是个快马，行路如风，我们只得随你，那女子脚小，那步艰难，怎么跟得上走？一时把他丢下，若遇着狼虫虎豹，一口吞之，却不是反害其生也？”三藏道：“正是呀，这件事却亏你想，如何处置？”行者笑道：“抱他上来，和你同骑着马走罢。”

三藏沉吟道：“我那里好与他同马！”“他怎生得去？”三藏道：“教八戒驮他走罢。”行者笑道：“呆子造化到了。”八戒道：“远路没轻担。教我驮人，有甚造化？”行者道：“你那嘴长，驮着他，转过嘴来，计较私情话儿，却不便益？”八戒闻此言，捶胸暴跳道：“不好！不好！师父要打我几下，宁可忍疼，背着他，决不得干净。师兄一生会赃埋人，我驮不成。”三藏道：“也罢，也罢。我也还走得几步，等我下来慢慢的同走，着八戒牵着空马罢。”行者大笑道：“呆子倒有买卖，师父照顾你牵马哩。”三藏道：“这猴头又胡说了。古人云：‘马行千里，无人不能自往。’假如我在路上慢走，你好丢了我去？我若慢，你们也慢，大家一处，同这女菩萨走下山去，或到庵观寺院，有人家之处，留他在那里，也是我们救他一场。”行者道：“师父说得有理，快请前进。”

妖怪随后咬牙切齿地自说自话了两件事：

1. 这些年一直听说孙悟空神通广大，果然名不虚传。

2. 她此行就是奔着唐僧来的，要跟唐僧交欢，获得太乙金仙的资格，所谓“那唐僧乃童身修行，一点元阳未泄，正欲拿他去配合，成太乙金仙”。

这里出现了专业名词，太乙金仙。

西游宇宙中明确地说谁是太乙金仙了吗？

咱们的猴哥。

黑水河中，西海龙王太子对鼍龙介绍猴哥以及通天河灵感大王的妹妹介绍猴哥时都说过猴哥是太乙金仙。“太子道：‘原来是你不知！他还有一个大徒弟，是五百年前大闹天宫，上方太乙金仙齐天大圣。’”（第四十三回）“我当年在东洋海内，曾闻得老龙王说他的名誉，乃是五百年前大闹天宫混元一气上方太乙金仙美猴王齐天大圣。如今归依佛教，保唐僧往西天取经，改名唤做孙悟空行者。”（第四十九回）

当然，对于猴哥的称谓，还有一种说法是太乙散仙，来源是人参果那关的镇元子和蓬莱三星。“大仙闻言，更不恼怒，道：‘莫哭！莫哭！你不知那姓孙的，也是个太乙散仙，也曾大闹天宫，神通广大。’”（第二十五回）“三星闻言，心中也闷道：‘你这猴儿，全不识人！那镇元子乃地仙之祖，我等乃神仙之宗，你虽得了天仙，还是太乙散数，未入真流，你怎么脱得他手？’”（第二十六回）

在西游宇宙的各 NPC（非玩家角色）表述中，猴哥到底是太乙金仙还是太乙散仙是存在一定争议的，但从作者的角度来看，大概率是认可猴哥为太乙金仙。因为作者在狮驼岭那关时以第三人称的角度背书了猴哥是太乙金仙，所谓“那三藏肉眼凡胎，不知是计；孙大圣又是太乙金仙，忠正之性，只以为擒纵之功，降了妖怪，亦岂期他都有异谋，却也不曾详察。尽着师父之意”（第七十六回）。

纠结猴哥到底是金仙还是散仙对于这回的内容没有意义，因为重点不是后面两个字，而是前面两个字，也就是“太乙”。

敲黑板，能不能被称为太乙仙的核心关键点，是天庭是否承认，跟能力多大没关系。

比如，猴子能力很强，但他只有被天庭封了官，登了仙箓，才有资格称太乙仙；黑熊精和牛魔王哪怕同样能力很强，依旧不配叫作太乙仙。

唐僧的元阳虽然在西游宇宙中很值钱，但再值钱，成太乙仙的关键也得是天庭承认。

这里我们要注意一下，唐僧是佛门的，这耗子想要的却是道门的太乙仙，而不是佛门的大觉仙。当年说须菩提祖师是“大觉金仙没垢姿，西方妙相祖菩提”（第一回）时我们说过，这个大觉金仙是指佛的意思；后面悟空第一次去灵山时，形容山景“正是清虚灵秀地，庄严大觉佛家风”（第五十二回）；不久前狮驼岭开篇的诗句是“行功进步休教错，行满功完大觉仙”（第七十四回）。佛门正果在天庭体系下叫作大觉仙，这耗子并不敢要佛门的认可，人家想进入的是道门的体系。

整个《西游记》中，想跟唐僧交欢的妖精有四个：蝎子精、杏树精、今天的老鼠精以及天竺国的兔子精。

蝎子精和杏树精在跟唐僧提出交欢诉求时单纯就是想交欢，没有别的明确目的，但这老鼠精和兔子精则相当明确是想成太乙仙的。老鼠精刚才说了“正欲拿他去配合，成太乙金仙”，兔子精那里则是作者的第三人称表述的，所谓“话表那个天竺国王，因爱山水花卉，前年带后妃、公主在御花园月夜赏玩，惹动一个妖邪，把真公主摄去，他却变做一个假公主。知得唐僧今年、今月、今日、今时到此，他假借国家之富，搭起彩楼，欲招唐僧为偶，采取元阳真气，以成太乙上仙（第九十三回）”。

前面两个妖精的目的并不明确，至少没有明说，但后面耗子和兔子则目的很明确，这是什么原因呢？

前面的两个妖精没有天庭的门路，她们就算配了唐僧，天上也没人帮她们走这个手续；后面的两个妖精都有天庭的门路，她们配了唐僧后能跑下这个手续，可以得到“不看僧面看佛面”的加成。

耗子说的这个太乙仙诉求其实还是作者在铺垫，暗示耗子在天庭有关系。

妖精又喊了几嗓子，用一阵顺风嘤嘤地吹在唐僧耳内，说：“师父呵，你放着活人的性命还不救，昧心拜佛取何经？”

这个妖精实在是太会了！她属于卡唐僧的 bug（漏洞）了。唐僧的人设是高僧，还是去西天取经的高僧。也就是说，任何妖怪，只要变成落难之人寻求帮助，除非猴哥从李天王或文殊菩萨那儿借来照妖镜把他本相照出来，否则哪怕唐僧知道是妖精，也得咬着牙去救！

唐僧听到这个，马上勒马喊悟空救那女子了。当那哥儿仨都说没听见声音时已经很说明问题了，但唐僧还是说了一票否决的话：“他叫得有理。说道：‘活人性命还不救，昧心拜佛取何经？’救人一命，胜造七级浮屠。快去救他下来，强似取经拜佛。”人设昂贵，没办法，猴哥开始带唐僧回忆往事，说这一路那么多妖精都打死了，今天你却舍不得一个妖精的性命。唐僧则表示“勿以善小而不为，勿以恶小而为之”，还是得救。

猴哥表示：我话说到这儿了，我说多了你准急，那你救吧。

唐僧面子有点挂不住道：“猴头莫多话！你坐着，等我和八戒救他去。”

唐僧带着他的贴身小棉袄去把女子救了出来，猴哥只是冷笑不止，唐僧接着开骂。师徒斗过嘴后，最终唐僧表态，有事都包在他身上，并自己下了马，让八戒牵马，迁就着妖精慢慢地走。

三藏拽步前走，沙僧挑担，八戒牵着空马，行者拿着棒，引着女子，一行前进。不二三十里，天色将晚，又见一座楼台殿阁，三藏道：“徒弟，那里必定是座庵观寺院，就此借宿了，明日早行。”行者道：“师父说得是，各各走动些。”霎时，到了门首，分付道：“你们略站远些，等我先去借宿。若有方便处，着人来叫你。”众人俱立在柳阴之下，惟行者拿铁棒辖着那女子。

长老拽步近前，只见那门东倒西歪，零零落落。推开看时，忍不住心中凄惨：长廊寂静，古刹萧疏；苔藓盈庭，蒿蓁满径；惟萤火之飞灯，只蛙声而代漏。长老忽然吊下泪来，真个是：

殿宇凋零倒塌，廊房寂寞倾颓。断砖破瓦十余堆，尽是些歪梁折柱。前后尽生青草，尘埋朽烂香厨。钟楼崩坏鼓无皮，琉璃香灯破损。佛祖金身没色，罗汉倒卧东西。观音淋坏尽成泥，杨柳净瓶坠地。日内并无僧入，夜间尽宿狐狸。只听风响吼声如雷，都是虎豹藏身之处。四下墙垣皆倒，亦无门扇关居。

有诗为证：

多年古刹没人修，狼狈凋零倒更休。
猛风吹裂伽蓝面，大雨浇残佛祖头。
金刚跌损随淋洒，土地无房夜不收。
更有两般堪叹处，铜钟着地没悬楼。

三藏硬着胆，走进二层门。见那钟鼓楼俱倒了，止有一口铜钟扎在地下，上半截如雪之白，下半截如靛之青。原来是日久年深，上边被雨淋白，下边是土气上的铜青。三藏用手摸着钟，高叫道：“钟啊！你：

也曾悬挂高楼吼，也曾鸣远彩梁声。也曾鸡啼就报晓，也曾天晚送黄昏。不知化铜的道人归何处，铸铜匠作那边存？想他一命归阴府，他无踪迹你无声。”

长老高声赞叹，不觉的惊动寺里之人。那里边有一个侍奉香火的道人，他听见人语，扒起来，拾一块断砖，照钟上打将去。那钟当的响了一声，把个长老唬了一跌。挣起身要走，又绊着脚根，扑的又是一跌。长老倒在地下，抬头又叫道：“钟啊！

贫僧正然感叹你，忽的叮当响一声。想是西天路上无人到，日久多年变作精。”

那道人赶上前，一把搀住道：“老爷请起。不干钟成精之事，却才是我打得钟响。”三藏抬头，见他的模样丑黑，道：“你莫是魍魉妖邪？我不是寻常之人，我是大唐来的，我手下有降龙伏虎的徒弟。你若撞着他，性命难存也。”道人跪下道：“老爷休怕。我不是妖邪，我是这寺里侍奉香火的道人。却不听见老爷善言相赞，就欲出来迎接，恐怕是个邪鬼敲门，故此拾一块断砖，把钟打一下压惊，方敢出来。老爷请起。”那唐僧方然正性道：“住持，险些儿唬杀我也，你带我进去。”

那道人引定唐僧，直至三层门内看处，比外边甚是不同。但见那：

青砖砌就彩云墙，绿瓦盖成琉璃殿。黄金妆圣像，白玉造阶台。大雄殿上舞青光，毗罗阁下生锐气。文殊殿，结采飞云；轮藏堂，描花堆翠。三檐顶上宝瓶尖，五福楼中平绣盖。千株翠竹摇禅榻，万种青松映佛门。碧云宫里放金光，紫雾丛中飘瑞霭。朝闻四野香风远，暮听山高画鼓鸣。应有朝阳补破衲，岂无对月了残经？又只见半壁灯光明后院，一行香雾照中庭。

三藏见了，不敢进去，叫：“道人，你这前边十分狼狈，后边这等齐整，何也？”道人笑道：“老爷，这山中多有妖邪强寇。天色清明，沿山打劫；天阴就来寺里藏身，被他把佛像推倒垫坐，木植搬来烧火。本寺僧人软弱，不敢与他讲论，因此把这前边破房都舍与那些强人安歇，从新另化了些施主，所以盖得那一所寺院。怕混各一，这是西方的事情。”三藏道：“原来是如此。”正行间，又见山门上有五个大字，乃“镇海禅林寺”。才举步跨入门里，忽见一个和尚走来，你看他怎生模样：

头戴左笄绒锦帽，一对铜圈坠耳根。身着颇罗毛线服，一双白眼亮如银。手中摇着播郎鼓，口念番经听不真。三藏原来不认得，这是西方路上喇嘛僧。

五人一马走了二三十里后天色将晚，见有一座楼台殿阁，唐僧前去借宿。那门东倒西歪，零零落落，推开门后发现是一座凋零倒塌的殿宇。这廊房寂寞倾颓的破落寺庙，又让唐师父落泪了。走进二层门，唐师父给钟作完诗之后才惊动了寺里人。一个侍奉香火的道人带着唐僧进入三层门里，发现跟前面两层门的景色完全不同了，那是“青砖砌就彩云墙，绿瓦盖成琉璃殿。黄金妆圣像，白玉造阶台”。唐僧纳闷，为啥前面那么狼狈，后面这等齐整？

道人笑道：老爷，这山中多有妖邪强寇，天色清明，沿山打劫，天阴就来寺里藏身，他们把佛像推倒垫坐，木植搬来烧火。本寺僧人软弱，不敢与他们理论，因此把前边破房都舍与那些强人安歇，重新化了些施主，又盖了一所寺院。

我们初看时会以为这是个乌鸡国宝林寺的故事，和尚没有保护自己的手段，但宝林寺里捣乱的是和尚，没见过这种跟妖邪贼寇和谐共处的。唐僧举步入门后见到一个和尚，通过作者对这和尚的外貌描写我们知道，这是一座喇嘛庙。

把耗子精的剧情安排到这个庙里，其实也能看出作者对喇嘛庙的态度并不友好。

那喇嘛和尚走出门来，看见三藏眉清目秀，额阔顶平，耳垂肩，手过膝，好似罗汉临凡，十分俊雅，他走上前扯住，满面笑唏唏的与他捻手捻脚，摸他鼻子，揪他耳朵，以示亲近之意。携至方丈中，行礼毕，却问：“老师父何来？”三藏道：“弟子乃东土大唐驾下钦差往西方天竺国大雷音寺拜佛取经者。适行至宝方天晚，特奔上刹借宿一宵，明日早行，望垂方便一二。”那和尚笑道：“不当人子！不当人子！我们不是好意要出家的，皆因父母生身，命犯华盖，家里养不住，才舍断了出家。既做了佛门弟子，切莫说脱空之话。”三藏道：“我是老实话。”和尚道：“那东土到西天，有多少路程！路上有山，山中有洞，洞内有精。想你这个单身，又生得娇嫩，那里像个取经的？”三藏道：“院主也见得是。贫僧一人，岂能到此。我有三个徒弟，逢山开路，遇水叠桥，保我弟子，所以到得上刹。”那和尚道：“三位高徒何在？”三藏道：“现在山门外伺候。”那和尚慌了道：“师父你不知，我这里有虎狼、妖贼、鬼怪伤人，白日里不敢远出，未经大晚，就关了门户。这早晚把人放在外边！”叫：“徒弟，快去请将进来。”

有两个小喇嘛儿，跑出外去，看见行者，諕了一跌；见了八戒，又是一跌；扒起来往后飞跑，道：“爷爷，造化低了！你的徒弟不见，只有三四个妖怪站在那门

首也。”三藏问道：“怎么模样？”小和尚道：“一个雷公嘴，一个碓挺嘴，一个青脸獠牙，旁有一个女子，倒是个油头粉面。”三藏笑道：“你不认得。那三个丑的是我徒弟，那一个女子是我打松林里救命来的。”那喇嘛道：“爷爷呀，这们好俊师父，怎么寻这般丑徒弟？”三藏道：“他丑自丑，却俱有用。你快请他进来。若再迟了些儿，那雷公嘴的有些撞祸，不是个人生父母养的，他就打进来也。”

那小和尚即忙跑出，战兢兢的跪下道：“列位老爷，唐老爷请哩。”八戒笑道：“哥啊，他请便罢了，却这般战战兢兢的，何也？”行者道：“看见我们丑陋害怕。”八戒道：“可是扯淡！我们乃生成的，那个是好要丑哩。”行者道：“把那丑且略收拾收拾。”呆子真个把嘴揣在怀里，低着头，牵着马，沙僧挑着担，行者在后面拿着棒，辖着那女子，一行进去。穿过了那倒塌房廊，入三层门里，拴着马，歇着担，进方丈中，与喇嘛僧相见，分了坐次。那和尚入里边，引出七八十个小喇嘛来，见礼毕，收拾办斋管待。正是：

积功须在慈悲念，佛法兴时僧赞僧。

毕竟不知怎生离寺，且听下回分解。

喇嘛和尚走出门来，看到唐僧好似罗汉临凡的相貌，便上前扯住，满脸笑嘻嘻地摸他鼻子，揪他耳朵，以示亲近之意。

这个表达亲近的手法其实相当不如法，没有边界感。

听说唐僧是从东土来取经的，那喇嘛笑道：“不当人子！不当人子！我们不是好意要出家的，皆因父母生身，命犯华盖，家里养不住，才舍断了出家。既做了佛门弟子，切莫说脱空之话。”

这句话透露出了这座寺庙的喇嘛们其实根本没有信仰，连“我们不是好意要出家的”这种话都说出来了。当唐僧说自己有三个徒弟保镖还在外面后，“那和尚慌了道：‘师父你不知，我这里有虎狼、妖贼、鬼怪伤人，白日里不敢远出，未经大晚，就关了门户。这早晚把人放在外边！’叫：‘徒弟，快去请将进来。’”注意这个铺垫，这地方妖贼鬼怪多到了这个份上，却不耽误后面的六个色鬼大半夜去送死。

两个小喇嘛跑出门外，被三个徒弟的长相给吓回来了，然后注意唐僧的这句话：“他丑自丑，却俱有用。你快请他进来。若再迟了些儿，那雷公嘴的有些撞祸，不是个人生父母养的，他就打进来也。”

“不是个人生父母养的”，呵呵，这和尚真的负了猴哥的心啊！还有比这更难听的话吗？

猴哥三人和那妖怪就此被迎进了寺，真正的好戏也即将开场了。

第八十一回

镇海寺心猿知怪，黑松林三众寻师

话表三藏师徒到镇海禅林寺，众僧相见，安排斋供。四众食毕，那女子也得些食力。渐渐天昏，方丈里点起灯来。众僧一则是问唐僧取经来历，二则是贪看那女子，都攒攒簇簇排列灯下。三藏对那初见的喇嘛僧道：“院主，明日离了宝山，西去的路途如何？”那僧双膝跪下，慌得长老一把扯住道：“院主请起，我问你个路程，你为何行礼？”那僧道：“老师父明日西行，路途平正，不须费心。只是眼下有件事儿不尴尬，一进门就要说，恐怕冒犯洪威，却才斋罢，方敢大胆奉告。老师东来，路遥辛苦，都在小和尚房中安歇甚好；只是这位女菩萨不方便，不知请他那里睡好。”三藏道：“院主，你不要生疑，说我师徒们有甚邪意。早间打黑松林过，撞见这个女子，绑在树上。小徒孙悟空不肯救他，是我发菩提心，将他救了到此。随院主送他那里睡去。”那僧谢道：“既老师宽厚，请他到天王殿里，就在天王爷爷身后安排个草铺，教他睡罢。”三藏道：“甚好，甚好。”遂此时，众小和尚引那女子往殿后睡去。长老就在方丈中，请众院主自在，遂各散去。三藏分付悟空：“辛苦了，早睡早起。”遂一处都睡了，不敢离侧，护着师父。渐入夜深，正是那：

玉兔高升万籁宁，天街寂静断人行。

银河耿耿星光灿，鼓发谯楼儹换更。

一宵晚话不题。及天明了，行者起来，教八戒、沙僧收拾行囊、马匹，却请师父走路。此时长老还贪睡未醒。行者近前叫声："师父。"那师父把头抬了一抬，又不曾答应得出。行者问："师父，怎么说？"长老呻吟道："我怎么这般头悬眼胀，浑身皮骨皆疼？"八戒听说，伸手去摸摸，身上有些发热。呆子笑道："我晓得了。这是昨晚见没钱的饭多吃了几碗，倒沁着头睡，伤食了。"行者喝道："胡说！等我问师父，端的何如？"三藏道："我半夜之间起来解手，不曾戴得帽子，想是风吹了。"行者道："这还说得是。如今可走得路么？"三藏道："我如今起坐不得，怎么上马？但只误了路呵！"行者道："师父说那里话。常言道：'一日为师，终身为父。'我等与你做徒弟，就是儿子一般。又说道：'养儿不用屙金溺银，只是见景生情便好。'你既身子不快，说甚么误了行程，便宁耐几日何妨。"兄弟们都伏侍着师父，不觉的早尽午来昏又至，良宵才过又侵晨。

光阴迅速，早过了三日。那一日，师父欠身起来叫道："悟空，这两日病体沉疴，不曾问得你。那个脱命的女菩萨，可曾有人送些饭与他吃？"行者笑道："你管他怎的，且顾了自家的病着。"三藏道："正是，正是。你且扶我起来，取出我的纸、笔、墨，寺里借个砚台来使使。"行者道："要怎的？"长老道："我要修一封书，并关文封在一处，你替我送上长安驾下，见太宗皇帝一面。"行者道："这个容易，我老孙别事无能，若说送书，人间第一。你把书收拾停当与我，我一筋斗送到长安，递与唐王，再一筋斗转将回来，你的笔砚还不干哩。但只是你寄书怎的？且把书意念念我听，念了再写不迟。"长老滴泪道："我写着：

臣僧稽首三顿首，万岁三呼拜圣君。
文武两班同入目，公卿四百共知闻。
当年奉旨离东土，指望灵山见世尊。
不料途中遭厄难，何期半路有灾迍。
僧病沉疴难进步，佛门深远接天门。
有经无命空劳碌，启奏当今别遣人。"

行者听得此言，忍不住呵呵大笑道："师父，你忒不济，略有些些病儿，就起这个意念。你若是病重，要死要活，只消问我。我老孙自有个本事，问道：'那个阎王敢起心？那个判官敢出票？那个鬼使来勾取？'若恼了我，我拿出那大闹天宫之性子，又一路棍打入幽冥，捉住十代阎王，一个个抽了他的筋，还不饶他哩！"

三藏道："徒弟呀，我病重了，切莫说这大话。"

八戒上前道："师兄，师父说不好，你只管说好，十分不尴尬。我们趁早商量，先卖了马，典了行囊，买棺木送终散伙。"行者道："呆子又胡说了。你不知道，师父是我佛如来第二个徒弟，原叫做金蝉长老。只因他轻慢佛法，该有这场大难。"八戒道："哥呵，师父既是轻慢佛法，贬回东土，在是非海内，口舌场中，托化人身，发愿往西天去拜佛求经，遇妖精就捆，逢魔头就吊，受诸苦恼，也勾了，怎么又叫他害病？"行者道："你那里晓得，老师父不曾听佛讲法，打了一个盹，往下一试，左脚下蹰了一粒米，下界来，该有这三日病。"八戒惊道："相老猪吃东西泼泼撒撒的，也不知害多少年代病哩！"行者道："兄弟，佛不与你众生为念。你又不知，人云：'锄禾日当午，汗滴禾下土。谁知盘中餐，粒粒皆辛苦。'师父只今日一日，明日就好了。"三藏道："我今日比昨不同，咽喉里十分作渴。你去那里有凉水寻些来我吃。"行者道："好了，师父要水吃，便是好了。等我取水去。"即时取了钵盂，往寺后面香积厨取水。

唐僧一行在镇海禅林寺与众僧相见，吃完斋饭，众僧一则是问唐僧取经来历；二则是贪看那女子，都攒攒簇簇，排列灯下。

呵呵，一群出家人在这儿贪看女子，小心一会儿把你们命都看没了。

唐僧问那位初见的喇嘛，西去的路途如何，那喇嘛直接双膝跪下了。作者方方面面都在体现这庙里都是没骨头的人。慌得唐僧一把扯住，问：你跪我干吗？那喇嘛说：西行的路途平正不须费心，但这女菩萨不方便睡在我们和尚房里，不知该怎样安排。

唐僧一听赶紧表示：你别生疑，这是我们临时救的女子，随便安排她去哪儿睡都行。

喇嘛说：给那女子安排到天王殿里，在天王爷爷身后安排个草铺吧。众小和尚引那女子往殿后去了，随后唐僧师徒也都睡了。猴哥这一夜不敢离侧，护着他师父，时刻准备为唐师父这昂贵的人设买单。

转天天明，一路取经虽然娇贵，但身体很皮实的唐师父起不来床了，发烧了。

这一病就是三天，第三天唐师父欠身起来问猴哥：那女菩萨这几天怎么样，有人给她送饭吗？

猴哥笑了，表示：你快别管别人了，先把自己养好了吧。唐僧随后就要让猴哥扶他起来取出纸、笔、墨，并到寺里借个砚台来使使。他要给李世民写信了。

猴哥问：你要写啥？唐师父哭着说，自己眼瞅要病死了，得通知皇上赶紧再派别人去取经。

猴哥忍不住地笑他师父忒不济，生个病叫啥事啊！关键在猴哥看来主管唐僧生死的单位也不叫个事，哪个阎王敢起心？哪个判官敢出票？哪个鬼使来勾取？

之前在唐僧刚出发时我们说过，这种事其实大家都能理解，众生离佛最近的地方都在医院的住院部里。你去那儿听听去，人们每句都是感悟，声声都是禅机。自己这辈子咋活瞎了的事都想起来了，后面咋好好活的表态也都生出来了，拿病一磨，多大的英雄都容易心灰意冷。唐僧不是没经过磨难和考验，他也不是不知道猴哥的本事，就是这三天的病把他的坚定和决心都给磨没了。可以说是弘誓大愿取经僧被这三天的病把境界给检验了。

唐僧对猴哥说：我确实病重了，别说大话了。八戒这时再次提出分行李散伙，已经开始安排卖白马给唐僧买棺材了。估计也是为了给唐僧加强信心，悟空当着唐僧的面给他讲了他上辈子的过往："呆子又胡说了。你不知道，师父是我佛如来第二个徒弟，原叫做金蝉长老。只因他轻慢佛法，该有这场大难。"

八戒纳闷：这一路遇妖精就捆，逢魔头就吊，受诸苦恼也该够了，怎么又叫他害病？随后猴哥展开了胡编大法，说道："你那里晓得，老师父不曾听佛讲法，打了一个盹，往下一试，左脚下蹦了一粒米，下界来，该有这三日病。"

猴哥知道唐僧轻慢佛法这事很正常，这是三界公示的将金蝉子贬下界的理由，但知道他打了个盹，踩下一粒米的细节就有点逗了。首先，这种细节别人就不可能知道，猴哥那时候正在山底下压着呢，一出来就进组了，上哪儿找地方打听这八卦去；其次，在作者第三人称的叙述中曾说过唐师父被贬的原因，那是"致死金蝉重脱壳，故令玄奘再修行"（第十五回），唐僧犯的是死罪，以轻慢佛法的由头被贬下来的。这里猴哥是在编因果小故事骗唐僧呢。

这故事果然有效果，当猴哥说"师父只今日一日，明日就好了"后，唐僧马上就表态：我今天确实好多了，所谓"我今日比昨不同，咽喉里十分作渴。你去那里有凉水寻些来我吃"。

刚才还要写遗书呢，现在就要起床试试了。

你可能会疑惑，猴哥咋知道唐僧这病三天就能好。

你是不是忘了朱紫国那关时猴哥的医术了？

咱猴哥可是方寸山全面发展的优秀学员代表！三年肠梗阻的粽子都能给通下来，一个发烧的病，几天好能难得住孙大夫？

这次孙大夫开的方子是医唐僧那颗脆弱的小心脏的，什么病因不重要，编个故事告诉唐僧这病不叫事很重要。

唐僧其实得了一路的病，心病。

孙大夫不容易啊！

忽见那些和尚，一个个眼儿通红，悲啼哽咽，只是不敢放声大哭。行者道："你们这些和尚，忒小家子样！我们住几日，临行谢你，柴火钱照日算还，怎么这等脓包！"众僧慌跪下道："不敢！不敢！"行者道："怎么不敢？想是我那长嘴和尚食肠大，吃伤了你的本儿也？"众僧道："老爷，我这荒山，大大小小也有百十众和尚，每一人养老爷一日，也养得起百十日，怎么敢欺心，计较甚么食用？"行者道："既不计较，你却为甚么啼哭？"众僧道："老爷，不知是那山里来的妖邪在这寺里。我们晚夜间着两个小和尚去撞钟打鼓，只听得钟鼓响罢，再不见人回。至次日找寻，只见僧帽、僧鞋，丢在后边园里，骸骨尚存，将人吃了。你们住了三日，我寺里不见了六个和尚。故此，我兄弟们不由的不怕，不由的不伤。因见你老师父贵恙，不敢传说，忍不住泪珠偷垂也。"

行者闻言，又惊又喜道："不消说了，必定是妖魔在此伤人也，等我与你剿除他。"众僧道："老爷，妖精不精者不灵。一定会腾云驾雾，一定会出幽入冥。古人道得好：'莫信直中直，须防仁不仁。'老爷，你莫怪我们说，你若拿得他住哩，便与我荒山除这条祸根，正是三生有幸了；若还拿他不住呵，却有好些儿不便处。"行者道："怎叫做好些不便处？"那众僧道："直不相瞒老爷说，我这荒山，虽有百十众和尚，却都只是自小儿出家的：发长寻刀削，衣单破衲缝。早晨起来洗着脸，叉手躬身，皈依大道；夜来收拾烧着香，虔心叩齿，念的弥陀。举头看见佛，莲九品，艺三乘，慈航共法云，愿见祇园释世尊；低头看见心，受五戒，度三千，生生万法中，愿悟顽空与色空。诸檀越来呵，老的、小的、长的、矮的、胖的、瘦的，一个个敲木鱼，击金磬，挨挨拶拶，两卷《法华经》，一策《梁王忏》；诸檀越不来呵，新的、旧的、生的、熟的、村的、俏的，一个个合着掌，瞑着目，悄悄冥冥，入定蒲团上，牢关月下门。一任他莺啼鸟语闲争斗，不上我方便慈悲大法乘。因此上也不会伏虎，也不会降龙；也不识的怪，也不识的精。你老爷若还惹起那妖魔呵，我百十个和尚只彀他一顿饱。一则堕落我众生轮回，二则灭抹了这禅林古迹，三则如来会上全没半点儿光辉。这却是好些儿不便处。”

行者闻得众和尚说出这一端的话说，他便怒从心上起，恶向胆边生，高叫一声：“你这众和尚好呆哩！只晓得那妖精，就不晓得我老孙的行止么？”众僧轻轻的答道：“实不晓得。”行者道：“我今日略节说说，你们听着：

我也曾花果山伏虎降龙，我也曾上天堂大闹天宫。饥时把老君的丹，略略咬了两三颗；渴时把玉帝的酒，轻轻呼了六七钟。睁着一双不白不黑的金睛眼，天惨淡，月朦胧；拿着一条不短不长的金箍棒，来无影，去无踪。说甚么大精小怪，那怕他惫懒腥脓！一赶赶上去，跑的跑，颤的颤，躲的躲，慌的慌；一捉捉将来，锉的锉，烧的烧，磨的磨，舂的舂。正是八仙同过海，独自显神通。众和尚，我拿这妖精与你看看，你才认得我老孙！”

众僧听着暗点头道：“这贼秃开大口，说大话，想是有些来历。”都一个个诺诺连声，只有那喇嘛僧道：“且住。你老师父贵恙，你拿这妖精不至紧。俗语道：‘公子登筵，不醉便饱；壮士临阵，不死即伤。’你两下角斗之下，倘贻累你的师父，不当稳便。”行者道：“有理，有理。我且送凉水与师父吃了再来。”

掇起钵盂，着上凉水，转出香积厨，就到方丈，叫声：“师父，吃凉水哩。”三藏正当烦渴之时，便抬起头来，捧着水，只是一吸。真个“渴时一滴如甘露，药到真方病即除”。行者见长老精神渐爽，眉目舒开，就问道：“师父，可吃些汤饭么？”三藏道：“这凉水就是灵丹一般，这病儿减了一半，有汤饭，也吃得些。”行者连声高高叫道：“我师父好了！要汤饭吃哩！”教那些和尚忙忙的安排，淘米煮饭，捍面烙饼，蒸糠糖，做粉汤，抬了四五桌。唐僧只吃得半碗儿米汤，行者、沙僧止用了一席，其余的都是八戒一并食之。家火收去，点起灯来，众僧各散。

就在孙大夫给唐患者取水的时候，看见那些喇嘛都在那儿悲啼哽咽，猴哥以为嫌他们住的时间长了，跟他们说：怎么这么脓包，又不是不给你们钱！结果众僧慌忙跪下道："不敢！不敢！"

这寺里的喇嘛动不动就要下跪，作者真是对喇嘛庙下狠手了。

众僧跟猴哥说了他们哭的原因，这三天已经丢六个和尚了，而且很明确，是被妖怪吃掉的。妖怪都不装了，所谓"我们晚夜间着两个小和尚去撞钟打鼓，只听得钟鼓响罢，再不见人回。至次日找寻，只见僧帽、僧鞋，丢在后边园里，骸骨尚存，将人吃了"。我们看到您家老师父生病了，怕吓坏了他，加重病情，所以不敢说，忍不住在这儿偷偷哭呢。

注意这句"至次日找寻，只见僧帽、僧鞋，丢在后边园里，骸骨尚存，将人吃了"，作案地点在后园。这点后面会再次提到。

猴哥听说后又惊又喜，决定要帮众僧除妖。众僧随后又跟悟空表达了一大段事前的担忧，说得相当明确，连那句开篇的"莫信直中直，须防仁不仁"都出来了。众僧要表达的就是不想惹事，说他们这荒山的百十众和尚都只是自小出家的，每天修行很虔诚，注意这句"一个个敲木鱼，击金磬，挨挨拶拶，两卷《法华经》，一策《梁王忏》"。呵呵，代表被侯景害死的萧衍的《梁王忏》又出现了，因为天天光念经了，所以也不会伏虎，也不会降龙。您要是惹了那妖魔，我们这百十个和尚都得让他吃了，到时候咱这法脉就断了。我们倒是不怕死，主要是怕没办法再传播佛祖的思想了。

言外之意，那六个和尚吃了也就吃了，只要不吃我们就行，所以不要去惹那妖魔。

猴哥听完就怒了，给他们背了一段自己的履历，众僧也谈不上信，就那么一听，所谓"众僧听着暗点头道：'这贼秃开大口，说大话，想是有些来历。'都一个个诺诺连声"。随后接待他们的喇嘛喊住了悟空：先不着急拿妖精，你师父现在还病着呢，你跟他打起来了连累你师父咋办？

言外之意还是要拖，想等妖怪自己走！

猴哥这时候想起他是给他师父打水来的了，赶紧打了水给师父喝。这碗水下肚，唐僧感觉病好了一半，开始要饭吃了。寺庙里的和尚赶紧安排，所谓"淘米煮饭，捍面烙饼，蒸糖糖，做粉汤，抬了四五桌"。呵呵，跟当年萧衍的佛国真像，服务做得真好啊！

这顿饭吃完也就到晚上了，猴哥该捉妖了。

三藏道：“我们今住几日了？”行者道：“三整日矣。明朝向晚，便就是四个日头。”三藏道：“三日误了许多路程。”行者道：“师父，也算不得路程，明日去罢。”三藏道：“正是。就带几分病儿，也没奈何。”行者道：“既是明日要去，且让我今晚捉了妖精者。”三藏惊道：“又捉甚么妖精？”行者道：“有个妖精在这寺里，等老孙替他捉捉。”唐僧道：“徒弟呀，我的病身未可，你怎么又兴此念？倘那怪有神通，你拿他不住呵，却又不是害我？”行者道：“你好灭人威风。老孙到处降妖，你见我弱与谁的？只是不动手，动手就要赢。”三藏扯住道：“徒弟，常言说得好：‘遇方便时行方便，得饶人处且饶人。操心怎似人心好，争气何如忍气高。’”孙大圣见师父苦苦劝他，不许降妖，他说出老实话来道：“师父，实不瞒你说，那妖在此吃了人了。”唐僧大惊道：“吃了甚么人？”行者说道：“我们住了三日，已是吃了这寺里六个小和尚了。”长老道：“‘兔死狐悲，物伤其类。’他既吃了寺内之僧，我亦僧也，我放你去，只但用心仔细些！”行者道：“不消说。老孙的手到就消除了。”

唐僧问大家：咱住几天了？猴哥说：三天了。唐僧说：耽误了三天的路。猴哥说：明天就走，不过今晚让我捉了妖精咋样？这寺里来妖精了。唐师父又惊着了，劝猴哥道：“徒弟呀，我的病身未可，你怎么又兴此念？倘那怪有神通，你拿他不住呵，却又不是害我？”

呵呵，唐师父想得更多的还是自己。

猴哥听完怒了，表示自己输过谁啊！但唐僧依旧坚持道：“徒弟，常言说得好：‘遇方便时行方便，得饶人处且饶人。操心怎似人心好，争气何如忍气高。’”

不许惹事，别连累我！

猴哥这时候跟那妖精卡唐僧的 bug 一样，也从人设上下手了，说：这妖怪三天吃了六个和尚了，你要是连同门都不管，还取什么经！

唐师父没办法，只好让他去了。

你看他灯光前，分付八戒、沙僧看守师父。他喜孜孜跳出方丈，径来佛殿看时，天上有星，月还未上，那殿里黑暗暗的。他就吹出真火，点起琉璃，东边打鼓，西边撞钟。响罢，摇身一变，变做个小和尚儿，年纪只有十二三岁，披着黄绢褊衫，白布直裰，手敲着木鱼，口里念经。等到一更时分，不见动静，二更时分，残月才

升，只听见呼呼的一阵风响。好风：

黑雾遮天暗，愁云照地昏。四方如泼墨，一派靛妆浑。先刮时，扬尘播土；次后来，倒树摧林。扬尘播土星光现，倒树摧林月色昏。只刮得嫦娥紧抱梭罗树，玉兔团团找药盆。九曜星官皆闭户，四海龙王尽掩门。庙里城隍觅小鬼，空中仙子怎腾云。地府阎罗寻马面，判官乱跑赶头巾。刮动昆仑顶上石，卷得江湖波浪混。

那风才然过处，猛闻得兰麝香熏，环珮声响，即欠身抬头观看，呀！却是一个美貌佳人，径上佛殿。行者口里呜哩呜喇，只情念经。那女子近前，一把搂住道："小长老，念的是甚么经？"行者道："许下的。"女子道："别人都自在睡觉，你还念经怎么？"行者道："许下的，如何不念？"女子搂住，与他亲个嘴道："我与你到后面耍耍去。"行者故意的扭过头去道："你有些不晓事。"女子道："你会相面？"行者道："也晓得些儿。"女子道："你相我怎的样子？"行者道："我相你有些儿偷生抵熟，被公婆赶出来的。"女子道："相不着，相不着，我：

不是公婆赶逐，不因抵熟偷生。

奈我前生命薄，投配男子年轻。

不会洞房花烛，避夫逃走之情。

趁如今星光月皎，也是有缘千里来相会，我和你到后园中交欢配鸾俦去也。"

行者闻言，暗点头道："那几个愚僧都被色欲引诱，所以伤了性命，他如今也来哄我。"就随口答应道："娘子，我出家人，年纪尚幼，却不知甚么交欢之事。"女子道："你跟我去，我教你。"行者暗笑道："也罢，我跟他去，看他怎生摆布。"他两个搂着肩，携着手，出了佛殿，径至后边园里。那怪把行者使个绊子腿，跌倒在地，口里"心肝哥哥"的乱叫，将手就去掐他的臊根。行者道："我的儿，真个要吃老孙哩！"却被行者接住他手，使个小坐跌法，把那怪一辘轳掀翻在地上。那怪口里还叫道："心肝哥哥，你倒会跌你的娘哩！"行者暗算道："不趁此时下手他，还到几时！正是'先下手为强，后下手为殃'。"就把手一叉，腰一躬，一跳跳起来，现出原身法象，轮起金箍铁棒，劈头就打。那怪倒也吃了一惊，他心想道："这个小和尚，这等利害！"打开眼一看，原来是那唐长老的徒弟姓孙的。他也不惧他，你说这精怪是甚么精怪？

金作鼻，雪铺毛。地道为门屋，安身处处牢。养成三百年前气，曾向灵山走几遭。一饱香花和蜡烛，如来分付下天曹。托塔天王恩爱女，哪吒太子认同胞。也不是个填海鸟，也不是个戴山鳌。也不怕的雷焕剑，也不怕的吕虔刀。往往来来，一任他水流江汉阔；上上下下，那论他山耸泰恒高。你看他月貌花容娇滴滴，谁识得是个老鼠成精逞黠豪。

他自恃的神通广大，便随手架起双股剑，玎玎珰珰的响，左遮右格，随东倒西。行者虽强些，却也捞他不倒。阴风四起，残月无光。你看他两人后园中一场好杀：

阴风从地起，残月荡微光。阒静梵王宇，阑珊小鬼廊。后园里一片战争场，孙大士，天上圣；毛姹女，女中王，赌赛神通未肯降。一个儿扭转芳心嗔黑秃，一个儿圆睁慧眼恨新妆。两手剑飞，认得那女菩萨；一根棍打，狠似个活金刚。响处金箍如电掣，霎时铁白耀星芒。玉楼抓翡翠，金殿碎鸳鸯。猿啼巴月小，雁叫楚天长。十八尊罗汉，暗暗喝采；三十二诸天，个个慌张。

猴哥吩咐八戒和沙僧看好师父，然后来到大殿，变作一个年纪只有十二三岁的小和尚。二更时分，来了一场风，这场风比八戒出场时的动静可大多了，大量的神仙背书出现了，所谓“只刮得嫦娥紧抱梭罗树，玉兔团团找药盆。九曜星官皆闭户，四海龙王尽掩门。庙里城隍觅小鬼，空中仙子怎腾云。地府阎罗寻马面，判官乱跑赶头巾”。在这么不寻常的一场风后，猛闻得兰麝香熏，环珮声响，猴哥抬头一看，是个美貌佳人来了。

猴哥没搭理，只管念经。那女子走过来一把搂住猴哥开始搭讪，而且是跟猴哥亲了个嘴后提出了需求，注意这句“趁如今星光月皎，也是有缘千里来相会，我和你到后园中交欢配鸾俦去也”。

妖怪说要去后园，这是多么警铃大作的信号啊！

三天前喇嘛们就是在后园发现了两僧骸骨，再加上那么不寻常的风，依旧拦不住后面两天那四个和尚跟着妖精去后园送死。

淫欲的诱惑啊！

猴哥听到这里就明白那六僧是因为什么被吃了，随后说：我还小，不会操作。妖怪说：跟我走，我教你。猴哥就这样搂着肩，携着手，来到了后边园里。注意这句话：“那怪把行者使个绊子腿，跌倒在地，口里‘心肝哥哥’的乱叫，将手就去掐他的臊根。”这妖怪不仅仅是为了吃人，她确实有吸取元阳的需求。她练的功估计跟八戒那“熬战之法”差不多。猴哥顺势接住妖怪之手，使个小坐跌法把那怪一骨碌掀翻在地上。

正在妖精调戏猴哥时，猴哥先下手为强，跳起来现出了本相，抡铁棒开打妖精。妖精见是猴哥，根本就不害怕，所谓“打开眼一看，原来是那唐长老的徒弟姓孙的。他也不惧他”。在作者第三人称的介绍中，这妖精的来历罕见地没到最后就透底了。这里有两句话相当重要：

1.“养成三百年前气，曾向灵山走几遭。一饱香花和蜡烛，如来分付下天曹。”

这妖精跟灵山有强关联性，她在灵山吃饱了香花和蜡烛，而且她的结局是如来佛祖判的，所谓“如来分付下天曹”。

2.“托塔天王恩爱女，哪吒太子认同胞。”

这句不用翻译了，都能看懂，至此也能明白为啥人家目标明确地要当太乙金仙了，老李的恩爱女嘛！人家有门子！

这妖精不仅背景硬，本事也不小。凭她的战斗力是可以跟猴哥比画比画的，所谓“行者虽强些，却也捞他不倒”，这可比八戒和沙僧强太多了。随后作者针对这“后园中一场好杀”说了这么一句话“孙大士，天上圣；毛姹女（‘姹女’是指美女和道家炼丹中的水银，这里是美女的意思），女中王”，这个美女是女中之王。

作者列了这么一大段背书，目的就是要告诉读者一件事：这女妖精来历不简单。

那孙大圣精神抖擞，棍儿没半点差池。妖精自料敌他不住，猛可的眉头一蹙，计上心来，抽身便走。行者喝道：“泼货那走！快快来降！”那妖精只是不理，直往后退。等行者赶到紧急之时，即将左脚上花鞋脱下来，吹口仙气，念个咒语，叫一声：“变！”就变做本身模样，使两口剑舞将来，真身一幌，化阵清风而去。这却不是三藏的灾星？他便竟撞到方丈里，把唐三藏摄将去，云头上，杳杳冥冥，霎霎眼，就到了陷空山，进了无底洞，叫小的们安排素筵席成亲不题。

却说行者斗得心焦性躁，闪一个空，一棍把那妖精打落下来，乃是一只花鞋。行者晓得中了他计，连忙转身来看师父。那有个师父？只见那呆子和沙僧，口里呜哩呜哪说甚么。行者怒气填胸，也不管好歹，捞起棍来一片打，连声叫道：“打死你们！打死你们！”那呆子慌得走也没路；沙僧却是个灵山大将，见得事多，就软

款温柔，近前跪下道：“兄长，我知道了。想你要打杀我两个，也不去救师父，径自回家去哩。”行者道：“我打杀你两个，我自去救他。”沙僧笑道：“兄长说那里话。无我两个，真是‘单丝不线，孤掌难鸣’。兄啊，这行囊马匹谁与看顾？宁学管鲍分金，休仿孙庞斗智。自古道：‘打虎还得亲兄弟，上阵须教父子兵。’望兄长且饶打，待天明和你同心戮力，寻师去也。”行者虽是神通广大，却也明理识时。见沙僧苦苦哀告，便就回心道：“八戒、沙僧，你都起来，明日找寻师父，却要用力。”那呆子听见饶了，恨不得天也许下半边，道：“哥啊，这个都在老猪身上。”

兄弟们思思想想，那曾得睡，恨不得点头唤出扶桑日，一口吹散满天星。

猴哥精神抖擞，棍子越打越有章法。妖精自料敌不过，随后使计策，跑路时将鞋脱下来，吹口仙气念动咒语，变成了自己的模样，跟猴哥接着打。自己的真身则一晃，化阵清风把唐僧摄到了陷空山无底洞中。随后妖精叫小的们安排素席，准备和唐僧成亲了。

猴哥很快便把假妖精打落，发现是一只花鞋，知道自己中计了。等猴哥来看他师父时，见哪里还有什么师父，猴哥气得要打那俩“放屁添风”的。这次猴哥太生气了，这屋子就那么点地方，你俩咋都看不住呢？气得怒气填胸，连声叫道：“打死你们！打死你们！”

这题出到沙僧的舒适区了，直接软款温柔地给悟空跪下了，然后说道：“兄长，我知道了。想你要打杀我两个，也不去救师父，径自回家去哩。”

猴哥表示：我打死你俩后自己去救他！沙僧笑了，表示：“‘单丝不线，孤掌难鸣’。兄啊，这行囊马匹谁与看顾？宁学管鲍分金，休仿孙庞斗智。自古道：‘打虎还得亲兄弟，上阵须教父子兵。’望兄长且饶打，待天明和你同心戮力，寻师去也。”

沙僧真是高手，人家只用两招精准解决了问题。态度上首先让你气消一半，给你跪了，然后再强调自己的能力有限，我们就是看行李马匹的，你跟我们着啥急啊！

师父丢了，证明我们俩的水平纯属“放屁添风”，取经大事完完全全就靠师兄您老人家嘛！别生气了，咱天亮同去寻师父。

猴哥就此消了气，让他们都起来，天明寻师父时都给我好好努力！八戒如蒙大赦，恨不得天也许下半边地狂拍胸脯。

三众只坐到天晓，收拾要行。早有寺僧拦门来问："老爷那里去？"行者笑道："不好说。昨日对众夸口，说与你们拿妖精。妖精未曾拿得，倒把我个师父不见了。我们寻师父去哩。"众僧害怕道："老爷，小可的事，倒带累老师，却往那里去寻？"行者道："有处寻他。"众僧又道："既去莫忙，且吃些早斋。"连忙的端了两三盆汤饭。八戒尽力吃个干净，道："好和尚，我们寻着师父，再到你这里来耍子。"行者道："还到这里吃他饭哩！你去天王殿里看看，那女子在否？"众僧道："老爷，不在了，不在了。自是当晚宿了一夜，第二日就不见了。"

行者喜喜欢欢辞了众僧，着八戒、沙僧牵马挑担，径回东走。八戒道："哥哥差了，怎么又往东行？"行者道："你岂知道，前日在那黑松林绑的那个女子，老孙火眼金睛把他认透了，你们都认做好人。今日吃和尚的也是他，摄师父的也是他。你们救得好女菩萨。今既摄了师父，还从旧路上找寻去也。"二人叹服道："好，好，好！真是粗中有细。去来，去来！"三人急急到于林内，只见那：

云蔼蔼，雾漫漫；石层层，路盘盘。狐踪兔迹交加走，虎豹豺狼往复钻。林内更无妖怪影，不知三藏在何端。

行者心焦，掣出棒来，摇身一变，变作大闹天宫的本相，三头六臂，六只手，理着三根棒，在林里辟哩拨喇的乱打。八戒见了道："沙僧，师兄着了恼，寻不着师父，弄做个气心风了。"原来行者打了一路，打出两个老头儿来：一个是山神，一个是土地，上前跪下道："大圣，山神、土地来见。"八戒道："好灵根啊！打了一路，打出两个山神、土地；若再打一路，连太岁都打出来也。"行者问道："山神、土地，汝等这般无礼！在此处专一结伙强盗，强盗得了手，买些猪羊祭赛你，又与妖精结掳打伙儿，把我师父摄来。如今藏在何处？快快的从实供来，免打！"山神慌了道："大圣错怪了我耶！妖精不在小神山上，不伏小神管辖。但只夜间风响处，小神略知一二。"行者道："既知一二，说来！"土地道："那妖精摄你师父去，在那正南下，离此有千里之遥。那厢有一山，唤做陷空山。山中有个洞，叫做无底洞。是那山里妖精，到此变化摄去也。"行者听言，暗自惊心，喝退了山神、土地，收了法身，见出本相，与八戒、沙僧道："师父去得远了。"八戒道："远便腾云赶去。"

好呆子，一纵狂风先起，随后是沙僧驾云。那白马原是龙子出身，驮了行李，也踏了风雾。大圣即起筋斗，一直南来。不多时，早见一座大山，阻住云脚，三人

采住马，都按定云头，见那山：

顶摩碧汉，峰接青霄。周围杂树万万千，来往飞禽喳喳噪。虎豹成阵走，獐鹿打丛行。向阳处，琪花瑶草馨香；背阴方，腊雪顽冰不化。崎岖峻岭，削壁悬崖。直立高峰，湾环深涧。松郁郁，石磷磷，行人见了悚其心。打柴樵子全无影，采药仙童不见踪。眼前虎豹能兴雾，遍地狐狸乱弄风。

八戒道："哥啊，这山如此险峻，必有妖邪。"行者道："不消说了。山高原有怪，岭峻岂无精？"叫："沙僧，我和你且在此，着八戒先下山凹里打听打听，看那条路好走，端的可有洞府？再看是那里开门，俱细细打探，我们好一齐去寻师父救他。"八戒道："老猪晦气，先拿我顶缸。"行者道："你夜来说都在你身上，如何打仰？"八戒道："不要嚷，等我去。"呆子放下钯，抖抖衣服，空着手，跳下高山，找寻路径。

这一去，毕竟不知好歹如何，且听下回分解。

猴哥三人早晨起来，收拾好行囊便要走，被众僧拦住，问他们去哪儿。猴哥有点不好意思，说妖精没抓到，倒把师父丢了。猴哥让众僧去天王殿里看看那女子还在不，众僧说：你们来的第二天她就不在了。猴哥也就此确定了方向，就是那黑松林的妖精把师父抓去了。随后他们辞了众僧，往东面黑松林走去。八戒问：为啥东行？猴哥说：我早就看出来了，那女子是妖精，你们都不信。等到了黑松林，见没有线索，猴哥心焦，变出三头六臂开始在林中乱打，把山神和土地都给吓出来了。猴哥正没处撒气呢，于是说山神、土地跟妖精是同谋，吓得山神、土地赶紧给出线索：摄了你师父的妖精，在正南下千里外的陷空山无底洞。

第八十二回

姹女求阳，元神护道

却说八戒跳下山，寻着一条小路。依路前行，有五六里远近，忽见两个女怪，在那井上打水。他怎么认得是两个女怪？见他头上戴一顶一尺二三寸高的篾丝鬏髻，甚不时兴。呆子走近前，叫声“妖怪”。那怪闻言大怒，两人互相说道：“这和尚惫懒！我们又不与他相识，平时又没有调得嘴惯，他怎么叫我们做妖怪？”那怪恼了，轮起抬水的杠子，劈头就打。

这呆子手无兵器，遮架不得，被他捞了几下，侮着头跑上山来道：“哥啊，回去罢，妖怪凶！”行者道：“怎么凶？”八戒道：“山凹内两个女妖精在井上打水，我只叫了他一声，就被他打了我三四杠子。”行者道：“你叫他做甚么的？”八戒道：“我叫他做妖怪。”行者笑道：“打得还少。”八戒道：“谢你照顾。头都打肿了，还说少哩。”行者道：“‘温柔天下去得，刚强寸步难移。’他们是此地之妖，我们是远来之僧，你一身都是手，也要略温存，你就去叫他做妖怪，他不打你，打我？‘人将礼乐为先。’”八戒道：“一发不晓得。”行者道：“你自幼在山中吃人，你晓得有两样木么？”八戒道：“不知是甚么木？”行者道：“一样是杨木，一样是檀木。杨木性格甚软，巧匠取来，或雕圣像，或刻如来，妆金立粉，嵌玉装花，万人烧香礼拜，受了多少无量之福。那檀木性格刚硬，油房里取了去做榨撒，使铁箍箍了头，又使铁锤往下打，只因刚强，所以受此苦楚。”八戒道：“哥啊，你这好话儿早与我说说也好，却不受他打了。”行者道：“你还去问他个端的。”八戒道：“这去他认得我了。”行者道：“你变化了去。”八戒道：“哥啊，且如我变了，却怎么问他？”行者道：“你变了去，到他跟前，行个礼儿，看他多大年纪。若与我们差不多，叫他声‘姑娘’；若比我们老些儿，叫他声‘奶奶’。”八戒笑道：“可是蹭蹬！这般许远的田地，认得是甚么亲！”行者道：“不是认亲，要套他的话哩。若是他拿了师父，就好下手；若不是他，却不误了我别处干事？”八戒道：“说得有理，等我再去。”

好呆子！把钉钯撒在腰里，下山凹，摇身一变，变做个黑胖和尚，摇摇摆摆走近怪前，深深唱个大喏道：“奶奶，贫僧稽首了。”那两个喜道：“这个和尚却好，会唱个喏儿，又会称道一声儿。”问道：“长老，那里来的？”八戒道：“那里来的。”又问：“那里去的？”又道：“那里去的。”又问：“你叫做甚么名字？”又答道：“我叫做甚么名字。”那怪笑道：“这和尚好便好，只是没来历，会说顺口话儿。”八戒道：“奶奶，你们打水怎的？”那怪道：“和尚，你不知道，我家老夫人今夜里摄了一个唐僧，在洞内要管待他；我洞中水不干净，差我两个来此打这阴阳交媾的好水，安排素果素菜的筵席，与唐僧吃了，晚间要成亲哩。”

那呆子闻此言，急抽身跑上山叫：“沙和尚，快拿将行李来，我们分了罢！”沙僧道：“二哥，又分怎么？”八戒道：“分了便你还去流沙河吃人，我去高老庄探亲，哥哥去花果山称圣，白龙马归大海成龙。师父已在这妖精洞内成亲哩！我们都各安生理去也！”行者道：“这呆子又胡说了！”八戒道：“你的儿子胡说！才那两个抬水的妖精，说安排素筵席，与唐僧吃了成亲哩。”行者道：“那妖精把师父困在洞内，师父眼巴巴的望我们去救，你却在此说这样话！”八戒道：“怎么救？”行者道：“你两个牵着马，挑着担，我们跟着那两个女怪，做个引子，引到那门前，一齐下手。”真个呆子只得随行。

行者远远的标着那两怪，渐入深山，有一二十里远近，忽然不见。八戒惊道：“师父是日里鬼拿去了！”行者道：“你好眼力！怎么就看出他本相来？”八戒道：“那两个怪正抬着水走，忽然不见，却不是个日里鬼？”行者道：“想是钻进洞去了，等我去看看。”

好大圣，急睁火眼金睛，漫山看处，果然不见动静，只见那陡崖前，有一座玲珑剔透细妆花、堆五采、三檐四簇的牌楼。他与八戒、沙僧近前观看，上有六个大字，乃“陷空山无底洞”。行者道：“兄弟呀，这妖精把个架子支在这里，还不知门向那里开哩。”沙僧说：“不远，不远，好生寻。”都转身看时，牌楼下山脚下有一块大石，约有十余里方圆，正中间有缸口大的一个洞儿，爬得光溜溜的。八戒道：“哥啊，这就是妖精出入洞也。”行者看了道：“怪哉！我老孙自保唐僧，瞒不得你两个，妖精也拿了些，却不见这样洞府。八戒，你先下去试试看，有多少浅深，我好进去救师父。”八戒摇头道：“这个难！这个难！我老猪身子夯夯的，若塌了脚吊下去，不知二三年可得到底哩！”行者道：“就有多深么？”八戒道：“你看！”大圣伏在洞边上，仔细往下看处，咦！深啊，周围足有三百余里，回头道：“兄弟，果然深得紧。”八戒道：“你便回去罢。师父救不得耶！”行者道：“你说那里话！莫生懒惰意，休起怠慌心。且将行李歇下，把马拴在牌楼柱上，你使钉钯，沙僧使杖，拦住洞门，让我进去打听打听。若师父果在里面，我将铁棒把妖精从内打出，跑至门口，你两个却在外面挡住。这是里应外合，打死精灵，才救得师父。”二人遵命。

八戒被猴哥安排下山去探寻无底洞的情况，走了五六里，遇到两个女怪在井边打水。八戒直接就喊人家“妖怪”，随后被俩女怪抡起抬水的杠子，劈头打了一顿。

八戒这点水平啊，没带兵器连俩小妖都招架不住。他回去给猴哥报信，说了来龙去脉后，猴哥教育他道：“‘温柔天下去得，刚强寸步难移。’他们是此地之妖，我们是远来之僧，你一身都是手，也要略温存，你就去叫他做妖怪，他不打你，打我？‘人将礼乐为先。’”

猴哥不仅教育了八戒刚则易折的道理，还说了下更深层的感悟：“杨木性格甚软，巧匠取来，或雕圣像，或刻如来，妆金立粉，嵌玉妆花，万人烧香礼拜，受了多少无量之福。那檀木性格刚硬，油房里取了去做柞撒，使铁箍箍了头，又使铁锤往下打，只因刚强，所以受此苦楚。”

当年把天捅个窟窿的至刚至阳的猴哥如今能说出这一番感悟了，说明这经也就真的快取到头儿了。此时给猴哥颁发斗战胜佛的奖励已经可以了。其实后面都是悟空在给唐僧他们三个讲法。这三位还差好大火候，猴哥此时已经大成了。

八戒在猴哥的指导下变成甜嘴的黑胖和尚，问来了这俩打水妖怪的底细：因洞中水不干净，女魔差他们俩来打这阴阳交媾的好水，安排素果素菜的宴席，晚上就要跟唐僧成亲了。

这句“我洞中水不干净，差我两个来此打这阴阳交媾的好水”其实也是作者在隐喻陷空山无底洞是人体的生殖器官。阴阳交媾不仅仅是指男女交配之意，也指阴阳交会、天地交合。其实洞中也不是没有阴阳交会，洞中是有太阳照到的，马上猴哥下洞后就说了“不多时，到于深远之间，那里边明明朗朗，一般的有日色，有风声，又有花草果木”。洞中的园林大着呢，后面猴哥变桃时女魔是这么说的：“天无阴阳，日月不明；地无阴阳，草木不生；人无阴阳，不分男女。这桃树上果子，向阳处有日色相烘者先熟，故红；背阴处无日者还生，故青。此阴阳之道理也。”所以，这洞里其实是阴阳俱全的，强调洞里水不干净，一方面是安排俩妖怪给猴哥他们做向导，另一方面是在隐喻陷空山无底洞。

八戒听说后又嚷嚷分行李散伙了，理由是师父都要成亲了。

呵呵，他这么说是啥目的呢？

让想救的那个去救，他这“放屁添风”的昨天晚上把话说得太满了，他知道自己这点道行比妖精差得远，他要是能救，师父就不会丢了。

果然这话说完猴哥就安排工作了：“你两个牵着马，挑着担，我们跟着那两个女怪，做个引子，引到那门前，一齐下手。”虽说是一齐下手，但真到了该动手的时候，这俩牵马挑担的哪还来得及出手，猴哥早就把活儿揽过来了。

走了一二十里，两个女怪忽然不见。猴哥寻至陡崖前，见一座“玲珑剔透细妆花、堆五采、三檐四簇的牌楼”上写着“陷空山无底洞”，牌楼下面山脚下有一块大石，有十余里方圆，正中间有缸口大的一个洞。无论是这牌楼的排场还是这个洞府的进入方式都让猴哥长见识了，他也是头一次见到向下进入的洞府。

猴哥让八戒先下去看看深浅，八戒说不看。猴哥打眼一看，发现有三百多里，八戒一听继续说：师父救不了了，咱赶紧散伙吧，你回花果山去。主打一个自己肯定不掺和这事。猴哥无奈，只能安排他俩拿兵器拦在洞门，自己进洞去了。

行者却将身一纵，跳入洞中。足下彩云生万道，身边瑞气护千层。不多时，到于深远之间，那里边明明朗朗，一般的有日色，有风声，又有花草果木。行者喜道：“好去处啊，想老孙出世，天赐与水帘洞，这里也有个洞天福地。”正看时，又有一座二滴水的门楼，团团都是松竹，内有许多房舍。又想道：“此必是妖精的住处了，

我且到那里边去打听打听。且住，若是这般去时，他认得我了，且变化。”摇身捻诀，就变做一个苍蝇，轻轻的飞在门楼上听听。只见那怪高坐在草亭内，他那模样，比在松林内救他，寺里拿他，更是不同，越发打扮得俊了：

发盘云髻似堆鸦，身着绿绒花比甲。一对金莲刚半折，十指如同春笋发。团圆粉面若银盆，朱唇一似樱桃滑。端端正正美人姿，月里嫦娥还喜恰。今朝拿住取经僧，便要欢娱同枕榻。

行者且不言语，听他说甚话。少时，绽破樱桃，喜孜孜的叫道：“小的们，快排素筵席来，我与唐僧哥哥吃了成亲。”行者暗笑道：“真个有这话！我只道八戒作耍子乱说哩。等我且飞进去看，寻看师父在那里，不知他心性如何的。假若被他摩弄动了时，留他在这里也罢。”即展翅飞到里边看处，那东廊下，上明下暗的红纸格子里面，坐着唐僧哩。

行者一头撞破格子眼，飞在唐僧光头上叮着，叫声：“师父。”三藏认得声音，叫道：“徒弟，救我命啊！”行者道：“师父，不济呀！那妖精安排筵宴，与你吃了成亲哩。或生下一男半女，也是你和尚之后代，你愁怎的？”长老闻言，咬牙切齿道：“徒弟，我自出了长安，到两界山中收你，一向西来，那个时辰动荤？那一日子有甚歪意？今被这妖精拿住，要求配偶，我若把真阳丧了，我就身堕轮回，打在那阴山背后，永世不得翻身。”行者笑道：“莫发誓。既有真心往西天取经，老孙带你去罢。”三藏道：“进来的路儿我通忘了。”行者道：“莫说你忘了，他这洞，不比走进来走出去的，是打上头往下钻。如今救了你，要打底下往上钻。若是造化高，钻着洞口儿，就出去了；若是造化低，钻不着，还有个闷杀的日子了。”三藏满眼垂泪道：“似此艰难，怎生是好？”行者道：“没事，没事。那妖精整治酒与你吃，没奈何，也吃他一钟；只要斟得急些儿，斟起一个喜花儿来，等我变作个蟭蟟虫儿，飞在酒泡之下，他把我一口吞下肚去，我就捻破他的心肝，扯断他的肺腑，弄死那妖精，你才得脱身出去。”三藏道：“徒弟，这等说，只是不当人子。”行者道：“只管行起善来，你命休矣！妖精乃害人之物，你惜他怎的？”三藏道：“也罢，也罢。你只是要跟着我。”正是那：孙大圣护定唐三藏，取经僧全靠美猴王。

猴哥跳进去后发现自己好像进入了桃花源。这妖精的洞府真是个好地方，所谓“好去处啊，想老孙出世，天赐与水帘洞，这里也有个洞天福地”。这洞猴哥给予了对标水帘洞的高度肯定。

猴哥变成苍蝇进洞打听师父的下落，看到女魔，比之前在松林和镇海寺里打扮得还要漂亮。能理解，要结婚了嘛，女魔正在招呼小的们安排素席，她要跟唐师父吃完成亲。这时猴哥又犯了琵琶洞的毛病，要去看看唐僧的心性，并且他相当嘴贱地又来调侃唐僧了："师父，不济呀！那妖精安排筵宴，与你吃了成亲哩。或生下一男半女，也是你和尚之后代，你愁怎的？"

在唐僧看来，猴子实在太可恨了。你降妖没降到连累了我不说，此时又说这风凉话！要不是菩萨"明牌"了必须悟空保护，估计猴子还得被赶走第三次。唐僧此时算是恨极了猴子，所谓"长老闻言，咬牙切齿道：'徒弟，我自出了长安，到两界山中收你，一向西来，那个时辰动荤？那一日子有甚歪意？今被这妖精拿住，要求配偶，我若把真阳丧了，我就身堕轮回，打在那阴山背后，永世不得翻身。'"

这哪里是在发誓啊，这是在对猴子骂街！

猴哥随后笑道："莫发誓。既有真心往西天取经，老孙带你去罢。"

呵呵，猴哥此时已经自封取经的导师了。

这顿饭猴哥跟唐僧定计，让唐僧陪妖怪喝酒，还是老思路，要趁机钻进人家肚子里。

他师徒两个商量未定，早是那妖精安排停当，走近东廊外，开了门锁，叫声"长老"。唐僧不敢答应。又叫一声，又不敢答应。他不敢答应者何意？想着"口开神气散，舌动是非生"。却又一条心儿想着，若死住法儿不开口，怕他心狠，顷刻间就害了性命。正是那：进退两难心问口，三思忍耐口问心。

正自狐疑，那怪又叫一声"长老"。唐僧没奈何，应他一声道："娘子，有。"那长老应出这一句言来，真是肉落千筋。人都说唐僧是个真心的和尚，往西天拜佛求经，怎么与这女妖精答话？不知此时正是危急存亡之际，万分出于无奈，虽是外有所答，其实内无所欲。妖精见长老应了一声，他推开门，把唐僧搀起来，和他携手挨肩，交头接耳。你看他做出那千般娇态，万种风情，岂知三藏一腔子烦恼。行者暗中笑道："我师父被他这般哄诱，只怕一时动心。"正是：

真僧魔苦遇娇娃，妖怪娉婷实可夸。

淡淡翠眉分柳叶，盈盈丹脸衬桃花。

绣鞋微露双钩凤，云髻高盘两鬓鸦。

含笑与师携手处，香飘兰麝满袈裟。

妖精挽着三藏，行近草亭道："长老，我办了一杯酒，和你酌酌。"唐僧道："娘子，贫僧自不用荤。"妖精道："我知你不吃荤，因洞中水不干净，特命山头上取阴阳交媾的净水，做些素果素菜筵席，和你耍子。"唐僧跟他进去观看，果然见那：

盈门下，绣缠彩结；满庭中，香喷金猊。摆列着黑油垒钿桌，彩漆篾丝盘。垒钿桌上，有异样珍羞；篾丝盘中，盛稀奇素物。林檎、橄榄、莲肉、葡萄、榧柰、榛松、荔枝、龙眼、山栗、风菱、枣儿、柿子、胡桃、银杏、金橘、香橙，果子随山有；蔬菜更时新：豆腐、面筋、木耳、鲜笋、蘑菇、香蕈、山药、黄精。石花菜、黄花菜，青油煎炒；扁豆角、江豆角，熟酱调成。王瓜、瓠子，白菜、蔓菁。镟皮茄子鹌鹑做，剔种冬瓜方旦名。烂煨芋头糖拌着，白煮萝卜醋浇烹。椒姜辛辣般般美，醝淡调和色色平。

那妖精露尖尖之玉指，捧幌幌之金杯，满斟美酒，递与唐僧，口里叫道："长老哥哥妙人，请一杯交欢酒儿。"三藏羞答答的接了酒，望空浇奠，心中暗祝道："护法诸天、五方揭谛、四值功曹，弟子陈玄奘自离东土，蒙观世音菩萨差遣列位众神暗中保护，拜雷音见佛求经。今在途中，被妖精拿住，强逼成亲，将这一杯酒递与我吃。此酒果是素酒，弟子勉强吃了，还得见佛成功；若是荤酒，破了弟子之戒，永堕轮回之苦。"

孙大圣他却变得轻巧，在耳根后，若像一个耳报；但他说话，惟三藏听见，别人不闻。他知师父平日好吃葡萄做的素酒，教吃他一钟。那师父没奈何吃了，急将酒满斟一钟，回与妖怪。果然斟起有一个喜花儿。行者变作个蟭蟟虫儿，轻轻的飞入喜花之下。那妖精接在手，且不吃，把杯儿放住，与唐僧拜了两拜，口里娇娇怯怯，叙了几句情话。却才举杯，那花儿已散，就露出虫来。妖精也认不得是行者变的，只以为虫儿，用小指挑起，往下一弹。行者见事不谐，料难入他腹，即变做个饿老鹰。真个是：

玉爪金睛铁翮，雄姿猛气抟云。

妖狐狡兔见他昏，千里山河时遁。

饥处迎风逐雀，饱来高贴天门。

老拳钢硬最伤人，得志凌霄嫌近。

飞起来，轮开玉爪；响一声，掀翻桌席。把些素果素菜、盘碟家火，尽皆捽碎。撇却唐僧，飞将出去。諕得妖精心胆皆裂，唐僧的骨肉通酥，妖精战战兢兢，搂住唐僧道："长老哥哥，此物是那里来的？"三藏道："贫僧不知。"妖精道："我费了许多心，安排这个素宴与你耍耍，却不知这个扁毛畜生从那里飞来，把我的家火打碎。"众小妖道："夫人，打碎家火犹可，将些素品都泼散在地，秽了怎用？"三藏分明晓得是行者弄法，他那里敢说。那妖精道："小的们，我知道了，想必是我把唐僧困住，天地不容，故降此物。你们将碎家火拾出去，另安排些酒肴，不拘荤素，我指天为媒，指地作订，然后再与唐僧成亲。"依然把长老送在东廊里坐下不题。

定计之后，进入唐僧跟女妖拉扯环节。这女妖想跟唐师父结婚确确实实是有诚意的，无论水果还是蔬菜，种类之多堪称西游宇宙素席之最，比西梁女国那婚宴菜肴的种类还要多。入席后，妖精要跟长老哥哥妙人喝一杯交欢酒，唐僧内心做了极大斗争后才喝了一杯，但女妖比较仔细，猴哥变成的虫子被人家给挑出来了。猴哥一怒之下变成一只老鹰，把桌子上的酒席都给打翻了。

小妖们问：这素宴都脏了，咋办？女妖是这么说的："小的们，我知道了，想必是我把唐僧困住，天地不容，故降此物。你们将碎家火拾出去，另安排些酒肴，不拘荤素，我指天为媒，指地作订，然后再与唐僧成亲。"

这女妖决定与全世界为敌了，天地不容又怎样！从来生死都看淡，专和老天对着干，我婚由我不由天，老娘非得配金仙！

却说行者飞出去，现了本相，到于洞口，叫声："开门。"八戒笑道："沙僧，哥哥来了。"他二人撤开兵器，行者跳出。八戒上前扯住道："可有妖精？可有师父？"行者道："有，有，有。"八戒道："师父在里边受罪哩？绑着是捆着？要蒸是要煮？"行者道："这个事倒没有，只是安排素宴，要与他干那个事哩。"八戒道："你造化！你造化！你吃了陪亲酒来了？"行者道："呆子啊，师父的性命也难保，吃甚么陪亲酒！"八戒道："你怎的就来了？"行者把见唐僧，施变化的上项事，说了一遍，道："兄弟们，再休胡思乱想。师父已在此间，老孙这一去，一定救他出来。"

复翻身入里面，还变做个苍蝇儿，叮在门楼上听之。只闻得这妖怪气呼呼的，在亭子上分付：“小的们，不论荤素，拿来烧纸，我借烦天地为媒订，务要与他成亲。”行者听见，暗笑道：“这妖精，全没一些儿廉耻！青天白日，把个和尚关在家里摆布的。且不要忙，等老孙再去看看。”嘤的一声，飞在东廊之下。只见那师父坐在里边，清滴滴腮边泪淌。行者钻将进去，叮在他头上，只叫声：“师父。”长老认得声音，跳起来，咬牙恨道：“猢狲啊！别人胆大，还是身包胆；你的胆大，就是胆包身。你弄变化神通，打破家火，能值几何！斗得那妖精淫兴发了，那里不分荤素安排，定要与我交媾，此事怎了？”行者暗中陪笑道：“师父莫怪，有救你处。”唐僧道：“那里救得我？”行者道：“我才一翅飞起去时，见他后边有个花园。你哄他往园里去耍子，我救了你罢。”唐僧道：“园里怎么样救？”行者道：“你与他到园里，走到桃树边，就莫走了，等我飞上桃枝，变作个红桃子。你要吃果子，先拣红的儿摘下来。红的是我，他必然也要摘一个，你把红的定要让他。他若一口吃了，我却在他肚里。等我捣破他的皮袋，扯断他的肝肠，弄死他，你就脱身了。”三藏道：“你若有手段，就与他赌斗便了，只要钻在他肚里怎么？”行者道：“师父，你不知趣。他这个洞，若好出入，便可与他赌斗；只为出入不便，曲道难行，若就动手，他这一窝子老老小小，连我都扯住，却怎么了？须是这般捽手干，大家才得干净。”三藏点头听信，只叫：“你跟定我。”行者道：“晓得，晓得。我在你头上。”

猴哥上去跟那俩“放屁添风”的说了下情况，然后再次翻身入洞，依旧变作一只苍蝇继续探听。此时妖怪正气呼呼地坐在亭子上指挥小妖们重新备席，反正高低今晚必须把这婚结了！

猴哥再跟唐僧搭上话时，唐僧对他的愤怒已经到达顶点，所谓“长老认得声音，跳起来，咬牙恨道：‘猢狲啊！别人胆大，还是身包胆；你的胆大，就是胆包身。你弄变化神通，打破家火，能值几何！斗得那妖精淫兴发了，那里不分荤素安排，定要与我交媾，此事怎了？’”

这话听着都荒诞，如果不是刚才折腾这通，此时都已经拜了天地，该入洞房了。你自己尿就是尿，别赖人家猴哥。

悟空赔笑，再次与师父定计，说：我发现后面有个花园，你哄她跟你逛园子，然后去摘我变的红桃子给她吃。唐僧纳闷，你就跟她直接开打呗，她是非得结婚，你是非得进她肚子，你俩咋都那么执着呢！猴哥表示：你当我愿意啊？她这破洞出入不便，曲道难行，他一窝子老老小小扯住了我，我还咋带你跑？

师徒们商量定了，三藏才欠起身来，双手扶着那格子叫道：“娘子，娘子。”那妖精听见，笑唏唏的跑近跟前道：“妙人哥哥，有甚话说？”三藏道：“娘子，我出了长安，一路西来，无日不山，无日不水。昨在镇海寺投宿，偶得伤风重疾，今日出了汗，略才好些；又蒙娘子盛情，携来仙府，只得坐了这一日，又觉心神不爽。你带我往那里略散散心，耍耍儿去么？”那妖精十分欢喜道：“妙人哥哥倒有些兴趣，我和你去花园内耍耍。”叫：“小的们，拿钥匙来开了园门，打扫路径。”众妖都跑去开门收拾。

这妖精开了格子，搀出唐僧。你看那许多小妖，都是油头粉面，袅娜娉婷，簇簇拥拥，与唐僧径上花园而去。好和尚！他在这绮罗队里无他故，锦绣丛中作痖聋。若不是这铁打的心肠朝佛去，第二个酒色凡夫也取不得经。一行都到了花园之外，那妖精俏语低声叫道：“妙人哥哥，这里耍耍，真可散心释闷。”唐僧与他携手相搀，同入园内。抬头观看，其实好个去处，但见那：

萦回曲径，纷纷尽点苍苔；窈窕绮窗，处处暗笼绣箔。微风初动，轻飘飘展开蜀锦吴绫；细雨才收，娇滴滴露出冰肌玉质。日灼鲜杏，红如仙子晒霓裳；月映芭蕉，青似太真摇羽扇。粉墙四面，万株杨柳啭黄鹂；闲馆周围，满院海棠飞粉蝶。更看那凝香阁、青蛾阁、解酲阁、相思阁，层层卷映，朱帘上，钩控虾须；又见那养酸亭、披素亭、画眉亭、四雨亭、个个峥嵘，华匾上，字书鸟篆。看那浴鹤池、洗觞池、怡月池、濯缨池，青萍绿藻耀金鳞；又有墨花轩、异箱轩、适趣轩、慕云轩，玉斗琼卮浮绿蚁。池亭上下，有太湖石、紫英石、鹦落石、锦川石，青青栽着虎须蒲；轩阁东西，有木假山、翠屏山、啸风山、玉芝山，处处丛生凤尾竹。荼蘼架、蔷薇架，近着秋千架，浑如锦帐罗帏；松柏亭、辛夷亭，对着木香亭，却似碧城绣幕。芍药栏，牡丹丛，朱朱紫紫斗秾华；夜合台，茉藜槛，岁岁年年生妩媚。涓涓滴露紫含笑，堪画堪描；艳艳烧空红拂桑，宜题宜赋。论景致，休夸阆苑蓬莱；较芳菲，不数姚黄魏紫。若到三春闲斗草，园中只少玉琼花。

长老携着那怪，步赏花园，看不尽的奇葩异卉。行过了许多亭阁，真个是渐入佳境。忽抬头，到了桃树林边。行者把师父头上一掐，那长老就知。行者飞在桃树枝儿上，摇身一变，变作个桃子儿，其实红得可爱。长老对妖精道：“娘子，你这苑内花香，枝头果熟。苑内花香蜂竞采，枝头果熟鸟争衔。怎么这桃树上果子青红不一，何也？”妖精笑道：“天无阴阳，日月不明；地无阴阳，草木不生；人无阴阳，不分男女。这桃树上果子，向阳处有日色相烘者先熟，故红；背阴处无日者还生，故青。此阴阳之道理也。”三藏道：“谢娘子指教，其实贫僧不知。”即向前伸手摘了个红桃，妖精也去摘了一个青桃，三藏躬身，将红桃捧与妖怪道：“娘子，你爱色，请吃这个红桃，拿青的来我吃。”妖精真个换了，且暗喜道：“好和尚啊！果是个真人，一日夫妻未做，却就有这般恩爱也。”那妖精喜喜欢欢的，把唐僧亲敬。这唐僧把青桃拿过来就吃；那妖精喜相陪，把红桃儿张口便咬。启朱唇，露银牙，未曾下口，原来孙行者十分性急，毂辘一个跟头，翻入他咽喉之下，径到肚腹之中。妖精害怕，对三藏道：“长老呵，这个果子利害！怎么不容咬破，就滚下去了？”三藏道：“娘子，新开园的果子爱吃，所以去得快了。”妖精道：“未曾吐出核子，他就撺下去了。”三藏道：“娘子意美情佳，喜吃之甚，所以不及吐核，就下去了。”

行者在他肚里复了本相，叫声：“师父，不要与他答嘴，老孙已得了手也。”三藏道：“徒弟，方便着些。”妖精听见道：“你和那个说话哩？”三藏道：“和我徒弟孙悟空说话哩。”妖精道：“孙悟空在那里？”三藏道：“在你肚内哩，却才吃的那个红桃子不是？”妖精慌了道：“罢了！罢了！这猴头钻在我肚内，我是死也！孙行者，你千方百计的钻在我肚内怎的？”行者在里边恨道：“也不怎的！只是吃了你的六叶连肝肺，三毛七孔心，五脏都淘净，弄做个梆子精！”妖精听说，唬得魂飞魄散，战战兢兢的，把唐僧抱住道：“长老呵！我只道：

夙世前缘系赤绳，鱼水相和两意浓。
不料鸳鸯今拆散，何期鸾凤又西东。
蓝桥水涨难成事，佛庙烟沉嘉会空。
着意一场今又别，何年与你再相逢？”

行者在他肚内听见说时，只怕长老慈心，又被他哄了，便就轮拳跳脚，支架子，理四平，几乎把个皮袋儿捣破了。那妖精忍不得疼痛，倒在尘埃，半晌家不敢言语。行者见不言语，想是死了；却把手略松一松，他又回过气来，叫：“小的们在那里？”原来那些小妖，自进园门来，各人知趣，都不在一处，各自去采花斗草，任意随心耍子，让那妖精与唐僧两个自在叙情儿。忽听得叫，却才都跑将来。又见妖精倒在地上，面容改色，口里哼哼的爬不动，连忙搀起，围在一处道：“夫人，怎的不好？想是急心疼了？”妖精道：“不是，不是。你莫要问，我肚内已有了人也。快把这和尚送出去，留我性命。”那些小妖真个都来扛抬。行者在肚内叫道：“那个敢抬！要便是你自家献我师父出去，出到外边，我饶你命！”那怪也没及奈何，只是惜命之心急，挣起来，把唐僧背在身上，拽开步，往外就走。小妖跟随道：“老夫人，往那里去？”妖精道：“‘留得五湖明月在，何愁没处下金钩’。把这厮送出去，等我别寻一个头儿罢。”

好妖精，一纵云光，直到洞口。又闻得叮叮当当兵刃乱响。三藏道：“徒弟，外面兵器响哩。”行者道：“是八戒揉钯哩，你叫他一声。”三藏便叫：“八戒！”八戒听见道：“沙和尚，师父出来也。”二人掣开钯杖，妖精把唐僧驮出。咦！正是：

心猿里应降邪怪，土木同门接圣僧。

毕竟不知那妖精性命如何，且听下回分解。

唐僧依计勾引妖精去园子散心。进了园子一看，这里简直是洞天福地，堪称西游宇宙第一园林！

阁有凝香阁、青蛾阁、解酲阁、相思阁，层层卷映，朱帘上，钩控虾须；

亭有养酸亭、披素亭、画眉亭、四雨亭，个个峥嵘，华匾上，字书鸟篆，松柏亭、辛夷亭，对着木香亭，却似碧城绣幕。

池有浴鹤池、洗觞池、怡月池、濯缨池，青萍绿藻耀金鳞；

轩有墨花轩、异箱轩、适趣轩、慕云轩，玉斗琼卮浮绿蚁。

石有太湖石、紫英石、鹦落石、锦川石，青青栽着虎须蒲；

山有木假山、翠屏山、啸风山、玉芝山，处处丛生凤尾竹。

架有荼蘼架、蔷薇架，近着秋千架，浑如锦帐罗帏；

花有芍药栏，牡丹丛，朱朱紫紫斗秾华；夜合台，茉藜槛，岁岁年年生妩媚……真是看不尽的奇葩异卉。总之，这天下的所有花中只少玉琼花，所谓“若到三春闲斗草，园中只少玉琼花”。

这么牛的园子，这妖精究竟有着怎样的故事呢？

园子里少的这个琼花又名“琼华”，“琼”即美玉，故被视为“完美爱情”的象征。古人常将其赠予爱人，寓意你是我追求的完美爱情。玉琼花通常也因花色洁白如玉、花瓣晶莹剔透，被形容为“洁白无瑕”和“冰清玉洁”。

作者这是在说，后面耗子说的爱情故事就那么一听，她和金蝉子之间根本不是什么美好的爱情，更加谈不上纯洁！

啥叫文豪啊？这就是！一句“若到三春闲斗草，园中只少玉琼花”把要说的都说了！

读者你如果打破了我的盘中之谜，你会得到“大品天仙诀”，从此知道什么叫顶级的谋篇布局！

你如果没有发现，那就当看个乐，猴子后面打官司的故事也挺有意思。

你不懂我，我不怪你；你若懂我，你会敬我如神！

咱们这迷人的老祖宗啊！

走到桃树边，唐师父摘了个猴哥变的红桃子给了妖精。妖精正陶醉于唐妙人对她如此恩爱时，猴哥已经下肚了。猴哥威胁，要掏了她的五脏吃，妖精被吓得魂飞魄散，战兢兢地把唐僧抱住，说了这么一段信息量极大的话：

1.“夙世前缘系赤绳，鱼水相和两意浓。”

咱俩是前世的缘分，上辈子咱俩情投意合到了“鱼水相和”的地步。

唐僧的上辈子是谁呢？

是金蝉子。

也就是说，这耗子自称，跟佛祖的二徒弟“鱼水相合”过。

2.“不料鸳鸯今拆散，何期鸾凤又西东。”

关键点在这个“又西东”上，也就是说，他们俩被拆散了。

3.“蓝桥水涨难成事，佛庙烟沉嘉会空。”

“蓝桥水涨”出自唐代裴铏的《传奇·裴航》，说的是秀才裴航在蓝桥驿遇到一位名叫云英的女子，两人一见钟情，相约成婚。这个故事中，有因蓝桥水涨阻碍了裴航与云英相会的情节。“蓝桥水涨难成事”说的是受到外在因素的阻碍难以顺利将爱情进行到底的意思。

“祆庙烟沉”也是个典故，说古代有一对男女从小青梅竹马，长大后彼此相爱。女子住在祆庙附近，男子常来庙中与她相会。有一次，男子久等女子不来，便睡着了，女子来后见男子熟睡，就将自己头上的玉钗放在男子怀中离去了。男子醒来，见玉钗才知道女子已经来过，悔恨不已，一气之下将庙烧了。结果男子也被烧死了，谁也没得罪的庙也就此化为灰烬。“佛庙烟沉嘉会空”，就是说原本期待的美好，最终因为阴错阳差而化为泡影。

这两个典故重申了他俩上辈子是情投意合，却有缘无分。

4.“着意一场今又别，何年与你再相逢？”

重点还是在“今又别”上，两人上辈子被拆过一次了。

从这耗子单方面的叙述来看，我们终于知道为啥唐僧这辈子在西行路上有那么多的女色考验了，也明白为啥观音菩萨早早就弄了个“四圣试禅心”来给唐僧打预防针了，原来上辈子这方面是唐僧软肋！

猴哥听见女魔说这话后，担心唐师父心软，赶紧在肚子里大闹起来，妖精赶紧安排小妖把唐僧送出去。猴哥不干，非得让她亲自送，逼得女妖把唐僧背在身上，纵云光送到了洞口。

第八十三回

心猿识得丹头，姹女还归本性

却说三藏着妖精送出洞外，沙和尚近前问曰："师父出来，师兄何在？"八戒道："他有算计，必定贴换师父出来也。"三藏用手指着妖精道："你师兄在他肚里哩。"八戒笑道："腌臜杀人！在肚里做甚？出来罢。"行者在里边叫道："张开口，等我出来。"那怪真个把口张开。行者变得小小的，踋在咽喉之内。正欲出来，又恐他无理来咬，即将铁棒取出，吹口仙气，叫："变！"变作个枣核钉儿，撑住他的上腭子，把身一纵，跳出口外，就把铁棒顺手带出，把腰一躬，还是原身法象，举起棒来就打。那妖精也随手取出两口宝剑，叮当架住。两个在山头上这场好杀：

双舞剑飞当面架，金箍棒起照头来。一个是天生猴属心猿体，一个是地产精灵姹女骸。他两个，恨冲怀，喜处生仇大会垓。那个要取元阳成配偶，这个要战纯阴结圣胎。棒举一天寒雾漫，剑迎满地黑尘筛。因长老，拜如来，恨苦相争显大才，水火不投母道损，阴阳难合各分开。两家斗罢多时节，地动山摇树木摧。

八戒见他们赌斗，口里絮絮叨叨，返恨行者，转身对沙僧道："兄弟，师兄胡缠。方才在他肚里抡起拳来，送他一个满腔红，扒开肚皮钻出来，却不了帐！怎么又从他口里出来，却与他争战，让他这等猖狂！"沙僧道："正是，却也亏了师兄，深洞中救出师父，返又与妖精厮战。且请师父自家坐着，我和你各持兵器助助大哥，打倒妖精去来。"八戒摆手道："不，不，不。他有神通，我们不济。"沙僧道："说那里话！都是大家有益之事。虽说不济，却也放屁添风。”那呆子一时兴发，掣了钉钯，叫声：“去来！”他两个不顾师父，一齐驾风赶上，举钉钯，使宝杖，望妖精乱打。那妖精战行者一个尚是不能，又见他二人，怎生抵敌，急回头抽身就走。行者喝道：“兄弟们赶上！”那妖精见他们赶上来，即将右脚上花鞋脱下来，吹口仙气，念个咒语，叫：“变！”即变作本身模样，使两口剑舞将来；真身一幌，化一阵青风径直回去。这番也只说战他们不过，顾命而回。岂知又有这般样事，也是三藏灾星未退，他到洞门前牌楼下，却见唐僧在那里独坐哩。他就近前一把抱住，抢了行李，咬断缰绳，连人和马，复又摄将进去不题。

且说八戒闪个空，一钯把妖精打落地，乃是一只花鞋。行者看见道：“你这两个呆子，看师父罢了，谁要你来帮甚么功？”八戒道：“沙和尚，如何么？我说莫来。这猴子好的有些夹脑风，我们替他降了妖怪，返落得他生报怨。”行者道：“在那里降了妖怪？那妖怪昨日与我战时，使了一个遗鞋计哄了。你们走了，不知师父如何，我们快去看看。”三人急回来，果然没了师父，连行李、白马一并无踪。慌得个八戒两头乱跑，沙僧前后跟寻，孙大圣亦心焦性躁。

正寻觅处，只见那路旁边斜𨈆着半截儿缰绳。他一把拿起，止不住眼中流泪，放声叫道：“师父啊！我去时辞别人和马，回来只见这些绳。”正是那“见鞍思骏马，滴泪想亲人”。八戒见他垂泪，忍不住仰天大笑。行者骂道：“你这个夯货！又是要散伙哩！”八戒又笑道：“哥啊，不是这话。师父一定又被妖精摄进洞去了。常言道：‘事无三不成。’你进洞两遭了，再进去一遭，管情救出师父来也。”行者揩了眼泪道：“也罢，到此地位，势不容己，我还进去。你两个没了行李、马匹耽心，却好生把守洞口。”

唐僧被送出来后，猴哥也从妖精肚子里出来了。他有点轻敌了，没在妖精肚子里留个绑青狮的毫毛绳子。双方二次展开激战，打得地动山摇。这时八戒嘴里絮絮叨叨，开始埋怨猴子：刚才在肚子里直接弄死妖怪不就完了？你看现在这妖怪多么猖狂！沙僧表示：幸亏师兄深洞中救出了师父，现在咱俩去帮帮他。八戒说：不去，咱俩不行。沙僧说了句自我认知的金句：“说那里话！都是大家有益之事。虽说不济，却也放屁添风。”

沙僧那么主动，也是因为之前弄丢了师父感到亏心，但他就没想想，万一再丢一回呢。总之，他们俩就这么冲出来了。那妖精本来打一个猴哥已经不行了，见又来了两个赶紧跑了。她用的还是老办法，把右脚上的花鞋脱下来，吹口仙气念咒语，变成了自己的模样，原身则抢了唐僧及行李、白马，又摄进洞去了。

八戒一钯把妖精打落在地，见变成一只花鞋后，猴哥急忙回去，发现师父又丢了。猴哥气得大哭。给八戒乐的哟，再没有比这更爽的时候了，猴子哭啦！他忍不住仰天大笑。猴哥以为呆子又要说散伙，八戒却笑道：事无三不成，你进洞两遭了，再进去一遭，一定能救出师父来。

猴哥就这样无可奈何地在两个猪队友“放屁添风”的帮助下，第三次入了无底洞。

好大圣，即转身跳入里面，不施变化，就是本身法相。真个是：

古怪别腮心内强，自小为怪神力壮。
高低面赛马鞍桥，眼放金光如火亮。
浑身毛硬似钢针，虎皮裙系明花响。
上天撞散万云飞，下海混起千层浪。
当天倚力打天王，挡退十万八千将。
官封大圣美猴精，手中惯使金箍棒。
今日西方任显能，复来洞内扶三藏。

你看他停住云光，径到了妖精宅外。见那门楼门关了，不分好歹，抡铁棒一下打开，闯将进去。那里边静悄悄，全无人迹，东廊下不见唐僧。亭子上桌椅与各处家火一件也无。原来他的洞里，周围有三百余里，妖精巢穴甚多。前番摄唐僧在此，被行者寻着；今番摄了，又怕行者来寻，当时搬了，不知去向。恼得这行者跌脚捶胸，放声高叫道：“师父啊！你是个晦气转成的唐三藏，灾殃铸就的取经僧。噫！这条路且是走熟了，如何不在？却教老孙那里寻找也！”

正是吆喝暴躁之间，忽闻得一阵香风扑鼻，他回了性道：“这香烟是从后面飘出，想是在后头哩。”拽开步，提着铁棒，走将进去看时，也不见动静。只见有三间倒坐儿，近后壁却铺一张龙吞口雕漆供桌，桌上有一个大流金香炉，炉内有香烟馥郁。那上面供养着一个大金字牌，牌上写着“尊父李天王之位”；略次些儿，写着“尊兄哪吒三太子位”。行者见了，满心欢喜，也不去搜妖怪，找唐僧，把铁棒捻作个绣花

针儿，搵在耳朵里，抡开手，把那牌子并香炉拿将起来，返云光，径出门去。至洞口，唏唏哈哈，笑声不绝。

八戒、沙僧听见，掣放洞口，迎着行者道："哥哥这等欢喜，想是救出师父也？"行者笑道："不消我们救，只问这牌子要人。"八戒道："哥啊，这牌子不是妖精，又不会说话，怎么问他要人？"行者放在地下道："你们看。"沙僧近前看时，上写着"尊父李天王之位""尊兄哪吒三太子位"。沙僧道："此意何也？"行者道："这是那妖精家供养的。我闯入他住居之所，见人迹俱无，惟有此牌。想是李天王之女，三太子之妹，思凡下界，假捏妖邪，将我师父摄去。不问他要人，却问谁要？你两个且在此把守，等老孙执此牌位，径上天堂，玉帝前告个御状，教天王爷儿们还我师父。"八戒道："哥啊，常言道：'告人死罪得死罪。'须是理顺，方可为之。况御状又岂是可轻易告的？你且与我说，怎的告他。"行者笑道："我有主张。我把这牌位、香炉做个证见，另外再备纸状儿。"八戒道："状儿上怎么写？你且念念我听。"行者道：

"告状人孙悟空，年甲在牒，系东土唐朝西天取经僧唐三藏徒弟。告为假妖摄陷人口事。彼有托塔天王李靖同男哪吒太子，闺门不谨，走出亲女，在下方陷空山无底洞变化妖邪，迷害人命无数。今将吾师摄陷曲邃之所，渺无寻处。若不状告，切思伊父子不仁，故纵女氏成精害众。伏乞怜准，行拘至案，收邪救师，明正其罪，深为恩便。有此上告。"

八戒、沙僧闻其言，十分欢喜，道："哥啊，告的有理，必得上风。切须早来；稍迟，恐妖精伤了师父性命。"行者道："我快！我快！多时饭熟，少时茶滚就回。"

好大圣，执着这牌位、香炉，将身一纵，驾祥云，直至南天门外。时有把天门的大力天王与护国天王见了行者，一个个都控背躬身，不敢拦阻，让他进去。直至通明殿下，有张、葛、许、丘四大天师迎面作礼道："大圣何来？"行者道："有纸状儿，要告两个人哩！"天师吃惊道："这个赖皮，不知要告那个。"无奈，将他引入灵霄殿下启奏。蒙旨宣进，行者将牌位、香炉放下，朝上礼毕，将状子呈上。葛仙翁接了，铺在御案。玉帝从头看了，见这等这等，即将原状批作圣旨，宣西方长庚太白金星，领旨到云楼宫，宣托塔李天王见驾。行者上前奏道："望天主好生惩治，不然，又别生事端。"玉帝又分付："原告也去。"行者道："老孙也去？"四天师道：

“万岁已出了旨意，你可同金星去来。”

猴哥这回再入洞，发现妖精宅外的门楼已经关了，他砸开门后发现人去楼空。人家是耗子嘛，就是洞多。恼得猴哥跌脚捶胸，放声高叫，正吆喝暴躁之间，忽闻得一阵香烟扑鼻。猴哥寻找来源时发现，妖怪虽然躲了，但关键痕迹没扫除。这耗子供养着一个大金字牌，牌上写着“尊父李天王之位”“尊兄哪吒三太子位”。

猴哥看到这个太高兴了，这还搜什么妖怪，直接拿着牌子和香炉出了洞，去天上打官司了。注意猴哥状子上的这句话：“彼有托塔天王李靖同男哪吒太子，闺门不谨，走出亲女，在下方陷空山无底洞变化妖邪，迷害人命无数。”

他告的是老李的亲女，这也是后面老李暴怒的原因之一。

猴哥来到天宫，见了玉帝后把作为证据的牌位、香炉放下，朝上礼毕后将状子呈上。玉帝看完并没有让四大天师去传旨，而是宣西方长庚太白金星领旨，到云楼宫宣托塔李天王见驾，并要求猴子这原告也跟着太白金星去见李天王。

太白金星是玉帝和佛祖的小棉袄，是取经项目的副总指挥，李天王父子也有佛门背景。玉帝让猴子由太白金星带着去找老李，就是想让他们赶紧私下解决这官司，别闹到他那里去！

这就是玉帝的人事手腕儿。

行者真个随着金星，纵云头，早至云楼宫。原来是天王住宅，号云楼宫。金星见宫门首有个童子侍立，那童子认得金星，即入内报道：“太白金星老爷来了。”天王遂出迎迓，又见金星捧着旨意，即命焚香。及转身，又见行者跟入，天王即又作怒。你道他作怒为何？当年行者大闹天宫时，玉帝曾封天王为降魔大元帅，封哪吒太子为三坛海会之神，帅领天兵，收降行者，屡战不能取胜。还是五百年前败阵的仇气，有些恼他，故此作怒。他且忍不住道：“老长庚，你赍得是甚么旨意？”金星道：“孙大圣告你的状子。”那天王本是烦恼，只听见说个“告”字，一发雷霆大怒道：“他告我怎的？”金星道：“告你假妖摄陷人口事。你焚了香，请自家开读。”

那天王气呼呼的，设了香案，望空谢恩拜毕，展开旨意看了。原来是这般这般，如此如此，恨得他手扑着香案道：“这个猴头，他也错告我了！”金星道：“且息怒。现有牌位、香炉在御前作证，说是你亲女哩。”天王道：“我止有三个儿子，一个女儿。大小儿名金吒，侍奉如来，做前部护法。二小儿名木叉，在南海随观世音做徒弟。三小儿名哪吒，在我身边，早晚随朝护驾。一女年方七岁，名贞英，人事尚未省得，如何会做妖精！不信，抱出来你看。这猴头着实无礼！且莫说我是天上元勋，封受先斩后奏之职；就是下界小民，也不可诬告。律云：'诬告加三等。'"叫手下："将缚妖索把这猴头捆了！"那庭下摆列着巨灵神、鱼肚将、药叉雄帅，一拥上前，把行者捆了。金星道："李天王，莫闯祸啊！我在御前同他领旨意来宣你的人。你那索儿颇重，一时捆坏他合气。"天王道："金星啊，似他这等诈伪告扰，怎该容他？你且坐下，待我取砍妖刀砍了这个猴头，然后与你见驾回旨。"金星见他取刀，心惊胆战，对行者道："你干事差了，御状可是轻易告的？你也不访的实，似这般乱弄，伤其性命，怎生是好？"行者全然不惧，笑吟吟的道："老官儿放心，一些没事。老孙的买卖原是这等做，一定先输后赢。"

说不了，天王抡过刀来，望行者劈头就砍。早有那三太子赶上前，将斩妖剑架住，叫道："父王息怒。"天王大惊失色。噫！父见子以剑架刀，就当喝退，怎么返大惊失色？原来天王生此子时，他左手掌上有个"哪"字，右手掌上有个"吒"字，故名哪吒。这太子三朝儿就下海净身闯祸，踏倒水晶宫，捉住蛟龙，要抽筋为绦子。天王知道，恐生后患，欲杀之。哪吒奋怒，将刀在手，割肉还母，剔骨还父；还了父精母血，一点灵魂，径到西方极乐世界告佛。佛正与众菩萨讲经，只闻得幢幡宝盖有人叫道："救命！"佛慧眼一看，知是哪吒之魂，即将碧藕为骨，荷叶为衣，念动起死回生真言，哪吒遂得了性命。运用神力，法降九十六洞妖魔，神通广大。后来要杀天王，报那剔骨之仇。天王无奈，告求我佛如来。如来以和为尚，赐他一座玲珑剔透舍利子如意黄金宝塔，那塔上层层有佛，艳艳光明。唤哪吒以佛为父，解释了冤仇。所以称为托塔李天王者，此也。今日因闲在家，未曾托着那塔，恐哪吒有报仇之意，故吓个大惊失色。却即回手，向塔座上取了黄金宝塔，托在手间，问哪吒道："孩儿，你以剑架住我刀，有何话说？"哪吒弃剑叩头道："父王是有女儿在下界哩。"天王道："孩儿，我只生了你姊妹四个，那里又有女儿哩？"哪吒道："父王忘了，那女儿原是个妖精。三百年前成怪，在灵山偷食了如来的香花宝烛，如来差我父子天兵将他拿住。拿住时，只该打死。如来分付道：'积水养鱼终不钓，深山喂鹿望长生。'当时饶了他性命。积此恩念，拜父王为父，拜孩儿为兄，

在下方供设牌位，侍奉香火。不期他又成精，陷害唐僧，却被孙行者搜寻到巢穴之间，将牌位拿来，就做名告了御状。此是结拜之恩女，非我同胞之亲妹也。”

天王闻言，悚然惊讶道：“孩儿，我实忘了。他叫做甚么名字？”太子道：“他有三个名字：他的本身出处，唤做金鼻白毛老鼠精；因偷香花宝烛，改名唤做半截观音；如今饶他下界，又改了，唤做地涌夫人是也。”天王却才省悟，放下宝塔，便亲手来解行者。行者就放起刁来道：“那个敢解我！要便连绳儿抬去见驾，老孙的官事才赢。”慌得天王手软，太子无言，众家将委委而退。

猴哥随太白金星来到了李天王的云楼宫。李天王出迎，见金星捧着旨意，即命焚香准备接旨。听到金星说是“孙大圣告你的状子”后，李天王大发雷霆。

能理解，猴子这事确实做得不地道，多大点事啊！他应该先找老李来私下解决嘛，嚷到玉帝那儿干啥呀！

老李看了来龙去脉后，恨得手拍香案，说猴子告错了，随后说了他们家的人事档案信息。他只有三儿一女，大儿侍奉如来，做前部护法；二儿在南海，随观世音做徒弟；三儿哪吒在身边，跟他“早晚随朝护驾”；小女贞英年方七岁，咋可能下界为妖。

老李手中的权力极大，所谓“且莫说我是天上元勋，封受先斩后奏之职”，而且这权力是真的。比如老李现在就愤怒地以“诬告加三等”之由喊手下捆了猴哥，直接要取砍妖刀先砍了猴头，然后再与金星见驾回旨！而且他是真的砍了，所谓“说不了，天王抡过刀来，望行者劈头就砍”。

从这里也能看出，老李此时貌似很受玉帝宠信，其实功能生态位上颇有些微妙。咱们慢慢来分析一下，所谓的“先斩后奏”之权通常只有三种情况才会授予：一是战争时期对外出征战的大将授予的假节钺之权；二是封疆大吏在地方发生严重叛乱、民变、灾情、重大刑事案件时，为了防止局面恶化时的授权；三是钦差大臣带着特殊任务巡视地方、查办重大案件时得到的授权。

也就是说，“先斩后奏”的本质是皇权在地方的延伸。老李此时的工作是带着哪吒“早晚随朝护驾”，也就是说，他是禁军高官，天天都在玉帝身边，手中居然还有先斩后奏的权力，这说明什么呢？

其实这真不见得就是宠信，如果是宠信，反而不会给他这个权力。这是玉帝要拿老李当枪使。

举个例子，玉帝要是想杀个人，可以直接暗示老李帮他去做。如果杀的这人影响力比较大，玉帝可以把责任推到老李身上，说他有负圣恩，滥用先斩后奏之权，随后把老李的权力一收，再把老李的官贬一贬，这事也就过去了。

再延伸一下，古代帝王对超级功臣通常都会使用这招，当然，不一定都给先斩后奏之权，但大体差不多。比如重用所谓的奸臣，再放纵奸臣干掉功臣，等政治影响出现了，朝野议论纷纷了，帝王再干掉奸臣，为功臣平反。

也就是说，帝王通过将代价转移到所谓的奸臣身上，就此轻松地去除功臣的政治影响力和功勋分红。

老李这牛烘烘的劲头，真有点灭亡前的疯狂状态。就在李天王要砍猴子脑袋的时候，“父见子以剑架刀，就当喝退，怎么返大惊失色”的名场面出现了。

作者终于解密了李天王和哪吒的背景。咱们之前在大闹天宫时说过，这里就不复述了。总结一下，哪吒是佛造“植物人”，再生之父是如来佛祖，老李无法面对哪吒的复仇，只能靠着如来佛祖赐的佛塔震慑，这对塑料父子都是佛祖的人。

老李托起黄金宝塔问哪吒：你以剑架刀是什么意思？哪吒弃剑叩头说：你确实有个女儿在下界。随后的内容信息量很大：

1.“那女儿原是个妖精。三百年前成怪，在灵山偷食了如来的香花宝烛，如来差我父子天兵将他拿住。”

这妖精在灵山偷吃了如来的香花宝烛后，如来居然没有派灵山的菩萨金刚去抓，而是差老李爷儿俩率天兵去逮捕。作为对比，当年黄毛老鼠偷了灯油后，佛祖派的是灵吉菩萨去逮捕看押；蝎子精扎了佛祖后，佛祖派了金刚去拿。

为什么？

佛祖肯定不希望这事上台面，至少不希望在灵山闹得议论纷纷，所以派了天庭这边的老李去干这件事。

2.“拿住时，只该打死。如来分付道：‘积水养鱼终不钓，深山喂鹿望长生。’当时饶了他性命。积此恩念，拜父王为父，拜孩儿为兄，在下方供设牌位，侍奉香火。”

拿住妖精后本该打死，佛祖却专门吩咐他们不要杀。看在佛祖的面子上，李天王还收了这妖精做义女。妖精拜老李为父，拜哪吒为兄，在下方供设牌位，侍奉香火。

3. “他有三个名字：他的本身出处，唤做金鼻白毛老鼠精；因偷香花宝烛，改名唤做半截观音；如今饶他下界，又改了，唤做地涌夫人是也。”

这句“因偷香花宝烛，改名唤做半截观音”很关键，我们根据哪吒说的这三条线索，再加上妖精自己说的跟金蝉子的那段情缘，结合作者以第三人称说出的那句“养成三百年前气，曾向灵山走几遭。一饱香花和蜡烛，如来分付下天曹”，我们就能大概推测出这妖精是怎么回事了。

这耗子跟金蝉子有过一段感情，佛祖发现后把他们拆散了。耗子“一饱香花和蜡烛”，这事其实不算什么。她本人是被“如来分付下天曹”的，但这耗子下界后管不住嘴，以偷了如来香花宝烛为荣，再加上因为自己跟金蝉子那点事居然改名叫了“半截观音”，直接跟五方五老南面那位最牛的菩萨撞了名字，佛祖只好派老李父子去收她。因她毕竟已经跟金蝉子有过一段缘，再加上她本身确实有道行，是个人才，佛祖没有要她的命，只是让她管住嘴，再在老李这里落个人情，以备让他将来成为牵耗子这根线的线头。

耗子被饶命后认了老李当干爹，从此管住了自己的嘴，还相当低调地改名为“地涌夫人”，也就是地里冒出来的夫人，可谓低调至极了。

但是耗子不想一直这么低调地在洞里待着，眼看转世的妙人来了，她便要再续前缘。灵山的正果她不敢想了，但配了唐师父，从老李那里求个太乙仙的门路成了她的新思路，从而引出了这四回的故事。

悟空状告的是老李亲女下界为妖，把老李给诓了，等老李想起这耗子闺女后猴哥不干了，嚷着要去见玉帝。

那大圣打滚撒赖，只要天王去见驾。天王无计可施，哀求金星说个方便。金星道：“古人云：‘万事从宽。’你干事忒紧了些儿，就把他捆住，又要杀他。这猴子是个有名的赖皮，你如今教我怎的处？若论你令郎讲起来，虽是恩女，不是亲女，却也晚亲义重，不拘怎生折辩，你也有个罪名。”天王道：“老星怎说个方便，就没罪了。”金星道：“我也要和解你们，却只是无情可说。”天王笑道：“你把那奏招安授官衔的事说说，他也罢了。”

真个金星上前，将手摸着行者道：“大圣，看我薄面，解了绳好去见驾。”行者

道："老官儿，不用解，我会滚法，一路滚，就滚到也。"金星笑道："你这猴忒恁寡情。我昔日也曾有些恩义儿到你，我这一些事儿，就不依我？"行者道："你与我有甚恩义？"金星道："你当年在花果山为怪，伏虎降龙，强消死籍，聚群妖大地猖狂，上天要擒你，也是老身力奏，降旨招安，把你宣上天堂，封你做'弼马温'。你吃了玉帝仙酒，后又招安，也是老身力奏，封你做'齐天大圣'。你又不守本分，偷桃盗酒，窃老君之丹，如此如此，才得个无灭无生。若不是我，你如何得到今日？"行者道："古人说得好：'死了莫与老头儿同墓。'干净会揭挑人！我也只是做弼马温，闹天宫罢了，再无甚大事。也罢，也罢，看你老人家面皮，还教他自己来解。"天王才敢向前解了缚，请行者着衣上坐，一一上前施礼。

行者朝了金星道："老官儿，何如？我说先输后赢，买卖儿原是这等做。快催他去见驾，莫误了我的师父。"金星道："莫忙，弄了这一会，也吃钟茶儿去。"行者道："你吃他的茶，受他的私，卖放犯人，轻慢圣旨，你得何罪？"金星道："不吃茶！不吃茶！连我也奈将起来了！李天王，快走！快走！"天王那里敢去，怕他没的说做有的，放起刁来，口里胡说乱道，怎生与他折辨。没奈何，又央金星，教说方便。金星道："我有一句话儿，你可依我？"行者道："绳捆刀砍之事，我也通看你面，还有甚话？你说，你说。说得好，就依你；说得不好，莫怪。"

金星道："'一日官事十日打。'你告了御状，说妖精是天王的女儿，天王说不是。你两个只管在御前折辨，反复不已。我说天上一日，下界就是一年。这一年之间，那妖精把你师父陷在洞中，莫说成亲，若有个喜花下儿子，也生了一个小和尚儿，却不误了大事？"行者低头想道："是啊！我离八戒、沙僧，只说多时饭熟、少时茶滚就回；今已弄了这半会，却不迟了？""老官儿，既依你说，这旨意如何回缴？"金星道："教李天王点兵，同你下去降妖，我去回旨。"行者道："你怎么样回？"金星道："我只说原告脱逃，被告免提。"行者笑道："好啊！我倒看你面情罢了，你倒说我脱逃！教他点兵在南天门外等我，我即和你回旨缴状去。"天王害怕道："他这一去，若有言语，是臣背君也。"行者道："你把老孙当甚么样人？我也是个大丈夫！'一言既出，驷马难追。'岂又有污言顶你？"

天王即谢了行者，行者与金星回旨。天王点起本部天兵，径出南天门外。金星与行者回见玉帝道："陷唐僧者，乃金鼻白毛老鼠成精，假设天王父子牌位。天王知之，已点兵收怪去了，望天尊赦罪。”玉帝已知此情，降天恩免究。行者即返云光，到南天门外，见天王、太子，布列天兵等候。噫！那些神将，风滚滚，雾腾腾，接住大圣，一齐坠下云头，早到了陷空山上。

八戒、沙僧眼巴巴正等，只见天兵与行者来了。呆子迎着天王施礼道：“累及，累及。”天王道：“天蓬元帅，你却不知，只因我父子受他一炷香，致令妖精无理，困了你师父，来迟莫怪。这个山就是陷空山了？但不知他的洞门还向那边开？”行者道：“我这条路，且是走熟了。只是这个洞叫做个无底洞，周围有三百余里，妖精窠穴甚多。前番我师父在那两滴水的门楼里，今番静悄悄鬼影也没个，不知又搬在何处去也。”天王道：“任他设尽千般计，难脱天罗地网中。到洞门前再作道理。”大家就行。

咦，约有十余里，就到了那大石边。行者指那缸口大的门儿道：“兀的便是也。”天王道：“不入虎穴，安得虎子！谁敢当先？”行者道：“我当先。”三太子道：“我奉旨降妖，我当先。”那呆子便莽撞起来，高声叫道：“当头还要我老猪！”天王道：“不须啰噪，但依我分摆：孙大圣和太子同领着兵将下去，我们三人在口上把守，做个里应外合，教他上天无路，入地无门，才显些些手段。”众人都答应了一声“是”。

你看那行者和三太子，领了兵将，望洞里只是一溜。纵起云光，闪闪烁烁，抬头一望，果然好个洞呵：

依旧双轮日月，照般一望山川。
珠渊金井暖弢烟，更有许多堪美。
叠叠朱楼画阁，嶷嶷赤壁青田。
三春杨柳九秋莲，兀的洞天罕见。

顷刻间，停住了云光，径到那妖精旧宅。挨门儿搜寻，吆吆喝喝，一重又一重，一处又一处，把那三百里地草都踏光了，那见个妖精？那见个三藏？都只说：“这孽畜一定是早出了这洞，远远去哩。”那晓得他在那东南黑角落上，望下去，另有个小洞。洞里一重小小门，一间矮矮屋，盆栽了几种花，檐傍着数竿竹，黑气氤氲，暗香馥馥，老怪摄了三藏，搬在这里，逼住成亲。只说行者再也找不着，谁知他命合该休。那些小怪在里面，一个个咛咛嘈嘈，挨挨簇簇；中间有个大胆些的，伸起颈来，望洞外略看一看，一头撞着个天兵，一声嚷道：“在这里！”那行者恼起性来，捻着金箍棒，一下闯将进去。那里边窄小，窝着一窟妖精。三太子纵起天兵，一齐拥上，一个个那里去躲？

行者寻着唐僧和那龙马和那行李。那老怪寻思无路，看着哪吒太子，只是磕头求命。太子道："这是玉旨来拿你，不当小可。我父子只为受了一炷香，险些儿'和尚拖木头——做出了寺'。"喳声："天兵，取下缚妖索，把那些妖精都捆了！"老怪也少不得吃场苦楚。返云光，一齐出洞。行者口里嘻嘻嗄嗄。天王掣开洞口，迎着行者道："今番却见你师父也。"行者道："多谢了！多谢了！"就引三藏拜谢天王，次及太子。沙僧、八戒只是要碎剐那老精。天王道："他是奉玉旨拿的，轻易不得。我们还要去回旨哩。"

一边天王同三太子领着天兵神将，押住妖精，去奏天曹，听候发落；一边行者拥着唐僧，沙僧收拾行李，八戒拢马，请唐僧骑马，齐上大路。这正是：

割断丝萝乾金海，打开玉锁出樊笼。

毕竟不知前去如何，且听下回分解。

猴哥开始进入打滚撒赖阶段，老李哀求太白金星说个情。太白金星就此敲打了越来越膨胀猖狂的老李："古人云：'万事从宽。'你干事忒紧了些儿。"最终看在太白金星早先对悟空的入仕之恩下，猴哥放过了老李。

说一千道一万，处事应以宽厚为本，以多积恩德为要，与人方便就是与己方便。

猴哥要去跟金星回旨，老李很害怕，注意这句话："他这一去，若有言语，是臣背君也。"

有个妖精干闺女就有呗，这"臣背君"是啥意思？

说明当初收这耗子时，是老李私下调兵干的私活儿。

猴哥说：我既然放了你，咋会背后害你。最终结案报告如下："陷唐僧者，乃金鼻白毛老鼠成精，假设天王父子牌位。天王知之，已点兵收怪去了，望天尊赦罪。"

呵呵，"假设天王父子牌位"。这是一如既往的天庭报告，所有的罪都让张不开嘴的地方妖孽承担了。

老李带兵下界进洞降妖时，作者再次夸了这耗子的洞府，那是"依旧双轮日月，照般一望山川。珠渊金井暖弢烟，更有许多堪羡。叠叠朱楼画阁，嶷嶷赤壁青田。三春杨柳九秋莲，兀的洞天罕见"。不看僧面看佛面，这耗子精跟金蝉子有一段孽缘，就配有这个待遇，再者，说一千道一万，金蝉子是如来佛祖的二弟子啊！

这耗子精后来是什么下场呢？

耗子精见无路可逃，便疯狂给哪吒磕头，被哪吒捆了。沙僧、八戒要碎剐妖精，天王道：我是奉旨拿她的，你们没资格杀，我得回旨去。

这耗子精的结局作者貌似没说，实际上，在《西游记》中，托塔李天王的原型大概率是借鉴了毗沙门天王的形象，其左手托着一只吐宝鼠。他的儿子名为“那吒”。

这耗子精的结局，从作者的借鉴思路中可以猜到，最后她可能成为李天王的手宠了。

本回的标题也透露出这耗子精最终是平安着陆了，所谓“心猿识得丹头，姹女还归本性”，这“丹头”本指道家精炼而成的丹药，也常用来比喻促成事物变化的主要因素。标题的意思是，猴哥找到了解题公式，耗子回归了本来面目。

不管怎么说，人家是认过爹的，爹是不白认的。

老李同意给人家当爹了，就有了这层责任。当他想弄死这耗子，就是哪吒又想起老李是个怕事不要儿女的爹的时候，他的权力大厦就会崩塌。

所以这老鼠肯定会被保下来，最起码要保给哪吒看。

就算不保给哪吒看，也要为了佛祖的那句“积水养鱼终不钓，深山喂鹿望长生”而永远保着这耗子。

谁知道佛祖什么时候要用这枚棋子呢，等佛祖想用的时候，这棋子不能不在。

佛祖说的每一句话，都是金口玉言，都要认真去办，尤其是人事任命。

人事即政治，是权力大厦的基石，马虎不得啊！

第十六章

冰释前嫌，
师徒四人眼见为实的世纪大和解

第八十四回

难灭伽持圆大觉，法王成正体天然

唐三藏固住元阳，出离了烟花苦套，随行者投西前进。不觉夏时，正值那薰风初动，梅雨丝丝，好光景：

冉冉绿阴密，风轻燕引雏。

新荷翻照面，修竹渐扶苏。

芳草连天碧，山花遍地铺。

溪边满插剑，榴火壮行图。

师徒四众耽炎受热，正行处，忽见那路旁有两行高柳，柳阴中走出一个老母，右手下搀着一个小孩儿，对唐僧高叫道："和尚，不要走了，快早儿拨马东回，进西去都是死路！"諕得个三藏跳下马来，打个问讯道："老菩萨，古人云：'海阔从鱼跃，天高任鸟飞。'怎么西进便没路了？"那老母用手朝西指道："那里去有五六里远近，乃是灭法国。那国王前生那世里结下冤仇，今世里无端造罪。二年前，许下一个罗天大愿，要杀一万个和尚。这两年，陆陆续续杀勾了九千九百九十六个无名和尚，只要等四个有名的和尚，凑成一万，好做圆满哩。你们去，若到城中，都是'送命王菩萨'。"

三藏闻言，心中害怕，战兢兢的道："老菩萨，深感盛情，感谢不尽。但请问可有不进城的方便路儿，我贫僧转过去罢。"那老母笑道："转不过去，转不过去。

只除是会飞的，就过去了。”八戒在旁边卖嘴道：“妈妈儿，莫说黑话，我们都是会飞的。”行者火眼金睛，其实认得好歹，那老母搀着孩儿，原是观音菩萨与善财童子。慌得倒身下拜，叫道：“菩萨，弟子失迎，失迎！”那菩萨，一朵彩云，轻轻驾起，吓得个唐长老立身无地，只情跪着磕头。八戒、沙僧也慌跪下，朝天礼拜。一时间，祥云渺渺，径回南海而去。

行者起来，扶着师父道：“请起来，菩萨已回宝山也。”三藏起来道：“悟空，你既认得是菩萨，何不早说？”行者笑道：“你还问话不了，我即下拜，怎么还是不早哩？”八戒、沙僧对行者道：“感蒙菩萨指示，前边必是灭法国，要杀和尚。我等怎生奈何？”行者道：“呆子休怕。我们曾遭着那毒魔狠怪，虎穴龙潭，更不曾伤损；此间乃是一国凡人，有何惧哉！只奈这里不是住处，天色将晚，且有乡村人家上城买卖回来的，看见我们是和尚，嚷出名去，不当稳便。且引师父，找下大路，寻个僻静之处，却好商议。”真个三藏依言，一行都闪下路来，到一个坑坎之下坐定。行者道：“兄弟，你两个好生保守师父，待老孙变化了，去那城中看看，寻一条僻路，连夜去也。”三藏叮嘱道：“徒弟呵，莫当小可。王法不容，你须仔细。”行者笑道：“放心，放心。老孙自有道理。”

好大圣！话毕，将身一纵，唿哨的跳在空中，怪哉：

上面无绳扯，下头没棍撑。

一般同父母，他便骨头轻。

伫立在云端里，往下观看，只见那城中喜气冲融，祥光荡漾。行者道：“好个去处！为何灭法？”看一会，渐渐天昏，又见那：

十字街，灯光灿烂；九重殿，香蔼钟鸣。七点皎星照碧汉，八方客旅卸行踪。六军营，隐隐的画角才吹；五鼓楼，点点的铜壶初滴。四边宿雾昏昏，三市寒烟蔼蔼。两两夫妻归绣幕，一轮明月上东方。

唐三藏固住元阳，跟上辈子的“妙人”做了了断之后开路西行，走到了梅雨季节。师徒正热着呢，路边闪出了一个老妈妈，领着一个小孩子，高叫示警：不要走啦，前面是死路。

这次是唐僧亲自问的情况，老妈妈西指道，前面是灭法国，国王因为前生哪世里结下冤仇，所以在两年前许下一个罗天大愿，要杀一万个和尚，现在已经杀了九千九百九十六个啦，就差你们四个就凑齐了。

唐僧再问有没有绕路的办法，老妈妈表示除非你会飞，否则绕不过去。

此时猴哥已经看出来这是观音菩萨领着善财童子来了，立马规规矩矩的：“慌得倒身下拜，叫道：‘菩萨，弟子失迎，失迎！’”

菩萨见悟空认出来了，就驾起祥云撤了。等猴哥给唐僧扶起来后，唐僧第一反应还是抱怨悟空：你看出来了咋不早说！

对此，悟空打个岔给岔过去了。面对八戒和沙僧对于前路灭佛的忧虑，猴哥表示毒魔狠怪、虎穴龙潭都不怕，眼前是一国凡人，有什么可怕的？猴哥随后跳到天上，开始观察。

这次示警很特殊，来的是取经项目的总指挥，观音菩萨。

菩萨全程就说了三句话，传达了三件事：

1. 西面是死路；

2. 国王杀和尚，你们要去解开这题；

3. 会飞的能过去，唐僧你不会飞，这关必须走着过。

理论上来讲，菩萨这是来示警的吗？

一件凡间的事，还杀了九千九百九十六个和尚，找个碴儿就摆平了，悟空自己都说了嘛：“此间乃是一国凡人，有何惧哉！”就算菩萨不示警，甚至就算没有那仨徒弟，唐僧都能过去这关，就直接溜达过去！唐僧在宝象国被变成老虎时，那群将军校尉拿着各项兵器乱砍时伤到他了？乌鸡国小太子让人抓假唐僧时，碰着真唐僧了？有取经摄像组保护着呢！人间的力量根本伤害不到唐僧！

但菩萨还是专门现身了，其实就是告诉悟空：你别觉得这关很简单，不是像前面比丘国那样由着你一口一个“昏君”地埋汰国王，我都出现了，你要谨慎行事。

菩萨是来约束猴哥的。

猴哥往天上一蹦，心里知道个大概了，所谓“伫立在云端里，往下观看，只见那城中喜气冲融，祥光荡漾。行者道：‘好个去处！为何灭法？’”

“城中喜气冲融，祥光荡漾”的这个“祥光”，在西游宇宙中，其实可以看作受主流认可的“游戏皮肤”。

“祥光”在《西游记》全书中出现了六十次，基本是菩萨、神仙们出入时的标配，像悟空，取了经后每次起飞都有祥光，李世民做法会时也出现过，但是在对妖怪的描写中，只出现过四次，如下：

奎木狼那里出现过。百花公主说：“正欢娱之间，不觉一阵香风，闪出个金睛蓝面青发魔王，将女擒住，驾祥光，直带至半野山中无人处，难分难辨，被妖倚强，霸占为妻。”（第二十九回）

奎木狼为什么有祥光?

人家是天庭的二十八宿之一。

小雷音寺出现过。“行过岭头，下西平处，忽见祥光蔼蔼，彩雾纷纷，有一所楼台殿阁，影影的钟磬悠扬。”（第六十五回）

因为那黄眉大王是弥勒佛祖的童儿。

还有俩妖怪处也出现了祥光，相当逗。一个是拿三十个山神、三十个土地当家奴的红孩儿，所谓“双手绰枪威凛冽，祥光护体出门来。哏声响若春雷吼，暴眼明如掣电乖。要识此魔真姓氏，名扬千古唤红孩”（第四十一回）。

一个是铁扇公主那芭蕉扇，所谓“拿在手中，仔细看了一看，比前番假的果是不同。只见祥光幌幌，瑞气纷纷”（第六十回）。

你说红孩儿和铁扇仙的背景是那么单纯的吗?

这“祥光”是很值钱的，前面出现的二郎神带着队伍出场时可都没有祥光，相反还恐怖得很，所谓“两人正自商量，只听得狂风滚滚，惨雾阴阴，忽从东方径往南去。行者仔细观看，乃二郎显圣，领梅山六兄弟……纵风雾踊跃而来”（第六十三回）。

二郎神那群人是没登仙箓的，除二郎神之外并不受主流认可，所以是“狂风滚滚，惨雾阴阴”。

悟空一看这“祥光”，再想想菩萨那个“考前补习班”，就明白什么意思了。

国王的背景绝对相当硬，指不定又是哪个神佛的亲戚下界当皇帝享福来了，这种情况，就只能“冤家宜解不宜结”了。

整部《西游记》中有一条逻辑线，悟空的为人处世，每过一关，就老练一关。

这第八十四回其实也预示着悟空的“听话听音”达到了极高境界。

他想着：“我要下去，到街坊打看路径，这般个嘴脸，撞见人，必定说是和尚，

等我变一变了。”捻着诀，念动真言，摇身一变，变做个扑灯蛾儿：

形细翼硗轻巧，灭灯扑烛投明。本来面目化生成，腐草中间灵应。每爱炎光触焰，忙忙飞绕无停。紫衣香翅赶流萤，最喜夜深风静。

待见他翩翩翻翻，飞向三街六市，傍房檐，近屋角。正行时，忽见那隅头拐角上一湾子人家，人家门首挂着个灯笼儿。他道：“这人家过元宵哩，怎么挨排儿都点灯笼？”他硬硬翅，飞近前来，仔细观看，正当中一家子，方灯笼上写着“安歇往来商贾”六字，下面又写着“王小二店”四字。行者才知是开饭店的。又伸头打一看，看见有八九个人，都吃了晚饭，宽了衣服，卸了头巾，洗了脚手，各各上床睡了。行者暗喜道：“师父过得去了。”你道他怎么就知过得去？他要起个不良之心，等那些人睡着，要偷他的衣服、头巾，妆做俗人进城。

噫，有这般不遂意的事！正思忖处，只见那小二走向前分付：“列位官人，仔细些！我这里君子小人不同，各人的衣物、行李都要小心着。”你想那在外做买卖的人，那一样不仔细？又听得店家分付，越发谨慎。他都爬起来道：“主人家说得有理。我们走路的人辛苦，只怕睡着，急忙不醒，一时失所，奈何？你将这衣服、头巾、搭联都收进去，待天将明，交付与我们起身。”那王小二真个把些衣物之类，尽情都搬进他屋里去了。

行者性急，展开翅就飞入里面，叮在一个头巾架上。又见王小二去门首，摘了灯笼，放下吊搭，关了门窗，却才进房，脱衣睡下。那王小二有个婆子，带了两个孩子，哇哇聒噪，急忙不睡。那婆子又拿了一件破衣，补补纳纳，也不见睡。行者暗想道：“若等这婆子睡了下手，却不误了师父？”又恐更深，城门闭了，他就忍不住，飞下去，望灯上一扑，真是“舍身投火焰，焦额探残生”，那盏灯早已熄了。他又摇身一变，变作个老鼠，喷喷哇哇的叫了两声，跳下来，拿着衣服、头巾，往外就走。那婆子慌慌张张的道：“老头子，不好了！夜耗子成精也！”行者闻言，又弄手段，拦着门，厉声高叫道：“王小二，莫听你婆子胡说！我不是夜耗子成精，明人不做暗事：吾乃齐天大圣临凡，保唐僧往西天取经。你这国王无道，特来借此衣冠，妆扮我师父。一时过了城去，就便送还。”那王小二听言，一毂辘爬起来，黑天摸地，又是着忙的人，捞着裤子当衫子，左穿也穿不上，右套也套不上。

那大圣使个摄法，早已驾云出去，复翻身，径至路下坑坎边。三藏见星光月皎，探身凝望，见是行者来至近前，即开口叫道："徒弟，可过得灭法国么？"行者上前，放下衣物道："师父，要过灭法国，和尚做不成。"八戒道："哥，你勒掯那个哩？不做和尚也容易，只消半年不剃头，就长出毛来也。"行者道："那里等得半年，眼下就都要做俗人哩。"那呆子慌了道："但你说话，通不察理。我们如今都是和尚，眼下要做俗人，却怎么戴得头巾？就是边儿勒住，也没收顶绳处。"三藏喝道："不要打花，且干正事！端的何如？"行者道："师父，他这城中我已看了。虽是国王无道杀僧，却倒是个真天子，城上有祥光喜气。城中的街道，我也认得；这里的乡谈，我也省得，会说。却才在饭店内借了这几件衣服、头巾，我们且扮作俗人进城去，借了宿，至四更天就起来，教店家安排了斋吃；捱到五更时候，挨城门而去，奔大路西行。就有人撞见扯住，也好折辨，只说是上邦钦差的，灭法王不敢阻滞，放我们来的。"沙僧道："师兄处的最当，且依他行。"

真个长老无奈，脱了褊衫，去了僧帽，穿了俗人的衣服，戴了头巾。沙僧也换了。八戒的头大，戴不得巾儿，被行者取了些针线，把头巾扯开，两顶缝做一顶，与他搭在头上；拣件宽大的衣服与他穿了。然后自家也换上一套道："列位，这一去，把'师父徒弟'四个字儿且收起。"八戒道："除了此四字，怎的称呼？"行者道："都作做弟兄。师父叫做唐大官儿，你叫做朱三官儿，沙僧叫做沙四官儿，我叫做孙二官儿。但到店中，你们切休言语，只让我一个开口答话。等他问甚么买卖，只说是贩马的客人。把这白马做个样子，说我们是十弟兄，我四个先来赁店房卖马。那店家必然款待我们，我们受用了，临行时，等我拾块瓦查儿，变块银子谢他，却就走路。"长老无奈，只得曲从。

猴哥看到祥光，知道分寸后，变成扑灯蛾进城了。在王小二客店中，猴哥打算偷旅客的衣服和头巾化装进城，但店小二却对客人们嘱咐道："列位官人，仔细些！我这里君子小人不同，各人的衣物、行李都要小心着。"

作者已经开始给这个国家做治安不好的铺垫了。

作为一个文字工作者，解读《西游记》的过程真的是一种享受，这部作品从头到尾都在给你展示一个高明的谋篇布局应该是个什么样子。现在很多作品的反转纯属为了转而转，观众之所以不买账、不认同，就是因为那种反转毫无逻辑性，拿观众当傻子。西游宇宙的作者在写每个故事的时候都给你提前铺垫好，打好招呼，等后面推进剧情时，你就觉得并不突兀，尤其基本上每一关都是最后给你揭底，等你把前面内容串起来一琢磨，哦，原来是那么回事。

人家不光每一关有埋线，有开篇诗词，甚至重要角色的故事都得掰开了，串到整部书里。比如老李（李靖）和哪吒，他们在孙悟空大闹天宫时就出现过，当时我们看到很多派系上场，会有一头雾水之感，但在上一回，我们知道哪吒是“佛造植物人”之后就全串起来了；再如我们会纳闷唐僧这一路怎么有那么多的女色考验，按理讲安排个一两回就差不多了，一个个的，没完没了，但也是在耗子精说了自己和唐僧的过往后我们才会明白，真是有因有果，一饮一啄，莫非前定，上辈子这一关没过去，这辈子就得提高训练强度！

感慨到此为止。猴哥撞灭灯光后变作耗子偷走了衣服，人家骂他耗子成精，猴哥厉声高叫道：“王小二，莫听你婆子胡说！我不是夜耗子成精，明人不做暗事：吾乃齐天大圣临凡，保唐僧往西天取经。你这国王无道，特来借此衣冠，妆扮我师父。一时过了城去，就便送还。”

从这里能看出来猴哥的态度：必须给“灭法”这俩字除了！你们赶紧去报官，赶紧去扩散，有僧人要进城啦！

不把水搅浑了，怎么把鱼摸上来？

不过，别看猴哥在城里已经放出风了，他带着衣服回去后的安排可是扮作贩马的商贩进城，趁天黑找家旅店借宿，等天不亮就起床开溜，如果被人发现了问题，就亮明大唐钦差的身份吓唬他，那样肯定没问题。

猴哥现在是彻底活明白了，唐僧㞞，要是跟他说自己想管灭法国这宗杀和尚的事，他又要吓死了，所以得瞒着他，偷来衣服糊弄他先进了城。只要唐僧入了局，后面就好说了，“创造冲突，展现法力，收割信仰”三部曲呗。

四众忙忙的牵马挑担，跑过那边。此处是个太平境界，入更时分尚未关门。径直进去，行到王小二店门首，只听得里边叫哩。有的说：“我不见了头巾。”有的说：“我不见了衣服。”行者只推不知，引着他们往斜对门一家安歇。那家子还未收灯笼，即近门叫道：“店家，可有闲房儿，我们安歇？”那里边有个妇人答应道：“有，有，有。请官人们上楼。”说不了，就有一个汉子来牵马。行者把马儿递与牵进去。他引着师父，

从灯影儿后面径上楼门，那楼上有方便的桌椅，推开窗格，映月光齐齐坐下。只见有人点上灯来，行者拦门，一口吹息道："这般月亮，不用灯。"那人才下去，又一个丫环拿四碗清茶，行者接住。

楼下又走上一个妇人来，约有五十七八岁的模样，一直上楼，站着旁边问道："列位客官,那里来的？有甚宝货？"行者道："我们是北方来的,有几匹粗马贩卖。"那妇人道："贩马的客人尚还小。"行者道："这一位是唐大官，这一位是朱三官，这一位是沙四官,我学生是孙二官。"妇人笑道："异姓。"行者道："正是异姓同居。我们共有十个弟兄，我四个先来赁店房打火，还有六个在城外借歇，领着一群马，因天晚不好进城。待我们赁了房子,明早都进来了,等我卖了马才回。"那妇人道："一群有多少马？"行者道："大小有百十四儿，都像我这个马的身子，却只是毛片不一。"

妇人笑道："孙二官人诚然是个客纲客纪。早是来到舍下，第二个人家也不敢留你。我舍下院落宽阔，槽札齐备，草料又有，凭你几百匹马都养得下。却一件，我舍下在此开店多年，也有个贱名，先夫姓赵，不幸去世久矣，我唤做赵寡妇店。我店里三样儿待客,如今先小人,后君子,先把房钱讲定,后好算帐。"行者道："说得是。你府上是那三样待客？常言道：'货有高低三等价，客无远近一般看。'你怎么说三样待客？你可试说说我听。"赵寡妇道："我这里是上、中、下三样。上样者：五果五菜的筵席，狮仙斗糖桌面，二位一张，请小娘儿来陪唱陪歇。每位该银五钱，连房钱在内。"行者笑道："相应啊！我那里五钱银子还不勾请小娘儿哩。"寡妇又道："中样的：合盘桌儿，只是水果，热酒筛来，凭自家猜枚行令，不用小娘儿。每位只该二钱银子。"行者道："一发相应！下样儿怎么？"妇人道："不敢在尊客面前说。"行者道："也说说无妨，我们好拣相应的干。"妇人道："下样者，没人伏侍，锅里有方便的饭，凭他怎么吃；吃饱了，拿个草儿，打个地铺，方便处睡觉；天光时，凭赐几文饭钱，决不争竞。"八戒听说道："造化，造化。老朱买卖到了！等我看看锅底，吃饱了饭，锅门前睡他娘。"行者道："兄弟说那里话。你我在江湖上，那里不撰几两银子！把上样的安排将来。"

那妇人满心欢喜，即叫："看好茶来，厨下快整治东西。"遂下楼去，忙叫宰鸡宰鹅，煮腌下饭。又叫："杀猪杀羊，今日用不了，明日也可用。看好酒，拿白米做饭，白面捍饼。”三藏在楼上听见，道：“孙二官，怎好？他去宰鸡鹅，杀猪羊，倘送将来，我们都是长斋，那个敢吃？”行者道：“我有主张。”去那楼门边，跌跌脚道：“赵妈妈，你上来。”那寡妇上来道：“二官人，有甚分付？”行者道：“今日且莫杀生，我们今日斋戒。”寡妇惊讶道：“官人们是长斋，是月斋？”行者道：“俱不是，我们唤做‘庚申斋’。今朝乃是庚申日，当斋。只过三更后，就是辛酉，便开斋了。你明日杀生罢。如今且去安排些素的来，定照上样价钱奉上。”那妇人越发欢喜，跑下去，教：“莫宰，莫宰。取些木耳、闽笋、豆腐、面筋，园里拔些青菜做粉汤，发面蒸卷子，再煮白米饭，烧香茶。”

咦！那些当厨的庖丁，都是每日家做惯的手段，霎时间，就安排停当，摆在楼上；又有现成的狮仙糖果，四众任情受用。又问：“可吃素酒？”行者道：“止唐大官不用，我们也吃几杯。”寡妇又取了一壶暖酒，他三个方才斟上，忽听得乒乓板响。行者道：“妈妈，底下倒下甚么家火了？”寡妇道：“不是，是我小庄上几个客子送租米，来晚了，教他在底下睡；因客官到，没人使用，教他们抬轿子去院中请小娘儿陪你们。想是轿杠撞得楼板响。”行者道：“早是说哩，快不要去请。一则斋戒日期，二则兄弟们未到。索性明日进来，一家请个表子，在府上耍耍，待卖了马起身。”寡妇道：“好人！好人！又不失了和气，又养了精神。”教：“抬进轿子来，不要去请。”四众吃了酒饭，收了家火，都散讫。

三藏在行者耳根边悄悄的道：“那里睡？”行者道：“就在楼上睡。”三藏道：“不稳便。我们都辛辛苦苦的，倘或睡着，这家子一时再有人来收拾，见我们或滚了帽子，露出光头，认得是和尚，嚷将起来，却怎么好？”行者道：“是啊！”又去楼前跌跌脚。寡妇又上来道：“孙官人，又有甚分付？”行者道：“我们在那里睡？”妇人道：“楼上好睡，又没蚊子，又是南风，大开着窗子，忒好睡觉。”行者道：“睡不得。我这朱三官儿有些寒湿气，沙四官儿有些漏肩风，唐大哥只要在黑处睡，我也有些儿羞明。此间不是睡处。”

那妈妈走下去，倚着柜栏叹气。他有个女儿，抱着个孩子，近前道：“母亲，常言道：‘十日滩头坐，一日行九滩。’如今炎天，虽没甚买卖，到交秋时，还做不了的生意哩！你嗟叹怎么？”妇人道：“儿啊，不是愁没买卖。今日晚间，已是将收铺子，入更时分，有这四个马贩子来赁店房。他要上样管待，实指望撰他几钱银子，他却吃斋；又撰不得他钱，故此嗟叹。”那女儿道：“他既吃了饭，不好往别人家去。明日还好安排荤酒，如何撰不得他钱？”妇人又道：“他都有病，怕风，羞亮，都要在黑处睡。你想家中都是些单浪瓦的房子，那里去寻黑暗处？不若舍一顿饭与他吃了，交他往别家去罢。”女儿道：“母亲，我家有个黑处，又无风色，甚好，甚好。”妇人道：“是那里？”女儿道：“父亲在日，曾做了一张大柜。那柜有四尺宽，七尺长，三尺高下，里面可睡六七个人。教他们往柜里睡去罢。”妇人道：“不知可好，等我问他一声。”“孙官人，舍下蜗居更无黑处，止有一张大柜，不透风，又不透亮，往柜里睡去如何？”行者道：“好，好，好！”即着几个客子把柜抬出，打开盖儿，请他们下楼。

行者引着师父，沙僧拿担，顺灯影后，径到柜边。八戒不管好歹，就先跳进柜去。沙僧把行李递入，搀着唐僧进去，沙僧也到里边。行者道：“我的马在那里？”旁有伏侍的道：“马在后屋拴着，吃草料哩。”行者道：“牵来，把槽抬来，谨挨着柜儿拴住。”方才进去，叫：“赵妈妈，盖上盖儿，插上销钉，锁上锁子，还替我们看看，那里透亮，使些纸儿糊糊，明日早些儿来开。”寡妇道：“忒小心了！”遂此各各关门去睡，不题。

四人踩着天黑入更的时间进了城，来到了一家赵寡妇店安歇。顾名思义，这是个没了丈夫的寡居妇女开的店。赵寡妇得知了他们的卖马营生后，跟唐僧师徒介绍了服务项目：第一档是顶级酒菜外加女子陪唱陪歇，每位五钱银子；第二档是有酒无菜，没有女子陪唱陪歇，每位二钱银子；第三档是“自助餐”，拿草打地铺，天亮了随便给几文饭钱就行。

猴哥说要上等标准，赵寡妇很欢喜，赶紧安排宰鸡宰鹅，杀猪杀羊。唐僧一听，他哪吃得了这个，赶紧问悟空怎么办。悟空又喊来赵寡妇表示今天别杀生，他们斋戒，并找了个道家斋戒的由头，说今天是庚申斋（庚申、甲子日是北斗星临凡日，故有斋戒），给他们弄点素的就行，他们还按第一档的价钱付。赵寡妇听完愈发欢喜，赶紧安排厨子去做素菜。猴哥随后又叫停了女子服务，表示今天也得戒，明天再说。

到了睡觉的时候，注意这段话：“三藏在行者耳根边悄悄的道：‘那里睡？’行者道：‘就在楼上睡。’三藏道：‘不稳便。我们都辛辛苦苦的，倘或睡着，这家子一时再有人来收拾，见我们或滚了帽子，露出光头，认得是和尚，嚷将起来，却怎么好？'”

注意，是唐僧提出的在楼上睡有风险。记住这个设定，后面会有对比，他从来只提问题，不解决问题，出了事就甩锅。

猴哥又找赵寡妇交涉，说他四个人受不得寒，见不得光，不能在房里睡，最终赵寡妇在女儿的提醒下搬出了亡夫生前做的一个可睡六七个人的大柜子，师徒四人就此进了这个柜子安歇。

上面这段内容没有更多可去分析的，概括起来就是猴哥在找各种听上去还算合理的理由让他们师徒不暴露，其实费这些口舌，玩换装角色扮演都是为了迁就一个人——唐僧。

这一关涉及的都是凡人，换句话说，其实是唐僧的主场，是唐僧最能肆意展现念紧箍咒这个手段的地方，猴哥不想给唐僧一丁点借口，但给灭法国“转舵”这事又不能不办，所以猴哥就一直哄着唐僧玩过家家，一切都得等唐僧睡着以后才好下手。

却说他四个到了柜里，可怜啊！一则乍戴个头巾，二来天气炎热，又闷住了气，略不透风。他都摘了头巾，脱了衣服，又没把扇子，只将僧帽扑扑扇扇。你挨着我，我挤着你，浓到有二更时分，却都睡着。惟行者有心闯祸，偏他睡不着，伸过手，将八戒腿上一捻。那呆子缩了脚，口里哼哼的道：“睡了罢！辛辛苦苦的，有甚么心肠，还捻手捻脚的耍子！”行者捣鬼道：“我们原来的本身是五千两，前者马卖了三千两，如今两搭联里现有四千两，这一群马还卖他三千两，也有一本一利，勾了！勾了！”八戒要睡的人，那里答对。

岂知他这店里走堂的，挑水的，烧火的，素与强盗一伙。听见行者说有许多银子，他就着几个溜出去，伙了二十多个贼，明火执杖的来打劫马贩子。冲开门进来，谎得那赵寡妇娘女们战战兢兢的关了房门，尽他外边收拾。原来那贼不要店中家火，只寻客人。到楼上不见形迹，打着火把，四下照看。只见天井中一张大柜，柜脚上拴着一匹白马，柜盖紧锁，掀翻不动。众贼道：“走江湖的人，都有手眼，看这柜势重，必是行囊财帛锁在里面。我们偷了马，抬柜出城，打开分用，却不是好！”那些贼果找起绳扛，把柜抬着就走。

幌啊幌的，八戒醒了道：“哥哥，睡罢，摇甚么？”行者道：“莫言语！没人摇。”三藏与沙僧忽地也醒了，道：“是甚人抬着我们哩？”行者道：“莫嚷！莫嚷！等他抬，抬到西天，也省得走路。”那贼得了手，不往西去，到抬向城东，杀守门的军，打开城门出去。当时就惊动六街三市，各铺上火甲人夫，都报与巡城总兵、东城兵马司。那总兵、兵马，事当干己，即点人马弓兵，出城赶贼。那贼见官军势大，不敢抵敌，放下大柜，丢了白马，各自落草逃走。众官军不曾拿得半个强盗，只是夺下柜，捉住马，得胜而回。总兵在灯光下见那马，好马：

鬃分银线，尾軃玉条。说甚么八骏龙驹，赛过了骕骦款段。千金市骨，万里追风。登山每与青云合，啸月浑如白雪匀。真是蛟龙离海岛，人间喜有玉麒麟。

总兵官把自家马儿不骑，就骑上这个白马，帅军兵进城，把柜子抬在总府，同兵马写个封皮封了，令人巡守，待天明启奏，请旨定夺。官军散讫不题。

却说唐长老，在柜里埋怨行者道：“你这个猴头！害杀我也！若在外边被人拿住，送与灭法国王，还好折辨；如今锁在柜里，被贼劫去，又被官军夺来，明日见了国王，见见成成的开刀请杀，却不凑了他一万之数！”行者道：“外面有人！打开柜，拿出来，不是捆着，便是吊着；且忍耐些儿，免了捆吊。明日见那昏君，老孙自有对答，管你一毫儿也不伤，且放心睡睡。”

挨到三更时分，行者弄个手段，顺出棒来，吹口仙气，叫：“变！”即变做三尖头的钻儿，挨柜脚两三钻，钻了一个眼子。收了钻，摇身一变，变做个蝼蚁儿，爬将出去，现原身，踏起云头，径入皇宫门外。那国王正在睡浓之际，他使个“大分身普会神法”，将左臂上毫毛都拔下来，吹口仙气，叫：“变！”都变做小行者。右臂上毛，也都拔下来，吹口仙气，叫：“变！”都做瞌睡虫，念一声“唵”字真言，教当坊土地，领众布散皇宫内院，五府六部，各衙门大小官员宅内，但有品职者，都与他一个瞌睡虫，人人稳睡，不许翻身。又将金箍棒取在手中，掂一掂，幌一幌，叫声：“宝贝，变！”即变做千百口剃头刀儿。他拿一把，分付小行者各拿一把，都去皇宫内院、五府六部、各衙门里剃头。咦！这才是：

法王灭法法无穷，法贯乾坤大道通。

万法原因归一体，三乘妙相本来同。

钻开玉柜明消息，布散金毫破蔽蒙。

管取法王成正果，不生不灭去来空。

这半夜，剃削成功，念动咒语，喝退土地神祇，将身一抖，两臂上毫毛归伏。将剃头刀总捻成真，依然认了本性，还是一条金箍棒，收来些小之形，藏于耳内。复翻身还做蝼蚁，钻入柜内，现了本相，与唐僧守困不题。

却说那皇宫内院宫娥彩女，天不亮起来梳洗，一个个都没了头发。穿宫的大小太监，也都没了头发。一拥齐来，到于寝宫外，奏乐惊寝，个个噙泪，不敢传言。少时，那三宫皇后醒来，也没了头发，忙移灯到龙床下看处，锦被窝中睡着一个和尚，皇后忍不住言语出来，惊醒国王。那国王急睁睛，见皇后的头光，他连忙爬起来道："梓童，你如何这等？"皇后道："主公亦如此也。"那皇帝摸摸头，諕得三尸神咋，七魄飞空，道："朕当怎的来耶？"正慌忙处，只见那六院嫔妃，宫娥彩女，大小太监，都光着头，跪下道："主公，我们做了和尚耶！"国王见了，眼中流泪道："想是寡人杀害和尚。"即传旨分付："汝等不得说出落发之事，恐文武群臣褒贬国家不正。且都上殿设朝。"

却说那五府六部合衙门大小官员，天不明，都要去朝王拜阙。原来这半夜一个个也没了头发，各人都写表启奏此事，只听那：

静鞭三响朝皇帝，表奏当今剃发因。

毕竟不知那总兵官夺下柜里贼赃如何，与唐僧四众的性命如何，且听下回分解。

直到二更，众人都睡着了，猴哥终于能干活了。注意这句"你挨着我，我挤着你，浓到有二更时分，却都睡着。惟行者有心闯祸，偏他睡不着"，猴哥一直在等唐僧睡着，好去制造冲突。

猴哥这次是怎样起手的呢？

他将八戒腿上一捻，让八戒张嘴出声音，随后捣鬼道："我们原来的本身是五千两，前者马卖了三千两，如今两搭联里现有四千两，这一群马还卖他三千两，也有一本一利，勾了！勾了！"

猴哥露富了，他要激发人性中的恶了。前面王小二店处对治安不好的铺垫在此得到呼应，所谓"岂知他这店里走堂的，挑水的，烧火的，素与强盗一伙。听见行者说有许多银子，他就着几个溜出去，伙了二十多个贼，明火执杖的来打劫马贩子"。

抢劫团伙公然打劫来了，搜了一通后，以为银子都在柜子里，随后找来绳把这大柜抬着走了，这伙贼甚至猖狂到杀了夜里守城的军人，最终惊动了巡城官兵追捕。强盗们就此逃跑，巡城官兵把柜子抬回府衙，准备转天启奏国王定夺。

唐僧在这一路的颠簸中也醒了，第一件事就是埋怨悟空道：“你这个猴头！害杀我也！若在外边被人拿住，送与灭法国王，还好折辨；如今锁在柜里，被贼劫去，又被官军夺来，明日见了国王，见见成成的开刀请杀，却不凑了他一万之数！”

这种领导啊！悟空最开始明明说的是在楼上睡，是唐僧担心走漏行踪才进的柜子，现在又成了在外面还好折辩，锁柜子里是最差结局了。只会提出问题，却从不解决问题，出了问题第一件事就是甩锅，唐僧你说你算是什么领导！

猴哥表示，明日见那昏君他肯定有办法，“管你一毫儿也不伤，且放心睡睡”。

挨到三更时分，也就是子时，现在的二十三点到凌晨一点，人睡得最熟的时候，猴哥变成虫子出了柜子,使出了自己在整个取经路上的最强神通“大分身普会神法”，将左臂上的毫毛都拔了下来，吹口仙气，变成了小悟空，又把右臂上的毛都拔下来，吹口仙气，变作了瞌睡虫，让土地领众布散到了皇宫内院、五府六部、各衙门大小官员宅内，总之只要有品职，人均一个瞌睡虫。随后悟空又把金箍棒变成了千百把剃头刀，给了小悟空，好去皇宫内院、五府六部、各衙门里剃头。

猴哥安排完之后，注意这首诗，作者给我们透底了：法王灭法法无穷，法贯乾坤大道通。万法原因归一体，三乘妙相本来同。钻开玉柜明消息，布散金毫破蔽蒙。管取法王成正果，不生不灭去来空。

核心在于“法王灭法法无穷”和“管取法王成正果”,灭法国的国王是个法王，“法王”是佛门高级领导的职称，而且“法王”在西游宇宙中甚至隐隐然有佛祖的意思。红孩儿那关时，诗句说的是“二人努力争强胜，只为唐僧拜法王”；青牛精那关时，诗句说的是“泼魔休弄獐狐智，还我唐僧拜法王”；荆棘岭那关时，唐僧自己说的是“杖锡西来拜法王，愿求妙典远传扬”。总之，法王这个职称了不得。

知道为什么菩萨来示警了吧？知道为什么国王在西牛贺洲腹地公然灭佛，连杀了两年，弄死九千九百九十六个和尚后依旧什么事都没有了吧？我们暂且按下，待这关收尾时一块儿说。

半夜把灭法国全体官员都剃了头后，猴哥回柜子里睡觉去了。

转天早晨，皇宫里的人都崩溃了，从上到下都秃了。皇帝此时已经开始哭着反省上了，说这是杀和尚的报应，并传旨内廷人员不得说出落发之事，恐文武群臣褒贬国家不正。

其实他不用担心，猴哥看在菩萨的面子上，考虑得很周到，不会威胁他统治基础的，自己人嘛，将来还会见面的，猴哥绝对够意思！

第八十五回

心猿妒木母，魔主计吞禅

话说那国王早朝，文武多官俱执表章启奏道："主公，望赦臣等失仪之罪。"国王道："众卿礼貌如常，有何失仪？"众卿道："主公啊，不知何故，臣等一夜把头发都没了。"国王执了这没头发之表，下龙床对群臣道："果然不知何故，朕宫中大小人等，一夜也尽没了头发。"君臣们都各汪汪滴泪道："从此后再不敢杀戮和尚也。"

王复上龙位，官各立本班。王又道："有事出班来奏，无事卷帘散朝。"只见那武班中闪出巡城总兵官，文班中走出东城兵马使，当阶叩头道："臣蒙圣旨巡城，夜来获得贼赃一柜，白马一匹。微臣不敢擅专，请旨定夺。"国王大喜道："连柜取来。"二臣即退至本衙，点起齐整军校，将柜抬出。三藏在内，魂不附体道："徒弟们，这一到国王前，如何理说？"行者笑道："莫嚷！我已打点停当了。开柜时，他就拜我们为师哩。只教八戒不要争竞长短。"八戒道："但只免杀，就是无量之福，还敢争竞哩！"说不了，抬至朝外，入五凤楼，放在丹墀之下。二臣请国王开看，国王即命打开。方揭了盖，猪八戒就忍不住往外一跳，唬得那多官胆战，口不能言。又见孙行者搀出唐僧，沙和尚搬出行李。八戒见总兵官牵着马，走上前咄的一声道："马是我的，拿过来！"吓得那官儿翻筋斗，跌倒在地。四众俱立在阶中。

那国王看见是四个和尚，忙下龙床，宣召三宫妃后，下金銮宝殿，同群臣拜问道："长老何来？"三藏道："是东土大唐驾下差往西方天竺国大雷音寺拜活佛取真经的。”国王道：“老师远来，为何在这柜里安歇？”三藏道：“贫僧知陛下有愿心杀和尚，不敢明投上国，扮俗人，夜至宝方饭店里借宿。因怕人识破原身，故此在柜中安歇。不幸被贼偷出，被总兵捉获抬来。今得见陛下龙颜，所谓拨云见日。望陛下赦放贫僧，海深恩便也。”国王道：“老师是天朝上国高僧，朕失迎迓。朕常年有愿杀僧者，曾因僧谤了朕，朕许天愿，要杀一万和尚做圆满。不期今夜归依，教朕等为僧。如今君臣后妃发都没了，望老师勿吝高贤，愿为门下。”八戒听言，呵呵大笑道：“既要拜为门徒，有何贽见之礼？”国王道：“师若肯从，愿将国中财宝献上。”行者道：“莫说财宝，我和尚是有道之僧。你只把关文倒换了，送我们出城，保你皇图永固，福寿长臻。”那国王听说，即着光禄寺大排筵宴，君臣同拜为师。即时倒换关文，求三藏改换国号。行者道：“陛下‘法国’之名甚好，但只‘灭’字不好。自经我过，可改号‘钦法国’，管教你海晏河清千代胜，风调雨顺万方安。”国王谢了恩，传旨摆銮驾送唐僧四众出城西去。君臣们秉善归真，不题。

转过天来，皇帝上朝后发现群臣也都没头发了，随后君臣一块儿哭着忏悔，表示再也不敢杀和尚了。等巡城总兵官上奏说巡城夜得“贼赃一柜，白马一匹”后，唐僧师徒就此现身。国王看见这四个和尚后果然不提打杀了，畏威不畏德地忙下龙床，宣召三宫妃后，下金銮宝殿，同群臣拜问道：“长老何来？”

这个姿态证明他已经被“诛心”了，从此算是对佛门有绝对的敬畏了。

唐僧说他是去取经的，随后国王说了自己灭僧的原因：“朕常年有愿杀僧者，曾因僧谤了朕，朕许天愿，要杀一万和尚做圆满。”

跟乌鸡国那段差不多，谁说话不好听就整死谁。此时灭法国国王已经被全国官员变成光头的“天谴”吓得要拜唐僧为师了，只要唐僧点了头，他甚至愿意将国中财宝献上。猴哥最终定调道：“莫说财宝，我和尚是有道之僧。你只把关文倒换了，送我们出城，保你皇图永固，福寿长臻。”

你看看，前面那九千九百九十六个和尚白杀，无所谓，只要给我们的关文盖章，就是“皇图永固，福寿长臻”。

国王赶紧安排光禄寺大排筵宴，然后“君臣同拜为师”，灭法国全体官员皈依，就此成了佛教徒。悟空这回得记大功，出手太漂亮了！悟空也在这一关后愈发明白了做局做事的思路：给每个人的头上戴上“紧箍咒”，让他为我所用，这是最高明的智慧。

悟空这回是怎样给灭法国全体官员戴上无形紧箍咒的呢？

他不再显摆自己了，他学会了掩盖关窍。一定要注意，他这回并没有为国王解密这一国的秃子是怎么变的，没有说是他这神人一夜之间把灭法国君臣的头发都剃了，这样虽然他成了活佛，但并不会让国王被“诛心”的效果达到最大化。

让国王始终保持这种冥冥中的敬畏之感是最好的，你跟他说了这是你的神通，他就又该回到不能惹牛人的思维里了。让他感觉举头三尺有神明，这种效果是最长久的，也就是说，你从此给他戴上了永远也摘不下去的“紧箍咒”。

人类最恐惧的，永远是冥冥中的未知。

不知道靴子什么时候落下来的威慑，才能创造敬畏，从而让你乖乖奉上香火。

国王最后求唐僧给他换国号，猴哥把这关的功劳揽过来道：“陛下‘法国’之名甚好，但只‘灭’字不好。自经我过，可改号‘钦法国’，管教你海晏河清千代胜，风调雨顺万方安。”

不仅既往不咎了，后面你只要“钦法”，那功德就是“海晏河清千代胜，风调雨顺万方安”。

随后，这一难就过去了。

很多人说这关就是来凑数的，是作者不知道再写什么了，为了凑一百回而胡编的故事。看到这儿，你还这么觉得吗？

再说回前面提到的“法王”，不仅仅诗里提到了“法王”，上一回的标题甚至都给你明牌了，叫“难灭伽持圆大觉，法王成正体天然”。

“灭法”变“钦法”，标题就告诉你了，是“法王成正体天然”。

灭法国的国王原本就是个“法王”，如今“成正”了，而且人家“体天然”。

什么意思？

他上辈子是佛门内的大人物，如今自然而然地回归本来面目了。

别听他说的什么“有僧谤了他，然后气急”的灭僧理由，观音菩萨在第八十四回开篇就说了：“那国王前生那世里结下冤仇，今世里无端造罪。”估计就是上辈子做法王的时候不知道跟本门派闹什么误会了，如今转世下界做了国王，因为前世冤仇，所以对同门开刀了。但因为人家有前世渊源，不知道这个法王又是谁的二弟子，需要让他回归佛门正果，所以观音菩萨亲自来示警，让悟空以最“柔软”的方式帮他回归了本来面目。

悟空这事办得漂亮到了什么程度？

他并没有只给皇帝和后宫的人剃头，还给全体官员剃了头，这意味着，“天谴”的对象是灭法国君臣，而不是灭法国的国王。这其实是在最大程度上保留了国王的体面和权威：如果只给皇帝剃了头，那皇帝估计也就做不久了，整个统治阶层都会嘲笑国王，会说国王不配做万岁。要知道猴哥可不是谁的面子都给的，在比丘国的时候，猴哥可是当着满朝文武的面喊国王“昏君”，还喊来了寿星，带着鹿和死狐狸来嘲讽国王，他就没打算在乎国王的死活。但这一关，你看猴哥的身段多柔软。

他是在给灭法国国王面子吗？

当然肯定有这方面的考虑，都是本门的同人，将来还得见呢，关系还得处呢，但更多地，猴哥给的是来示警的观音面子，给的是国王背后那个神秘人的面子。

不远处就是天竺国了，取经要到最后阶段了，我们来看看悟空在这一关展现的水平：

1. 听话听音到了极高境界；

2. 不看僧面看佛面到了极高境界；

3. 他甚至琢磨明白了“无形紧箍咒”的使用方式，他甚至能够压住炫耀的冲动去长远地控制人心了，他也不再是黑风山那个“诚然是个救苦慈尊，一灵不损。若是老孙有这样咒语，就念上他娘千遍！这回儿就有许多黑熊，都教他了帐”的傻猴子了。

他此时俨然是个一灵不损的救苦慈尊了。

佛爷爷，真的可以给悟空批岗位编制了，心猿真的悟明白了。

却说长老辞别了钦法国王，在马上欣然道：“悟空，此一法甚善，大有功也！”沙僧道：“哥啊，是那里寻这许多整容匠，连夜剃这许多头？”行者把那施变化弄神通的事说了一遍，师徒们都笑不合口。正欢喜处，忽见一座高山阻路。唐僧勒马道：“徒弟们，你看这面前山势崔巍，切须仔细。”行者笑道：“放心，放心。保你无事！”三藏道：“休言无事。我见那山峰挺立，远远的有些凶气，暴云飞出，渐

觉惊惶，满身麻木，神思不安。”行者笑道：“你把乌巢禅师的《密多心经》早已忘了。”三藏道：“我记得。”行者道：“你虽记得，还有四句颂子，你却忘了哩。”三藏道：“那四句？”行者道：

“佛在灵山莫远求，灵山只在汝心头。

人人有个灵山塔，好向灵山塔下修。”

三藏道：“徒弟，我岂不知？若依此四句，千经万典，也只是修心。”行者道：“不消说了。心净孤明独照，心存万境皆清。差错些儿成惰懈，千年万载不成功。但要一片志诚，雷音只在眼下。似你这般恐惧惊性，神思不安，大道远矣，雷音亦远矣。且莫胡疑，随我去。”

那长老闻言，心神顿爽，万虑皆休。

离了钦法国后，唐僧夸奖悟空“此一法甚善，大有功也”，沙僧问是怎么找的这么多剃头匠。猴哥把情况说了一下，四人笑得都合不拢嘴，正欢喜呢，看见一座高山阻路，唐僧赶紧勒马给出“小心”指示，悟空笑道：“放心，放心。保你无事！”

悟空此时已经懒得多话了：昨晚你还在柜子里骂我呢，耽误你今天受钦法国最高待遇出城了？猴哥也不教育唐僧了，安慰他宽心走就得了，但唐僧非得找碴儿，表示前面有凶气，他已经吓得满身麻木、神思不安了。猴哥随后笑问，他是不是把乌巢禅师教的那《心经》又忘了，唐僧说记得，悟空说还有四句颂子他却忘了：“佛在灵山莫远求，灵山只在汝心头。人人有个灵山塔，好向灵山塔下修。”

悟空委婉地表示：你别胡乱琢磨了，佛在我们心中，车到山前必有路，遇到什么事办什么事就得了。结果唐僧回复：“徒弟，我岂不知？若依此四句，千经万典，也只是修心。”

这话说的，你以为呢？修佛修的是智慧，可不就是修你的那颗心呗！千经万典都是你过烦恼河到智慧彼岸的工具，千章万句归根结底都是为了让你明白一切众生皆具如来智慧德相，你要修的就是自己这颗心啊！

猴哥终于被这句话激怒了，当然他还是在情绪控制上修行得欠火候，“厌蠢症”又发作了，于是他教育唐僧道：“不消说了。心净孤明独照，心存万境皆清。差错些儿成惰懈，千年万载不成功。但要一片志诚，雷音只在眼下。似你这般恐惧惊性，神思不安，大道远矣，雷音亦远矣。且莫胡疑，随我去。”

翻译一下就是：你现在的状态不对，你心非志成！别胡琢磨了，跟我走！

被猴哥教育了一通后，“那长老闻言，心神顿爽，万虑皆休”，呵呵，不骂不长进，也算是徒弟给师父当头棒喝，帮他开悟了。

四众一同前进，不几步，到于山上，举目看时：

那山真好山，细看色斑斑。顶上云飘荡，崖前树影寒。飞禽淅沥，走兽凶顽。林内松千干，峦头竹几竿。吼叫是苍狼夺食，咆哮是饿虎争餐。野猿长啸寻鲜果，麋鹿攀花上翠岚。风洒洒，水潺潺，时闻幽鸟语间关。几处藤萝牵又扯，满溪瑶草杂香兰。磷磷怪石，削削峰岩。狐狢成群走，猴猿作队还。行客正愁多险峻，奈何古道又湾还。

师徒们怯怯惊惊，正行之时，只听得呼呼一阵风起。三藏害怕道：“风起了！”行者道：“春有和风，夏有薰风，秋有金风，冬有朔风。四时皆有风，风起怕怎的？”三藏道：“这风来得甚急，决然不是天风。”行者道：“自古来，风从地起，云自山出，怎么得个天风？”说不了，又见一阵雾起。那雾真个是：

漠漠连天暗，蒙蒙匝地昏。

日色全无影，鸟声无处闻。

宛然如混沌，仿佛似飞尘。

不见山头树，那逢采药人。

三藏一发心惊道：“悟空，风还未定，如何又这般雾起？”行者道：“且莫忙。请师父下马，你兄弟二人在此保守，等我去看看是何吉凶。”好大圣，把腰一躬，就到半空。用手搭在眉上，圆睁火眼，向下观之，果见那悬岩边坐着一个妖精。你看他怎生模样：

炳炳纹斑多采艳，昂昂雄势甚抖擞。

獠牙出口如钢钻，利爪藏蹄似玉钩。

金眼圆睛禽兽怕，银须倒竖鬼神愁。

张狂哮吼施威猛，嗳雾喷风运智谋。

又见那左右手下，有三四十个小妖摆列，他在那里逼法的喷风嗳雾。行者暗笑道：“我师父也有些儿先兆。他说不是天风，果然不是，却是个妖精在这里弄喧儿哩。

若老孙使铁棒往下就打，这叫做‘捣蒜打’，打便打死了，只是坏了老孙的名头。”那行者一生豪杰，再不晓得暗算计人。他道：“我且回去照顾猪八戒照顾，教他来先与这妖精见一仗。若是八戒有本事打倒这妖，算他一功；若无手段，被这妖拿去，等我再去救他，才好出名。”他又想道：“八戒有些躲懒，不肯出头，却只是有些口紧，好吃东西。等我哄他一哄，看他怎么说。”

四人没走多远，来到山上。通过景色描写，我们知道这是又来到了一座妖山，唐僧又害怕了。随后刮起了一阵风，起了一阵雾，唐僧又心惊了，猴哥也看出来有问题了，于是请唐僧下马，留八戒、沙僧看守，自己跳上半空去看看吉凶，随后见到悬岩边坐着一个妖精。描写妖精模样的那段诗没说出什么特点，妖精手下也仅仅三四十个小妖摆列，规模很小，结合后文看，不过一二百小妖，跟师徒前面碰上的那些狠角色完全不是一个档次。这妖怪的水平弱到猴哥一打眼就已经下了“判决书”：“若老孙使铁棒往下就打，这叫做‘捣蒜打’，打便打死了，只是坏了老孙的名头。”

猴哥琢磨着让八戒跟这妖怪打，他要是赢了就算他一功，输了的话去救他，才好出名。

此时，猴哥对这套口渴再卖水的做事套路已经轻车熟路了。针对八戒躲懒不肯出头的战术特点，猴哥也能轻松解题：投其所好就得了，拿吃的一哄，八戒就上钩了。

膨胀猴此时已经进化为人性猴，或者说大觉猴了，他开悟了。

即时落下云头，到三藏前。三藏问道：“悟空，风雾处吉凶何如？”行者道：“这会却明净了，没甚风雾。”三藏道：“正是觉到退下些去了。”行者笑道：“师父，我常时间还看得好，这番却看错了。我只说风雾之中恐有妖怪，原来不是。”三藏道：“是甚么？”行者道：“前面不远，乃是一庄村。村上人家好善，蒸的白米干饭、白面馍馍斋僧哩。这些雾，想是那些人家蒸笼之气，也是积善之应。”八戒听说，认了真实，扯过行者，悄悄的道：“哥哥，你先吃了他的斋来的？”行者道：“吃不多儿，因那菜蔬太咸了些，不喜多吃。”八戒道：“啐！凭他怎么咸，我也尽肚吃他一饱。十分作渴，便回来吃水。”行者道：“你要吃么？”八戒道：“正是。我肚里有些饥了，先要去吃些儿，不知如何？”行者道：“兄弟莫题。古书云：‘父在，子不得自专。’师父又在此，谁敢先去？”八戒笑道：“你若不言语，我就去了。”行者道：“我不言语，看你怎么得去？”

那呆子吃嘴的见识偏好，走上前，唱个大喏道：“师父，适才师兄说，前村里有人家斋僧。你看这马，有些要打搅人家，便要草料，却不费事哩？幸如今风雾明净，你们且略坐坐，等我去寻些嫩草儿，先喂喂马，然后再往那家子化斋去罢。”唐僧欢喜道：“好啊！你今日却怎肯这等勤谨？快去快来。”那呆子暗暗笑着便走。行者赶上扯住道：“兄弟，他那里斋僧，只斋俊的，不斋丑的。”八戒道：“这等说，又要变化了。”行者道：“正是。你变变儿去。”好呆子，他也有三十六般变化，走到山凹里，捻着诀，念动咒语，摇身一变，变做个矮胖和尚，手里敲个木鱼，口里哼啊哼的，又不会念经，只哼的是“上大人”。

却说那怪物，收风敛雾，号令群妖，在于大路口上，摆开一个圈子阵，专等行客。这呆子晦气，不多时，撞到当中，被群妖围住，这个扯住衣服，那个扯着丝绦，推推拥拥，一齐下手。八戒道：“不要扯，等我一家家吃将来。”群妖道：“和尚，你要吃甚的？”八戒道：“你们这里斋僧，我来吃斋的。”群妖道：“你想这里斋僧，不知我这里专要吃僧。我们都是山中得道的妖仙，专要把你们和尚拿到家里，上蒸笼蒸熟吃哩。你倒还想来吃斋！”八戒闻言心中害怕，才报怨行者道：“这个弼马温，其实惫懒！他哄我说是这村里斋僧，这里那得村庄人家，那里斋甚么僧？却原来是些妖精！”那呆子被他扯急了，即便现出原身，腰间掣钉钯，一顿乱筑，筑退那些小妖。

小妖急跑去报与老怪道：“大王，祸事了！”老怪道：“有甚祸事？”小妖道：“山前来了一个和尚，且是生得干净。我说拿家来蒸他吃，若吃不了，留些儿防天阴，不想他会变化。”老妖道：“变化甚的模样？”小妖道：“那里成个人相！长嘴大耳朵，背后又有鬃，双手抡一根钉钯，没头没脸的乱筑，諕得我们跑回来报大王也。”老怪道：“莫怕，等我去看。”抡着一条铁杵，走近前看时，见呆子果然丑恶。他生得：

碓嘴初长三尺零，獠牙觜出赛银钉。
一双圆眼光如电，两耳扇风唿唿声。
脑后鬃长排铁箭，浑身皮糙癞还青。

手中使件蹊跷物，九齿钉钯个个惊。

妖精硬着胆喝道："你是那里来的？叫甚名字？快早说来，饶你性命！"八戒笑道："我的儿，你是也不认得你猪祖宗哩！上前说与你听：

巨口獠牙神力大，玉皇升我天蓬帅。

掌管天河八万兵，天宫快乐多自在。

只因酒醉戏宫娥，那时就把英雄卖。

一嘴拱倒斗牛宫，吃了王母灵芝菜。

玉皇亲打二千锤，把吾贬下三天界。

教吾立志养元神，下方却又为妖怪。

正在高庄喜结亲，命低撞着孙兄到。

金箍棒下受他降，低头才把沙门拜。

背马挑包做夯工，前生少了唐僧债。

铁脚天蓬本姓猪，法名唤作猪八戒。"

猴哥说前面是个村子，都是好善斋僧的，成功吸引了八戒。八戒主动以去寻嫩草喂马的理由跑了出来，此时妖精正号令群妖在大路口上摆开一个圈子阵，专等行客，随后就撞上了八戒，开始拉拉扯扯。八戒说不要急，等他一家家地吃来。群妖则表示什么斋僧，他们这是专门吃僧的！

在这里注意一下，这山不是灭法山，这伙妖怪不是跟灭法国一样专门吃和尚的，人家妖怪是对八戒说斋僧这事给了一个俏皮回答。这伙妖精是吃行人、旅客的，前面说得很清楚，所谓"却说那怪物，收风敛雾，号令群妖，在于大路口上，摆开一个圈子阵，专等行客"。后面跟唐僧绑在一块的还有一个樵子，那人可不是和尚。而且妖精被八戒打了一顿后说的话是："小的们，我往常出洞巡山，不管那里的人与兽，定捞几个来家，养赡汝等；今日造化低，撞见一个对头。"这里还是说人家吃得很全面，人和兽都吃，不挑职业，这妖怪不是什么道教领导安排来专门吃僧的，毕竟他的能力实在是太低了，大家往后看就知道了。

八戒此时明白了怎么一回事，开始骂弼马温，随后掣钉钯一顿乱筑击退小妖。小妖们喊来了他们的大王。通过妖怪的视角，作者难得地描写了一回八戒的凶恶，妖怪是硬着胆喝问八戒来历的，这里还是在透露妖怪的能力水平，实在太低。

八戒也就此对这个低级别妖精说出了自己的来历，诗中提到了八戒根本不是投错胎，以及他跟玉帝关系非常近："巨口獠牙神力大，玉皇升我天蓬帅。掌管天河八万兵，天宫快乐多自在。只因酒醉戏宫娥，那时就把英雄卖。一嘴拱倒斗牛宫，吃了王母灵芝菜。玉皇亲打二千锤，把吾贬下三天界。教吾立志养元神，下方却又为妖怪。"

至此八戒这条线也完成合拢，结合前面高老庄和五庄观两回来看，云开雾散，八戒根本没有投错胎，他的师承线索也就此完成闭环。再次感慨下，什么叫作华夏文化的美感啊！一步一景，层层递进，行至深处再回首，方见奥妙美感所在！

这部《西游记》被有大才的作者穿了好多层外衣。孩子们看的是热闹，是孙悟空打妖怪，都顾不上看女妖精有多漂亮；普罗大众看的是反抗，不要㞞就是冲，你看看孙悟空多厉害，敢斗争就对啦；高层级的读者从头看到尾，会发现这写的哪里是神话，写的就是人生，写的就是谋篇布局做事情的智慧。

作者在第十九回就给你讲透八戒的师承，和你直到看到第八十五回才明白八戒这"放屁添风"的水平为什么会成为天蓬元帅，完全是两种观后感受。

前者，你会觉得西游宇宙的作者太现实，我一直就是被这么骂的，因为我拆解得太明了，心里有滤镜的朋友接受不了这个；后者，你会对西游宇宙的作者充满尊敬。

你可能还会疑惑，作者藏着写，那不是绝大多数人都看不明白吗？

针对这个问题，我回答两点：

1. 这部书最外面的这层"壳"就已经保证它能千百年传续下去了；

2. 作者本也没打算让所有人都懂。

开篇作者就说了："难！难！难！道最玄，莫把金丹作等闲。不遇至人传妙诀，空言口困舌头干。"

觅的是知音，遇的是至人，这种智慧本就没必要让所有人都懂。

再说，哪有那么多的至人啊。

那妖精闻言，喝道："你原来是唐僧的徒弟。我一向闻得唐僧的肉好吃，正要拿你哩。你却撞得来，我肯饶你？不要走，看杵！"八戒道："孽畜！你原来是个

染博士出身！”妖精道：“我怎么是染博士？”八戒道：“不是染博士，怎么会使棒槌？”那怪那容分说，近前乱打。他两个在山凹里这一场好杀：

九齿钉钯，一条铁杵。钯丢解数滚狂风，杵运机谋飞骤雨。一个是无名恶怪阻山程，一个是有罪天蓬扶性主。性正何愁怪与魔，山高不得金生土。那个杵架犹如蟒出潭，这个钯来却似龙离浦。喊声叱咤振山川，吆喝雄威惊地府。两个英雄各逞能，舍身却把神通赌。

八戒长起威风，与妖精厮斗，那怪喝令小妖，把八戒一齐围住不题。

却说行者在唐僧背后，忽失声冷笑。沙僧道：“哥哥，冷笑何也？”行者道：“猪八戒真个呆呀！听见说斋僧，就被我哄去了。这早晚还不见回来，若是一顿钯，打退妖精，你看他得胜而回，争嚷功果；若战他不过，被他拿去，却是我的晦气，背前面后，不知骂了多少弼马温哩。悟净，你休言语，等我去看看。”

好大圣，他也不使长老知道，悄悄的脑后拔了一根毫毛，吹口仙气，叫：“变！”即变做本身模样，陪着沙僧，随着长老。他的真身，出个神，跳在空中观看。但见那呆子被怪围绕，钉钯势乱，渐渐的难敌。行者忍不住，按落云头，厉声高叫道：“八戒，不要忙，老孙来了！”那呆子听得是行者声音，仗着势，愈长威风，一顿钯，向前乱筑。那妖精抵敌不住道：“这和尚先前不济，这会子，怎么又发起狠来？”八戒道：“我的儿，不可欺负我！我家里人来也！”一发向前，没头没脸筑去。那妖精抵架不住，领群妖败阵去了。行者见妖精败去，他就不曾近前，拨转云头，径回本处，把毫毛一抖，收上身来。长老的肉眼凡胎，那里认得。

不一时，呆子得胜，也自转来，累得那粘涎鼻涕，白沫生生，气呼呼的走将来，叫声：“师父！”长老见了，惊讶道：“八戒，你去打马草的，怎么这般狼狈回来？想是山上人家有人看护，不容你打草么？”呆子放下钯，捶胸跌脚道：“师父，莫要问。说起来，就活活羞杀人！”长老道：“为甚么羞来？”八戒道：“师兄捉弄我！他先头说风雾里不是妖精，没甚凶兆，是一庄村人家好善，蒸白米干饭、白面馍馍斋僧的。我就当真，想着肚内饥了，先去吃些儿，假倚打草为名。岂知若干妖怪把我围了，苦战了这一会，若不是师兄的哭丧棒相助，我也莫想得脱罗网回来也。”

行者在旁笑道：“这呆子胡说！你若做了贼，就攀上一牢人。是我在这里看着师父，何曾离侧？”长老道：“是啊，悟空不曾离我。”那呆子跳着嚷道：“师父，你不晓得，他有替身。”长老道：“悟空，端的可有怪么？”行者瞒不过，躬身笑道：“是有个把小妖儿，他不敢惹我们。八戒你过来，一发照顾你照顾。我们既保师父，走过险峻山路，就似行军的一般。”八戒道：“行军便怎的？”行者道：“你做个开路将军，在前剖路。那妖精不来便罢；若来时，你与他赌斗，打倒妖精，算你的功果。”八戒量着那妖精手段与他差不多，却说：“我就死在他手内也罢，等我先走！”行者笑道：“这呆子先说晦气话，怎么得长进。”八戒道：“哥哥，你知道‘公子登筵，不醉即饱；壮士临阵，不死带伤’？先说句错话儿，后便有威风。”行者欢喜，即忙背了马，请师父骑上，沙僧挑着行李，相随八戒，一路入山不题。

妖精听说了八戒的来历，很兴奋，表示这些年就听说唐僧肉好吃，太好了！随后双方开打，跟这妖精打起来后，八戒居然都长起威风了，这妖精水平实在是太低了，甚至到了妖精喝令小妖把八戒围住，要一群妖欺负一个的地步了。

猴哥看到八戒总也不回，估计八戒交上手了，便拔根毫毛变成自己跟着唐僧，他则跳到空中去看妖精的水平，发现八戒此时被群怪围绕，钉钯势乱，渐渐难敌，于是他按落云头助战来了。仅仅是一句“八戒，不要忙，老孙来了”，八戒就恢复斗志，一通钉钯把妖精给打跑了。

八戒回来后就开始骂悟空，说自己被骗了，前面是一堆妖怪。吵了一圈后，猴哥安排八戒做开路将军，八戒对比思考了双方能力后，还真就大胆先走了。可见这妖精的水平确实是西行路上仅见，连八戒都有信心应付。

你可能会纳闷，作者为什么会在入天竺国前的这关安排了这么个低水平的妖精呢？

只有水平低，你才会大意。

只有水平低，你救起来才会轻而易举。

只有水平低，才方便作者有充足的合理性空间去巧妙地设计唐僧和悟空的冰释前嫌！

却说那妖精帅几个败残的小妖径回本洞，高坐在那石崖上，默默无言。洞中还有许多看家的小妖，都上前问道：“大王常时出去，喜喜欢欢回来，今日如何烦恼？”老怪道：“小的们，我往常出洞巡山，不管那里的人与兽，定捞几个来家，养赡汝等；今日造化低，撞见一个对头。”小妖问：“是那个对头？”老妖道：“是一个和尚，乃东土唐僧取经的徒弟，名唤猪八戒。我被他一顿钉钯，把我筑得败下阵来。好恼啊！我这一向常闻得人说，唐僧乃十世修行的罗汉，有人吃他一块肉，可以延寿长生。不期他今日到我山里，正好拿住他蒸吃，不知他手下有这等徒弟！”

说不了，班部丛中闪上一个小妖，对老妖哽哽咽咽哭了三声，又嘻嘻哈哈的笑了三声。老妖喝道：“你又哭又笑，何也？”小妖跪下道：“大王，才说要吃唐僧，唐僧的肉不中吃。”老妖道：“人都说吃他一块肉，可以长生不老，与天同寿，怎么说他不中吃？”小妖道：“若是中吃，也到不得这里，别处妖精也都吃了。他手下有三个徒弟哩！”老妖道：“你知是那三个？”小妖道：“他大徒弟是孙行者，三徒弟是沙和尚，这个是他二徒弟猪八戒。”老妖道：“沙和尚比猪八戒如何？”小妖道：“也差不多。”“那孙行者比他如何？”小妖吐舌道：“不敢说。那孙行者神通广大，变化多端，他五百年前曾大闹天宫，上方二十八宿、九曜星官、十二元辰、五卿四相、东西星斗、南北二神、五岳四渎、普天神将，也不曾惹得他过。你怎敢要吃唐僧？”老妖道：“你怎么晓得他这等详细？”小妖道：“我当初在狮驼岭狮驼洞与那大王居住，那大王不知好歹，要吃唐僧，被孙行者使一条金箍棒，打进门来，可怜就打得犯了骨牌名，都‘断幺绝六’。还亏我有些见识，从后门走了，来到此处，蒙大王收留。故此知他手段。”老妖听言，大惊失色，这正是“大将军怕谶语”，他闻得自家人这等说，安得不惊。

正都在悚惧之际，又一个小妖上前道：“大王莫恼，莫怕。常言道：‘事从缓来。’若是要吃唐僧，等我定个计策拿他。”老妖道：“你有何计？”小妖道：“我有个‘分瓣梅花计’。”老妖道：“怎么叫做‘分瓣梅花计’？”小妖道：“如今把洞中大小群妖点将起来，千中选百，百中选十，十中只选三个，须是有能干、会变化的，都变做大王的模样，顶大王之盔，贯大王之甲，执大王之杵，三处埋伏。先着一个战猪八戒，再着一个战孙行者，再着一个战沙和尚，舍着三个小妖，调开他兄弟三个，大王却在半空伸下拿云手，去捉这唐僧，就如‘探囊取物’，就如‘鱼水盆内捻苍蝇’，有何难哉！”老妖闻此言，满心欢喜道：“此计绝妙！绝妙！这一去，拿不得唐僧便罢；若是拿了唐僧，决不轻你，就封你做个前部先锋。”小妖叩头谢恩。叫点妖怪，即将洞中大小妖精点起，果然选出三个有能的小妖，俱变做老妖，各执铁杵，埋伏

等待唐僧不题。

妖精被打回洞后正坐在石头崖上默默无言地复盘呢，小妖问他在苦恼什么，妖精说，自己想吃唐僧肉但人家徒弟牛，一头猪单挑了咱们一洞！

这时候，一个从狮驼岭来的小妖劝他别瞎琢磨了，讲了一下唐僧团队有多牛，这头猪算什么，那只猴才是真狠呢！自己曾经的公司就是这个取经项目组给干退市的！

按理讲，此时这老妖就该关了洞门，甚至逃跑躲风头去了，那狮驼岭的小妖已经说得很浅显易懂了："若是中吃，也到不得这里，别处妖精也都吃了。"人家有四万七八千小妖的狮驼岭都被打到"退市"了，你这个小作坊又算什么呢！但随后又有一个小妖献计说能吃，把这妖精刺激到了。

估计这小妖也是从狮驼岭来的，因为他献了个"分瓣梅花计"，这计就是当初大鹏那个三对三拖住悟空三兄弟，随后让小妖们把唐僧捉拿进城的低配版，优中选优地挑出仨小妖变成妖王模样去拖住那仨徒弟，妖王去抓唐僧，于是这妖王满心欢喜地喊着"绝妙"去布置了。

唉，阎王拉不住该死的鬼，这就是妖怪到大限了，死乞白赖地非得送这条命来。你就算把唐僧抢来了，打得过那仨徒弟吗？多一步都不想吗？

看到这里，你是不是觉得这妖精都傻到有些荒诞了？

千万别这么觉得，这种人在任何时候都有着庞大的数量，可以把他们归结为"被眼前诱惑勾引，做出应激反应的群体"，就像韭菜，无论被割多少茬，都琢磨不明白"若是中吃，也到不得这里，别处妖精也都吃了"这句话。

你可能会问，照这么说，"机会都是拼出来的"这句话该怎么解释呢？

在这里，我们多延伸两点：

1. 拼上去的人，没有傻傻打拼的，都是进行了大量的深入调研，储备了大量的技术经验，乃至成为圈内人后，有的放矢地去打攻坚战的。

对于怎么吃唐僧肉这个问题，你无法解决吗？那么，你就去调查那个问题的现状和它的历史吧！等你完完全全调查明白了，你对那个问题就有解决的办法了。

2. 即便准备万全，破圈跨阶层依旧是小概率事件，因为你掌控不到的环节太多。

像妖精这样已经知道自己连猪都打不过，还幻想着在这条赛道一夜暴富的，那就属于自作孽了。

却说这唐长老，无虑无忧，相随八戒上大路，行勾多时，只见那路旁边扑禄的一声响喨，跳出一个小妖，奔向前边要捉长老。孙行者叫："八戒，妖精来了，何不动手！"那呆子不认真假，掣钉钯赶上乱筑。那妖精使铁杵就架相迎。他两个一往一来的，在山坡下正然赌斗。又见那草科里响一声，又跳出个怪来，就奔唐僧，行者道："师父，不好了！八戒的眼拙，放那妖精来拿你了，等老孙打他去！"急掣棒迎上前，喝道："那里去！看棒！"那妖精更不打话，举杵来迎，他两个在草坡下一撞一冲。正相持处，又听得山背后呼的风响，又跳出个妖精来，径奔唐僧，沙僧见了，大惊道："师父，大哥与二哥的眼都花了，把妖精放将来拿你了！你坐在马上，等老沙拿他去！"这和尚也不分好歹，即掣杖，对面挡住那妖精铁杵，恨苦相持。吆吆喝喝，乱嚷乱斗，渐渐的调远。那老怪在半空中，见唐僧独坐马上，伸下五爪钢钩，把唐僧一把挝住。那师父丢了马，脱了镫，被妖精一阵风，径摄去了。可怜！这正是：禅性遭魔难正果，江流又遇苦灾星。

老妖按下风头，把唐僧拿到洞内，叫："先锋！"那定计的小妖上前跪倒，口中道："不敢！不敢！"老妖道："何出此言？大将军一言既出，如白染皂。当时说，拿不得唐僧便罢；拿了唐僧，封你为前部先锋。今日你果妙计成功，岂可失信于你？你可把唐僧拿来，着小的们挑水刷锅，搬柴烧火，把他蒸一蒸，我和你都吃他一块肉，以图延寿长生也。"先锋道："大王，且不可吃。"老怪道："既拿来，怎么不可吃？"先锋道："大王，吃了他不打紧，猪八戒也做得人情，沙和尚也做得人情，但恐孙行者那主子刮毒。他若晓得是我们吃了，他也不来和我们厮打，他只把那金箍棒往山腰里一刷，搠个窟窿，连山都掬倒了，我们安身之处也无之矣。"老怪道："先锋，凭你有何高见？"先锋道："依着我，把唐僧送在后园，绑在树上，两三日不要与他饭吃。一则图他里面干净；二则等他三人不来门前寻找，打听得他们回去了，我们却把他拿出来，自自在在的受用，却不是好？"老怪笑道："正是，正是。先锋说得有理。"一声号令，把唐僧拿入后园，一条绳绑在树上。众小妖都去前面去听候。

你看那长老，苦捱着绳缠索绑，紧缚牢栓，止不住腮边流泪，叫道："徒弟呀！你们在那山中擒怪，甚路里赶妖？我被泼魔捉来此处受灾，何日相会？痛杀我也！"

正自两泪交流，只见对面树上有人叫道：“长老，你也进来了？”长老正了性道：“你是何人？”那个道：“我是本山中的樵子，被那山主前日拿来，绑在此间，今已三日，算计要吃我哩。”长老滴泪道：“樵夫啊，你死只是一身，无甚挂碍，我却死得不甚干净。”樵子道：“长老，你是个出家人，上无父母，下无妻子，死便死了，有甚么不干净？”长老道：“我本是东土往西天取经去的，奉唐朝太宗皇帝御旨，拜活佛，取真经，要超度那幽冥无主的孤魂。今若丧了性命，可不盼杀那君王，孤负那臣子？那枉死城中无限的冤魂，却不大失所望，永世不得超生？一场功果，尽化作风尘。这却怎么得干净？”

那樵子闻言，眼中堕泪道：“长老，你死也只如此，我死又更伤情。我自幼失父，与母鳏居，更无家业，止靠着打柴为生。老母今年八十三岁，只我一人奉养。倘若身丧，谁与他埋尸送老？苦哉！苦哉！痛杀我也！”长老闻言，放声大哭道：“可怜！可怜！山人尚有思亲意，空教贫僧会念经。事亲事君，皆同一理。你为亲恩，我为君恩。”正是那：

流泪眼观流泪眼，断肠人送断肠人。

且不言三藏身遭困苦。却说孙行者在草坡下战退小妖，急回来，路旁边不见了师父，止存白马、行囊，慌得他牵马挑担，向山头找寻。咦！正是那：

有难的江流专遇难，降魔的大圣亦遭魔。

毕竟不知寻找师父下落如何，且听下回分解。

这妖怪的低水平也让悟空大意了，他玩的心思又上来了。人家实行三对三的计划后，悟空明明第二个就跟那假妖精打起来了，却迟迟不下死手，结果就是沙僧被第三个小妖调走，唐僧被抓了。

妖精回洞后当时就准备吃了唐僧，并封了那献计的小妖为先锋，但那先锋劝道：“大王，吃了他不打紧，猪八戒也做得人情，沙和尚也做得人情，但恐孙行者那主子刮毒。他若晓得是我们吃了，他也不来和我们厮打，他只把那金箍棒往山腰里一刷，搠个窟窿，连山都掬倒了，我们安身之处也无之矣。”

这基本能确证这先锋就是从狮驼岭来的了，能献出抓唐僧的计谋，还知道八戒和沙僧的水平，更知道猴哥最开始在狮驼洞进瓶子前那吓唬人的金箍棒，连安排唐僧在后园、等他三人不来寻找再吃的处理意见都跟大鹏一模一样。

你既然知道那么多，为什么还觉得能办成这事呢？你就不想想狮子、大象还有那雕，为什么看不见了？

小聪明越多，人生往往输得越惨，因为小聪明无法帮你选对方向。能帮我们选对方向的是智慧，方向对了，哪怕跑得慢一点，但跑出的每一步都是正向的。

小聪明只用在局部，哪儿哪儿都强，就是没想想这事该不该干，方向选错了，跑得越快输得越惨。

唐僧被绑起来后开始哭泣，对面树上还绑着一个樵子，俩人聊了聊，一个辜负的是君恩，一个辜负的是亲恩，哥儿俩对着哭上了。悟空也终于玩完了游戏，回来后傻眼了，师父丢了。

第八十六回

木母助威征怪物，金公施法灭妖邪

话说孙大圣，牵着马，挑着担，满山头寻叫师父，忽见猪八戒气呼呼的跑将来道："哥哥，你喊怎的？"行者道："师父不见了，你可曾看见？"八戒道："我原来只跟唐僧做和尚的，你又捉弄我，教做甚么将军！我舍着命与那妖精战了一会，得命回来。师父是你与沙僧看着的，反来问我？"行者道："兄弟，我不怪你。你不知怎么眼花了，把妖精放回来拿师父。我去打那妖精，教沙和尚看着师父的，如今连沙和尚也不见了。"八戒笑道："想是沙和尚带师父那里出恭去了。"说不了，只见沙僧来到。行者问道："沙僧，师父那里去了？"沙僧道："你两个眼都昏了，把妖精放将来拿师父。老沙去打那妖精的，师父自家在马上坐来。"行者气得暴跳道："中他计了！中他计了！"沙僧道："中他甚么计？"行者道："这是'分瓣梅花计'。把我弟兄们调开，他劈心里捞了师父去了。天，天，天！却怎么好！"止不住腮边泪滴。八戒道："不要哭，一哭就脓包了。横竖不远，只在这座山上，我们寻去来。"三人没急奈何，只得入山找寻。行了有二十里远近，只见那悬崖之下有一座洞：

削峰掩映，怪石嵯峨。奇花瑶草馨香，红杏碧桃艳丽。崖前古树，霜皮溜雨四十围；门外苍松，黛色参天二千尺。双双野鹤，常来洞口舞清风；对对山禽，每向枝头啼白昼。簇簇黄藤如挂索，行行烟柳似垂金。方塘积水，深穴依山。方塘积水，隐穷鳞未变的蛟龙；深穴依山，住多年吃人的老怪。果然不亚神仙境，真是藏风聚气巢。

行者见了，两三步跳到门前看处，那石门紧闭，门上横安着一块石版，石版上有八个大字，乃“隐雾山折岳连环洞”。行者道：“八戒，动手啊！此间乃妖精住处，师父必在他家也。”那呆子仗势行凶，举钉钯尽力筑将去，把他那石头门筑了一个大窟窿，叫道：“妖怪！快送出我师父来，免得钉钯筑倒门，一家子都是了帐！”

守门的小妖急急跑入报道：“大王，闯出祸来了！”老怪道：“有甚祸？”小妖道：“门前有人把门打破，嚷道要师父哩！”老怪大惊道：“不知是那个寻将来也。”先锋道：“莫怕，等我出去看看。”那小妖奔至前门，从那打破的窟窿处，歪着头，往外张，见是个长嘴大耳朵，即回头高叫：“大王，莫怕他！这是个猪八戒，没甚本事，不敢无理。他若无理，开了门，拿他进来凑蒸。怕便只怕那毛脸雷公嘴的和尚。”八戒在外边听见道：“哥啊，他不怕我，只怕你哩。师父定在他家了。你快上前。”行者骂道：“泼孽畜！你孙外公在这里！送我师父出来，饶你命罢。”先锋道：“大王，不好了！孙行者也寻将来了！”老怪报怨道：“都是你定的甚么‘分瓣分瓣’，却惹得祸事临门，怎生结果？”先锋道：“大王放心，且休埋怨。我记得孙行者是个宽洪海量的猴头，虽则他神通广大，却好奉承。我们拿个假人头出去哄他一哄，奉承他几句，只说他师父是我们吃了，若还哄得他去了，唐僧还是我们受用，哄不过，再作理会。”老怪道：“那里得个假人头？”先锋道：“等我做一个儿看。”

猴哥牵马挑担满山头寻叫师父，过了一会儿，八戒和沙僧都回来了。猴哥说咱们这是中计了，一着急都哭了。这时候八戒成了队魂，说出了之前猴哥经常教育唐僧的那句话：“不要哭，一哭就脓包了。横竖不远，只在这座山上，我们寻去来。”

八戒有个不太容易被注意到的地方，他这个二师兄甭管多不靠谱，但也算补上了取经路上大师兄脆弱时的空缺。

在宝象国全军覆没的时候，甭管之前猴和猪两人关系多么僵，八戒依旧有办法把猴哥请回来；红孩儿的烟让猴哥三魂出舍的时候，是八戒一通按摩把猴哥给救了回来；平时都是猴哥坚强，都是猴哥“踏平坎坷成大道”，但甭管他能量多么足，总会有些许脆弱的时候，这次在猴哥短暂脆弱的时候，八戒做了主心骨，帮猴哥打起了精神。

三人入山行二十里远近之后找到了妖精的“隐雾山折岳连环洞”。八戒筑开门后，洞里面的妖精慌了，老妖像每一个无担当的领导那样抱怨出主意的那个先锋。先锋依旧说的是狮驼岭那套话，说孙行者是个宽洪海量的猴头，这猴子有弱点，他好被奉承，“我们拿个假人头出去哄他一哄，奉承他几句，只说他师父是我们吃了，若还哄得他去了，唐僧还是我们受用，哄不过，再作理会”。

这一看就是目睹过猴哥拿捏狮子和白象后又饶了他们的场面，唉，管中窥豹，盲人摸象啊！猴子宽宏大量针对的都是谁？都是神佛家的“孽畜”！你们这种小妖，他什么时候宽宏过啊！

好妖怪，将一把衡钢刀斧，把柳树根砍做个人头模样，喷上些人血，糊糊涂涂的，着一个小怪，使漆盘儿拿至门下，叫道：“大圣爷爷，息怒容禀。”孙行者果好奉承，听见叫声大圣爷爷，便就止住八戒：“且莫动手，看他有甚话说。”拿盘的小怪道：“你师父被我大王拿进洞来，洞里小妖村顽不识好歹，这个来吞，那个来掯，抓的抓，咬的咬，把你师父吃了，只剩了一个头在这里也。”行者道：“既吃了便罢，只拿出人头来，我看是真是假。”那小怪从门窟里抛出那个头来。猪八戒见了就哭道：“可怜呵！那们个师父进去，弄做这们个师父出来也。”行者道：“呆子，你且认认是真是假。就哭！”八戒道：“不差！人头有个真假的？”行者道：“这是个假人头。”八戒道：“怎认得是假？”行者道：“真人头抛出来，扑搭不响；假人头抛得相梆子声。你不信，等我抛了你听。”拿起来，往石头上一掼，当的一声响亮，沙和尚道：“哥哥，响哩！”行者道：“响便是个假的。我教他现出本相来你看。”急掣金棒，扑的一下打破了。

八戒看时，乃是个柳树根。呆子忍不住骂起来道：“我把你这颗毛团！你将我师父藏在洞里，拿个柳树根哄你猪祖宗，莫成我师父是柳树精变的！”慌得那拿盘的小怪战兢兢跑去报道：“难，难，难！难，难，难！”老妖道：“怎么有许多难？”小妖道：“猪八戒与沙和尚倒哄过了，孙行者却是个贩古董的——识货，识货。他就认得是个假人头。如今得个真人头与他，或者他就去了。”老怪道：“怎么得个真人头？我们那剥皮亭内，有吃不了的人头，选一个来。”众妖即至亭内拣了个新鲜的头，教啃净头皮，滑塔塔的，还使盘儿拿出，叫：“大圣爷爷，先前委是个假头。这个真正是唐老爷的头，我大王留下镇宅子的，今特献出来也。”扑通的把个人头又从门窟里抛出，血滴滴的乱滚。

孙行者认得是个真人头，没奈何就哭。八戒、沙僧也一齐放声大哭。八戒噙着泪道："哥哥且莫哭。天气不是好天气，恐一时弄臭了，等我拿将去，乘生气埋下再哭。"行者道："也说得是。"那呆子不嫌秽污，把个头抱在怀里，跑上山崖向阳处，寻了个藏风聚气的所在，取钉钯筑了一个坑，把头埋了；又筑起一个坟冢，才叫："沙僧，你与哥哥哭着，等我去寻些甚么供养供养他。"就走向涧边，攀几根大柳枝，拾几块鹅卵石，回至坟前，把柳枝儿插在左右，鹅卵石堆在面前。行者问道："这是怎么说？"八戒道："这柳枝权为松柏，与师父遮遮坟顶；这石子权当点心，与师父供养供养。"行者喝道："夯货！人已死了，还将石子儿供他！"八戒道："表表生人意，权为孝道心。"行者道："且休胡弄！教沙僧在此，一则庐墓，二则看守行李、马匹。我和你去打破他的洞府，拿住妖魔，碎尸万段，与师父报仇去来。"沙和尚滴泪道："大哥言之极当。你两个着意，我在此处看守。"

这先锋先拿柳树根做了个假人头，喷上些人血，又派一个小怪用漆盘拿过去糊弄，对悟空说他们这是个草台班子，小妖们没规矩，唐师父被捉拿进来后就被小妖们给分吃了，现在只剩这个头了。

这个把戏没能瞒过猴哥，随后人家又拿了个之前没吃过的真人头，啃净头皮，对猴哥说：本来是要留着镇宅子的，大圣爷爷您眼尖，还给您吧。

等真人头被扔出来后，猴哥开始哭了，八戒、沙僧一看识货的都哭了，也跟着哭。八戒噙着泪对悟空说：咱先别哭，今天不是好天气，别一会儿师父脑袋放臭了，我先埋了，咱们再哭。随后八戒不嫌污秽，把人头抱在怀里，跑上山崖，在向阳处寻了个藏风聚气的所在，用钉钯筑了一个坑，把头埋了，又筑起一个坟冢，还要找东西供养。

最没心肝、最拿取经不当回事的八戒此时心也被焐热乎了，作者借着唐僧这回假死，安排八戒亲手斩断自己的散伙执念。八戒得知师父死讯，并没有第一时间闹散伙，而是哭得极其伤心并充满孝心。作者通过这个脑袋让八戒意识到，他对这个团队是有真感情的。

当听说八戒要找石子给唐僧当点心，表表孝心时，猴哥怒了：咱俩现在就去报仇！打破洞府，拿住妖魔，碎尸万段！

好八戒，即脱了皂锦直裰，束一束着体小衣，举钯随着行者。二人努力向前，不容分辨，径自把他石门打破，喊声振天，叫道："还我活唐僧来耶！"那洞里大小群妖，一个个魂飞魄散，都报怨先锋的不是。老妖问先锋道："这些和尚打进门来，却怎处治？"先锋道："古人说得好：'手插鱼篮，避不得腥。'一不做，二不休，左右帅领先锋，杀那和尚去来。"老怪闻言，无计可奈，真个传令，叫："小的们，各要齐心，将精锐器械跟我去出征！"果然一齐呐喊，杀出洞门。

这大圣与八戒，急退几步，到那山场平处，抵住群妖，喝道："那个是出名的头儿？那个是拿我师父的妖怪？"那群怪扎下营盘，将一面锦绣花旗闪一闪，老怪持铁杵，应声高叫道："那泼和尚，你不得惹我！我乃南山大王，数百年放荡于此。你唐僧已是我拿吃了，你敢如何？"行者骂道："这个大胆的毛团！你能有多少的作纪，敢称'南山'二字？李老君乃开天辟地之祖，尚坐于太清之右；佛如来治世之尊，今还坐于大鹏之下；孔圣人是儒教之尊，敬重呼为'夫子'。你这个孽畜，敢称甚么南山大王，数百年之放荡！不要走，吃你外公爷的一棒！"那妖精侧身闪过，使杵抵住铁棒，睁圆眼问道："你这嘴脸像个猴儿模样，敢将许多言语压我。你有甚手段，在吾门下猖狂？"行者笑道："我把你个无名的孽畜，是也不知老孙！你站住，硬着胆，且听我说：

祖居东胜大神洲，天地包含几万秋。
花果山头仙石卵，卵开产化我根苗。
生来不比凡胎类，圣体原从日月俦。
本性自修非小可，天姿颖悟大丹头。
官封大圣居云府，倚势行凶斗斗牛。
十万神兵难近我，满天星宿易为收。
名扬宇宙方方晓，智贯乾坤处处留。
今幸归依从释教，扶持长老向西游。
逢山开路无人阻，遇水支桥有怪愁。
林内施威擒虎豹，崖前复手捉貔貅。
东方果正来西域，那个妖邪敢出头！
孽畜伤师真可恨，管教时下命将休！"

那怪闻言，又惊又恨，咬着牙，跳近前来，使铁杵，望行者就打。行者轻轻的用棒架住，还要与他讲话。那八戒忍不住，掣钯乱筑那怪的先锋，先锋帅众齐来。这一场在山中平地处混战，真是好杀：

东土天邦上国僧，西方极乐取真经。南山大豹喷风雾，路阻深山独显能。施巧计，弄乖伶，无知误捉大唐僧。相逢行者神通广，更遭八戒有声名。群妖混战山平处，尘土纷飞天不清。那阵上，小妖呼哮，枪刀乱举；这壁厢，神僧叱喝，钯棒齐兴。大圣英雄无敌手，悟能精壮喜秬年。南禺老怪，部下先锋，都为唐僧一块肉，致令舍死又亡生。这两个因师性命成仇隙，那两个为要唐僧忒恶情。往来斗经多半会，冲冲撞撞没输赢。

孙大圣见那些小妖勇猛，连打不退，即使个分身法，把毫毛拔下一把，嚼在口中，喷出去，叫声："变！"都变做本身模样，一个使一根金箍棒，从前边往里打进。那一二百个小妖，顾前不能顾后，遮左不能遮右，一个个各自逃生，败走归洞。这行者与八戒从阵里往外杀来，可怜那些不识俊的妖精，汤着钯，九股血出；挽着棒，骨肉如泥。諕得那南山大王滚风生雾，得命逃回。那先锋不能变化，早被行者一棒打倒，现出本相，乃是个铁背苍狼怪。八戒上前扯着脚，翻过来看了道："这厮从小儿也不知偷了人家多少猪牙子、羊羔儿吃了。"行者将身一抖，收上毫毛道："呆子不可迟慢！快赶老怪，讨师父的命去来！"八戒回头，就不见那些小行者，道："哥哥的法相儿都去了？"行者道："我已收来也。"八戒道："妙啊，妙啊！"两个喜喜欢欢，得胜而回。

却说那老怪逃了命回洞，分付小妖搬石块、挑土，把前门堵了。那些得命的小妖，一个个战兢兢的，把门都堵了，再不敢出头。这行者引八戒赶至门首吆喝，内无人答应。八戒使钯筑时，莫想得动。行者知之，道："八戒，莫费气力。他把门已堵了。"八戒道："堵了门，师仇怎报？"行者道："且回上墓前，看看沙僧去。"

猴哥带着八戒杀进洞了，洞里大小群妖一个个魂飞魄散，都抱怨先锋的不是。等老妖问先锋怎么办时，先锋一摊手，表示只能跟他们打了。这傻老妖"无计可奈，真个传令"，喊着小妖们跟他出征。

呵呵，不见棺材你们是不掉泪的，还问咋办，问啥啊？等死吧！

老妖出洞后做了自我介绍，说他是南山大王，数百年放荡于此，那唐僧已经被他吃了，能怎么着！

随后猴哥骂了一段信息含量极大的话：

1.“这个大胆的毛团！你能有多少的作纪，敢称‘南山’二字？”

“南山”二字在我们中国传统文化中意义非凡，指的是长安之南的终南山，也泛指横断南北的秦岭。大名鼎鼎的“寿比南山”出自《诗经·小雅·天保》：“如月之恒，如日之升，如南山之寿，不骞不崩。”这个“南山”指的就是终南山。从先秦时期开始，“南山”就跟“长寿”挂钩了，后世诸多诗文也在一代代地不断夯实，如五代时期的《寿山曲》：“侍臣舞蹈重拜，圣寿南山永同。”唐代的《天衔晓望》：“再拜为君寿，南山高且长。”而且终南山不仅仅寓意着寿与天齐，它还是道教的重要发祥地之一，被道家视为神仙居所，太上老君、姜子牙、吕洞宾，都跟终南山有关系。这里猴哥的意思是，你这个才几百岁的畜生居然敢叫自己“南山”大王，属实是僭越了，不知道自己姓啥了！

2.“李老君乃开天辟地之祖，尚坐于太清之右；佛如来治世之尊，今还坐于大鹏之下。”

这句是补齐、呼应前面的剧情内容。当初在平顶山介绍紫金红葫芦时说是老君补的天，这里补充了一下，在西游宇宙中老君是开天辟地之祖；小西天时弥勒佛祖说他自己是“治世之尊”，实际上如来佛祖才是治世之尊。而且这不是悟空的一面之词，在抓大鹏鸟的时候，如来佛祖当着全灵山的面对大鹏说：“我管四大部洲，无数众生瞻仰，凡做好事，我教他先祭汝口。”（第七十七回）人家管四大部洲，亲口认证自己是治世之尊，谁赞成，谁反对。

被骂了一顿的妖精还不服，问悟空有什么可牛的，那么猖狂，随后猴哥给他来了段自己当年怎么牛的贯口。妖精听完那是又惊又恨，咬着牙跳近前来，使铁杵就打，悟空是“轻轻的用棒架住，还要与他讲话”，这实力确实差着维度。猴哥是“轻轻的”，但八戒此时已经忍不住愤怒了，掣钯乱筑那怪的先锋，双方开打。打了一会儿后，猴哥拔了一把毫毛变了一堆分身解决战斗，把一二百个小妖打得屁滚尿流、败逃回洞。南山大王滚风生雾，得命逃回，那先锋不能变化，被猴哥打倒现了原形，是个铁背苍狼怪。得胜后，猴哥下达继续追击的命令，但发现洞口已经被小妖们搬石挑土地堵死了，就回到墓前去看看沙僧的情况。

二人复至本处，见沙僧还哭哩。八戒越发伤悲，丢了钯，伏在坟上，手扑着土哭道："苦命的师父呵！远乡的师父呵！那里再得见你耶！"行者道："兄弟，且莫悲切。这妖精把前门堵了，一定有个后门出入。你两个只在此间，等我再去寻看。"八戒滴泪道："哥啊，仔细着。莫连你也捞去了，我们不好哭得。哭一声师父，哭一声师兄，就要哭得乱了。"行者道："没事，我自有手段。"

好大圣，收了棒，束束裙，拽开步，转过山坡，忽听得潺潺水响。且回头看处，原来是涧中水响，上溜头冲泄下来。又见涧那边有座门儿，门左边有一个出水的暗沟，沟中流出红水来。他道："不消讲，那就是后门了。若要是原嘴脸，恐有小妖开门看见认得，等我变作个水蛇儿过去。且住！变水蛇恐师父的阴灵儿知道，怪我出家人变蛇缠长；变作个小螃蟹儿过去罢。也不好！恐师父怪我出家人脚多。"即做一个水老鼠，搜的一声撺过去，从那出水的沟中钻至里面天井中，探着头儿观看。只见那向阳处有几个小妖，拿些人肉巴子，一块块的理着晒哩。行者道："我的儿呵！那想是师父的肉，吃不了，晒干巴子，防天阴的。我要现本相，赶上前一棍子打杀，显得我有勇无谋；且再变化进去，寻那老怪，看是何如。"跳出沟，摇身又一变，变做个有翅的蚂蚁儿。真个是：

力微身小号玄驹，日久藏修有翅飞。
闲渡桥边排阵势，喜来床下斗仙机。
善知雨至常封穴，垒积尘多遂作灰。
巧巧轻轻能爽利，几番不觉过柴扉。

他展开翅，无声无影，一直飞在中堂。只见那老怪烦烦恼恼正坐，有一个小妖从后面跳将来报道："大王万千之喜！"老妖道："喜从何来？"小妖道："我才在后门外涧头上探看，忽听得有人大哭，即蹿上峰头望望，原来是猪八戒、孙行者、沙和尚在那里拜坟痛哭，想是把那个人头认做唐僧的头葬下，堋作坟墓哭哩。"行者在暗中听说，心内欢喜道："若出此言，我师父还藏在那里，未曾吃哩。等我再去寻寻，看死活如何，再与他说话。"

好大圣，飞在中堂，东张西看，见旁边有个小门儿关得甚紧，即从门缝儿里钻去看时，原是个大园子，隐隐的听得悲声。径飞入深处，但见一丛大树，树底下绑着两个人，一个正是唐僧。行者见了，心展难挠，忍不住现了本相，近前叫声："师父！”那长老认得，滴着泪道：“悟空，你来了？快些救我一救！”行者道：“师父你且莫只管亭叫名字，面前有人，怕走了风汛。你既有命，我可救得你。那怪只说已将你吃了，拿个假人头哄我，我们与他恨苦相持。师父放心，且再熬熬儿，等我把那妖精弄倒，方好来解救。”

大圣念声咒语，却又摇身还变做个蚂蚁儿，复入中堂，叮在正梁之上。只见那些未伤命的小妖，簇簇攒攒，纷纷嚷嚷，内中忽跳出一个小妖，告道：“大王，他们见堵了门，攻打不开，死心塌地，舍了唐僧，将假人头弄做个坟墓。今日哭一日，明日再哭一日，后日复了三，好道回去。打听得他们散了呵，把唐僧拿出来，碎劖碎剁，把些大料煎了，香喷喷的，大家吃一块儿，也得个延寿长生。”又一个小妖拍着手道：“莫说，莫说。还是蒸了吃的有味！”又一个说：“煮了吃，还省柴。”又一个道：“他本是个稀奇之物，还着些盐儿腌腌，吃得长久。”

行者在那梁中听见，心中大怒道：“我师父与你有甚毒情，这般算计吃他！”即将毫毛拔了一把，口中嚼碎，轻轻吹出，暗念咒语，都教变做瞌睡虫儿，往那众妖脸上抛去。一个个钻入鼻中，小妖渐渐打盹，不一时，都睡倒了。只有那个老妖睡不稳，他两只手揉头搓脸，不住的打涕喷，捏鼻子。行者道：“莫是他晓得了？与他个双探灯。”又拔一根毫毛，依母儿做了，抛在他脸上，钻于鼻孔内，两个虫儿，一个从左进，一个从右入。那老妖爬起来，伸伸腰，打两个呵欠，呼呼的也睡倒了。

哥儿俩回去后发现沙僧还在哭，八戒也越发伤悲，丢了钯，伏在坟上，手扑着土哭道：“苦命的师父呵！远乡的师父呵！那里再得见你耶！”

猴哥看到两人哭，安慰说妖洞肯定还有后门，随后他就去找后门了。猴哥发现一条沟通着后门，本想变作水蛇进去，但担心变成水蛇让师父的阴灵知道，怪他出家人变蛇缠长。蛇的身形细长，容易缠绕，与佛家讲究的心无挂碍、不纠缠的观念相悖，而且佛经中经常把蛇和嗔怒关联在一起，猴哥这是在担心他师父在天有灵，怪他失了出家人的体面。猴哥想变个小螃蟹过去，又担心唐僧怪他出家人脚多，也就是多手多脚、手脚不干净的意思。最终，猴哥是变作一个水老鼠钻进去的。

前方就是天竺国了，取经路终于要走到头儿了，该凝聚凝聚意志了。只有失去，才会懂得珍惜，所以我们看到了八戒和沙僧哭得那么伤心，看到了猴哥慎独到了考虑师父的在天之灵是否会在意。作者通过在把戏最小的关卡安排一场最大的惊险，让仨徒弟都认识到自己对师父究竟有多么深的感情，剧情节奏安排得是真好啊！

猴哥变成有翅的蚂蚁飞入中堂，看到老怪烦烦恼恼正坐，一个小妖报喜来说那仨徒弟正在哭那假人头呢！这句话算是把妖怪给判了缓刑，猴哥把报仇的事先放在一边，开始四下寻找唐僧，最终在园子的树下找到了唐僧。

猴哥简要地说了下来龙去脉后，又变回蚂蚁飞回了中堂，此时这群傻妖怪还以为这事就结束了呢，正在商量怎么吃唐僧，随后被猴哥拿毫毛变了一堆瞌睡虫，都给迷倒了。

这老妖是什么水平呢？

一个瞌睡虫睡不稳，两个瞌睡虫睡得很瓷实。

就这点本事，却梦想吃“天鹅肉”。

见识短浅到了有“厌蠢症”的朋友都看不下去的地步。

行者暗喜，才跳下来，现出本相，耳朵里取出棒来，幌一幌，有鸭蛋粗细，当的一声，把旁门打破，跑至后园，高叫：“师父！”长老道：“徒弟，快来解解绳儿！绑坏我了！”行者道：“师父不要忙，等我打杀妖精，再来解你。”急抽身跑至中堂，正举棍要打，又殢住手道：“不好！等解了师父来打。”复至园中，又思量道：“等打了来救。”如此者两三番，却才跳跳舞舞的到园里。长老见了，悲中作喜道：“猴儿，想是看见我不曾伤命，所以欢喜得没是处，故这等作跳舞也。”行者才至前，将绳解下，挽着师父就走。又听得对面树上绑的人叫道：“老爷，舍大慈悲，也救我一命！”长老立定身，叫：“悟空，那个人也解他一解。”行者道：“他是甚么人？”长老道：“他比我先拿进一日。他是个樵子，说有母亲年老，甚是思想，倒是个尽孝的，一发连他解下救了。”行者依言，也解了绳索，一同带出后门，爬上石崖，过了陡涧。长老谢道：“贤徒，亏你救了他与我命。悟能、悟净都在何处？”行者道：“他两个都在那里哭你哩，你可叫他一声。”长老果厉声高叫道：“八戒！八戒！”

那呆子哭得昏头昏脑的，揩揩鼻涕眼泪道：“沙和尚，师父回家来显魂哩！在那里叫我们不是？”行者上前，喝了一声道：“夯货！显甚么魂？这不是师父来了？”那沙僧抬头见了，忙忙跪在面前道：“师父，你受了多少苦呵！哥哥怎生救得你来也？”行者把上项事说了一遍。八戒闻言，咬牙恨齿，忍不住举起钯，把那坟墓一

顿筑倒，掘出那人头，一顿筑得稀烂。唐僧道："你筑他为何？"八戒道："师父呵，不知他是那家的亡人，教我朝着他哭。"长老道："亏他救了我命哩。你兄弟们打上他门，嚷着要我，想是拿他来搪塞；不然啊，就杀了我也。也把他埋一埋，见我们出家人之意。"那呆子听长老此言，遂将一包稀烂骨肉埋下，也堆起个坟墓。

妖怪都被迷翻了之后，猴哥跑到后园高叫："师父！"

唐僧道："徒弟，快来解解绳儿！绑坏我了！"

悟空怕瞌睡虫效果不持久，说道："师父不要忙，等我打杀妖精，再来解你。"

接下来看这段话："急抽身跑至中堂，正举棍要打，又殢住手道：'不好！等解了师父来打。'复至园中，又思量道：'等打了来救。'如此者两三番，却才跳跳舞舞的到园里。长老见了，悲中作喜道：'猴儿，想是看见我不曾伤命，所以欢喜得没是处，故这等作跳舞也。'"

作者安排猴哥这段"拉抽屉"的情节，目的是让唐僧对悟空冰释前嫌。

自琵琶洞之后，唐僧其实就没再对悟空动过真感情，真假孙悟空那关时已经把路走绝了，他对悟空的怀疑和恨意根本没有消解，后面就是纯搭伙，一块儿上个班。狮驼岭一关时，悟空死了的消息传来，你看他当时哭的是什么，他根本不在乎悟空的生死。之前在无底洞里，悟空又犯了大忌讳，要拿女色考验他，当时唐师父的反应是"长老闻言，咬牙切齿"。灵山已经不远了，经快取到了，是时候安排这些宿怨的世纪大和解了。

怎样让唐僧不再对悟空有芥蒂呢?

让唐僧看到悟空有多在乎他。

耳听为虚，眼见为实，悟空如果单纯说他们仨有多伤心，唐僧也就是那么一听。只有唐僧看见悟空在这儿来回"拉抽屉"，都不会好好走道了，是"跳跳舞舞"地蹦跶过来了，唐僧才真的相信，猴子心里是有自己的。

灵山路近，我对作者的敬仰也越来越深，人家不仅仅有宏大的谋篇布局，通过转场的细节来推进剧情的功底也是令人叹为观止。自古文无第一，作为一名文字工作者，看到一些佳作时总会衡量自己，问自己能不能写出来这种水平，有的时候觉得自己也行，但对于《西游记》这种作品，就只有仰望的份了。

悟空把唐师父和樵子给放了下来，一同带出后门，唐僧对猴哥非常感谢，称"贤徒”，随后问悟能、悟净都在何处。猴哥说，都在哭你哪，你叫一声吧。唐师父厉声高叫道：“八戒！八戒！”

唐师父还是最爱这只猪。八戒哭得昏头昏脑，问沙僧是不是师父显魂了，被猴哥骂了一句。然后姿态永远最到位的沙僧给唐僧来了个最暖心的迎接，他“忙忙跪在面前道：‘师父，你受了多少苦呵！哥哥怎生救得你来也？’”

猴哥把来龙去脉说完之后，八戒咬牙恨齿地把那坟冢一顿筑倒，掘出那人头，一顿筑得稀烂。唐僧问“你筑他为何”，八戒说它白让自己哭了那么久！

至此，唐僧完完全全见到了三个徒弟的真挚孝心，这一关的目的也就达到了。

行者却笑道：“师父，你请略坐坐，等我剿除去来。”即又跳下石崖，过涧入洞，把那绑唐僧与樵子的绳索儿拿入中堂。那老妖还睡着了，即将他四马攒蹄捆倒，使金箍棒掬起来，握在肩上，径出后门。猪八戒远远望见的道：“哥哥，好干这握头事，再寻一个儿趁头挑着不好？”行者到跟前放下，八戒举钯就筑，行者道：“且住，洞里还有小妖怪未拿哩。”八戒道：“哥啊，有便带我进去打他。”行者道：“打又费工夫了，不若寻些柴，教他断根罢。”那樵子闻言，即引八戒去东凹里，寻了些破梢竹、败叶松、空心柳、断根藤、黄蒿、老荻、芦苇、干桑，挑了若干，送入后门里。行者点上火，八戒两耳扇起风。那大圣将身跳上，抖一抖，收了瞌睡虫的毫毛。那些小妖及醒来，烟火齐着。可怜！莫想有半个得命，连洞府烧得精空，却回见师父。

师父听见老妖方醒声唤，便叫：“徒弟，妖精醒了。”八戒上前一钯，把老怪筑死，现出本相，原来是个艾叶花皮豹子精。行者道：“花皮会吃老虎，如今又会变人。这顿打死，才绝了后患了。”长老谢之不尽，攀鞍上马。那樵子道：“老爷，向西南去不远，就是舍下。请老爷到舍见见家母，叩谢老爷活命之恩，送爷上路。”长老欣然，遂不骑马，与樵子并四众同行，向西南迤逦前来。不多路，果见那：

石径重漫苔藓，柴门蓬络藤花。

四面山光连接，一林鸟雀喧哗。

密密松篁交翠，纷纷异卉奇葩。

地僻云深之处，竹篱茅舍人家。

远见一个老妪，倚着柴扉，眼泪汪汪的，儿天儿地的痛哭。这樵子看见自家母亲，丢了长老，急忙忙先跑到柴扉前跪下，叫道："母亲，儿来也！"老妪一把扯住道："儿呵，你这几日不来家，我只说是山主拿你去，害了性命，是我心疼难忍。你既不曾被害，何以今日才来？你绳担、柯斧俱在何处？"樵子叩头道："母亲，儿已被山主拿去，绑在树上，实是难得性命。幸亏这几位老爷！这老爷是东土唐朝往西天取经的罗汉。那老爷倒也被山主拿去，绑在树上。他那三位徒弟老爷，神通广大，把山主一顿打死，却是个艾叶花皮豹子精。概众小妖，俱尽烧死。却将那老爷解下救出，连孩儿都解救出来。此诚天高地厚之恩！不是他们，孩儿也死无疑了。如今山上太平，孩儿彻夜行走，也无事矣。"

那老妪听言，一步一拜，拜接长老四众，都入柴扉茅舍中坐下。娘儿两个磕头称谢不尽，慌慌忙忙的，安排些素斋酬谢。八戒道："樵哥，我见你府上也寒薄，只可将就一饭，切莫费心大摆布。"樵子道："不瞒老爷说。我这山间，实是寒薄，没甚么香蕈、蘑菇、川椒、大料，只是几品野菜奉献老爷，权表寸心。"八戒笑道："聒噪，聒噪。放快些儿就是，我们肚中饥了。"樵子道："就有，就有。"果然不多时，展抹桌凳，摆将上来。果是几盘野菜。但见那：

嫩焯黄花菜，酸虀白鼓丁。浮蔷马齿苋，江荠雁肠英。燕子不来香且嫩，芽儿拳小脆还青。烂煮马蓝头，白熝狗脚迹。猫耳朵，野落荜，灰条熟烂能中吃；剪刀股，牛塘利，倒灌窝螺操帚荠；碎米荠，莴菜荠，几品清香又滑腻。油炒乌英花，菱科甚可夸。蒲根菜并茭儿菜，四般近水实清华。看麦娘，娇且佳，破破纳，不穿他，苦麻台下藩篱架。雀儿绵单，猢狲脚迹，油灼灼煎来只好吃。斜蒿青蒿抱娘蒿，灯娥儿飞上板荞荞。羊耳秃，枸杞头，加上乌蓝不用油。几般野菜一餐饭，樵子虔心为谢酬。

师徒们饱餐一顿，收拾起程。那樵子不敢久留，请母亲出来，再拜再谢。樵子只是磕头，取了一条枣木棍，结束了衣裙，出门相送。沙僧牵马，八戒挑担，行者紧随左右。长老在马上拱手道："樵哥，烦先引路，到大路上相别。"一齐登高下坂，转涧寻坡。长老在马上思量道："徒弟呵！

自从别主来西域，递递迢迢去路遥。

水水山山灾不脱，妖妖怪怪命难逃。

心心只为经三藏，念念仍求上九霄。

碌碌劳劳何日了，几时行满转唐朝？”

樵子闻言道：“老爷，切莫忧思。这条大路，向西方不满千里，就是天竺国极乐之乡也。”长老闻言，翻身下马道：“有劳远涉。即是大路，请樵哥回府，多多拜上令堂老安人。适间厚扰盛斋，贫僧无甚相谢，只是早晚诵经，保佑你母子平安，百年长寿。”那樵子喏喏相辞，复回本路。师徒遂一直投西。正是：

降怪解冤离苦厄，受恩上路用心行。

毕竟不知还有几日得到西天，且听下回分解。

唐僧说亏得这人头救了命，要不是它被拿来搪塞，自己就该被杀了，还是给人家埋了吧。等八戒埋完人头，猴哥要去断这个妖怪的根了。

老妖睡得很开心，猴哥此时真的是手里有分寸，知道控制情绪了，他并没有一棍子打死妖精，而是拿绑唐僧与樵子的绳索把妖精“四马攒蹄捆倒”，用金箍棒跟挑行李一样给他拎出来了。当八戒要打死妖精的时候，猴哥表示且住，洞里还有小妖未拿，随后带着八戒去烧了洞。

猴哥为什么不全部弄死，要把老妖拎出来，还不让八戒打呢？

先等等，这妖精敢叫自己“南山大王”，万一人家背后真有人呢？打死了不就得罪人了嘛！都给人放在光天化日之下了，也给人留出救走的时间了，要是还没来人，那就是真没背景的妖怪了。

对于洞里的小妖，猴哥给予了他们最受罪的死法。本来八戒的意思是进洞一个个打死，但猴哥不同意，说打费工夫，直接烧吧。

弄死这帮梦鬼，他们不受罪，自己之前却受了这么大的惊吓，必须有人负责买单！

樵子引八戒去东凹里寻了些引火材料送入后门里，猴哥点上火，八戒两耳扇起风，猴哥将身一抖，收了瞌睡虫的毫毛。等小妖醒来，发现烟火齐着，前门又被妖怪自己堵死了，所以他们全部被烧死了。

等回去后，老妖精也醒了，确实是没人来救。

谜底彻底揭晓，这就是个不知道自己姓什么的、想吃天鹅肉的癞蛤蟆，他被八戒上前一钯筑死，现出本相，是个艾叶花皮豹子精。

这妖怪会喷风吐雾，这山也叫作隐雾山，本相还是个豹子，这应该是作者借由

“南山雾豹”这个典故拆出来的一个故事。“南山雾豹”出自西汉刘向的《列女传》，原文载：“妾闻南山有玄豹，雾雨七日而不下食者，何也？欲以泽其毛而成文章也，故藏而远害。”原意是终南山有一种黑豹，为了让自己的皮毛润泽，形成美丽的花纹，在雾雨天气中七天都不出来觅食，这豹懂得隐藏自己来躲灾。后常用来比喻隐居山林不仕的贤者，为了保持自己的品德操守，不轻易出仕，远离纷争和危害。

这妖精不做南山雾豹，要做南山大王，那他的结局就可想而知了。作者也是借此在暗喻那些没有背景的隐士贤人，一直隐逸下去吧，不识时务地冒头，大概率会输得很惨。

唐僧师徒在樵子的邀请下来到了他家，在娘儿俩的谢恩不尽和斋饭款待后，唐僧师徒启程。唐僧吟了一首主旨为“这个班上起来没完没了”的诗后，樵子告诉唐僧，不远了，这条大路向西方不满千里就是天竺国了。

就快到目的地了，作者安排了一场生离死别，在入天竺国国境之前，通过“死者为大”让之前的所有恩怨烟消云散。

唐僧别再生猴子的气了，无论前面有没有误会，都过去吧。

八戒也别再说散伙的事了，无论前面说了多少次，这一次哭过之后也会懂得珍惜。

取经团队调整到最好的状态，该进入取经路上的最后一个国家了。

第十七章

香火收割，
孙悟空的香火名单

第八十七回

凤仙郡冒天止雨，孙大圣劝善施霖

大道幽深，如何消息，说破鬼神惊骇。挟藏宇宙，剖判玄光，真乐世间无赛。灵鹫峰前，宝珠拈出，明映五般光彩。照乾坤上下群生，知者寿同山海。

却说三藏师徒四众，别樵子下了隐雾山，奔上大路。行经数日，忽见一座城池相近。三藏道："悟空，你看那前面城池，可是天竺国么？"行者摇手道："不是，不是。如来处虽称极乐，却没有城池，乃是一座大山，山中有楼台殿阁，唤做灵山大雷音寺。就到了天竺国，也不是如来住处。天竺国还不知离灵山有多少路哩。那城想是天竺之外郡，到前边方知明白。"

不一时，至城外。三藏下马，入到三层门里，见那民事荒凉，街衢冷落。又到市口之间，见许多穿青衣者，左右摆列；有几个冠带者，立于房檐之下。他四众顺街行走，那些人更不逊避。猪八戒村愚，把长嘴掬一掬，叫道："让路！让路！"那些人猛抬头，看见模样，一个个骨软筋麻，跌跌蹡蹡，都道："妖精来了！妖精来了！"諕得那檐下冠带者，战兢兢躬身问道："那方来者？"三藏恐他们闯祸，一力当先，对众道："贫僧乃东土大唐驾下拜天竺国大雷音寺佛祖求经者。路过宝方，一则不知地名，二则未落人家，才进城，甚失回避，望列公恕罪。"那官人却才施礼道："此处乃天竺外郡，地名凤仙郡。连年干旱，郡侯差我等在此出榜，招求法师祈雨救民也。"行者闻言道："你的榜文何在？"众官道："榜文在此。适间才打扫廊檐，还未张挂。”行者道：“拿来我看看。”众官即将榜文展开，挂在檐下。行者四众上前同看。榜上写着：

大天竺国凤仙郡郡侯上官，为榜聘明师招求大法事。兹因郡土宽弘，军民殷实。连年亢旱，累岁干荒，民田旲而军地薄，河道浅而沟浍空。井中无水，泉底无津。富民聊以全生，穷军难以活命。斗粟百金之价，束薪五两之资。十岁女，易米三升；五岁男，随人带去。城中惧法，典衣当物以存身；乡下欺公，打劫吃人而顾命。为此出给榜文，仰望十方贤哲，祷雨救民。恩当重报，愿以千金奉谢，决不虚言。须至榜者。

行者看罢，对众官道：“‘郡侯上官’何也？”众官道：“上官乃是他姓，此我郡侯之姓也。”行者笑道：“此姓却少。”八戒道：“哥哥不曾读书。《百家姓》后有一句‘上官欧阳’。”三藏道：“徒弟们，且休闲讲。那个会求雨，与他求一场甘雨，以济民瘼，此乃万善之事；如不会，就行，莫误了走路。”行者道：“祈雨有甚难事？我老孙翻江搅海，换斗移星，踢天弄井，吐雾喷云，担山赶月，唤雨呼风，那一件儿不是幼年耍子的勾当！何为稀罕！”

唐僧师徒下了隐雾山后行经数日，忽见一座城池相近，唐僧赶紧问悟空那是不是天竺国。人家樵子说的是离天竺国不满千里，衡量单位是千里，你看，他又急了。猴哥说不是，这里应该是天竺国的外郡。他们走进城内后发现民事荒凉，街衢冷落，准确来讲，唐僧师徒进入了整个西牛贺洲唯一的一座穷城。唐僧询问了几个冠带人士后得知，此地为天竺外郡，地名凤仙郡，连年干旱，他们这帮冠带人士是被郡侯差到此处出榜招求法师祈雨救民的。

猴哥一听高兴了，这是来买卖了，就问官人榜文呢，给他看看，众官将榜文展开，挂在檐下。猴哥四人一看，发现此时凤仙郡因为连年亢旱已经到了“十岁女，易米三升；五岁男，随人带去。城中惧法，典衣当物以存身；乡下欺公，打劫吃人而顾命”的地步。唐僧询问仨徒弟，谁会求雨就给他们求一场，不会就直接走。其实这话就是说给悟空听的，这种题对于八戒、沙僧哥儿俩来说属实是超纲了，他俩连马都牵不好，唐僧在马上都让妖怪摄走多少次了！

取经项目快收尾了，作者开始彻底夯实降雨是天庭拿捏人间的最核心手段了。

我们来回顾下此前西游宇宙中跟降雨有关的剧情：

1. 取经缘起，涉及农业生产，泾河龙王改了点数，死了；

2. 火云洞战红孩儿，不涉及农业生产，四海龙王来帮了忙；

3. 乌鸡国和车迟国，涉及农业生产，引出三清等级的五雷法，不涉及具体降雨时辰点数，想怎么下怎么下；

4. 朱紫国国王得病，不涉及农业生产，龙王打喷嚏、吐唾沫帮忙。

如果没有这一回，读者其实是不会太把降雨当回事的，泾河龙王更像是被谁找碴儿杀的，剩下几关的求雨也都轻松达到了目的，悟空此时也觉得求雨能有什么难度，在车迟国时，想怎么下就怎么下！

悟空忽略了车迟国之所以能成功下雨，是因为虎力仙帮他用了正版的五雷法，他纯是占的人家便宜。作者在这回要告诉所有读者，降雨这事很严肃，决定权在玉帝和三清手中，悟空这个级别想求雨干预农业生产的话，还真就没这个面子！

众官听说，着两个急去郡中报道："老爷，万千之喜至也！"那郡侯正焚香默祝，听得报声喜至，即问何喜。那官道："今日领榜，方至市口张挂，即有四个和尚，称是东土大唐差往天竺国大雷音拜佛求经者。见榜即道能祈甘雨，特来报知。"那郡侯即整衣步行，不用轿马多人，径至市口，以礼敦请。忽有人报道："郡侯老爷来了。"众人闪过。那郡侯一见唐僧，不怕他徒弟丑恶，当街心倒身下拜道："下官乃凤仙郡郡侯上官氏，熏沐拜请老师祈雨救民。望师大舍慈悲，运神功拔济拔济。"三藏答礼道："此间不是讲话处。待贫僧到那寺观，却好行事。"郡侯道："老师同到小衙，自有洁净之处。"

师徒们遂牵马挑担，径至府中，一一相见。郡侯即命看茶摆斋。少顷斋至，那八戒雄量吞餐，如同饿虎。諕得那些捧盘的心惊胆战，一往一来，添汤添饭，就如走马灯儿一般，刚刚供上，直吃得饱满方休。斋毕，唐僧谢了斋，却问："郡侯大人，贵处干旱几时了？"郡侯道：

"敝地大邦天竺国，凤仙外郡吾司牧。

一连三载遇干荒，草子不生绝五谷。

大小人家买卖难，十门九户俱啼哭。

三停饿死二停人，一停还似风中烛。

下官出榜遍求贤，幸遇真僧来我国。

若施寸雨济黎民，愿奉千金酬厚德。”

行者听说，满面喜生，呵呵的笑道：“莫说，莫说。若说千金为谢，半点甘雨全无，但论积功累德，老孙送你一场大雨。”那郡侯原来十分清正贤良，爱民心重，即请行者上坐，低头下拜道：“老师果舍慈悲，下官必不敢悖德。”行者道：“且莫讲话，请起。但烦你好生看着我师父，等老孙行事。”沙僧道：“哥哥，怎么行事？”行者道：“你和八戒过来，就在他这堂下随着我做个羽翼，等老孙唤龙来行雨。”

八戒、沙僧谨依使令。三个人都在堂下，郡侯焚香礼拜，三藏坐着念经。行者念动真言，诵动咒语，即时见正东上一朵乌云，渐渐落至堂前，乃是东海老龙王敖广。那敖广收了云脚，化作人形，走向前，对行者躬身施礼道：“大圣唤小龙来，那方使用？”行者道：“请起。累你远来，别无甚事。此间乃凤仙郡，连年干旱，问你如何不来下雨？”老龙道：“启上大圣得知，我虽能行雨，乃上天遣用之辈。上天不差，岂敢擅自来此行雨？”行者道：“我因路过此方，见久旱民苦，特着你来此施雨救济，如何推托？”龙王道：“安敢推托？但大圣念真言呼唤，不敢不来。一则未奉上天御旨，二则未曾带得行雨神将，怎么动得雨部？大圣既有拔济之心，容小龙回海点兵，烦大圣到天宫奏准，请一道降雨的圣旨，请水官放出龙来，我却好照旨意数目下雨。”

听说有人能求雨后，众官赶紧去郡中给郡侯报信，随后郡侯整衣步行，诚意满满地亲自来请了。注意他见到唐僧师徒后的操作，那是“不怕他徒弟丑恶，当街心倒身下拜道：‘下官乃凤仙郡郡侯上官氏，熏沐拜请老师祈雨救民。望师大舍慈悲，运神功拔济拔济。’”

你瞅瞅，爱民如子的形象一下子就出来了，这消息传到百姓那里估计家家都感动得不行，再苦的日子都觉得甜了！

记住这个郡侯的身段，他真的如此爱民如子吗？真的这么以苍生百姓为念吗？

接着往后看，后面我们会慢慢揭开他的真面目。

唐僧说这里不是说话的地方，等去了寺观再细聊此事，随后郡侯把他们引到了郡侯府，先请唐僧师徒吃了顿饭。看到这里需要注意，这顿饭做得非常快，而且是八戒能吃饱的级别，所谓“郡侯即命看茶摆斋。少顷斋至，那八戒雄量吞餐，如同饿虎。谎得那些捧盘的心惊胆战，一往一来，添汤添饭，就如走马灯儿一般，刚刚供上，直吃得饱满方休”。

一方面得说八戒这家伙丝毫不考虑别人死活，这是个连年干旱的郡，已经到了“斗粟百金之价，束薪五两之资。十岁女，易米三升”的地步，他居然还好意思甩开腮帮子地吃，你说他有一丁点的慈悲心嘛！

另一方面，这说明郡侯府的生活根本没受影响，家有余粮到了能供这头猪吃饱的地步，而且后厨力量十分强大，那是“一往一来，添汤添饭，就如走马灯儿一般”地供着这头猪吃。

也就是说，这郡侯虽然在对外宣扬的时候爱民如子，实际关起门来过日子的时候并没有关心百姓死活，或者可以说，人家在对外宣传上特别有技巧。

唐僧谢斋完毕后问干旱几年了，郡侯作了首诗，说了四件事：

1.“敝地大邦天竺国，凤仙外郡吾司牧。”他是凤仙郡的司牧，在这里有绝对统治权。

2.“一连三载遇干荒，草子不生绝五谷。”凤仙郡三年没下雨了。

3.“三停饿死二停人，一停还似风中烛。”全郡百姓饿死三分之二了。

4.“若施寸雨济黎民，愿奉千金酬厚德。”郡政府财政状况依旧良好，拿出千金不算什么事。

猴哥听说后表示，求场雨嘛，不算什么大事，提钱就俗了，他们为的是积功累德，随后他就念咒把敖广唤来了。

龙王一听说猴哥要给老百姓求雨，吓得他继红孩儿那关后，又一次给悟空普及了下雨审批的流程。接下来龙王的这段话，其实也可以看作小部门里平时受夹板气的领导说话的范例，一点也不像神话故事。

“老龙道：‘启上大圣得知，我虽能行雨，乃上天遣用之辈。上天不差，岂敢擅自来此行雨？’”

潜台词：我虽然能办事，但我做不了主啊！

“行者道：‘我因路过此方，见久旱民苦，特着你来此施雨救济，如何推托？’龙王道：‘安敢推托？但大圣念真言呼唤，不敢不来。一则未奉上天御旨，二则未曾带得行雨神将，怎么动得雨部？’”

潜台词：大圣您的事我哪敢不上心！但没有玉帝批文，我也没带行雨人员，就一个光杆司令，这工作使不上劲啊！

“大圣既有拔济之心，容小龙回海点兵，烦大圣到天宫奏准，请一道降雨的圣旨，请水官放出龙来，我却好照旨意数目下雨。”

潜台词：大圣的面子我是一定要给的，我这就回去找人，我手上一点也不敢闲着，但是，麻烦您去天宫要个文件，我再帮您办好这件事。

再遇到这种事，你学会了吗？

如果不是那种大是大非的问题，你别直接就板着脸，要嘴上、手上都感同身受一般，别闲着，然后让他给你找批文去。

龙王的为难再次告诉了悟空一件事：降雨这件事级别很高，需要圣旨，决定权在玉帝那里。

行者见他说出理来，只得发放老龙回海。他即跳出罡斗，对唐僧备言龙王之事。唐僧道：“既然如此，你去为之，切莫打诳语。”行者即分付八戒、沙僧：“保着师父，我上天宫去也。”好大圣，说声去，寂然不见。那郡侯胆战心惊道：“孙老爷那里去了？”八戒笑道：“驾云上天去了。”郡侯十分恭敬，传出飞报，教满城大街小巷，不拘公卿士庶，军民人等，家家供养龙王牌位，门设清水缸，缸插杨柳枝，侍奉香火拜天不题。

却说行者一路筋斗云，径到西天门外，早见护国天王引天丁、力士上前迎接道：“大圣，取经之事完乎？”行者道：“也差不远矣。今行到天竺国界，有一外郡，名凤仙郡。彼处三年不雨，民甚艰苦。老孙欲唤雨拯救，呼得龙王到彼，他言无旨，不敢私自为之，特来朝见玉帝请旨。”天王道：“那壁厢敢是不该下雨哩。我向时闻得说，那郡侯撒泼，冒犯天地，上帝见罪，立有米山、面山、黄金大锁，直等此三事倒断，才该下雨。”行者不知此意是何，要见玉帝，天王不敢拦阻，让他进去。

径至通明殿外，又见四大天师迎道：“大圣到此何干？”行者道：“因保唐僧，路至天竺国界，凤仙郡无雨，郡侯召师祈雨。老孙呼得龙王，意命降雨，他说未奉玉帝旨意，不敢擅行，特来求旨，以苏民困。”四大天师道：“那方不该下雨。”行

者笑道："该与不该，烦为引奏引奏，看老孙的人情何如。"葛仙翁道："俗语云：'苍蝇包网儿——好大面皮。'"许旌阳道："不要乱谈，且只带他进去。"丘洪济、张道陵与葛、许四真人引至灵霄殿下，启道："万岁，有孙悟空，路至天竺国凤仙郡，欲与求雨，特来请旨。"玉帝道："那厮三年前十二月二十五日，朕出即监观万天，浮游三界。驾至他方，见那上官正不仁，将斋天素供推倒喂狗，口出秽言，造有冒犯之罪。朕即立以三事，在于披香殿内。汝等引孙悟空去看，若三事倒断，即降旨与他；如不倒断，且休管闲事。"

四天师即引行者至披香殿内看时，见有一座米山，约有十丈高下；一座面山，约有二十丈高下。米山边有一只拳大之鸡，在那里紧一嘴，慢一嘴，嗛那米吃；面山边有一只金毛哈巴狗儿，在那里长一舌，短一舌，餂那面吃；左边悬一座铁架子，架上挂一把金锁，约有一尺三四寸长短，锁梃有指头粗细，下面有一盏明灯，灯焰儿燎燎着那锁梃。行者不知其意，回头问天师曰："此何意也？"天师道："那厮触犯了上天，玉帝立此三事，直等鸡嗛了米尽，犬餂得面尽，灯焰燎断锁梃，那方才该下雨哩。"行者闻言，大惊失色，再不敢启奏，走出殿，满面含羞。四天师笑道："大圣，不必烦恼，这事只宜作善可解。若有一念善慈，惊动上天，那米、面山即时就倒，锁梃即时就断。你去劝他归善，福自来矣。"

行者依言，不上灵霄辞玉帝，径来下界覆凡夫。须臾，到西天门，又见护国天王。天王道："请旨如何？"行者将米山、面山、金锁之事说了一遍，道："果依你言，不肯传旨。适间天师送我，教劝那厮归善，即福原也。"遂相别，降云下界。

猴哥见龙王说得有条理，只能发放人家回海，他跟唐僧说了一下情况，随后上天跑批文去了。郡侯吓得胆战心惊道："孙老爷那里去了？"

听说猴哥上天给他求雨后，那郡侯"十分恭敬，传出飞报，教满城大街小巷，不拘公卿士庶，军民人等，家家供养龙王牌位，门设清水缸，缸插杨柳枝，侍奉香火拜天不题"。

看见郡侯对全郡的控制能力了吗？不光在宣传上特别有技巧，人家在管理上也特别有办法呢！

猴哥到了西天门外，被护国天王引天丁、力士上前迎接，聊了聊天。这一聊才知道，原来这凤仙郡还挺有名，连护国天王都听说过这事，他表示这地方不该下雨，听说那郡侯撒泼冒犯了天地，玉帝见罪后，立有米山、面山、黄金大锁三事，事不平，雨不下。

悟空来到通明殿，遇到四大天师，又说了说为凤仙郡求雨的事。四大天师依旧是那口径，表示那方不该下雨。猴哥随后赔笑道："该与不该，烦为引奏引奏，看老孙的人情何如。"

猴哥就此迎来了自己在天宫上最尴尬的一次难堪，葛仙翁道："俗语云：'苍蝇包网儿——好大面皮。'"

你那点面子算什么！

随后许旌阳递了台阶，四大天师带着悟空来到灵霄殿下，启奏孙悟空"路至天竺国凤仙郡，欲与求雨，特来请旨"。玉帝非常明确地给悟空讲了来龙去脉："那厮三年前十二月二十五日，朕出即监观万天，浮游三界。驾至他方，见那上官正不仁，将斋天素供推倒喂狗，口出秽言，造有冒犯之罪。朕即立以三事，在于披香殿内。汝等引孙悟空去看，若三事倒断，即降旨与他；如不倒断，且休管闲事。"

也就是说，玉帝降临凤仙郡的时候见到郡侯将斋天的素供推倒喂狗，还口出秽言冒犯上天，人家玉帝本尊看得真真的。那可不就成了铁案了呗！不仅是铁案，还被抓了典型！前面西天门聊天时，连天庭保安队长都知道了。

四天师引悟空至披香殿，看到里面有一座约十丈高的米山、一座约二十丈高的面山，外加一把大锁。游戏规则是"等鸡嗛了米尽，犬餂得面尽，灯焰燎断锁梃"，凤仙郡方才该下雨。

此时的猴哥已经相当成熟了，不再是那个动不动就掀桌子的膨胀猴了，他大惊失色，满面羞愧，这姿态成功博得了四大天师的好感，随后天师跟他说了解题办法："大圣，不必烦恼，这事只宜作善可解。若有一念善慈，惊动上天，那米、面山即时就倒，锁梃即时就断。你去劝他归善，福自来矣。"

这段话，说了两件事：

1. 玉帝不是不够意思，不是非得让那郡的百姓死绝才解气，只要郡侯有一念善慈惊动了上天，这三件事马上就解决。

言外之意就是，别看那假惺惺的郡守装得那么爱民如子，这三年他其实一念善慈也没有！

2. 玉帝的实力是悟空根本无法想象的高度，作者在这里也给玉帝的能力收尾了，人家定下的事是感应的级别，是存心有天知的，这种能力维度高到了悟空想象不到的地步。还记得蟠桃园的桃是怎么在你猴子的眼皮底下没了的吗？

再回首大闹天宫，呵呵，能让你闹起来，不过是想让你闹起来罢了。

那郡侯同三藏、八戒、沙僧、大小官员人等接着，都簇簇攒攒来问。行者将郡侯喝了一声道："只因你这厮三年前十二月二十五日冒犯了天地，致令黎民有难，如今不肯降雨。"慌得郡侯跪伏在地道："老师如何得知三年前事？"行者道："你把那斋天的素供，怎么推倒喂狗？可实实说来。"那郡侯不敢隐瞒，道："三年前十二月二十五日，献供斋天，在于本衙之内，因妻不贤，恶言相斗，一时怒发无知，推倒供桌，泼了素馔，果是唤狗来吃了。这两年忆念在心，神思恍惚，无处可以解释。不知上天见罪，遗害黎民。今遇老师降临，万望明示上界怎么样计较。"行者道："那一日正是玉皇下界之日。见你将斋供喂狗，又口出秽言，玉帝即立三事记汝。"八戒问道："是甚三事？"行者道："披香殿立一座米山，约有十丈高下；一座面山约有二十丈高下。米山边有拳大的一只小鸡，在那里紧一嘴，慢一嘴的嗛那米吃；面山边有一个金毛哈巴狗儿，在那里长一舌，短一舌的餂那面吃；左边又一座铁架子，架上挂一把黄金大锁，锁梃儿有指头粗细，下面有一盏明灯，灯焰儿燎着那锁梃。直等那鸡嗛米尽，狗餂面尽，灯燎断锁梃，他这里方才该下雨哩。"八戒笑道："不打紧，不打紧。哥哥肯带我去，变出法身来，一顿把他的米面都吃了，锁梃弄断了，管取下雨。"行者道："呆子莫胡说。此乃上天所设之计，你怎么得见？"三藏道："似这等说，怎生是好？"行者道："不难，不难。我临行时，四天师曾对我言，但只作善可解。"那郡侯拜伏在地，哀告道："但凭老师指教，下官一一归依也。"行者道："你若回心向善，趁早念佛看经，我还替你为作；汝若仍前不改，我亦不能解释，不久天即诛之，性命不能保矣。"

那郡侯磕头礼拜，誓愿归依。当时召请本处僧道，启建道场，各各写发文书，申奏三天。郡侯领众拈香瞻拜，答天谢地，引罪自责。三藏也与他念经。一壁厢又出飞报，教城里城外，大家小户，不论男女人等，都要烧香念佛。自此时，一片善声盈耳。行者却才欢喜，对八戒、沙僧道："你两个好生护持师父，等老孙再与他

去去来。”八戒道：“哥哥又往那里去？”行者道：“这郡侯听信老孙之言，果然受教，恭敬善慈，诚心念佛。我这去，再奏玉帝，求些雨来。”沙僧道：“哥哥既要去，不必迟疑，且担阁我们行路；必求雨一坛，庶成我们之正果也。”

猴哥回去时，“那郡侯同三藏、八戒、沙僧、大小官员人等接着，都簇簇攒攒来问”，随后猴哥将郡侯喝了一声道：“只因你这厮三年前十二月二十五日冒犯了天地，致令黎民有难，如今不肯降雨。”

那郡侯不敢隐瞒，道：“三年前十二月二十五日，献供斋天，在于本衙之内，因妻不贤，恶言相斗，一时怒发无知，推倒供桌，泼了素馔，果是唤狗来吃了。这两年忆念在心，神思恍惚，无处可以解释。不知上天见罪，遗害黎民。今遇老师降临，万望明示上界怎么样计较。”

你看看，是“不敢隐瞒”，是他自己说了“这两年忆念在心，神思恍惚，无处可以解释”，也就是说，他知道是怎么回事，什么“不知上天见罪，遗害黎民”，扯淡！他只是不肯自己担责而已！

不下雨这件事跟他的官位、性命没关系，反正死的是老百姓，他的求雨姿态又做得那么足；相反，要是承认了跟自己有关系，下了“罪己诏”，自己的统治就真的危险了。

老百姓要是知道他得罪了上天，会杀了他祭天的！

而且，不担责也就罢了，哪怕他有一念善慈惊动了上天，这件事都能被解决，哪怕他在家里忏悔，重新给玉帝献供，也算改过了，但是他是“一念”都没有啊！

八戒听说披香殿有吃的后，想让猴哥带他去把那些都给吃了，但成熟猴表示别扯淡，这是上天所设之计。你看看，现在猴哥不光动不动说“我佛”，对玉帝都是怎么高怎么捧了。

猴哥是这么安排的：“你若回心向善，趁早念佛看经，我还替你为作；汝若仍前不改，我亦不能解释，不久天即诛之，性命不能保矣。”

悟空也算是借着这个碴儿夹带了私货，将“善”框定在了念佛看经，当然人家不只是为了夹带，猴哥的思路是不看僧面看佛面，求玉帝给佛祖一个面子。

那郡侯随后是分四步解决问题的：

1. 本人磕头礼拜，誓愿归依；

2. 找专业人士做法会，“当时召请本处僧道，启建道场，各各写发文书，申奏三天”；

3. 高调罪己，“郡侯领众拈香瞻拜，答天谢地，引罪自责”；

4. 全民信佛，出飞报，“教城里城外，大家小户，不论男女人等，都要烧香念佛”。

这个郡侯相当会把责任转嫁到百姓身上，四大天师说的是“若有一念善慈，惊动上天，那米、面山即时就倒，锁梃即时就断。你去劝他归善，福自来矣”，目标是郡侯，而且猴哥传话的时候瞄准的也是他，是“你若回心向善，趁早念佛看经，我还替你为作；汝若仍前不改，我亦不能解释，不久天即诛之，性命不能保矣”。猴哥从头到尾都是对郡侯说：你有问题，你需要改，你只需要做好第一项“归依”和第三项“罪己”就可以了。但这郡侯依旧把他的责任强加给了整个凤仙郡百姓。

如果郡侯自己归依念佛，外加当众罪己，随后此地下雨，那就意味着他本人要为前面三年的大旱负责，后面汹涌的反扑力量可不是闹着玩的。

但他把这件事扩大到了凤仙郡全体，那就是他带领着全郡人民去求这场雨，他的罪己就变成了他代表全郡人民去给上天认错，成了他有担当的表现。

呵呵，摊上这种官贼，老百姓死了都是糊涂鬼。

在这一片形式主义表演之下，猴哥再次上天找玉帝求雨去了。

好大圣，一纵云头，直至天门外，又遇着护国天王。天王道：“你今又来做甚？”行者道：“那郡侯已归善矣。”天王亦喜。正说处，早见直符使者捧定了道家文书，僧家关牒，到天门外传递。那符使见了行者施礼道：“此意乃大圣劝善之功。”行者道：“你将此文牒送去何处？”符使道：“直送至通明殿上，与天师传递到玉皇大天尊前。”行者道：“如此，你先行，我当随后而去。”那符使入天门去了。护国天王道：“大圣，不消见玉帝了。你只往九天应元府下，借点雷神，径自声雷掣电，还他就有雨下也。”

真个行者依言，入天门里，不上灵霄殿求诣旨意，转云步，径往九天应元府，见那雷门使者、纠录典者、廉访典者都来迎着施礼道：“大圣何来？”行者道：“有

事要见天尊。”三使者即为传奏。天尊随下九凤丹霞之扆，整衣出迎。相见礼毕，行者道：“有一事特来奉求。”天尊道：“何事？”行者道：“我因保唐僧至凤仙郡，见那干旱之甚，已许他求雨，特来告借贵部官将，到彼声雷。”天尊道：“我知那郡侯冒犯上天，立有三事，不知可该下雨哩？”行者笑道：“我昨日已见玉帝请旨。玉帝着天师引我去披香殿看那三事，乃是米山、面山、金锁，只要三事倒断，方该下雨。我愁难得倒断，天师教我劝化郡侯等众作善，以为‘人有善念，天必从之’，庶几可以回天心，解灾难也。今已善念顿生，善声盈耳。适间执符使者已将改行从善的文牒奏上玉帝去了。老孙因特造尊府，告借雷部官将相助相助。”天尊道：“既如此，差邓、辛、张、陶帅领闪电娘子，即随大圣下降凤仙郡声雷。”

那四将同大圣，不多时，至于凤仙境界，即于半空中作起法来。只听得啯啷啷的雷声，又见那淅沥沥的闪电，真个是：

电掣紫金蛇，雷轰群蛰哄。

荧煌飞火光，霹雳崩山洞。

列缺满天明，震惊连地纵。

红销一闪发萌芽，万里江山都撼动。

那凤仙郡，城里城外，大小官员，军民人等，整三年不曾听见雷电。今日见有雷声霍闪，一齐跪下，头顶着香炉，有的手拈着柳枝，都念：“南无阿弥陀佛！南无阿弥陀佛！”这一声善念，果然惊动上天。正是那古诗云：

人心生一念，天地悉皆知。

善恶若无报，乾坤必有私。

且不说孙大圣指挥雷将，掣电轰雷于凤仙郡，人人归善。却说那上界执符使者，将僧道两家的文牒送至通明殿，四天师传奏灵霄殿。玉帝见了道：“那厮们既有善念，看三事如何？”正说处，忽有披香殿看管的将官报道：“所立米、面山俱倒了，霎时间米面皆无，锁梃亦断。”奏未毕，又有当驾天官引凤仙郡土地、城隍、社令等神齐来拜奏道：“本郡郡主并满城大小黎庶之家，无一家一人不归依善果，礼佛敬天。今启垂慈，普降甘雨，救济黎民。”玉帝闻言大喜，即传旨：“着风部、云部、雨部，各遵号令，去下方按凤仙郡界，即于今日今时，声雷布云，降雨三尺零四十二点。”时有四大天师奉旨，传与各部，随时下界，各逞神威，一齐振作。行者正与邓、辛、张、陶令闪电娘子在空中调弄，只见众神都到，合会一天。那其间，风云际会，甘雨滂沱。好雨：

漠漠浓云，濛濛黑雾。雷车轰轰，闪电灼灼。滚滚狂风，淙淙骤雨。所谓一念回天，万民满望。全亏大圣施元运，万里江山处处阴。好雨！倾河倒海，蔽野迷空。檐前垂瀑布，窗外响玲珑。万户千门人念佛，六街三市水流洪。东西河道条条满，南北溪湾处处通。槁苗得润，枯木回生。田畴麻麦盛，村堡豆粮升。客旅喜通贩卖，农夫爱尔耘耕。从今黍稷多条畅，自然稼穑得丰登。风调雨顺民安乐，海晏河清享太平。

一日雨下足了三尺零四十二点，众神祇渐渐收回。孙大圣厉声高叫道："那四部众神，且暂停云从，待老孙去叫郡侯拜谢列位。列位可拨开云雾，各现真身，与这凡夫亲眼看看，他才信心供奉也。"众神听说，只得都停在空中。

这行者按落云头，径至郡里，早见三藏、八戒、沙僧都来迎接，那郡侯一步一拜来谢。行者道："且慢谢我。我已留住四部神祇，你可传召多人，同此拜谢，教他向后好来降雨。"郡侯随传飞报，召众同酬，都一个个拈香朝拜。只见那四部神祇，开明云雾，各现真身。四部者，乃雨部、雷部、云部、风部。只见那：

龙王显像，雷将舒身。云童出现，风伯垂真。龙王显像，银须苍貌世无双。雷将舒身，钩嘴威颜诚莫比。云童出现，谁如玉面金冠。风伯垂真，曾似燥眉环眼。齐齐显露青霄上，各各挨排现圣仪。凤仙郡界人才信，顶礼拈香恶性回。今日仰朝天上将，洗心向善尽归依。

众神祇宁待了一个时辰，人民拜之不已。孙行者又起在云端，对众作礼道："有劳，有劳。请列位各归本部。老孙还教郡界中人家，供养高真，遇时节醮谢列位。从此后，五日一风，十日一雨，还来拯救拯救。"众神依言，各各转部不题。

猴哥这回再上天后，又跟护国天王聊了聊，说郡侯已经归善，随后看到执符使者捧定了道家文书和僧家关牒到天门外传递。符使见了猴哥后施礼表示，此乃大圣劝善之功，悟空得知这文牒要送至通明殿上，让天师传递到玉皇大天尊前。注意护国天王这句话："大圣，不消见玉帝了。你只往九天应元府下，借点雷神，径自声雷掣电，还他就有雨下也。"

什么意思？

还记得四大天王是佛门的吗？跟猴哥是自己人，猴哥眼见高升在即，护国天王看到降雨已成定局，正在展现少让“领导”跑几步的乖巧呢。

于是猴哥来到了九天应元府，见了九天应元雷声普化天尊。天尊说那个地方冒犯上天，不该下雨，猴哥解释说这件事他都已经解决了，刚才执符使者已将郡侯改行从善的文牒奏上玉帝去了，所以他才“特造尊府”，告借雷部官将相助。

听说已经走完流程，天尊点头答应了，派雷将、电母随悟空“下降凤仙郡声雷”。

与此同时，执符使者将僧道两家文牒送至通明殿，由四天师传奏灵霄殿，玉帝听披香殿看管的将官报说米面皆无、锁梃亦断后，又见当驾天官引凤仙郡土地、城隍、社令等神齐来拜奏，他们表示全郡现在都皈依善果，礼佛敬天。玉帝的面子找回来了，于是传旨批准下雨，地点、时间、点数依旧很明确：“按凤仙郡界，即于今日今时，声雷布云，降雨三尺零四十二点。”风云雷雨四部聚齐后，凤仙郡开始下起瓢泼大雨，下足了三尺零四十二点后，众神祇渐渐收回。

至此，西游宇宙中关于降雨这件事的所有信息点都介绍全了，我们最后总结一下：

1. 权力归属于玉帝和三清，涉及农业生产的降雨，只听从玉帝的旨意和五雷法；

2. 玉帝的降雨有明确的时间、点数和正式文件，说多少就是多少，执行者没有操作空间；

3. 三清的降雨没有明确的时间、点数和正式文件，执行者有操作空间，看谁的官大就听谁的。

综上，降雨权数玉帝的级别最高，有正式文件的永远比没有正式文件的要高出一个维度，因为它意味着权力落地的确定性。

四部众神在要离开的时候被猴哥留住，他让众神拨开云雾，各现真身给凡夫看看。猴哥给所有参与降雨的神仙“做蛋糕”、发红利了，所有参与孙悟空项目的兄弟都有好处。“那四部众神，且暂停云从，待老孙去叫郡侯拜谢列位。列位可拨开云雾，各现真身，与这凡夫亲眼看看，他才信心供奉也。”

猴哥按落云头来到郡里时，郡侯是一步一拜来谢的，猴哥说：“且慢谢我。我已留住四部神祇，你可传召多人，同此拜谢，教他向后好来降雨。”郡侯听完马上就传飞报，召全郡百姓拜神，一个号令又把全郡动员起来了，随后众神祇待了一个时辰，百姓拜之不已。

猴哥又起云端，对众作礼道："有劳，有劳。请列位各归本部。老孙还教郡界中人家，供养高真，遇时节醮谢列位。从此后，五日一风，十日一雨，还来拯救拯救。"

猴哥不仅对天上"兄弟单位"的神仙相当客气，给了面子，还给了人家好大的里子！他不仅让百姓拜谢，还要"教郡界中人家，供养高真"！

明明这些神仙都是根据文件走流程的，但悟空不居功，还分了红利。

其实就算给四部众神立了庙，他们敢没事就去私下保佑百姓吗？没圣旨谁也不敢动！悟空也知道降雨的流程，他这么做其实就是拿凤仙郡的民力和香火给自己做了人情，往后这名声传出去，别人听说是大圣的项目，都得抢着来帮忙！跟大圣干，有香火收！

不居功其实也是最大的居功，悟空自己好意思直接跟凤仙郡郡侯说给自己立庙的事吗？那就成交换了，就不体面了。但猴哥绝对好意思对郡侯说给四部众神立庙，为了百姓嘛！

下雨的都立庙了，求雨的，你好意思不立庙吗？

琢磨明白了吗？

做大蛋糕不居功，然后让别人帮自己求！王莽封"安汉公"，加"宰衡"，加九锡乃至最后称帝，之前都是先给其他人讨来赏，然后这些人再山呼海啸地求王莽加官晋爵。

悟空至此已经彻底领悟"分蛋糕"的艺术了！

却说大圣坠落云头，与三藏道："事毕民安，可收拾走路矣。"那郡侯闻言，急忙行礼道："孙老爷说那里话。今此一场，乃无量无边之恩德。下官这里差人办备小宴，奉答厚恩。仍买治民间田地，与老爷起建寺院，立老爷生祠，勒碑刻名，四时享祀。虽刻骨镂心，难报万一，怎么就说走路的话？"三藏道："大人之言虽当，但我等乃西方挂搭行脚之僧，不敢久住，一二日间，定走无疑。"那郡侯那里肯放，连夜差多人治办酒席，起盖祠宇。次日大开佳宴，请唐僧高坐，孙大圣与八戒、沙僧列坐，郡侯同本郡大小官员部臣，把杯献馔，细吹细打，款待了一日。这场果是

欣然。有诗为证：

田畴久旱逢甘雨，河道经商处处通。

深感神僧来郡界，多蒙大圣上天宫。

解除三事从前恶，一念归依善果弘。

此后愿如尧舜世，五风十雨万年丰。

一日筵，二日宴；今日酬，明日谢，扳留将有半月，只等寺院生祠完备。一日，郡侯请四众往观。唐僧惊讶道：“功程浩大，何成之如此速耶？”郡侯道：“下官催趱人工，昼夜不息，急急命完，特请列位老爷看看。”行者笑道：“果是贤才能干的好贤侯也。”即时都到新寺，见那殿阁巍峨，山门壮丽，俱称赞不已。行者请师父留一寺名，三藏道：“有留名，当唤做‘甘霖普济寺’。”郡侯称道：“甚好！甚好！”用金贴广招僧众，侍奉香火。殿左边立起四众生祠，每年四时祭祀。又起盖雷神、龙神等庙，以答神功。看毕，即命趱行。那一郡人民知久留不住，各备赆仪，分文不受。因此，合郡官员人等，盛张鼓乐，大展旌幢，送有三十里远近，犹不忍别，遂掩泪目送，直至望不见方回。这正是：

硕德神僧留普济，齐天大圣广施恩。

毕竟不知此去还有几日方见如来，且听下回分解。

猴哥把四部众神送走后，对唐师父道：“事毕民安，可收拾走路矣。”

看到这里，你回想起谁了吗？

话说五百年前，“如来佛祖殄灭了妖猴，即唤阿难、迦叶同转西方极乐世界。时有天蓬、天佑急出灵霄宝殿，道：‘请如来少待，我主大驾来也。’”（第七回）

大事办完了之后马上就走，得让人求着把你留下，这才是大神的排面！

直接要就会要不到，不要才是真的有！

郡侯一听说大仙人要走，哪里肯放，这段留人的话术值得逐句学习：

1.“孙老爷说那里话。今此一场，乃无量无边之恩德。下官这里差人办备小宴，奉答厚恩。”

首先感恩，并且马上就要答谢。

2.“仍买治民间田地，与老爷起建寺院，立老爷生祠，勒碑刻名，四时享祀。”

许诺长远分红。

3.“虽刻骨镂心，难报万一，怎么就说走路的话？”

您的恩情，我们无以为报，求您给个面子先别走，让我们再表现表现！

留人得会留，致谢也得会谢，我把要点浓缩了，亲爱的读者朋友了解一下：

1. 感激之情溢于言表；

2. 答谢之宴就在眼下；

3. 长远分红已入规划；

4. 恩情还不完，容我慢慢表达。

唐僧说他们是行脚僧，也就住一两天，郡侯随后连夜差多人置办酒席，起盖祠宇。

随后，说只住一两天的唐僧师徒被活生生地留了半个月，在这半个月里，三年没下雨以致民不聊生的凤仙郡的官员们对取经团队那是“一日筵，二日宴；今日酬，明日谢”，活活吃了半个月大餐，要知道办取经团队的筵席可不是小事，猪长老吃不饱可会骂街。

吃了半个月后，郡侯带着师徒四人参加寺院生祠“剪彩”了，唐僧都蒙了，什么情况？这么浩大的工程怎么这么迅速？要知道这个工程的水平是“殿阁巍峨，山门壮丽，俱称赞不已”。

郡侯道：“下官催趱人工，昼夜不息，急急命完，特请列位老爷看看。”

为了给这四位贵人献礼，郡侯逼着灾民们不分昼夜地连干了半个月。

面对这么一个不体恤百姓的黑心郡侯，猴哥的评价是：“果是贤才能干的好贤侯也。”

你猜，猴哥在乎百姓们过得有多苦吗？

其实也不是不在乎，只是百姓们距离猴哥的世界实在太遥远，猴哥对于劳苦百姓确实没有概念。

在大灾中，郡侯不仅权力没受损，还能让百姓们保质保量地完成他交代的任务，在悟空这个级别的大圣看来，也许确确实实是“贤才能干”。

猴哥请唐师父留一寺名，将功劳献给了唐长老。唐僧起名为“甘霖普济寺”后，郡侯捧道：“甚好！甚好！”随后用金贴广招僧众，侍奉香火，又在殿左边立起四众生祠，每年四时祭祀，又起盖雷神、龙神等庙，以答神功。

唐僧师徒最终在全郡上下的鼓乐齐鸣、旌旗招展的三十里大欢送下离开了凤仙郡。

最后留个思考题：悟空会在乎郡侯这几年做得到底怎么样吗?

坏人由这郡侯来做，猴哥是不会在乎的。郡侯已经完成跟猴哥的利益绑定了，甚至悟空将来收坐骑、收童子的时候可能都得首先想起来他。

第八十八回

禅到玉华施法会，心猿木土授门人

话说唐僧喜喜欢欢别了郡侯，在马上向行者道：“贤徒，这一场善果，真胜似比丘国搭救儿童，皆尔之功也。”沙僧道：“比丘国只救得一千一百一十一个小儿，怎似这场大雨，滂沱浸润，活勾者万万千千性命。弟子也暗自称赞大师兄的法力通天，慈恩盖地也。”八戒笑道：“哥的恩也有，善也有，却只是外施仁义，内包祸心；但与老猪走，就要作贱人。”行者道：“我在那里作贱你？”八戒道：“也勾了，也勾了，常照顾我捆，照顾我吊，照顾我煮，照顾我蒸。今在凤仙郡，施了恩惠与万万之人，就该住上半年，带挈我吃几顿自在饱饭，却只管催促行路。”长老闻言喝道：“这个呆子，怎么只思量掳嘴！快走路，再莫斗口！”八戒不敢言，掬掬嘴，挑着行囊，打着哈哈，师徒们奔上大路。此时光景如梭，又值深秋之候，但见：

水痕收，山骨瘦。红叶纷飞，黄花时候。霜晴觉夜长，月白穿窗透。家家烟火夕阳多，处处湖光寒水溜。白蘋香，红蓼茂。橘绿橙黄，柳筛谷秀。荒村雁落碎芦花，野店鸡声收菽豆。

四众行勾多时，又见城垣影影，长老举鞭遥指道：“悟空，你看那里又有一座城池，却不知是甚去处。”行者道：“你我俱未曾到，何以知之？且行至前边问人。”说不了，忽见树丛里走出一个老者，手持竹杖，身着轻衣，足踏一对棕鞋，腰束一条扁带，慌得唐僧滚鞍下马，上前道个问讯。那老者扶杖还礼道：“长老那方来的？”

唐僧合掌道："贫僧东土唐朝差往雷音拜佛求经者。今至宝方，遥望城垣，不知是甚去处，特问老施主指教。"那老者闻言，口称："有道禅师，我这敝处乃天竺国下郡，地名玉华县。县中城主，就是天竺皇帝之宗室，封为玉华王。此王甚贤，专敬僧道，重爱黎民。老禅师若去相见，必有重敬。"三藏谢了，那老者径穿树林而去。三藏才转身对徒弟备言前事。他三人欣喜，扶师父上马。三藏道："没多路，不须乘马。"四众遂步至城边街道观看。

原来那关厢人家，做买做卖的，人烟凑集，生意亦甚茂盛，观其声音相貌，与中华无异。三藏分付："徒弟们谨慎，切不可放肆。"那八戒低了头，沙僧掩着脸，惟孙行者搀着师父。两边人都来争看，齐声叫道："我这里只有降龙伏虎的高僧，不曾见降猪伏猴的和尚？"八戒怒不住，把嘴一掬道："你们可曾看见降猪王的和尚。"諕得满街上人跌跌蹡蹡，都往两边闪过。行者笑道："呆子，快藏了嘴，莫妆粉，仔细脚下过桥。"那呆子低着头，只是笑。

过了吊桥，入城门内，又见那大街上酒楼歌馆，热闹繁华，果然是神州都邑。有诗为证：

锦城铁瓮万年坚，临水依山色色鲜。
百货通湖船入市，千家沽酒店垂帘。
楼台处处人烟广，巷陌朝朝客贾喧。
不亚长安风景好，鸡鸣犬吠亦般般。

三藏心中暗喜道："人言西域诸番，更不曾到此。细观此景，与我大唐何异！所为极乐世界，诚此之谓也。"又听得人说，白米四钱一石，麻油八厘一斤，真是五谷丰登之处。

话说唐僧喜喜欢欢地别了凤仙郡郡侯，在马上向悟空夸奖道："贤徒，这一场善果，真胜似比丘国搭救儿童，皆尔之功也。"

隐雾山那场"死而复生"实在是太关键了，从这句话就能看出来，唐僧对悟空已经没有芥蒂了。沙僧在旁边也一如既往地捧他的猴哥，表示比丘国算什么，不过一千一百一十一条命，这场大雨救的是千千万万条命！"弟子也暗自称赞大师兄的法力通天，慈恩盖地也"，肉麻得让人感觉入的不是佛教，而是金庸先生笔下的日月神教。

八戒倒是没捧猴哥，但撒上娇了，先是说：“哥的恩也有，善也有，却只是外施仁义，内包祸心；但与老猪走，就要作贱人。”把猴哥的好奇心勾了起来，问哪里作践他了，八戒道：“也勾了，也勾了，常照顾我捆，照顾我吊，照顾我煮，照顾我蒸。今在凤仙郡，施了恩惠与万万之人，就该住上半年，带挈我吃几顿自在饱饭，却只管催促行路。”

从这段话里能品出来八戒多么没有慈悲心肠，即便这场雨下了，等下次丰收也要再过一个春秋，八戒你这个食量已经在这大灾之地吃了半月有余的饱饭，还嫌不够，还要吃半年！你说你有心肝吗！

唐僧喝令八戒闭嘴赶紧走路，结束了这次谈话，一晃几人走到深秋，又来到了一座城。他们问了路人得知来到了天竺国下郡玉华县，县中城主是天竺皇帝宗室，封为玉华王，而且此王甚贤，专敬僧道，重爱黎民。

终于来到了一个敬僧敬道爱百姓的城池，而且对师徒进城后的描写也印证了那位老者所言非虚。此城人烟凑集，生意繁盛，大街上酒楼歌馆，热闹繁华，甚至五谷丰登到了“白米四钱一石，麻油八厘一斤”的程度，国王有道，百姓富裕，甚至统治者对宗教也没有偏颇，貌似这回没有任务要做了。但只要是有城池的地方，即使没条件，也不意味着创造不出条件来设计个香火收割的剧本。

他不渴，确实没办法卖给他水，但那只是他暂时不渴，可以使办法让他渴，是人就有欲望，有欲望就有突破点可拿捏。取经的过程虽然千难万险，但这种宏大叙事的项目却也是“千年等一回”的，每过一个城池，都能享受到大唐背书和三界相助的巨大“福利包”，不好好利用才真叫暴殄天物！

行勾多时，方到玉华王府。府门左右，有长史府、审理厅、典膳所、待客馆。三藏道：“徒弟，此间是府，等我进去朝王，验牒而行。”八戒道：“师父进去，我们可好，在衙门前站立。”三藏道：“你不看这门上是‘待客馆’三字？你们都去那里坐下，看有草料，买些喂马。我见了王，倘或赐斋，便来唤你等同享。”行者道：“师父放心前去，老孙自当理会。”那沙僧把行李挑至馆中。馆中有看馆的人役，见他们面貌丑陋，也不敢问他，也不敢教他出去，只得让他坐下，不题。

却说老师父换了衣帽，拿了关文，径至王府前，早见引礼官迎着问道：“长老

何来？”三藏道：“东土大唐差来大雷音拜佛祖求经之僧，今到贵地，欲倒换关文，特来朝参千岁。”引礼官即为传奏。那王子果然贤达，即传旨召进。三藏至殿下施礼，王子即请上殿赐坐。三藏将关文献上。王子看了，见有各关印信手押，也就欣然将宝印了，押了花字，收折在案，问道：“国师长老，自你那大唐至此，历遍诸邦，共有几多路程？”三藏道：“贫僧也未记程途。但先年蒙观音菩萨在我王御前显身，曾留下颂子，言西方十万八千里。贫僧在路，已经过一十四遍寒暑矣。”王子笑道：“十四遍寒暑，即十四年了。想是途中有甚耽阁。”三藏道：“一言难尽。万蛰生魔，也不知受了多少苦楚，才到得宝方。”那王子十分欢喜，即着典膳官备素斋管待。三藏起身启道：“贫僧有三个小徒在外等候，不敢领斋，但恐违误行程。”王子教当殿官：“快去请长老三位徒弟，进府同斋。”

当殿官随出外相请，都道：“未曾见，未曾见。”有跟随的人道：“待客馆中坐着三个丑貌和尚，想必是也。”当殿官同众至馆中，即问看馆的道：“那个是大唐取经僧的高徒？我王有旨，请吃斋也。”八戒正坐打盹，听见一个“斋”字，忍不住跳起身来，答道：“我们是！我们是！”当殿官一见了，魂飞魄丧，都战战的道：“是个猪魈！猪魈！”行者听见，一把扯住八戒道：“兄弟放斯文些，莫撒村野。”那众官见了行者，又道：“是个猴精！猴精！”沙僧拱手道：“列位休得惊恐。我三人都是唐僧的徒弟。”众官见了，又道：“灶君！灶君！”孙行者即教八戒牵马，沙僧挑担，同众入玉华王府。当殿官先入启知。

城很大，师徒四人行走多时方到玉华王府，唐僧进去倒换文牒了，嘱咐仨徒弟去待客馆等着，先把马喂了，玉华王要是赐斋，就来唤他们同享。

注意，唐僧进去的时候就已经做好吃人家斋饭的准备了：“我见了王，倘或赐斋，便来唤你等同享。”一会儿，我们再看唐师父的语言技巧。

唐僧跟玉华王聊天时，玉华王问这一趟走了多远，唐僧说当年观音菩萨说有十万八千里，但他这一趟没数路有多远，只知道已经过“一十四遍寒暑”了。

玉华王听见十万八千里路居然走了十四年，十分纳闷，问是不是途中有什么事耽搁了。

作者在取经将尽之时，开始借着小说中人物的疑问来揭晓“十万八千里”的真正含义。“十万八千”是佛教中一个非常特别的数字，在《坛经》中，慧能大师用“十万八千”来比喻众生离西方极乐世界的距离，它讲的不是地理距离上的遥远，而是强调众生内心因被“十恶八邪”所束缚，与极乐世界相隔甚远。其中“十万”指的是杀生、偷盗、邪淫、妄语、两舌、恶口、绮语、贪欲、嗔恚、愚痴这“十恶”；“八千”对应的是邪见、邪思惟、邪语、邪业、邪命、邪方便、邪念、邪定这“八邪”。观音菩萨说此一去十万八千里，说的是这一路取经便是消灭“十恶八邪”的过程，真实的路程肯定不止这个数啦！

玉华王跟唐师父聊得十分欢喜，命典膳官备素斋款待，唐僧回道：“贫僧有三个小徒在外等候，不敢领斋，但恐违误行程。”

呵呵，唐僧也琢磨明白事情该怎么办了，明明他想的是喊仨徒弟一起吃，但这话绝对不能那么说，得说他有仨徒弟在外面等着，他要赶路，就不吃了，等主人把外面的仨徒弟给请进来。他要是直接说贫僧并非一人独行，还有三个小徒在馆内等他，那就让人觉得他掉价了，上这儿“吃大户”讨饭来了，那就没劲了。

你可能会问，人家要是不请呢？人家要是说既然如此，“拜拜”不送呢？

那就拜拜呗，你差这一顿吗？这说明人家本身就没有多大的意愿请你，这顿饭本就没有必要吃！

永远拿自己当贵人，你拿自己当回事，别人才会拿你当回事！

那王子举目见那等丑恶，却也心中害怕。三藏合掌道：“千岁放心，顽徒虽是貌丑，却都心良。”八戒朝上唱个喏道：“贫僧问讯了。”王子愈觉心惊。三藏道：“顽徒都是山野中收来的，不会行礼，万望赦罪。”王子奈着惊恐，教典膳官请众僧去暴纱亭吃斋。

三藏谢了恩，辞王下殿，同至亭内，埋怨八戒道：“你这夯货！全不知一毫礼体。索性不开口便也罢了，怎么那般愚卤，一句话，足足冲倒泰山。”行者笑道：“还是我不唱喏的好，也省些力气。”沙僧道：“他唱喏又不等齐，预先就抒着个嘴吆喝。”八戒道：“活淘气，活淘气！师父前日教我，见人打个问讯儿是礼。今日打问讯，又说不好，教我怎的干么？”三藏道：“我教你见了人打个问讯，不曾教你见王子就此歪缠。常言道：‘物有几等物，人有几等人。’如何不分个贵贱？”正说处，那典膳官带领人役，调开桌椅，摆上斋来。师徒们尽不言语，各各吃斋。

却说那王子退殿进宫，宫中有三个小王子见他面容改色，即问道：“父王今日为何有此惊恐？”王子道：“适才有东土大唐差来拜佛取经的一个和尚倒换关文，却一表非凡。我留他吃斋，他说有徒弟在府前，我即命请。少时进来，见我不行大礼，打个问讯，我已不快。及抬头看时，一个个丑似妖魔，心中不觉惊骇，故此面容改色。”原来那三个小王子比众不同，一个个好武好强，便就伸拳掳袖道：“莫敢是那山里走来的妖精，假妆人像？待我们拿兵器出去看来。”

当殿官来请吃斋的时候看见悟空三人，差点被吓死，玉华王看见那三位的“尊容”后也心中害怕。唐僧赶紧合掌安慰道，他们虽然很丑但真的很温柔，随后八戒朝上唱个喏道：“贫僧问讯了。”八戒本来以为能得个“有礼貌”的表扬，但那玉华王越发心惊胆战，唐僧又赶紧赔礼说：“顽徒都是山野中收来的，不会行礼，万望赦罪。”玉华王忍耐着惊恐，叫典膳官请众僧去暴纱亭吃斋了。

唐僧谢了恩，辞王下殿后就开始骂八戒粗鲁。八戒说，这是师父您教的呀，“见人打个问讯儿是礼”。唐僧说了一段很讽刺但又很深刻的话：“我教你见了人打个问讯，不曾教你见王子就此歪缠。常言道：‘物有几等物，人有几等人。’如何不分个贵贱？”

唐师父的意思是人有贵贱之别，分三六九等，对普通人和达官贵人的态度是有天壤之别的。

这句话放在今天绝对是不正确的，尤其是从一个所谓的得道高僧嘴里说出来。但咱们先不评价他的对错，你发现了吗，其实唐僧和悟空的核心“操作系统”是一样的：以巨大的分别心去辨别、拥抱强者。

悟空臣服如来佛祖和观音菩萨；唐僧臣服满天神佛和人间皇权。两人唯一的区别是唐僧是凡人，比他强的人实在比较多，他“拥抱”、臣服的人比较多，次数比较频繁。

其实准确来讲，唐僧的这段话不能代表他没有开悟，佛祖讲“众生平等”，其真意是众生在修好、修善的选择上是平等的，哪怕你之前犯下大罪大恶，但你放下屠刀了，决定弃恶扬善了，那就不能剥夺你选择善的权利和道路，而不是说众生的待遇都该是平等的。

佛言成佛有八万四千法门，其实本质上就是对应着“众生从来就不是一样的”

这个客观存在的现象，众生从来五花八门，众生的根器也从来不同。八戒你对这玉华王不施大礼，他觉得你这和尚没规矩，随后对你心生厌恶，这就是你断了人家修善的机会。唐僧你不能怪他不懂事，因为你是高僧，你的工作是引导众生向善，而像乌鸡国和灭法国那种顶撞了国王的行为就是不如法的，最后也都招灾了，既害己也害人。人有高低不同，在古代是客观存在的，虽然古人强调“王子犯法与庶民同罪”，但又有几个真的“同罪”了呢？

至少在西游宇宙中并没有，别说王子了，孽畜们犯了多少滔天大罪，哪个又没被接回去呢？

八戒的这句问讯也确实给自己惹上祸了，因为玉华王回宫后被仨儿子看出来脸色不对，儿子们问怎么回事，玉华王说那取经和尚有仨徒弟，“见我不行大礼，打个问讯，我已不快。及抬头看时，一个个丑似妖魔，心中不觉惊骇，故此面容改色”。也就是说，不行大礼真的是个事故！注意后面的话：“原来那三个小王子比众不同，一个个好武好强，便就伸拳掳袖道：‘莫敢是那山里走来的妖精，假妆人像？待我们拿兵器出去看来。”仨小王子听见这件事后怒了，就要动兵器，而且玉华王根本就没管。不管其实就是默许。也就是说，如果唐僧师徒不是神仙，仅仅因为这一句话的礼数不周就可能被一个心眼不大的玉华王纵容仨熊孩子给弄死。人心是多么丑恶，你说，唐僧的话错了吗？

好王子，大的个拿一条齐眉棍，第二个抡一把九齿钯，第三个使一根乌油黑棒子，雄纠纠、气昂昂的走出王府，吆喝道：“甚么取经的和尚！在那里？”时有典膳官员人等跪下道：“小主，他们在这暴纱亭吃斋哩。”小王子不分好歹，闯将进去，喝道：“汝等是人是怪，快早说来，饶你性命！”諕得三藏面容失色，丢下饭碗，躬着身道：“贫僧乃唐朝来取经者，人也，非怪也。”小王子道：“你便还像个人，那三个丑的，断然是怪。”八戒只管吃饭不睬，沙僧与行者欠身道：“我等俱是人，面虽丑而心良，身虽夯而性善。汝三个却是何来，却恁样海口轻狂？”旁有典膳等官道：“三位是我王之子，小殿下。”

八戒丢了碗道：“小殿下，各拿兵器怎么？莫是要与我们打哩？”二王子掣开步，双手舞钯，便要打八戒。八戒嘻嘻笑道：“你那钯，只好与我这钯做孙子罢了。”即

揭衣，腰间取出钯来，幌一幌，金光万道，丢了解数，有瑞气千条，把个王子諕得手软筋麻，不敢舞弄。行者见大的个使一条齐眉棍，跳啊跳的，即耳朵里取出金箍棒来，幌一幌，碗来粗细，有丈二三长短，着地下一捣，捣了有三尺深浅，竖在那里，笑道："我把这棍子送你罢。"那王子听言，即丢了自己棍，去取那棒。双手尽气力一拔，莫想得动分毫，再又端一端，摇一摇，就如生根一般。第三个撒起莽性，使乌油棒来打，被沙僧一手劈开，取出降妖宝杖，撚一撚，艳艳光生，纷纷霞亮，諕得那典膳等官，一个个呆呆挣挣，口不能言。三个小王子一齐下拜道："神师！神师！我等凡人不识，万望施展一番，我等好拜授也。"行者走近前，轻轻的把棒拿将起来道："这里窄狭，不好展手，等我跳在空中，耍一路儿你们看看。"

好大圣，唿哨一声，将筋斗一纵，两只脚踏着五色祥云，起在半空，离地约有三百步高下，把金箍棒丢开个撒花盖顶，黄龙转身，一上一下，左旋右转。起初时，人与棒似锦上添花；次后来，不见人，只见一天棒滚。八戒在底下喝声采，也忍不住手脚，厉声喊道："等老猪也去耍耍来！"好呆子，驾起风头，也到半空，丢开钯，上三下四，左五右六，前七后八，满身解数，只听得呼呼风响。正使到热闹处，沙僧对长老道："师父，也等老沙去操演操演。"好和尚，只着脚一跳，抡着杖，也起在空中。只见那锐气氤氲，金光缥缈，双手使降妖杖，丢一个丹凤朝阳，饿虎扑食，紧迎慢挡，即转忙撺。弟兄三个，大展神通，都在那半空中，一齐扬威耀武。这才是：

真禅景象不凡同，大道缘由满太空。
金木施威盈法界，刀圭展转合圆通。
神兵精锐随时显，丹器花生到处崇。
天竺虽高还戒性，玉华王子总归中。

諕得那三个小王子跪在尘埃。暴纱亭大小人员，并王府里老王子，满城中军民男女，僧尼道俗，一应人等，家家念佛磕头，户户拈香礼拜。果然是：

见像归真度众僧，人间作福享清平。
从今果正菩提路，尽是参禅拜佛人。

他三个各逞雄才，使了一路，按下祥云，把兵器收了，到唐僧面前问讯，谢了师恩，各各坐下不题。那三个小王子急回宫里，告奏老王道："父王万千之喜！今有莫大之功也。适才可曾看见半空中舞弄么？"老王道："我才见半空霞彩，就于宫院内同你母亲等众焚香启拜，更不知是那里神仙降聚也。”小王子道：“不是那里神仙，就是那取经僧三个丑徒弟。一个使金箍铁棒，一个使九齿钉钯，一个使降妖宝杖，把我三个的兵器，比的通没有分毫。我们教他使一路，他嫌‘地上窄狭，不好施展，等我起在空中，使一路你看’。他就各驾云头，满空中祥云缥缈，瑞气氤氲。才然落下，都坐在暴纱亭里。做儿的十分欢喜，欲要拜他为师，学他手段，保护我邦。此诚莫大之功，不知父王以为何如？”老王闻言，信心从愿。

当时父子四人，不摆驾，不张盖，步行到暴纱亭。他四众收拾行李，欲进府谢斋，辞王起行。偶见玉华王父子上亭来，倒身下拜，慌得长老舒身扑地行礼。行者等闪过旁边，微微冷笑。众拜毕，请四众进府堂上坐，四众欣然而入。老王起身道：“唐老师父，孤有一事奉求，不知三位高徒可能容否？”三藏道：“但凭千岁分付，小徒不敢不从。”老王道：“孤先见列位时，只以为唐朝远来行脚僧，其实肉眼凡胎，多致轻亵。适见老师三位高徒起舞在空，方知是仙是佛。孤三个犬子，一生好弄武艺，今谨发虔心，欲拜为门徒，学些武艺。万望老师开天地之心，普运慈舟，传度小儿，必以倾城之资奉谢。”行者闻言，忍不住呵呵笑道：“你这殿下，好不会事！我等出家人，巴不得要传几个徒弟。你令郎既有从善之心，切不可说起分毫之利，但只以情相处，足为爱也。”

王子听言，十分欢喜。随命大排筵宴，就在本府正堂摆列。噫！一声旨意，即刻俱完。但见那：

结彩飘飖，香烟馥郁。戗金桌子挂绞绡，幌人眼目；彩漆椅儿铺锦绣，添座风光。树果新鲜，茶汤香喷。三五道闲食清甜，一两餐馒头丰洁。蒸酥蜜煎更奇哉，油札糖浇真美矣。有几瓶香糯素酒，斟出来赛过琼浆；献几番阳羡仙茶，捧到手香欺丹桂。般般品品皆齐备，色色行行尽出奇。

一壁厢叫承应的歌舞吹弹，撮弄演戏，他师徒们并王父子尽乐一日。不觉天晚，散了酒席，又叫即在暴纱亭铺设床帏，请师安宿，待明早竭诚焚香再拜，求传武艺。众皆听从，即备香汤，请师沐浴，众却归寝。此时那：

众鸟高栖万籁沉，诗人下榻罢哦吟。

银河光显天弥亮，野径荒凉草更深。

砧杵叮咚敲别院，关山杳窎动乡心。

寒蛩声朗知人意，呖呖床头破梦魂。

三个王子分别拿着齐眉棍、九齿钯、乌油黑棒子来找碴儿了，这仨兵器也是为了给后面拜师做铺垫的。他们“不分好歹，闯将进去”，喝道：“汝等是人是怪，快早说来，饶你性命！”随后他们判断唐僧是人，仨丑的是怪。八戒懒得搭理他们，认认真真吃饭，猴哥和沙僧则欠身道：“我等俱是人，面虽丑而心良，身虽夯而性善。汝三个却是何来，却恁样海口轻狂？”等三个王子拿出兵器动上手后，悟空哥儿仨拿出了自己的兵器，晃瞎了仨熊孩子的眼，于是仨王子下拜请求三位神师施展一番。按常理讲，这件事就该到此为止了，法不轻传，道不贱卖，尤其这仨熊孩子前面如此无礼。但那样怎么能创造出缘分呢？猴哥不仅施展了，还跳到了空中耍了套大的，八戒和沙僧也都跳上天耍了一段，这通表演不仅唬得三个小王子跪在尘埃里，还把整个王府，乃至满城军民男女、僧尼道俗也都看“跪”了，那是“家家念佛磕头，户户拈香礼拜”。

仨小王子急回宫里告奏父王，请求拜仨神僧为师，学手段，保家邦，玉华王同意了。随后父子四人不摆驾，不张盖，步行到暴纱亭，对唐僧师徒倒身下拜，将四人请回府堂上坐，愿以倾城之资奉谢，请求拜师。

面对这个请求，猴哥笑说：“我等出家人，巴不得要传几个徒弟。你令郎既有从善之心，切不可说起分毫之利，但只以情相处，足为爱也。”

按理讲，悟空应该婉言谢绝，传点武艺糊弄糊弄就得了，不提什么拜师的事。之前我们说过，收徒弟这件事不是闹着玩的，你看如来佛祖的二徒弟这些年让佛祖操了多少心，你收了这个弟子，就要终身负责的，将来是要为这孩子挡灾的！这孩子和你不过一面之缘，还是个鲁莽冒失的熊孩子，可远不如你当年去方寸山时的智慧猴模样，你真的确定吗？

要知道，如果你真的收了他，那他可就是你孙悟空的大弟子了！眼下功成在即，你真的确定要让这刚见面就跟你动刀的熊孩子日后顶着“斗战胜佛大弟子”的名号吗？

作者在玉华州这关也开始对我们心中的一个重大疑问收尾了，那就是像如来佛祖收金蝉、东华帝君收八戒，这种莫名其妙的添人进口当初都是怎么发生的。

你总觉得匪夷所思，对吧？怎么那种水平的家伙居然被这么牛的人挑中了呢？

其实就是赶上机缘巧合了，比如猴哥本事无双，而且肉眼可见他的前程马上就要远大了，但他自学艺之后就一直没有收徒来开枝散叶的机会。他刚学艺成功的时候，满世界交朋友，扬名立万，这就是一个不断往上闹、不断闯祸的过程，等名气足够大的时候，祸也闯得足够大了，他也就被拍在山下了，随后就是被压五百年，出来后他就去取经了。

也就是说，玉华州王子恰巧赶上了自己是第一个拜师悟空的，而且出身确实不低，父子以一州之主的身份跪求拜师，悟空恰巧此时还没想明白当了师父之后意味着要对弟子付出些什么，所以就稀里糊涂地收了这个徒弟。

像金蝉子、八戒，估计都是这样，都是吃的早期红利。

他才确实不如你，但你命却不如他。

一宵晚景已过。明早，那老王父子又来相见这长老。昨日相见还是王礼，今日就行师礼。那三个小王子对行者、八戒、沙僧当面叩头，拜问道："尊师之兵器，还借出与弟子们看看。"八戒闻言，欣然取出钉钯，抛在地下；沙僧将宝杖抛出，倚在墙边；二王子与三王子跳起去便拿，就如蜻蜓撼石柱，一个个挣得红头赤脸，莫想拿动半分毫。大王子见了，叫道："兄弟莫费力了。师父的兵器俱是神兵，不知有多少重哩！"八戒笑道："我的钯也没多重，只有一藏之数，连柄五千零四十八斤。"三王子问沙僧道："师父宝杖多重？"沙僧笑道："也是五千零四十八斤。"大王子求行者的金箍棒看，行者去耳朵里取出一个针儿来，迎风幌一幌，就有碗来粗细，直直的竖立面前。那王父子都皆悚惧，众官员个个心惊。三个小王子礼拜道："猪师、沙师之兵，俱随身带在衣下，即可取之。孙师为何自耳中取出？见风即长，何也？"行者笑道："你不知，我这棒不是凡间等闲可有者。这棒是：

鸿蒙初判陶镕铁，大禹神人亲所设。
湖海江河浅共深，曾将此棒知之切。
开山治水太平时，流落东洋镇海阙。
日久年深放彩霞，能消能长能光洁。
老孙有分取将来，变化无穷随口诀。
要大弥于宇宙间，要小却似针儿节。

棒名如意号金箍，天上人间称一绝。

重该一万三千五百斤，或粗或细能生灭。

也曾助我闹天宫，也曾随我攻地阙。

伏虎降龙处处通，炼魔荡怪方方彻。

举头一指太阳昏，天地鬼神皆胆怯。

混沌时传到至今，原来不是凡间铁。”

那王子听言，个个顶礼不尽。三人向前重重拜礼，虔心求授。行者道：“你三人不知学那般武艺？”王子道：“愿使棍的就学棍，惯使钯的就学钯，爱用杖的就学杖。”行者笑道：“教便也容易，只是你等无力量，使不得我们的兵器，恐学之不精，如‘画虎不成反类狗’也。古人云：‘训教不严师之惰，学问无成子之罪。’汝等既有诚心，可去焚香来拜了天地，我先传你些神力，然后可授武艺。”三个小王子闻言，满心欢喜，即便亲抬香案，沐手焚香，朝天礼拜。拜毕，请师传法。行者转下身来，对唐僧行礼道：“告尊师，恕弟子之罪。自当年在两界山，蒙师父大德，救脱弟子，秉教沙门，一向西来，虽不曾重报师恩，却也曾渡水登山，竭尽心力。今来佛国之乡，幸遇贤王三子，投拜我等，欲学武艺。彼既为我等之徒弟，即为我师之徒孙也。谨禀过我师，庶好传授。”三藏十分大喜。八戒、沙僧见行者行礼，也即转身，朝三藏磕头道：“师父，我等愚卤，拙口钝腮，不会说话，望师父高坐法位，也让我两个各招个徒弟耍耍，也是西方路上之忆念。”三藏俱欣然允之。

行者才教三个王子，就在暴纱亭后，静室之间，画了罡斗，教三人都俯伏在内，一个个瞑目宁神。这里却暗暗念动真言，诵动咒语，将仙气吹入他三人心腹之中，把元神收归本舍，传与口诀，各授得万千之膂力，运添了火候，却像个脱胎换骨之法。运遍了子午周天，那三个小王子，方才苏醒，一齐爬将起来，抹抹脸，精神抖擞，一个个骨壮筋强。大王子就拿得金箍棒，二王子就抡得九齿钯，三王子就举得降妖杖。老王见了，欢喜不胜，又排素宴，启谢他师徒四众。就在筵前，各传各授：学棍的演棍，学钯的演钯，学杖的演杖，虽然打几个转身，丢几般解数，终是有些着力，走一路便喘气嘘嘘，不能奈久。盖他那兵器都有变化，其进退攻扬，随消随长，皆有自然之妙。此等终是凡夫，岂能以遽及也。当日散了筵宴。

次日，三个王子又来称谢道：“感蒙神师授赐了膂力，纵然抡得师的兵器，只是转换艰难。意欲命匠依神师兵器式样，减削斤两，打造一般，未知师父肯容否？”八戒道：“好，好，好！说得有理。我们的器械，一则你们使不得，二则我们要护法降魔，正该另造，另造。”王子随宣召铁匠，买办钢铁万斤，就于王府内前院搭厂，支炉铸造。先一日将钢铁炼熟，次日请行者三人，将金箍棒、九齿钯、降妖杖，都取出，放在篷厂之间，看样造作。遂此昼夜不收。

噫！这兵器原是他们随身之宝，一刻不可离者，各藏在身，自有许多光彩护体。今放在厂中几日，那霞光有万道冲天，瑞气有千条罩地。其夜，有一妖精，离城只有七十里远近，山唤豹头山，洞唤虎口洞。夜坐之间，忽见霞光瑞气，即驾云来，看见光彩起，是王府之内。他按下云头，近前观看，乃是三般兵器放光。妖精又喜又爱道：“好宝贝！好宝贝！这是甚人用的？今放在此，也是我的缘法。拿了去呀！拿了去呀！”他爱心一动，弄起威风，将三般兵器一股收之，径转本洞。正是那：

道不须臾离，可离非道也。

神兵尽落空，枉费参修者。

毕竟不知怎生寻得兵器，且听下回分解。

玉华王听说悟空点头后大喜，立刻大排筵宴，先吃了一天的席，当天晚上备香汤请唐僧师徒沐浴。转过天来，三个小王子对悟空、八戒、沙僧当面叩头行拜师礼，请求看看师父的兵器，然而他们根本不可能拿得动，悟空就得表示表示了：教你们容易，只是你们没有力量，使不得我们的兵器，恐学之不精，到时候就是“画虎不成反类狗”了。他又说：“古人云：‘训教不严师之惰，学问无成子之罪。’汝等既有诚心，可去焚香来拜了天地，我先传你些神力，然后可授武艺。”

直到仨王子亲抬香案、沐手焚香、朝天礼拜之后，悟空终于想起来他师父了，对唐僧行礼道：“告尊师，恕弟子之罪。自当年在两界山，蒙师父大德，救脱弟子，秉教沙门，一向西来，虽不曾重报师恩，却也曾渡水登山，竭尽心力。今来佛国之乡，幸遇贤王三子，投拜我等，欲学武艺。彼既为我等之徒弟，即为我师之徒孙也。谨禀过我师，庶好传授。”

猴哥说了三件事：一恕自专之罪；二感师父恩情；三是给师父您收徒孙，您同意我才敢收。

你昨天都答应了，筵席都吃了，现在说这个还有什么用，猴子你还是个先上车后补票的，由着自己的打算来。不过猴哥这一段说得确实好听，有里有面，唐僧没有计较他事前没请示，随后八戒、沙僧也给唐僧行礼，请求允许他俩各招个徒弟要要，作为西方路上的忆念，唐僧全部点头同意了。

呵呵，从收徒一事上也能看出来这哥儿仨对于取这趟经的各自理解。

猴哥收的徒弟是大王子，将来是有继承权的，人家猴哥虽然卖亏了，但最起码方向还是对的。

那俩王子没有继承权，八戒和沙僧这哥儿俩也纯是取个乐，“招个徒弟要要，也是西方路上之忆念”。

悟空给仨王子传了神力之后，“各授得万千之膂力”，随后他们就能拿动兵器了，但稍微动动就气喘吁吁，毕竟都是凡人。转过天来，三个王子请求照着他仨的兵器打造个轻点的武器，就此，悟空三人的宝贝离了身。

至此，作者也对整个西游宇宙的宝贝离身必被抢定律进行公式定理般的收尾了，作者相当直白地明牌说：“噫！这兵器原是他们随身之宝，一刻不可离者，各藏在身，自有许多光彩护体。今放在厂中几日，那霞光有万道冲天，瑞气有千条罩地。其夜，有一妖精……”

宝贝一刻不可离身，藏器于身时自有光彩护体，只要离了身，那霞光瑞气就盖不住了，也就该招灾了。

离城七十里外的一个妖怪大半夜被这霞光瑞气的“灯光组合”震撼了，偷了仨人的兵器。

在最后那首诗中，作者强调了一句话：“道不须臾离，可离非道也。”语出《中庸》，字面意思是，“道”作为万物规律、人生准则，是人片刻都不能离开的，如果能够离开，那也就不是真正的“道”了。这其实也算是把西游宇宙中的“宝贝”升华了。

你的宝贝，你的秘籍，你的秘密，都要像遵守的人生准则一样，时时刻刻别离了身！

第八十九回

黄狮精虚设钉钯宴，金木土计闹豹头山

却说那院中几个铁匠，因连日辛苦，夜间俱自睡了，及天明起来打造，篷下不见了三般兵器，一个个呆挣神惊，四下寻找。只见那三个王子出宫来看，那铁匠一齐磕头道："小主呵，神师的三般兵器都不知那里去了！"小王子听言，心惊胆战道："想是师父今夜收拾去了。"急奔暴纱亭看时，见白马尚在廊下，忍不住叫道："师父还睡哩！"沙僧道："起来了。"即将房门开了，让王子进里看时，不见兵器，慌慌张张问道："师父的兵器都收来了？"行者跳起道："不曾收啊！"王子道："三般兵器，今夜都不见了。"八戒连忙爬起道："我的钯在么？"小王道："适才我等出来，只见众人前后找寻不见。弟子恐是师父收了，却才来问。老师的宝贝俱是能长能消，想必藏在身边哄弟子哩。"行者道："委的未收，都寻去来。"

随至院中篷下，果然不见踪影。八戒道："定是这伙铁匠偷了。快拿出来！略迟了些儿，就都打死！打死！"那铁匠慌得磕头滴泪道："爷爷，我们连日辛苦，夜间睡着，乃至天明起来，遂不见了。我等乃一概凡人，怎么拿得动？望爷爷饶命！饶命！"行者无语，暗恨道："还是我们的不是。既然看了式样，就该收在身边，怎么却丢放在此！那宝贝霞彩光生，想是惊动甚么歹人，今夜窃去也。"八戒不信道："哥哥说那里话！这般个太平境界，又不是旷野深山，怎得个歹人来。定是铁匠欺心，他见我们的兵器光彩，认得是三件宝贝，连夜走出王府，伙些人来，抬的抬，拉的拉，偷出去了。拿起来打哑！打哑！”众匠只是磕头发誓。

正嚷处，只见老王子出来，问及前事，却也面无人色，沉吟半晌道：“神师兵器，本不同凡，就有百十余人也禁挫不动；况孤在此城，今已五代，不是大胆海口，孤也颇有个贤名在外，这城中军民匠作人等，也颇惧孤之法度，断是不敢欺心，望神师再思可矣。”行者笑道：“不用再思，也不须苦赖铁匠。我问殿下，你这州城四面，可有甚么山林妖怪？”王子道：“神师此问，甚是有理。孤这州城之北，有一座豹头山，山中有一座虎口洞，往往人言洞内有仙，又言有虎狼，又言有妖怪。孤未曾访得端的，不知果是何物。”行者笑道：“不消讲了，定是那方歹人，知道俱是宝贝，一夜偷将去了。”叫：“八戒，沙僧，你都在此保着师父，护着城池，等老孙寻访去来。”又叫铁匠们不可住了炉火，一一炼造。

好猴王，辞了三藏，唿哨一声，形影不见，早跨到豹头山上。原来那城相去只有三十里，一瞬即到。径上山峰观看，果然有些妖气，真是：

龙脉悠长，地形远大。尖峰挺挺插天高，陡涧沉沉流水急。山前有瑶草铺茵，山后有奇花布锦。乔松老柏，古树修篁。山鸦山鹊乱飞鸣，野鹤野狼皆啸唳。悬崖下麋鹿双双，峭壁前獾狐对对。一起一伏远来龙，九曲九湾潜地脉。埂头相接玉华州，万古千秋兴胜处。

转过天来，悟空他们的兵器没了，八戒赖铁匠偷了，要打死人家，但悟空却反省道：“还是我们的不是。既然看了式样，就该收在身边，怎么却丢放在此！那宝贝霞彩光生，想是惊动甚么歹人，今夜窃去也。”

八戒不信，说这是个太平境界，不会有歹人，肯定是铁匠组团偷的！

像八戒这种思维逻辑，永远不会进步，赖到别人身上也就意味着不会填补自己的算法漏洞，他这钯子将来还会再丢，但人家悟空的棍子却再也不会丢了。

遇到事不怕，怕的是不能克服自己的弱点，改正自己的错误。

猴哥并没有赖铁匠，他从玉华王口中得知城北有座豹头山，山中有座虎口洞，“往往人言洞内有仙，又言有虎狼，又言有妖怪”。

猴哥就此找到了方向，让八戒、沙僧保护师父，铁匠们继续炼造，他去找兵器。

悟空来到了豹头山，此山距离玉华城仅仅三十里，山上果然有妖气，通过对这座山的描写，作者其实算是预言了悟空收徒后此地的未来：开头是“龙脉悠长，地形远大”，结尾是“一起一伏远来龙，九曲九湾潜地脉。埂头相接玉华州，万古千秋兴胜处”。

这段有许多风水学的专有名词，玉华王说“孤这州城之北，有一座豹头山”，也就是说玉华城北的靠山位是“龙脉悠长，地形远大”的豹头山，我们可以简要理解为类似北京城与北面燕山山脉的关系。而且作者怕读者不明白他的意图，专门说了“埂头相接玉华州，万古千秋兴胜处”，特地说明这风水来龙是助玉华州的，这里是兴盛之地。

你猜这本就有宗室之亲的冒冒失失的仨玉华州王子各有千斤之力后，对于天竺国的皇帝会是什么态度呢?

尤其作者所处的朝代又不是没出过宗室靖难的故事。

还有更加逗的内容。我提前透露一下作者对天竺国国都的描写:

“虎踞龙蟠形势高，凤楼麟阁彩光摇。”龙盘虎踞几乎是南京城的专属评语。

“御沟流水如环带”，这里说的是秦淮河;“福地依山插锦标”，这里说的是紫金山。

把天竺国国都写成南京城的模样，他的宗室武力还那么强大，还专门从风水角度写明“你的未来不是梦”。呵呵，你说作者是多么会见缝插针，大明朝的这些明星事迹，他是真都没落下啊!

行者正然看时，忽听得山背后有人言语，急回头视之，乃两个狼头妖怪，朗朗的说着话，向西北上走。行者揣道:“这定是巡山的怪物，等老孙跟他去听听，看他说些甚的。”捻着诀，念个咒，摇身一变，变做个蝴蝶儿，展开翅，翩翩翻翻，径自赶上。果然变得有样范:

一双粉翅，两道银须。乘风飞去急，映日舞来徐。渡水过墙能疾俏，偷香弄絮甚欢娱。体轻偏爱鲜花味，雅态芳情任卷舒。

他飞在那个妖精头直上，飘飘荡荡，听他说话。那妖猛的叫道:“二哥，我大王连日侥幸。前月里得了一个美人儿，在洞内盘桓，十分快乐;昨夜里又得了三般兵器，果然是无价之宝，明朝开宴庆‘钉钯会’哩，我们都有受用。”这个道:“我们也有些侥幸。拿这二十两银子买猪羊去，如今到了乾方集上，先吃几壶酒儿，把

东西开个花帐儿，落他二三两银子，买件绵衣过寒，却不是好？”两个怪说说笑笑的，上大路急走如飞。

行者听得要庆钉钯会，心中暗喜。欲要打杀他，争奈不干他事，况手中又无兵器。他即飞向前边，现了本相，在路口上立定。那怪看看走到身边，被他一口法唾喷将去，念一声“唵吽咤唎”，即使个定身法，把两个狼头精定住，眼睁睁口也难开，直挺挺双脚站住。又将他扳翻倒，揭衣搜捡，果是有二十两银子，着一条搭包儿打在腰间裙带上。又各挂着一个粉漆牌儿，一个上写着“刁钻古怪”，一个上写着“古怪刁钻”。

好大圣，取了他银子，解了他牌儿，返跨步回至州城，到王府中，见了王子、唐僧并大小官员、匠作人等，具言前事。八戒笑道：“想是老猪的宝贝，霞彩光明，所以买猪羊治筵席庆贺哩。但如今怎得他来？”行者道：“我兄弟三人俱去。这银子是买办猪羊的，且将这银子赏了匠人，教殿下寻几个猪羊。八戒你变做刁钻古怪，我变做古怪刁钻，沙僧妆做个贩猪羊的客人，走进那虎口洞里，得便处，各人拿了兵器，打绝那妖邪，回来却收拾走路。”沙僧笑道：“妙，妙，妙！不宜迟，快走！”老王果依此计，即教管事的买办了七八口猪、四五腔羊。

猴哥正在看山，听见山背后有两个狼头妖怪说话，按照老规矩，猴哥变化为蝴蝶去偷听了，得知宝贝就是被这山的妖怪偷的，如今那妖怪给了他俩二十两银子去买猪羊开钉钯会，猴哥就此遇到了西游宇宙最和谐、最有人间烟火气的一群妖怪：他们不仅不抢不杀，还会跟百姓正常交易，这俩小妖甚至商量一会儿去集市要做假账，黑下二三两银子买棉衣过寒。从这里也能知道为什么玉华王说了那句话：“孤这州城之北，有一座豹头山，山中有一座虎口洞，往往人言洞内有仙，又言有虎狼，又言有妖怪。”

人家的行事风格真的没打算往妖怪方向靠，是打算往修仙方向进步的，猴哥听说了这茬儿后也罕见地发了慈悲，仅仅给他俩定住了。毕竟兵器不是这俩小妖偷的，人家还要去给玉华州创造经济价值，罪不至死，随后他搜了银子和写着“刁钻古怪”与“古怪刁钻”的牌子回了州城。

很多说法认为，那妖怪偷了仨宝贝却要开钉钯会，说明钉钯是比猴哥那金箍棒强的，这种比较其实大可不必，还记得这钉钯是干什么的吗？

“名为上宝沁金钯，进与玉皇镇丹阙。”这是当年老君炼出来给玉帝镇丹阙的，就是个吉祥物。

“敕封元帅号天蓬，钦赐钉钯为御节。”玉帝给八戒这把钉钯是为了以示嫡系恩宠，是御节，是假节钺的象征。

也就是说这钉钯从打造的设计图纸到领导给的使用说明都是象征性的，样子绝对拉风，这“钉钯会”用八戒的话讲是“想是老猪的宝贝，霞彩光明，所以买猪羊治筵席庆贺哩”，是光芒四射，所以这妖精以钯为贵，设了这个钉钯会。

悟空回王府后跟大家说了下大致情况，随后定计，他们哥儿仨将计就计地变成小妖去虎口洞拿回宝贝，打绝妖精，让玉华王去寻几只猪羊，由他们赶着去，又把从小妖那里搜来的二十两银子赏了铁匠，别让人家白白被吓唬一通。

无论是不打杀小妖，还是给凡人银子安抚，都能看出来猴哥此时已经有大家风范了。

他三人辞了师父，在城外大显神通。八戒道：“哥哥，我未曾看见那刁钻古怪，怎生变得他的模样？”行者道：“那怪被老孙使了定身法，定住在那里，直到明日此时方醒。我记得他的模样，你站下，等我教你变。如此，如彼，就是他的模样了。”那呆子真个口里念着咒，行者吹口仙气，霎时就变得与那刁钻古怪一般无二，将一个粉牌儿带在腰间；行者即变做古怪刁钻，腰间也带了一个牌儿；沙僧打扮得像个贩猪羊的客人。一起儿赶着猪羊，上大路，径奔山来。

不多时，进了山凹里，又遇见一个小妖，他生得嘴脸也恁地凶恶！看那：

圆滴溜两只眼，如灯幌亮；红刺蓬一头毛，似火飘光。糟鼻子，歪倈口，獠牙尖利；查耳朵，砍额头，青脸泡浮。身穿一件浅黄衣，足踏一双莎蒲履。雄雄纠纠若凶神，急急忙忙如恶鬼。

那怪左胁下挟着一个彩漆的请书匣儿，迎着行者三人叫道：“古怪刁钻，你两个来了，买了几口猪羊？”行者道：“这赶的不是？”那怪朝沙僧道：“此位是谁？”行者道：“就是贩猪羊的客人，还少他几两银子，带他来家取的。你往那里去？”那怪道：“我往竹节山去请老大王明早赴会。”行者绰他的口气儿就问：“共请多少人？”那怪道：“请老大王坐首席，连本山大王共头目等众，约有四十多位。”正说

处，八戒道："去罢！去罢！猪羊都自放走了。"行者道："你去邀着，等我讨他帖儿看看。"那怪见自家人，即揭开取出，递与行者。行者展开看时，上写着：

明辰敬治肴酌，庆钉钯嘉会，屈尊车从，过山一叙。幸勿外，至感。右启祖翁九灵元圣老大人尊前。门下孙黄狮顿首百拜。

行者看毕，仍递与那怪。那怪放在匣内，径往东南上去了。

沙僧问道："哥哥，帖儿上是甚么话头？"行者道："乃庆钉钯会的请帖，名字写着'门下孙黄狮百拜'，请的是'祖翁九灵元圣老大人'。"沙僧笑道："黄狮想必是个金毛狮子成精，但不知九灵元圣是个何物？"八戒听言笑道："是老猪的货了！"行者道："怎见得是你的货？"八戒道："古人云：'癞母猪专赶金毛狮子。'故知是老猪之货物也。"他三人说说笑笑，赶着猪羊，却就望见虎口洞门。但见那门儿外：

周围山绕翠，一脉气连城。

削壁扳青蔓，高崖挂紫荆。

鸟声深树匝，花影洞门迎。

不亚桃源洞，堪宜避世情。

渐渐近于门口，又见一丛大大小小的杂项妖精，在那花树之下顽耍。忽听得八戒"呵，呵"赶猪羊到时，都来迎接，便就捉猪的捉猪，捉羊的捉羊，一齐捆倒。早惊动里面妖王，领十数个小妖，出来问道："你两个来了，买了多少猪羊？"行者道："买了八口猪，七腔羊，共十五个牲口。猪银该一十六两，羊银该九两，前者领银二十两，仍欠五两。这个就是客人，跟来找银子的。"妖王听说，即唤："小的们，取五两银子打发他去。"行者道："这客人，一则来找银子，二来要看看嘉会。"那妖大怒，骂道："你这个刁钻儿惫懒！你买东西罢了，又与人说甚么会不会！"八戒上前道："主人公得了宝贝，诚是天下之奇珍，就教他看看，怕怎的？"那怪咄的一声道："你这古怪也可恶！我这宝贝，乃是玉华州城中得来的，倘这客人看了，去那州中传说，说得人知，那王子一时来访求，却如之何？"行者道："主公，这个客人，乃乾方集后边的人，去州许远，又不是他城中人也，那里去传说？二则他肚里也饥了，我两个也未曾吃饭，家中有现成酒饭，赏他些吃了，打发他去罢。"

说不了，有一小妖取了五两银子递与行者。行者将银子递与沙僧道："客人，收了银子，我与你进后面去吃些饭来。"沙僧仗着胆，同八戒、行者进于洞内。到二层厂厅之上，只见正中间桌上，高高的供养着一柄九齿钉钯，真个是光彩映目；东山头，靠着一条金箍棒；西山头，靠着一条降妖杖。那怪王随后跟着道：“客人，那中间放光亮的就是钉钯。你看便看，只是出去千万莫与人说。”沙僧点头称谢了。

噫！这正是：“物见主，必定取。”那八戒一生是个鲁夯的人，他见了钉钯，那里与他叙甚么情节，跑上去拿下来，抡在手中，现了本相，丢了解数，望妖精劈脸就筑。这行者、沙僧也奔至两山头，各拿器械，现了原身。三弟兄一齐乱打，慌得那怪王急抽身闪过，转入后边，取一柄四明铲，杆长镈利，赶到天井，支住他三般兵器，厉声喝道：“你是甚么人？敢弄虚头骗我宝贝！”行者骂道：“我把你这个贼毛团！你是认我不得！我们乃东土圣僧唐三藏的徒弟。因至玉华州倒换关文，蒙贤王教他三个王子拜我们为师，学习武艺，将我们宝贝作样，打造如式兵器。因放在院中，被你这贼毛团夤夜入城偷来，倒说我弄虚头骗你宝贝。不要走！就把我们这三件兵器，各奉承你几下尝尝！”那妖精就举铲来敌。这一场，从天井中斗出前门，看他三僧攒一怪，好杀：

呼呼棒若风，滚滚钯如雨。降妖杖举满天霞，四明铲伸云生绮。好似三仙炼大丹，火光彩幌惊神鬼。行者施威甚有能，妖精盗宝多无礼。天蓬八戒显神通，大将沙僧英更美。弟兄合意运机谋，虎口洞中兴斗起。那怪豪强弄巧乖，四个英雄堪厮比。当时杀至日头西，妖邪力软难相抵。

他们在豹头山战斗多时，那妖精抵敌不住，向沙僧前喊一声：“看铲！”沙僧让个身法躲过，妖精得空而走，向东南巽宫上乘风飞去。八戒拽步要赶，行者道：“且让他去，自古道：‘穷寇勿追。’且只来断他归路。”八戒依言。三人径至洞口，把那百十个若大若小的妖精尽皆打死。原来都是些虎狼彪豹，马鹿山羊，被大圣使个手法，将他那洞里细软物件，并打死的杂项兽身，与赶来的猪羊，通皆带出。沙僧就取出干柴，放起火来。八戒使两个耳朵扇风，把一个巢穴一时烧得干净，却将带出的诸物，即转州城。

哥儿仨辞了师父，在城外，悟空把八戒变成了“刁钻古怪”，自己变成了“古怪刁钻”，沙僧打扮成个贩猪羊的客人，三人一起赶着猪羊奔豹头山而来。

走进山坳之时，他们遇到了一个小妖，左胁下挟着一个彩漆的请书匣儿，交谈中得知他是去竹节山请老大王明早赴会的信使，明天的宴会规模不小，大小头目共四十多位。猴哥要来请帖，看完得知这位老大王是妖怪的爷爷辈，号称“九灵元圣”，偷兵器的妖精是个黄狮精。

哥儿仨赶着猪羊来到虎口洞后，黄狮精问买了多少猪羊，猴哥说八口猪，七腔羊，还差人家五两银子。这时候妖王相当有信义地又叫小的们去取了五两银子。

人家是真的会“品牌塑造”，不仅不抢劫，还要跟凡人货钱两清，甚至当猴哥提出要让这卖牲口的一块儿看看嘉会的时候，妖精也并没有动灭口的心思，仅仅是骂了猴哥一通，嫌他大嘴巴。得知这个商贩不是玉华州人，不会泄密后，他也没再追究什么，甚至默许猴哥带着沙僧去吃这顿饭。

这个黄狮精是想融入当地人间生态的。

哥儿仨进入洞内，到二层敞厅之上时，“只见正中间桌上，高高的供养着一柄九齿钉钯，真个是光彩映目；东山头，靠着一条金箍棒；西山头，靠着一条降妖杖”。

这里的摆设也能印证咱们之前的说法，黄狮精尊这钉钯，要的就是“光彩映目”，结合他打造形象的劲儿，我们能大概猜出来他后面的思路，估计就是成为大仙，他要步步为营地经营“品牌”，得到玉华州的供养。

老妖相当客气地对沙僧道：“客人，那中间放光亮的就是钉钯。你看便看，只是出去千万莫与人说。”你看看，多客气，但很遗憾，黄狮精的美梦做到头儿了：八戒看见自己的钉钯后就不管不顾了，抢回来，变回本相，“望妖精劈脸就筑”，悟空、沙僧也各自取兵器加入战斗。这妖王取一柄四明铲赶到天井，支住哥儿仨的兵器，喝问他们为啥算计他的宝贝！

猴哥说三人是东土圣僧的徒弟、玉华王子的师父，亮明身份后双方开战。猴哥可能非常珍惜这种哥儿仨齐心合力的机会，把跟黄狮精打架当团建了，哥儿仨打一个妖精，玩了起来，那是赌斗多时，一直杀到日头朝西，妖精力软难敌后向东南巽宫上乘风逃走，八戒想追，但被猴哥拦住了。

追什么追！一看这妖精的行事风格，就知道这是个正经过日子的妖，对自己是有规划、有要求的，不像个野妖精。他背后那个爷爷“九灵元圣”还不知道是何方神圣呢。这是继红孩儿之后遇到的第二个敢称圣的妖精，万一打错了呢？让子弹飞一会儿！

随后哥儿仨把洞里百十个妖精全部打死，猴哥将洞里细软物件、打死的杂项兽身与赶来的猪羊通通带出，烧了虎口洞，回了州城。

此时城门尚开，人家未睡，老王父子与唐僧俱在暴纱亭盼望。只见他们扑哩扑剌的丢下一院子死兽、猪羊及细软物件，一齐叫道：“师父，我们已得胜回来也！”那殿下喏喏相谢。唐长老满心欢喜。三个小王子跪拜于地，沙僧搀起道：“且莫谢，都近前看看那物件。”王子道：“此物俱是何来？”行者笑道：“那虎狼彪豹，马鹿山羊，都是成精的妖怪，被我们取了兵器，打出门来。那老妖是个金毛狮子，他使一柄四明铲，与我等战到天晚，败阵逃生，往东南上走了。我等不曾赶他，却扫除他归路，打杀这些群妖，搜寻他这些物件，带将来的。”老王听说，又喜又忧，喜的是得胜而回，忧的是那妖日后报仇。行者道：“殿下放心，我已虑之熟，处之当矣。一定与你扫除尽绝，方才起行，决不至贻害于后。我午间去时，撞见一个青脸红毛的小妖送请书。我看他帖子上写着：‘明辰敬治肴酌，庆钉钯嘉会，屈尊车从，过山一叙。幸勿外，至感。右启祖翁九灵元圣老大人尊前。’名字是‘门下孙黄狮顿首百拜’。才那妖精败阵，必然向他祖翁处去会话。明辰断然寻我们报仇，当情与你扫荡干净。”老王称谢了，摆上晚斋。师徒们斋毕，各归寝处不题。

却说那妖精，果然向东南方奔到竹节山。那山中有一座洞天之处，唤名九曲盘桓洞，洞中的九灵元圣是他的祖翁。当夜足不停风，行至五更时分，到于洞口，敲门而进。小妖见了道：“大王，昨晚有青脸儿下请书，老爷留他住到今早，欲同他来赴你钉钯会。你怎么又绝早亲来邀请？”妖精道：“不好说！不好说！会成不得了。”正说处，见青脸儿从里边走出道：“大王，你来怎的？老大王爷爷起来，就同我去赴会哩。”妖精慌张张的，只是摇手不言。

少顷，老妖起来了，唤入。这妖精丢了兵器，倒身下拜，止不住腮边泪落。老妖道：“贤孙，你昨日下柬，今早正欲来赴会，你又亲来，为何发悲烦恼？”妖精叩头道：“小孙前夜对月闲行，只见玉华州城中有光彩冲空，急去看时，乃是王府院中三般兵器放光。一件是九齿渗金钉钯，一件是宝杖，一件是金箍棒。小孙即使神法摄来，立名‘钉钯嘉会’，着小的们买猪羊果品等物，设宴庆会，请祖爷爷赏之，以为一乐。昨差青脸来送柬之后，只见原差买猪羊的刁钻儿等赶着几个猪羊，又带了一个贩卖的客人来找银子。他定要看看会去，是小孙恐他外面传说，不容他看。他又说肚中饥饿，讨些饭吃，因教他后边吃饭。他走到里边，看见兵器，说是他的，三人就各抢去一件，现出原身。一个是毛脸雷公嘴的和尚，一个是长嘴大耳朵的和尚，一个是晦气色脸的和尚。他都不分好歹，喊一声乱打。是小孙急取四明铲赶出与他相持，问是甚么人敢弄虚头，他道是东土大唐差往西天去的唐僧之徒弟，因过州城，倒换关文，被王子留住，习学武艺，将他这三件兵器作样子打造，放在院内，被我偷来，遂此不忿相持。不知那三个和尚叫做甚名，却俱有本事。小孙一人，敌他三个不过，所以败走祖爷处。望拔刀相助，拿那和尚报仇，庶见我祖爱孙之意也！”

老妖闻言，默想片时，笑道：“原来是他。我贤孙，你错惹了他也！”妖精道：“祖爷知他是谁？”老妖道：“那长嘴大耳者乃猪八戒，晦气色脸者乃沙和尚，这两个犹可，那毛脸雷公嘴者，叫做孙行者。这个人其实神通广大，五百年前曾大闹天宫，十万天兵也不曾拿得住他。专意寻人的，他便就是个搜山揭海、破洞攻城、撞祸的个都头。你怎么惹他！也罢，等我和你去，把那厮连玉华王子都擒来，替你出气。”那妖精听说，即叩头而谢。

当时老妖点猱狮、雪狮、狻猊、白泽、伏狸、抟象诸孙，各执锋利器械。黄狮引领，各纵狂风，径至豹头山界。只闻得烟火之气扑鼻，又闻得有哭泣之声。仔细看时，原来是刁钻、古怪二人在那里叫主公哭主公哩。妖精近前喝道：“你是真刁钻儿，假刁钻儿？”二怪跪倒，噙泪叩头道：“我们怎是假的？昨日这早晚领了银子去买猪羊，走至山西边大路之内，见一个毛脸雷公嘴的和尚，他啐了我们一口，我们就脚软口强，不能言语，不能移步，被他扳倒，把银子搜了去，牌儿解了去。我两个昏昏沉沉，直到此时才醒。及到家，见烟火未息，房舍尽皆烧了，又不见主公并大小头目，故在此伤心痛哭。不知这火是怎生起的？”那妖精闻言，止不住泪如泉涌，双脚齐跌，喊声振天，恨道：“秃厮！十分作恶！怎么干出这般毒事，把我洞府烧尽，美人烧死，家当老小一空。气杀我也！气杀我也！”老妖叫猱狮扯他过来道：“贤孙，事已至此，徒恼无益。且养全锐气，到州城里拿那和尚去。”那妖精犹不肯住哭，道：“老爷，我们那个山场非一日治的。今被这秃厮尽毁，我却要此命做甚的！”挣起来，往石崖上撞头磕脑，被雪狮、猱狮等苦劝方止。当时丢了此处，都奔州城。

只听得那风滚滚，雾腾腾，来得甚近，諕得那城外各关厢人等，拖男挟女，顾不得家私，都往州城中走，走入城门，将门闭了。有人报入王府中道：“祸事！祸事！”

那王子、唐僧等正在暴纱亭吃早斋，听得人报祸事，却出门来问。众人道："一群妖精，飞沙走石、喷雾掀风的来近城了！"老王大惊道："怎么好？"行者笑道："都放心！都放心！这是虎口洞妖精，昨日败阵，往东南方去伙了那甚么九灵元圣儿来也。等我同兄弟们出去，分付教关了四门，汝等点人夫看守城池。"那王子果传令把四门闭了，点起人夫上城。他父子并唐僧在城楼上点札，旌旗蔽日，炮火连天。行者三人，却半云半雾，出城迎敌。这正是：

失却慧兵缘不谨，顿教魔起众邪凶。

毕竟不知这场胜败如何，且听下回分解。

哥儿仨回来说了下战况，得知老妖没死后，玉华王担心了，都表现出来了。此时猴哥观察表情的水平不比八戒差了，没等玉华王求助，就急人之所急了，所谓"老王听说，又喜又忧，喜的是得胜而回，忧的是那妖日后报仇。行者道：'殿下放心，我已虑之熟，处之当矣。一定与你扫除尽绝，方才起行，决不至贻害于后。'"

猴哥原原本本地对玉华王说了刚才在虎口洞没追妖精的打算，那妖精还有个爷爷，明天肯定会找他们报仇，到时候肯定帮玉华王断了祸根。

猴哥他们回了玉华州，黄狮精也到了竹节山，这句"那山中有一座洞天之处，唤名九曲盘桓洞，洞中的九灵元圣是他的祖翁"透露出了他爷爷的地位，人家住的地方是个洞天之处。九灵元圣见了黄狮精后，说话语气那是相当疼爱："贤孙，你昨日下柬，今早正欲来赴会，你又亲来，为何发悲烦恼？"

黄狮精没有掩盖自己从玉华州城王府偷了三件宝贝的事，原原本本地把来龙去脉讲了一遍，最后说自己以一敌三，打不过，求他爷爷拔刀相助，拿那和尚报仇。

整个西游宇宙中，妖这个类别里最让人恐怖的、于无声处听惊雷的片段出现了："老妖闻言，默想片时，笑道：'原来是他。我贤孙，你错惹了他也！'"

这老妖居然能够算出过去之事！（后面还会有他展现这一恐怖技能的时候。）

怪不得这黄狮精原原本本地、一点也不添油加醋地复述案情呢，他如果加了佐料就变成骗他爷爷了。大佬在乎的从来都不是你做了多大的恶、惹了多大的事，他只在乎你对他是不是毫无保留的忠诚，忠诚最直观的体现就是毫无保留地反馈真实信息。

九灵元圣随后做了科普，说那长嘴大耳的和那晦气脸的和尚都不算什么，那个毛脸雷公嘴的和尚神通广大，他详细地说了一下猴哥的战术特点：“专意寻人的，他便就是个搜山揭海、破洞攻城、撞祸的个都头。你怎么惹他！”

“寻人”的意思是找人麻烦，这句话翻译一下就是：这猴子是个不择手段找人麻烦的顶级祸头。

随后九灵元圣这句话颇有教父之感：“也罢，等我和你去，把那厮连玉华王子都擒来，替你出气。”

九灵元圣笑着说的这段话不到二百个字，一个顶级大佬的即视感就被作者写出来了。我们仔细回看一下这段话：“老妖闻言，默想片时，笑道：‘原来是他。我贤孙，你错惹了他也！’妖精道：‘祖爷知他是谁？’老妖道：‘那长嘴大耳者乃猪八戒，晦气色脸者乃沙和尚，这两个犹可，那毛脸雷公嘴者，叫做孙行者。这个人其实神通广大，五百年前曾大闹天宫，十万天兵也不曾拿得住他。专意寻人的，他便就是个搜山揭海、破洞攻城、撞祸的个都头。你怎么惹他！也罢，等我和你去，把那厮连玉华王子都擒来，替你出气。’”

淡定，有见识，自信，主要是骨子里的那股子松弛感，真是太对味了！

为什么我总说西游宇宙的作者一定是见过大世面的，是见过“天”的呢？这种对高权力能量人物的描写，你要是没见过，真写不出这个感觉，尤其是那个语气，那份举重若轻。

九灵元圣点猱狮、雪狮、狻猊、白泽、伏狸、抟象诸孙，各执锋利器械，由黄狮引领，各纵狂风，来到了豹头山。他们发现被猴哥定身的刁钻、古怪二人在那里哭主公，由此能看出黄狮精这团队建设做得是真好。得知自己的洞府被烧了后，黄狮精“止不住泪如泉涌，双脚齐跌，喊声振天”地在那儿骂猴子，九灵元圣叫猱狮把他扯过来，让他别哭了，安慰道：“事已至此，徒恼无益。且养全锐气，到州城里拿那和尚去。”

黄狮精根本止不住哭，道：“老爷，我们那个山场非一日治的。今被这秃厮尽毁，我却要此命做甚的！”说罢就要往石崖上撞头磕脑，是被雪狮、猱狮等苦劝才拉住的。

这里一方面突出黄狮精器量小，另一方面也能说明黄狮精这些年可能过的主要是人的日子，这是他不断经营积累打造的家业，所以付之一炬后会如此伤心。

对黄狮精这个虎口洞集团的种种描写其实都在说明一件事：黄狮精罪不至死，

他仅仅是见识不够。

当他来见九灵元圣，求这位爷爷给他报仇时，他的命运就已经注定了。九灵元圣不可能不管这件事，孙子都这样说了，他只能被架着去出手，否则别的孙子为什么要遵从他这个爷爷呢？这就和悟空收那个徒弟一样，只要收了，就得为他兜着，但九灵元圣只要出了手，只要跟这“三界通知，十方拥护”的项目站在了对立面，后面的事就不可控了。当然，他不会有事，但他身边的这群孙子可就没这个待遇了。

一群狮子飞沙走石、喷雾掀风地来到了玉华城，猴哥安慰玉华王别担心，他们哥儿仨出去迎战，“汝等点人夫看守城池”。玉华王传令闭了四门，点兵上城，父子四人和唐僧在城楼上点札，旌旗蔽日，炮火连天，猴哥三人半云半雾地出城迎战了。

第九十回

师狮授受同归一，盗道缠禅静九灵

却说孙大圣同八戒、沙僧出城头，觌面相迎，见那伙妖精都是些杂毛狮子。黄狮精在前引领，狻猊狮、抟象狮在左，白泽狮、伏狸狮在右，猱狮、雪狮在后，中间却是一个九头狮子。那青脸儿怪执一面锦绣团花宝幢，紧挨着九头狮子。刁钻古怪儿、古怪刁钻儿打两面红旗，齐齐的都布在坎宫之地。

八戒莽撞，走近前骂道："偷宝贝的贼怪！你去那里伙这几个毛团来此怎的？"黄狮精切齿骂道："泼狠秃厮！昨日三个敌我一个，我败回去，让你为人罢了。你怎么这般狠恶，烧了我的洞府，损了我的山场，伤了我的眷属。我和你冤仇深如大海！不要走，吃你老爷一铲！"好八戒，举钯就迎。两个才交手，还未见高低，那猱狮精抡一根铁蒺藜，雪狮精使一条三楞简，径来奔打。八戒发一声喊道："来得好！"你看他横冲直抵，斗在一处。这壁厢，沙和尚急掣降妖杖，近前相助。又见那狻猊精、白泽精与抟象、伏狸二精，一拥齐上。这里孙大圣使金箍棒架住群精。狻猊使闷棍，白泽使铜锤，抟象使钢枪，伏狸使钺斧。那七个狮子精，这三个狠和尚，好杀：

棍锤枪斧三楞简，蒺藜骨朵四明铲。
七狮七器甚锋芒，围战三僧齐呐喊。
大圣金箍铁棒凶，沙僧宝杖人间罕。
八戒颠风骋势雄，钉钯幌亮光华惨。

前遮后挡各施功，左架右迎都勇敢。

城头王子助威风，擂鼓筛锣齐壮胆。

掼来抢去弄神通，杀得昏濛天地反。

那一伙妖精齐与大圣三人战经半日，不觉天晚。八戒口吐粘涎，看看脚软，虚幌一钯，败下阵去，被那雪狮、猱狮二精喝道："那里走！看打！"呆子躲闪不及，被他照脊梁上打了一简，睡在地下，只叫："罢了！罢了！"两个精把八戒采鬃拖尾，扛将去见那九头狮子，报道："祖爷，我等拿了一个来也。"说不了，沙僧、行者也都战败。众妖精一齐赶来，被行者拔一把毫毛嚼碎，喷将去，叫声："变！"即变做个百十个小行者，围围绕绕，将那白泽、狻猊、抟象、伏狸并金毛狮怪围裹在中，沙僧、行者却又上前攒打。到晚，拿住狻猊、白泽，走了伏狸、抟象、金毛，报知老妖，老怪见失了二狮，分付："把猪八戒捆了，不可伤他性命。待他还我二狮，却将八戒与他。他若无知，坏了我二狮，即将八戒杀了对命。"当晚群妖安歇城外不题。

却说孙大圣把两个狮子精抬近城边，老王见了，即传令开门，差二三十个校尉，拿绳扛出门，绑了狮精，扛入城里。孙大圣收了法毛，同沙僧径至城楼上，见了唐僧。唐僧道："这场事甚是利害呀！悟能性命不知有无？"行者道："没事！我每把这两个妖精拿了，他那里断不敢伤。且将二精牢拴紧缚，待明早抵换八戒也。"三个小王子对行者叩头道："师父先前赌斗，只见一身，及后佯输而回，却怎么就有百十位师身？及至拿住妖精，近城来还是一身，此是甚么法力？"行者笑道："我身上有八万四千毫毛，以一化十，以十化百，百千万亿之变化，皆身外之身法也。"那王子一个个顶礼，即时摆上斋来，就在城楼上吃了。各垛口上都要灯笼旗帜，梆铃锣鼓，交更传箭，放炮呐喊。

猴哥三人出城迎战时，发现来了一群杂毛狮子：黄狮精在前引领，狻猊狮、抟象狮在左，白泽狮、伏狸狮在右，猱狮、雪狮在后，中间是一只九头狮子。

八戒和黄狮精开骂后打起来了，还未见高低，猱狮精、雪狮精加入战局来三打一了，紧接着沙僧要去帮忙，又被狻猊精、白泽精、抟象精、伏狸精一拥齐上，最后悟空加入群架战团。这次三僧七狮战经半日，不觉天晚，八戒一如既往第一个掉队，扛不住了，被雪狮和猱狮抓走。每次都是八戒被抓后猴哥再使真本事，他拔了把毫毛放了大招，变出百十个小悟空抓回了狻猊和白泽。

九灵元圣见失了二狮，安排说不要伤八戒性命，留着交换人质用；猴哥回去禀报战况时也安慰唐僧，明早拿这俩狮子去换八戒。

早又天明。老怪即唤黄狮精定计道：“汝等今日用心拿那行者、沙僧，等我暗自飞空上城，拿他那师父并那老王父子，先转九曲盘桓洞，待你得胜回报。”黄狮领计，便引猱狮、雪狮、抟象、伏狸，各执兵器，到城边，滚风踏雾的索战。这里行者与沙僧跳出城头，厉声骂道：“贼泼怪！快将我师弟八戒送还我，饶你性命！不然，都教你粉骨碎尸！”那妖精那容分说，一拥齐来。这大圣弟兄两个，各运机谋，挡住五个狮子。这杀，比昨日又甚不同：

呼呼刮地狂风恶，暗暗遮天黑雾浓。走石飞沙神鬼怕，摧林倒树虎狼惊。钢枪狠狠钺斧明，蒺藜简铲太毒情。恨不得囫囵吞行者，活活捉沙僧。这大圣一条如意棒，卷舒收放甚精灵。沙僧那柄降妖杖，灵霄殿外有名声。今番干运神通广，西域施功扫荡精。

这五个杂毛狮子精与行者、沙僧正厮杀到好处，那老怪驾着黑云，径直腾至城楼上，摇一摇头，諕得那城上文武大小官员并城夫人等，都滚下城去。被他奔入楼中，张开口，把三藏与老王父子一齐噙出，复至坎宫地下，将八戒也着口噙之。原来他九个头就有九张口，一口噙着唐僧，一口噙着八戒，一口噙着老王，一口噙着大王子，一口噙着二王子，一口噙着三王子。六口噙着六人，还空了三张口，发声喊叫道：“我先去也！”这五个小狮精见他祖得胜，一个个愈展雄才。

行者闻得城上人喊嚷，情知中了他计，急唤：“沙僧仔细！”他却把臂膊上毫毛，尽皆拔下，入口嚼烂喷出，变作千百个小行者，一拥攻上。当时拖倒猱狮，活捉了雪狮，拿住了抟象狮，扛翻了伏狸狮，将黄狮打死，烘烘的嚷到州城之下，倒转走脱了青脸儿与刁钻古怪、古怪刁钻儿二怪。那城上官看见，却又开门，将绳把五个狮精又捆了，扛进城去，还未发落，只见那王妃哭哭啼啼，对行者礼拜道：“神师呵！我殿下父子并你师父性命休矣！这孤城怎生是好？”大圣收了法毛，对王妃作礼道：“贤后莫愁。只因我拿他七个狮精，那老妖弄摄法，定将我师父与殿下父子摄去，料必无伤。待明日绝早，我兄弟二人去那山中，管情捉住老妖，还你四个王子。”

那王妃并宫女闻得此言，都对行者下拜道：“愿求殿下父子全生，皇图坚固！”拜毕，一个个含泪还宫。行者分付各官：“将打死的黄狮精剥了皮，六个活狮精，牢牢拴锁。取些斋饭来，我们吃了睡觉，你们都放心，保你无事。”

至次日，大圣领沙僧驾起祥云，不多时，到于竹节山头。按云头观看，好座高山！但见：

峰排突兀，岭峻崎岖。深涧下，潺湲水漱；陡崖前，锦绣花香。回峦重叠，古道湾环。真是鹤来松有伴，果然云去石无依。玄猿觅果向晴晖，麋鹿寻花欢日暖。青鸾声淅呖，黄鸟语绵蛮。春来桃李争妍，夏至柳槐竞茂。秋到黄花布锦，冬交白雪飞绵。四时八节好风光，不亚瀛洲仙景象。

他两个正在山头上看景，忽见那青脸儿手拿一条短棍，径跑出崖谷之间。行者喝道：“那里走！老孙来也！”諕得那小妖一翻一滚的跑下崖谷。他两个一直追来，又不见踪迹，向前又转几步，却是一座洞府，两扇花斑石门，紧紧关闭。门楟上横嵌着一块石版，楷镌了十个大字，乃是“万灵竹节山，九曲盘桓洞”。

那小妖原来跑进洞去，即把洞门闭了，到中间对老妖道：“爷爷，外面又有两个和尚来了。”老妖道：“你大王并猱狮、雪狮、抟象、伏狸可曾来？”小妖道：“不见，不见。只是两个和尚在山峰高处眺望。我看见回头就跑，他赶将来，我却闭门来也。”老妖听说，低头不语。半晌，忽的吊下泪来，叫声：“苦啊！我黄狮孙死了！猱狮孙等又尽被和尚捉进城去矣！此恨怎生报得！”八戒捆在旁边，与王父子、唐僧俱攒簇一处，凄凄惶惶受苦，听见老妖说声“众孙被和尚捉进城去”，暗暗喜道：“师父莫怕，殿下休愁。我师兄已得胜，捉了众妖，寻到此间，救拔吾等也。”说罢，又听得老妖叫：“小的们，好生在此看守，等我出去拿那两个和尚进来，一发惩治。”

你看他，身无披挂，手不拈兵，大踏步走到前边，只闻得孙行者吆喝哩。他就开了洞门，径不打话，来奔行者。行者使铁棒当头支住，沙僧抡宝杖就打。那老妖把头摇一摇，左右八个头一齐张开口，把行者、沙僧轻轻的又衔入洞内，教：“取绳索来！”那刁钻古怪、古怪刁钻与青脸儿，是昨夜逃生而回者，即拿两条绳，把他二人着实捆了。老妖问道：“你这泼猴，把我那七个儿孙捉了，我今拿住你和尚四个，王子四个，也足以抵得我儿孙之命。小的们，选荆条柳棍来，且打这猴头一顿，与我黄狮孙报报冤仇。”那三个小妖，各执柳棍，专打行者。行者本是熬炼过的身体，那些些柳棍儿，只好与他拂痒，他那里做声？凭他怎么捶打，略不介意。八戒、唐僧与王子见了，一个个毛骨悚然。少时，打折了柳棍，直打到天晚，也不计其数。沙僧见打得多了，甚不过意道："我替他打百十下罢。"老妖道："你且莫忙，明日就打到你了，一个个挨次儿打将来。"八戒着忙道："后日就打到我老猪也。"

打一会，渐渐的天昏了，老妖叫："小的们且住，点起灯火来，你们吃些饮食，让我到锦云窝略睡睡去。汝三人都是遭过害的，却用心看守，待明早再打。"三个小妖移过灯来，拿柳棍又打行者脑盖，就像敲梆子一般，剔剔托，托托剔，紧几下，慢几下。夜将深了，却都盹睡。行者就使个遁法，将身一小，脱出绳来，抖一抖毫毛，整束了衣服，耳朵内取出棒来，幌一幌，有吊桶粗细，二丈长短，朝着三个小妖道："你这业畜，把你老爷就打了许多棍子。老爷还只照旧。老爷也把这棍子略挜你挜，看道如何！"把三个小妖轻轻一挜，就挜做三个肉饼，却又剔亮了灯，解放沙僧。八戒捆急了，忍不住大声叫道："哥哥，我的手脚都捆肿了，倒不来先解放我！"

这呆子喊了一声，却早惊动老妖。老妖一毂辘爬起来道："是谁人解放？"那行者听见，一口吹熄灯，也顾不得沙僧等众，使铁棒打破几重门走了。那老妖到中堂里叫："小的们，怎么没了灯光？只莫走了人也？"叫一声，没人答应；又叫一声，又没人答应，及取灯火来看时，只见地下血淋淋的三块肉饼，老王父子及唐僧、八戒俱在，只不见了行者、沙僧。点着火，前后赶看，忽见沙僧还背贴在廊下站哩，被他一把拿住捽倒，照旧捆了。又找寻行者，但见几层门尽皆损破，情知是行者打破走了，也不去追赶，将破门补的补，遮的遮，固守家业不题。

转天天明，九灵元圣喊来黄狮精，定计让群妖今天用心捉行者和沙僧，他去偷拿城中的玉华王父子和唐僧，先转九曲盘桓洞，待黄狮精得胜回报。

黄狮精领剩下四狮再来索战，猴哥、沙僧出城应战，猴哥依旧是来玩的，结果九灵元圣入城将唐僧并玉华王父子四人抓住，连着八戒，一口一个地噙在嘴里，对他的五个孙子喊道："我先去也！"五个狮子精一看爷爷赢了，那是"一个个愈展雄才"。猴哥意识到不妙之后也不玩了，把胳膊上的毫毛全部拔下，变出千百个小悟空，瞬间扭转战局，打死了黄狮精，抓了剩下的四只狮子。

猴哥回去安慰哭哭啼啼的王妃：别着急，我们有人质，肯定没事，明天我们去他老窝捉他。他又安排人把打死的黄狮精剥皮，把六个活狮精牢牢拴锁，然后他和沙僧吃饭睡觉。

转过天来，悟空领着沙僧来到了竹节山，当小妖进洞给九灵元圣报信时，老妖问剩下五只狮子可来了，听说没见到后，老妖再次展现自己的恐怖技能，所谓“老妖听说，低头不语。半晌，忽的吊下泪来，叫声：‘苦啊！我黄狮孙死了！猱狮孙等又尽被和尚捉进城去矣！此恨怎生报得！’”

这再次夯实了九灵元圣能够算出自己未见的过去之事！

算出他的所有孙子都被扣了后，西游宇宙妖王排面天花板的描写出现了：“你看他，身无披挂，手不拈兵，大踏步走到前边，只闻得孙行者吆喝哩。他就开了洞门，径不打话，来奔行者。行者使铁棒当头支住，沙僧抡宝杖就打。那老妖把头摇一摇，左右八个头一齐张开口，把行者、沙僧轻轻的又衔入洞内，教：‘取绳索来！’”

无披挂，无兵器，而且直接拿脑袋硬扛悟空的金箍棒，“行者使铁棒当头支住”，老妖“把行者、沙僧轻轻的又衔入洞内”。

老妖是知道轻重的，此时取经团队已经全军覆没了，他再去趟玉华州就能救下他的孙儿们，他要是心情不好，甚至能让整个玉华州给黄狮精陪葬。但他手里极有分寸，对谁都不敢杀，只照着最扛打的悟空一通打来报仇，以皮肉之苦还命债，这是他自己说的：“小的们，选荆条柳棍来，且打这猴头一顿，与我黄狮孙报报冤仇。”

猴哥被暴打到了天晚，沙僧实在看不下去了，表示要替他猴哥扛个百十下。九灵元圣则表示：明天就打到你了，一个个地打过来！入夜后人家就睡去了。

也就是说，对于这群人，他从头到尾都没动杀心。

他能算出过去之事，也就知道孙悟空他们保的这趟镖背后是什么情况。我们从他这个只敢打、不敢杀的底线大概能判断出来九灵元圣最开始的预期。他为黄狮精报仇时说的是“把那厮连玉华王子都擒来，替你出气”，抓猴子能理解，抓玉华王父子是为了什么呢？人家确实没惹他，而且黄狮精在叙述里一直恨的也是猴子。九灵元圣大概率就是想把猴子打一顿，把面子找回来，让玉华王父子答应“割地赔款”，给自己谋个皇家供奉，没想到中间出了意外，黄狮精被打死了，剩下六只狮子也全被抓了，眼下这局面怎么收尾都有点尴尬了。

黄狮这条命应该怎么还回来成了巨大的问题：不追究，今后没法混；追究了，眼前这几位又确实惹不起。要不老头儿怎么睡觉去了呢？累脑子啊！

等夜深了，大家都睡着了，猴哥“使个遁法，将身一小，脱出绳来”，把打了他一天的仨小妖都打成了肉饼，弄亮了灯，解了沙僧。此时八戒被捆急了，忍不住大声求救，结果这一嗓子给九灵元圣喊醒了。猴哥赶紧打破了几重门跑走了，沙僧又被捆了起来，老妖也不去追悟空，只安排小妖修补破门。

却说孙大圣出了那九曲盘桓洞，跨祥云，径转玉华州。但见那城头上，各方的土地神祇与城隍之神迎空拜接。行者道：“汝等怎么今夜才见？”城隍道：“小神等知大圣下降玉华州，因有贤王款留，故不敢见。今知王等遇怪，大圣降魔，特来叩接。”行者正在嗔怪处，又见金头揭谛、六甲六丁神将押着一尊土地，跪在面前道：“大圣，吾等捉得这个土地儿来也。”行者喝道：“汝等不在竹节山护我师父，却怎么嚷到这里？”丁甲神道：“大圣，那妖精自你逃时，复捉住卷帘大将，依然捆了。我等见他法力甚大，却将竹节山土地押解至此。他知那妖精的根由，乞大圣问他一问，便好处治，以救圣僧、贤王之苦。”行者听言甚喜。那土地战兢兢叩头道：“那老妖前年下降竹节山。那九曲盘桓洞，原是六狮之窝。那六个狮子，自得老妖至此，就都拜为祖翁。祖翁乃是个九头狮子，号为九灵元圣。若得他灭，须去到东极妙岩宫，请他主人公来，方可收伏。他人莫想擒也。”行者闻言，思忆半晌道：“东极妙岩宫，是太乙救苦天尊啊。他坐下正是个九头狮子。这等说……”便教：“揭谛、金甲，还同土地回去，暗中护佑师父、师弟并州王父子。本处城隍守护城池。”众神各各遵守去讫。

猴哥出了洞后回到了玉华州，看到了相当不寻常的景象：城头上，各方土地神祇与城隍之神迎空拜接。猴哥有点纳闷，他们要是迎接为啥不早来，正准备骂街呢，又看见了金头揭谛和六甲六丁押着一尊土地，跪在面前道：“大圣，吾等捉得这个土地儿来也。”

猴哥喝问他们为什么不在竹节山保护师父，丁甲神道：“大圣，那妖精自你逃时，复捉住卷帘大将，依然捆了。我等见他法力甚大，却将竹节山土地押解至此。他知那妖精的根由，乞大圣问他一问，便好处治，以救圣僧、贤王之苦。”

这段话说明了两件事：

1. 这妖怪确实太牛了，悟空无论用什么手段都不可能搞得过这位爷，摄像组看不过眼却又不敢挑明，逼土地来给这关降级成跑图游戏。

2. 底层小神仙是真不好当啊，是真不被当回事啊！咋说也是个竹节山的土地，但在金头揭谛和六甲六丁口中只是“吾等捉得这个土地儿来也”，人家有什么罪，就给人家“押解至此”？等于有着巨大背景的妖魔把取经团队给扣下了，把悟空打了一顿，这些神祇不敢正面跟妖魔找回场子，现在拿这土地撒气来了。

战战兢兢的土地随后说了两件事：

1. 九灵元圣是只九头狮子，是前年来的，这洞原本是那六只狮子的窝，他来了之后，六狮拜其为祖翁。

2. 九头狮子的主人公在东极妙岩宫。

土地也是不容易，被逼着说出答案的时候还得避讳，只敢说东极妙岩宫，宫主太乙救苦天尊的名号是一个字也不敢提。

这回妖精的领导是四御级别的、总御万灵的东极青华大帝太乙救苦天尊，也就是悟空在作为齐天大圣的“膨胀猴”阶段时，遇见了也得道声“陛下”的级别。

悟空听完这话，回忆起了太乙救苦天尊的坐骑就是九头狮子，随后安排众神各归其位，他去了妙岩宫。

这大圣纵筋斗云，连夜前行，约有寅时，到了东天门外，正撞着广目天王与天丁、力士一行仪从。众皆停住，拱手迎道：“大圣何往？”行者对众礼毕道：“前去妙岩宫走走。”天王道：“西天路不走，却又东天来做甚？”行者道：“因到玉华州，蒙州王相款，遣三子拜我等弟兄为师，习学武艺，不期遇着一伙狮怪。今访得妙岩宫太乙救苦天尊，乃怪之主人公，欲请他去降怪救师。”天王道：“那厢因你欲为人师，所以惹出这一窝狮子来也。”行者笑道：“正为此，正为此。”众天丁、力士一个个拱手让道而行。大圣进了东天门，不多时，到妙岩宫前。但见：

彩云重叠，紫气茏葱。瓦漾金波焰，门排玉兽崇。花盈双阙红霞绕，日映骞林翠露笼。果然是万真环拱，千圣兴隆。殿阁层层锦，窗轩处处通。苍龙盘护祥光蔼，黄道光辉瑞气浓。这的是青华长乐界，东极妙岩宫。

来到了东天门外，猴哥撞着广目天王了，哥儿俩聊了会儿天，随后作者借广目天王之口，说出了他在这关想传达的最后一个道理：“那厢因你欲为人师，所以惹出这一窝狮子来也。”

师父好当吗？

当然，骗吃骗喝的师父太好当了，但那都是小把戏，都是混日子的，不在我们的讨论范畴内。这部小说讲的是，你如果是个对自己有期许、有追求的大人物，在向上努力、攀爬的过程中就要遵守权力的规则。你吸纳心腹、弟子进入你的核心圈去帮你扩张权力触角的同时，也要去帮他们挡灾，对他们终身负责。这样你的权力基石才会稳固，你的权力威慑才会强大，才会有人真拿你当回事，不看僧面看佛面。

举个例子，悟空这徒弟貌似前途似锦，但如果这个孩子造反，而天竺国国王有尊更厉害的佛保佑着，也派下来一个类似于姜子牙的角色，把这件事越扯越大，到时候，悟空哪怕已经是斗战胜佛了，依旧会被无可奈何地裹挟进来，到时候谁是“武王”谁是“纣”，就得看谁背后站的佛菩萨多了。

自古老祖宗的八字思想中，男命的七杀代表着儿子、徒弟。克我者为杀，杀是命理中最凶的一股力量，所有命盘中，逢杀先论杀，先看杀的强弱。自身强旺，杀有制化，相当于一个武林高手手握着带鞘的倚天剑，能打出自己的一片天下；但如果你自身不旺，杀还没有制化，那就好比柔软之人扛着把没有鞘的屠龙刀，很容易因握不住刀而把自己砍死，或者被小人盯上，丢命失刀。你要收一群徒弟，那就但愿你能扛得住这屠龙刀的戾气。

这一关，作者给我们讲了一个朴素的道理：收徒别当买卖做，这种事是要担因果的，为师为父要担责，添人进口要三思。

那宫门里立着一个穿霓帔的仙童，忽见孙大圣，即入宫报道：“爷爷，外面是闹天宫的齐天大圣来了。”太乙救苦天尊听得，即唤侍卫众仙迎接。迎至宫中，只见天尊高座九色莲花座上，百亿瑞光之中。见了行者，下座来相见。行者朝上施礼，天尊答礼道：“大圣，这几年不见，前闻得你弃道归佛，保唐僧西天取经，想是功行完了？”行者道：“功行未完，却也将近。但如今因保唐僧到玉华州，蒙王子遣三子拜老孙等为师，习学武艺，把我们三件兵器照样打造，不期夜间被贼偷去。及天明寻找，原是城北豹头山虎口洞一个金毛狮子成精盗去，老孙用计取出，那精就伙了若干狮精与老孙大闹。内有一个九头狮子，神通广大，将我师父与八戒并王父

子四人都衔去，到一竹节山九曲盘桓洞。次日，老孙与沙僧跟寻，亦被衔去，老孙被他捆打无数，幸而弄法走了。他们正在彼处受罪。问及当方土地，始知天尊是他主人，特来奉请收降他去。”

天尊闻言，即令仙将到狮子房唤出狮奴来问。那狮奴熟睡，被众将推摇方醒，揪至中厅来见。天尊问道：“狮兽何在？”那奴儿垂泪叩头，只教：“饶命！饶命！”天尊道：“孙大圣在此，且不打你。你快说，为何不谨，走了九头狮子？”狮奴道：“爷爷，我前日在大千甘露殿中见一瓶酒，不知偷去吃了，不觉沉醉睡着，失于拴锁，是以走了。”天尊道：“那酒是太上老君送的，唤做‘轮回琼液’，你吃了该醉三日不醒。那狮兽今走几日了？”大圣道：“据土地说，他前年下降，到今二三年矣。”天尊笑道：“是了，是了。天宫里一日，在凡世就是一年。”叫狮奴道：“你且起来，饶你死罪，跟我与大圣下方去收他来。汝众仙都回去，不用跟随。”

天尊遂与大圣、狮奴，驾云径至竹节山。只见那五方揭谛、六丁六甲、本山土地都来跪接。行者道：“汝等护佑，可曾伤着我师？”众神道：“妖精着了恼睡了，更不曾动甚刑罚。”天尊道：“我那元圣儿也是一个久修得道的真灵，他喊一声，上通三圣，下彻九泉，等闲也便不伤生。孙大圣，你去他门首索战，引他出来，我好收之。”

行者听言，果掣棒跳近洞口，高骂道：“泼妖精！还我人来也！泼妖精！还我人来也！”连叫了数声，那老妖睡着了，无人答应。行者性急起来，抡铁棒，往内打进，口中不住的喊骂。那老妖方才惊醒，心中大怒，爬起来，喝一声：“赶战！”摇摇头，便张口来衔。行者回头跳出，妖精赶到外边骂道：“贼猴，那里走！”行者立在高崖上笑道：“你还敢这等大胆无礼！你死活也不知哩，这不是你老爷主公在此？”那妖精赶到崖前，早被天尊念声咒语，喝道：“元圣儿，我来了！”那妖认得是主人，不敢展挣，四只脚伏之于地，只是磕头。旁边跑过狮奴儿，一把挝住项毛，用拳着项上打勾百十，口里骂道：“你这畜生！如何偷走，教我受罪！”那狮兽合口无言，不敢摇动。狮奴儿打得手困，方才住了，即将锦鞯安在他身上。天尊骑了，喝声叫走，他就纵身驾起彩云，径转妙岩宫去。

悟空到了妙岩宫后，太乙救苦天尊唤侍卫众仙将其迎至宫中。天尊高坐九色莲花座上，在百亿瑞光之中见了悟空，随后下座来相见。悟空朝上施礼后，天尊答礼道："大圣，这几年不见，前闻得你弃道归佛，保唐僧西天取经，想是功行完了？"

人家先是坐在瑞光高座中见你，张嘴的第一句话强调的是你"弃道归佛"，听话要听音，人家这里并不欢迎你。

悟空讲了讲目前的情况，说了三件事：

1. 不是我惹事，您的坐骑的孙子偷了我兵器，我们寻回了兵器后，您的坐骑给孙子出头，把唐僧和玉华王父子都给抓了；

2. 我打不过您的坐骑，被捆打无数，侥幸逃走了；

3. 把您说出来这件事是当地土地干的，现在特来奉请收降解救。

悟空把话都说到这份儿上了，有理有据还给足了面子，于是天尊令仙将到狮子房唤出狮奴来问。此时狮奴正在熟睡，被众将推摇方醒，揪至中厅。

当天尊问到"狮兽何在"之时，那奴儿垂泪叩头，只叫："饶命！饶命！"

天上的家法是有多严！失职被查后，喊的是"饶命"。

狮奴说出九头狮子跑了的原因："爷爷，我前日在大千甘露殿中见一瓶酒，不知偷去吃了，不觉沉醉睡着，失于拴锁，是以走了。"

无论是当年老君的那个牛童，还是天尊的这个狮奴，发现了丹呀，酒呀这种东西都不会充公，都会吃了，甚至还会偷吃。

大佬们算透了这些小人物的人性，从而能够轻而易举地完成自己的目标。

天尊表示这酒是太上老君送的，唤作"轮回琼液"，吃了该醉三日不醒。

领导都是没有废话的，也不会挑明，他说这是太上老君送的酒，其实就暗示背后还是老君不高兴。天尊在猴哥刚进门时就说"大圣，这几年不见，前闻得你弃道归佛，保唐僧西天取经，想是功行完了"，这话其实也表明了门派隔阂之下并不热络的态度，天尊就是放任自己的坐骑下去给悟空添添堵，没打算真阻止什么，就是给老君一个面子，金蝉子传茶都值两个人参果，更别提老君送酒。

天尊让众仙都回去，自己带着狮奴跟猴哥来收坐骑了。

太乙救苦天尊来到竹节山时，五方揭谛、六丁六甲、本山土地都得来跪接。悟空问可曾伤到了他师父，众神表示老妖还在生气地睡觉呢，根本不曾动什么刑罚。

还是那句话，这九头狮子根本不想把事惹大。

随后，天尊给他这悟空都打不过的坐骑背书道："我那元圣儿也是一个久修得道的真灵，他喊一声，上通三圣，下彻九泉，等闲也便不伤生。”

翻译一下就是，它要是真急了，喊一嗓子，连大罗天的三清都能知道这狮子不高兴了。能量输出方面算是大到无边了。

但是，这么牛的怪物，在被太乙救苦天尊念声咒语，喝了声“元圣儿，我来了”之后就不敢展挣了，四只脚伏于地，光剩磕头了。

九头狮子极大概率跟悟空一样，被这声咒语给降维打击了。

你的能力通着三清天，那又怎么样！一个咒语就治死你，甚至你还要被一个小小的狮奴折辱，所谓“旁边跑过狮奴儿，一把挝住项毛，用拳着项上打勾百十，口里骂道：‘你这畜生！如何偷走，教我受罪！’那狮兽合口无言，不敢摇动。狮奴儿打得手困，方才住了”。

这才叫“虎落平阳被犬欺”。

你看看顶级大佬的坐骑是什么样，面对狮奴的折辱那是“合口无言，不敢摇动”，你看不到任何表情、动作，听不见任何声音。

这才是乖宝宝。

你休想从我这里直接得知乃至旁敲侧击出任何信息！

大圣望空称谢了。却入洞中，先解玉华王，次解唐三藏，次又解了八戒、沙僧并三王子，共搜他洞里物件，逍逍停停，将众领出门外。八戒就取了若干枯柴，前后堆上，放起火来，把一个九曲盘桓洞，烧做个乌焦破瓦窑。大圣又发放了众神，还教土地在此镇守，却令八戒、沙僧，各各使法，把王父子背驮回州，他搀着唐僧。不多时，到了州城，天色渐晚，当有妃后、官员，都来接见了。摆上斋筵，共坐享之。长老师徒还在暴纱亭安歇，王子们入宫各寝，一宵无话。

次日，王又传旨，大开素宴，合府大小官员，一一谢恩。行者又叫屠子来，把那六个活狮子杀了，共那黄狮子都剥了皮，将肉安排将来受用。殿下十分欢喜，即命杀了，把一个留在本府内外人用，一个与王府长史等官分用，把五个都剁做一二两重的块子，差校尉散给州城内外军民人等，各吃些须，一则尝尝滋味，二则押押惊恐。那些家家户户，无不瞻仰。

又见那铁匠人等造成了三般兵器，对行者磕头道：“爷爷，小的们工都完了。”

问道："各重多少斤两？"铁匠道："金箍棒有千斤，九齿钯与降妖杖各有八百斤。"行者道："也罢。"叫请三位王子出来，各人执兵器。三子对老王道："父王，今日兵器完矣。"老王道："为此兵器，几乎伤了我父子之命。"小王子道："幸蒙神师施法，救出我等，却又扫荡妖邪，除了后患，诚所谓海晏河清，太平之世界也。"当时老王父子赏劳了匠作，又至暴纱亭拜谢了师恩。三藏又教大圣等快传武艺，莫误行程。他三人就各抡兵器，在王府院中一一传授。不数日，那三个王子尽皆操演精熟，其余攻退之方，紧慢之法，各有七十二般解数，无不知之。一则那诸王子心坚，二则亏孙大圣先授了神力，此所以那千斤之棒，八百斤之钯、杖，俱能举能运。较之初时自家弄的武艺，真天渊也。有诗为证：

缘因善庆遇神师，习武何期动怪狮。

扫荡群邪安社稷，皈依一体定边夷。

九灵数合元阳理，四面精通道果之。

授受心明遗万古，玉华永乐太平时。

那王子又大开筵宴，谢了师教，又取出一大盘金银，用答微情。行者笑道："快拿进去，快拿进去。我们出家人，要他何用？"八戒在旁道："金银实不敢受，奈何我这件衣服被那些狮子精扯拉破了，但与我们换件衣服，足为爱也。"那王子随命针工，照依色样，取青锦、红锦、茶褐锦各数匹，与三位各做了一件。三人欣然领受，各穿了锦布直裰，收拾了行装起程。只见那城内城外，若大若小，无一人不称是罗汉临凡，活佛下界，鼓乐之声，旌旗之色，盈街塞道。正是家家户外焚香火，处处门前献彩灯。送至许远方回，他四众方得离城西去。这一去顿脱群思，潜心正果。才是：

无虑无忧来佛界，诚心诚意上雷音。

毕竟不知到灵山还有几多路程，何时行满，且听下回分解。

天尊骑着狮子走后，悟空望空称谢，随后入洞放了唐僧一众，让八戒取了若干枯柴前后堆上，放起火来，把九曲盘桓洞烧成了乌焦破瓦窑。注意后面这句话："却令八戒、沙僧，各各使法，把王父子背驮回州，他搀着唐僧。"

"各各使法"，什么驮不了凡人？就是一个游戏规则而已！

转过天来，玉华王喊全部官员来谢恩，悟空叫屠子来把六只活狮子杀了，算上那黄狮子共七只狮子，都分配给了王府乃至全城百姓，目的是：“一则尝尝滋味，二则押押惊恐。”

呵呵，什么“押押惊恐”，就是让全城人对你充满敬畏罢了！“飞沙走石，喷雾掀风”的一群狮子精，眼下成馅儿了，神僧牛不牛？

结果就是狮子肉吃完后，“那些家家户户，无不瞻仰”。

悟空哥儿仨随后又花了数日时间将武艺传给了三个王子。临行时，玉华王大开筵宴，谢了师教，取出一大盘金银，被猴哥拒绝。三个师父最终仅仅各自穿了一件新衣服，收拾了行装起程。临行之时，猴哥把狮子肉分给全城的效果再次出现：“只见那城内城外，若大若小，无一人不称是罗汉临凡，活佛下界，鼓乐之声，旌旗之色，盈街塞道。正是家家户外焚香火，处处门前献彩灯。送至许远方回。”

整个玉华州会永远记着神僧的恩情！

虽然从头到尾，这事跟百姓们没有丁点关系……

第九十一回
金平府元夜观灯，玄英洞唐僧供状

修禅何处用工夫？马劣猿颠速剪除。牢捉牢拴生五彩，暂停暂住堕三途。若教自在神丹漏，才放从容玉性枯。喜怒忧思须扫净，得玄得妙恰如无。

我们首先看看开篇诗：

“修禅何处用工夫？马劣猿颠速剪除。”这些都是老朋友了，修心要斩断心猿意马。

“牢捉牢拴生五彩，暂停暂住堕三途。”如果能始终抓住“心猿意马”，就会生出五彩境界；如果稍有松懈，那就如逆水行舟，不进则退，面临堕入地狱的境地。

“若教自在神丹漏，才放从容玉性枯。”内心放纵会让你的神丹泄漏，玉性枯萎。

“喜怒忧思须扫净，得玄得妙恰如无。”修行就是要把喜怒忧思都扫干净，使内心达到一种清净的状态。当真正达到了玄妙境界时，就会进入一种自然而然、无为而无不为的状态。

眼见不远就是灵山了，该安排成佛前的最后几步考验了。最后的三关，分别给唐僧师徒提醒、强调了三件事：

1. 做好修行这件事，要时时刻刻警惕享乐；

2. 想做大事业，要时时刻刻警惕女色；

3. 想做大人物，永远会有泼在你身上的污水，要笑看人性。

话表唐僧师徒四众，离了玉华城，一路平稳，诚所谓极乐之乡。去有五六日程途，又见一座城池，唐僧问行者道："此又是甚么处所？"行者道："是座城池，但城上有杆无旗，不知地方，俟近前再问。"及至东关厢，见那两边茶坊酒肆喧哗，米市油房热闹。街衢中有几个无事闲游的浪子，见猪八戒嘴长，沙和尚脸黑，孙行者眼红，都拥拥簇簇的争看，只是不敢近前而问。唐僧捏着一把脉，惟恐他们惹祸。又走过几条巷口，还不到城，忽见有一座山门，门上有"慈云寺"三字。唐僧道："此处略进去歇歇马，打一个斋如何？"行者道："好，好。"四众遂一齐而入。但见那里边：

珍楼壮丽，宝座峥嵘。佛阁高云外，僧房静月中。丹霞缥缈浮屠挺，碧树阴森轮藏清。真净土，假龙宫，大雄殿上紫云笼。两廊不绝闲人戏，一塔常开有客登。炉中香火时时热，台上灯花夜夜荧。忽闻方丈金钟韵，应佛僧人朗诵经。

四众正看时，又见廊下走出一个和尚，对唐僧作礼道："老师何来？"唐僧道："弟子中华唐朝来者。"那和尚倒身下拜，慌得唐僧搀起道："院主何为行此大礼？"那和尚合掌道："我这里向善的人，看经念佛，都指望修到你中华地托生，才见老师丰采衣冠，果然是前生修到的，方得此受用，故当下拜。"唐僧笑道："惶恐，惶恐。我弟子乃行脚僧，有何受用！若院主在此闲养自在，才是享福哩！"那和尚领唐僧入正殿，拜了佛像。唐僧方才招呼徒弟进来。原来行者三人，自见那和尚与师父讲话，他都背着脸，牵着马，守着担，立在一处，和尚不曾在心。忽的闻唐僧叫徒弟，他三人方才转面。那和尚见了，慌得叫："爷爷呀！你高徒如何恁般丑样？"唐僧道："丑则虽丑，倒颇有些法力。我一路甚亏他们保护。"

正说处，里面又走出几个和尚作礼。先见的那和尚对后的说道："这老师是中华大唐来的人物，那三位是他高徒。"众僧且喜且惧道："老师中华大国，到此何为？"唐僧言："我奉唐王圣旨，向灵山拜佛求经。适过宝方，特奔上刹，一则求问地方，二则打顿斋食就行。"那僧人个个欢喜，又邀入方丈。方丈内又有几个与人家做斋的和尚。这先进去的又叫道："你们都来看看中华人物。原来中华有俊的，有丑的；俊的真个难描难画，丑的却十分古怪。"那许多僧同斋主都来相见。见毕，各坐下。

茶罢，唐僧问道："贵处是何地名？"众僧道："我这里乃天竺国外郡金平府是也。"唐僧道："贵府至灵山，还有许多远近？"众僧道："此间到都下有二千里，这是我等走过的。西去到灵山，我们未走，不知还有多少路，不敢妄对。”唐僧谢了。少时，摆上斋来。斋罢，唐僧要行，却被众僧并斋主款留道：“老师宽住一二日，过了元宵，耍耍去不妨。”唐僧惊问道：“弟子在路，只知有山有水，怕的是逢怪逢魔，把光阴都错过了。不知几时是元宵佳节？”众僧笑道：“老师拜佛与悟禅心重，故不以此为念。今日乃正月十三，到晚就试灯，后日十五上元，直至十八九方才谢灯。我这里人家好事，本府太守老爷爱民，各地方俱高张灯火，彻夜笙箫。还有个‘金灯桥’，乃上古传留，至今丰盛。老爷们宽住数日，我荒山颇管待得起。”唐僧无已，遂俱住下。当晚，只听得佛殿上钟鼓喧天，乃是家坊众信人等，送灯来献佛。唐僧等都出方丈来看了灯，各自归寝。次日，寺僧又献斋。吃罢，同步后园闲耍。果然好个去处，正是：

时维正月，岁届新春。园林幽雅，景物妍森。四时花木争奇，一派峰峦叠叠。芳草阶前萌动，老梅枝上生香。红入桃花嫩，青归柳色新。金谷园富丽休夸，《辋川图》流风慢说。水流一道，野凫出没无常；竹种千竿，墨客推敲未定。芍药花、牡丹花、紫薇花、含笑花，天机方醒；山茶花、红梅花、迎春花、瑞香花，艳质先开。阴崖积雪犹含冻，远树浮烟已带春。又见那鹿向池边照影，鹤来松下听琴。东几厦，西几亭，客来留宿；南几堂，北几塔，僧静安禅。花卉中，有一两座养性楼，重檐高拱；山水内，有三四处炼魔室，静几明窗。真个是天然堪隐逸，又何须他处觅蓬瀛。

师徒们玩赏一日，至晚，殿上看了灯，又都去看灯游戏。但见那：

玛瑙花城，琉璃仙洞。水晶云母诸宫，似重重锦绣，叠叠玲珑。星桥影幌乾坤动，看数株火树摇红。六街箫鼓，千门璧月，万户香风。几处鳌峰高耸，有鱼龙出海，鸾凤腾空。羡灯光月色，和气融融。绮罗队里，人人喜听笙歌，车马轰轰。看不尽花容玉貌，风流豪侠，佳景无穷。

三藏与众僧在本寺内看了灯，又到东关厢各街上游戏。到二更时，方才回转安置。次日，唐僧对众僧道：“弟子原有扫塔之愿，趁今日上元佳节，请院主开了塔门，让弟子了此愿心。”众僧随开了门，沙僧取了袈裟随从。唐僧到了一层，就披了袈裟，拜佛祷祝毕，即将笤帚扫了一层，卸了袈裟，付与沙僧；又扫二层，一层层直扫上绝顶。那塔上层层有佛，处处开窗，扫一层，赏玩赞美一层。扫毕下来，天色已晚，又都点上灯火。

此夜正是十五元宵，众僧道："老师父，我们前晚只在荒山与关厢看灯。今晚正节，进城看看金灯如何？"唐僧欣然从之，同行者三人及众僧进城看灯。正是那：

三五良宵节，上元春色和。花灯悬闹市，齐唱太平歌。又见那六街三市灯亮，半空一鉴初升。那月如冯夷推上烂银盘，这灯似仙女织成铺地锦。灯映月，增一倍光辉；月照灯，添十分灿烂。观不尽铁锁星桥，看不了灯花火树。雪花灯、梅花灯，春冰剪碎；绣屏灯、画屏灯，五彩攒成。核桃灯、荷花灯，灯楼高挂；青狮灯、白象灯，灯架高檠。虾儿灯、鳖儿灯，棚前高弄；羊儿灯、兔儿灯，檐下精神。鹰儿灯、凤儿灯，相连相并；虎儿灯、马儿灯，同走同行。仙鹤灯、白鹿灯，寿星骑坐；金鱼灯、长鲸灯，李白高乘。鳌山灯，神仙聚会；走马灯，武将交锋。万千家灯火楼台，十数里云烟世界。那壁厢，索琅琅玉韂飞来；这壁厢，毂辘辘香车辇过。看那红妆楼上，倚着栏，隔着帘，并着肩，携着手，双双美女贪欢；绿水桥边，闹吵吵，锦簇簇，醉醺醺，笑呵呵，对对游人戏彩。满城中箫鼓喧哗，彻夜里笙歌不断。

有诗为证：

锦绣场中唱彩莲，太平境内簇人烟。

灯明月皎元宵夜，雨顺风调大有年。

此时正是金吾不禁，乱烘烘的无数人烟。有那跳舞的，蹁跷的，妆鬼的，骑象的，东一攒，西一簇，看之不尽。却才到金灯桥上，唐僧与众僧近前看处，原来是三盏金灯。那灯有缸来大，上照着玲珑剔透的两层楼阁，都是细金丝儿编成，内托着琉璃薄片，其光幌月，其油喷香。唐僧回问众僧道："此灯是甚油？怎么这等异香扑鼻？"众僧道："老师不知。我这府后有一县，名唤旻天县，县有二百四十里。每年审造差徭，共有二百四十家灯油大户。府县的各项差徭犹可，惟有此大户甚是吃累。每家当一年，要使二百多两银子。此油不是寻常之油，乃是酥合香油。这油每一两值价银二两，每一斤值三十二两银子。三盏灯，每缸要五百斤，三缸共一千五百斤，共该银四万八千两。还有杂项缴缠使用，将有五万余两，只点得三夜。"行者道："这许多油，三夜何以就点得尽？"众僧道："这缸内，每缸有四十九个大灯马，都是灯草扎的把，裹了丝绵，有鸡子粗细，只点过今夜，见佛爷现了身，明夜油也没了，灯就昏了。"八戒在旁笑道："想是佛爷连油都收去了。"众僧道："正是此说，满城内人家，自古及今，皆是这等传说。但油干了，人俱说是佛祖收了灯，自然五谷丰登；

若有一年不干，却就年成荒旱，风雨不调。所以人家都要这供献。”

唐僧师徒离开了玉华城，走了五六日，又见一座城池，城上有杆无旗，不知到了哪儿。师徒四人还没进城，刚进东关厢，就见到两边茶坊酒肆喧哗，米市油房热闹，所谓“关厢”就是城门外的大街和附近居住区，能看出来这地方繁盛富裕。又走过几条巷口后，几人看到了一座慈云寺，唐僧指示：进寺打斋歇马。

进寺后，唐僧说自己是从“中华唐朝”来的，寺中接待的和尚倒身下拜，给唐僧都拜蒙了，问为何行此大礼。

“那和尚合掌道：‘我这里向善的人，看经念佛，都指望修到你中华地托生，才见老师丰采衣冠，果然是前生修到的，方得此受用，故当下拜。’”

这句话不是在说这个和尚修行就为了享福，说的是他们这里向善的人，说的是信徒。其实这才真是“身在福中不知福”，唐僧作为行十万里路的人最有发言权，他们出了玉华州后，所谓“一路平稳，诚所谓极乐之乡”，你们觉得平平淡淡、从从容容没有意思，真让你们去了那口舌凶场、是非恶海，你们真的会幸福吗？

人性啊人性，总是对得不到的垂涎，总是觉得外面的月亮更加圆，总是等失去的时候才明白自己曾经拥有过整个世界。

通过跟众僧交谈，唐僧师徒得知此地为天竺国外郡金平府，离天竺国国都还有两千里。吃完斋后，唐僧要开路，但被众僧并斋主款留道：“老师宽住一二日，过了元宵，要要去不妨。”

唐僧就此知道，后天就是元宵节了，这地方有灯火表演。在众僧的挽留下，唐僧无奈地住下了。

此日是正月十三，当晚街坊信众等送灯来献佛时，唐僧就来看灯了。转过天，唐僧又去了后园闲要，师徒四人玩赏一日，到了晚上，殿上掌了灯后又都去看灯游戏，众人在本寺里看了灯后还觉不够，又到东门厢各街上游戏，一直玩到了二更才回了寺。到了正月十五这天，唐僧终于干了点正事，想起了自己当年的扫塔之愿，扫完塔后天黑了，唐僧在慈云寺众僧的邀请下又进城看灯去了。

说句过来人的经验之谈，在扛着项目冲锋的时候，手里干着重要工作的时候，过几天有重要汇报和演讲的时候，一定要绷住了劲儿，千万别信什么劳逸结合、放松放松。实在烦了闷了，你可以在自己屋里睡觉、听音乐，千万别去干解除状态、释放自己能量的事，不要去外面吃饭喝酒，甚至游山玩水地放松，所有的庆祝和放松都要放到项目完成、尘埃落定的那一刻。如果你的状态是重视、严谨、如履薄冰，那么恭喜你，这件事大概率能成；如果你的状态是轻松写意、谈笑散漫，那么这件事大概率会搞砸。

前者的状态是你在集中能量和精力，狮子搏兔地去做事；后者的状态则是你在消耗能量，让自己的冗余度变低。其实如果你细心观察身边的人和事，你会发现成功之神可能也更喜欢全力以赴的人。

唐僧借着取经项目的机会在金平府开始旅游了，这关就是作者在讲述松懈招灾的道理。

通过入城后的各种各样的灯火，能从侧面看出来明代中后期江南地区的市场经济有多棒：万千家灯火楼台，十数里云烟世界。满城中箫鼓喧哗，彻夜里笙歌不断。

唐僧与众僧一路看过来，行至金灯桥上，近前看发现三盏金灯，“那灯有缸来大，上照着玲珑剔透的两层楼阁，都是细金丝儿编成，内托着琉璃薄片，其光幌月，其油喷香”。

唐僧第一次闻到如此异香扑鼻之油，问这是什么油。众僧给他科普道，这叫酥合香油，产于金平府后的一个香油大县。他们这里的各项差徭还算说得过去，唯独对大户们实行“调控”，二百四十家灯油大户，每家要花二百多两银子，凑足三缸共一千五百斤的酥合香油，这油点过今夜就没了，传说是佛祖收了灯油。每年如果油干了，人们就传说是佛祖收了灯油，自然五谷丰登；若有一年不干，就年成荒旱，风雨不调。所以他们每年都要来这里供献。

根据上述信息得知，这又是一个跟农业生产挂钩的“香火收割”项目了。

正说处，只听得半空中呼呼风响，諕得些看灯的人尽皆四散。那些和尚也立不住脚道：“老师父，回去罢。风来了，是佛爷降祥，到此看灯也。”唐僧道：“怎见得是佛来看灯？”众僧道：“年年如此，不尚三更，就有风来。知道是诸佛降祥，所以人皆回避。”唐僧道：“我弟子原是思佛念佛拜佛的人，今逢佳景，果有诸佛降临，就此拜拜，多少是好。”众僧连请不回。

少时，风中果现出三位佛身，近灯来了。慌得那唐僧跑上桥顶，倒身下拜。行

者急忙扯起道："师父，不是好人，必定是妖邪也！"说不了，见灯光昏暗，呼的一声，把唐僧抱起，驾风而去。噫！不知是那山那洞真妖怪，积年假佛看金灯。諕得那八戒两边寻找，沙僧左右招呼。行者叫道："兄弟，不须在此叫唤，师父乐极生悲，已被妖精摄去了。"那几个和尚害怕道："爷爷，怎见得是妖精摄去？"行者笑道："原来你这伙凡人，累年不识，故被妖邪惑了，只说是真佛降祥，受此灯供。刚才风到处，现佛身者，就是三个妖精。我师父亦不能识，上桥顶就拜，却被他侮暗灯光，将器皿盛了油，连我师父都摄去。我略走迟了些儿，所以他三个化风而遁。"沙僧道："师兄，这般却如之何？"行者道："不必迟疑。你两个同众回寺，看守马匹、行李，等老孙趁此风追赶去也。"

好大圣，急纵筋斗云，起在半空，闻着那腥风之气，往东北上径赶。赶至天晓，倏尔风息，又有一座大山，十分险峻，着实嵯峨。好山：

重重丘壑，曲曲源泉。藤萝悬削壁，松柏挺虚岩。鹤鸣晨雾里，雁唳晓云间。峨峨矗矗峰排戟，突突磷磷石砌磐。顶巅高万仞，峻岭叠千湾。野花佳木知春发，杜宇黄莺应景妍。能巍奕，实巉岩，古怪崎岖险又艰。停玩多时人不识，只听虎豹有声鼾。香獐白鹿随来往，玉兔青狼去复还。深涧水流千万里，回湍激石响潺潺。

大圣在山崖上，正自找寻路径，只见四个人，赶着三只羊，从西坡下，齐吆喝："开泰！"大圣闪火眼金睛，仔细观看，认得是年、月、日、时四值功曹使者，隐像化形而来。大圣即掣出铁棒，幌一幌，碗来粗细，有丈二长短，跳下崖来，喝道："你都藏头缩颈的那里走！"四值功曹见他说出风息，慌得喝散三羊，现了本相，闪下路旁施礼道："大圣恕罪，恕罪。"行者道："这一向也不曾用着你们，你们见老孙宽慢，都一个个弄懈怠了，见也不来见我一见，是怎么说！你们不在暗中保佑吾师，都往那里去？"功曹道："你师父宽了禅性，在于金平府慈云寺贪欢，所以太极生否，乐盛生悲，今被妖邪捕获。他身边有护法伽蓝保着哩。吾等知大圣连夜追寻，恐大圣不识山林，特来传报。"行者道："你既传报，怎么隐姓埋名，赶着三个羊儿，吆吆喝喝作甚？"功曹道："设此三羊，以应开泰之言，唤做'三阳开泰'，破解你师之否塞也。"

行者恨恨的要打，见有此意，却就免之。收了棒，回嗔作喜道："这座山，可是妖精之处？"功曹道："正是，正是。此山名青龙山，内有洞，名玄英洞，洞中有三个妖精：大的个名辟寒大王，第二个号辟暑大王，第三个号辟尘大王。这妖精在此有千年了。他自幼儿爱食酥合香油。当年成精到此，假妆佛像，哄了金平府官员人等，设立金灯，灯油用酥合香油。他年年到正月半，变佛像收油。今年见你师父，他认得是圣僧之身，连你师父都摄在洞内，不日要割剐你师之肉，使酥合香油煎吃哩。你快用工夫，救援去也。”

正说着话，半空中呼呼风响，唬得那些看灯的人尽皆四散。和尚们劝唐僧回去，说佛祖降祥到此看灯了。

唐僧表示：太好了，可赶上这拨了，我拜的就是佛祖，众僧反复请求，唐僧都不回。

过了一会儿，风中现出三位佛身近灯而来，慌得唐僧跑上桥顶，倒身下拜。这时候，猴哥已经看出来那是妖精了，但似乎晚了一步，灯油和唐僧都被人家给收走了。八戒和沙僧还在左右招呼寻找呢，悟空表示，别叫唤了，“师父乐极生悲，已被妖精摄去了”。

其实猴哥就是成心让唐僧被抓走的，我们来看原文：“慌得那唐僧跑上桥顶，倒身下拜。行者急忙扯起道：‘师父，不是好人，必定是妖邪也！’说不了，见灯光昏暗，呼的一声，把唐僧抱起，驾风而去。”

猴哥能扯起唐僧，说明他就在身边，悟空不是八戒、沙僧，他在身边护卫之时能让妖怪把唐僧抱走，那就是他允许人家把唐僧抱走。而且在几个和尚害怕时，悟空是笑着说话的，所谓“那几个和尚害怕道：‘爷爷，怎见得是妖精摄去？’行者笑道：‘原来你这伙凡人，累年不识，故被妖邪惑了，只说是真佛降祥，受此灯供。’”

他根本就不担心，还是老思路：欲取之，必先予之。你不把唐僧抢了，我咋去砸你这场子呢？这么富裕的地方，凭什么给你这个妖精进贡香油呢！

悟空安排八戒、沙僧回寺看守马匹和行李，他一路闻着腥风之气向东北方追妖精。追至一座大山，十分险峻，着实嵯峨，从山势描写就能看出来那里面有妖精。猴哥下山崖正找着呢，见四个人赶着三只羊，从西坡下，齐吆喝：“开泰！”

猴哥拿火眼金睛一看，发现是四值功曹隐相化形而来。猴哥拿出铁棒喝骂，四值功曹随后现了本相，闪下路旁施礼，求恕罪，并说了这关的前置线索：

1.“你师父宽了禅性，在于金平府慈云寺贪欢，所以太极生否，乐盛生悲，今被妖邪捕获。”

潜台词：这关其实本来能避过去的，并不是领导设给你们的考验，是你师父自己贪欢惹出来的祸。

2.“设此三羊，以应开泰之言，唤做‘三阳开泰’，破解你师之否塞也。”

潜台词：什么“三阳开泰”呀！听话听音！那仨妖怪是三只羊，羊这种动物你听懂了吗？可以动！

3.“此山名青龙山，内有洞，名玄英洞，洞中有三个妖精：大的个名辟寒大王，第二个号辟暑大王，第三个号辟尘大王。这妖精在此有千年了。他自幼儿爱食酥合香油。当年成精到此，假妆佛像，哄了金平府官员人等，设立金灯，灯油用酥合香油。他年年到正月半，变佛像收油。今年见你师父，他认得是圣僧之身，连你师父都摄在洞内，不日要割剐你师之肉，使酥合香油煎吃哩。你快用工夫，救援去也。”

潜台词：这是个千年间打着佛祖名义收油的“假妆佛像”团伙，一直没人动他们，眼下正好以他要吃你师父的由头打掉这个团伙。

《大明王朝1566》这部剧中有个高人气宦官，叫杨金水，他是江南织造局兼浙江市舶司总管太监。他说过一句话：“有些事不上秤没有四两重，可要上了秤，一千斤都打不住。”

这个人在浙江大案事发后，作为关键棋子主动装疯，将“上了称千斤打不住”的事扛了下来。

杨金水的上面是他的干爹，大明的内相、司礼监掌印太监吕芳，吕芳上面的人，则是大明的皇帝嘉靖帝。

杨金水通过自己的装疯断了所有线索。

他作为棋子，享受了泼天的富贵，在遇到危及背后“棋手”的凶险时，牺牲自己去保护了他们，这是他的命，也是他的生态位。

之前我们也说过杨金水这种类型，比如说金角、银角大王，能力只是一方面，在关键时刻能闭紧嘴巴，才是这个生态位该有的最关键的修为。

杨金水的下一层，是浙江首富织造局官商沈一石，在毁堤淹田这件事马上盖不住、嘉靖缺钱的时候被扔出去当替罪羊了。

沈一石在自杀前说过一段话：“上下挥霍无度，便掠之于民；民变在即，便掠之于商。沈某今日之结局皆意料中事。”其实这话比杨金水说的欠点清醒，他享受着织造局的垄断待遇，当了浙江的首富，这就是他的生态位。

他注定属于出了事之后要被放弃、顶雷的弃子。

本回的三个大王其实就属于沈一石这种生态位，背景肯定深厚，不然不可能在灵山不远处干着假扮佛祖收灯油的勾当，胆大妄为地干了千年还没有出事。

注意，这不意味着犀牛精就是灵山某机构的灰产代言人。第一，原著中没有明显证据；第二，还有一种可能，这伙犀牛精是另一派大佬的势力，因为此处为西牛贺洲腹地，所以他们入乡随俗地假借着佛派名义在金平府收灯油，出于各方利益平衡的考虑，灵山选择了睁一只眼闭一只眼。体现这一点的细节有很多，比如这伙妖精的洞府在金平府的艮方东北处，他的老窝叫青龙山玄英洞。青龙五行属木，方向为东；玄英是纯黑色的意思，五行属水，方向属北。这个洞府名称从隐喻的角度来讲很有意思，这伙犀牛精后面也是往东北方向逃跑，跟西方南辕北辙，再加上太白金星和四木禽星的态度，这些其实都有暗示。

假扮佛祖收油这种事是见不得光的，是不能摊开摆在台面上看的，出了事之后，无论他们背景有多深厚，背后的人物都不会跟他们扯上关系，所以理论上来讲，这仨妖精现在就跟那三只待宰的羔羊一样。

不过唐僧其实还是给了他们一次改变命运的机会，但很遗憾，这仨傻冤家没抓住。

行者闻言，喝退四功曹，转过山崖，找寻洞府。行未数里，只见那涧边有一石崖，崖下是座石屋，屋有两扇石门，半开半掩，门旁立有石碣，上有六字，却是“青龙山玄英洞”。行者不敢擅入，立定步，叫声：“妖怪！快送我师父出来！”那里嗯喇一声，大开了门，跑出一阵牛头精，邓邓呆呆的问道：“你是谁？敢在这里呼唤！”行者道：“我本是东土大唐取经的圣僧唐三藏之大徒弟。路遇金平府观灯，我师被你家魔头摄来，快早送还，免汝等性命！如或不然，掀翻你窝巢，教你群精都化为脓血！”

那些小妖听言，急入内边报道：“大王，祸事了！祸事了！”三个老妖正把唐僧拿在那洞中深远处，那里问甚么青红皂白，教小妖先剥了衣裳，汲湍中清水洗净，

算计要细切细锉，着酥合香油煎吃。忽闻得报声“祸事”，老大着惊，问是何故。小妖道：“大门前有一个毛脸雷公嘴的和尚嚷道：大王摄了他师父来，教快送出去，免吾等性命；不然，就要掀翻窝巢，教我们都化为脓血哩！”那老妖听说，个个心惊道：“才拿了这厮，还不曾问他个姓名来历。小的们，且把衣服与他穿了，带过来，审他一审，端是何人，何自而来也。”

众妖一拥上前，把唐僧解了索，穿了衣服，推至座前，諕得唐僧战战兢兢，跪在下面，只叫：“大王饶命！饶命！”三个妖精异口同声道：“你是那方来的和尚？怎么见佛像不躲，却冲撞我的云路？”唐僧磕头道：“贫僧是东土大唐驾下差来的，前往天竺国大雷音寺拜佛祖取经的。因到金平府慈云寺打斋，蒙那寺僧留过元宵看灯。正在金灯桥上，见大王显现佛像，贫僧乃肉眼凡胎，见佛就拜，故此冲撞大王云路。”那妖精道：“你那东土到此，路程甚远，一行共有几众？都叫甚名字？快实实供来，我饶你性命。”唐僧道：“贫僧俗名陈玄奘，自幼在金山寺为僧，后蒙唐皇敕赐在长安洪福寺为僧官。又因魏徵丞相梦斩径河老龙，唐皇游地府，回生阳世，开设水陆大会，超度阴魂，蒙唐王又选赐贫僧为坛主，大阐都纲。幸观世音菩萨出现，指化贫僧说，西天大雷音寺有三藏真经，可以超度亡者升天，差贫僧来取，因赐号三藏，即倚唐为姓，所以人都呼我为唐三藏。我有三个徒弟，第一个姓孙，名悟空行者，乃齐天大圣归正。”群妖闻得此名，着了一惊道：“这个齐天大圣，可是五百年前大闹天宫的？”唐僧道：“正是，正是。第二个姓猪，名悟能八戒，乃天蓬大元帅转世。第三个姓沙，名悟净和尚，乃卷帘大将临凡。”三个妖王听说，个个心惊道：“早是不曾吃他。小的们，且把唐僧将铁链锁在后面，待拿他三个徒弟来凑吃。”

遂点了一群山牛精、水牛精、黄牛精，各持兵器，走出门，掌了号头，摇旗擂鼓。

猴哥都打上门来了，仨妖精才想起来问问唐僧的来历。唐僧说唐王要安排水陆大会，但是经文功效不对，观音菩萨点化说西天经文可超度亡者升天，自己故来取经。

关于他的来历，唐僧说的没有一句让人害怕的，他最大的背景是唐王，观音菩萨仅仅是指化，所以那仨妖怪没当回事。真正让仨妖怪打断唐僧的是，唐僧说：“我有三个徒弟，第一个姓孙，名悟空行者，乃齐天大圣归正。”群妖听到此名，“着了一惊道：‘这个齐天大圣，可是五百年前大闹天宫的？’”唐僧又说：“正是，正是。”

犀牛精此时此刻应该能判断出来惹了大事，这么牛的徒弟，说明唐僧不是小角色。但是，他们的反应是："三个妖王听说，个个心惊道：'早是不曾吃他。小的们，且把唐僧将铁链锁在后面，待拿他三个徒弟来凑吃。'"

其实这个时候他们把唐僧放了，对猴哥说句和为贵、抓错了就得了，他们是见不得光的，低调为第一要务，而且他们并不知道唐僧"长生不老"的功效，最开始就是打算按照寻常吃法的，"三个老妖正把唐僧拿在那洞中深远处，那里问甚么青红皂白，教小妖先剥了衣裳，汲湍中清水洗净，算计要细切细锉，着酥合香油煎吃"。直到猴哥打来了才说道："才拿了这厮，还不曾问他个姓名来历。"也就是说，其实这和尚不吃也罢，就是吃肉而已，哪里捞不着个人吃呢。

但这仨犀牛精就是跋扈惯了，他们不知道唐僧肉的稀缺价值，单纯就是觉得：这和尚我吃定了，我倒要看看你这个闹天宫的有多大本事。

这就属于不知死活了。年轻气盛，把自己"盛"死了。

如果这仨犀牛把唐僧还了，猴哥还没完没了，那就是他存心找碴儿，就是不给背后这位大佬面子。结果这仨傻冤家死活扣着唐僧。你们了解唐僧的背景吗？面对三界挂号的取经项目组，你们那些背景就不好使了，猴哥高低要整死你们。

其实时至今日还有很多类似仨犀牛精的傻冤家，他们根本不知道自己几斤几两，不懂得自己所处生态位的生存法则，单纯以为自己后台硬就冒头惹事，遭到社会的毒打是必然的。

财，要闷声发；财，由和气生。求财的人，咱们永远别气盛。

三个妖披挂整齐，都到门外喝道："是谁人敢在我这里吆喝！"行者闪在石崖上，仔细观看，那妖精生得：

彩面环睛，二角嵘峥。尖尖四只耳，灵窍闪光明。一体花纹如彩画，满身锦绣若蜚英。第一个，头顶狐裘花帽暖，一脸昂毛热气腾；第二个，身挂轻纱飞烈焰，四蹄花莹玉玲玲；第三个，威雄声吼如雷振，獠牙尖利赛金灯。个个勇而猛，手持三样兵。一个使钺斧，一个大刀能，但看第三个，肩上横担扢挞藤。

又见那七长八短、七肥八瘦的大大小小妖精，都是些牛头鬼怪，各执枪棒。有三面大旗，旗上明明书着"辟寒大王""辟暑大王""辟尘大王"。

孙行者看了一会，忍耐不得，上前高叫道："泼贼怪！认得老孙么？"那妖喝

道："你是那闹天宫的孙悟空？真个是'闻名不曾见面，见面羞杀天神'。你原来是这等个猢狲儿，敢说大话！"行者大怒，骂道："我把你这个偷灯油的贼！油嘴妖怪，不要胡谈！快还我师父来！"赶近前，抡铁棒就打。那三个老妖，举三般兵器，急架相迎。这一场在山凹中好杀：

钺斧钢刀扢挞藤，猴王一棒敢相迎。辟寒辟暑辟尘怪，认得齐天大圣名。棒起致令神鬼怕，斧来刀砍乱飞腾。好一个混元有法真空像，抵住三妖假佛形。那三个偷油润鼻今年犯，务捉钦差驾下僧。这个因师不惧山程远，那个为嘴常年设献灯。乒乓只听刀斧响，劈朴惟闻棒有声。冲冲撞撞三攒一，架架遮遮各显能。一朝斗至天将晚，不知那个亏输那个赢。

孙行者一条棒，与那三个妖魔斗经百五十合，天色将晚，胜负未分。只见那辟尘大王把扢挞藤闪一闪，跳过阵前，将旗摇了一摇，那伙牛头怪簇拥上前，把行者围在垓心，各抡兵器，乱打将来。行者见事不谐，唿喇的纵起筋斗云，败阵而走。那妖更不来赶，招回群妖，安排些晚食，众各吃了。也叫小妖送一碗与唐僧，只待拿住孙行者等，才要整治。那师父一则长斋，二则愁苦，哭啼啼的未敢沾唇不题。

却说行者驾云回至慈云寺内，叫声："师弟。"那八戒、沙僧正自盼望商量，听得叫时，一齐出接道："哥哥，如何去这一日方回？端的师父下落何如？"行者笑道："昨夜闻风而赶，至天晓到一山，不见。幸四值功曹传信道，那山叫做青龙山，山中有一玄英洞。洞中有三个妖精，唤做辟寒大王、辟暑大王、辟尘大王。原来积年在此偷油，假变佛像，哄了金平府官员人等。今年遇见我们，他不知好歹，反连师父都摄去。老孙审得此情，分付功曹等众暗中保护师父，我寻近门前叫骂。那三怪齐出，都像牛头鬼形。第一个使钺斧，第二个使大刀，第三个使藤棍。后引一窝子牛头鬼怪，摇旗擂鼓，与老孙斗了一日，杀个手平。那妖王摇动旗，小妖都来，我见天晚，恐不能取胜，所以驾筋斗回来也。"八戒道："那里想是酆都城鬼王弄喧。"沙僧道："你怎么就猜道是酆都城鬼王弄喧？"八戒笑道："哥哥说是牛头鬼怪，故知之耳。"行者道："不是，不是。若论老孙看那怪，是三只犀牛成的精。"八戒道："若是犀牛，且拿住他，锯下角来，倒值好几两银子哩。"

正说处，众僧道："孙老爷可吃晚斋？"行者道："方便吃些儿，不吃也罢。"众僧道："老爷征战这一日，岂不饥了？"行者笑道："这日把儿，那里便得饥！老孙曾五百年不吃饮食哩！”众僧不知是实，只以为说笑。须臾拿来，行者也吃了，道：“且收拾睡觉，待明日我等都去相持，拿住妖王，庶可救师父也。”沙僧在旁道：“哥哥说那里话！常言道：‘停留长智。’那妖精倘或今晚不睡，把师父害了，却如之何？不若如今就去，嚷得他措手不及，方才好救师父。少迟，恐有失也。”八戒闻言，抖擞神威道：“沙兄弟说得是。我们都趁此月光去降魔耶！”行者依言，即分付寺僧：“看守行李马匹，待我等把妖精捉来，对本府刺史证其假佛，免却灯油，以苏概县小民之困，却不是好？”众僧领诺，称谢不已。他三个遂纵起祥云，出城而去。正是那：

懒散无拘禅性乱，灾危有分道心蒙。

毕竟不知此去胜败何如，且听下回分解。

仨妖怪披挂整齐后跟猴哥盘道，对猴哥的态度从话中可见：“你是那闹天宫的孙悟空？真个是‘闻名不曾见面，见面羞杀天神’。你原来是这等个猢狲儿，敢说大话！”

跟黄风怪是一个口风，就是对孙悟空表示不屑，就是非得比比高低，就是那种地头蛇的“你是龙也得盘着”的语气，但你们仨跟黄风怪是一个生态位吗？

黄风怪能见光，你们能吗？人家是镇山督总帅，在菩萨口中都是灵山的得道老鼠，你们呢？

猴哥跟这仨妖精斗至天将晚，战了一百五十合，不分胜负。随后小妖上阵，猴哥也没使身外身，直接撤了，驾云回至慈云寺里跟俩兄弟商量对策。

悟空回来这趟的目的就是喊上这俩人一块去，他的用意我们后面细讲。

当晚，悟空要先睡觉，说明日一块去。沙僧表示，哥哥说哪里话，万一今天晚上师父就被弄死了呢？今儿就今儿了！八戒也表示，咱们趁此月光去降魔！

哥儿仨就此二战青龙山。

第九十二回

三僧大战青龙山，四星挟捉犀牛怪

却说孙大圣挟同二弟，滚着风，驾着云，向东北艮地上，顷刻至青龙山玄英洞口，按落云头。八戒就欲筑门，行者道："且消停，待我进去看看师父生死如何，再好与他争持。"沙僧道："这门闭紧，如何得进？"行者道："我自有法力。"好大圣，收了棒，捻着诀，念声咒语，叫："变！"即变做个火焰虫儿。真个也疾伶！你看他：

展翅星流光灿，古云腐草为萤。神通变化不非轻，自有徘徊之性。飞近石门悬看，傍边瑕缝穿风。将身一纵到幽庭，打探妖魔动静。

他自飞入洞，见几只牛横欹直倒，一个个呼吼如雷，尽皆睡熟，又至中厅里面，全无消息。四下门户通关，不知那三个妖精睡在何处。才转过厅房，向后又照，只闻得啼泣之声，乃是唐僧锁在后房檐柱上哭哩。行者暗暗听他哭甚，只见他哭道：

一别长安十数年，登山涉水苦熬煎。

幸来西域逢佳节，喜到金平遇上元。

不识灯中假佛像，皆因命里有灾愆。

贤徒追袭施威武，但愿英雄展大权。

行者闻言，满心欢喜，展开翅，飞近师前。唐僧揩泪道："呀！西方景象不同。此时正月，蛰虫始振，为何就有萤飞？"行者忍不住，叫声："师父，我来了。"唐僧喜道："悟空，我说正月间怎得萤火，原来是你。"行者即现了本相道："师父呵，为你不识真假，误了多少路程，费了多少心力！我一行说不是好人，你就下跪，却被这怪侮暗灯光，盗取酥合香油，连你都摄将来了。我当分付八戒、沙僧回寺看守，我即闻风追至此间，不识地名，幸遇四值功曹传报，说此山名青龙山玄英洞。我日间与此怪斗至天晚方回，与师弟辈细道此情，却就不曾睡，同他两个来此。我恐夜深不便交战，又不知师父下落，所以变化进来，打听打听。”唐僧喜道：“八戒、沙僧如今在外边哩？”行者道：“在外边。方才老孙看时，妖精都睡着。我且解了锁，搠开门，带你出去罢。”唐僧点头称谢。

行者使个解锁法，用手一抹，那锁早自开了。领着师父往前正走，忽听得妖王在正中厅内房里叫道：“小的们，紧闭门户，小心火烛。这会怎么不叫更巡逻，梆铃都不响了？”原来那伙小妖，征战一日，辛辛苦苦睡着，听见叫唤，却才醒了。梆铃响处，有几个执器械的，敲着锣，从后而走，可可的撞着他师徒两个。众小妖一齐喊道：“好和尚啊！扭开锁，往那里去！”行者不容分说，掣出棒，幌一幌，碗来粗细，就打。棒起处，打死两个。其余的丢了器械，近中厅打着门叫：“大王，不好了！不好了！毛脸和尚在家里打杀人了！”那三怪听见，一毂辘爬将起来，只叫：“拿住！拿住！”諕得个唐僧手软脚软。行者也不顾师父，一路棒，滚向前来。众小妖架遮不住，被他放倒三两个，推倒两三个，打开几层门，径自出来，叫道：“兄弟们何在？”八戒、沙僧正举着钯杖等待，道：“哥哥，如何了？”行者将变化入里，解放师父，正走，被妖惊觉，顾不得师父，打出来的事，讲说一遍不题。

那妖王把唐僧捉住，依然使铁索锁了。执着刀，抡着斧，灯火齐明，问道：“你这厮怎样开锁？那猴子如何得进？快早供来，饶你之命！不然，就一刀两段！”慌得那唐僧战战兢兢的跪道：“大王爷爷！我徒弟孙悟空，他会七十二般变化。才变个火焰虫儿，飞进来救我。不期大王知觉，被小大王等撞见。是我徒弟不知好歹，打伤两个，众皆喊叫，举兵着火，他遂顾不得我，走出去了。”三个妖王呵呵大笑道：“早是惊觉，未曾走了。”叫：“小的们！把前后门紧紧关闭，亦不喧哗。”

沙僧道：“闭门不喧哗，想是暗弄我师父。我们动手耶。”行者道：“说得是，快早打门。”那呆子卖弄神通，举钯尽力筑去，把那石门筑得粉碎，却又厉声喊骂道：“偷油的贼怪！快送吾师出来也！”諕得那门内小妖滚将进去报道：“大王！不好了！不好了！前门被和尚打破了！”三个妖王十分烦恼道：“这厮着实无礼！”

即命取披挂结束了，各持兵器，帅小妖出门迎敌。此时约有三更时候，半天中月明如昼。走出来，更不打话，便就轮兵。这里行者抵住钺斧，八戒敌住大刀，沙僧迎住大棍。这场好杀：

僧三众，棍杖钯，三个妖魔胆气加。钺斧钢刀藤纥挞，只闻风响并尘沙。初交几合喷愁雾，次后飞腾散彩霞。钉钯解数随身滚，铁棒英豪更可夸。降妖宝杖人间少，妖怪顽心不让他。钺斧口明尖镈利，藤条节懞一身花。大刀幌亮如门扇，和尚神通偏赛他。这壁厢，因师性命发狠打；那壁厢，不放唐僧劈脸挝。斧剁棒迎争胜负，钯抡刀砍两交搽。纥挞藤条降怪杖，翻翻复复逞豪华。

三僧三怪，赌斗多时，不见输赢。那辟寒大王喊一声，叫："小的们上来！"众精各执兵刃齐来，早把个八戒绊倒在地，被几个水牛精揪揪扯扯，拖入洞里捆了。沙僧见没了八戒，又见那群牛发喊㘎声，即掣宝杖，望辟尘大王虚丢了架子要走，又被群精一拥而来，拉一个踉踵，急挣不起，也被捉去捆了。行者觉道难为，纵筋斗云，脱身而去。当时把八戒、沙僧拖至唐僧前。唐僧见了，满眼垂泪道："可怜你二人也遭了毒手！悟空何在？"沙僧道："师兄见捉住我们，他就走了。"唐僧道："他既走了，必然那里去求救。但我等不知何日方得脱捆。"师徒们凄凄惨惨不题。

却说行者驾筋斗云，复至慈云寺，寺僧接着，来问："唐老爷救得否？"行者道："难救，难救。那妖精神通广大，我弟兄三人与他三人斗了多时，被他呼小妖先捉了八戒，后捉了沙僧，老孙幸走脱了。"众僧害怕道："爷爷这般会腾云驾雾，还捉获不得，想老师父被倾害也。"行者道："不妨，不妨。我师父自有伽蓝、揭谛、丁甲等神暗中护佑，却也曾吃过草还丹，料不伤命。只是那妖精有本事。汝等可看好马匹行李，等老孙上天去求救兵来。"众僧胆怯道："爷爷又能上天？"行者笑道："天宫原是我的旧家。当年我做齐天大圣，因为乱了蟠桃会，被我佛收降。如今没奈何，保唐僧取经，将功折罪，一路上辅正除邪。我师父该有此难，汝等却不知也。"众僧听此言，又磕头礼拜。行者出得门，打个唿哨，即时不见。

哥儿仨到了洞口，悟空照例先变成火焰虫飞进洞去探察情况，根据啼泣之声找到了唐僧。悟空依旧先不现身，听听唐僧的忏悔，唐僧也一如既往地在被绑后作诗夸徒弟孙悟空，他哭道："贤徒追袭施威武，但愿英雄展大权。"

猴哥听完乐了，欢喜了，现了本相，说了来龙去脉，捎带脚教育了他师父一顿，随后使个解锁法就领着唐僧往外走。然而妖王醒了，招呼小妖们叫更巡逻，师徒行踪就此暴露，悟空又没法作弊把唐僧摄走，只能自己打了出去。

仨妖精审问唐僧怎么开的锁，猴子是怎么进来的，由此也能得知这妖精的见识之闭塞，连变化之术都不知道。当然，唐师父也一如既往，嘴甜地表示“是我徒弟不知好歹”，哄得仨妖精呵呵大笑，只叫小妖“把前后门紧紧关闭，亦不喧哗”。

看到仨妖怪不出来，外面哥儿仨急了，八戒一钯子把那石门筑得粉碎，上前叫阵。仨妖精出来后，三对三开打，赌斗多时，辟寒大王喊小妖们入场，八戒、沙僧被抓，猴哥跑路了。

此战之后，我们能看出来悟空的打算：第一战，他一对三能跟仨妖精逗弄一天，见小妖们上场也不使出他上一战在玉华州使的身外身法大招。这一战，他就跟大鹏打他那时一样，一打一时在出工不出力，毕竟一打三都能打一天，现在只打一个，那不是太轻松了嘛！等小妖们上了场，把八戒和沙僧都抓了，他还不使出身外身，这就是成心让这俩兄弟被抓进去。

倒也不是无兄弟爱护之意，而是悟空不想自己出头弄死这仨假扮佛祖的妖精。甭管这仨妖精背后是佛还是道，都确实得罪人。道还好说，万一真是佛门的呢？所以他必须得示弱，让自己退下来，把这件事闹大，以对方阻挠天庭、灵山特别项目——唐三藏取经项目为由去追责这件事。

悟空准备去天宫求援。通过他对慈云寺僧人说的话，能看出来猴子思维的又一次成长：“天宫原是我的旧家。当年我做齐天大圣，因为乱了蟠桃会，被我佛收降。如今没奈何，保唐僧取经，将功折罪，一路上辅正除邪。我师父该有此难，汝等却不知也。”

什么“弃道归佛”啊！他曾经在取经前期不止一次说过自己“弃道归佛”，但上一关他从太乙天尊口中听见这话后，估计也听出来这话不好听了。这趟经取到这里，悟空也琢磨明白了，天庭还是很牛的，是很能办事的，所以自己开始不再有门户之见了，咱佛道双修，天宫是我旧家！在天宫别喊孙大佛，喊孙大圣，咱佛道是一码事。

好大圣，早至西天门外。忽见太白金星与增长天王，殷、朱、陶、许四大灵官

讲话。他见行者来，都慌忙施礼道：“大圣那里去？”行者道：“因保唐僧，行至天竺国东界金平府旻天县，我师被本县慈云寺僧留赏元宵。比至金灯桥，有金灯三盏，点灯用酥合香油，价贵白金五万余两，年年有诸佛降祥受用。正看时，果有三尊佛像降临，我师不识好歹，上桥就拜。我说不是好人，早被他侮暗灯光，连油并我师一风摄去。我随风追袭，至天晓到一山。幸四功曹报道，那山名青龙山，山有玄英洞，洞有三怪，名辟寒大王、辟暑大王、辟尘大王。老孙急上门寻讨，与他赌斗一阵，未胜。是我变化入里，见师父锁住未伤，随解了欲出，又被他知觉，我遂走了。后又同八戒、沙僧苦战，复被他将二人也捉去捆了。老孙因此特启玉帝，查他来历，请命将降之。”

金星呵呵大笑道：“大圣既与妖怪相持，岂看不出他的出处？”行者道：“认便认得，是一伙牛精。只是他大有神通，急不能降也。”金星道：“那是三个犀牛之精。他因有天文之象，累年修悟成真，亦能飞云步雾。其怪极爱干净，常嫌自己影身，每欲下水洗浴。他的名色也多：有兕犀，有雄犀，有牯犀，有斑犀，又有胡冒犀、堕罗犀、通天花文犀，都是一孔三毛二角，行于江海之中，能开水道。似那辟寒、辟暑、辟尘，都是角有贵气，故以此为名，而称大王也。若要拿他，只是四木禽星见面就伏。”行者连忙唱喏问道：“是那四木禽星？烦长庚老为一明示明示。”金星笑道：“此星在斗牛宫外，罗布乾坤。你去奏闻玉帝，便见分明。”行者拱拱手称谢，径入天门里去。

不一时，到于通明殿下，先见葛、丘、张、许四大天师。天师问道：“何往？”行者道：“近行至金平府地方，因我师宽放禅性，元夜观灯，遇妖魔摄去。老孙不能收降，特来奏闻玉帝求救。”四天师即领行者至灵霄宝殿启奏。各各礼毕，备言其事。玉帝传旨：“教点那路天兵相助？”行者奏道：“老孙才到西天门，遇长庚星说，那怪是犀牛成精，惟四木禽星可以降伏。”玉帝即差许天师同行者去斗牛宫，点四木禽星下界收降。及至宫外，早有二十八宿星辰来接。天师道：“吾奉圣旨，教点四木禽星与孙大圣下界降妖。”旁即闪过角木蛟、斗木獬、奎木狼、井木犴应声呼道：“孙大圣，点我等何处降妖？”行者笑道：“原来是你。这长庚老儿却隐匿，我不解其意。早说是二十八宿中的四木，老孙径来相请，又何必烦劳旨意？”四木道：“大圣说那里话！我等不奉旨意，谁敢擅离？端的是那方？快早去来。”行者道：“在金

平府东北艮地青龙山玄英洞，犀牛成精。”斗木獬、奎木狼、角木蛟道：“若果是犀牛成精，不须我们，只消井星去罢。他能上山吃虎，下海擒犀。”行者道：“那犀不比望月之犀，乃是修行得道，都有千年之寿者。须得四位同去才好，切勿推调。倘一时一位拿他不住，却不又费事了？”天师道：“你们说的是甚话！旨意着你四人，岂可不去？趁早飞行，我回旨去也。”那天师遂别行者而去。

上天宫后，悟空见到太白金星正与增长天王，殷、朱、陶、许四大灵官讲话，他说了来龙去脉，当他说到八戒、沙僧被扣，自己来求帮助时，你瞅太白金星的态度：“金星呵呵大笑道：‘大圣既与妖怪相持，岂看不出他的出处？’”

人家猜出了你这只猴子的打算，你能灭不了那仨？你不过就是不想让那仨死在你手里罢了！

悟空说：“认便认得，是一伙牛精。只是他大有神通，急不能降也。”他再次强调了人家神通广大，随后取经项目副总指挥太白金星揭开了谜底：

1.“行于江海之中，能开水道。似那辟寒、辟暑、辟尘，都是角有贵气。”

潜台词：这几个家伙的角很值钱，猴子你听懂了吗？

2.“若要拿他，只是四木禽星见面就伏。”

潜台词：犀牛五行属土，遇到四木禽星就是天克。

猴哥还在纳闷四木禽星是谁呢，金星笑着给他支到玉帝那儿了。

从金星侃侃而谈说出这些细节能知道，这仨犀牛精其实挺有名，而且，我们仔细观察金星把解题方向引向哪儿，大概率能判断出来这仨妖精是谁的灰产代言人。

悟空见到玉帝，说了诉求，玉帝随后差许天师同悟空去斗牛宫，点四木禽星下界收降，悟空就此要来了除妖行动的官方正式批文。

悟空来到斗牛宫外，二十八宿星辰来接，猴哥就此知道原来角木蛟、斗木獬、奎木狼、井木犴这四位是四木禽星。在四星知道了“在金平府东北艮地青龙山玄英洞，犀牛成精”这件事之后，注意这句话：“斗木獬、奎木狼、角木蛟道：‘若果是犀牛成精，不须我们，只消井星去罢。他能上山吃虎，下海擒犀。’”

即便玉帝圣旨已经到了，众星官仍然明显不愿意蹚这浑水，最终是被许天师逼着去的，所谓“你们说的是甚话！旨意着你四人，岂可不去？趁早飞行，我回旨去也”。

四木道：“大圣不必迟疑，你先去索战，引他出来，我们随后动手。”行者即近前骂道：“偷油的贼怪！还我师来！”原来那门是八戒夜间筑破的，几个小妖弄了几块板儿搪住，在里边听得骂詈，急跑进报道：“大王，孙和尚在外面骂哩。”辟尘儿道：“他败阵去了这一日，怎么又来了？想是那里求些救兵来了。”辟寒、辟暑道：“怕他甚么救兵！快取披挂来！小的们，都要用心围绕，休放他走了。”

那伙精不知死活，一个个各执枪刀，摇旗擂鼓，走出洞来，对行者喝道：“你个不怕打的猢狲儿，你又来了！”行者最恼得是这“猢狲”二字，咬牙发狠，举铁棒就打。三个妖王，调小妖跑个圈子阵，把行者圈在垓心。那壁厢，四木禽星一个个各抡兵刃道：“孽畜！休动手！”那三个妖王看见四星，自然害怕，俱道：“不好了！不好了！他寻将降手儿来了。小的们，各顾性命走耶！”只听得呼呼吼吼，喘喘呵呵，众小妖都现了本相。原来是那山牛精、水牛精、黄牛精，满山乱跑。那三个妖王，也现了本相，放下手来，还是四只蹄子，就如铁炮一般，径往东北上跑。这大圣帅井木犴、角木蛟紧追急赶，略不放松。

惟有斗木獬、奎木狼在东山凹里、山头上、山涧中、山谷内，把些牛精打死的、活捉的，尽皆收净。却向玄英洞里解了唐僧、八戒、沙僧。沙僧认得是二星，随同拜谢，因问：“二位如何到此相救？”二星道：“吾等是孙大圣奏玉帝，请旨调来，收怪救你也。”唐僧又滴泪道：“我悟空徒弟怎么不见进来？”二星道：“那三个老怪是三只犀牛，他见吾等，各各顾命，向东北艮方逃遁。孙大圣帅井木犴、角木蛟追赶去了。我二星扫荡群妖到此，特来解放圣僧。”唐僧复又顿首拜谢，朝天又拜。八戒搀起道：“师父，礼多必诈，不须只管拜了。四星官，一则是玉帝圣旨，二则是师兄人情。今既扫荡群妖，还不知老妖如何降伏。我们且收拾些细软东西出来，掀翻此洞，以绝其根，回寺等候师兄罢。”奎木狼道：“天蓬元帅说得有理。你与卷帘大将保护你师回寺安歇，待吾等还去艮方迎敌。”八戒道：“正是，正是。你二位还协同一捉，必须剿尽，方好回旨。”二星官即时追袭。八戒与沙僧将他洞内细软宝贝，有许多珊瑚、玛瑙、珍珠、琥珀、珲琚、宝贝、美玉、良金，搜出一石，搬在外面，请师父到山崖上坐了，他又进去放起火来，把一座洞烧成灰烬，却才领唐僧找路回金平慈云寺去。正是：

经云太极还生否，好处逢凶实有之。

爱赏花灯禅性乱，喜游美景道心漓。

大丹自古宜长守，一失原来到底亏。

紧闭牢拴休旷荡，须臾懈怠见参差。

四木禽星就这样跟着悟空来到了洞前，猴哥去叫阵，注意原著的这段对话：“辟尘儿道：‘他败阵去了这一日，怎么又来了？想是那里求些救兵来了。’辟寒、辟暑道：‘怕他甚么救兵！快取披挂来！小的们，都要用心围绕，休放他走了。’那伙精不知死活，一个个各执枪刀……”

这妖精太狂了，还说：“怕他甚么救兵！”

作者明确表达了自己的态度，“那伙精不知死活”！

等妖精出来见到四木禽星后，所谓“那三个妖王看见四星，自然害怕，俱道：‘不好了！不好了！他寻将降手儿来了。小的们，各顾性命走耶！’”

至此我们能知道一件事：这仨犀牛精是认识四木禽星的！

再品品之前三星为啥不愿意蹚这浑水。

这仨犀牛背后的人物到底是谁呢？

三个妖王现了本相后开始往东北方向跑，猴哥率井木犴和角木蛟紧追急赶，略不放松，斗木獬和奎木狼把妖洞里的牛精都一个个打死或活捉，解救了唐僧、八戒、沙僧。

奎木狼在抓这仨犀牛精的时候全程没动手，真正下死手的是井木犴和角木蛟，斗木獬和奎木狼杀完这群小牛妖之后一直在海边看场子，自始至终没下手攻那仨犀牛精。

奎木狼是老君系的人，他下界变作黄袍怪，被抓后，玉帝贬他去兜率宫与太上老君烧火，谁的小弟谁处理，很快奎木狼就官复原职了。奎木狼在接旨的时候就推托，从头到尾也不下手，作者背后的隐喻其实还是指向太上老君。

不过假扮佛祖的三只犀牛背后到底是谁的人已经无所谓了，无论是谁，都不会下来帮他们说话的。这伙妖怪必须闭嘴，不能让他们说出背后的大佬是谁，因为他们干的这活儿实在是太不体面了。

无论是佛还是道，都不会承认他们的。

八戒与沙僧搜走了洞内宝贝后，把一座洞烧成灰烬，奎木狼二星去找猴哥他们。

文中这首诗除了讽刺唐僧贪玩惹祸，还讽刺了一回奎木狼，所谓“大丹自古宜长守，一失原来到底亏。紧闭牢拴休旷荡，须臾懈怠见参差”。奎木狼啊奎木狼，你的大丹就没守住，稍微大意了一下，就成给猴子炼的了。

且不言他三众得命回寺。却表斗木獬、奎木狼二星官，驾云直向东北艮方，赶妖怪来。二人在那半空中，寻看不见，只到西洋大海，远望见孙大圣在海上吆喝。他两个按落云头道：“大圣，妖怪那里去了？”行者恨道：“你两个怎么不来追降？这会子却冒冒失失的问甚？”斗木獬道：“我见大圣与井、角二星战败妖魔追赶，料必擒拿。我二人却就打荡群精，入玄英洞救出你师父、师弟。搜了山，烧了洞，把你师父付托与你二弟领回府城慈云寺。多时不见车驾回转，故又追寻到此也。”行者闻言，方才喜谢道：“如此却是有功，多累，多累。但那三个妖魔被我赶到此间，他就钻下海去。当有井、角二星紧紧追拿，教老孙在岸边抵挡。你两个既来，且在岸边把截，等老孙也再去去。”

好大圣，抡着棒，捻着诀，辟开水径，直入波涛深处，只见那三个妖魔在水底下与井木犴、角木蛟舍死忘生苦斗哩。他跳近前喊道：“老孙来也！”那妖精抵住二星官，措手不及，正在危难之处，忽听得行者叫喊，顾残生，拨转头往海心里飞跑。原来这怪头上角，极能分水，只闻得花花花冲开明路。这后边二星官并孙大圣并力追之。

却说西海中有个探海的夜叉，巡海的介士，远见犀牛分开水势，又认得孙大圣与二天星，即赴水晶宫对龙王慌慌张张报道：“大王，有三只犀牛被齐天大圣和二位天星赶来也！”老龙王敖顺听言，即唤太子摩昂：“快点水兵！想是犀牛精辟寒、辟暑、辟尘儿三个惹了孙行者。今既至海，快快拔刀相助。”敖摩昂得令，即忙点兵。顷刻间，龟鳖鼋鼍，鯾白鳜鲤，与虾兵蟹卒等，各执枪刀，一齐呐喊，腾出水晶宫，抵挡住犀牛精。犀牛精不能前进，急退后，又有井、角二星并大圣拦阻，慌得他失了群，各各逃生，四散奔走。早把个辟尘儿被老龙王领兵围住。孙大圣见了心欢，叫道：“消停！消停！捉活的，不要死的。”摩昂听令，一拥上前，将辟尘儿扳翻在地，用铁钩子穿了鼻，攒蹄捆倒。老龙王又传号令，教分兵赶那两个，挟助二星官擒拿。

那时小龙王帅众前来，只见井木犴现原身，按住辟寒儿，大口小口的啃着吃哩。摩昂高叫道："井宿！井宿！莫咬死他，孙大圣要活的，不要死的哩！"连喊是喊，已是被他把颈项咬断了。摩昂分付虾兵蟹卒，将个死犀牛抬转水晶宫，却又与井木犴向前追赶。只见角木蛟把那辟暑儿倒赶回来，只撞着井宿。摩昂帅龟鳖鼋鼍，撒开簸箕阵围住。那怪只教："饶命！饶命！"井木犴走近前一把揪住耳朵，夺了他的刀，叫道："不杀你，不杀你，拿与孙大圣发落去来。"即当倒干戈，复至水晶宫外报道："都捉来也。"行者见一个断了头，血淋津的倒在地下，一个被井木犴拖着耳朵，推跪在地。近前仔细看了道："这头不是兵刀伤的呵。"摩昂笑道："不是我喊得紧，连身子都着井星官吃了。"行者道："既是如此，也罢。取锯子来，锯下他的这两只角，剥了皮带去，犀牛肉还留与龙王贤父子享之。"又把辟尘儿穿了鼻，教角木蛟牵着；辟暑儿也穿了鼻，教井木犴牵着："带他上金平府，见那刺史官，明究其由，问他个积年假佛害民，然后的决。"

斗木獬和奎木狼二星官驾云向东北艮方来赶妖怪，发现猴哥正在西海吆喝，得知井、角二星追下海去了。猴哥安排他俩在岸边堵着，他也下海去了。

猴哥捻着诀辟开水径，看见仨犀牛在水底下与井木犴、角木蛟舍死忘生地苦斗，仨妖精听说悟空助战来了，再次跑路。注意这句话："原来这怪头上角，极能分水，只闻得花花花冲开明路。"

这个角贵在什么地方呢？

极能分水！

冲这个，你们犀牛精就活不了了！克服猴哥最大短板的关键，就在你们脑袋上！今后悟空下水再也不用捻诀了！猴哥是要加封斗战胜佛的，斗战胜佛咋能有短板！借汝牛头一用！

这仨犀牛往海里飞跑，惊动了龙宫，随后敖顺仅仅通过"大王，有三只犀牛被齐天大圣和二位天星赶来也"这一句汇报，就判断是犀牛精辟寒、辟暑、辟尘三个惹了孙行者，赶紧出兵帮忙。

呵呵，这仨傻冤家的名气真的好大，连龙王都能仅仅通过"三只犀牛"就判断出来是他们仨，他们也真的该闭嘴了。

龙宫派兵堵住犀牛精去路之后，仨犀牛分散逃生。猴哥下令要活的，但说晚了，龙王虽然抓了辟尘，但辟寒被井木犴现的原身按住，"大口小口的"，成刺身了。

这就已经灭口一个了。

角木蛟把那辟暑倒赶回来时正撞着井木犴，那怪只叫："饶命！饶命！"

由于猴哥发话了，井木犴没再灭口。

悟空要活的，是什么原因呢？

跟当年奎木狼要借宝象国之手弄死唐僧一样，猴哥要把这妖精带到金平府，把这事的影响力扩大，要让民意做出处决犀牛的决定，所谓"带他上金平府，见那刺史官，明究其由，问他个积年假佛害民，然后的决"。

众等遵言，辞龙王父子，都出西海。牵着犀牛，会着奎、斗二星，驾云雾，径转金平府。行者足踏祥云，半空中叫道："金平府刺史、各佐贰郎官并府城内外军民人等听着：吾乃东土大唐差往西天取经的圣僧。你这府县，每年家供献金灯，假充诸佛降祥者，即此犀牛之怪。我等过此，因元夜观灯，见这怪将灯油并我师父摄去，是我请天神收伏。今已扫清出洞，剿尽妖魔，不得为害。以后你府县再不可供献金灯，劳民伤财也。"

那慈云寺里，八戒、沙僧方保唐僧进得山门，只听见行者在半空言语，即便撇了师父，丢下担子，纵风云起到空中，问行者降妖之事。行者道："那一只被井星咬死，已锯角剥皮在此。"八戒道："这两个索性推下此城，与官员人等看看，也认得我们是圣是神，左右累四位星官，收云下地，同到府堂，将这怪的决。已此情真罪当，再有甚讲！"四星道："天蓬帅近来知理明律，却好呀！"八戒道："因做了这几年和尚，也略学得些儿。"

众神果推落犀牛，一簇彩云，降至府堂之上。唬得这府县官员，城里城外人等，都家家设香案，户户拜天神。少时间，慈云寺僧把长老用轿抬进府门。会着行者，口中不离"谢"字道："有劳上宿星官救出我等。因不见贤徒，悬悬在念，今幸得胜而回。然此怪不知赶向何方才捕获也。"行者道："自前日别了尊师，老孙上天查访。蒙太白金星识得妖魔是犀牛，指示请四木禽星。当时奏问玉帝，蒙旨差委，直至洞口交战。妖王走了，又蒙斗、奎二宿救出尊师。老孙与井、角二宿并力追妖，直赶到西洋大海，又亏龙王父子帅兵相助，所以捕获到此审究也。"长老赞扬称谢不已。又见那府县正官并佐贰首领，都在那里高烧宝烛，满斗焚香，朝上礼拜。

少顷间，八戒发起性来，掣出戒刀，将辟尘儿头一刀砍下，又一刀把辟暑儿头也砍下，随即取锯子锯下四只角来。孙大圣更有主张，就教："四位星官，将此四只犀角拿上界去，进贡玉帝，回缴圣旨。"把自己带来的二只："留一只在府堂镇库，以作向后免征灯油之证，我们带一只去献灵山佛祖。"四星心中大喜，即时拜别大圣，忽驾彩云回奏而去。

府县官留住他师徒四众，大排素宴，遍请乡官陪奉。一壁厢出给告示，晓谕军民人等，下年不许点设金灯，永蠲买油大户之役。一壁厢叫屠子宰剥犀牛之皮，硝熟熏干，制造铠甲，把肉普给官员人等。又一壁厢动支枉罚无碍钱粮，买民间空地，起建四星降妖之庙。又为唐僧四众建立生祠，各各树牌刻文，用传千古，以为报谢。

师徒们索性宽怀欣受，又被那二百四十家灯油大户，这家酬，那家请，略无虚刻。八戒遂心满意受用，把洞里搜来的宝贝，每样各笼些须在袖，以为各家斋筵之赏。住经个月，犹不得起身。长老分付："悟空，将余剩的宝物，尽送慈云寺僧，以为酬礼。瞒着那些大户人家，天不明走罢。恐只管贪乐，误了取经，惹佛祖见罪，又生灾厄，深为不便。"行者随将前件一一处分。

次日五更早起，唤八戒备马。那呆子吃了自在酒饭，睡得梦梦乍道："这早备马怎的？"行者喝道："师父教走路哩！"呆子抹抹脸道："又是这长老没正经。二百四十家大户都请，才吃了有三十几顿饱斋，怎么又弄老猪忍饿。"长老听言骂道："馕糟的夯货！莫胡说！快早起来！再若强嘴，教悟空拿金箍棒打你！"那呆子听见说打，慌了手脚道："师父今番变了。常时疼我爱我，念我蠢夯，护我，哥要打时，他又劝解，今日怎么发狠，转教打么？"行者道："师父怪你为嘴误了路程，快早收拾行李，备马，免打！"那呆子真个怕打，跳起来，穿了衣服，吆喝沙僧道："快起来！打将来了！"沙僧也随跳起，各各收拾皆完。长老摇手道："寂寂悄悄的，不要惊动寺僧。"连忙上马，开了山门，找路而去。这一去，正所谓：

暗放玉笼飞彩凤，私开金锁走蛟龙。

毕竟不知天明时，酬谢之家端的如何，且听下回分解。

悟空带着四木禽星来到金平府后，在半空显圣，告诉官民：我们是东土大唐差往西天取经的圣僧，这些年犀牛精假充诸佛降祥，偷你们的油，如今我已扫清山洞，剿尽妖魔，使其不得为害，以后你府县再不可供献金灯，劳民伤财。

猴爷来了，金平府太平了！

这时候八戒也纵云起来了，建议将这两只犀牛推下此城与官员人等看看，“也认得我们是圣是神”，拉这怪到府堂处决！

众神随后推落犀牛降至府堂之上，諕得这府县官员，城里城外人等，都家家设香案，户户拜天神。悟空跟唐僧说了来龙去脉，发现金平府县正官并佐贰首领都在那里高烧宝烛，满斗焚香，朝上礼拜。随后八戒发起性来，掣出戒刀，将辟尘的头一刀砍下，又一刀把辟暑的头也砍下。

八戒这事做得有瑕疵，差个人间的法律文书，还没来得及审判，就把犀牛砍了。

不过八戒愿意做这把杀牛的刀，倒算是帮猴哥把这事办得圆满了。

1. 师父救出来了；

2. 金平府从此减了负担，该变成自己的道场了；

3. 打掉这个假佛收油团伙，但不是自己出的手。旨意是玉帝下的，下手的是四木禽星，民意来自金平府百姓，操刀灭口的是八戒。自己从头到尾，那叫一个干净！

悟空不仅不担责，背后之人还得谢他哪！这仨犀牛到死都没机会说出是受谁的指使来假扮佛祖收灯油，无论背后是哪一方大佬，他都会夸悟空懂事。

是这仨犀牛不上道、乱惹事，他们已经狂妄得不知道自己姓啥了，早晚得出事。如今虽然每年五万两银子的香油没了，但盐铁生意是永远不愁没有套路的，再攒个局即可。

悟空和八戒这是属于给大人物拆雷。

很多和这仨犀牛精的生态位一样的人，三思啊，三思。

羡慕这仨犀牛精的生态位的，你要早早地看明白他们的代价和未来，多长智慧。

猴哥随后将六个犀牛角做了如下安排：

1. 四位星官带走四只犀角进贡玉帝，回缴圣旨。

潜台词：功和责都让玉帝担着，自己不顶这雷。

2. 留一只犀角在府堂镇库，以作向后免征灯油之证。

潜台词：大圣爷的恩情，金平府永远还不完。

3. 他们带一只去献灵山佛祖。

潜台词：这是取经项目的沿途成果，解释权归灵山所有。

总之，悟空的最终处理结果是：除金平府的香火之外，别的他什么都不要。

金平府事后建了四星降妖之庙，又为唐僧四众建立生祠，“各各树碑刻文”，用传千古。

旧有的利益链条被铲除后，悟空建立了属于自己的新局面。

凤仙郡—玉华州—金平府，不声不响地，猴哥都快把道场连起来了！

这趟经取下来，佛祖的最大收获不是自己的二徒弟成了佛，唐僧只是一个代表“我的人，我永不辜负”的千金买骨的广告；佛祖最大的收获是这个不怕事、能平事、会办事的斗战胜佛。

对于这种天父地母、日精月华的好料子，就得给他三百年温暖纯真的高投入养育以及五百年刻骨铭心的高打击调理。鹰有的时候飞得会比鸡低，但鸡确实永远也飞不到鹰的高度！

第九十三回

给孤园问古谈因，天竺国朝王遇偶

起念断然有爱，留情必定生灾。灵明何事辨三台？行满自归元海。不论成仙成佛，须从个里安排。清清净净绝尘埃，果正飞升上界。

却说寺僧，天明不见了三藏师徒，都道："不曾留得，不曾别得，不曾求告得，清清的把个活菩萨放得走了。"正说处，只见南关厢有几个大户来请，众僧扑掌道："昨晚不曾防御，今夜都驾云去了。"众人齐望空拜谢。此言一讲，满城中官员人等，尽皆知之，叫此大户人家，俱治办五牲花果，往生祠祭献酬恩不题。

却说唐僧四众，餐风宿水，一路平宁，行有半个多月。忽一日，见座高山，唐僧又悚惧道："徒弟，那前面山岭拱峭，是必小心！"行者笑道："这边路上将近佛地，断乎无甚妖邪，师父放怀勿虑。"唐僧道："徒弟，虽然佛地不远，但前日那寺僧说，到天竺国都下有二千里，还不知是有多少路哩。"行者道："师父，你好是又把乌巢禅师《心经》忘记了。"三藏道："《般若心经》是我随身衣钵。自那乌巢禅师教后，那一日不念，那一时得忘！颠倒也念得来，怎会忘得？"行者道："师父只是念得，不曾求那师父解得。"三藏说："猴头！怎又说我不曾解得？你解得么？"行者道："我解得，我解得。"自此，三藏、行者再不作声。

旁边笑倒一个八戒，喜坏一个沙僧，说道："嘴靶！替我一般的做妖精出身，又不是那里禅和子，听过讲经，那里应佛僧，也曾见过说法？弄虚头，找架子，说

甚么‘晓得、解得’，怎么就不作声？听讲！请解！”沙僧说：“二哥，你也信他。大哥扯长话，哄师父走路。他晓得弄棒罢了，他那里晓得讲经！”三藏道：“悟能、悟净，休要乱说。悟空解得是无言语文字，乃是真解。”

从开篇词就能看出来，这一关是成佛前的最后一次情感小提醒，断情忘爱，把人世间这些情爱都断明白了，就能“清清净净绝尘埃”地上灵山啦！

唐僧四众大清早悄悄地离了金平府，当地僧众和大户们很伤心，消息迅速在全城传开，随后大户人家置办了五牲花果，往生祠祭献酬恩。

其实悄悄地走挺好，传奇的最后闭环，不是通通透透的燃烧，而是留白、余韵让人产生自我想象。

唐僧四众餐风宿水，行有半个多月，有一天看见一座高山，唐僧又悚惧了，猴哥笑了，表示此路将近佛地，断无妖邪。唐僧说之前听寺中僧人说的是离天竺国国都还有两千里呢，悟空在取经路上最后一次提醒了唐师父，是不是把乌巢禅师的《心经》忘了，唐僧说倒背如流。悟空说唐僧只会背，不会解，这话把唐僧听怒了，骂道：“猴头！怎又说我不曾解得？你解得么？”

“行者道：‘我解得，我解得。’自此，三藏、行者再不作声。”

看到悟空不再说话，旁边八戒和沙僧都乐坏了，八戒说你解啊，沙僧说，大哥哪里会讲经。但这俩随后被唐僧教育道：“悟能、悟净，休要乱说。悟空解得是无言语文字，乃是真解。”

在《西游记》中，我们能看出来作者的佛学基座是倾向于禅宗的，比如第八回“我佛造经传极乐，观音奉旨上长安”的开篇词：“试问禅关，参求无数，往往到头虚老。磨砖作镜，积雪为粮，迷了几多年少？毛吞大海，芥纳须弥，金色头陀微笑。悟时超十地三乘，凝滞了四生六道。谁听得绝想崖前，无阴树下，杜宇一声春晓？曹溪路险，鹫岭云深，此处故人音杳。千丈冰崖，五叶莲开，古殿帘垂香袅。那时节，识破源流，便见龙王三宝。”

当时我们说过，“磨砖作镜”和“积雪为粮”是说参禅若不得法只是枉费心机；“毛吞大海，芥纳须弥”体现了禅宗万法空相、巨细相容的思想；“悟时超十地三乘，凝滞了四生六道”则表明一旦顿悟，就能超越诸多佛法境界，摆脱六道轮回；曹溪是因禅宗六祖慧能演法而得名的。这些都是禅宗的思想。

比如第十四回“心猿归正，六贼无踪”的开篇诗：“佛即心兮心即佛，心佛从来皆要物。若知无物又无心，便是真如法身佛。法身佛，没模样，一颗圆光涵万象。无体之体即真体，无相之相即实相。非色非空非不空，不来不向不回向。无异无同无有无，难舍难取难听望。内外灵光到处同，一佛国在一沙中。一粒沙含大千界，一个身心万法同。知之须会无心诀，不染不滞为净业。善恶千端无所为，便是南无释迦叶。”

此诗体现了禅宗“即心即佛”的思想，强调心与佛的等同，认为人若能悟到内心的空无，不被万物所染滞，就能达到佛的境界。一粒沙中亦能包含大千世界，体现了禅宗对世界本质和心物关系的独特认知。

眼瞅快到地方了，作者对唐僧和悟空的这番禅机对话描写是在致敬禅宗诞生之初的那段往事。

话说当年世尊释迦牟尼佛在灵山会上，拈花示众，是时众皆默然，唯迦叶尊者破颜微笑。世尊随后向大众宣示：“我有正法眼藏，涅槃妙心，实相无相，微妙法门，不立文字，教外别传，总持任持，凡夫成佛，第一义谛。今方付嘱摩诃迦叶。”

“拈花微笑”象征着禅宗“不立文字、教外别传、直指人心、见性成佛”的宗旨。禅宗强调不依赖言语、文字，认为语言往往具有局限性，难以完全表达佛法的深刻内涵，只有通过内心的体悟和觉悟才能真正理解佛法，实现成佛的目标。“佛祖拈花，迦叶微笑”，这种无声的交流体现了师徒之间心领神会的默契，是禅宗“以心传心”传承方式的开端。

悟空的这句无声之解，是上灵山前给唐僧讲的最后一次佛课。

很难得，唐僧听明白了。

这一路你磨炼猴子心性，猴子传给你佛理，名为师徒，实为道友，互相成就。你俩走这一趟都升级了，都有着光明的未来。

至于旁边那俩傻乐的，这一趟经取下来也就当陪了个乐。

有人佛之二徒，有人降魔有功，有人挑担牵马，十四年取经人生如戏，五百年沧桑戏如人生。

他师徒们正说话间，却倒也走过许多路程，离了几个山冈，路旁早见一座大寺。

三藏道："悟空，前面是座寺呵，你看那寺，倒也：

不小不大，却也是琉璃碧瓦；半新半旧，却也是八字红墙。隐隐见苍松偃盖，也不知是几千百年间故物到于今；潺潺听流水鸣弦，也不道是那朝代时分开山留得在。山门上，大书着'布金禅寺'；悬匾上，留题着'上古遗迹'。"

行者看得是"布金禅寺"，八戒也道是"布金禅寺"，三藏在马上沉思道："布金，布金，这莫不是舍卫国界了么？"八戒道："师父，奇啊！我跟师父几年，再不曾见识得路，今日也识得路了。"三藏说道："不是，我常看经诵典，说是佛在舍卫城祇树给孤园。这园说是给孤独长者问太子买了，请佛讲经，太子说：'我这园不卖。他若要买我的时，除非黄金满布园地。'给孤独长者听说，随以黄金为砖，布满园地，才买得太子祇园，才请得世尊说法。我想这布金寺，莫非就是这个故事。"八戒笑道："造化！若是就是这个故事，我们也去摸他块把砖儿送人。"

大家又笑了一会，三藏才下得马来。进得山门，只见山门下，挑担的，背包的，推车的，整车坐下；也有睡的去睡，讲的去讲。忽见他们师徒四众，俊的又俊，丑的又丑，大家有些害怕，却也就让开些路儿。三藏生怕惹事，口中不住只叫："斯文！斯文！"这时节，却也大家收敛。转过金刚殿后，早有一位禅僧走出，却也威仪不俗。真是：

面如满月光，身似菩提树。

拥锡袖飘风，芒鞋石头路。

三藏见了问讯。那僧即忙还礼道："师从何来？"三藏道："弟子陈玄奘，奉东土大唐皇帝之旨，差往西天拜佛求经。路过宝方，造次奉谒，便借一宿，明日就行。"那僧道："荒山十方常住，都可随喜，况长老东土神僧，但得供养，幸甚！"三藏谢了，随即唤他三人同行，过了回廊香积，径入方丈。相见礼毕，分宾主坐定，行者三人亦垂手坐了。

话说这时，寺中听说到了东土大唐取经僧人，寺中若大若小，不问长住、挂榻、长老、行童，一一都来参见。茶罢，摆上斋供。这时长老还正开斋念偈，八戒早是要紧，馒头、素食、粉汤一搅直下。这时方丈却也人多，有知识的，赞说三藏威仪，好耍子的，都看八戒吃饭。却说沙僧眼溜看见头底，暗把八戒捏了一把，说道："斯文！"八戒着忙，急的叫将起来，说道："斯文，斯文，肚里空空。"沙僧笑道："二哥，你不晓的。天下多少‘斯文’，若论起肚子里来，正替你我一般哩。”八戒方才肯住。

三藏念了结斋，左右撤了席面，三藏称谢。寺僧问起东土来因，三藏说到古迹，才问布金寺名之由。那僧答曰：“这寺原是舍卫国给孤独园寺，又名祇园。因是给孤独长者请佛讲经，金砖布地，又易今名。我这寺一望之前，乃是舍卫国。那时给孤独长者正在舍卫国居住。我荒山原是长者之祇园，因此遂名给孤布金寺，寺后边还有祇园基址。近年间，若遇时雨滂沱，还淋出金银珠儿，有造化的，每每拾着。”三藏道：“话不虚传果是真。”又问道：“才进宝山，见门下两廊有许多骡马车担的行商，为何在此歇宿？”众僧道：“我这山唤做百脚山。先年且是太平，近因天气循环，不知怎的，生几个蜈蚣精，常在路下伤人。虽不至于伤命，其实人不敢走。山下有一座关，唤做鸡鸣关，但到鸡鸣之时，才敢过去。那些客人因到晚了，惟恐不便，权借荒山一宿，等鸡鸣后便行。”三藏道：“我们也等鸡鸣后去罢。”师徒们正说处，又见拿上斋来，却与唐僧等吃毕。

师徒们正说话间，在路旁见一座大寺，唐僧感叹：规模看上去倒是不大，但却是琉璃碧瓦；半新半旧，却是八字红墙；隐隐见苍松掩盖，一看就是千百年的古寺。在见到“布金禅寺”这几个字后，唐僧沉思道：“这莫不是舍卫国界了么？”

八戒疑惑师父咋今天认识路了，随后唐僧给他们讲了讲佛经中的典故。布金禅寺本名祇树给孤独园，当年给孤独长者想为佛祖修建一个道场，看中了舍卫国太子的祇园，太子说除非用黄金铺满整个园子才肯卖，给孤独长者真的变卖家产用金砖布满园地。太子被其诚心感动，将园子卖给了他，随后才请得释迦牟尼佛讲法。悟性最高的八戒听完这个故事准备去里面摸砖了。

师徒四人进了寺，寺中人听说东土大唐的取经僧人来了，全体都来参见。到了吃饭的时候，唐僧一个劲儿地喊“斯文”，但八戒根本顾不上。众僧中“有知识的，赞说三藏威仪，好耍子的，都看八戒吃饭”。所以，别奇怪人家吃播有市场，你瞅瞅，连出家人都爱看。

斋过之后，唐僧说了此来何因，谈到古迹时又问了问布金寺名之由，僧人说确实就是当年那寺，但有一句话算是断了八戒的念想：“寺后边还有祇园基址。近年间，若遇时雨滂沱，还淋出金银珠儿，有造化的，每每拾着。”

也就是说，当年的金砖早就没了，只剩点零零碎碎了。

这其实也是古寺能延绵至今的原因。

唐僧随后又问为什么门下两廊有许多骡马车担的行商在此歇宿，众僧说这山唤作百脚山，这几年不知为何出现了几个蜈蚣精，常在路下伤人，虽不至于伤命，但也没人敢走，都得等鸡鸣之后才敢过去。

唐僧表示他们也等鸡鸣后去，悟空没有反应。

估计猴哥打妖怪也是打腻了，而且确实不算什么情况，蜈蚣精的水平太低，连人命都伤不了，不配让猴哥动棒子。

此时，上弦月皎，三藏与行者步月闲行。又见个道人来报道："我们老师爷要见见中华人物。"三藏急转身，见一众老和尚，手持竹杖，向前作礼道："此位就是中华来的师父？"三藏答礼道："不敢。"老僧称赞不已。因问："老师高寿？"三藏道："虚度四十五年矣。敢问老院主尊寿？"老僧笑道："比老师痴长一花甲也。"行者道："今年是一百零五岁了。你看我有多少年纪？"老僧道："师家貌古神清，况月夜眼光，急看不出来。"叙了一会，又向后廊看看。三藏道："才说给孤园基址，果在何处？"老僧道："后门外就是。"快教开门，但见是一块空地，还有些碎石叠的墙脚。三藏合掌叹曰：

忆昔檀那须达多，曾将金宝济贫疴。

祇园千古留名在，长者何方伴觉罗。

他都玩着月，缓缓而行。行近后门外，至台上，又坐了一坐。忽闻得有啼哭之声，三藏静心诚听，哭的是爷娘不知苦痛之言。他就感触心酸，不觉泪堕，回问众僧道："是甚人在何处悲切？"老僧见问，即命众僧先回去煎茶，见无人，方才对唐僧、行者下拜。三藏搀起道："老院主，为何行此礼？"老僧道："弟子年岁百余，略通人事。每于禅静之间，也曾见过几番景象。若老爷师徒，弟子聊知一二，与他人不同。若言悲切之事，非这位师家，明辨不得。"行者道："你且说是甚事？"老僧道："旧年今日，弟子正明性月之时，忽闻一阵风响，就有悲怨之声。弟子下榻，到祇园基上看处，乃是一个美貌端正之女。我问他：'你是谁家女子？为甚到于此地？'那女子道：'我是天竺国国王的公主。因为月下观花，被风刮来的。'我将他锁在一间敝空房里，将那房砌作个监房模样，门上止留一小孔，仅递得碗过。当日

与众僧传道：'是个妖邪，被我捆了。但我僧家乃慈悲之人，不肯伤他性命。每日与他两顿粗茶粗饭，吃着度命。'那女子也聪明，即解吾意，恐为众僧点污，就妆风作怪，尿里眠，屎里卧，白日家说胡话，呆呆邓邓的；到夜静静处，却思量父母啼哭。我几番家进城乞化，打探公主事，全然无损。故此坚收紧锁，更不放出。今幸老师来国，万望到了国中，广施法力，辨明辨明。一则救援良善，二则昭显神通也。"三藏与行者听罢，切切在心。

正说处，只见两个小和尚请吃茶安置，遂而回去。

吃过晚斋后，寺里的老师爷来了，要见见"中华人物"，唐僧和老僧交流后得知老僧今年已经一百零五岁了。唐僧想去给孤园基址朝朝圣，等来到后却发现是一块空地，只有些碎石叠的墙脚了。

唐僧合掌作诗赞叹，赏月慢行间听见了啼哭之声，哭的是爷娘不知苦痛之言。唐僧又有感触了，也哭了，随后问众僧道："是甚人在何处悲切？"

老僧见唐僧问了，当即命众僧先回去煎茶，见无人后方对唐僧、悟空下拜说，几年前一阵风响之后，祇园里刮来个美貌端正之女，说自己是天竺国公主。接下来，老师爷的操作真的太有智慧了："我将他锁在一间敝空房里，将那房砌作个监房模样，门上止留一小孔，仅递得碗过。当日与众僧传道：'是个妖邪，被我捆了。但我僧家乃慈悲之人，不肯伤他性命。每日与他两顿粗茶粗饭，吃着度命。'那女子也聪明，即解吾意，恐为众僧点污，就妆风作怪，尿里眠，屎里卧，白日家说胡话，呆呆邓邓的；到夜静静处，却思量父母啼哭。"

不愧是活了一百零五岁的老僧啊，人家这才真是修出智慧来了，比那老财迷金池可强太多了。这老僧简直就是传法慧能的五祖弘忍再世，他并没有一厢情愿地相信人性本善，而是选择相信人性不可考验。

老师爷这是多么大的智慧。他怕僧人们在境界、水平都还不够的时候，因起凡心而耽误修行，干下坏事，就用莫大智慧说那是个妖邪，只留一个小孔递饭，连面都不让僧人们见。

作为对比的是第八十一回，唐僧老师救了老鼠精后将其带到了镇海禅林寺，"渐渐天昏，方丈里点起灯来。众僧一则是问唐僧取经来历，二则是贪看那女子，都攒攒簇簇排列灯下"，结果这寺里面的和尚，三天被老鼠精色诱吃了六个。

不是所有僧人的根器都如慧能那样能顿悟，不要拿这种诱惑去考验弟子们，搞残酷的人性淘汰赛，而是要给弟子们逐步加码，让每次的挑战超过他们能力一点点，不断提高他们的能力。

拿超级诱惑去一次性地考验一个群体，本质上并非劝善，而是筛选。

老师爷说他几次进城乞化，打探公主之事，发现没这么一回事，所以一直坚收紧锁，不放出，如今圣僧来此，希望他到了国中，广施法力，辨明辨明。一则救援良善，二则昭显神通。

唐僧和悟空就此把这件事记在心里。

八戒与沙僧在方丈中，突突哝哝的道："明日要鸡鸣走路，此时还不来睡！"行者道："呆子又说甚么？"八戒道："睡了罢，这等夜深，还看甚么景致。"因此，老僧散去，唐僧就寝。正是那：

人静月沉花梦悄，暖风微透壁窗纱。

铜壶点点看三汲，银汉明明照九华。

当夜睡还未久，即听鸡鸣。那前边行商烘烘皆起，引灯造饭。这长老也唤醒八戒、沙僧扣马收拾。行者叫："点灯来。"那寺僧已先起来，安排茶汤、点心，在后候敬。八戒欢喜，吃了一盘馍馍，把行李马匹牵出。三藏、行者对众辞谢。老僧又向行者道："悲切之事，在心！在心！"行者笑道："谨领！谨领！我到城中，自能聆音而察理，见貌而辨色也。"那伙行商，哄哄嚷嚷的，也一同上了大路，将有寅时，过了鸡鸣关。至巳时，方见城垣，真是铁瓮金城，神州天府。那城：

虎踞龙蟠形势高，凤楼麟阁彩光摇。

御沟流水如环带，福地依山插锦标。

晓日旌旗明辇路，春风箫鼓遍溪桥。

国王有道衣冠胜，五谷丰登显俊豪。

当日入于东市街，众商各投旅店。他师徒们进城，正走处，有一个会同馆驿，三藏等径入驿内。那驿内管事的即报驿丞道："外面有四个异样的和尚，牵一匹白马进来了。"驿丞听说有马，就知是官差的，出厅迎迓。三藏施礼道："贫僧是东土唐朝钦差灵山大雷音寺见佛求经的，随身有关文，入朝照验。借大人高衙一宿，事

毕就行。”驲丞答礼道：“此衙门原设待使客之处，理当款迓，请进，请进。”三藏喜悦，教徒弟们都来相见。那驲丞看见嘴脸丑陋，暗自心惊，不知是人是鬼，战兢兢的，只得看茶摆斋。三藏见他惊怕，道：“大人勿惊，我等三个徒弟，相貌虽丑，心地俱良，俗谓‘山恶人善’，何以惧为？”驲丞闻言，方才定了心性，问道：“国师，唐朝在于何方？”三藏道：“在南赡部洲中华之地。”又问：“几时离家？”三藏道：“贞观十三年，今已历过十四载。苦经了些万水千山，方到此处。”驲丞道：“神僧！神僧！”三藏问道：“上国天年几何？”驲丞道：“我敝处乃大天竺国，自太祖、太宗传到今，已五百余年。现在位的爷爷，爱山水花卉，号做怡宗皇帝，改元靖宴，今已二十八年了。”三藏道：“今日贫僧要去见驾，倒换关文，不知可得遇朝？”驲丞道：“好，好，正好！近因国王的公主娘娘，年登二十青春，正在十字街头，高结彩楼，抛打绣球，撞天婚，招驸马。今日正当热闹之际，想我国王爷爷还未退朝。若欲倒换关文，趁此时好去。”三藏欣然要去，只见摆上斋来，遂与驲丞、行者等吃了。

时已过午，三藏道：“我好去了。”行者道：“我保师父去。”八戒道：“我去。”沙僧道：“二哥罢么。你的嘴脸不见怎的，莫到朝门外妆胖，还教大哥去。”三藏道：“悟净说得好，呆子粗夯，悟空还有些细腻。”那呆子掬着嘴道：“除了师父，我三个的嘴脸也差不多儿。”三藏却穿了袈裟，行者拿了引袋同去。

只见街坊上，士农工商，文人墨客，愚夫俗子，齐咳咳都道：“看抛绣球去也！”三藏立于道旁对行者道：“他这里人物衣冠，宫室器用，言语谈吐，也与我大唐一般。我想着我俗家先母也是抛打绣球，遇旧姻缘，结了夫妇。此处亦有此等风俗。”行者道：“我们也去看看如何？”三藏道：“不可，不可。你我服色不便，恐有嫌疑。”行者道：“师父，你忘了那给孤布金寺老僧之言？一则去看彩楼，二则去辨真假。似这般忙忙的，那皇帝必听公主之喜报，那里视朝理事？且去去来。”三藏听说，真与行者相随，见各项人等俱在那里看打绣球。呀！那知此去，却是渔翁抛下钩和线，从今钓出是非来。

转过天来，师徒四人来到了天竺国国都。

前面我们说过，从“虎踞龙蟠形势高，凤楼麟阁彩光摇。御沟流水如环带，福地依山插锦标”能看出来，这是照着南京城的风水写的天竺国国都，龙盘虎踞、紫金山、秦淮河，都写出来了。

一方面是对应前面玉华州的政治隐喻；另一方面，作者还有别的用意。

师徒四人进城入了会同馆驿，唐僧跟驿丞聊了聊天，得知此处乃大天竺国，已立国五百余年了。注意这句话：“现在位的爷爷，爱山水花卉，号做怡宗皇帝，改元靖宴，今已二十八年了。”

呵呵，大明毕竟是两京嘛！放到南京也能骂，年号是“靖宴”，“靖”为安定之意，“宴”为喜乐之意，这个年号意为“安定喜乐”，跟那个“嘉”为美好之意、“靖”为安定之意的“嘉靖”，怎么感觉是同义词呢？

我们接着往后看。唐僧想去倒换关文，驿丞表示赶得正好，国王的公主正在十字街头，高结彩楼，抛打绣球，撞天婚，招驸马，今日正当热闹之际，国王爷爷可能还未退朝。

呵呵，作者又骂了句皇帝，公主要是绣球没抛准，你还真让人家下嫁呀？你闺女的婚配择偶方式近乎儿戏！

吃完了中午饭，悟空陪着唐僧倒换关文去了。此时街坊相当热闹，唐僧说的这句“他这里人物衣冠，宫室器用，言语谈吐，也与我大唐一般。我想着我俗家先母也是抛打绣球，遇旧姻缘，结了夫妇。此处亦有此等风俗”，再次透露作者表达的两个意思：

1. 作者说的就是大明朝的事；

2. 作者对唐僧这位佛祖二弟子，殷开山外孙子的关系户再次下了狠手：听着背景那么高高在上，但你爹妈生你的源流其实相当随意！

悟空拉着唐僧要去看抛绣球，唐僧说那哪行，悟空随后问他是不是忘了给孤布金寺老僧之言？咱得去辨真假啊！

这段话的最后一句是：“呀！那知此去，却是渔翁抛下钩和线，从今钓出是非来。”呵呵，作者写明了悟空的用意，他这位渔翁在拿他师父来这儿钓是非呢！

话表那个天竺国王，因爱山水花卉，前年带后妃、公主在御花园月夜赏玩，惹动一个妖邪，把真公主摄去，他却变做一个假公主。知得唐僧今年、今月、今日、今时到此，他假借国家之富，搭起彩楼，欲招唐僧为偶，采取元阳真气，以成太乙上仙。正当午时三刻，三藏与行者杂入人丛，行近楼下。那公主才拈香焚起，祝告

天地，左右有五七十胭娇绣女，近侍的捧着绣球。那楼八窗玲珑，公主转睛观看，见唐僧来得至近，将绣球取过来，亲手抛在唐僧头上。唐僧着了一惊，把个毗卢帽子打歪，双手忙扶着那球，那球毂辘的滚在他衣袖之内。那楼上齐声发喊道："打着个和尚了！打着个和尚了！"

噫！十字街头，那些客商人等，济济哄哄都来奔抢绣球，被行者喝一声，把手傞一傞，把腰躬一躬，长了有三丈高，使个神威，弄出丑脸，諕得些人跌跌爬爬，不敢相近。霎时人散，行者还现了本像。那楼上绣女宫娥并大小太监，都来对唐僧下拜道："贵人！贵人！请入朝堂贺喜。"三藏急还礼，扶起众人，回头埋怨行者道："你这猴头，又是撮弄我也！"行者笑道："绣球儿打在你头上，滚在你袖里，干我何事？埋怨怎么？"三藏道："似此怎生区处？"行者道："师父，你且放心。便入朝见驾，我回驲报与八戒、沙僧等候。若是公主不招你便罢，倒换了关文就行；如必欲招你，你对国王说：'召我徒弟来，我要分付他一声。'那时召我三个入朝，我其间自能辨别真假。此是'倚婚降怪'之计。"唐僧无已从言，行者转身回驲。

变成公主的妖精道行不浅，那是"知得唐僧今年、今月、今日、今时到此，他假借国家之富，搭起彩楼，欲招唐僧为偶，采取元阳真气，以成太乙上仙"，一句话就点明了两件事：

1. 人家渠道广，信息全；

2. 人家在天庭有门路，奔着成为太乙上仙去的。

这妖精选在午时三刻拈香焚起，祝告天地（呵呵，在开刀问斩的时辰挑姑爷），将绣球准确地砸在唐僧脑袋上。注意这段话："噫！十字街头，那些客商人等，济济哄哄都来奔抢绣球，被行者喝一声，把手傞一傞，把腰躬一躬，长了有三丈高，使个神威，弄出丑脸，諕得些人跌跌爬爬，不敢相近。霎时人散，行者还现了本像。"

猴哥拉唐僧来看这节目就是成心拿唐僧钓鱼呢，看到有人抢绣球还害怕唐僧拿不瓷实，还得变成三丈高，把来抢的人吓走！这绣球还就必须得把唐师父砸瓷实了，不瓷实，后面悟空没法入局。

楼上绣女宫娥并大小太监都来对唐僧下拜，请入朝堂贺喜。唐僧开始埋怨猴子，悟空表示：别担心，你就去，不招你，便倒换了关文，如果非得招你，你就对国王说"召我徒弟来，我要分付他一声"，到时候我自能辨别真假。这是"倚婚降怪"之计。

悟空这是又盯上天竺国了，他现在分辨不出来这个公主是妖精吗？他的眼光那么毒，公主抛绣球时能看不出来？怎么可能！

但现在能降妖吗？

不能！此时的猴哥早就不是白虎岭时的猴哥了！

必须得当着国王的面，让人眼见为实，证实她确实是个妖精，才能利益最大化。得是圣僧我拯救了你和你的国，这才是高端操作。降妖是捎带手做的事，单纯降妖对猴哥而言操作偏低端了。当下的主业是收获天竺国的香火，这才是重要任务！前面仨外郡都收入麾下了，这个一国之都，不可能放跑！

那长老被众宫娥等撮拥至楼前。公主下楼，玉手相挽，同登宝辇，摆开仪从，回转朝门。早有黄门官先奏道："万岁，公主娘娘挽着一个和尚，想是绣球打着，现在午门外候旨。"那国王见说，心甚不喜，意欲赶退，又不知公主之意何如，只得含情宣入。公主与唐僧遂至金銮殿下，正是：一对夫妻呼万岁，两门邪正拜千秋。

礼毕，又宣至殿上，开言问道："僧人何来，遇朕女抛球得中？"唐僧俯伏奏道："贫僧乃南赡部洲大唐皇帝差往西天大雷音寺拜佛求经的。因有长路关文，特来朝王倒换。路过十字街彩楼之下，不期公主娘娘抛绣球，打在贫僧头上。贫僧是出家异教之人，怎敢与玉叶金枝为偶？万望赦贫僧死罪，倒换关文，打发早赴灵山，见佛求经，回我国土，永注陛下之天恩也。"国王道："你乃东土圣僧，正是'千里姻缘使线牵'。寡人公主，今登二十岁未婚，因择今日年月日时俱利，所以结彩楼抛绣球，以求佳偶。可可的你来抛着，朕虽不嘉，却不知公主之意如何？"那公主叩头道："父王，常言'嫁鸡逐鸡，嫁犬逐犬'。女有誓愿在先，结了这球，告奏天地神明，撞天婚抛打。今日打着圣僧，即是前世之缘，遂得今生之遇，岂敢更移！愿招他为驸马。"国王方喜，即宣钦天监正台官选择日期，一壁厢收拾妆奁，又出旨晓谕天下。

三藏闻言，更不谢恩，只教："放赦，放赦。"国王道："这和尚甚不通理！朕以一国之富，招你做驸马，为何不在此享用，念念只要取经！再若推辞，教锦衣官校推出斩了！"长老諕得魂不附体，只得战兢兢叩头启奏道："感蒙陛下天恩，但贫僧一行四众，还有三个徒弟在外，今当领纳，只是不曾分付得一言。万望召他到此，倒换关文，教他早去，不误了西求之意。”国王遂准奏道：“你徒弟在何处？”三藏道：“都在会同馆驲。”随即差官，召圣僧徒弟领关文西去，留圣僧在此为驸马。长老只得起身侍立。有诗为证：

大丹不漏要三全，苦行难成恨恶缘。

道在圣传修在己，善由人积福由天。

休逞六根之贪欲，顿开一性本来原。

无爱无思自清净，管教解脱得超然。

当时差官至会同馆驲，宣召唐僧徒弟不题。

却说行者自彩楼下别了唐僧，走两步，笑两声，喜喜欢欢的回驲。八戒、沙僧迎着道：“哥哥，你怎么那般喜笑？师父如何不见？”行者道：“师父喜了。”八戒道：“还未到地头，又不曾见佛，取得经回，是何来之喜？”行者笑道：“我与师父只走至十字街彩楼之下，可可的被当朝公主抛绣球打中了师父。师父被些宫娥、彩女、太监推拥至楼前，同公主坐辇入朝，招为驸马。此非喜而何？”八戒听说，跌脚捶胸道：“早知我去好来！都是那沙僧惫懒，你不阻我呵，我径奔彩楼之下，一绣球打着我老猪，那公主招了我，却不美哉妙哉！俊刮标致停当，大家造化耍子儿，何等有趣！”沙僧上前，把他脸上一抹道：“不羞！不羞！好个嘴巴姑子！‘三钱银子买个老驴——自夸骑得。’要是一绣球打着你，就连夜烧‘退送纸’，也还道迟了，敢惹你这晦气进门！”八戒道：“你这黑子不知趣。丑自丑，还有些风味。自古道：‘皮肉粗糙，骨格坚强，各有一得可取。’”行者道：“呆子莫胡谈。且收拾行李，但恐师父着了急，来叫我们，却好进朝保护他。”八戒道：“哥哥又说差了。师父做了驸马，到宫中与皇帝的女儿交欢，又不是爬山蹚路，遇怪逢魔，要你保护他怎的？他那样一把子年纪，岂不知被窝里之事，要你去扶揝？”行者一把揪住耳朵，抡拳骂道：“你这个淫心不断的夯货！说那甚胡话！”

正吵闹间，只见驲丞来报道：“圣上有旨，差官来请三位圣僧。”八戒道：“端的请我们为何？”驲丞道：“老神僧幸遇公主娘娘，打中绣球，招为驸马，故此差官来请。”行者道：“差官在那里？教他进来。”那官看行者施礼。礼毕，不敢仰视，只管暗念诵道：“是鬼，是怪？是雷公，夜叉？”行者道：“那官儿，有话不说，为何沉吟？”那官儿慌得战战兢兢的双手举着圣旨，口里乱道：“我公主有请会亲，

我公主会亲有请。”八戒道：“我这里没刑具，不打你。你慢慢说，不要怕。”行者道：“莫成道怕你打？怕你那脸嘴！快收拾挑担牵马，进朝见师父议事去也。”这正是：

路逢狭道难回避，定教恩爱反为仇。

毕竟不知见了国王有何话说，且听下回分解。

唐僧被众宫娥等拥至楼前，又被公主搀着同登宝辇回了朝。国王听说闺女领回来一个和尚，很不高兴，等唐僧拜完、说了来龙去脉后，国王问他闺女是什么意思，他闺女表示，就是唐僧了！

架不住闺女乐意，国王随后宣钦天监正台官选择日期，出旨晓谕天下。唐僧还想推托，但国王表示别得寸进尺，再若推辞，“教锦衣官校推出斩了”！

呵呵，锦衣官校又出来了。

唐僧一如既往地被皇威吓傻了，諕得魂不附体，战兢兢叩头启奏，表示要见见徒弟。

唐僧在那边都快被吓死了，这边悟空回驿馆后那个乐哟，跟那哥儿俩说了情况，八戒听说后跌脚捶胸道：“早知我去好来！”

眼瞅就到灵山了，但在八戒的眼中，前途的诱惑依旧比不上凡间的欢喜。

很快驿丞来报，有差官请他们入宫了，剧情按照悟空的思路，有条不紊地推进着。

第九十四回
四僧宴乐御花园，一怪空怀情欲喜

话表孙行者三人，随着宣召官至午门外，黄门官即时传奏宣进。他三个齐齐站定，更不下拜。国王问道：“那三位是圣僧驸马之高徒？姓甚名谁？何方居住？因甚事出家？取何经卷？”行者即近前，意欲上殿，旁有护驾的喝道：“不要走！有甚话，立下奏来。”行者笑道：“我们出家人，得一步就进一步。”随后八戒、沙僧亦俱近前。长老恐他村卤惊驾，便起身叫道：“徒弟呵，陛下问你来因，你即奏上。”行者见他那师父在旁侍立，忍不住大叫一声道：“陛下轻人重己。既招我师为驸马，如何教他侍立？世间称女夫谓之‘贵人’，岂有贵人不坐之理？”国王听说，大惊失色，欲退殿，恐失了观瞻，只得硬着胆，教近侍的取绣墩来，请唐僧坐了。行者才奏道：

老孙祖居东胜神洲傲来国花果山水帘洞。父天母地，石裂吾生。曾拜至人，学成大道。复转仙乡，啸聚在洞天福地。下海降龙，登山擒兽。消死名，上生籍，官拜齐天大圣。玩赏琼楼，喜游宝阁，会天仙，日日歌欢；居圣境，朝朝快乐。只因乱却蟠桃宴，大反天宫，被佛擒伏。困压在五行山下，饥餐铁弹，渴饮铜汁，五百年未尝茶饭。幸我师出东土，拜西方，观音教令脱天灾，离大难，皈正在瑜伽门下。旧讳悟空，称名行者。

国王闻得这般名重，慌得下了龙床，走将来，以御手挽定长老道：“驸马，也是朕之天缘，得遇你这仙姻仙眷。”三藏满口谢恩，请国王登位。复问：“那位是第

二高徒？”八戒掬嘴扬威道：

老猪先世为人，贪欢爱懒。一生混沌，乱性迷心。未识天高地厚，难明海阔山遥。正在幽闲之际，忽然遇一真人。半句话，解开业网；两三言，劈破灾门。当时省悟，立地投师。谨修二八之工夫，敬炼三三之前后。行满飞升，得超天府。荷蒙玉帝厚恩，官赐天蓬元帅。管押河兵，逍遥汉阙。只因蟠桃酒醉，戏弄嫦娥。谪官衔，遭贬临凡；错投胎，托生猪像。住福陵山，造孽无边。遇观音，指明善道。皈依佛教，保护唐僧。径往西天，拜求妙典。法讳悟能，称为八戒。

国王听言，胆战心惊，不敢观觑。这呆子越弄精神，摇着头，掬着嘴，撑起耳朵呵呵大笑。三藏又怕惊驾，即叱道："八戒收敛！"方才叉手拱立，假扭斯文。又问："第三位高徒，因甚皈依？"沙和尚合掌道：

老沙原系凡夫，因怕轮回访道。云游海角，浪荡天涯。常得衣钵随身，每炼心神在舍。因此虔诚，得逢仙侣。养就孩儿，配缘姹女。工满三千，合和四相。超天界，拜玄穹，官授卷帘大将，侍御凤辇龙车，封号将军。也为蟠桃会上，失手打破玻璃盏，贬在流沙河，改头换面，造业伤生。幸善菩萨远游东土，劝我皈依，等候唐朝佛子，往西天求经果正。从立自新，复修大觉，指河为姓。法讳悟净，称名和尚。

国王见说，多惊多喜。喜的是女儿招了活佛，惊的是三个实乃妖神。正在惊喜之间，忽有正台阴阳官奏道："婚期已定本年本月十二日。壬子良辰，周堂通利，宜配婚姻。"国王道："今日是何日辰？"阴阳官奏："今日初八，乃戊申之日，猿猴献果，正宜进贤纳事。"国王大喜，即着当驾官打扫御花园馆阁楼亭，且请驸马同三位高徒安歇，待后安排合卺佳筵，与公主匹配。众等钦遵，国王退朝，多官皆散不题。

悟空三人来了以后齐齐站定，也不下拜，国王问道："那三位是圣僧驸马之高徒？姓甚名谁？何方居住？因甚事出家？取何经卷？"

悟空想上殿，被护驾的喝住，猴哥笑着表示，我们出家人还得往前走一走，唐僧快被吓死了，赶紧起身打圆场表示"你快奏吧"。国王的做派让悟空不爽了，他对这国王大呼一声道："陛下轻人重己。既招我师为驸马，如何教他侍立？世间称女夫谓之'贵人'，岂有贵人不坐之理？"

国王此时快被吓死了，硬着胆让近侍取绣墩来请唐僧坐了。悟空帮他师父把脸面拾起来后，给这国王背了一段自己上天入地的履历，我们来看这国王的反应：“国王闻得这般名重，慌得下了龙床，走将来，以御手挽定长老道：‘驸马，也是朕之天缘，得遇你这仙姻仙眷。’”

等八戒背完一段后，国王的反应是：“国王听言，胆战心惊，不敢观觑。”

等沙僧说完之后，那是“国王见说，多惊多喜。喜的是女儿招了活佛，惊的是三个实乃妖神”。

昏君，这些和尚光说自己挺有能耐，你就信哪？问你呢，嘉靖帝，不对，靖宴帝！

昏君正在做心理建设呢，正台阴阳官上奏四天后的本月十二日，壬子良辰，周堂通利，宜配婚姻。

国王随后安排当驾官打扫御花园馆阁楼亭，请唐僧四人安歇。

却说三藏师徒们都到御花园，天色渐晚，摆上素膳。八戒喜道：“这一日也该吃饭了。”管办人即将素米饭、面饭等物，整担挑来。那八戒吃了又添，添了又吃，直吃得撑肠拄腹，方才住手。少顷，又点上灯，设铺盖，各自归寝。长老见左右无人，却恨责行者，怒声叫道：“悟空！你这猢狲，番番害我。我说只去倒换关文，莫向彩楼前去，你怎么直要引我去看看？如今看得好么！却惹出这般事来，怎生是好？”行者陪笑道：“师父说：‘先母也是抛打绣球，遇旧缘成其夫妇。’似有慕古之意，老孙才引你去，又想着那个给孤布金寺长老之言，就此探视真假。适见那国王之面，略有些晦暗之色，但只未见公主何如耳。”长老道：“你见公主便怎的？”行者道：“老孙的火眼金睛，但见面就认得真假善恶，富贵贫穷，却好施为，辨分邪正。”沙僧与八戒笑道：“哥哥近日又学得会相面了。”行者道：“相面之士，当我孙子罢了。”三藏喝道：“且休调嘴！只是他如今定要招我，将何以处之？”行者道：“且到十二日会喜之时，必定那公主出来参拜父母，等老孙在旁观看。若还是个真女人，你就做了驸马，享用国内之荣华也罢。”三藏闻言，越生嗔怒，骂道：“好猢狲！你还害我哩。却是悟能说的，我们十节儿已上了九节七八分了，你还把热舌头铎我？快早夹着，你休开那臭口！再若无礼，我就念起咒来，教你了当不得。”行者听说念咒，慌得跪在面前道：“莫念，莫念。若是真女人，待拜堂时，我们一齐大闹皇宫，领

你去也。”师徒说话，不觉早已入更。正是：

沉沉宫漏，荫荫花香。绣户垂珠箔，闲庭绝火光。秋千索冷空留影，羌笛声残静四方。绕屋有花笼月灿，隔宫无树显星芒。杜鹃啼歇，蝴蝶梦长。银汉横天宇，白云归故乡。正是离人情切处，风摇嫩柳更凄凉。

八戒道：“师父，夜深了，有事明早再议，且睡，且睡。”师徒们果然安歇。

等吃完晚斋，到了睡觉的时候，唐僧终于趁左右无人开始“恨责行者”，怒声对悟空追责。随后悟空赔笑道，自己是听说老太太（唐僧先母）也是抛打绣球结的缘分，见唐僧似有慕古之意才引他去的，又想着那给孤布金寺长老之言，想看看真假，刚才光看见那皇帝，发现有些晦暗之色，但还没见公主，不好下结论。

唐僧问，见了公主又怎样，悟空回道：“老孙的火眼金睛，但见面就认得真假善恶，富贵贫穷，却好施为，辨分邪正。”

其实唐僧这时候就可以念咒了，猴子这话已经把自己圈进去了：抛绣球时，悟空你完全可以去看公主真假，而且我这脑袋都被绣球砸了，你怎么可能没看见公主什么样！

然而，唐僧此时已经被惶恐冲昏头脑了，顾不上追究悟空的逻辑漏洞，喝问悟空现在该怎么办。

悟空道，结婚那天公主必定出来，是人的话，你就做驸马吧！

唐僧终于爆发了，“越生嗔怒”，他骂道：“好猢狲！你还害我哩。却是悟能说的，我们十节儿已上了九节七八分了，你还把热舌头铎我？快早夹着，你休开那臭口！再若无礼，我就念起咒来，教你了当不得。”

猴子一听说念咒，马上就老实了。“行者听说念咒，慌得跪在面前道：‘莫念，莫念。若是真女人，待拜堂时，我们一齐大闹皇宫，领你去也。’”

臭猴子就爱瞎逗，没有边界感！就该给你念念咒！最终是八戒打的圆场，说该睡觉啦，把猴子给救了。

一宵夜景不题，早又金鸡唱晓。五更三点，国王即登殿设朝，但见：

宫殿开轩紫气高，风吹御乐透青霄。

云移豹尾旌旗动，日射螭头玉佩摇。

香雾细添宫柳绿，露珠微润苑花娇。

山呼舞蹈千官列，海晏河清一统朝。

众文武百官朝罢，又宣光禄寺安排十二日会喜佳筵。今日且整春罍，请驸马在御花园中款玩。分付仪制司领三位贤亲去会同馆少坐，着光禄寺安排三席素宴去彼奉陪。两处俱着教坊司奏乐，伏侍赏春景消迟日也。八戒闻得，应声道："陛下，我师徒自相会，更无一刻相离。今日既在御花园饮宴，带我们去耍两日，好教师父替你家做驸马，不然这个买卖生意弄不成。"那国王见他丑陋，说话粗俗，又见他扭头捏颈，掬嘴巴，摇耳朵，即像有些风气，犹恐搅破亲事，只得依从，便教："在永镇华夷阁里安排二席，我与驸马同坐；留春亭上安排三席，请三位别坐。恐他师徒们坐次不便。"那呆子才朝上唱个喏，叫声："多谢！"各各而退。又传旨教内宫官排宴，着三宫六院后妃与宫主上头，就为添妆馔子，以待十二日佳配。将有巳时前后，那国王排驾，请唐僧都到御花园内观看。好去处：

径铺彩石，槛凿雕栏。径铺彩石，径边石畔长奇葩；槛凿雕栏，槛外栏中生异卉。夭桃迷翡翠，嫩柳闪黄鹂。步觉幽香来袖满，行沾清味上衣多。凤台龙沼，竹阁松轩。凤台之上，吹箫引凤来仪；龙沼之间，养鱼化龙而去。竹阁有诗，费尽推敲裁白雪；松轩文集，考成珠玉注青编。假山拳石翠，曲水碧波深。牡丹亭，蔷薇架，叠锦铺绒；茉藜槛，海棠畦，堆霞砌玉。芍药异香，蜀葵奇艳。白梨红杏斗芳菲，紫蕙金萱争烂熳。丽春花、木笔花、杜鹃花，夭夭灼灼；含笑花、凤仙花、玉簪花，战战巍巍。一处处红透胭脂润，一丛丛芳浓锦绣围。更喜东风回暖日，满园娇媚逞光辉。

一行君王几位，观之良久。早有仪制司官邀请行者三人入留春亭，国王携唐僧上华夷阁，各自饮宴。那歌舞吹弹，铺张陈设，真是：

峥嵘阊阖曙光生，凤阁龙楼瑞霭横。

春色细铺花草绣，天光遥射锦袍明。

笙歌缭绕如仙宴，杯斝飞传玉液清。

君悦臣欢同玩赏，华夷永镇世康宁。

此时长老见那国王敬重，无计可奈，只得勉强随喜，诚是外喜而内忧也。坐间，见壁上挂四面金屏，屏上画着春夏秋冬四景，皆有题咏，俱是翰林名士之诗：

《春景诗》曰：

周天一气转洪钧，大地熙熙万象新。

桃李争妍花烂熳，燕来画栋叠香尘。

《夏景诗》曰：

薰风拂拂思迟迟，宫院榴葵映日辉。

玉笛音调惊午梦，芰荷香散到庭帏。

《秋景诗》曰：

金井梧桐一叶黄，珠帘不卷夜来霜。

燕知社日辞巢去，雁折芦花过别乡。

《冬景诗》曰：

天雨飞云暗淡寒，朔风吹雪积千山。

深宫自有红炉暖，报道梅开玉满栏。

那国王见唐僧恣意看诗，便道："驸马喜玩诗中之味，必定善于吟哦，如不吝珠玉，请依韵各和一首如何？"长老是个对景忘情、明心见性之意，见国王钦重，命和前韵，他不觉忽谈一句道："日暖冰消大地钧。"国王大喜，即召侍卫官："取文房四宝，请驸马和完录下，俟朕缓缓味之。"长老欣然不辞，举笔而和：

《和春景诗》曰：

日暖冰消大地钧，御园花卉又更新。

和风膏雨民沾泽，海晏河清绝俗尘。

《和夏景诗》曰：

斗指南方白昼迟，槐云榴火斗光辉。

黄鹂紫燕啼宫柳，巧转双声入绛帏。

《和秋景诗》曰：

香飘橘绿与橙黄，松柏青青喜降霜。

篱菊半开攒锦绣，笙歌韵彻水云乡。

《和冬景诗》曰：

瑞雪初晴气味寒，奇峰巧石玉团山。

炉烧兽炭煨酥酪，袖手高歌倚翠栏。

国王见和大喜，称唱道："好个袖手高歌倚翠栏！"遂命教坊司以新诗奏乐，

尽日而散。

转过天来，国王排驾请唐僧到御花园内观看赏玩，最开始唐僧的态度是："此时长老见那国王敬重，无计可奈，只得勉强随喜，诚是外喜而内忧也。"等唐师父看见壁上挂着四面金屏，屏上画着春夏秋冬四景，皆有翰林名士题咏之诗的时候，他诗兴大发了，连国王都看了出来，让唐僧依韵各和一首。你再看唐僧的态度："长老是个对景忘情、明心见性之意，见国王钦重，命和前韵，他不觉忽谈一句道：'日暖冰消大地钧。'国王大喜，即召侍卫官：'取文房四宝，请驸马和完录下，俟朕缓缓味之。'长老欣然不辞，举笔而和。"

又跟荆棘岭时一个德行了，唐师父真是个活在当下的妙人啊！这些年也是苦了唐师父了，仨徒弟里没一个有文化的，要是那熊精在身边多好，两人谈谈经，吟吟诗，也能有个伴。你瞅瞅，唐师父每次见到文化人，给他憋的哟，一身的"艺术细菌"太澎湃了，浓烈的创造力直往外喷涌哪，都快赶上曹植了，轻轻松松就吟了四首出来，给国王喜的哟——这姑爷太有文化了！国王命教坊司以新诗奏乐，尽日而散。

行者三人在留春亭亦尽受用，各饮了几杯，也都有些酣意，正欲去寻长老，只见长老已同国王一阁。八戒呆性发作，应声叫道："好快活！好自在！今日也受用这下日了，却该趁饱儿睡觉去也！"沙僧笑道："二哥忒没修养，这气饱饫，如何睡觉？"八戒道："你那里知，俗语云：'吃了饭儿不挺尸，肚里没板脂'哩。"唐僧与国王相别，只谨言，只谨言。既至亭内，嗔责他三人道："汝等越发村了！这是甚么去处，只管大呼小叫。倘或恼着国王，却不被他伤害性命？"八戒道："没事，没事。我们与他亲家礼道的，他便不好生怪。常言道：'打不断的亲，骂不断的邻。'大家耍子，怕他怎的？"长老叱道，教："拿过呆子来，打他二十禅杖！"行者果一把揪翻，长老举杖就打。呆子喊叫道："驸马爷爷！饶罪！饶罪！"旁有陪宴官劝住。呆子爬将起来，突突囔囔的道："好贵人！好驸马！亲还未成，就行起王法来了。"行者侮着他嘴道："莫胡说，莫胡说！快早睡去！"他们又在留春亭住了一宿。到明早，依旧宴乐。

不觉乐了三四日，正值十二日佳辰，有光禄寺三部各官回奏道："臣等自八日奉旨，驸马府已修完，专等妆奁铺设。合卺宴亦已完备，荤素共五百余席。"国王心喜，欲请驸马赴席，忽有内宫官对御前启奏道：“万岁，正宫娘娘有请。”国王遂退入内宫，只见那三宫皇后、六院嫔妃，引领着公主，都在昭阳宫谈笑。真个是花团锦簇，那一片富丽妖娆，真胜似天堂月殿，不亚于仙府瑶宫。有《喜会佳姻》新词四首为证：

《喜词》云：

喜，喜，喜！欣然乐矣！结婚姻，恩爱美。巧样宫妆，嫦娥怎比。龙钗与凤钗，艳艳飞金缕。樱唇皓齿朱颜，袅娜如花轻体。锦重重，五彩丛中；香拂拂，千金队里。

《会词》云：

会，会，会！妖娆娇媚。赛毛嫱，欺楚妹。倾国倾城，比花比玉。妆饰更新妍，钗环多艳丽。兰心蕙性清高，粉脸冰肌荣贵。黛眉一线远山微，窈窕娘共攒锦队。

《佳词》云：

佳，佳，佳！玉女仙娃。深可爱，实堪夸。异香馥郁，脂粉交加。天台福地远，怎似国王家。笑语纷然娇态，笙歌缭绕喧哗。花堆锦砌千般美，看遍人间怎若他。

《姻词》云：

姻，姻，姻！兰麝香喷。仙子阵，美人群。嫔妃换彩，公主妆新。云鬓堆鸦髻，霓裳压凤裙。一派仙音嘹亮，两行朱紫缤纷。当年曾结乘鸾信，今朝幸喜会佳姻。

却说国王驾到，那后妃引着公主并彩女宫娥都来迎接。国王喜孜孜，进了昭阳宫坐下。后妃等朝拜毕，国王道：“公主贤女，自初八日结彩抛球，幸遇圣僧，想是心愿已足。各衙门官又能体朕心，各项事俱已完备。今日正是佳期，可早赴合卺之宴，不要错过时辰。”那公主走近前，倒身下拜，奏道：“父王，乞赦小女万千之罪。有一言启奏。这几日闻得宫官传说，唐圣僧有三个徒弟，都生得十分丑恶，小女不敢见他，恐见时必生恐惧。万望父王将他发放出城方好，不致惊伤弱体，反为祸害也。”国王道：“孩儿不说，朕几乎忘了，果然生得有些丑恶，连日教他在御花园里留春亭管待。趁今日就上殿，打发他关文，教他出城，却好会宴。”公主叩头谢了恩，国王即出宫上殿，传旨：“请驸马共他三位。”

原来那唐僧捏指头儿算日子，熬至十二日，天未明，就与他三人计较道：“今日却是十二了，这事如何区处？”行者道：“那国王我已识得，他有些晦气，还未沾身，不为大害。但只不得公主见面，若得出来，老孙一觑，就知真假，方才动作。你只管放心。他如今一定来请，打发我等出城，你自应承莫怕。我闪闪身儿就来，紧紧随护你也。”

师徒们正讲，果见当驾官同仪制司来请。行者笑道：“去来，去来！必定是与我们送行，好留师父会合。”八戒道：“送行必定有千百两黄金白银，我们也好买些人事，回去到我那丈人家，也再会亲耍子儿去耶！”沙僧道：“二哥箝着口，休乱说！只凭大哥主张。”

遂此将行李马匹，俱随那些官到于丹墀下。国王见了，教请行者三位近前道：“汝等将关文拿上来，朕当用宝花押交付汝等，外多备盘缠，送你三位早去灵山见佛。若取经回来，还有重谢。留驸马在此，勿得悬念。”行者称谢，遂教沙僧取出关文递上。国王看了，即用了印，押了花字，又取黄金十锭，白金二十锭，聊达亲礼，八戒原来财色心重，即去接了。行者朝上唱个喏道：“聒噪！聒噪！”便转身要走，慌得个三藏一毂辘爬起，扯住行者，咬响牙根道：“你们都不顾我就去了？”行者把手捏着三藏手掌，丢个眼色道：“你在这里宽怀欢会，我等取了经，回来看你。”

那长老似信不信的，不肯放手。多官都看见，以为实是相别而去。早见国王，又请驸马上殿，着多官送三位出城。长老只得放了手，上殿。行者三人同众出了朝门，各自相别。八戒道：“我们当真的走哩？”行者不言语，只管走。至驿中，驿丞接入，看茶摆饭。行者对八戒、沙僧道：“你两个只在此，切莫出头。但驿丞问甚么事情，且含糊答应，莫与我说话，我保师父去也。”好大圣，拔一根毫毛，吹口仙气，叫：“变！”即变作本身模样，与八戒、沙僧同在驿内，真身却幌的跳在半空，变作一个蜜蜂儿，其实小巧。但见：

翅黄口甜尾利，随风飘舞颠狂。最能摘蕊与偷香，度柳穿花摇荡。辛苦几番淘染，飞来飞去空忙。酿成浓美自何尝，只好留存名状。

你看他轻轻的飞入朝中，观见那唐僧在国王左边绣墩上坐着，愁眉不展，心存焦躁，竟飞至他毗卢帽上，悄悄的爬近耳边，叫道：“师父，我来了，切莫忧愁。”这句话，只有唐僧听见，那伙凡人，莫想知觉。唐僧听见，始觉心宽。不一时，宫官来请道：“万岁，合卺嘉筵已排设在鸩鹊宫中。娘娘与公主俱在宫伺候，专请万岁同贵人会亲也。”国王喜之不尽，遂同驸马进宫而去。正是那：

邪主爱花花作祸，禅心动念念生愁。

毕竟不知唐僧在内宫怎生解脱，且听下回分解。

不觉四日已过，到了十二日佳辰，光禄寺三部各官回奏表示，万事俱备，连驸马府都修完了，合卺宴也已完备。国王心喜，正欲请驸马赴席，突然被内宫官给喊到后宫去了。妖精找国王提了个要求，说这几日闻得宫官传说，唐圣僧有三个徒弟生得十分丑恶，小女不敢见他们，赶紧把他们发放出城。

国王随后喊来了唐僧师徒，准备打发关文，叫三徒弟出城后再会宴。

但公主这点小心机已经被猴哥料定了，猴哥安慰唐僧道："他如今一定来请，打发我等出城，你自应承莫怕。我闪闪身儿就来，紧紧随护你也。"悟空三人上殿，待国王盖了通关文牒后，转身要走，唐师父的心理素质实在不好："慌得个三藏一毂辘爬起，扯住行者，咬响牙根道：'你们都不顾我就去了？'"

明明前面都嘱咐好了，但唐僧又不信了，悟空给唐僧丢了个眼色后，"那长老似信不信的，不肯放手"，直到国王请驸马上殿后，唐僧才在对皇权的恐惧的加持下松了手。

悟空前面的玩笑真的开大了，这也就是马上到灵山了，不然还得重新整队。

出了殿后，悟空拔了毫毛变作自己，嘱咐八戒和沙僧别跟他说话，他变成蜜蜂，又飞回朝中。远见唐僧在国王左边绣墩上坐着，愁眉不展，心存焦躁，悟空赶紧飞到毗卢帽上，悄悄汇报他已就位，唐僧终于宽了宽心。

很快宫官来请入席，这关的故事也要进入高潮阶段了。

第九十五回

假合真形擒玉兔，真阴归正会灵元

却说那唐僧忧忧愁愁，随着国王至后宫，只听得鼓乐喧天，随闻得异香扑鼻，低着头，不敢仰视。行者暗里欣然，叮在那毗卢帽顶上，运神光，睁火眼金睛观看。又只见那两班彩女，摆列的似蕊宫仙府，胜强似锦帐春风。真个是：

娉婷袅娜，玉质冰肌。一双双娇欺楚女，一对对美赛西施。云髻高盘飞彩凤，娥眉微显远山低。笙簧杂奏，箫鼓频吹。宫商角徵羽，抑扬高下齐。清歌妙舞常堪爱，锦砌花团色色怡。

行者见师父全不动念，暗自里咂嘴夸称道："好和尚！好和尚！身居锦绣心无爱，足步琼瑶意不迷。"少时，皇后嫔妃簇拥着公主出鸩鹊宫，一齐迎接，都道声："我王万岁，万万岁！"慌的个长老战战兢兢，莫知所措。行者早已知识，见那公主头直上微露出一点妖氛，却也不十分凶恶，即忙爬近耳边，叫道："师父，公主是个假的。"长老道："是假的，却如何教他现相？"行者道："使出法身，就此拿他也。"长老道："不可，不可。恐惊了主驾，且待君后退散，再使法力。"

那行者一生性急，那里容得！大咤一声，现了本相，赶上前，揪住公主骂道："好孽畜！你在这里弄假成真，只在此这等受用也尽勾了；心尚不足，还要骗我师父，破他的真阳，遂你的淫性哩！"諕得那国王呆呆挣挣，后妃跌跌爬爬，宫娥彩女无一个不东躲西藏，各顾性命。好便似：

春风荡荡，秋气潇潇。春风荡荡过园林，千花摆动；秋气潇潇来径苑，万叶飘摇。刮折牡丹攲槛下，吹歪芍药卧栏边。沼岸芙蓉乱撼，台基菊蕊铺堆。海棠无力倒尘埃，玫瑰有香眠野境。春风吹折芰荷梈，冬雪压歪梅嫩蕊。石榴花瓣，乱落在内院东西；岸柳枝条，斜睡在皇宫南北。好花风雨一宵狂，无数残红铺地锦。

三藏一发慌了手脚，战兢兢抱住国王，只叫："陛下，莫怕！莫怕！此是我顽徒使法力，辨真假也。"

却说那妖精见事不谐，挣脱了手，解剥了衣裳，捽落了钗环首饰，即跑到御花园土地庙里，取出一条碓嘴样的短棍，急转身来乱打行者。行者随即跟来，使铁棒劈面相迎。他两个吆吆喝喝，就在花园内斗起。后却大显神通，各驾云雾，杀在空中。这一场：

金箍铁棒有名声，碓嘴短棍无人识。一个因取真经到此方，一个为爱奇花来住迹。那怪久知唐圣僧，要来配合元精液。旧年摄去真公主，变作人身钦爱惜。今逢大圣认妖气，救援活命分虚的。短棍行凶着顶丢，铁棒施威迎面击。喧喧嚷嚷两相持，云雾满天遮白日。

他两个杀在半空赌斗，吓得那满城中百姓心慌，大朝里多官胆怕。长老扶着国王，只叫："休惊！请劝娘娘与众等莫怕。你公主是个假作真形的，等我徒弟拿住他，方知好歹也。"那些妃子有胆大的，把那衣服、钗环拿与皇后看了道："这是公主穿的、戴的，今都丢下，精着身子，与那和尚在天上争打，必定是个妖邪。"此时国王、后妃人等才正了性，望空仰视不题。

悟空跟着他师父来到了喜宴，在满园春色中，唐师父神色不动，悟空还夸他师父是好和尚呢。这不是废话嘛，西梁女国的国王他都没当，受那么多年罪，眼瞅到灵山了，哪可能因为这点事退出嘛！

当公主出现时，行者"见那公主头直上微露出一点妖氛，却也不十分凶恶"，作者提前透露出这妖精的背景不同寻常。悟空看出来问题后，急忙爬近唐僧耳边，告诉他这公主是假的，随后当场就要捉拿妖精。唐僧赶紧阻止说，别惊了驾！待君后退散再使法力！但悟空哪里会听这些，等那么多天就是为了把领导们凑齐了，当场开大奖！"那行者一生性急，那里容得！大咤一声，现了本相，赶上前，揪住公主骂道：'好孽畜！'"

呵呵，虽然不太好听，但唐师父真的就仅仅是猴哥“钓鱼”的一个道具，江流儿啊江流儿，让你朝哪儿流，你就朝哪儿流吧。

猴哥现身后，整个皇宫没有丁点威仪体面，“諕得那国王呆呆挣挣，后妃跌跌爬爬，宫娥彩女无一个不东躲西藏，各顾性命”。这昏君甚至还需要唐僧安慰，给予力量。唐师父说，别怕别怕，顽徒使法力辨真假哪！

这妖精看到自己被识破了，挣脱了手，解剥了衣裳，捽落了首饰，跑到御花园土地庙里取出一条碓嘴样的短棍跟猴哥打到半空中去了。作者是真没给这皇家留脸面——这妖精是以公主模样光溜溜地上天跟猴哥开打的，所谓“那些妃子有胆大的，把那衣服、钗环拿与皇后看了道：‘这是公主穿的、戴的，今都丢下，精着身子，与那和尚在天上争打，必定是个妖邪。’此时国王、后妃人等才正了性，望空仰视不题”。

国王与后妃能望空仰视，全城的老少爷们儿自然也能望空仰视。这场“现场直播”活动也算是丰富了天竺国百姓的生活了。

这公主哪里是来配唐僧的？无论是之前的抛绣球选驸马，还是如今的光着身子在天上打，她更像是来做空天竺国皇家“市值”的。

却说那妖精与大圣斗经半日，不分胜败。行者把棒丢起，叫一声：“变！”就以一变十，以十变百，以百变千，半天里，好似蛇游蟒搅，乱打妖邪。妖邪慌了手脚，将身一闪，化道清风，即奔碧空之上逃走。行者念声咒语，将铁棒收做一根，纵祥光一直赶来，将近西天门，望见那旌旗灼灼，行者厉声高叫道：“把天门的，挡住妖精，不要放他走了！”真个那天门上有护国天王帅领着庞、刘、苟、毕四大元帅，各展兵器拦阻。妖邪不能前进，急回头，舍死忘生，使短棍又与行者相持。这大圣用心力抡铁棒，仔细迎着看时，见那短棍儿一头壮，一头细，却是舂碓臼的杵头模样，叱咤一声，喝道：“孽畜！你拿的是甚么器械？敢与老孙抵敌！快早降伏，免得这一棒打碎你的天灵。”那妖邪咬着牙道：“你也不知我这兵器。听我道：

仙根是段羊脂玉，磨琢成形不计年。

混沌开时吾已得，鸿蒙判处我当先。

源流非比凡间物，本性生来在上天。

一体金光和四相，五行瑞气合三元。

随吾久住蟾宫内，伴我常居桂殿边。

因为爱花垂世境，故来天竺假婵娟。

与君共乐无他意，欲配唐僧了宿缘。

你怎欺心破佳偶，死寻赶战逞凶顽。

这般器械名头大，在你金箍棒子前。

广寒宫里捣药杵，打人一下命归泉。”

行者闻说，呵呵冷笑道：“好孽畜啊！你既住在蟾宫之内，就不知老孙的手段？你还敢在此支吾！快早现相降伏，饶你性命！”那怪道：“我认得你是五百年前大闹天宫的弼马温，理当让你。但只是破人亲事，如杀父母之仇，故此情理不甘，要打你欺天罔上的弼马温！”那大圣恼得是“弼马温”三字。他听得此言，心中大怒，举铁棒劈面就打。那妖邪抡杵来迎，就于西天门前，发狠相持。这一场：

金箍棒，捣药杵，两般仙器真堪比。那个为结婚姻降世间，这个因保唐僧到这里。原来是国王没正经，爱花引得妖邪喜。致使如今恨苦争，两家都把顽心起。一冲一撞赌输赢，劖语劖言齐斗嘴。药杵英雄世罕稀，铁棒神威还更美。金光湛湛幌天门，彩雾辉辉连地里。来往战经十数回，妖邪力弱难搪抵。

那妖精与行者又斗了十数回，见行者的棒势紧密，料难取胜，虚丢一杵，将身幌一幌，金光万道，径奔正南上败走。大圣随后追袭。忽至一座大山，妖精按金光，钻入山洞，寂然不见。又恐他遁身回国，暗害唐僧，他认了这山的规模，返云头径转国内。

猴哥跟妖精斗了半日，直到全城百姓看得眼睛都酸了，他把金箍棒变出了成百上千，开始往妖怪那儿轰炸。妖精慌了手脚，将身一闪，化道清风，往天宫逃跑，悟空紧追。将近西天门时，悟空高叫拦住妖精，随后护国天王率庞、刘、苟、毕四大元帅拦住了门。妖精被逼回来，再跟悟空开打，悟空这工夫也有空问问她这兵器是啥了，妖精于是背了一首诗，半明牌似的求悟空高抬贵手：

1.“仙根是段羊脂玉，磨琢成形不计年。混沌开时吾已得，鸿蒙判处我当先。源流非比凡间物，本性生来在上天。”这是强调自己的年头和资历背景，人家是天上的老娘娘。

2.“随吾久住蟾宫内，伴我常居桂殿边”和“广寒宫里捣药杵，打人一下命归泉”，这是跟悟空明牌，自己是月宫的人。

悟空听说是蟾宫的人后表示“快早现相降伏，饶你性命”，但并没有收棒子、山不转水转地给面子放她走，毕竟不把她带回去，咋收揽天竺国呢！而且这妖精哪有什么面子，这面子要卖给她的主人！妖精看悟空不让路，随后骂了街：“我认得你是五百年前大闹天宫的弼马温，理当让你。但只是破人亲事，如杀父母之仇，故此情理不甘，要打你欺天罔上的弼马温！”

骂出“弼马温”，触及了猴子死穴，这回猴哥不会跟前面那样逗妖精玩了，那是“来往战经十数回，妖邪力弱难搪抵”。愤怒猴出战后，妖精就只能顶十多回合，这其实应该还是猴哥给留面子了，毕竟她是月宫的人，要是普通妖怪，愤怒猴就该变全力猴了，估计用不了十回合就把她抡死了。

妖精打不过后化作金光万道，径奔正南败走，悟空追击至一座大山后，发现金光钻入了山洞后寂然不见。

悟空恐妖精遁身回国暗害唐僧，认了这山的规模，返云头转回天竺国。

此时有申时矣。那国王正扯着三藏，战战兢兢只叫：“圣僧救我！”那些嫔妃、皇后也正怆惶。只见大圣自云端里落将下来，叫道：“师父，我来也！”三藏道：“悟空立住，不可惊了圣躬。我问你，假公主之事，端的如何？”行者立于鸩鹊宫外，叉手当胸道：“假公主是个妖邪。初时与他打了半日，他战不过我，化道清风，径往天门上跑，是我吆喝天神挡住。他现了相，又与我斗到十数合，又将身化作金光，败回正南上一座山上。我急追至山，无处寻觅，恐怕他来此害你，特地回顾。”国王听说，扯着唐僧问道：“既然假公主是个妖邪，我真公主在于何处？”行者应声道：“待我拿住假公主，你那真公主自然来也。”那后妃等闻得此言，都解了恐惧，一个个上前拜告道：“望圣僧救得我真公主来，分了明暗，必当重谢。”行者道：“此间不是我们说话处，请陛下与我师出宫上殿，娘娘等各转回宫，召我师弟八戒、沙僧来保护师父，我却好去降妖。一则分了内外，二则免我悬挂。谨当辨明，以表我一场心力。”国王依言，感谢不已。遂与唐僧携手出宫，径至殿上，众宫妃各各回宫。一壁厢教备素膳，一壁厢请八戒、沙僧。须臾间，二人早至。行者备言前事，教他两个用心护持。这大圣纵筋斗云，飞空而去。那殿前多官，一个个望空礼拜不题。

孙大圣径至正南方那座山上寻找。原来那妖邪败了阵，到此山，钻入窝中，将门儿使石块挡塞，虚怯怯藏隐不出。行者寻一会不见动静，心甚焦恼，捻着诀，念动真言，唤出那山中土地、山神审问。少时，二神至了，叩头道："不知，不知，知当远接。万望恕罪！"行者道："我且不打你。我问你，这山叫做甚么名字？此处有多少妖精？从实说来，饶你罪过。"二神告道："大圣，此山唤做毛颖山，山中只有三处兔穴。亘古至今，没甚妖精，乃五环之福地也。大圣要寻妖精，还是西天路上去有。"行者道："老孙到了西天天竺国，那国王有个公主，被个妖精摄去，抛在荒野，他就变做公主模样，戏哄国王，结彩楼，抛绣球，欲招驸马。我保唐僧至其楼下，被他有心打着唐僧，欲为配偶，诱取元阳。是我识破，就于宫中现身捉获。他就脱了衣服、首饰，使一条短棍，唤名捣药杵，与我斗了半日，他就化清风而去。被老孙赶至西天门，又斗有十数合，他料不能胜，复化金光逃至此处，如何不见？"

二神听说，即引行者去那三窟中寻找。始于山脚下窟边看处，亦有几个草兔儿，也惊得走了。寻至绝顶上窟中看时，只见两块大石头，将窟门挡住。土地道："此间必是妖邪赶急钻进去也。"行者即使铁棒捎开石块，那妖邪果藏在里面，呼的一声，就跳将出来，举药杵来打。行者抡起铁棒架住，諕得那山神倒退，土地忙奔。那妖邪口里嚷嚷突突的，骂着山神、土地道："谁教你引着他往这里来找寻？"他支支撑撑的抵着铁棒，且战且退，奔至空中。

悟空回去的时候，那国王正扯着唐僧，战战兢兢地只叫："圣僧救我！"

该说不说，这姑爷找得倒真是"不是一家人，不进一家门"，爷儿俩对着㞞。

悟空说了来龙去脉，他这趟回来主要是怕师父被妖精偷袭，等八戒、沙僧到位后，猴哥又使一个筋斗云飞走，擒妖去了。

猴哥回到那座山找了找，找急了后就使老办法拘出山神、土地来恐吓老头儿，见了面依旧是老口风：我且不打你，你把这山的底细说清楚了，饶你罪过。

二神表示这山中只有三处兔穴，亘古至今没什么妖精，乃五环之福地，后面这句话超级逗："大圣要寻妖精，还是西天路上去有。"

人家南天路上没妖怪，妖怪都在你的西天路上等着呢。

言外之意是什么意思？哪有那么多妖精啊！说白了不就是你们佛道互斗嘛！

悟空给二神讲了来龙去脉，随后二神带着悟空来到三窟中寻找，寻至绝顶上窟时，发现妖邪果然藏在里面。这妖精跳出来，开始三番战，这妖怪边打边骂山神、土地道："谁教你引着他往这里来找寻？"

唉，底层小神仙不好干哪！从天上下来的，甭管谁都能骂你两句呀！

正在危急之际，却又天色晚了。这行者愈发狠性，下切手，恨不得一棒打杀。忽听得九霄碧汉之间，有人叫道："大圣莫动手！莫动手！棍下留情！"行者回头看时，原来是太阴星君，后带着姮娥仙子，降彩云到于当面。慌得行者收了铁棒，躬身施礼道："老太阴，那里去？老孙失回避了。"太阴道："与你对敌的这个妖邪，是我广寒宫捣玄霜仙药之玉兔。他私自偷开玉关金锁，走出宫来，经今一载。我算他目下有伤命之灾，特来救他性命，望大圣看老身饶他罢。"行者喏喏连声，只道："不敢，不敢。怪道他会使捣药杵，原来是个玉兔儿。老太阴不知，他摄藏了天竺国王之公主，却又假合真形，欲破我圣僧师父之元阳。其情其罪，其实何甘，怎么便可轻恕饶他？"太阴道："你亦不知。那国王之公主，也不是凡人，原是蟾宫中之素娥。十八年前，他曾把玉兔儿打了一掌，却就思凡下界。一灵之光，遂投胎于国王正宫皇后之腹，当时得以降生。这玉兔儿怀那一掌之仇，故于旧年私走出宫，抛素娥于荒野。但只是不该欲配唐僧，此罪真不可逭。幸汝留心，识破真假，却也未曾伤损你师。万望看我面上，恕他之罪，我收他去也。"行者笑道："既有这些因果，老孙也不敢抗违。但只是你收了玉兔儿，恐那国王不信，敢烦太阴君同众仙妹将玉兔儿拿到那厢，对国王明证明证。一则显老孙之手段，二来说那素娥下降之因由，然后着那国王取素娥公主之身，以见显报之意也。"太阴君信其言，用手指定妖邪，喝道："那孽畜！还不归正同来！"玉兔儿打个滚，现了原身。真个是：

缺唇尖齿，长耳稀须。团身一块毛如玉，展足千山蹄若飞。直鼻垂酥，果赛霜华填粉腻；双睛红映，犹欺雪上点胭脂。伏在地，白穰穰一堆素练；伸开腰，白铎铎一架银丝。几番家，吸残清露瑶天晓，捣药长生玉杵奇。

猴哥见天色晚了，不想在这儿逗弄了，为了逼妖精主人现身，他下了死手，所谓"这行者愈发狠性，下切手，恨不得一棒打杀"。就在悟空下了死手后，妖精的主人终于出现了。

太阴星君带了姮娥仙子，降彩云来求猴哥棍下留情了。

悟空相当给面子地收了铁棒，太阴星君随后讲了这妖精的背景，她是广寒宫捣玄霜仙药的玉兔，星君算出来她眼下有伤命之灾，特来救其性命，望大圣给面子饶了她吧。

注意悟空的谈价艺术。“行者喏喏连声，只道：‘不敢，不敢。怪道他会使捣药杵，原来是个玉兔儿。老太阴不知，他摄藏了天竺国王之公主，却又假合真形，欲破我圣僧师父之元阳。其情其罪，其实何甘，怎么便可轻恕饶他？’”

一上来先是“喏喏连声，只道：‘不敢，不敢’”地把面子给足了，然后给出不能饶的理由，通俗点的说法就是：得加钱。

太阴星君给出还价理由：这妖精跟天竺国公主的事是我们月宫内部矛盾，是“一饮一啄，莫非前定”的事，我们月宫掌握最终解释权，这不叫罪过；至于兔子欲配唐僧这事，她确实有罪，但幸好咱大圣水平高，识破了她的真假，唐师父也没事，万望大圣看我面上，恕她之罪，让我收她去吧。

悟空至此完成要价，太阴星君欠了他一个巨大的人情。悟空照例要借着太阴星君的“背景光”去收天竺国的香火，于是说你们得跟我带着玉兔去国王那里走个流程，随后太阴星君点头，指着妖精，喝现了原形。

那大圣见了不胜欣喜，踏云光向前引导。那太阴君领着众姮娥仙子，带着玉兔儿，径转天竺国界。此时正黄昏，看看月上，到城边，闻得谯楼上擂鼓。那国王与唐僧尚在殿内，八戒、沙僧与多官都在阶前。方议退朝，只见正南上一片彩霞，光明如昼。众抬头看处，又闻得孙大圣厉声高叫道：“天竺陛下，请出你那皇后、嫔妃看者。这宝幢下乃月宫太阴星君，两边的仙妹是月里嫦娥，这个玉兔儿却是你家的假公主，今现真相也。”那国王急召皇后、嫔妃与宫娥彩女等众，朝天礼拜。他和唐僧及多官亦俱望空拜谢。满城中各家各户，也无一人不设香案，叩头念佛。

正此观看处，猪八戒动了欲心，忍不住跳在空中，把霓裳仙子抱住道：“姐姐，我与你是旧相识，我和你耍子儿去也。”行者上前揪着八戒，打了两掌，骂道：“你这个村泼呆子！此是甚么去处，敢动淫心！”八戒道：“拉闲散闷，耍子而已。”那太阴君令转仙幢，与众姮娥收回玉兔，径上月宫而去。行者把八戒揪落尘埃。这国

王在殿上谢了行者，又问前因道：“多感神僧大法力，捉了假公主。朕之真公主，却在何处所也？”行者道：“你那真公主也不是凡胎，就是月宫里素娥仙子。因十八年前，他将玉兔儿打了一掌，就思凡下界，投胎在你正宫腹内，生下身来。那玉兔儿怀恨前仇，所以于旧年间偷开玉关金锁走下来，把素娥摄抛荒野，他却变形哄你。这段因果，是太阴君亲口才与我说的。今日既去其假者，明日请御驾去寻其真者。”国王闻说，又心意惭惶，止不住腮边流泪道：“孩儿！我自幼登基，虽城门也不曾出去，却教我那里去寻你也。”行者笑道：“不须烦恼。你公主现在给孤布金寺里妆风。今且各散，到天明我还你个真公主便了。”众官拜伏，奏道：“我王且心宽。这几位神僧，乃腾云驾雾之佛，必知未来过去之因由。明日烦神僧同去一寻，便知端的。”国王依言，即请至留春亭摆斋安歇。此时已近二更，正是那：

铜壶滴漏月华明，金铎叮当风送声。
杜宇正啼春去半，花落无路近三更。
御园寂寞秋千影，碧落空浮银汉横。
三市六街无客走，一天星斗夜光晴。

当夜各寝不题。

悟空踏云光引导太阴星君与众姮娥仙子带着玉兔来到了天竺国。悟空厉声高叫，做了做介绍，随后皇家众人朝天礼拜，满城百姓也无一人不设香案，叩头念佛。

就在全城庄严肃穆之时，八戒看到了当年让自己被开除的老相识霓裳仙子，动了欲心，忍不住跳在空中，一把给人家抱住道：“姐姐，我与你是旧相识，我和你耍子儿去也。”

猪头当年因为这丫头被开除了正果，眼下即将再次得到正果，重新搂了一把逝去的青春。在八戒这里，永远没有“欲买桂花同载酒，终不似，少年游”的物是人非之感，再见面依旧是“四圣试禅心”时的那个“女婿”，依旧是濯垢泉里那条东钻西盘的鲇鱼精。

当年是纠察灵官把霓裳仙子救了下来，如今是悟空上前把八戒揪过来，打了两掌，让一众姮娥回了月宫。悟空把八戒揪落尘埃后，告诉国王，真公主在给孤布金寺里装疯，今天散了吧，天明还他个真公主便是。

这一夜，国王退了妖气，陡长精神，至五更三点复出临朝。朝毕，命请唐僧四众议寻公主。长老随至朝上行礼，大圣三人一同打个问讯。国王欠身道："昨所云公主孩儿，敢烦神僧为一寻救。"长老道："贫僧前日自东来，行至天晚，见一座给孤布金寺，特进求宿，幸那寺僧相待。当晚斋罢，步月闲行，行至布金旧园，观看基址。忽闻悲声入耳，询问其由，本寺一老僧，年已百岁之外，他屏退左右，方说道：'悲声者，乃旧年春深时，我正明性月，忽然一阵风生，就有悲怨之声。下榻到祇园基上看处，乃是一个女子。询问其故，那女子道，我是天竺国国王公主。因为夜间玩月观花，被风刮至于此。'那老僧多知人礼，即将公主锁在一间僻静房中，惟恐本寺顽僧污染，只说：'是妖精被我锁住。'公主识得此意，日间胡言乱语，讨些茶饭吃了；夜深无人处，思量父母悲啼。那老僧也曾来国打听几番，见公主在宫无恙，所以不敢声言举奏。因见我徒弟有些神通，那老僧千叮万嘱，教贫僧到此查访。不期他原是蟾宫玉兔为妖，假合真形，变作公主模样。他却又有心要破我元阳，幸亏我徒弟施威显法，认出真假，今已被太阴星收去。贤公主见在布金寺妆风也。"国王见说此详细，放声大哭。早惊动三宫六院，都来问及前因。无一人不痛哭者。

良久，国王又问："布金寺离城多远？"三藏道："只有六十里路。"国王遂传旨："着东西二宫守殿，掌朝太师卫国，朕同正宫皇后帅多官、四神僧去寺取公主也。"当时摆驾，一行出朝。你看那行者就跳在空中，把腰一扭，先到了寺里。众僧慌忙跪接道："老爷去时，与众步行，今日何从天上下来？"行者笑道："你那老师在于何处？快叫他出来，排设香案接驾。天竺国王、皇后、多官与老师父都来了。"众僧不解其意，即请出那老僧。老僧见了行者，倒身下拜道："老爷，公主之事如何？"行者把那假公主抛绣球，欲配唐僧，并赶捉赌斗，与太阴星收去玉兔之言，备陈了一遍。那老僧又磕头拜谢。行者搀起道："且莫拜，且莫拜，快安排接驾。"众僧才知后房里锁得是个女子。一个个惊惊喜喜，便都设了香案，摆列山门之外，穿了袈裟，撞起钟鼓等候。

不多时，圣驾早到，果然是：

缤纷瑞霭满天香，一座荒山倏被祥。
虹流千载清河海，电绕长春赛禹汤。
草木沾恩添秀色，野花得润有余芳。

古来长者留遗迹，今喜明君降宝堂。

国王到于山门之外，只见那众僧齐齐整整，俯伏接拜。又见孙行者立在中间，国王道：“神僧何先到此？”行者笑道：“老孙把腰略扭一扭儿就到了，你们怎么就走这半日？”随后唐僧等俱到。长老引驾到于后面房边，那公主还妆风胡说。老僧跪指道：“此房内就是旧年风吹来的公主娘娘。”国王即令开门。随即打开铁锁，开了门。国王与皇后见了公主，认得形容，不顾秽污，近前一把搂抱道：“我的受苦的儿呵！你怎么遭这等折磨，在此受罪！”真是父母子女相逢，比他人不同，三人抱头大哭。哭了一会，叙毕离情，即令取香汤，教公主沐浴更衣，上辇回国。

行者又对国王拱手道：“老孙还有一事奉上。”国王答礼道：“神僧有事分付，朕即从之。”行者道：“他这山，名为百脚山。近来说有蜈蚣成精，黑夜伤人，往来行旅，甚为不便。我思蜈蚣惟鸡可以降伏，可选绝大雄鸡千只，撒放山中，除此毒虫。就将此山名改换改换，赐文一道敕封，就当谢此僧供养公主之恩也。”国王甚喜，领诺。随差官进城取鸡，又改山名为宝华山，仍着三部办料重修，赐与封号，唤做“敕建宝华山给孤布金寺”。把那老僧封为“报国僧官”，永远世袭，赐俸三十六石。僧众谢了恩，送驾回宫。公主入宫，各各相见。安排筵宴，与公主释闷贺喜。后妃母子，复聚首团圞。国王君臣，亦共喜饮宴一宵不题。

次早，国王传旨，召丹青图下圣僧四众喜容，供养在华夷楼上。又请公主新妆重整，出殿谢唐僧四众救苦之恩。谢毕，唐僧辞王西去。那国王那里肯放，大设佳宴，一连吃了五六日，着实好了呆子，尽力放开肚量受用。国王见他们拜佛心重，苦留不住，遂取金银二百锭，宝贝各一盘奉谢。师徒们一毫不受。教摆銮驾，请老师父登辇，差官远送，那后妃并臣民人等俱各叩谢不尽。及至前途，又见众僧叩送，尽俱不忍相别。行者见送者不肯回去，无已，捻诀往巽地上吹口仙气，一阵暗风把送的人都迷了眼目，方才得脱身而去。这正是：

沐净恩波归了性，出离金海悟真空。

毕竟不知前路如何，且听下回分解。

转过天来，国王同正宫皇后率多官跟着唐僧四众去布金寺接真公主了，悟空打了前站，先到布金寺说了下情况，安排接驾。

国王和皇后来到后房的时候，那公主还在装疯胡说。国王下令开门，才见到了一身污秽的公主，亲人就此相逢，抱头大哭，叙说离情。

看到这里，你可能会有疑问，悟空明明早就到了，为啥老师爷不提前把公主放出来呢？为啥要让公主一身污秽地跟国王、皇后见面呢？

因为这样才是保住这座布金寺的唯一办法。

如果你把一个香喷喷的公主送到国王和皇后面前，人家咋会相信这三年的故事呢？咋会相信这一寺的和尚没有玷污公主呢？

耳听永远为虚，眼见才是实的，只有让你亲眼看见闺女一身污秽，你才相信我们布金寺的冰清玉洁！

合家欢后，悟空还记着百脚山的蜈蚣成精之事，他建议“选绝大雄鸡千只，撒放山中，除此毒虫。就将此山名改换改换，赐文一道敕封，就当谢此僧供养公主之恩也”。

悟空这是把国王对布金寺的感激揽到自己身上了，眼下不是国王主动感恩，而是神僧帮着禅寺要到了封赏。如果《西游记》有后传，我相信斗战胜佛的道场会是三界中开枝散叶最快的，咱们猴哥已经把收割香火的流程公式化了。

国王随后差官进城取鸡，改山名为宝华山。

这个宝华山在明朝也有一处，位于李春芳阁老祖籍地江苏句容，山上有座隆昌寺，始建于梁，扩建于明，更巧的是，它在明南京城东八十里。

西游宇宙的作者把家乡的山山水水都糅合进自己的作品中了，我将来非得把海河和跳水大爷、煎饼果子也加进自己的作品中！

布金寺在老师爷的带领下得到了皇家重修，并成为“敕建宝华山给孤布金寺”，老师爷本人被封为“报国僧官”，永远世袭，赐俸三十六石，也算是用自己的智慧帮这座千年古刹重新上了台面。

回宫后的转天早晨，国王传旨召画师画下了圣僧四众喜容，供养在华夷楼上，唐僧师徒就此得到了国家供奉，也该离开了。临行之时，唐僧依旧是被“皇家待遇”的登龙辇给送出来的，也依旧是“送者不肯回去”，也依旧是悟空做了个法送了阵风，迷了众人眼目后才挥别而去。

天竺国国都这关都过去了，灵山不远了，真的不远了，唐僧再打最后一个卡，就完事了！

第九十六回

寇员外喜待高僧，唐长老不贪富惠

话表唐僧师众，使法力，阻住那布金寺僧。僧见黑风过处，不见他师徒，以为活佛临凡，磕头而回不题。他师徒西行，正是春尽夏初时节：

清和天气爽，池沼芰荷生。

梅逐雨余熟，麦随风里成。

草香花落处，莺老柳枝轻。

江燕携雏习，山鸡哺子鸣。

斗南当日永，万物显光明。

说不尽那朝餐暮宿，转涧寻坡。在那平安路上，行经半月，前边又见一城垣相近。三藏问道："徒弟，此又是甚么去处？"行者道："不知，不知。"八戒笑道："这路是你行过的，怎说不知？却是又有些儿蹊跷，故意推不认得，捉弄我们哩。"行者道："这呆子全不察理。这路虽是走过几遍，那时只在九霄空里，驾云而来，驾云而去，何曾落在此地？事不关心，查他做甚？此所以不知。却有甚蹊跷，又是捉弄也？"

说话间，不觉已至边前。三藏下马，过吊桥，径入门里。长街上，只见廊下坐着两个老儿叙话。三藏叫："徒弟，你们在那街心里站住，低着头，不要放恣，等我去那廊下问个地方。"行者等果依言立住。长老近前合掌，叫声："老施主，贫僧问讯了。"那二老正在那里闲讲闲论，说甚么兴衰得失，谁圣谁贤，当时的英雄事业而今安在，诚可谓大叹息。忽听得道声问讯，随答礼道："长老有何话说？"三藏道："贫僧乃远方来拜佛祖的。适到宝方，不知是甚地名？那里有向善的人家，化斋一顿？"老者道："我敝处是铜台府，府后有一县，叫做地灵县。长老若要吃斋，不须募化，过此牌坊，南北街，坐西向东者，有一个虎坐门楼，乃是寇员外家，他门前有个'万僧不阻'之牌。似你这远方僧，尽着受用。去，去，去！莫打断我们的话头。"

三藏谢了，转身对行者道："此处乃铜台府地灵县。那二老道，过此牌坊，南北街向东虎坐门楼，有个寇员外家，他门前有个'万僧不阻'之牌。教我到他家去吃斋哩。"沙僧道："西方乃佛家之地，真个有斋僧的。此间既是府县，不必照验关文，我们化些斋吃了，就好走路。"长老与三人缓步到长街，又惹得那市口里人都惊惊恐恐，猜猜疑疑的，围绕争看他每相貌。长老分付闭口，只教"莫放肆，莫放肆"。三人果低着头，不敢仰视。转过拐角，果见一条南北大街。

正行时，见一个虎坐门楼，门里边影壁上挂着一面大牌，书着"万僧不阻"四字。三藏道："西方佛地，贤者愚者，俱无诈伪。那二老说时，我犹不信，至此果如其言。"八戒村野，就要进去。行者道："呆子且住。待有人出来，问及何如，方好进去。"沙僧道："大哥说得有理，恐一时不分内外，惹施主烦恼。"在门口歇下马匹行李。

须臾间，有个苍头出来，提着一把秤，一只篮儿。猛然看见，慌的丢了，倒跑进去报道："主公，外面有四个异样僧家来也。"那员外拄着拐，正在天井中闲走，口里不住的念佛，一闻报到，就丢了拐，出来迎接。见他四众，也不怕丑恶，只叫："请进，请进。"三藏谦谦逊逊，一同都入。转过一条巷子，员外引路，至一座房里，说道："此上手房宇，乃管待老爷佛堂、经堂、斋堂；下手的，是我弟子老小居住。"三藏称赞不已，随取袈裟穿了拜佛，举步登堂观看。但见那：

香云叆叇，烛焰光辉。满堂中锦簇花攒，四下里金铺彩绚。朱红架，高挂紫金钟；彩漆檠，对设花腔鼓。几对幡，绣成八宝；千尊佛，尽戗黄金。古铜炉，古铜瓶；雕漆桌，雕漆盒。古铜炉内，常常不断沉檀；古铜瓶中，每有莲花现彩。雕漆桌上五云鲜，雕漆盒中香瓣积。玻璃盏，净水澄清；琉璃灯，香油明亮。一声金磬，响韵虚徐。真个是：红尘不到赛珍楼，家奉佛堂欺上刹。

长老净了手，拈了香，叩头拜毕，却转回与员外行礼。员外搀住，请到经堂中相见。又见那：

方台竖柜，玉匣金函。方台竖柜，堆积着无数经文；玉匣金函，收贮着许多简札。彩漆桌上，有纸墨笔砚，都是些精精制制的文房；椒粉屏前，有书画琴棋，尽是些妙妙玄玄的真趣。放一口轻玉浮金之仙磬，挂一柄披风披月之龙髯。清气令人神气爽，斋心自觉道心闲。

长老到此，正欲行礼，那员外又搀住道："请宽佛衣。"三藏脱了袈裟，才与长老见了，又请行者三人见了，又叫把马喂了，行李安在廊下，方问起居。三藏道："贫僧是东土大唐钦差，诣宝方谒灵山见佛祖求真经者。闻知尊府敬僧，故此拜见，求一斋就行。"员外面生喜色，笑吟吟的道："弟子贱名寇洪，字大宽，虚度六十四岁。自四十岁上，许斋万僧，才做圆满。今已斋了二十四年，有一簿斋僧的帐目，连日无事，把斋过的僧名算一算，已斋过九千九百九十六众，止少四众，不得圆满。今日可可的天降老师四位，圆满万僧之数。请留尊讳，好歹宽住月余，待做了圆满，弟子着轿马送老师上山。此间到灵山，只有八百里路，苦不远也。"三藏闻言，十分欢喜，都就权且应承不题。

唐僧师徒继续西行，春尽夏初时节又来到了一座城，唐僧在城中长街上打断了两个正在聊历史时政的、操碎心肝的老头儿，问这是哪里，有没有能化斋的地方。

老者告诉他，这里是铜台府地灵县，往里走有个斋僧的寇员外家。得到消息后，唐僧跟仨徒弟讲了情况，随后师徒四人去找这寇员外家。面对百姓的围绕，唐僧照例要求闭嘴莫放肆，仨徒弟都低着头，不敢仰视地往前走。

到灵山脚下了，猴哥也不东张西望地找碴儿折腾了，分寸感拿捏得太好了。

见到"万僧不阻"的大牌时，八戒村野，就要进去，随后是悟空道："呆子且住。待有人出来，问及何如，方好进去。"

猴哥跟着师父也算把礼数学得差不多了。

很快里面就有个苍头出来，被他们吓了一跳，找这家主人去了。寇员外出迎，接着对家中器皿、佛具的描写突出了这家信仰虔诚和家资殷实，为后面的露富招灾埋了伏笔。

等唐僧上香、拜佛、换衣服一大堆事完毕后，双方开始"盘道"。唐僧讲了自己的来历，寇员外很开心，说自己今年六十四岁了，他自四十岁开始许愿"斋万僧"，如今已斋二十四年，已经斋过九千九百九十六个了，凑上他们，正好万僧！唐僧师徒太有“纪念意义”了！可得好好住住，等他做了圆满道场后再派轿马送师父上山，此地到灵山只有八百里路，不远啦！

看到这个班终于要上到头儿了，唐僧那是“十分欢喜”，权且应承下来了。

金平府离这儿还没多远，唐师父又宽了禅性了，灾也就没多远了。

他那几个大小家僮，往宅里搬柴打水，取米面素菜，整治斋供，忽惊动妈妈。妈妈问道：“是那里来的僧，这等上紧？”僮仆道：“才有四位高僧，爹爹问他起居，他说是东土大唐皇帝差来的，往灵山拜佛爷爷，到我们这里不知有多少路程。爹爹说是天降的，分付我们快整斋供养他也。”那老妪听说也喜，叫丫鬟：“取衣服来我穿，我也去看看。”僮仆道：“奶奶，只一位看得，那三位看不得，形容丑得狠哩。”老妪道：“汝等不知，但形容丑陋，古怪清奇，必是天人下界。快先去报你爹爹知道。”那僮仆跑至经堂对员外道：“奶奶来了，要拜见东土老爷哩。”三藏听见，即起身下座。说不了，老妪已至堂前。举目见唐僧相貌轩昂，丰姿英伟。转面见行者三人模样非凡，虽知他是天人下降，却也有几分悚惧，朝上就拜。三藏急急还礼道：“有劳菩萨错敬。”老妪问员外说道：“四位师父怎不并坐？”八戒掬着嘴道：“我三个是徒弟。”噫！他这一声，就如深山虎啸，那妈妈一发害怕。

正说处，又见一个家僮来报道：“两个叔叔也来了。”三藏急转身看时，原来是两个少年秀才。那秀才走上经堂，对长老倒身下拜，慌得三藏急便还礼。员外上前扯住道：“这是我两个小儿，唤名寇梁、寇栋，在书房里读书方回，未吃午饭。知老师下降，故来拜也。”三藏喜道：“贤哉！贤哉！正是欲高门第须为善，要好儿孙在读书。”二秀才启上父亲道：“这老爷是那里来的？”员外笑道：“来路远哩，南赡部洲东土大唐皇帝钦差到灵山拜佛祖爷爷取经的。”秀才道：“我看《事林广记》上，盖天下只有四大部洲。我每这里叫做西牛贺洲，还有个东胜神洲。想南赡部洲至此，不知走了多少年代？”三藏笑道：“贫僧在路耽阁的日子多，行的日子少。常遭毒魔狠怪，万苦千辛，甚亏我三个徒弟保护，共计一十四遍寒暑，方得至宝方。”秀才闻言，称奖不尽道：“真是神僧！真是神僧！”

说未毕，又有个小的来请道：“斋筵已摆，请老爷进斋。”员外着妈妈与儿子转宅，他却陪四众进斋堂吃斋。那里铺设的齐整，但见：

金漆桌案，黑漆交椅。前面是五色高果，俱巧匠新妆成的时样。第二行五盘小菜，第三行五碟水果，第四行五大盘闲食。般般甜美，件件馨香。素汤米饭，蒸卷馒头，辣辣爨爨热腾腾，尽皆可口，真足充肠。七八个僮仆往来奔奉，四五个庖丁不住手。

你看那上汤的上汤，添饭的添饭，一往一来，真如流星赶月。这猪八戒一口一碗，就是风卷残云，师徒们尽受用了一顿。长老起身，对员外谢了斋，就欲走路。那员外拦住道："老师放心住几日儿。常言道：'起头容易结梢难。'只等我做过了圆满，方敢送程。"三藏见他心诚意恳，没奈何住了。

凑齐了万僧之数，寇家进入"紧急办斋大动员"之中，这个动作惊动了寇员外之妻，她听说来了高僧也很高兴，哪怕有丑和尚，也非得来拜拜。过一会儿，寇员外的两个儿子也回来了，进门就拜，寇员外介绍说这俩儿子在书房里读书，回来吃午饭，听说长老下降，因此来拜。这段描写主要是突出寇员外一家都是知书达理的好善斋僧之人，为后面的人性善变桥段埋下伏笔。

在"七八个僮仆往来奔奉，四五个庖丁不住手"和"上汤的上汤，添饭的添饭，一往一来，真如流星赶月"的招待下，八戒开了顿大斋。大家记住八戒的吃法，到了灵山后会有对比，凸显作者的成佛观点。

吃完这顿斋后，唐僧想走，但被拦住了——毕竟你前面都应承人家了，人家当然要努力留你。寇员外说等做过了圆满法会方敢送行，唐僧见他心诚意恳，于是没奈何，住了下来。

早经过五七遍朝夕，那员外才请了本处应佛僧二十四员，办做圆满道场。众僧们写作有三四日，选定良辰，开启佛事。他那里与大唐的世情一般，却倒也：

大扬幡，铺设金容；齐秉烛，烧香供养。擂鼓敲钟，吹笙捻管。云锣儿横笛音清，也都是尺工字样。打一回，吹一荡，朗言齐语开经藏。先安土地，次请神将。发了文书，拜了佛像。谈一部《孔雀经》，句句消灾障；点一架药师灯，焰焰辉光亮。拜水忏，解冤愆；讽《华严》，除非谤。三乘妙法甚精勤，一二沙门皆一样。

如此做了三昼夜，道场已毕。唐僧想着雷音，一心要去，又相辞谢。员外道："老师辞别甚急，想是连日佛事冗忙，多致简慢，有见怪之意。"三藏道："深扰尊府，不知何以为报，怎敢言怪。但只当时圣君送我出关，问几时可回，我就误答三年可回。不期在路耽阁，今已十四年矣。取经未知有无，及回又得十二三年，岂不违背圣旨？罪何可当！望老员外让贫僧前去，待取得经回，再造府久住些时，有何不可。”

八戒忍不住高叫道：“师父忒也不从人愿，不近人情。老员外大家巨富，许下这等斋僧之愿，今已圆满，又况留得至诚，须住年把，也不妨事，只管要去怎的？放下这等现成好斋不吃，却往人家化募。前头有你甚老爷老娘家哩！”长老咄的喝了一声道：“你这夯货！只知好吃，更不管回向之因，正是那‘槽里吃食，圈里擦痒’的畜生！汝等既要贪此嗔痴，明日等我自家去罢。”行者见师父变了脸，即揪住八戒，着头打一顿拳，骂道：“呆子！不知好歹！惹得师父连我们都怪了。”沙僧笑道：“打得好！打得好！只这等不说话，还惹人嫌，且又插嘴。”那呆子气呼呼的立在旁边，再不敢言。

员外见他师徒们生恼，只得满面陪笑道：“老师莫焦燥。今日且少宽容，待明日我办些旗鼓，请几个邻里亲戚，送你们起程。”正讲处，那老妪又出来道：“老师父，既蒙到舍，不必苦辞。今到几日了？”三藏道：“已半月矣。”老妪道：“这半月算我员外的功德。老身也有些针线钱儿，也愿斋老师父半月。”说不了，寇栋兄弟又出来道：“四位老爷，家父斋僧二十余年，更不曾遇着好人。今幸圆满，四位下降，诚然是蓬屋生辉。学生年幼，不知因果，常闻得有云：‘公修公得，婆修婆得，不修不得。’我家父家母各欲献芹者，正是各求得些因果，何必苦辞？就是愚兄弟，也省得有些束修钱儿，也只望供养老爷半月，方才送行。”三藏道：“令堂老菩萨盛情，已不敢领；怎么又承贤昆玉厚爱？决不敢领。今朝定要起身，万勿见罪。不然，久违钦限，罪不容诛矣。”那老妪与二子见他执一不住，便生起恼来道：“好意留他，他这等固执要去，要去便就去了罢，只管劳叨甚么！”母子遂抽身进去。

八戒忍不住口，又对唐僧道：“师父，不要拿过了班儿。常言道：‘留得在，落得怪。’我们且住一个月儿，了了他母子的愿心也罢了，只管忙怎的？”唐僧又咄了一声喝道，那呆子就自家把嘴打了两下道：“啐！啐！啐！说道莫多话，又做声了。”行者与沙僧款款的笑在一边。唐僧又怪行者道：“你笑甚么？”即捻诀要念“紧箍咒儿”，慌得个行者跪下道：“师父，我不曾笑，我不曾笑。千万莫念！莫念！”

这圆满道场就不细讲了，总之师徒耽搁了半个月。三昼夜的圆满道场完毕后，唐僧觉得面子给足了，一心要走，寇员外还想接着留，唐僧表示当年自己出来时说三年就回国，如今十四年了，还没取到经，回去又得十二三年，必须得走了！快去取经吧，哪怕回来时再在员外这里住段时间呢。八戒听见这个，不愿意了，难得有这么愿意敞开了供他吃的地方，他的意思是要吃到过年，给唐僧气得开始骂街，“夯货”“畜生”地招呼。悟空见师父变了脸，揪住八戒，对着头打一顿拳，骂道：“呆子！不知好歹！惹得师父连我们都怪了。”沙僧笑道：“打得好！打得好！只这等不说话，还惹人嫌，且又插嘴。”

一路最招唐僧疼的这头猪如今失去了提供情绪价值这个生态位的垄断属性，如今猴子在人情世故方面比他的眼力见儿还好，比他的嘴还甜。

寇员外看唐僧急了，随后满面赔笑表示，请明天走，容他办些旗鼓，请几个邻里亲戚送四人起程。

寇员外正说着呢，他媳妇又出来了，说这半月算员外的功德，她也有点针线钱，再斋师徒半月。还没说完，寇栋兄弟又出来表示他们也有钱，也要斋半月才能送行。

唐僧执意要走，你且看人性如何：“那老妪与二子见他执一不住，便生起恼来道：‘好意留他，他这等固执要去，要去便就去了罢，只管劳叨甚么！’母子遂抽身进去。”

这就是纯纯地拿行善交换功德，根本不顾及别人的感受，不考虑人家方便不方便，行善都要来硬的。

员外又见他师徒们渐生烦恼，再也不敢苦留，只叫：“老师不必吵闹，准于明早送行。”遂此出了经堂，分付书办，写了百十个简帖儿，邀请邻里亲戚，明早奉送唐朝老师西行，一壁厢，又叫庖人安排饯行的筵宴；一壁厢，又叫管办的做二十对彩旗，觅一班吹鼓手乐人，南来寺里请一班和尚，东岳观里请一班道士，限明日巳时，各项俱要整齐，众执事的俱领命去讫。不多时，天又晚了。吃了晚斋，各归寝处。但见那：

几点归鸦过别村，楼头钟鼓远相闻。
六街三市人烟静，万户千门灯火昏。
月皎风清花弄影，银河惨淡映星辰。

子规啼处更深矣，天籁无声大地钧。

当时三四更天气，命管事的家僮，尽皆早起，买办各项物件。你看那办筵席的厨上慌忙，置彩旗的堂前吵闹，请僧道的两脚奔波，叫鼓乐的一声急纵，送简帖的东走西跑，备轿马的上呼下应。这半夜，直嚷至天明，将巳时前后，各项俱完，也只是有钱不过。

却表唐僧师徒们早起，又有那一班人供奉。长老分付收拾行李，扣备马匹。呆子听说要走，又努嘴胖唇，唧唧哝哝，只得将衣钵收拾，找启高肩担子。沙僧刷鞄马匹，套了鞍辔伺候。行者将九环杖递在师父手里，他将通关文牒的引袋儿，挂在胸前，只是一齐要走。员外又都请至后面大厂厅内。那里面又铺设了筵宴，比斋堂相待更是不同。但见那：

帘幕高挂，屏围四绕。正中间，挂一幅寿山福海之图；两壁厢，列四轴春夏秋冬之景。龙文鼎内香飘霭，鹊尾炉中瑞气生。看盘簇彩，宝妆花色色鲜明；排桌堆金，狮仙糖齐齐摆列。阶前歌舞按宫商，堂上果肴铺锦绣。素汤素饭甚清奇，香酒香茶多美艳。虽然是百姓之家，却不亚王侯之宅。只听得一片欢声，真个也惊天动地。

长老正与员外作礼，只见家僮来报："客俱到了。"却是那请来的左邻右舍、妻弟姨兄、姐夫妹丈，又有那些同道的斋公，念佛的善友，一齐都向长老礼拜。拜毕，各各叙坐。只见堂下面鼓瑟吹笙，堂上边弦歌酒讌。这一席盛宴，八戒留心，对沙僧道："兄弟，放怀放量吃些儿。离了寇家，再没这好丰盛的东西了。"沙僧笑道："二哥说那里话。常言道：'珍羞百味，一饱便休。只有私房路，那有私房肚？'"八戒道："你也忒不济，不济！我这一顿尽饱吃了，就是三日急忙也不饿。"行者听见道："呆子，莫胀破了肚子，如今要走路哩。"说不了，日将中矣。长老在上举箸念《谒斋经》。八戒慌了，拿过汤饭来，一口一碗，又丢勾了五六碗，把那馒头卷儿、饼子烧果，没好没歹的满满笼了二袖，才跟师父起身。长老谢了员外，又谢了众人，一同出门。你看那门外，摆着彩旗宝盖，鼓手乐人。又见那两班僧道方来，员外笑道："列位来迟，老师去急，即时就行，俟回来谢罢。"众等让叙道路，抬轿的抬轿，骑马的骑马，步行的步行，都让长老四众前行。

只闻得鼓乐喧天，旗幡蔽日，人烟凑集，车马骈填，都来看寇员外迎送唐僧。这一场富贵，真赛过珠围翠绕，诚不亚锦绣藏春。那一班僧打一套佛曲，那一班道

吹一道玄音，俱送出府城门外。行至十里长亭，又设着箪食壶浆，擎杯把盏，相饮而别。那员外欲不忍舍，噙着泪道："老师取经回来，是必到舍再住几日，以了了寇洪之心。"三藏感之不尽，谢之无已道："我若到灵山得见佛祖，首表员外之大德。回时定踵门叩谢，叩谢。"说说话儿，不觉的又有二三里路，长老恳切拜辞，那员外又放声大哭而转。那正是：

有愿斋僧归妙觉，无缘得见佛如来。

寇员外看到唐僧急了，表示明早肯定送行，随后"出了经堂，分付书办，写了百十个简帖儿，邀请邻里亲戚，明早奉送唐朝老师西行"。

这次送行，寇员外算是尽显诚意：一方面叫厨子安排饯行的筵宴；另一方面叫管办的做二十对彩旗，觅一班吹鼓手乐人，南来寺里请一班和尚，东岳观里请一班道士，限明日巳时，各项俱要齐整。

当夜三四更，寇家各管事的家僮就全部早起，买办各项物件，一直折腾到天明。唐僧师徒们早起要走的时候，发现寇家给他们准备了顶级欢送仪式，所谓"虽然是百姓之家，却不亚王侯之宅。只听得一片欢声，真个也惊天动地"。欢送仪式惊动了整个铜台府："只闻得鼓乐喧天，旗幡蔽日，人烟凑集，车马骈填，都来看寇员外迎送唐僧。这一场富贵，真赛过珠围翠绕，诚不亚锦绣藏春。"

寇员外以超高规格相送唐僧师徒十里后犹不忍舍，噙着泪表示希望他们回来时再住几日。唐僧承诺道："我若到灵山得见佛祖，首表员外之大德。回时定踵门叩谢，叩谢。"

呵呵，唐僧哪里是光忘了对那鼋的承诺，他忘的承诺多了去了。

寇员外放声大哭回家，一句诗预言了他的结局：有愿斋僧归妙觉，无缘得见佛如来。

贯穿整个西游宇宙的宝贝离身必被抢定律即将生效，这场富贵显露出来，你也就该倒霉了，即便你刚刚积了斋满万僧的大功德。我们在悟空学艺那里就详细地阐述过这个道理，在整个取经过程中也不止一次地提及，如今在这灵山前的最后一站，作者重申了这个道理：你的宝贝，你的财富，你的秘密，一定千千万万藏好了。

老祖宗介绍八字时说，八字中四天干四地支，天干是显露在外的，是人们都能看到的，是你这个人生发出来的，地支是你深藏的，是不容易看到的。

天干中有正财倒是无所谓，但天干中要是有了偏财，且你的天干里要是没有官星护着，这偏财就有极大概率是你的过路财神。

因为财会被人看到，被人看到就会被抢走。

大的财，往往要么是财库，要么是偏财，但偏财为用且在地支中的时候，往往才是你能到手留住的财。

一定得藏起来，财不露富，这是祖宗的智慧，时时刻刻可能会有人抢你！

人性极贪，人性禁不起试探！

寇员外家要遭受不尊重人性的苦难了。

且不说寇员外送至十里长亭，同众回家。却说他师徒四众，行有四五十里之地，天色将晚。长老道："天晚了，何方借宿？"八戒挑着担，努着嘴道："放了现成茶饭不吃，清凉瓦屋不住，却要走甚么路！像抢丧踵鬼的。如今天晚，倘下起雨来，却如之何？"三藏骂道："泼孽畜！又来报怨了。常言道：'长安虽好，不是久恋之家。'待我们有缘拜了佛祖，取得真经，那时回转大唐，奏过主公，将那御厨里饭，凭你吃上几年，胀死你这孽畜！教你做个饱鬼！"那呆子嘛嘛的暗笑，不敢复言。

行者举目遥观，只见大路旁有几间房宇，急请师父道："那里安歇，那里安歇。"长老至前，见是一座倒塌的牌坊，坊上有一旧匾，匾上有落颜色积尘的四个大字，乃"华光竹院"。长老下了马道："华光菩萨是火焰五光佛的徒弟，因剿除毒火鬼王，降了职，化做五显灵官，此间必有庙祝。"遂一齐进去。但见廊房俱倒，墙壁皆倾，更不见人之踪迹，只是杂草丛萁。欲抽身而出，不期天上黑云盖顶，大雨淋漓。没奈何，却在那破房之下，拣遮得风雨处，将身躲避。密密寂寂，不敢高声，恐有妖邪知觉。坐的坐，站的站，苦捱了一夜未睡。咦！真个是：

泰极还生否，乐处又逢悲。

毕竟不知天晓向前去还是如何，且听下回分解。

唐僧师徒走了四五十里之地，天色将晚，唐僧问在哪儿住，八戒还很不乐意，被唐僧又骂了一通。悟空举目遥观，只见大路旁有几间房宇，急请到那里安歇。

注意这段话："长老至前，见是一座倒塌的牌坊，坊上有一旧匾，匾上有落颜色积尘的四个大字，乃'华光竹院'。长老下了马道：'华光菩萨是火焰五光佛的徒弟，因剿除毒火鬼王，降了职，化做五显灵官，此间必有庙祝。'"

呵呵，作者一方面阴阳怪气地说唐僧没个眼力见儿，那牌坊都塌了，匾上都积了尘，里面可能有人吗？他还说这里面一定有庙祝，就是庙宇中管香火的工作人员。

另一方面，作者是在说唐僧不仅没有眼力，还没有脑子。唐僧说了一句极其复杂的话，他认为里面肯定有工作人员的理由是："华光菩萨是火焰五光佛的徒弟，因剿除毒火鬼王，降了职，化做五显灵官，此间必有庙祝。"

火焰五光佛和毒火鬼王都是西游宇宙独创的角色，在这里咱们不深究华光菩萨和五显灵官的故事了，咱们当考题做，只针对题目给出的材料进行分析：

1. "华光菩萨是火焰五光佛的徒弟"，这是在交代背景；

2. "因剿除毒火鬼王，降了职"，这是在说菩萨降职的原因；

3. 人家被降了职之后，弃佛归道了，成了五显灵官。

我们一听"毒火鬼王"这四个字，就知道他绝对不可能是好人。华光菩萨杀了他，却被降了职，那只能说明一个问题：毒火鬼王的来路特别大，华光菩萨的佛祖师父都保不住他，最终他连佛门都待不了了。

距离灵山八百里都不到，这个被灵山裁处了的前菩萨的道场，哪可能是好的嘛！唐僧进去后，发现廊房俱倒，墙壁皆倾，正欲抽身而出，突然下雨了，师徒四人只能在那破房之下"拣遮得风雨处"避雨，也不敢高声说话，怕惊动妖邪，坐的坐，站的站，苦挨了一夜未睡。

这个华光菩萨庙也预示了唐僧即将迎来的打击，让他委屈的事要找上来了。

在"泰极还生否，乐处又逢悲"之后，唐僧师徒即将再次经历享大福之后的受大罪环节。

取经这一趟，他们还没经历牢狱之灾，唐师父自打上路就极度敬信国家司法权力，成佛之前得把这"卡"打了。

第九十七回

金酬外护遭魔毒，圣显幽魂救本原

且不言唐僧等在华光破屋中，苦奈夜雨存身。却说铜台府地灵县城内有伙凶徒，因宿娼、饮酒、赌博，花费了家私，无计过活，遂伙了十数人做贼。算道本城那家是第一个财主，那家是第二个财主，去打劫些金银用度。内有一人道：“也不用缉访，也不须算计，只有今日送那唐朝和尚的寇员外家，十分富厚。我们乘此夜雨，街上人也不防备，火甲等也不巡逻，就此下手，劫他些资本，我们再去嫖赌儿耍子，岂不美哉！”众贼欢喜，齐了心，都带了短刀、蒺藜、拐子、闷棍、麻绳、火把，冒雨前来。打开寇家大门，呐喊杀入。慌得他家里若大若小，是男是女，俱躲个干净，妈妈儿躲在床底，老头儿闪在门后，寇梁、寇栋与着亲的几个儿女，都战战兢兢的四散逃走顾命。那伙贼拿着刀，点着火，将他家箱笼打开，把些金银宝贝、首饰衣裳、器皿家火，尽情搜劫。那员外割舍不得，拼了命，走出门来对众强人哀告道：“列位大王，勾你用的便罢，还留几件衣物与我老汉送终。”那众强人那容分说，赶上前，把寇员外撩阴一脚，踢翻在地。可怜三魂渺渺归阴府，七魄悠悠别世人。众贼得了手，走出寇家，顺城脚做了软梯，漫城墙一一系出，冒着雨连夜奔西而去。

那寇家僮仆，见贼退了，方才出头。及看时，老员外已死在地下。放声哭道：“天呀！主人公已打死了！”众皆伏尸而哭，悲悲啼啼。将四更时，那妈妈想恨唐僧等不受他的斋供，因为花扑扑的送他，惹出这场灾祸，便生妒害之心，欲陷他四众。扶着寇梁道："儿啊，不须哭了。你老子今日也斋僧，明日也斋僧，岂知今日做圆满，斋着那一伙送命的僧也。"他兄弟道："母亲，怎么是送命僧？"妈妈道："贼势凶勇，杀进房来，我就躲在床下，战兢兢的留心向灯火处看得明白。你说是谁？点火的是唐僧，持刀的是猪八戒，搬金银的是沙和尚，打死你父亲的是孙行者。"二子听言，认了真实道："母亲既然看得明白，必定是了。他四人在我家住了半月，将我家门户墙垣，窗棂巷道，俱看熟了，财动人心，所以乘此夜雨，复到我家。既劫去财物，又害了父亲，此情何毒！待天明到府里递失状，坐名告他。"寇栋道："失状如何写？"寇梁道："就依母亲之言。写道：'唐僧点着火，八戒叫杀人，沙和尚劫出金银去，孙行者打死我父亲。'"

寇员外展露的这场大富贵惊动了本地的一伙凶徒，这伙人趁着夜雨，街上人不防备，火甲等不巡逻，抢劫了寇家。

众贼呐喊杀入后，整个寇家"若大若小，是男是女，俱躲个干净"，被一个区区十几人的土匪团伙"拿着刀，点着火，将他家箱笼打开，把些金银宝贝、首饰衣裳、器皿家火，尽情搜劫"。

其实这场灾，他家就算不露富也会遇到，不过是早晚而已。

如果你的财富到了一定量级后，你只顾着行善，却不配以对等的武力保护你的财富，你注定会被人劫掠，这甚至不以你的意志为转移。

寇员外看这伙贼是一丁点也不打算给他留，于是拼了命走出门来，对众强人哀告道："列位大王，勾你用的便罢，还留几件衣物与我老汉送终。"

不要寄希望于坏人会被激发天良，该认的栽一定要认，自古就没有城下之盟，有武力的一方会把没有武力的一方吃干抹净！整个地球上一直在重复上演着这种抢劫的情节，没有武力打底，谁会和你讲道理！

强盗们把寇员外一脚踢死了，走出寇家，顺城脚做了软梯，冒雨奔西逃去。

人性禁不起试探，你要武装自己，让世上的坏人不敢打你的主意。这不仅仅是因为利益，还因为人性实在太善变，一念善，一念恶，太容易随着眼前的情况所更改。且不说那群眼红的贼，这做好事的一家子也有一念善、一念恶的，之前想要斋僧却没被同意的老太太就翻脸了，她没本事找强盗报仇，但迁怒唐僧四人的本事是很大的，所谓"那妈妈想恨唐僧等不受他的斋供，因为花扑扑的送他，惹出这场灾祸，便生妒害之心”，诬告说是唐僧四人抢了他家、杀了员外。

人性是多么善变，多么禁不起试探！

一家子吵吵闹闹，不觉天晓。一壁厢传请亲人，买办棺木；一壁厢寇梁兄弟赴府投词。原来这铜台府刺史正堂大人：

平生正直，素性贤良。少年向雪案攻书，早岁在金銮对策。常怀忠义之心，每切仁慈之念。名扬青史播千年，龚黄再见；声振黄堂传万古，卓鲁重生。

当时坐了堂，发放了一应事务，即令抬出放告牌。这寇梁兄弟抱牌而入，跪倒高叫道：“爷爷，小的每是告强盗得财杀伤人命重情事。”刺史接上状去看了，这般这的，如此如彼，即问道：“昨日有人传说你家斋僧圆满，斋得四众高僧，乃东土唐朝的罗汉。花扑扑的满街鼓乐送行，怎么却有这般事情？”寇梁等磕头道：“爷爷，小的父亲寇洪，斋僧二十四年，因这四僧远来，恰足万僧之数，因此做了圆满，留他住了半月。他就将路道、门窗都看熟了。当日送出，当晚复回，乘黑夜风雨，遂明火执杖，杀进房来，劫去金银财宝，衣服首饰，又将父打死在地。望爷爷与小民做主。”刺史闻言，即点起马步快手并民壮人役，共有百五十人，各执锋利器械，出西门一直来赴唐僧四众。

却说他师徒们在那华光竹院破屋下，挨至天晓，方才出门，上路奔西。可可的那些强盗，当夜打劫了寇家，系出城外，也向西方大路上，行经天晓，走过华光院，西去有二十里远近，藏于山凹中，分拨金银等物。分还未了，忽见唐僧四众顺路而来。众贼心犹不歇，指定唐僧道：“那不是昨日送行的和尚来了？”众贼笑道：“来得好！来得好！我们也是干这般没天理的买卖。这些和尚缘路来，又在寇家许久，不知身边有多少东西！我们素性去截住他，夺了盘缠，抢了白马凑分，却不是遂心满意之事！”众贼遂持兵器，呐一声喊，跑上大路，一字儿摆开。叫道：“和尚不要走！快留下买路钱，饶你性命！牙迸半个‘不’字，一刀一个，决不留存！”諕得个唐僧在马上乱战，沙僧与八戒心慌，对行者道：“怎的了！怎的了！苦奈半夜雨天，又早遇强徒断路，诚所谓‘祸不单行’也。”行者笑道：“师父莫怕，兄弟勿忧。等老孙去问他一问。”

好大圣，束一束虎皮裙，抖一抖锦布直裰，走近前，叉手当胸道：“列位是做

甚么的？”贼徒喝道：“这厮不知死活，敢来问我。你额颅下没眼，不认得我是大王爷爷？快将买路钱来，放你过去！”行者闻言，满面陪笑道：“你原来是剪径的强盗。”贼徒发狠叫：“杀了！”行者假假的惊恐道：“大王！大王！我是乡村中的和尚，不会说话，冲撞莫怪，莫怪！若要买路钱，不要问那三个，只消问我。我是个管帐的。凡有经钱、衬钱，那里化缘的、布施的，都在包袱中，尽是我管出入。那个骑马的，虽是我的师父，他却只会念经，不管闲事，财色俱忘，一毫没有。那个黑脸的，是我半路上收的个后生，只会养马。那个长嘴的，是我雇的长工，只会挑担。你把三个放过去，我将盘缠、衣钵尽情送你。”众贼听说：“这个和尚倒是个老实头儿。既如此，饶了你命，教那三个丢下行李，放他过去。”

行者回头使个眼色，沙僧就丢了行李担子，与师父牵着马，同八戒往西径走。行者低头打开包袱，就地挝把尘土，往上一洒，念个咒语，乃是个定身之法，喝一声：“住！”那伙贼共有三十来名，一个个咬着牙，睁着眼，撒着手，直直的站定，莫能言语，不得动身。

行者跳出路口叫道：“师父，回来！回来！”八戒慌了道：“不好！不好！师兄供出我们来了！他身上又无钱财，包里又无金银，必定是叫师父要马哩，叫我们是剥衣服了。”沙僧笑道：“二哥莫乱说。大哥是个了得的，向者那般毒魔狠怪也能收服，怕这几个毛贼！他那里招呼，必有话说，快回去看看。”

长老听言，欣然转马回至边前，叫道：“悟空，有甚事叫回来也？”行者道：“你们看这些贼，是怎的说？”八戒近前，推着他叫道：“强盗，你怎的不动弹了？”那贼浑然无知，不言不语。八戒道：“好的痴痖了。”行者笑道：“是老孙使个定身法定住也。”八戒道：“既定了身，未曾定口，怎么连声也不做？”行者道：“师父请下马坐着。常言道：‘只有错拿，没有错放。’兄弟，你们把贼都扳翻倒捆了，教他供一个供状，看他是个雏儿强盗，把势强盗。”沙僧道：“没绳索哩。”行者即拔下些毫毛，吹口仙气，变作三十条绳索，一齐下手，把贼扳翻，都四马攒蹄捆住。却又念念解咒，那伙贼渐渐苏醒。

行者请唐僧坐在上首，他三人各执兵器喝道：“毛贼！你们一起有多少人？做了几年买卖？打劫了有多少东西？可曾杀伤人口？还是初犯，却是二犯、三犯？”众贼开口道：“爷爷饶命！”行者道：“莫叫唤！从实供来！”众贼道：“老爷，我们不是久惯做贼的，都是好人家子弟。只因不才，吃酒赌钱，宿娼顽耍，将父祖家业尽花费了，一向无干，又无钱用。访知铜台府城中寇员外家资财豪富，昨日合伙，当晚乘夜雨昏黑，就去打劫。劫的有些金银服饰，在这路北下山凹里正自分赃。忽见老爷们来，内中有认得是寇员外送行的，必定身边有物。又见行李沉重，白马快走，人心不足，故又来邀截。岂知老爷有大神通法力，将我们捆住。万望老爷慈悲，收去那劫的财物，饶了我的性命也！”

三藏听说是从寇家劫的财物，猛然吃了一惊，慌忙站起道：“悟空，寇老员外十分好善，如何招此灾厄？”行者笑道：“只为送我们起身，那等彩帐花幢，盛张鼓乐，惊动了人眼目，所以这伙光棍就去下手他家。今又幸遇着我们，夺下他这许多金帛服饰。”三藏道：“我们扰他半月，感激厚恩，无以为报，不如将此财物护送他家，却不是一件好事？”行者依言，即与八戒、沙僧，去山凹里取将那些赃物，收拾了，驮在马上。又教八戒挑了一担金银，沙僧挑着自己行李。行者欲将这伙强盗一棍尽情打死，又恐唐僧怪他伤人性命，只得将身一抖，收上毫毛。那伙贼松了手脚，爬起来，一个个落草逃生而去。这唐僧转步回身，将财物送还员外。这一去，却似飞蛾投火，反受其殃。有诗为证：

恩将恩报人间少，反把恩慈变作仇。

下水救人终有失，三思行事却无忧。

转过天来，寇家一方面给员外置办棺木，另一方面由寇梁兄弟写了状子去求铜台府刺史正堂大人给他家做主。

刺史听了情况后当即“点起马步快手并民壮人役，共有百五十人，各执锋利器械，出西门一直来赶唐僧四众”。

唐僧师徒在华光竹院破屋下，挨至天晓，方才出门，就遇到了打劫寇家的强盗们。这帮强盗抢了寇家还不够，又打上了四人的主意，要不是悟空现在能压住性子，非打死他们不可。悟空最终使了个定身法将众贼定住，喊八戒、沙僧把这伙贼都捆了，随后解了定身法开始盘问，得知寇员外家被劫了，唐僧问了个特别天真的问题：“悟空，寇老员外十分好善，如何招此灾厄？”

这是很多学佛的、行善的好人遇到厄运时的惯常疑问：我那么善，为啥会遭此横祸？

你越行善，福报就越大，嫉妒你、抢夺你的力量也会越大，这就需要你看透人性，不挑战人性，保护好自己的福报。

德不配位，位不配刀，必有灾殃。

猴哥笑着给唐僧讲了讲人性小故事，说这是财富外露、扎眼招灾啦，唐僧说要把财物给寇家送回去，就当报恩了。

对于这伙贼，悟空本欲都打死，又恐唐僧怪他伤人性命，想到自己马上要去灵山听封了，犯不上跟老和尚计较这个，他将身一抖，收上毫毛，放了那伙贼。

这帮贼自己说了，“只因不才，吃酒赌钱，宿娼顽耍，将父祖家业尽花费了，一向无干，又无钱用”，才抢了寇家。这帮人渣没有独立生存能力，他们是不会变好的，因为唐僧这个假慈悲的毛病，铜台府还会出现第二个寇家。

三藏师徒们将着金银服饰拿转，正行处，忽见那枪刀簇簇而来。三藏大惊道：“徒弟，你看那兵器簇拥相临，是甚好歹？”八戒道：“祸来了！祸来了！这是那放去的强盗，他取了兵器，又伙了些人，转过路来与我们斗杀也！”沙僧道：“二哥，那来的不是贼势。大哥，你仔细观之。”行者悄悄的向沙僧道：“师父的灾星又到了，此必是捕贼的官兵。”言未了，众兵一拥近前，撒开圈子阵，把他师徒围住，叫道：“好和尚！打劫了人家东西，还在这里摇摆哩！”一齐下手，先把唐僧抓下马来，用绳捆了，又把行者三人也都捆起，穿上扛子，两个抬一个，赶着马，夺了担，径转府城。只见那：

唐三藏，战兢兢，滴泪难言。

猪八戒，絮叨叨，心中报怨。

沙和尚，囊突突，意下踌躇。

孙行者，笑唏唏，要施手段。

众官兵簇拥扛抬，须臾间，拿到城里，径自解上黄堂。报道：“老爷，民快人等，捕获强盗来了。”那刺史端坐堂上，赏劳了民快，检看了贼赃，当叫寇家领去。却将三藏等提近厅前，问道：“你这起和尚，口称是东土远来，向西天拜佛，却原来是些设法蹦看门路，打家劫舍之贼。”三藏道：“大人容告。贫僧实不是贼，决不敢假，随身见有通关文牒可照。只因寇员外家斋我等半月，情意深重，我等路遇强盗，

夺转打劫寇家的财物，因送还寇家报恩。不期民快人等捉获，以为是贼，实不是贼。望大人详察。”刺史道：“你这厮见官兵捕获，却巧言报恩。既是路遇强盗，何不连他捉来，报官报恩？如何只是你四众。你看，寇梁递有失状，坐名告你，你还敢展挣？”

三藏闻言，一似大海烹舟，魂飞魄散，叫：“悟空，你何不上来折辩？”行者道：“有赃是实，折辩何为？”刺史道：“正是啊！赃证见存，还敢抵赖？”叫手下：“将脑箍来，把这秃贼的光头箍他一箍，然后再打！”行者慌了，心中暗想道：“虽是我师父该有此难，还不可教他十分受苦。”他见那皂隶们收拾索子，结脑箍，即便开口道：“大人，且莫箍那个和尚。昨夜打劫寇家，点灯的也是我，持刀的也是我，劫财的也是我，杀人的也是我。我是个贼头，要打只打我，与他们无干，但只不放我便是。”刺史闻言，就教：“先箍起这个来。”皂隶们齐来上手，把行者套上脑箍，收紧了一勒，扢扑的把索子断了，又结又箍，又扢扑的断了。一连箍了三四次，他的头皮皱也不曾皱一些儿。

却又换索子再结时，只听得有人来报道：“老爷，都下陈少保爷爷到了，请老爷出郭迎接。”那刺史即命刑房吏：“把贼收监，好生看辖。待我接过上司，再行拷问。”刑房吏遂将唐僧四众推进监门。八戒、沙僧将自己行李担进随身。三藏道：“徒弟，这是怎么起的？”行者笑道：“师父，进去，进去，这里边没狗，倒好耍子。”可怜把四众捉将进去，一个个都推入辖床，叩拽了滚肚、敌脑、攀胸，禁子们又来乱打。三藏苦痛难禁，只叫：“悟空！怎的好？怎的好？”行者道：“他打是要钱哩。常言道：‘好处安身，苦处用钱。’如今与他些钱便罢了。”三藏道：“我的钱自何来？”行者道：“若没钱，衣物也是。把那袈裟与了他罢。”

三藏听说，就如刀刺其心。一时间，见他打不过，又要得紧，无奈，只得开言道：“悟空，随你罢。”行者便叫：“列位长官，不必打了。我们担进来的那两个包袱中，有一件锦襕袈裟，价值千金。你们解开拿了去罢。”众禁子听言，一齐动手，把两个包袱解看。虽有几件布衣，有个引袋，俱不值钱。只见几层油纸包裹着一物，霞光焰焰，知是好物。抖开看时，只见：

巧妙明珠缀，稀奇佛宝攒。

盘龙铺绣结，飞凤锦沿边。

众皆争看，又惊动本司狱官，走来喝道：“你们在此嚷甚的？”禁子们跪道：“老

爹，才方提控送下四个和尚，乃是大伙强盗。他见我们打了他几下，把这两件包袱与我。我们打开看时，见有此物，无可处置。若众人扯破分之，其实可惜，若独归一人，众人无利。幸老爹来，凭老爹做个劈着。"狱官见了，乃是一件袈裟，又将别项衣服并引袋儿通检看了。又打开袋内关文一看，现有各国的宝印花押，道："早是我来看呀，不然你们都撞出事来了。这和尚不是强盗，切莫动他衣物。待明日大爷再审，方知端的。"众禁子听言，将包袱还与他，照旧包裹，交与狱官收讫。

唐僧师徒拿着金银服饰往回走，撞上来抓他们的铜台府官兵了。

此时猴哥简直浑身都是佛光，他悄悄地向沙僧道："师父的灾星又到了，此必是捕贼的官兵。"

悟空太明白了，唐僧这一路光被妖精们捆了，还没被官爷们捆过，这最后一关是人间事。

众兵卒把唐僧四人都给捆了，猴哥也不反抗，规规矩矩受灾去了。

等回到铜台府衙，唐僧解释了一下情况，刺史此时肯定不信：咋会那么巧？而且人家寇梁还来递了状子实名告你，就是你们的问题！

唐僧听完，魂飞魄丧了，喊悟空折辩。悟空表示还辩什么，都见赃了，说不清了。

刺史要打唐僧，悟空一看，唐僧虽然该有此难，但不能叫他受苦，就把罪都揽到自己身上了。刺史于是叫皂隶打猴哥，但咋折腾他都没用。这时候，听说都下陈少保爷爷到了，刺史下令把四人收监，去接长官了。

阎王易见，小鬼难缠，唐僧四人入狱后被狱卒暴打。悟空相当懂事：你们不就是要钱嘛！包袱里有一件锦襕袈裟价值千金，给你们吧。

狱卒们争看袈裟之时，惊动了本司狱官。这个长官是个仔细人，在包袱中看到了通关文牒，见有各国的宝印花押后，知道这和尚非比寻常，下令不许动人家衣物，待明日大爷再审。

渐渐天晚，听得楼头起鼓，火甲巡更。捱至四更三点，行者见他们都不呻吟，尽皆睡着，他暗想道："师父该有这一夜牢狱之灾。老孙不开口折辩，不使法力者，盖为此耳。如今四更将尽，灾将满矣，我须去打点打点，天明好出牢门。"你看他弄本事，将身小一小，脱出辖床，摇身一变，变做个蠓虫儿，从房檐瓦缝里飞出。

见那星光月皎，正是清和夜静之天。他认了方向，径飞向寇家门首。只见那街西下一家儿灯火明亮，又飞近他门口看时，原来是个做豆腐的。见一个老头儿烧火，妈妈儿挤浆。那老儿忽的叫声："妈妈，寇大官且是有子有财，只是没寿。我和他小时同学读书，我还大他五岁。他老子叫做寇铭，当时也不上千亩田地，放些租帐，也讨不起。他到二十岁时，那铭老儿死了，他掌着家当，其实也是他一步好运，娶的妻是那张旺之女，小名叫做穿针儿，却倒旺夫。自进他门，种田有收，放帐有起，买着的有利，做着的撰钱，被他如今挣了有十万家私。他到四十岁上，就回心向善，斋了万僧，不期昨夜被强盗踢死。可怜！今年才六十四岁，正好享用，何期这等向善，不得好报，乃死于非命！可叹！可叹！"行者一一听之。

却早五更初点，他就飞入寇家。只见那堂屋里已停着棺材，材头边点着灯，摆列着香烛花果，妈妈在旁啼哭。又见他两个儿子也来拜哭，两个媳妇拿两碗饭儿贡献。行者就钉在他材头上，咳嗽了一声。唬得那两个媳妇查手舞脚的往外跑，寇梁兄弟伏在地下不敢动，只叫："爹爹！呩！呩！呩！"那妈妈子胆大，把材头扑了一把道："老员外，你活了？"行者学着那员外的声音道："我不曾活。"两个儿子一发慌了，不住的叩头垂泪，只叫："爹爹！呩！呩！呩！"妈妈子硬着胆，又问道："员外，你不曾活，如何说话？"行者道："我是阎王差鬼使押将来家，与你们讲话的。"说道："那张氏穿针儿，枉口诳舌，陷害无辜。"那妈妈子听见叫他小名，慌得跪倒磕头道："好老儿呵！这等大年纪，还叫我的小名儿。我那些枉口诳舌，害甚么无辜？"行者喝道："有个甚么'唐僧点着火，八戒叫杀人，沙僧劫出金银去，行者打死你父亲'？只因你诳言，把那好人受难。那唐朝四位老师，路遇强徒，夺将财物，送来谢我，是何等好意！你却假捻失状，着儿子们首官。官府又未细审，如何又把他们监禁，那狱神、土地、城隍俱慌了，坐立不宁，报与阎王。阎王转差鬼使押解我来家，教你们趁早解放他去。不然，教我在家搅闹一月，将合家老幼并鸡犬之类，一个也不留存。"寇梁兄弟又磕头哀告道："爹爹请回，切莫伤残老幼。待天明，就去本府投递解状，愿认招回，只求存殁均安也。"行者听了，即叫："烧纸，我去呀！"他一家儿都来烧纸。

行者一翅飞起，径又飞至刺史住宅里面。低头观看，那房内里已有灯光，见刺史已起来了。他就飞进中堂看时，只见中间后壁挂着一轴画儿，是一个官儿骑着一匹点子马，有几个从人，打着一把青伞，搴着一张校床，更不识是甚么故事。行者就叮在中间。忽然那刺史自房里出来，弯着腰梳洗。行者猛的里咳嗽一声，把刺史諕得慌慌张张，走入房内。梳洗毕，穿了大衣，即出来对着画儿焚香祷告道：“伯考姜公乾一神位，孝侄姜坤三，蒙祖上德荫，忝中甲科。今叨受铜台府刺史，旦夕侍奉，香火不绝，为何今日发声？切勿为邪为祟，恐諕家众。”行者暗笑道：“此是他大爷的神子。”却就掉着经儿叫道：“坤三贤侄，你做官虽承祖荫，一向清廉。怎的昨日无知，把四个圣僧当贼，不审来因，囚于禁内！那狱神、土地、城隍不安，报与阎君，阎君差鬼使押我来对你说，教你推情察理，快快解放他。不然，就教你去阴司折证也。”刺史听说，心中悚惧道：“大爷请回，小侄升堂，当就解放。”行者道：“既如此，烧纸来！我去见阎君回话。”刺史复添香烧纸拜谢。

行者又飞出来看时，东方早已发白。及飞到地灵县，又见那合县官却都在堂上。他思道：“蜢虫儿说话，彼人看见，露出马脚来不好。”他就半空中，改了个大法身，从空里伸下一只脚来，把个县堂蹦满。口中叫道：“众官听着！我乃玉帝差来的浪荡游神。说你这府监里屈打了取经的佛子，惊动三界诸神不安，教我传说，趁早放他；若有差池，教我再来一脚，先踢死合府县官，后蹦死四境居民，把城池都踏为灰烬。”概县官吏人等，慌得一齐跪倒，磕头礼拜道：“上圣请回。我们如今进府，禀上府尊，即教放出。千万莫动脚，惊諕死下官。”行者才收了法身，仍变做个蜢虫儿，从监房瓦缝里飞入，依旧钻在辖床中间睡着。

却说那刺史升堂，才抬出投文牌去，早有寇梁兄弟抱牌跪门叫喊。刺史着令进来，二人将解状递上。刺史见了，发怒道：“你昨日递了失状，就与你拿了贼来，你又领了赃去，怎么今日又来递解状？”二人滴泪道：“老爷，昨夜小的父亲显魂道：‘唐朝圣僧，原将贼徒拿住，拿获财物，放了贼去，好意将财物送还我家报恩；怎么反将他当贼，拿在狱中受苦？狱中土地、城隍不安，报了阎王，阎王押解我来，教你赴府再告，释放唐僧，庶免灾咎。不然，老幼皆亡。’因此，特来递个解词，望老爷方便方便。”刺史听他说了这话，却暗想道：“他的父亲，乃是热尸新鬼，显魂报应犹可；我伯父死去五六年了，却怎么今夜也来显魂，教我审放？看起来必是冤枉。”

正忖度间，只见那地灵县知县等官，急急跑上堂乱道：“老大人，不好了！不好了！适才玉帝差浪荡游神下界，教你快放狱中好人。昨日拿的那些和尚，不是强

盗，都是取经的佛子。若少迟延，就要踢杀我等官员，还要把城池连百姓俱尽踏为灰烬。”刺史又大惊失色，即叫刑房吏火速写牌提出。当时开了监门提出。八戒愁道：“今日又不知怎的打哩。”行者笑道：“管你一下儿也不敢打，老孙俱已干办停当。上堂切不可下跪，他还要下来请我们上坐。却等我问他要行李，要马匹。少了一些儿，等我打他你看。”

入夜至四更三点时，悟空等那仨都睡着了，觉得这一夜牢狱之灾卡打得差不多了，“如今四更将尽，灾将满矣”，他去使手段了。

攒局的时候，通常有两个关键点：

一个是对象；

一个是意愿，或者说欲望。

对象好理解，观音菩萨去地府还魂，把李世民吓唬一通，抓住了关键点，这取经的事就敲定了。

意愿这点值得仔细说说。

最能调动人性、最能帮你成事的意愿和欲望是啥?

是恐惧。

取经的一头一尾，一个是“我佛造经传极乐，观音奉旨上长安”，是观音菩萨利用李世民对地府的恐惧创造出了取经的需求，一个是这关悟空通过装神弄鬼激发凡人的恐惧，完成了对唐僧牢狱之灾的解救。

唐僧一行被告了冤状，实际上凡人能难为得了悟空吗?

悟空都懒得跟凡人在堂上争辩，吓唬吓唬就完事了。

悟空先去了告状的寇家，装成被打死的寇员外的鬼魂，说他们冤枉好人，现在事情闹大了，阎王派他来通知，赶紧撤诉。“不然，教我在家搅闹一月，将合家老幼并鸡犬之类，一个也不留存。”

最终，寇家那哥儿俩磕头哀告道：“爹爹请回，切莫伤残老幼。待天明，就去本府投递解状，愿认招回，只求存殁均安也。”

随后悟空又去了刺史那里，发现刺史家里供着他大伯的神位，他大伯保佑着他考中科甲，所以香火不绝，至少刺史自己是那么认为的。

悟空就假扮成刺史大伯的鬼魂道：你冤枉人了，阎王爷发话了，赶紧再瞅瞅那案子，赶紧放人，不放就调你亲自去地府唠唠。吓得那刺史心中悚惧道："大爷请回，小侄升堂，当就解放。"

刚刚的寇家，悟空通过吓唬让他们放人还情有可原，毕竟他家里知道自己冤枉人了；但在刺史这里，案子的证据什么的，悟空提了吗？

都懒得跟他废话，不放人就去地府，啥案情不案情的，刺史老爷才不在乎那个。

他在乎的是他那官，是他那条命。

说回悟空，现官那里交代完，要去现管那里了。他又去了县里，在半空中，"改了个大法身，从空里伸下一只脚来，把个县堂蹁满"。他口中叫道："众官听着！我乃玉帝差来的浪荡游神。说你这府监里屈打了取经的佛子，惊动三界诸神不安，教我传说，趁早放他；若有差池，教我再来一脚，先踢死合府县官，后蹁死四境居民，把城池都踏为灰烬。"

还是利用恐惧，最终县官吏人等，慌得一齐跪倒，磕头礼拜道："上圣请回。我们如今进府，禀上府尊。即教放出，千万莫动脚，惊谎死下官。"

转过天来，一片云彩散了。刺史刚升堂，寇家就来递解状了，刺史还假模假式地怒了怒，随后听说寇员外显魂，他一琢磨自己伯父那事，认为肯定是冤枉人了。地灵县知县等官也来汇报"玉帝差浪荡游神下界"，冤枉人了，不放好人，不仅会要了咱们的命，还会灭了咱们一城。刺史慌忙来放人。

讲理没效率，讲威慑有效率。

说不了，已至堂口。那刺史、知县并厅衙大小官员，一见都下来迎接道："圣僧昨日来时，一则接上司忙迫，二则又见了所获之赃，未及细问端的。"唐僧合掌躬身，又将前情细陈了一遍。众官满口认称，都道："错了，错了！莫怪，莫怪！"又问："狱中可曾有甚疏失？"行者近前努目睁看，厉声高叫道："我的白马是堂上人得了，行李是狱中人得了，快快还我！今日却该我拷较你们了！诳拿平人做贼，你们该甚个罪？"府县官见他作恶，无一个不怕。即便叫收马的牵马来，收行李的取行李来，一一交付明白。你看他三人一个个逞凶，众官只以寇家遮饰。三藏劝解了道："徒弟，是也不得明白。我们且到寇家去，一则吊问，二来与他对证对证，看是何人见我做贼。"行者道："说得是。等老孙把那死的叫他起来，看是那个打他。"

沙僧就在府堂上，把唐僧撮上马，吆吆喝喝，一拥而出。那些府县多官，也一一俱到寇家。諕得那寇梁兄弟在门前不住的磕头，接进厅。只见他孝堂之中，一家儿都在孝幔里啼哭。行者叫道："那打诳语栽害平人的妈妈子！且莫哭！等老孙叫你老公来，看他说是那个打死的，羞他一羞！"众官员只道孙行者说的是笑话。行者道："列位大人，略陪我师父坐坐。八戒、沙僧好生保护，等我去了就来。"好大圣，跳出门，望空就起。只见那：

遍地彩霞笼住宅，一天瑞气护元神。

众等方才认得是个腾云驾雾之仙，起死回生之圣，这里一一焚香礼拜不题。那大圣一路筋斗云，直至幽冥地界，径撞入森罗殿上，慌得那：

十代阎君拱手接，五方鬼判叩头迎。千株剑树皆欹侧，万叠刀山尽坦平。枉死城中魑魅化，奈何桥下鬼超生。正是那神光一照如天赦，黑暗阴司处处明。

十阎王接下大圣，相见了，问及何来何干。行者道："铜台府地灵县斋僧的寇洪之鬼，是那个收了？快点查来与我。"秦广王道："寇洪善士，也不曾有鬼使勾他，他自家到此，遇着地藏王的金衣童子，他引见地藏也。"行者即别了，径至翠云宫，见地藏王菩萨。菩萨与他礼毕，具言前事，菩萨喜道："寇洪阳寿，止该卦数，命终不染床席，弃世而去。我因他斋僧，是个善士，收他做个掌善缘簿子的案长。既大圣来取，我再延他阳寿一纪，教他跟大圣去。"金衣童子遂领出寇洪。寇洪见了行者，声声叫道："老师，老师！救我一救。"行者道："你被强盗踢死。此乃阴司地藏王菩萨之处，我老孙特来取你，到阳世间对明此事。既蒙菩萨放回，又延你阳寿一纪，待十二年之后，你再来也。"那员外顶礼不尽。

行者谢辞了菩萨，将他吹化为气，掉于衣袖之间，同去幽府，复返阳间。封云头，到了寇家，即唤八戒捎开材盖，把他魂灵儿推付本身。须臾间，透出气来活了。那员外爬出材来，对唐僧四众磕头道："师父，师父！寇洪死于非命，蒙师父至阴司救活，乃再造之恩！"言谢不已。及回头，见各官罗列，即又磕头道："列位老爹，都如何在舍？"那刺史道："你儿子始初递失状，坐名告了圣僧，我即差人捕获。不期圣僧路遇杀劫你家之贼，夺取财物，送还你家。是我下人误捉，未得详审，当送监禁。今夜被你显魂，我先伯亦来家诉告，县中又蒙浪荡游神下界。一时就有这许多显应，所以放出圣僧。圣僧却又去救活你也。"那员外跪道："老爹，其实枉

了这四位圣僧。那夜有三十多名强盗，明火执杖，劫去家私，是我难舍，向贼理说，不期被他一脚，撩阴踢死，与这四位何干？”叫过妻子来：“是谁人踢死，你等辄敢妄告？请老爹定罪。”当时一家老小，只是磕头。刺史宽恩，免其罪过。寇洪教安排筵宴，酬谢府县厚恩。各各未坐回衙。至次日，再挂斋僧牌。又款留三藏，三藏决不肯住，却又请亲友，办旌幢，如前送行而去。咦！这正是：

地僻能存凶恶事，天高不负善心人。

逍遥隐步如来径，只到灵山极乐门。

毕竟不知见佛如何，且听下回分解。

刺史换了一副嘴脸前来给唐僧四人道歉了，猴哥开始反清算。唐僧劝解说别在这里闹了，去寇家看看，“一则吊问，二来与他对证对证，看是何人见我做贼”。

府县多官跟着唐僧师徒到了寇家，唬得那寇梁兄弟在门前不住地磕头。进了孝堂之后，猴哥大显神通，叫道：“那打诳语栽害平人的妈妈子！且莫哭！等老孙叫你老公来，看他说是那个打死的，羞他一羞！”随后就腾云驾雾地飞走了。

寇家进入焚香礼拜环节。

猴哥又一次来到了幽冥界，依旧是排面拉满，慌得那“十代阎君拱手接，五方鬼判叩头迎”。

猴哥问了问寇洪的情况，秦广王表示寇洪是善士，已经去地藏王那里了。悟空来到翠云宫，见到了地藏王菩萨，说了来龙去脉，地藏王菩萨喜道：“寇洪阳寿，止该卦数，命终不染床席，弃世而去。我因他斋僧，是个善士，收他做个掌善缘簿子的案长。既大圣来取，我再延他阳寿一纪，教他跟大圣去。”

地藏王说了两件事：

1. 寇洪斋僧的功德没白费，他做了地藏王菩萨身边掌善缘簿子的案长，这是地府地藏王菩萨身边的实权下属，是掌管善缘的，谁做了多少好事要去他这儿查，是根据他这儿的数据安排待遇的。

2. 阳寿在地藏王菩萨这里可以随便加，猴哥来这儿一趟的面子就值十二年。

这也给前面唐太宗地府还魂的“阎王惊问：‘陛下登基多少年了？’”伏笔收尾了。看到这里，你就知道阎王为啥惊了，也知道最开始的打算是什么了，本来该是地藏王菩萨给人延寿的剧本，却没按排练的走。

自“唐太宗地府还魂”取经故事开篇，到“圣显幽魂救本原”取经故事收尾，多么对称，多么具有美感。

感恩作者，或者说感恩写出《西游释厄传》的整个团队，感恩祖宗们留下的文化瑰宝，晚辈顿首百拜。

金衣童子领出寇洪，寇洪明显对新岗位不适应，喊悟空救他一救。唉，寇员外你根本没意识到自己并不在意的岗位意味着什么，十二年后再回来，你还会有这个岗位吗？你当着地藏王菩萨的面这么说话，再回来时还会有这个待遇吗？

要不怎么说，在古代大富不值钱，大贵才值钱呢，大贵的人从来不愁富的事，大富的人却永远看不懂大贵的人啊！

悟空给寇洪介绍说：地藏王菩萨又延你阳寿一纪，地藏王菩萨对你有大恩啊！猴哥给了地藏王菩萨面子，随后带着寇洪回到了阳间。

寇洪从棺材里爬出来后，给唐僧四众磕头，又对众官讲明白自己是被谁踢死的，随后叫来妻子，求刺史定罪。

眼瞅结局都那么圆满了，都大团圆了，谁还能有罪呢？

刺史宽恩，寇家摆宴，转过天来，寇洪又一个斋僧牌挂出去了，又款留唐僧师徒。这一次寇洪又如上次故事一样，“请亲友，办旌幢，如前送行而去”。

当然，肯定又是一场富贵显露了出来，不过这次不用再担心来贼了。

什么贼敢来惹死而复生的人呢？

说一千道一万，他的善都在善缘簿子上记着，但他怎么去地府，却是由易反易复的小人之心决定的。

第十八章

九九功成，
正果阶层的合影，天地不全的缺憾

第九十八回

猿熟马驯方脱壳，功成行满见真如

师徒四人终于到灵山了，我们来看看这回的标题：猿熟马驯方脱壳，功成行满见真如。

骂了悟空一路的“心猿意马”，如今人家披荆斩棘到灵山了，这位西游唯一核心男主也终于在阅遍千帆之后得道开悟地走过了看山是山、看山不是山、看山还是山的三个阶段。

再回首，当年佛祖呵护他三百年温暖纯真，让他漂过两重大海悟透人间不值得，当时的小悟空是“我无性。人若骂我，我也不恼；若打我，我也不嗔，只是陪个礼儿就罢了。一生无性”，随后“灵根育孕源流出，心性修持大道生”的智慧猴在灵台方寸山得了大道，但当时的他仅仅属于“看山是山”的第一阶段，有道是“身怀利器，杀心自起”，没本事、没能量的善良是真的善良吗？

肯定属于善，但这种善更多的是没有选择的善，此时的悟空对于万事万物的理解还仅仅处于初级阶段。悟空，你当年说的那句“我无性”确确实实暗合佛家之道妙，但给了你翻江倒海的能力后，你还“无性”吗？

你变得无敬，无畏，无法，无天！

随着你闯的祸越来越大，你也变得越发狂悖，“强者为尊该让我，英雄只此敢争先”！

随着佛祖给了你一些小小的降维打击的震撼，你终于发现，你并非无所不能。

你引以为傲的速度和力量在更高维度的大神眼中，就是笑话，是安天大会上群神嘲笑你自以为是的一个乐子：这猴子还在佛祖手里撒尿呢，还要留痕当证据呢，哈哈哈……

五百年的天劫让你明白什么了？

人外有人，天外有天！

话虽如此，你此时只是处于“看山不是山”的阶段，因为你仅仅明白了不能欺软欺硬，要欺软怕硬，这依旧不是高端人物的思维。

当你戴上了紧箍咒时，你体会到了巨大的阶层差距，佛祖的二弟子可以对你生杀予夺；当你看到菩萨手握禁箍却不杀黑熊，反而要带走他当守山大神时，你慢慢领悟到了斩尽杀绝没有意思，为我所用才是真的气派；当你看到了乌鸡国和车迟国的佛道斗争时，你慢慢明白了什么叫作做局；当你第一次求佛爷爷帮你解决问题时，你再回想，才明白了十八罗汉代表着什么含义，你发现原来佛爷爷也有需要低头妥协的时刻，原来再牛的人，也都不是无所不能的，原来无论底下厮杀得多么惨烈血腥，台面上也永远是和和气气的，你突然明白，自己从前的明争真的太低端，高手从不明争，只会暗斗。

在你明白迂回绕圈之后，你第二次到了灵山，做了西游宇宙最牛的一次职场汇报，佛爷爷也没有让你失望，配合你讲了一个掀篇的故事，给了一个肯定你工作成果的承诺。你突然发现，在领导这里从来没有什么对与错，领导在乎的是局面，算的是总账，领导最爱的永远是忠心且有能力干事业的下属，你就此坚定了要成佛的信念，因为你觉得灵山的前途是光明的，会在这样一位大智慧大法力的佛祖的带领下将佛门发扬光大！

真假猴王之后，你变了，慢慢开始学会像领导那样思考问题，逐步改变自己非黑即白的二元思维。你逐渐意识到，所有人都恭维你有多牛的虚荣是没有意义的，让所有人听到你的名字产生信心，乃至一呼百应，那才是真的高端。你开始深耕细作沿途的每一片人间土地，有条件要上，没条件也要上，不断打磨自己“创造需求，展示神通，解决问题”的信仰收割公式。在这一路上“大圣爷的恩情难报万一”的过程中，你终于到达“看山还是山”的状态，你由那只人见人厌的膨胀猴变回人见人喜的智慧猴，你也从最开始闹天宫时只知“两点之间线段最短”，变成如今一路收割天竺国香火，理解“两点之间曲线最快”。这西行路上，百姓供奉你，天宫中传颂着“跟着大圣干，有香火收”的好名声，佛与道的高级人物在认知中都将有能力且永不放弃的你放在做事业最靠谱的人员序列中，你成为西行路上方方面面的最大受益者。

孙悟空同学在此次唐三藏取经项目中坚定支持灵山，行事刚毅果决，是历经考验后百炼成金的好同学，不要再对这样一位有功之人说什么“心猿意马”啦！

孙悟空同学，恭喜你“猿熟马驯方脱壳，功成行满见真如”！

话表寇员外既得回生，复整理了幢幡鼓乐，僧道亲友依旧送行不题。却说唐僧四众，上了大路。果然西方佛地与他处不同，见了些琪花瑶草、古柏苍松，所过地方，家家向善，户户斋僧。每逢山下人修行，又见林间客诵经。师徒们夜宿晓行，又经有六七日，忽见一带高楼，几层杰阁。真个是：

冲天百尺，耸汉凌空。低头观落日，引手摘飞星。豁达窗轩吞宇宙，嵯峨栋宇接云屏。黄鹤信来秋树老，彩鸾书到晚风清。此乃是灵宫宝阙，琳馆珠庭。真堂谈道，宇宙传经。花向春来美，松临雨过青。紫芝仙果年年秀，丹凤仪翔万感灵。

三藏举鞭遥指道：“悟空，好去处耶！”行者道：“师父，你在那假境界、假佛像处，倒强要下拜。今日到了这真境界、真佛像处，倒还不下马，是怎的说？”三藏闻言，慌得翻身跳下来，已到了那楼阁门首。只见一个道童斜立在山门之前，应声叫道：“那来的，莫非东土取经人么？”长老急整衣，抬头观看。见他：

身披锦衣，手摇玉麈。身披锦衣，宝阁瑶池常赴宴；手摇玉麈，丹台紫府每挥尘。肘悬仙箓，足踏履鞋。飘然真羽士，秀丽实奇哉。炼就长生居胜境，修成永寿脱尘埃。圣僧不识灵山客，雷音金顶大仙来。

孙大圣认得他，即叫：“师父，此乃是灵山脚下玉真观金顶大仙，他来接我们哩。”三藏方才醒悟，进前施礼。大仙笑道：“圣僧今年才到，我被观音菩萨哄了。他十年前领佛金旨，向东土寻取经人，原说二三年就到我处。我年年等候，渺无消息，不意今年才相逢也。”三藏合掌道：“有劳大仙盛意，感激，感激！”

遂此四众牵马挑担，同入观里。却又与大仙一一相见。即命看茶、摆斋，又叫

小童儿烧香汤与圣僧沐浴了，好登佛地。正是那：

功满行完宜沐浴，炼驯本性合天真。

千辛万苦今方息，九戒三皈始自新。

魔尽果然登佛地，灾消故得见沙门。

洗尘涤垢全无染，反本还原不坏身。

师徒们沐浴了，不觉天色将晚，就于玉真观安歇。

次早，唐僧换了衣服，披上锦襕袈裟，戴了毗卢帽，手持锡杖，登堂拜辞大仙。大仙笑道："昨日褴褛，今日鲜明。睹此相，真佛子也。"三藏拜别就行。大仙道："且住，等我送你。"行者道："不必你送，老孙认得路。"大仙道："你认得的是云路。圣僧还未登云路，当从本路而行。"行者道："这个讲得是。老孙虽走了几遭，只是云来云去，实不曾踏着此地。既有本路，还烦你送送。我师父拜佛心重，幸勿迟疑。"那大仙笑吟吟携着唐僧手，接引旃檀上法门。

原来这条路不出山门，就是观宇中堂穿出后门便是。大仙指着灵山道："圣僧，你看那半天中有祥光五色，瑞霭千重的，就是灵鹫高峰，佛祖之圣境也。"唐僧见了就拜。行者笑道："师父，还不到拜处哩。常言道：'望山走倒马。'离此镇还有许远，如何就拜？若拜到顶上，得多少头磕是。"大仙道："圣僧，你与大圣、天蓬、卷帘四位，已到于福地，望见灵山。我回去也。"三藏遂拜辞而去。

师徒四人到了佛地深处，"家家向善，户户斋僧"，见到一片高楼杰阁后，唐僧举鞭遥指道："悟空，好去处耶！"

悟空道："师父，你在那假境界、假佛像处，倒强要下拜。今日到了这真境界、真佛像处，倒还不下马，是怎的说？"

人们对真理和智慧往往没有太多感觉，甚至弃如敝屣，觉得不过如此，倒是对那些虚假的繁花锦簇趋之若鹜。唐僧如此，世人如此，古人如是，今朝很多人亦如是。

唐僧听完，慌得翻身跳下马来，楼阁门首有一个道童问他们是不是东土取经人，没错，那人是道童的模样。借唐僧的视角观察，作者告诉读者这是"肘悬仙箓，足踏履鞋。飘然真羽士"的道门人物，金顶大仙。

不要认为这道童模样的人是关系户，安排在这个位子的人，那都是顶级外交官的级别，很多道门大仙修到高深之处时都是返老还童的，五方五老的东华帝君也是“福如东海寿如山，貌似小童身体健”的。

作者由金顶大仙这段剧情给唐三藏取经项目中的玉帝这条线收尾了。兜率宫出品的那个三界最特殊土地口中的“唐三藏西天取经，无神不保，无天不祐，三界通知，十方拥护”背后到底意味着什么呢？

意思就是：“那大仙笑吟吟携着唐僧手，接引旃檀上法门。原来这条路不出山门，就是观宇中堂穿出后门便是。大仙指着灵山道：‘圣僧，你看那半天中有祥光五色，瑞霭千重的，就是灵鹫高峰，佛祖之圣境也。’”

意思就是，佛门最高圣境的人间入口被道门设了卡。

意思就是，没有玉帝点头，佛祖就安排不成取经。

意思就是，凌霄殿指挥雷音寺。

意思就是，道领导佛！

回想大闹天宫时，玉帝明着不给老君面子，在猴子蹬倒了八卦炉后喊佛祖来收猴子，再回想取经路上天庭对悟空的有求必应，你明白这项目的股东除佛祖之外还有谁了吧？

还记得我们在流沙河时说沙僧吃的那九个取经人吗？

越是宏大的项目，越需要高层提前磋商。

越是办大事，越是要提前开小会，小会才是谋篇布局的源流所在。

大圣引着唐僧等，徐徐缓步，登了灵山。不上五六里，见了一道活水，响潺潺滚浪飞流，约有八九里宽阔，四无人迹。三藏心惊道：“悟空，这路来得差了。敢莫大仙错指了？此水这般宽阔，这般汹涌，又不见舟楫，如何可渡？”行者笑道：“不差。你看那壁厢不是一座大桥？要从那桥上行过去，方成正果哩。”长老等又近前看时，桥边有一匾，匾上有“凌云渡”三字，原来是一根独木桥。正是：

远看横空如玉栋，近观断水一枯槎。

维河架海还容易，独木单梁人怎蹅！

万丈虹霓平卧影，千寻白练接天涯。

十分细滑浑难渡，除是神仙步彩霞。

三藏心惊胆战道："悟空，这桥不是人走的，我们别寻路径去来。"行者笑道："正是路，正是路。"八戒慌了道："这是路，那个敢走？水面又宽，波浪又涌，独独一根木桥，又细又滑，怎生动脚？"行者道："你都站下，等老孙走个儿你看。"好大圣，拽开步，跳上独木桥，摇摇摆摆，须臾跑将过去，在那边招呼道："过来，过来！"唐僧摇手，八戒、沙僧咬指道："难！难！难！"行者又从那边跑过来，拉着八戒道："呆子，跟我走，跟我走。"那八戒卧倒在地道："滑！滑！滑！走不得！你饶我罢，让我驾风雾过去。"行者按住道："这是甚么去处，许你驾风雾！必须从此桥上走过，方可成佛。"八戒道："哥啊，佛做不成也罢，实是走不得。"

他两个在那桥边，滚滚爬爬，扯扯拉拉的耍斗，沙僧走去劝解，才撒脱了手。三藏回头，忽见那下溜中有一人撑一只船来，叫道："上渡！上渡！"长老大喜道："徒弟，休得乱顽。那里有只渡船儿来了。"他三个跳起来站定，同眼观看，那船儿来得至近，原来是一只无底的船儿。行者火眼金睛，早已认得是接引祖师，又称为南无宝幢光王佛。行者却不题破，只管叫："撑拢来！撑拢来！"霎时撑近岸边，又叫："上渡！上渡！"三藏见了，又心惊道："你这无底的破船儿，如何渡人？"佛祖道："我这船：

鸿蒙初判有声名，幸我撑来不变更。

有浪有风还自稳，无终无始乐升平。

六尘不染能归一，万劫安然自在行。

无底船儿难过海，今来古往渡群生。"

孙大圣合掌称谢道："承盛意接引吾师。师父，上船去。他这船儿虽是无底，却稳，纵有风浪也不得翻。"长老还自惊疑，行者叉着膊子，往上一推。那师父踏不住脚，毂辘的跌在水里，早被撑船人一把扯起，站在船上。师父还抖衣服，跺鞋脚，报怨行者。行者却引沙僧、八戒，牵马挑担，也上了船，都立在䑺艪之上。那佛祖轻轻用力撑开，只见上溜头泱下一个死尸。长老见了大惊。行者笑道："师父莫怕，那个原来是你。"八戒也道："是你，是你。"沙僧拍着手，也道："是你，是你。"那撑船的打着号子，也说："那是你，可贺！可贺！"他们三人，也一齐声相和。撑着船，不一时，稳稳当当的过了凌云仙渡。三藏才转身，轻轻的跳在彼岸。有诗为证：

脱却胎胞骨肉身，相亲相爱是元神。

今朝行满方成佛，洗净当年六六尘。

唐僧师徒登上灵山后走了不到五六里，看见一道八九里宽阔的活水，响潺潺滚浪飞流，唐僧害怕了，问是不是大仙指错路了。他也是真逗，都到灵山脚下了，那么重要的人物，怎么可能指错嘛！这嘀嘀咕咕的劲儿，你看他改了吗？

在西游宇宙中，成佛靠的是功，而不是悟，是标题说的“功成行满见真如”，书中通篇讲的都是怎样成功的故事。

悟空笑了，给唐僧指了指路，说前面不是有座桥嘛，从那桥上走过去才能成正果！

唐僧到近前看时发现桥边有一匾，匾上有“凌云渡”三字，这所谓的桥，则是一道十分细滑的独木桥。

唐僧心惊胆战地表示这桥不是人走的，要去寻别的路。悟空则表示这就是路，随后还自己走过去，给他们演示了一下，等他到了对岸招呼那仨人过来时，“唐僧摇手，八戒、沙僧咬指道：‘难！难！难！’”

具有最高悟性的悟空针对八戒想驾风雾过河的投机取巧说道：“这是甚么去处，许你驾风雾！必须从此桥上走过，方可成佛。”

这是灵山给肉身成佛开出的最后一道考题，能过这条湿滑独木桥的，说明他通过了以下两点考核，达到了成佛标准：

1. 能力极高。只有具大神通，才能过桥，像八戒、沙僧就不具备这种能力。

2. 悟性极高。只有具大智慧，才能明白设置这座桥的含义，所谓“凌云渡”，“凌”为升腾之意，“凌云”就是直上云霄，你过这个渡口就是鲤鱼跃龙门，咋可能那么轻松！你必须脚踏实地地过去！像腾云驾雾这种想法都是小聪明，没有大智慧的人是琢磨不明白设置这座桥的意义的！

通过设计这座湿滑的独木桥，就能判断出来你有没有肉身成佛的能力和智慧。

悟空不断拉着八戒过河，但八戒哪怕试都不试一下，并亲口表态，这佛不做也罢。

烂泥扶不上墙，你又不是不会水！你试试呗！万一过去了呢？摔下来大不了就是衣服湿了嘛！

师徒四人中，只有悟空具有肉身成佛的资格，剩下三人，无论师父，还是两个徒弟，都亲口放弃了这条道路。

当然，如果你没有本事和智慧，但上面就是想抬举你，那也有办法——你可以抛却这副臭皮囊，死后封神。

下游有一人撑一只船来了，等那船儿来得至近之时，他们才发现居然是一只无底的舟儿。悟空火眼金睛，早已认得那人是接引佛祖，也不道破，配合演戏。佛祖霎时撑近岸边，唐僧心惊道："你这无底的破船儿，如何渡人？"

佛祖作诗表示船没问题，悟空也背书道："他这船儿虽是无底，却稳，纵有风浪也不得翻。"

我们看这段话："长老还自惊疑，行者叉着膊子，往上一推。那师父踏不住脚，毂辘的跌在水里，早被撑船人一把扯起，站在船上。师父还抖衣服，跺鞋脚，报怨行者。行者却引沙僧、八戒，牵马挑担，也上了船，都立在舡艄之上。那佛祖轻轻用力撑开，只见上溜头泱下一个死尸。长老见了大惊。行者笑道：'师父莫怕，那个原来是你。'八戒也道：'是你，是你。'沙僧拍着手，也道：'是你，是你。'那撑船的打着号子，也说：'那是你，可贺！可贺！'"

这无底的船真的没事吗？

玄学意义上，没事，但物理意义上，怎么可能没事？唐僧此时已经死了！

帮他死的，是这一路上救他无数次的悟空，是"行者叉着膊子，往上一推"。后面那首诗说"脱却胎胞骨肉身，相亲相爱是元神"，唐僧的肉身已经死去，脱胎之时，帮他拎出元神的是接引佛祖："那师父踏不住脚，毂辘的跌在水里，早被撑船人一把扯起，站在船上。"

一路上被那么多妖魔垂涎的唐僧肉，一路上被那么多妙人觊觎的元阳，随着唐僧到了灵山，也失去了所有引诱的意义。

金蝉遭贬后，刚出生就被抛入了江里，此时再次被抛入了江里。他这一生从生到死，也算完成了"江流儿"的闭环，真就随波逐流了一辈子。

一语成谶，谶定一生。

此诚所谓广大智慧，登彼岸无极之法。四众上岸回头，连无底船儿却不知去向。行者方说是接引佛祖，三藏方才省悟，急转身，反谢了三个徒弟。行者道："两不相谢，彼此皆扶持也。我等亏师父解脱，借门路修功，幸成了正果；师父也赖我等

保护，秉教伽持，幸脱了凡胎。师父，你这面前花草松篁、鸾凤鹤鹿之胜境，比那妖邪显化之处，孰美孰恶？何善何凶？”三藏称谢不已。一个个身轻体快，步上灵山，早见那雷音古刹：

顶摩霄汉中，根接须弥脉。巧峰排列，怪石参差。悬崖下瑶草琪花，曲径旁紫芝香蕙。仙猿摘果入桃林，却似火烧金；白鹤栖松立枝头，浑如烟捧玉。彩凤双双，青鸾对对。彩凤双双，向日一鸣天下瑞；青鸾对对，迎风耀舞世间稀。又见那黄森森金瓦叠鸳鸯，明幌幌花砖铺玛瑙。东一行，西一行，尽都是蕊宫珠阙；南一带，北一带，看不了宝阁珍楼。天王殿上放霞光，护法堂前喷紫焰。浮屠塔显，优钵花香。正是地胜疑天别，云闲觉昼长。红尘不到诸缘尽，万劫无亏大法堂。

唐僧到达了所有佛弟子都梦寐以求的彼岸。在佛法教导信徒到达彼岸的多种方法中，最主要的是六度，即布施、持戒、忍辱、精进、禅定、般若（智慧），但唐僧过河啥也没靠，是佛祖直接过来接的。很多时候人不能和命争，有的人生来就在罗马，人家唐僧这就是回家了。

四众上岸后再回头，发现无底船不知去向。悟空说刚才那位是接引佛祖，唐僧方才省悟，急转身，谢了三个徒弟。

他是应该好好谢谢仨徒弟，但仨徒弟也确实更该好好谢谢唐僧。肉身成佛的悟空用圆满智慧对唐僧说了这么一番话：“两不相谢，彼此皆扶持也。我等亏师父解脱，借门路修功，幸成了正果；师父也赖我等保护，秉教伽持，幸脱了凡胎。”

世间事能走向成功最核心的一点，是互相需要，利益交织。

在这十万八千里中，僧一度恨死了猴，猴也从来没看得起僧，但那都不重要，不怕彼此责骂，只怕彼此无用。只要互相有需求，什么情绪喜恶，都是事后回顾的调皮点缀。成年人的缘起缘落起于互相有好感，终于互相嫌弃，爱与恨，都不重要，有多少门当户对维持着体面，有多少相爱相杀谁也离不开谁，正是在丑陋现实的互相作用中，我们才都走向了更光明的未来。

成年人的世界中，你对多少人有用，决定着你的终极价值。

很快，八戒、沙僧就该“上秤”，知道自己价值几何了。

师徒四人步上灵山，看到了雷音古刹，天然的“顶摩霄汉中，根接须弥脉”，祥瑞是瑶草琪花、紫芝香蕙、仙猿白鹤、彩凤青鸾，装修是“黄森森金瓦叠鸳鸯，明幌幌花砖铺玛瑙。东一行，西一行，尽都是蕊宫珠阙；南一带，北一带，看不了宝阁珍楼”，总结一下，就是宝藏山、宝藏寺。

佛为福慧两足尊，不光要有圆满的智慧，还要有圆满的福报。

天下熙熙皆为利来，天下攘攘皆为利往。既然如此，劝人向善也就需要以大福大报为底，以大富大贵为纲，仓廪实后谈礼节，衣食足了再聊荣辱。

佛靠金装，让世间人升起信心的从来不是衣衫褴褛，而是五彩霞光。

师徒们逍逍遥遥，走上灵山之顶。又见青松林下列优婆，翠柏丛中排善士。长老就便施礼，慌得那优婆塞、优婆夷、比丘僧、比丘尼合掌道："圣僧且休行礼，待见了牟尼，却来相叙。"行者笑道："早哩，早哩！且去拜上位者。"

那长老手舞足蹈，随着行者，直至雷音寺山门之外。那厢有四大金刚迎住道："圣僧来耶？"三藏躬身道："是弟子玄奘到了。"答毕，就欲进门。金刚道："圣僧少待，容禀过再进。"那金刚着一个转山门报与二门上四大金刚，说："唐僧到了。"二门上又传入三门上，说："唐僧到了。"三山门内原是打供的神僧，闻得唐僧到时，急至大雄殿下，报与如来至尊释迦牟尼文佛说："唐朝圣僧到于宝山取经来了。"佛爷爷大喜，即召聚八菩萨、四金刚、五百阿罗、三千揭谛、十一大曜、十八伽蓝，两行排列，却传金旨，召唐僧进。那里边，一层一节，钦依佛旨，叫："圣僧进来。"这唐僧循规蹈矩，同悟空、悟能、悟净，牵马挑担，径入山门。正是：

当年奋志奉钦差，领牒辞王出玉阶。

清晓登山迎雾露，黄昏枕石卧云霾。

挑禅远步三千水，飞锡长行万里崖。

念念在心求正果，今朝始得见如来。

四众到大雄宝殿殿前，对如来倒身下拜。拜罢，又向左右再拜。各各三匝已遍，复向佛祖长跪，将通关文牒奉上。如来一一看了，还递与三藏。三藏俯囟作礼，启上道："弟子玄奘，奉东土大唐皇帝旨意，遥诣宝山，拜求真经，以济众生。望我佛祖垂恩，早赐回国。"如来方开怜悯之口，大发慈悲之心，对三藏言曰："你那东土，乃南赡部洲。只因天高地厚，物广人稠，多贪多杀，多淫多诳，多欺多诈；不遵佛教，不向善缘，不理三光，不重五谷；不忠不孝，不义不仁，瞒心昧己，大斗小秤，

害命杀牲，造下无边之孽，罪盈恶满，致有地狱之灾。所以永堕幽冥，受那许多碓捣磨舂之苦，变化畜类。有那许多披毛顶角之形，将身还债，将肉饲人。其永堕阿鼻不得超升者，皆此之故也。虽有孔氏在彼，立下仁义礼智之教；帝王相继，治有徒流绞斩之刑，其如愚昧不明、放纵无忌之辈何耶？我今有经三藏，可以超脱苦恼，解释灾愆。三藏：有《法》一藏，谈天；有《论》一藏，说地；有《经》一藏，度鬼。共计三十五部，该一万五千一百四十四卷。真是修真之经，正善之门。凡天下四大部洲之天文、地理、人物、鸟兽、花木、器用、人事，无般不载。汝等远来，待要全付与汝取去，但那方之人，愚蠢村强，毁谤真言，不识我沙门之奥旨。”叫：“阿难、伽叶，你两个引他四众，到珍楼之下，先将斋食待他。斋罢，开了宝阁，将我那三藏之中三十五部之内，各检几卷与他，教他传流东土，永注洪恩。”

唐僧师徒行至灵山之巅，见青松林下列优婆塞、优婆夷、比丘僧、比丘尼，唐僧施礼后，慌得他们合掌赶紧表示，圣僧且休行礼，待见了佛祖后再来相叙。唐僧你都走到这里了，我们哪里还受得起你的礼！唐僧此时已经是“手舞足蹈”的状态了，属实有点失态。凌云渡前心惊，灵山之巅狂喜，唐僧到底还是当初的那个他，不过这些细节随着功成，都不算什么事了。师徒到达雷音寺山门外后被金刚拦住，随后一门、二门、三门接连传入说唐僧到了。佛祖大喜，即召聚四菩萨、八金刚、五百阿罗、三千揭谛、十一大曜、十八伽蓝，两行排列，却传金旨，召唐僧进。（这里原著中说的是八菩萨、四金刚，应该是笔误，因为后面原著又改回四菩萨、八金刚了，而且送唐僧东回的也是八金刚。）

在一层层的佛旨传递后，唐僧师徒终于来到大雄宝殿殿前，见到了他们朝思暮想的佛爷爷。

四众对如来倒身下拜，拜罢，又向左右再拜，各绕佛三匝，随后向佛祖长跪，将通关文牒奉上。

佛祖看了，证明了他们这一路确实是走过来的，还递给唐僧。唐僧作礼启奏：“弟子玄奘，奉东土大唐皇帝旨意，遥诣宝山，拜求真经，以济众生。望我佛祖垂恩，早赐回国。”

国家的意志、皇帝的旨意、弟子的虔诚，所有要素集齐后，佛祖针对此次取经项目作了总结：

1. “你那东土，乃南赡部洲。只因天高地厚，物广人稠，多贪多杀，多淫多诳，多欺多诈；不遵佛教，不向善缘，不理三光，不重五谷；不忠不孝，不义不仁，瞒心昧己，大斗小秤，害命杀牲，造下无边之孽，罪盈恶满，致有地狱之灾。所以永堕幽冥，受那许多碓捣磨舂之苦，变化畜类。有那许多披毛顶角之形，将身还债，将肉饲人。其永堕阿鼻不得超升者，皆此之故也。”

描述现状：阐述南赡部洲情况差到了哪种地步，给出唐皇地狱之灾的原因，讲明东土到底有多么需要被拯救。

2. “虽有孔氏在彼，立下仁义礼智之教；帝王相继，治有徒流绞斩之刑，其如愚昧不明、放纵无忌之辈何耶？”

分析原因：南赡部洲的本土思想有着巨大局限性，无论是儒家还是法家，都教不了大智慧。

3.“我今有经三藏，可以超脱苦恼，解释灾愆。三藏：有《法》一藏，谈天；有《论》一藏，说地；有《经》一藏，度鬼。共计三十五部，该一万五千一百四十四卷。真是修真之经，正善之门。凡天下四大部洲之天文、地理、人物、鸟兽、花木、器用、人事，无般不载。”

解决问题：这万事万物的智慧，我这佛门经典都总结好了，是修真之径、正善之门，天下四大部洲的万事万物都在这三藏真经之中。

4. “汝等远来，待要全付与汝取去，但那方之人，愚蠢村强，毁谤真言，不识我沙门之奥旨。”“阿难、伽叶，你两个引他四众，到珍楼之下，先将斋食待他。斋罢，开了宝阁，将我那三藏之中三十五部之内，各检几卷与他，教他传流东土，永注洪恩。”

展望未来：佛经确实好，但不能都给你，原因是你们东土的人没悟性。其实主要也是为下次拯救南赡部洲的“2.0”项目预留空间。

二尊者即奉佛旨，将他四众领至楼下，看不尽那奇珍异宝，摆列无穷。只见那设供的诸神，铺排斋宴，并皆是仙品仙肴、仙茶仙果，珍羞百味，与凡世不同。师徒们顶礼了佛恩，随心享用。其实是：

宝焰金光映目明，异香奇品更微精。

千层金阁无穷丽，一派仙音入耳清。

素味仙花人罕见，香茶异食得长生。

向来受尽千般苦，今日荣华喜道成。

这番造化了八戒，便宜了沙僧。佛祖处正寿长生、脱胎换骨之馔，尽着他受用。

二尊者陪奉四众餐毕，却入宝阁。开门登看，那厢有霞光瑞气，笼罩千重；彩雾祥云，遮漫万道。经柜上，宝箧外，都贴了红签，楷书着经卷名目。乃是：

《涅槃经》一部，七百四十八卷

《菩萨经》一部，一千二十一卷

《虚空藏经》一部，四百卷

《首楞严经》一部，一百一十卷

《恩意经大集》一部，五十卷

《决定经》一部，一百四十卷

《宝藏经》一部，四十五卷

《华严经》一部，五百卷

《礼真如经》一部，九十卷

《大般若经》一部，九百一十六卷

《大光明经》一部，三百卷

《未曾有经》一部，一千一百一十卷

《维摩经》一部，一百七十卷

《三论别经》一部，二百七十卷

《金刚经》一部，一百卷

《正法论经》一部，一百二十卷

《佛本行经》一部，八百卷

《五龙经》一部，三十二卷

《菩萨戒经》一部，一百一十六卷

《大集经》一部，一百三十卷

《摩竭经》一部，三百五十卷

《法华经》一部，一百卷

《瑜伽经》一部，一百卷

《宝常经》一部，三百六十卷

《西天论经》一部，一百三十卷

《僧祇经》一部，一百五十六卷

《佛国杂经》一部，一千九百五十卷

《起信论经》一部，一千卷

《大智度经》一部，一千八十卷

《宝威经》一部，一千二百八十卷

《本阁经》一部，八百五十卷

《正律文经》一部，二百卷

《大孔雀经》一部，二百二十卷

《维识论经》一部，一百卷

《具舍论经》一部，二百卷

阿难、伽叶引唐僧看遍经名，对唐僧道："圣僧东土到此，有些甚么人事送我们？快拿出来，好传经与你去。"三藏闻言道："弟子玄奘，来路迢遥，不曾备得。"二尊者笑道："好，好，好！白手传经继世，后人当饿死矣。"行者见他讲口扭捏，不肯传经，他忍不住叫噪道："师父，我们去告如来，教他自家来把经与老孙也。"阿难道："莫嚷！此是甚么去处，你还撒野放刁！这边来接着经。"八戒、沙僧耐住了性子，劝住了行者，转身来接。一卷卷收在包里，驮在马上，又捆了两担，八戒与沙僧挑着，却来宝座前叩头，谢了如来，一直出门。逢一位佛祖拜两拜，见一尊菩萨拜两拜。又到大门，拜了比丘僧、尼，优婆夷、塞，一一相辞，下山奔路不题。

阿难、迦叶二尊者奉佛旨将四众领至楼下，宝藏寺中，"看不尽那奇珍异宝，摆列无穷"，连吃的也尽皆是"仙品仙肴、仙茶仙果，珍羞百味，与凡世不同"。

灵山虽在人间，待遇却已经是天宫级别了。

"向来受尽千般苦，今日荣华喜道成。"这顿款待功臣的大餐造化了八戒，便宜了沙僧。

为啥安排四人吃这顿饭呢？

为了脱胎换骨。"佛祖处正寿长生、脱胎换骨之馔，尽着他受用。"要不为啥八戒之后脾胃突然就弱了？

这头猪的质变，靠的不是他自己，靠的还是外缘输入。

取经四人中，真正靠自己质变的，只有主人公孙悟空。

四人吃完饭，随二尊者入宝阁，然后进入著名的二尊者找唐僧要人事环节。

唐僧被问蒙了，说他们这一路走来没准备。随后二尊者笑道："好，好，好！白手传经继世，后人当饿死矣。"

悟空听罢，忍不住叫嚷要去告如来，阿难道："莫嚷！此是甚么去处，你还撒野放刁！这边来接着经。"取经团队就这样取走了经。

这段内容有两个写作目的：

1. 提醒读者，悟空没有拿出来当初说要在灵山见佛祖送上的犀牛角。

为啥悟空说话不算话了呢？

那角极能分水，是能填补悟空唯一战斗短板的宝贝，他怎么可能撒手。

2. 二位尊者要"人事"这话不是对唐僧说的，而是对李世民说的。此时是给唐僧种个种子，让他有个印象，等他回国翻开经文发现什么玩意都没有，就能想起来了。

"白手传经继世，后人当饿死矣。"这句话在李世民听来该是多么恐怖，佛祖这是拿话点我呢！白取了经，我的后人是要被饿死的！对！这事赖我！这么牛的经怎么能空着手去取呢？赶紧给我备大礼！孙长老，您老受累，再来一趟吧！

却说那宝阁上有一尊燃灯古佛，他在阁上，暗暗的听着那传经之事，心中甚明，原是阿难、伽叶将无字之经传去。却自笑云："东土众生愚迷，不识无字之经，却不枉费了圣僧这场跋涉。"问："座边有谁在此？"只见白雄尊者闪出。古佛分付道："你可作起神威，飞星赶上唐僧，把那无字之经夺了，教他再来求取有字之经。"白雄尊者，即驾狂风，滚离了雷音寺山门之外，大作神威。那阵好风，真个是：

佛前勇士，不比巽二风神。仙窍怒号，远赛吹嘘少女。这一阵，鱼龙皆失穴，江海逆波涛。玄猿捧果难来献，黄鹤回云找旧巢。丹凤清音鸣不美，锦鸡喔运叫声嘈。青松枝折，优钵花飘。翠竹竿竿倒，金莲朵朵摇。钟声远送三千里，经韵轻飞万壑高。崖下奇花残美色，路旁瑶草偃鲜苗。彩鸾难舞翅，白鹿躲山崖。荡荡异香漫宇宙，清清风气彻云霄。

那唐长老正行间，忽闻香风滚滚，只道是佛祖之祯祥，未曾提防。又闻得响一

声，半空中伸下一只手来，将马驮的经轻轻抢去。諕得个三藏捶胸叫唤，八戒滚地来追，沙和尚护守着经担，孙行者急赶去如飞。那白雄尊者，见行者赶得将近，恐他棒头上没眼，一时间不分好歹，打伤身体，即将经包摔碎，抛在尘埃。行者见经包破落，又被香风吹得飘零，却就按下云头顾经，不去追赶。那白雄尊者收风敛雾，回报古佛不题。

八戒去追赶，见经本落下，遂与行者收拾，背着来见唐僧。唐僧满眼垂泪道："徒弟呀！这个极乐世界，也还有凶魔欺害哩。"沙僧接了抱着的散经，打开看时，原来雪白，并无半点字迹，慌忙递与三藏道："师父，这一卷没字。"行者又打开一卷看时，也无字，八戒打开一卷，也无字。三藏叫："通打开来看看。"卷卷俱是白纸。长老短叹长吁的道："我东土人果是没福。似这般无字的空本，取去何用？怎么敢见唐王，诳君之罪，诚不容诛也。"行者早已知之，对唐僧道："师父，不消说了。这就是阿难、伽叶那厮，问我要人事没有，故将此白纸本子与我们来了。快回去告在如来之前，问他掯财作弊之罪。"八戒嚷道："正是，正是，告他去来！"

四众急急回山无好步，忙忙又转上雷音。不多时，到于山门之外，众皆拱手相迎，笑道："圣僧是来换经了？"三藏点头称谢。众金刚也不阻挡，让他进去，直至大雄殿前。行者嚷道："如来！我师徒们受了万折千磨，千辛万苦，自东土拜到此处，蒙如来分付传经，被阿难、伽叶掯财不遂，通同作弊，故意将无字的白纸本儿教我们拿去。我们拿他去何用？望如来敕治！"佛祖笑道："你且休嚷。他两个问你要人事之情，我已知矣。但只是经不可轻传，亦不可以空取。向时众比丘圣僧下山，曾将此经在舍卫国赵长者家与他诵了一遍，保他家生者安全，亡者超脱，只讨得他三斗三升米粒黄金白银，我还说他们忒卖贱了，教后代儿孙没钱使用。你如今空手来取，是以传了白本。白本者，乃无字真经，倒也是好的。因你那东土众生，愚迷不悟，只可以此传之耳。"即叫："阿难、伽叶，快将有字的真经，每部中各检几卷与他，来此报数。"

二尊者复领四众到珍楼宝阁之下，仍问唐僧要些人事。三藏无物奉承，即命沙僧取出紫金钵盂，双手奉上道："弟子委是穷寒路远，不曾备得人事。这钵盂乃唐王亲手所赐，教弟子持此沿路化斋。今特奉上，聊表寸心。万望尊者不鄙轻亵，将此收下，待回朝奏上唐王，定有厚谢。只是以有字真经赐下，庶不孤钦差之意，远涉之劳也。”那阿难接了，但微微而笑。被那些管珍楼的力士，管香积的庖丁，看阁的尊者，你抹他脸，我扑他背，弹指的，扭唇的，一个个笑道：“不羞！不羞！须索取经的人事。”须臾把脸皮都羞皱了，只是拿着钵盂不放。伽叶却才进阁检经，一一查与三藏。三藏却叫：“徒弟们，你们都好生看看，莫似前番。”他三人接一卷，看一卷，却都是有字的。传了五千零四十八卷，乃一藏之数，收拾齐整，驮在马上。剩下的还装了一担，八戒挑着。自己行李，沙僧挑着。行者牵了马，唐僧拿了锡杖，按一按毗卢帽，抖一抖锦袈裟，才喜喜欢欢，到我佛如来之前。正是那：

大藏真经滋味甜，如来造就甚精严。

须知玄奘登山苦，可笑阿难却爱钱。

先次未详亏古佛，后来真实始安然。

至今得意传东土，大众均将雨露沾。

灵山念佛序列第一位的燃灯古佛知道阿难和迦叶将无字之经传去之后笑道：“东土众生愚迷，不识无字之经，却不枉费了圣僧这场跋涉。”随后安排身边的白雄尊者把无字之经夺了，“教他再来求取有字真经”。

白雄尊者将经抢去后，在天上来了个“天使散花”，唐僧打开散经发现上面雪白无字后，短叹长吁道：“我东土人果是没福。似这般无字的空本，取去何用？怎么敢见唐王，诳君之罪，诚不容诛也。”

悟空对唐僧说这是阿难、迦叶索贿，我们去如来那儿举报去。注意后面这句话：“不多时，到于山门之外，众皆拱手相迎，笑道：‘圣僧是来换经了？’”

注意，此时山门那儿的人都知道经不对了，后面我们拢齐了线索一块儿说。

再回了大雄宝殿，悟空就开嚷了，告状的这番话堪称职场问责教科书：

1.“如来！我师徒们受了万折千磨，千辛万苦，自东土拜到此处。”

先肯定自己的功劳与苦劳，取到经，我们应当应分。

2.“蒙如来分付传经，被阿难、伽叶掯财不遂，通同作弊，故意将无字的白纸本儿教我们拿去。”

佛爷爷是好的，身边人是坏的。

3.“我们拿他去何用？望如来敕治！”

这无字经取走，是给这项目抹黑，佛爷爷给个说法。

我们再看看佛祖给的解释，没有任何一个下属听完后会不愿意为佛祖赴汤蹈火，肝脑涂地：

1.“你且休嚷。他两个问你要人事之情，我已知矣。但只是经不可轻传，亦不可以空取。”

别埋怨我的人，他俩干的事我都知道，我都兜底。

2.“向时众比丘圣僧下山，曾将此经在舍卫国赵长者家与他诵了一遍，保他家生者安全，亡者超脱，只讨得他三斗三升米粒黄金白银，我还说他们忒卖贱了，教后代儿孙没钱使用。你如今空手来取，是以传了白本。”

举个具体事例告诉你，人家的道理在哪儿。很久很久前我就说过，三斗三升米粒黄金白银都算是卖贱了，他们一直都在按我的指令做事。

3.“白本者，乃无字真经，倒也是好的。因你那东土众生，愚迷不悟，只可以此传之耳。”

给你白本经书是为你好！你那儿的人读不明白有字真经！

总之，领导永远有理，说啥是理，啥就是理，永远掌握着最终解释权。

最终，佛祖让二尊者将有字的真经“每部中各检几卷与他”。即便如此，等再入珍楼宝阁时，二尊者依旧找唐僧要人事，最终逼得唐僧拿出紫金钵盂并表示“待回朝奏上唐王，定有厚谢”之后，才传了他们一藏经文。

我们来说说佛祖传这无字真经的用意。

这趟取经的需求是什么？

是唐僧“保我王江山永固”，是为了回去做法会。

佛祖安排这趟取经，仅仅是为了给李世民平账用吗？

佛祖要的是影响力，是一代又一代的佛弟子在南赡部洲开枝散叶，是东土大唐从上到下永远将佛祖挂在心头。

如果就让你这么轻松地取走，你会珍惜吗？

“难！难！难！道最玄，莫把金丹作等闲。”

此时让你取走了经，本质上就是大唐皇帝派了个高僧来灵山，白白取得了经，目的性极强且单一，万一李世民办完法会，用完就扔呢？

唐僧师徒知道这十万八千里不易，但李世民还没有概念。

所谓佛有三宝，佛宝、法宝、僧宝。

佛宝，是指已经成就圆满的一切诸佛。

法宝，即诸佛的教法。

僧宝，即依诸佛教法如实修行的出家沙门。

法宝给你了，佛宝和僧宝也得跟上才行。这取经的“人事”不是找你要多少黄金多少珍宝，千里迢迢，你也送不过来。佛祖大概率是要李世民皈依佛门，造多少寺庙佛塔并规定复印多少份经文来传颂天下。

佛祖本来的计划是唐僧师徒回了大唐，打开佛经后才发现是无字经，导致消灾法会做不了，然后唐僧师徒再想起来阿难、迦叶要人事的碴儿，去跟李世民汇报。这时候，老李才明白：哦，对对对！这么牛的东西，保江山永固的东西，我怎么可能光出资俩从者和一匹白马就给取来了呢？！赶紧把最牛的宝贝准备出来，孙长老受累再给送一趟。我马上安排在长安建一座最牛的宇宙第一大寺来供养真经。

佛祖的预期思路是没问题的，但即便是佛祖，也依旧有需要妥协的地方。

这趟取经并没有如最开始预想的一样敲锣打鼓、引人注目地来，也并非沿途所有国家都变得崇佛了，是直到后期悟空开了窍之后才达到预期效果。攒了这么宏大的项目，最终也仅仅提拔起来两个真正想提拔的人，黄毛老鼠那儿还没着落呢；眼下想用无字经夯实拿下大唐的最后一击，结果又被燃灯古佛阻挠了。

燃灯古佛派白雄尊者把这事提前戳破了，就代表着他不希望佛祖在大唐扎下那么大的根，不希望他把大唐控制得那么坚实。

你可能会纳闷，不都是佛门自己人吗？这不是振兴本门派吗？

还记得道门的太上老君和燃灯古佛在王母娘娘的蟠桃会时搞学术论坛吗？还记得弥勒佛祖来收服黄眉时说自己去赴了谁的会吗？

西游宇宙的斗争从来不是佛就是佛，道就是道。

佛道的高层之间，有时候会比他们跟各自本门派的所谓“自己人”要亲近得多，这就好比玉帝通篇都跟如来那么亲近，他甚至在猴子蹬倒了八卦炉后，明牌让老君丢脸，喊如来佛祖来收拾残局，给灵山抬点。

燃灯古佛不同意这事，人家不仅把这事戳破了，还迅速扩大了影响。还记得前面的那句吗？“不多时，到于山门之外，众皆拱手相迎，笑道：‘圣僧是来换经了？’”

弄得那么多人都知道，这就是老佛祖明牌表态了：你这趟必须给我把经送回去！别再整出个《西游记》续集啥的了！

作为佛门最高层的如来佛祖面对来自燃灯古佛的压力，也需要妥协。

这其实才是真实的世界，无论是谁，都会有制约，都不能为所欲为。

阿难、伽叶引唐僧来见如来。如来高升莲座，指令降龙、伏虎二大罗汉敲响云磬，遍请三千诸佛、三千揭谛、八金刚、四菩萨、五百尊罗汉、八百比丘僧、大众优婆塞、比丘尼、优婆夷，各天各洞，福地灵山，大小尊者圣僧。该坐的，请登宝座，该立的，侍立两旁。一时间，天乐遥闻，仙音响亮，满空中祥光叠叠，瑞气重重，诸佛毕集，参见了如来。如来问："阿难、伽叶，传了多少经卷与他？可一一报数。"二尊者即开报："现付去唐朝：

《涅槃经》四百卷

《菩萨经》三百六十卷

《虚空藏经》二十卷

《首楞严经》三十卷

《恩意经大集》四十卷

《决定经》四十卷

《宝藏经》二十卷

《华严经》八十一卷

《礼真如经》三十卷

《大般若经》六百卷

《大光经》五十卷

《未曾有经》五百五十卷

《维摩经》三十卷

《三论别经》四十二卷

《金刚经》一卷

《正法论经》二十卷

《佛本行经》一百一十六卷

《五龙经》二十卷

《菩萨戒经》六十卷

《大集经》三十卷

《摩竭经》一百四十卷

《法华经》十卷

《瑜伽经》三十卷

《宝常经》一百七十卷

《西天论经》三十卷

《僧祇经》一百一十卷

《佛国杂经》一千六百三十八卷

《起信论经》五十卷

《大智度经》九十卷

《宝威经》一百四十卷

《本阁经》五十六卷

《正律文经》十卷

《大孔雀经》十四卷

《维识论经》十卷

《具舍论经》十卷

在藏总经，共三十五部，各部中检出五千零四十八卷，与东土圣僧，传留在唐。现俱收拾整顿于马驮人担之上，专等谢恩。”

三藏四众，拴了马，歇了担，一个个合掌躬身，朝上礼拜。如来对唐僧言曰：“此经功德，不可称量。虽为我门之龟鉴，实乃三教之源流。若到你那南赡部洲，示与一切众僧，不可轻慢，非沐浴斋戒，不可开卷。宝之！重之！盖此内有成仙了道之奥妙，有发明万化之奇方也。”三藏叩头谢恩，信受奉行，依然对佛祖遍礼三匝，承谨归诚，领经而去。去到三山门，一一又谢了众圣不题。

如来因打发唐僧去后，才散了传经之会。旁又闪上观世音菩萨，合掌启佛祖道：“弟子当年领金旨向东土寻取经之人，今已成功，共计得一十四年，乃五千零四十日，还少八日，不合藏数。望我世尊，早赐圣僧回东转西，须在八日之内，庶完藏数。

准弟子缴还金旨。”如来大喜道：“所言甚当，准缴金旨。”即叫八大金刚分付道：“汝等快使神威，驾送圣僧回东，把真经传留，即引圣僧西回。须在八日之内，以完一藏之数，勿得迟违。”金刚随即赶上唐僧，叫道：“取经的，跟我来。”唐僧等俱身轻体健，荡荡飘飘，随着金刚，驾云而起。这才是：

见性明心参佛祖，功完行满即飞升。

毕竟不知回东土怎生传授，且听下回分解。

传了有字真经后，取经的项目才算真正完结，阿难、迦叶引唐僧来见如来。“如来高升莲座，指令降龙、伏虎二大罗汉敲响云磬，遍请三千诸佛、三千揭谛、八金刚、四菩萨、五百尊罗汉、八百比丘僧、大众优婆塞、比丘尼、优婆夷，各天各洞，福地灵山，大小尊者圣僧。该坐的，请登宝座，该立的，侍立两旁。”

所有人都来参见了佛祖后，佛祖让阿难和迦叶将所传经卷报数，盖棺论定地对佛门的所有人进行公示了。

佛祖在对佛门亮实力：只要是咱攒的事，只要是咱设的局，那就一定能圆圆满满完成！不仅这回把咱们佛门的真经传过去了，相信我，后面我还会带领咱们灵山走向更大的辉煌！

唐僧师徒再次礼拜谢恩之后，佛祖最终为这次取经总结了意义：

1. “此经功德，不可称量。虽为我门之龟鉴，实乃三教之源流。”

佛祖亲口反驳太上老君的“化胡为佛”论调，那是他胡说，咱们佛法才是儒释道三教之源流！

2. “若到你那南赡部洲，示与一切众僧，不可轻慢，非沐浴斋戒，不可开卷。”

经是宝贝，那些“贪淫乐祸”之人都给我放尊重些！

3. “宝之！重之！盖此内有成仙了道之奥妙，有发明万化之奇方也。”

这个经文不仅仅是用来平账的，里面的奥秘，你就学去吧。取的经不只是让你做个法会用的，是让李世民把佛法传遍大唐！

唐僧师徒叩头谢恩，对佛祖遍礼三匝后领经而去。散了传经之会后，观世音菩萨来找佛祖汇报了，注意这个分寸，是：“如来因打发唐僧去后，才散了传经之会。旁又闪上观世音菩萨，合掌启佛祖道……”

大会的主角，永远是总结发言的那位，哪怕你是亲自操盘项目的总指挥，你的所有建议也一定要在传经大会之后才能汇报，永远不要抢了领导的光辉。

观世音菩萨合掌启奏佛祖道："弟子当年领金旨向东土寻取经之人，今已成功，共计得一十四年，乃五千零四十日，还少八日，不合藏数。望我世尊，早赐圣僧回东转西，须在八日之内，庶完藏数。准弟子缴还金旨。"

佛祖传了一藏之经，菩萨也得跟上领导思路，从时间上凑足这一藏之数。

佛祖听后，太高兴了，观音菩萨真是好弟子啊！他大喜道："所言甚当，准缴金旨。"随后叫八大金刚去送唐僧西回，在八日之内完成一藏之数。

第九十九回

九九数完魔划尽，三三行满道归根

话表八金刚既送唐僧回国不题。那二层门下，有五方揭谛、四值功曹、六丁六甲、护教伽蓝，走向观音菩萨前启道：“弟子等向蒙菩萨法旨，暗中保护圣僧。今日圣僧行满，菩萨缴了佛祖金旨，我等望菩萨准缴法旨。”菩萨亦甚喜道：“准缴，准缴。”又问道：“那唐僧四众，一路上心行何如？”诸神道：“委实心虔志诚，料不能逃菩萨洞察。但只是唐僧受过之苦，真不可言。他一路上历过的灾愆患难，弟子已谨记在此。这就是他灾难的簿子。”菩萨从头看了一遍。这正是那：

蒙差揭谛皈依旨，谨记唐僧难数清：
金蝉遭贬第一难，出胎几杀第二难，
满月抛江第三难，寻亲报冤第四难，
出城逢虎第五难，落坑折从第六难，
双叉岭上第七难，两界山头第八难，
陡涧换马第九难，夜被火烧第十难，
失却袈裟十一难，收降八戒十二难，
黄风怪阻十三难，请求灵吉十四难，
流沙难渡十五难，收得沙僧十六难，
四圣显化十七难，五庄观中十八难，

难活人参十九难，贬退心猿二十难，
黑松林失散二十一难，宝象国捎书二十二难，
金銮殿变虎二十三难，平顶山逢魔二十四难，
莲花洞高悬二十五难，乌鸡国救主二十六难，
被魔化身二十七难，号山逢怪二十八难，
风摄圣僧二十九难，心猿遭害三十难，
请圣降妖三十一难，黑河沉没三十二难，
搬运车迟三十三难，大赌输赢三十四难，
祛道兴僧三十五难，路逢大水三十六难，
身落天河三十七难，鱼篮现身三十八难，
金皘山遇怪三十九难，普天神难伏四十难，
问佛根源四十一难，吃水遭毒四十二难，
西梁国留婚四十三难，琵琶洞受苦四十四难，
再贬心猿四十五难，难辨猕猴四十六难，
路阻火焰山四十七难，求取芭蕉扇四十八难，
收缚魔王四十九难，赛城扫塔五十难，
取宝救僧五十一难，棘林吟咏五十二难，
小雷音遇难五十三难，诸天神遭困五十四难，
稀柿衕秽阻五十五难，朱紫国行医五十六难，
拯救疲癃五十七难，降妖取后五十八难，
七情迷没五十九难，多目遭伤六十难，
路阻狮驼六十一难，怪分三色六十二难，
城里遇灾六十三难，请佛收魔六十四难，
比丘救子六十五难，辨认真邪六十六难，
松林救怪六十七难，僧房卧病六十八难，
无底洞遭困六十九难，灭法国难行七十难，
隐雾山遇魔七十一难，凤仙郡求雨七十二难，
失落兵器七十三难，会庆钉钯七十四难，

竹节山遭难七十五难，玄英洞受苦七十六难，

赶捉犀牛七十七难，天竺招婚七十八难，

铜台府监禁七十九难，凌云渡脱胎八十难，

路过十万八千里，圣僧历难簿分明。

菩萨将难簿目过了一遍，急传声道："佛门中'九九'归真。圣僧受过八十难，还少一难，不得完成此数。"即令揭谛："赶上金刚，还生一难者。"这揭谛得令，飞云一驾向东来，一昼夜赶上八大金刚，附耳低言道："如此如此……谨遵菩萨法旨，不得违误。"八金刚闻得此言，刷的把风按下，将他四众，连马与经，坠落在地。噫！正是那：

九九归真道行难，坚持笃志立玄关。

必须苦练邪魔退，定要修持正法还。

莫把经章当容易，圣僧难过许多般。

古来妙合参同契，毫发差时不结丹。

八金刚送唐僧回国后，取经摄像组来找观音菩萨回缴法旨了，菩萨也甚喜准缴，随后看了看唐僧的灾难簿子。在这些劫难中，最关键的是开头："金蝉遭贬第一难，出胎几杀第二难，满月抛江第三难……"

作者夯实了金蝉子遭贬之后就投胎成唐僧的设定，就此明确了佛祖二弟子的尊贵性和特殊性。这次金蝉脱壳也是对如来佛祖核心圈的一次意志凝聚——哪怕都"致死金蝉"了，哪怕理论上已经捞不回来了，但佛祖依旧能够以退为进地先贬了他，再绕个圈把他提拔起来，没有什么十世修行、九世被吃的事，佛祖对于身边人，都宝贝得不得了。你看他是怎么回撑悟空对于阿难、迦叶的指控的，那俩人也是他十大弟子之一，他都跟对金蝉子一样疼爱：我的弟子，甭管对错，轮不到别人来说！

说回来，菩萨看过难簿目后急传声道："佛门中'九九'归真。圣僧受过八十难，还少一难，不得完成此数。"即令揭谛："赶上金刚，还生一难者。"

这句话不是电视剧中如来佛祖说的，而是观音菩萨说的。

至此，我们复盘一下取经项目的总指挥观世音菩萨。

此次取经项目，如果论头功的话，悟空都应该去边儿上站着，合影时在佛祖旁边握手微笑的应该是观音菩萨。从最开始接下取经项目，去天宫和玉帝具体沟通，

把取经高度上升为所谓“唐三藏西天取经，无神不保，无天不祐，三界通知，十方拥护”的顶配高度，到画圈围绕李世民地府还魂的立项攒局，再到为悟空前期一次次往落伽山跑的辅助平事，总体来说，虽然不否认取经团队的执行层面功劳，但这经之所以能成功走上道，成了气候，大部分的功劳都有赖于观音菩萨一步一步攒的局。

佛祖和玉帝这两位高层通了气、点了头后，观音菩萨具体把项目落地。唐僧师徒之所以能一路斩妖除魔，是因为领导都已经沟通好了，菩萨把这事立项公示并推进上马了。

唐僧确实受了很多罪，确实一路苦历千难万险，但他之所以有这个机会受这个罪，最后奔到了前程，是因为领导们去各个地方打过招呼，不看僧面看佛面。

在古代，衙门里的很多会议都不是传统印象中我们在电视上看到的那种，各种头脑风暴碰撞得火热，其实真正重要的内容，领导们在会前就沟通好了，跟骨干们也都布置完了，议事时大家基本都是来表示同意的。

在古代，如果议事时出现了各种阻力，要么是这官不会当，要么是这官拢不住手下人。

佛祖跟玉帝碰头，随后派观音菩萨去联络运作，最终派要提拔的小棋子们去执行，这是西游宇宙里完成一个项目的基本流程。

为什么要绕这样一个圈子呢?

因为每个项目都关乎利益的较量，都会有变数，都需要具体问题具体分析。

领导们永远要有回旋的余地，一旦高层领导出面，就没有后手了。

比如取经，为什么佛祖和玉帝不能直接安排呢?

因为除了玉帝和佛祖，还有别的神佛没点头呗。

这就得让悟空去平顶山受那三座大山压的罪，去担差点被那紫金葫芦化成水的风险，去让满天神将在一头牛那里丢了面子，去带着二十八宿在人种袋里滚上几圈。

悟空豁出老命的奋斗，不过是希望将来不再做棋子。

悟空的下一个阶段，是做大佬们点头通气后的项目沟通者。

观音菩萨一次次地勇挑重担，是为了有朝一日能和佛祖、玉帝这一级别的领导一起攒事。

你说观音菩萨在这次取经后得到了什么呢？也没见什么嘉奖啊？

观音菩萨这个级别的，已经不是单纯要什么嘉奖了。

这种大项目操盘下来，观音菩萨对于三界方方面面渗透的权威和影响力，是悟空这个封了佛号的棋子级选手根本比不了的。

观音菩萨对于取经这事是有着直接控制权的，比如时间上要符合佛祖的预期，又比如八十难不够数，要赶紧再凑一难。观音菩萨开了头，最终也是人家收了尾。

哪怕佛祖就在旁边，但在具体事情的操作上，也得看观音菩萨的具体布置！

在这次取经结束后，菩萨肉眼可见的收益如下：

1. 守山大神和善财童子；

2. 对给善财童子三十个山神、三十个土地当家奴的背后人物的牵制力；

3. 地仙之祖镇元大仙的救树之恩；

4. 取经团队都是她的弟子。

之前小白龙吃了白马，悟空是这样就紧箍咒之事对菩萨发牢骚的：“你这个七佛之师、慈悲的教主！你怎么生方法儿害我！”

菩萨是七佛之师。

这次取经后，下一个项目的“新悟空”再称呼菩萨时，就该改口“你这个九佛之师”了。

什么叫五方五老的地位？这就是！

这么一个三界闻名，一路掀了无数桌子、降了无数妖精的取经项目组，在观音菩萨的操盘下圆满成功了。作为对比，在乌鸡国那关中，作者这个“坏蛋”抹黑我最爱的文殊菩萨，你再回头细品一下。

唐僧很快也会法力无边，马上也该担任佛门要职、配坐骑了，也许哪天他就骑着牛魔王出来了，佛祖给个箍儿，唐僧知道个咒语就成了。

对于唐僧，他的咒语是重要的，教他这个咒语的人是最重要的。

像唐长老这种生态位的，大家感觉眼熟吗？

要正视，别急眼，人家毕竟是佛祖的二弟子。

当然，职能与角色的重要，在领导那里永远存在比例，布置任务时也各有安排。有文殊菩萨和旃檀功德佛这种的，也就有佛祖口中有大法力的、“别个是也去不得……神通广大，方可去得”的观音尊者和“在途中炼魔降怪有功，全终全始”的斗战胜佛。

你猜，日后再有类似取经的项目时，佛祖会派旃檀功德佛去攒局呢？还是会派斗战胜佛去攒局呢？

答案还用说吗？

猴哥一路西行过来之后，已经变成了又一位“观音尊者”。整个天竺国现在都沉浸在猴哥的恩情中，悟空已经在这次取经中完完全全地证明了自己的能力。他的未来，不在灵山，这么能干的人才不能紧紧拴在身边，那样就屈才了；悟空的未来是回花果山，是回东胜神洲，肩负起打开新局面的任务。

三藏脚踏了凡地，自觉心惊。八戒呵呵大笑道：“好，好，好！这正是要快得迟。”沙僧道：“好,好,好！因是我们走快了些儿,教我们在此歇歇哩。”大圣道：“俗语云：‘十日滩头坐，一日行九滩。’”三藏道：“你三个且休斗嘴，认认方向，看这是甚么地方。”沙僧转头四望道：“是这里！是这里！师父,你听听水响。”行者道：“水响想是你的祖家了。”八戒道：“他祖家乃流沙河。”沙僧道：“不是，不是。此通天河也。”三藏道：“徒弟呵，仔细看在那岸。”行者纵身跳起，用手搭凉篷仔细看了，下来道：“师父，此是通天河西岸。”三藏道：“我记起来了，东岸边原有个陈家庄。那年到此，亏你救了他儿女，深感我们，要造船相送，幸白鼋伏渡。我记得西岸上四无人烟，这番如何是好？”八戒道：“只说凡人会作弊，原来这佛面前的金刚也会作弊。他奉佛旨，教送我们东回，怎么到此半路上就丢下我们？如今岂不进退两难，怎生过去？”沙僧道：“二哥休报怨。我的师父已得了道，前在凌云渡已脱了凡胎，今番断不落水，教师兄同你我都作起摄法，把师父驾过去也。”行者频频的暗笑道：“驾不去，驾不去。”你看他怎么就说个“驾不去”？若肯使出神通，说破飞升之奥妙，师徒们就一千个河也过去了，只因心里明白，知道唐僧九九之数未完，还该有一难，故羁留于此。

师徒们口里纷纷的讲，足下徐徐的行，直至水边。忽听得有人叫道：“唐圣僧！唐圣僧！这里来！这里来！”四众皆惊，举头观看，四无人迹，又没舟船，却是一个大白赖头鼋在岸边探着头叫道：“老师父，我等了你这几年，却才回也？”行者笑道："老鼋，向年累你，今岁又得相逢。"三藏与八戒、沙僧都欢喜不尽。行者道："老鼋，你果有接待之心，可上岸来。"那鼋纵身爬上河来。行者叫把马牵上他身，八戒还蹲在马尾之后，唐僧站在马颈左边，沙僧站在右边，行者一脚踏着老鼋的项，一脚踏着老鼋的头，叫道："老鼋，好生走稳着。"那老鼋登开四足，踏水面如行平地，将他师徒四众，连马五口，驮在身上，径回东岸而来。诚所谓：

不二门户法奥玄，诸魔战退识人天。

本来面目今方见，一体原因始得全。

秉证三乘凭出入，丹成九转任周旋。

挑包飞杖通休讲，幸喜还原遇老鼋。

老鼋驮着他们，蹁波踏浪，行经半多日，将次天晚，好近东岸，忽然问道："老师父，我向年曾央到西方见我佛如来，与我问声归着之事，还有多少年寿，可曾问否？"原来那长老自到西天玉真观沐浴，凌云渡脱胎，步上灵山，专心拜佛，及参诸佛菩萨圣僧等众，意念只在取经，他事一毫不理，所以不曾问得老鼋年寿，无言可答；却又不敢欺打诳语，沉吟半晌，不曾答应。老鼋即知不曾替他问，他就将身一幌，唿喇的淬下水去，把他四众连马并经，通皆落水。咦！还喜得唐僧脱了胎，成了道，若似前番，已经沉底。又幸白马是龙，八戒、沙僧会水，行者笑巍巍显大神通，把唐僧扶驾出水，登彼东岸。只是经包、衣服、鞍辔俱尽湿了。

金刚接了法旨后直接给唐僧师徒扔下来了，就此来到了喜闻乐见的傻冤家扔唐僧师徒环节。

师徒又来到了八百里通天河，沙僧本来建议直接把唐僧摄过去，反正也脱了凡胎，但悟空笑道不可以。

还是悟空聪明，所谓"你看他怎么就说个'驾不去'？若肯使出神通，说破飞升之奥妙，师徒们就一千个河也过去了，只因心里明白，知道唐僧九九之数未完，还该有一难，故稽留于此"。

这是揭谛跟金刚说了悄悄话后给他们扔下来的，明显是人力部门在提拔干部之前整理档案，发现唐僧还差一段基层工作经验，还得下凡走段挂职的流程嘛！

老鼋来驮他们了，问唐僧有没有帮忙问他托付的那件事，看唐僧没问，一个不高兴就给唐僧扔河里了。

呵呵，之前我们在通天河那关时就说过，这傻冤家眼皮子浅，而且他得罪人的时机更显荒诞。所谓“老鼋驮着他们,蹁波踏浪,行经半多日,将次天晚,好近东岸”,都快给人家送到了,老鼋你就非要“现货现结”啊？水府是谁给你夺回来的？忘了？

你这辈子就只见他们一次？你不知道让马上成佛的佛祖欠一个大人情有多么值钱吗？

你不知道你是整个取经项目中唯一在去程和回程都帮了忙的存在吗？唐僧将来给你在佛祖那里美言几句，顶你几辈子的奋斗啊！

眼皮子浅,忘恩负义,不辨强弱,就这脑瓜,还想要脱去本壳,你快在水里泡着吧。

再者说，就算帮你问了，又能怎样？

其实恰恰相反，你最大的期盼，应该是寄希望于唐长老的贵人多忘事！

聪明的小孩从来不会主动拿糖，因为大人的手要比他们的手大得多。

聪明的小孩从来都不会怪大人忘了承诺，因为他们知道，愧疚的利息是很昂贵的价格。

我们说的仅仅是小孩吗？

亲爱的读者朋友，小孩那桌吃起来才痛快，骡子大、马大，值钱，辈分大不值钱。

无论取经开头的赌狗，还是取经收尾的小人，观音菩萨都算准了人性中的弱点，预判了他们的丑陋，随后利用赌性作死和眼光短浅的丑陋一面，不废一丁点资源地完成了自己的项目。

再延伸一下，还记得太上老君的看牛童子偷吃七返火丹、太乙救苦天尊的狮奴偷喝轮回琼液吗？

料定了，他们肯定会偷吃！

下层获得的资源少，导致他们大概率只能看到眼前，时间一长也就容易养成短、浅的驱动导向，成为被做局者收割的一茬茬“韭菜”。

在这世界，泾河龙王很常见，通天河老鼋更常见，毁灭之前，通常会因为一些甜头陷入疯狂。

什么？居然有人能够控制自己不疯狂？

那他是个好材料，筛选出来，重点培养。

绝大多数人都会在疯狂后走向自我毁灭。

天地不仁，以万物为刍狗。成年人的世界，只筛选，不评价。

师徒方登岸整理，忽又一阵狂风，天色昏暗，雷闪俱作，走石飞沙。但见那：

一阵风，乾坤播荡；一声雷，振动山川。一个熌，钻云飞火；一天雾，大地遮漫。风气呼号，雷声激烈。熌掣红绡，雾迷星月。风鼓的沙尘扑面，雷惊的虎豹藏形。熌幌的飞禽叫噪，雾漠的树木无踪。那风搅得个通天河波浪翻腾，那雷振得个通天河鱼龙丧胆，那熌照得个通天河彻底光明，那雾盖得个通天河岸崖昏惨。好风，颓山裂石松篁倒。好雷，惊蛰伤人威势豪。好熌，流天照野金蛇走。好雾，混混漫空蔽九霄。

諕得那三藏按住了经包，沙僧压住了经担，八戒牵住了白马，行者却双手抡起铁棒，左右护持。原来那风雾雷熌，乃是些阴魔作号，欲夺所取之经。劳攘了一夜，直到天明，却才止息。长老一身水衣，战兢兢的道："悟空，这是怎的起？"行者气呼呼的道："师父，你不知就里。我等保护你取获此经，乃是夺天地造化之功，可以与乾坤并久，日月同明，寿享长春，法身不朽。此所以为天地不容，鬼神所忌，故来暗夺之耳。一则这经是水湿透了，二则是你的正法身压住，雷不能轰，电不能照，雾不能迷；又是老孙抡着铁棒，使纯阳之性，护持住了，及至天明，阳气又盛，所以不能夺去。"

唐僧师徒登岸后，阴魔折腾出了风、雾、雷、闪，欲夺所取之经。唐僧以正法身压住经包让雷不能轰、电不能照、雾不能迷，再加上悟空连着抡了一宿的纯阳铁棒护持，终于保住了经文。

转过天来，悟空给唐僧讲了一个道理："我等保护你取获此经，乃是夺天地造化之功，可以与乾坤并久，日月同明，寿享长春，法身不朽。此所以为天地不容，鬼神所忌，故来暗夺之耳。"

从悟空的三更学艺，再到后面的法宝定理，作者一直在穿插着讲这个道理，到最后的最后，依旧不忘提醒我们：小心人性的嫉妒和抢夺之心。

你只要得了好处，就注定会被嫉妒；你只要往上攀爬，就注定会被攻击；你越出人头地，针对你的"小人拦路"和"天打雷劈"也就越多。你遇到的很多灾难甚至跟你的所作所为完全没有关系，单纯就是因为你太成功了，招来别人的嫉妒和抢夺。作者提醒我们，除了自身要遵循人性法则，你还需要有“正法身”护体和“纯阳棒”防身。

尊重人性，坚持正道，勇敢斗争，永远拼搏！

德与刀，相辅相成，缺一不可。

三藏、八戒、沙僧方才省悟，各谢不尽。少顷，太阳高照，却移经于高崖上，开包晒晾。至今彼处，晒经之石尚存。他们又将衣鞋都晒在崖旁，立的立，坐的坐，跳的跳。真个是：

一体纯阳喜回阳，阴魔不敢逞强梁。

须知水胜真经伏，不怕风雷闪雾光。

自此清平归正觉，从今安泰到仙乡。

晒经石上留踪迹，千古无魔到此方。

他四众检看经本，一一晒晾。早见几个打渔人来过河边，抬头看见，内有认得的道：“老师父，可是前年过此河往西天取经的？”八戒道：“正是，正是。你是那里人？怎么认得我们？”渔人道：“我们是陈家庄上人。”八戒道：“陈家庄离此有多远？”渔人道：“过此冲南有二十里就是也。”八戒道：“师父，我们把经搬到陈家庄上晒去。他那里有住坐，又有得吃，就教他家与我们浆浆衣服，却不是好？”三藏道：“不去罢。在此晒干了，就收拾找路回也。”

那几个渔人行过南冲，恰遇着陈澄，叫道：“二老官，前年在你家替祭儿子的师父回来了。”陈澄道：“你在那里看见？”渔人回指道：“都在那石上晒经哩。”陈澄随带了几个佃户，走过冲来望见，跑近前跪下道：“老爷取经回来，功成行满，怎么不到舍下，却在这里盘弄？快请，快请到舍。”行者道：“等晒干了经，和你去。”陈澄又问道：“老爷这经典、衣物，如何湿了？”三藏道：“昔年亏白鼋驮渡河西，今年又蒙他驮渡河东。已将近岸，被他问昔年托问佛祖寿年之事，我本未曾问得，他遂淬在水内，故此湿了。”又将前后事细说了一遍。那陈澄拜请甚恳，三藏无已，遂收拾经卷。不期石上把《佛本行经》沾住了几卷，遂将经尾沾破了。所以至今《本行经》不全，晒经石上犹有字迹。三藏懊悔道：“是我们怠慢了，不曾看顾得。”行者笑道：“不在此，不在此。盖天地不全。这经原是全全的，今沾破了，乃是应不

全之奥妙也，岂人力所能与耶！”师徒们果收拾毕，同陈澄赴庄。

把妖魔打跑后，师徒四人检看经本，一一晒晾，被陈家庄人发现了。随后陈澄带了几个佃户跑来跪谢恩人，死乞白赖地非求着师徒四人回陈家庄再坐坐，悟空答应晒干了经再去。等收经之时，石上把《佛本行经》沾住了几卷，将经尾沾破了。

面对唐僧的懊悔，悟空再出金句：“不在此，不在此。盖天地不全。这经原是全全的，今沾破了，乃是应不全之奥妙也，岂人力所能与耶！”

整本《西游记》看下来，你还追求完美吗？

且不论这经文，佛祖的这趟取经项目真的完美吗？完全达到佛祖的预期了吗？取经前半段的国家和百姓都完全沐浴在佛光之下了吗？黄毛貂鼠被提拔了吗？甚至佛祖拥有最终解释权传下的无字经，都被燃灯古佛公然投了反对票，哪有什么尽善尽美！

布局任何事业，实施任何项目，谋事在人，成事在天，要明白很多残缺和遗憾注定是天意。天地本不全，岂人力所能及哉！

那庄上人家，一个传十，十个传百，百个传千，若老若幼，都来接看。陈清闻说，就摆香案，在门前迎迓，又命鼓乐吹打。少顷，到了，迎入，陈清领合家人眷俱出来拜见，拜谢昔日救女儿之恩，随命看茶摆斋。三藏自受了佛祖的仙品、仙肴，又脱了凡胎成佛，全不思凡间之食。二老苦劝，没奈何，略见他意。孙大圣自来不吃烟火食，也道：“勾了。”沙僧也不甚吃，八戒也不是前番，就放下碗。行者道：“呆子也不吃了？”八戒道：“不知怎么，脾胃一时就弱了。”遂此收了斋筵，却又问取经之事。三藏又将先至玉真观沐浴，凌云渡脱胎，及至雷音寺参如来，蒙珍楼赐宴，宝阁传经，始被二尊者索人事未遂，故传无字之经，后复拜告如来，始得授一藏之数，并白鼋淬水，阴魔暗夺之事，细细陈了一遍，就欲拜别。

那二老举家如何肯放，且道：“向蒙救拔儿女，深恩莫报，已创建一座院宇，名曰‘救生寺’，专侍奉香火不绝。”又唤出原替祭之儿女陈关保、一秤金叩谢。复请至寺观看。三藏却又将经包儿收在他家堂前，与他念了一卷《宝常经》，后至寺中，只见陈家又设馔在此。还不曾坐下，又一起来请。还不曾举箸，又一起来请。络绎不绝，争不上手。三藏俱不敢辞，略略见意。只见那座寺果盖得齐整：

山门红粉腻，多赖施主功。一座楼台从此立，两廊房宇自今兴。朱红槅扇，七宝玲珑。香气飘云汉，清光满太空。几株嫩柏还浇水，数干乔松未结丛。活水迎前，通天叠叠翻波浪；高崖倚后，山脉重重接地龙。

三藏看毕，才上高楼，楼上果妆塑着他四众之像。八戒看见，扯着行者道："兄长的相儿甚像。"沙僧道："二哥，你的又像得紧。只是师父的又忒俊了些儿。"三藏道："却好，却好。"遂下楼来。下面前殿后廊，还有摆斋的候请。行者却问："向日大王庙儿如何了？"众老道："那庙当年拆了。老爷，这寺自建立之后，年年成熟，岁岁丰登，都是老爷之福庇。"行者笑道："此天赐耳，与我们何与？但自今以后，我们保佑你这一庄上人家，子孙繁衍，六畜安生，年年风调雨顺，岁岁雨顺风调。"众等都叩头拜谢。

只见那前前后后，更有献果献斋的无限人家。八戒笑道："我的蹭蹬！那时节吃得，却没人家连请是请；今日吃不得，却一家不了，又是一家。"饶他气满，略动手，又吃过八九盘素食，纵然胃伤，又吃了二三十个馒头。已皆尽饱，又有人来相邀。三藏道："弟子何能，感蒙至爱！望今夕暂停，明早再领。"时已深夜，三藏守定真经，不敢暂离，就于楼下打坐看守。

将及三更，三藏悄悄的叫道："悟空，这里人家，识得我们道成事完了。自古道：'真人不露相，露相不真人。'恐为久淹，失了大事。"行者道："师父说得有理。我们趁此深夜，人家熟睡，寂寂的去了罢。"八戒却也知觉，沙僧尽自分明，白马也能会意。遂此起了身，轻轻的抬上驮垛，挑着担，从廊庑驮出。到于山门，只见门上有锁。行者又使个解锁法，开了二门、大门，找路望东而去。只听得半空中有八大金刚叫道："逃走的，跟我来！"那长老闻得香风荡荡，起在空中。这正是：

丹成识得本来面，体健如如拜主人。

毕竟不知怎生见那唐王，且听下回分解。

听说圣僧取经回来后，整个陈家庄轰动了，全庄男女老少都来迎接，陈家更是又摆香案，又命鼓乐吹打来迎。等看茶摆斋之时，连八戒都不怎么吃了，悟空正纳闷这不像他的风格，八戒道："不知怎么，脾胃一时就弱了。"

你没在大雷音寺吃过那顿脱胎换骨之馔，就永远达不到这种质变，你吃多少碗人间烟火都不会有长进，需要吃仙品仙肴。

真经一句话，假经万卷书。跟在牛人身边，你才能看到成功全貌；学习牛人的习惯和思维，你才会脱胎换骨。

唐僧四人要走之时，陈家二老拿出了给他们准备的意外惊喜：“向蒙救拔儿女，深恩莫报，已创建一座院宇，名曰‘救生寺’，专侍奉香火不绝。”

陈家二老不知比那傻鼋少活了多少年，却极有智慧地在每一次抉择上都运用长线思维，跟时间做朋友。

消灭灵感大王并让观音显圣，这是取经团队能力的证明，既然如此，那就一定要将这份救了孩子的恩情变成一种长期的缘分！说完给师徒四人建了道场，陈家二老又唤出原替祭之儿女陈关保、一秤金叩谢，什么意思？

佛爷爷，这俩孩子是您救的，您得多给这俩孩子赐福啊！

唐僧兴之所至，将经包儿收在他家堂前，与他念了一卷《宝常经》。陈家成为整个西游宇宙中唯一一个由唐僧亲自念诵取来真经祈福的家庭，这是多大的福报功德。等师徒四人来到寺中，看到了自己之像，陈家庄众老说：“这寺自建立之后，年年成熟，岁岁丰登，都是老爷之福庇。”

悟空随后笑道：“此天赐耳，与我们何与？但自今以后，我们保佑你这一庄上人家，子孙繁衍，六畜安生，年年风调雨顺，岁岁雨顺风调。”

马上高升的斗战胜佛金口承诺，陈家庄今后纳入他的关注项目。这一路上，悟空虽然收获了不少道场，但陈家庄的这个寺庙绝对是悟空西行路上印象最深刻的存在。

不仅是陈家二老会办事，给了猴哥惊喜，更关键的是，没有对比就没有落差。

同样都是有恩，河里的老鼋恩将仇报，岸上的百姓知恩图报。自此，陈家庄子孙繁衍、六畜安生、年年风调雨顺的时候，没准还会传说这样一个故事：咱这河中原来有个傻鼋，居然黑了心地把佛爷们扔到河里，听说现在被斗战胜佛的坐骑带走了，压在花果山下驮碑呢。

由于陈家庄百姓实在太热情，八戒都吃出胃病了。半夜时分，唐僧师徒悄悄离开了。师徒四人了却这段人间事后，只听得半空中有八大金刚叫道：“逃走的，跟我来！”

该见见那位南赡牧了。

第一百回

径回东土，五圣成真

且不言他四众脱身，随金刚驾风而起。却说陈家庄救生寺内多人，天晓起来，仍治果肴来献。至楼下，不见了唐僧。这个也来问，那个也来寻，俱慌慌张张，莫知所措，叫苦连天的道："清清把个活佛放去了。"一会家无计，将办下的品物，俱抬在楼上，祭祀烧纸。以后每年四大祭，二十四小祭，还有那告病的，保安的，求亲许愿，求财求子的，无时无日不来烧香祭赛。真个是金炉不断千年火，玉盏常明万载灯，不题。

却说八大金刚使第二阵香风，把他四众不一日送至东土，渐渐望见长安。原来那太宗自贞观十三年九月望前三日送唐僧出城，至十六年，即差工部官在西安关外，起建了望经楼接经。太宗年年亲至其地。恰好那一日出驾复到楼上，忽见正西方满天瑞霭，阵阵香风。金刚停在空中，叫道："圣僧，此间乃长安城了。我每不好下去，这里人伶俐，恐泄漏吾像。孙大圣三位也不消去，汝自去传了经与汝主，即便回来。我在霄汉中等你，与你一同缴旨。"大圣道："尊者之言虽当，但吾师如何挑得经担？如何牵得马匹？须得我等同去一送。烦你在空少等，谅不敢误。"金刚道："前日观音菩萨启过如来，往来只在八日，方完藏数。今已过五日有余，只怕八戒贪图富贵，误了期限。"八戒笑道："师父成佛，我也望成佛，岂有贪图之理。泼大粗人！都在此等我，待交了经，就来与你回向也。"

呆子挑着担，沙僧牵着马，行者领着圣僧，都按下云头，落于望经楼边。太宗同多官一齐见了，即下楼相迎道："御弟来也？"唐僧即倒身下拜，太宗扶起。又问道："此三者何人？"唐僧道："是途中收的徒弟。"太宗大喜，命近侍官："将朕御车马扣背，请御弟上马，同朕回朝。"唐僧谢了恩，骑上马。大圣抡金箍棒紧随，八戒、沙僧俱扶马挑担，随驾后共入长安。真个是：

当年清宴乐升平，文武安然显俊英。

水陆场中僧演法，金銮殿上主差卿。

关文敕赐唐三藏，经卷原因配五行。

苦炼凶魔种种灭，功成今喜上朝京。

唐僧四众，随驾入朝，满城中无人不知是取经人来了。却说那长安唐僧旧住的洪福寺，大小僧人看见几株松树一颗颗头俱向东，惊讶道："怪哉！怪哉！今夜未曾刮风，如何这树头扭过来了？"内有三藏的旧徒道："快取衣服来，取经的老师父来了！"众僧问道："你何以知之？"旧徒曰："当年师父去时，曾有言道：'我去之后，或三五年，或六七年，但看松树枝头若是东向，我即回矣。'我师父佛口圣言，故此知之。"急披衣而出。至西街时，早已有人传播说："取经的人适才方到，万岁爷爷接入城来了。"众僧听说，又急急跑来，却就遇着。一见大驾，不敢近前，随后跟至朝门之外。

唐僧下马，同众进朝。唐僧将龙马与经担，同行者、八戒、沙僧站在玉阶之下。太宗传宣："御弟上殿。"赐坐，唐僧又谢恩坐了，教把经卷抬来。行者等取出，近侍官传上。太宗又问："多少经数？怎生取来？"三藏道："臣僧到了灵山，参见佛祖，蒙差阿难、伽叶二尊者，先引至珍楼内赐斋，次到宝阁内传经。那尊者需索人事，因未曾备得，不曾送他，他遂以经与了。当谢佛祖之恩，东行，忽被妖风抢了经去。幸小徒有些神通赶夺，却俱抛掷散漫。因展看，皆是无字空本。臣等着惊，复去拜告恳求。佛祖道：'此经成就之时，有比丘圣僧，将下山与舍卫国赵长者家看诵了一遍，保佑他家生者安全，亡者超脱，止讨了他三斗三升米粒黄金，意思还嫌卖贱了，后来子孙没钱使用。'我等知二尊者需索人事，佛祖明知；只得将钦赐紫金钵盂送他，方传了有字真经。此经有三十五部。各部中检了几卷传来，共计五千零四十八卷。此数盖合一藏也。"太宗大喜，命："光禄设宴，在东阁酬谢。"

忽见他三徒立在阶下，容貌异常。便问：“高徒果外国人耶？”长老俯伏道：“大徒弟姓孙，法名悟空，臣又呼他为孙行者。他出身原是东胜神洲傲来国花果山水帘洞人氏，因五百年前大闹天宫，被佛祖困压在西番两界山石匣之内。蒙观音菩萨劝善，情愿皈依，是臣到彼救出，甚亏此徒保护。二徒弟姓猪，法名悟能，臣又呼他为猪八戒。他出身原是福灵山云栈洞人氏，因在乌斯藏高老庄上作怪，亦蒙菩萨劝善，亏行者收之，一路上挑担有力，涉水有功。三徒弟姓沙，法名悟净，臣又呼他为沙和尚。他出身原是流沙河作怪者，也蒙菩萨劝善，秉教沙门。那匹马不是主公所赐者。”太宗道：“毛片相同，如何不是？”三藏道：“臣到盘蛇山鹰愁涧涉水，原马被此马吞之。亏行者请菩萨问此马来历，原是西海龙王之子，因有罪，也蒙菩萨救解，教他与臣作脚力。当时变作原马，毛片相同。幸亏他登山越岭，跋踄崎岖。去时骑坐，来时驮经，亦甚赖其力也。”太宗闻言，称赞不已。又问：“远涉西方，端的路程多少？”三藏道：“总记菩萨之言，有十万八千里之远。途中未曾记数，只知经过了一十四遍寒暑。日日山、日日岭，遇林不小，遇水宽洪。还经几座国王，俱有照验印信。”叫：“徒弟，将通关文牒取上来，对主公缴纳。”当时递上。太宗看了，乃贞观一十三年九月望前三日给。太宗笑道：“久劳远踄，今已贞观二十七年矣。”牒文上有宝象国印、乌鸡国印、车迟国印、西梁女国印、祭赛国印，朱紫国印、比丘国印、灭法国印，又有凤仙郡印、玉华州印、金平府印。太宗览毕，收了。

早有当驾官请宴，即下殿携手而行。又问：“高徒能礼貌乎？”三藏道：“小徒俱是山村旷野之妖身，未谙中华圣朝之礼数，万望主公赦罪。”太宗笑道：“不罪他，不罪他，都同请东阁赴宴去也。”三藏又谢了恩，招呼他三众，都到阁内观看。果是中华大国，比寻常不同。你看那：

门悬彩绣，地衬红毡。异香馥郁，奇品新鲜。琥珀杯，琉璃盏，镶金点翠；黄金盘，白玉碗，嵌锦花缠。烂煮蔓菁，糖浇香芋。蘑菇甜美，海菜清奇。几次添来姜辣笋，数番办上蜜调葵。面筋椿树叶，木耳豆腐皮。石花仙菜，蕨粉干薇。花椒煮菜菔，芥末拌瓜丝。几盘素品还犹可，数种奇稀果夺魁。核桃柿饼，龙眼荔枝。宣州茧栗山东枣，江南银杏兔头梨。榛松莲肉葡萄大，榧子瓜仁菱米齐。橄榄林檎，苹婆沙果。慈菇嫩藕，脆李杨梅。无般不备，无件不齐。还有些蒸酥蜜食兼嘉馔，更有那美酒香茶与异奇。说不尽百味珍羞真上品，果然是中华大国异西夷。

师徒四众与文武多官俱侍列左右，太宗皇帝仍正坐当中，歌舞吹弹，整齐严肃，遂尽乐一日。正是：

君王嘉会赛唐虞，取得真经福有余。

千古流传千古盛，佛光普照帝王居。

当日天晚，谢恩宴散。太宗回宫，多官回宅。唐僧等归于洪福寺，只见寺僧磕头迎接。方进山门，众僧道："师父，这树头儿今早俱忽然向东。我们记得师父之言，遂出城来接，果然到了！"长老喜之不胜，遂入方丈。此时八戒也不嚷茶饭，也不弄喧头，行者、沙僧，个个稳重。只因道果完成，自然安静，当晚睡了。

八大金刚把四众送至长安后，停在空中叫道："圣僧，此间乃长安城了。我每不好下去，这里人伶俐，恐泄漏吾像。孙大圣三位也不消去，汝自去传了经与汝主，即便回来。我在霄汉中等你，与你一同缴旨。"

悟空道："尊者之言虽当，但吾师如何挑得经担？如何牵得马匹？须得我等同去一送。烦你在空少等，谅不敢误。"

依旧是先肯定对方，再说理由，记住，永远不要直接反驳。金刚表示，菩萨说往来只有八日才好完成藏数，今已五日有余，只怕八戒贪图富贵，误了期限。

八戒依旧是所有人都不放心的存在。

李世民十一年前就盖了一座望经楼，随后年年来此楼望经，他坚信他的御弟能够实现整个大唐的期望。这天他再来此楼望经时，见正西方满天瑞霭，阵阵香风，随后就看见他的御弟回来了。

太宗同多官一齐下楼相迎道："御弟来也？"

说别的都太苍白！哥哥的好兄弟你回来了！

该说不说，还得是太宗，看见猴哥那仨人，都不害怕！

唐僧四众就此随驾入朝。李世民问取经之事时，唐僧继续保持自己做事啥也做不成的水平，对他的干哥儿们是这么讲述来龙去脉的："臣僧到了灵山，参见佛祖，蒙差阿难、伽叶二尊者，先引至珍楼内赐斋，次到宝阁内传经。那尊者需索人事，因未曾备得，不曾送他，他遂以经与了。当谢佛祖之恩，东行，忽被妖风抢了经去。幸小徒有些神通赶夺，却俱抛掷散漫。因展看，皆是无字空本。臣等着惊，复去拜告恳求。佛祖道：'此经成就之时，有比丘圣僧，将下山与舍卫国赵长者家看诵了一遍，保佑他家生者安全，亡者超脱，止讨了他三斗三升米粒黄金，意思还嫌卖贱了，后来子孙没钱使用。’我等知二尊者需索人事，佛祖明知；只得将钦赐紫金钵盂送他，方传了有字真经。此经有三十五部。各部中检了几卷传来，共计五千零四十八卷。此数盖合一藏也。”

唐僧啊，什么叫“我等知二尊者需索人事，佛祖明知；只得将钦赐紫金钵盂送他，方传了有字真经”？显得你那破钵盂多值钱似的！你还记得自己当初是怎么说的吗？是“今特奉上，聊表寸心。万望尊者不鄙轻亵，将此收下，待回朝奏上唐王，定有厚谢”！

重点是厚谢！你回来传经，除佛祖嘱咐那几句话之外，主要得提及要厚谢佛祖的事啊！你这段话的意思是一个紫金钵盂就平账了，最需要你传过去的“好，好，好！白手传经继世，后人当饿死矣”这句恐怖暗示，你没带过去！要是指着你挑大梁，灵山非倒闭了不可！

唐僧介绍了三徒一马的来历后，众人开始吃席，歌舞吹弹，整齐严肃，尽乐一日。师徒四人回了洪福寺，此时仨徒弟的状态是：“此时八戒也不嚷茶饭，也不弄喧头，行者、沙僧，个个稳重。只因道果完成，自然安静，当晚睡了。”

再回首当年悟空说的“师父，不必挂念，少要心焦，且自放心前进，还你个‘功到自然成’也”（第三十六回），一晃几十万字过去了，一晃我这埋头写作的小半年也过去了。从秋意萧索到春暖花开，回首这段解读西游的经历，仿佛自己也经历了一次取经，苦辣酸甜，此时化作恬然一笑啊！

次早，太宗升朝，对群臣言曰：“朕思御弟之功，至深至大，无以为酬。一夜无寐，口占几句俚谈，权表谢意，但未曾写出。”叫：“中书官来，朕念与你，你一一写之。”其文云：

盖闻二仪有象，显覆载以含生；四时无形，潜寒暑以化物。是以窥天鉴地，庸愚皆识其端；明阴洞阳，贤哲罕穷其数。然天地包乎阴阳而易识者，以其有象也；阴阳处乎天地而难穷者，以其无形也。故知象显可征，虽愚不惑；形潜莫睹，在智犹迷。况乎佛道崇虚，乘幽控寂；弘济万品，典御十方。举威灵而无上，抑神力而无下。大之则弥于宇宙，细之则摄于毫厘。无灭无生，历千劫而不古；若隐若显，运百福而长今。妙道凝玄，遵之莫知其际；法流湛寂，挹之莫测其源。故知蠢蠢凡愚，区区庸鄙，投其旨趣，能无疑惑者哉？然则大教之兴，基乎西土。腾汉庭而皎梦，照东域而流慈。古者分形分迹之时，言未驰而成化；当常见常隐之世，民仰德而知遵。及乎晦影归真，迁移越世。金容掩色，不镜三千之光；丽像开图，空端四八之相。于是微言广被，拯禽类于三途；遗训遐宣，导群生于十地。佛有经，能分大小之乘；更有法，传讹邪正之术。我僧玄奘法师者，法门之领袖也。幼怀真敏，早悟三空之功；长契神清，先包四忍之行。松风水月，未足比其清华；仙露明珠，讵能方其朗润。故以智通无累，神测未形。超六尘而迥出，使千古而无对。凝心内境，悲正法之陵迟；栖虑玄门，慨深文之讹谬。思欲分条振理，广彼前闻；截伪续真，开兹后学。是以翘心净土，法游西域。乘危远迈，策杖孤征。积雪晨飞，途间失地；惊沙夕起，空外迷天。万里山川，拨烟霞而进步；百重寒暑，蹑霜雨而前踪。诚重劳轻，求深欲达。周游西宇，十有四年。穷历异邦，询求正教。双林八水，味道餐风；鹿苑鹫峰，瞻奇仰异。承至言于先圣，受真教于上贤。探赜妙门，精穷奥业。三乘六律之道，驰骤于心田；一藏百箧之文，波涛于海口。爰自所历之国无涯，求取之经有数。总得大乘要文，凡三十五部，计五千四十八卷，译布中华，宣扬胜业。引慈云于西极，注法雨于东陲。圣教缺而复全，苍生罪而还福。湿火宅之干焰，共拔迷途；朗金水之昏波，同臻彼岸。是知恶因业坠，善以缘升。升坠之端，惟人自作。譬之桂生高岭，云露方得泫其花；莲出绿波，飞尘不能染其叶。非莲性自洁而桂质本贞，由所附者高，则微物不能累；所凭者净，则浊类不能沾。夫以卉木无知，犹资善而成善，矧乎人伦有识，不缘庆而求庆？方冀兹经流施，并日月而无穷；景福遐敷传布，与乾坤而永大。

写毕，即召圣僧。此时长老已在朝门外候谢。闻宣急入，行俯伏之礼。太宗传请上殿，将文字递与长老。览遍，复下谢恩，奏道：“主公文辞高古，理趣渊微。但不知是何名目？”太宗道：“朕夜口占，答谢御弟之意，名曰《圣教序》，不知好否？”长老叩头，称谢不已。太宗又曰：

朕才愧圭璋，言惭金石。至于内典，尤所未闻。口占叙文，诚为鄙拙。秽翰墨于金简，标瓦砾于珠林。循躬省虑，靦面恧心。甚不足称，虚劳致谢。

当下多官齐贺，顶礼圣教御文，遍传内外。太宗道：“御弟将真经演诵一番，

何如？”长老道：“主公，若演真经，须寻佛地，宝殿非可诵之处。”太宗甚喜，即问当驾官：“长安城中有那座寺院洁净？”班中闪上大学士萧瑀，奏道：“城中有一雁塔寺洁净。”太宗即令多官：“把真经各虔捧几卷，同朕到雁塔寺，请御弟谈经去来。”多官遂各各捧着，随太宗驾幸寺中，搭起高台，铺设齐整。长老仍命：“八戒、沙僧牵龙马，理行囊，行者在我左右。”又向太宗道：“主公欲将真经传流天下，须当誊录副本，方可布散。原本还当珍藏，不可轻亵。”太宗又笑道：“御弟之言甚当。”随召翰林院及中书科各官誊写真经。又建一寺在城之东，名曰誊黄寺。

长老捧几卷登台，方欲讽诵，忽闻得香风缭绕，半空中有八大金刚现身高叫道：“诵经的，放下经卷，跟我回西去也。”这底下行者三人，连白马平地而起。长老亦将经卷丢下，也从台上起于九霄，相随腾空而去，慌得那太宗与多官望空下拜。这正是：

圣僧努力取经编，西宇周流十四年。

苦历程途多患难，多经山水受迍邅。

功完八九还加九，行满三千及大千。

大觉妙文回上国，至今东土永留传。

太宗与多官拜毕，即选高僧，就于雁塔寺里修建水陆大会，看诵《大藏真经》，超脱幽冥业鬼，普施善庆，将誊录过经文，传播天下，不题。

转过天来，李世民感思御弟之功至深至大，作了篇命题作文。这段内容我就不解读了，这是作者将历史上真实的《大唐三藏圣教序》加进了西游宇宙中，原文是李世民于贞观二十二年（648）亲自撰写的。

给他的御弟歌功颂德后，李世民直奔主题：“御弟将真经演诵一番，何如？”

赶紧平账吧，哥哥我等不及啦！

唐僧表示“若演真经，须寻佛地”，李世民赶紧问长安城中哪座寺院洁净，萧瑀上奏推荐了雁塔寺。

唐僧嘱咐了一句：“主公欲将真经传流天下，须当誊录副本，方可布散。原本还当珍藏，不可轻亵。”之后，唐僧四人一马就被八大金刚叫走了。

到最后也没再提佛祖的恩情还没有报答以及灵山的“尾款”还没有结清这两件事，唐僧啊唐僧，你这趟经取的，还真就是糊里糊涂，你远远没有达到一个灵山高层该有的大局观。

取经不是什么人欲取，而是佛欲传！

是“我佛造经传极乐，观音奉旨上长安”！

却说八大金刚驾香风，引着长老四众，连马五口，复转灵山。连去连来，适在八日之内。此时灵山诸神，都在佛前听讲。八金刚引他师徒进去，对如来道：“弟子前奉金旨，驾送圣僧等，已到唐国，将经交纳，今特缴旨。”遂叫唐僧等近前受职。如来道：“圣僧，汝前世原是我之二徒，名唤金蝉子。因为汝不听说法，轻慢我之大教，故贬汝之真灵，转生东土。今喜皈依，秉我迦持，又乘我教，取去真经，甚有功果，加升大职正果，汝为旃檀功德佛。孙悟空，汝因大闹天宫，吾以甚深法力，压在五行山下。幸天灾满足，归于释教；且喜汝隐恶扬善，在途中炼魔降怪有功，全终全始，加升大职正果，汝为斗战胜佛。猪悟能，汝本天河水神天蓬元帅，为汝蟠桃会上，酗酒戏了仙娥，贬汝下界投胎，身如畜类。幸汝记爱人身，在福灵山云栈洞造业，喜归大教，入我沙门，保圣僧在路。却又有顽心，色情未泯。因汝挑担有功，加升汝职正果，做净坛使者。”八戒口中嚷道：“他们都成佛，如何把我做个净坛使者？”如来道：“因汝口壮身慵，食肠宽大。盖天下四大部洲瞻仰吾教者甚多，凡诸佛事，教汝净坛，乃是个有受用的品级，如何不好？沙悟净，汝本是卷帘大将，先因蟠桃会上，打碎玻璃盏，贬汝下界。汝落于流沙河，伤生吃人造业，幸皈吾教，诚敬迦持、保护圣僧，登山牵马有功，加升大职正果，为金身罗汉。”又叫那白马：“汝本是西洋大海广晋龙王之子，因汝违逆父命，犯了不孝之罪，幸得皈身皈法，皈我沙门，每日家亏你驮负圣僧来西，又亏你驮负圣经去东，亦有功者，加升汝职正果，为八部天龙。”

四人一马回到灵山，此时灵山诸神都在佛前听讲，八金刚引师徒进去后缴了金旨，佛祖随后在大会上当着所有人的面给功臣们授职。

“圣僧，汝前世原是我之二徒，名唤金蝉子。因为汝不听说法，轻慢我之大教，故贬汝之真灵，转生东土。今喜皈依，秉我迦持，又乘我教，取去真经，甚有功果，加升大职正果，汝为旃檀功德佛。”

这段话有两个关键点：

1. 唐僧再有错、再调皮，也是佛祖的二弟子；

2. 唐僧的功绩是取经，取经的具体过程、表现佛祖没提，也确实乏善可陈，表现确实让佛“无话可说”。

封的佛号因人而定。旃檀是一种名贵的檀香木，常被用于制作佛像或佛香，檀香相对于沉香属于明香，沉香代表的是沉静内敛的品性，而唐僧这旃檀香气扩散得则相当厉害，“香远益清”，隔着很远都能闻到，也算是对唐僧肉在这一路上的钓饵属性做了精准概括。

“孙悟空，汝因大闹天宫，吾以甚深法力，压在五行山下。幸天灾满足，归于释教；且喜汝隐恶扬善，在途中炼魔降怪有功，全终全始，加升大职正果，汝为斗战胜佛。”

这段话有三个关键点：

1. 肯定孙悟空的能力，虽然当年佛祖只是轻轻地压了他，但眼下要封他，那就必须给他“抬轿子”，当年是以“甚深法力”压的孙悟空；

2. “喜汝隐恶扬善”，肯定孙悟空这一路的香火收割工程，他在扬善方面可以做个专题汇报，让其他人都好好学学；

3. 佛祖将整个西行路上的“炼魔降怪”之功全部给了悟空，并极其关键地给予了悟空整个取经团队最高的评价：全终全始！

取经四人中，只有悟空一人从头到尾在主观意愿上“全终全始”。

八戒就不提了，闹多少次分行李散伙了，他就是来上个班；

唐师父则是日常思乡想家，得病时都要写文书放弃了；

沙僧比这俩人强，从不抱怨，铁心向前，但在狮驼岭听说猴子被吃了之后也开始要分行李，根本没有发挥主观能动性去找菩萨，寻找解题办法。

只有悟空，永远拼搏，永远坚持，永远不放弃！

悟空也恰如其分地被封为了斗战胜佛。

这个佛名意味着悟空即将迎来佛祖给予的巨大战力提升，高层级的法宝该给悟空配上了，毕竟叫了这个名，今后就不能不胜了。

所有的努力都不会白费，佛祖都看在了眼里。

“猪悟能，汝本天河水神天蓬元帅，为汝蟠桃会上，酗酒戏了仙娥，贬汝下界投胎，身如畜类。幸汝记爱人身，在福灵山云栈洞造业，喜归大教，入我沙门，保圣僧在路。却又有顽心，色情未泯。因汝挑担有功，加升汝职正果，做净坛使者。”

这段话有两个关键点：

1. 八戒有顽心，色情未泯。每次提散伙，佛祖都给他记着呢。以为盘丝洞破戒没人知道吗？佛祖都知道！

2. 八戒的功劳仅仅是“挑担有功”，他算计着抢夺师兄功劳的那些顺风降妖都是小聪明，不作数。别跟佛祖要小聪明，骗的只是你自己！

最终，八戒被封的仅仅是个“汝职正果”的净坛使者。

相对于前面两个“大职正果”，八戒这个“汝职”就是副职的级别。

八戒不愿意了，口中嚷道：“他们都成佛，如何把我做个净坛使者？”

佛祖道：“因汝口壮身慵，食肠宽大。盖天下四大部洲瞻仰吾教者甚多，凡诸佛事，教汝净坛，乃是个有受用的品级，如何不好？”

没有像电视剧中佛祖还给八戒留了说话的机会，马上就轮到封沙僧了。

八戒，你难道比佛祖还明白自己能干什么岗位吗？

既然你当众嚷了，那就挑明了！让你丢一回脸！你就是个“吃货”！而且哪怕只论吃，你都远比不上人家大鹏的“凡做好事，我教他先祭汝口”，你是来净坛的，什么意思？领导们吃完，你才能上桌！

八戒的最终结局，也像极了混子们糊弄一生后的结局，一切都是公平的。

你闹喊分行李、散伙，你皈依之后又破戒，你知道丢的是谁的脸吗？

玉帝、佛祖联合出品的这么宏大的三界顶级项目，你始终儿戏处之，从来没把取经当回事，那么最终的结局也就不会把你多当回事。

如果说唐僧的旃檀功德佛是千金买骨的广告，悟空的斗战胜佛是苦心人天不负的实至名归的肯定，那八戒的净坛使者，就是在这个注定只能皆大欢喜的结局下没撕破脸面的惩戒。

如果你有幸进入取经这种顶级项目，甭管有没有能力，态度上一定要端正，因为“不看僧面看佛面”，你不仅仅代表你自己。

再细想想，仅仅要在宏大项目里才态度端正吗？

我们生命中的每一天，都那么美好，那么值得珍惜，那么独一无二，逝去后永不再来。面对任何事都不要糊弄，因为你糊弄的其实从来都是你自己！

心诚才能正意，意正才能修身，身修才能齐家，家齐才能治国，国治才能平天下！

宰相起于州部，猛将发于卒伍。天下难事，必作于易；天下大事，必作于细。优秀是一种习惯，我相信能看到这里的读者朋友，都不会选择做八戒，对吗？

“沙悟净，汝本是卷帘大将，先因蟠桃会上，打碎玻璃盏，贬汝下界。汝落于流沙河，伤生吃人造业，幸皈吾教，诚敬迦持、保护圣僧，登山牵马有功，加升大职正果，为金身罗汉。”

这段话有两个关键点：

1. 诚敬迦持、保护圣僧，佛祖肯定了沙僧这一路的坚定信念；

2. 登山牵马有功，佛祖客观给予评价，沙僧只是能力太低了。

虽然能力有限，但冲这“诚敬迦持”的态度，他就比八戒强。沙僧最终加升大职正果，为金身罗汉。

同样都是没本事，沙僧的背景还远没有八戒强大，但只要态度始终端正，最终的结局就一定会比态度不端正的人要强。

别看最后念佛时，八戒的顺位在沙僧之前，但那是照顾“先来后到”的面子。人家沙僧是正职，去本部门是能说了算的，八戒就是一个副手。

俗话说，当官就两头，要么上面说了就能算，要么下面说了就能干。八戒和沙僧对比，还差着档次呢，既拍不了板，也挑不了梁。

领导不会委屈能力不够大的人，领导在乎的是你够不够忠诚，能不能积极工作。还是那句话，有能力就学悟空，没能力就学唐僧和沙僧，不要以为只有八戒那样叫活在当下，人家悟空的奋斗和努力，也是活在当下的一种浪漫嘛！

“汝本是西洋大海广晋龙王之子，因汝违逆父命，犯了不孝之罪，幸得皈身皈法，皈我沙门，每日家亏你驮负圣僧来西，又亏你驮负圣经去东，亦有功者，加升汝职正果，为八部天龙。”

提到小白龙，总有一种论调，说他骗了观音菩萨，他才不是敖闰之子，是广晋龙王之子，又说敖氏和广氏有过内战，敖家赢了，后面还有一些衍生猜测。在这里，我说一下，广晋龙王是敖广的封号，就好比斗战胜佛是孙悟空的封号一样。

大家平时称呼的西海龙王敖广，“西海龙王”是简称，人家佛祖出于体面和尊重，说的是西海龙王的全名，并没有称人家父亲的名讳。

如果真的有名字叫广晋的龙，那佛祖应该说“汝本是西洋大海龙王广晋之子”，或者前面称呼敖广时应该是“西海敖广龙王”。

所以说,“西洋大海广晋龙王”是“西海龙王”的全称,这就好比在西游宇宙中，“高天上圣大慈仁者玉皇大天尊玄穹高上帝”是玉皇大帝的全称。

佛祖要是将来有机会封二郎神，说“汝本是高天上圣大慈仁者玉皇大天尊玄穹高上帝之甥”，咱能给人家解读成“二郎神的舅舅叫‘玄穹高’”吗?

小白龙的功果是驮人驮经，最终是“汝职正果”，从开始到最终，小白龙都是最低档次、最低等级的存在。

为什么呢?

因为他违逆父命，犯了不孝之罪。

结合小白龙有限的出场篇幅，以及敖闰和太子摩昂的待人接物来判断，大概率错不在其父，这个没脑子的“龙二代”应该负更大的责任。

至此，五圣成真，佛祖给予了每个人应有的封赏，没有人比佛祖更懂取经!

长老四众俱各叩头谢恩，马亦谢恩讫。仍命揭谛引了马下灵山后崖化龙池边，将马推入池中。须臾间，那马打个转身，即退了毛皮，换了头角，浑身上长起金鳞，腮颔下生出银须，一身瑞气，四爪祥云，飞出化龙池，盘绕在山门里擎天华表柱上。诸佛赞扬如来的大法。孙行者却又对唐僧道：“师父，此时我已成佛，与你一般，莫成还戴金箍儿，你还念甚么‘紧箍咒儿’掯勒我?趁早儿念个‘松箍咒儿’，脱下来，打得粉碎，切莫叫那甚么菩萨再去捉弄他人。”唐僧道：“当时只为你难管，故以此法制之。今已成佛，自然去矣，岂有还在你头上之理?你试摸摸看。”行者举手去摸一摸，果然无了。此时旃檀佛、斗战胜佛、净坛使者、金身罗汉，俱正果了本位，天龙马亦自归真。有诗为证：

一体真如转落尘，合和四相复修身。
五行论色空还寂，百怪虚名总莫论。
正果旃檀皈大觉，完成品职脱沉沦。
经传天下恩光阔，五圣高居不二门。

五圣果位之时，诸众佛祖、菩萨、圣僧、罗汉、揭谛、比丘、优婆夷塞、各山

各洞神仙、大神、丁甲、功曹、伽蓝、土地，一切得道的师仙，始初俱来听讲，至此各归方位。你看那：

灵鹫峰头聚霞彩，极乐世界集祥云。金龙稳卧，玉虎安然。乌兔任随来往，龟蛇凭汝盘旋。丹凤青鸾情爽爽，玄猿白鹿意怡怡。八节奇花，四时仙果。乔松古桧，翠柏修篁。五色梅时开时结，万年桃时熟时新。千果千花争艳，一天瑞霭纷纭。

大众合掌皈依，都念：

南无燃灯上古佛

南无药师琉璃光王佛

南无释迦牟尼佛

南无过去未来现在佛

南无清净喜佛

南无毗卢尸佛

南无宝幢王佛

南无弥勒尊佛

南无阿弥陀佛

南无无量寿佛

南无接引归真佛

南无金刚不坏佛

南无宝光佛

南无龙尊王佛

南无精进喜佛

南无宝月光佛

南无现无愚佛

南无婆留那佛

南无那罗延佛

南无功德华佛

南无才功德佛

南无善游步佛

南无旃檀光佛

南无摩尼幢佛

南无慧炬照佛

南无海德光明佛

南无大慈光佛

南无慈力王佛

南无贤善首佛

南无广庄严佛

南无金华光佛

南无才光明佛

南无智慧胜佛

南无世静光佛

南无日月光佛

南无日月珠光佛

南无慧幢胜王佛

南无妙音声佛

南无常光幢佛

南无观世灯佛

南无法胜王佛

南无须弥光佛

南无大慧力王佛

南无金海光佛

南无大通光佛

南无才光佛

南无旃檀功德佛

南无斗战胜佛

南无观世音菩萨

南无大势至菩萨

南无文殊菩萨

南无普贤菩萨

南无清净大海众菩萨

南无莲池海会佛菩萨

南无西天极乐诸菩萨

南无三千揭谛大菩萨

南无五百阿罗大菩萨

南无比丘夷塞尼菩萨

南无无边无量法菩萨

南无金刚大士圣菩萨

南无净坛使者菩萨

南无八宝金身罗汉菩萨

南无八部天龙广力菩萨

如是等一切世界诸佛：

愿以此功德，庄严佛净土。上报四重恩，下济三途苦。若有见闻者，悉发菩提心。同生极乐国，尽报此一身。

十方三世一切佛，诸尊菩萨摩诃萨，摩诃般若波罗密。

——《西游记》至此终。

唐僧四人一马谢恩后，白马被推入化龙池，长出了金鳞，他不再是小白龙了，而是大金龙，盘绕在了山门里擎天华表柱上。

悟空对唐僧说了一句极显权谋功底的话：“师父，此时我已成佛，与你一般，莫成还戴金箍儿，你还念甚么‘紧箍咒儿’掯勒我？趁早儿念个‘松箍咒儿’，脱下来，打得粉碎，切莫叫那甚么菩萨再去捉弄他人。”

你可能会疑问，这叫什么高水平？这不是翻脸不认人嘛！

别质疑悟空，他只是太想进步了。

你真的以为悟空是终于不用再忍了的一种发泄吗？悟空真的是眼皮子浅吗？

在古代，官当大了之后最关键的就是走对路线。

悟空这句话是说给如来佛祖听的。

佛爷爷，我是您的弟子，我不是“那甚么菩萨”的弟子！我甚至不惜当众得罪这位法力无边的五方五老！

悟空这是表忠心，他没有唐僧生下来就是佛宝宝的“胎记”，他看起来翻脸不认人，其实是把权力游戏的规则琢磨透了。

此时的唐僧也有了佛样，说道：“当时只为你难管，故以此法制之。今已成佛，自然去矣，岂有还在你头上之理？你试摸摸看。”

紧箍咒是阶级统治的手段与象征。

你是佛了，你进入最高阶层了，自然就不会再被此类法宝约束了。

最高阶层是制定规则的，怎么可能被规则所约束，亲爱的心猿，恭喜你在这九九八十一难后，进入佛级的序列中。

五圣归真后，大众合掌皈依念佛与菩萨的名号，这是领导阶层大合影。这部披着神话外衣、实则包罗万象的《西游记》，至此全文终。

终

西游宇宙讲的是什么故事？

剥开《西游记》的宗教和神话外衣，它究竟讲的是什么呢？

这是众说纷纭的，咱可不敢下定论，毕竟“吴承恩的转世灵童”和反阴谋论的斗士实在太多了。从我自己的视角来看，它讲的是向上的、成事的、努力过好这一生的智慧。

还记得我们说过西游宇宙中的成佛是个什么状态吗？

乌鸡国那回的开头给了我们答案。

唐僧赋诗表达了自己这一趟的辛苦！这家伙走的，“寻穷天下无名水，历遍人间不到山”，最后落脚在了“几时能勾此身闲”。

猴哥教育他，生前须当努力，死后自会长眠，等功成后便到达“万缘都罢，诸法皆空”的境界了，到时候天天就只剩坐着了。

作者借悟空的口说出了西游宇宙中成佛的路径和状态，是“功成之后，万缘都罢，诸法皆空”。

经过了佛祖安排的一次次考验，走过了这十万八千里路，把经取回去了，把功立下了，随后传说中的佛境界自然而然就达到了。

事实上最后也正如作者安排的那样：师徒四人来到灵山后，上一关还在寇员外那儿往死里吃的八戒，自然而然就脾胃弱了；从来没有闲着时候的悟空，也自然而然地安定了下来，所谓“此时八戒也不嚷茶饭，也不弄喧头，行者、沙僧，个个稳重。只因道果完成，自然安静”。

在西游宇宙中，作者的成功观是：被高维度能量者肯定、赋能后的量变到质变。

质变最核心的关键是：走到灵山。

如果你走到天竺国就结束了，别看前面积累了那么多所谓的“功”，不好使的，猴子依旧是闲不住爪子的狂，八戒依旧是吃起来没够的淫，唐僧也依旧是叽叽歪歪、叨叨咕咕的心有挂碍、心有恐怖。

作者在他的西游宇宙中从头到尾都在传达一种思想：人永远无法在没得到的时候想象这东西有多无所谓，有了之后，自然就到境界了。

听说圣僧取经回来后，整个陈家庄轰动了，全庄男女老少都来迎接，陈家更是又摆香案，又命鼓乐吹打来迎。等看茶摆斋之时，连八戒都不怎么吃了，悟空正纳闷这不像他的风格，八戒道：“不知怎么，脾胃一时就弱了。”

你没在大雷音寺吃过那顿脱胎换骨之馔，就永远达不到这种质变，你吃多少碗人间烟火都不会有长进，需要吃仙品仙肴。

真经一句话，假经万卷书。跟在牛人身边，你才能看到成功全貌；学习牛人的习惯和思维，你才会脱胎换骨。

拥有后，再谈境界，再谈超脱。

啥也没经历过，然后说这世界没意思，本质上是弱者对自己无能的可笑托词。

有背景、有资源的，你就学唐僧；有能力、有野心的，你就学悟空；没背景、没能力的，你就学沙僧。总之，不要学八戒。

虽然说怎么过都是一辈子，但看我的书的朋友，我相信都不是池中之物，都是人中龙凤。去日拱一卒地向阳生长，永远奋斗，像历史中真实的释迦牟尼佛一样，人家自成佛到涅槃，努力到了生命的最后一刻，活着一天，就讲经说法一天；像历史中真实的玄奘大师那样，用极其强大的愿力和行动力，心无挂碍，无有恐怖，最终干成了一个人的能力范围内的极致功业。万事万物都看透的大佛们永远没有看啥都是空，都是言传身教地努力奋斗到了生命的最后一刻。

《西游记》写的是什么？

是想干，能干，干成事！

像佛祖一样，像玄奘一样，活一天，就心怀希望地努力一天，日拱一卒到人生的最后一刻，这就是数千年历史留给我们一代代华夏儿女最伟大的遗产。